PATRIA

FERNANDO ARAMBURU
PATRIA

MAXI
TUSQUETS
EDITORES

1.ª edición en colección Andanzas: septiembre de 2016
1.ª edición en colección Maxi: agosto de 2019
1.ª edición en esta presentación en colección Maxi: noviembre de 2025

Esta obra ha merecido la II Beca del Fondo Antonio López Lamadrid de Apoyo a la Creación Literaria 2016

Adaptación de la cubierta: Maxi Tusquets / Área Editorial Grupo Planeta

Ilustración de la cubierta: © Filiep Colpaert / EyeEm / Getty Images

Ilustración de los cantos: Shutterstock

ISBN: 978-84-1107-690-6
Depósito legal: B. 17.928-2025
Impreso en España

BIOGRAFÍA

Fernando Aramburu (San Sebastián, 1959) es autor de los libros de cuentos *Los peces de la amargura* (2006), *El vigilante del fiordo* (2011) y *Hombre caído* (2025), de las obras de no ficción *Autorretrato sin mí* (2018), *Vetas profundas* (2019) y *Utilidad de las desgracias* (2020), así como de las novelas *Fuegos con limón* (1996), *Los ojos vacíos* (2000, Premio Euskadi), *El trompetista del Utopía* (2003), *Bami sin sombra* (2005), *Viaje con Clara por Alemania* (2010), *Años lentos* (2012, VII Premio Tusquets Editores de Novela y Premio de los Libreros de Madrid), *La gran Marivián* (2013), *Ávidas pretensiones* (Premio Biblioteca Breve 2014) y *Patria* (2016, Premio Nacional de Narrativa, Premio de la Crítica, Premio Euskadi, Premio Francisco Umbral, Premio Strega Europeo, Premio Lampedusa...), traducida a 35 lenguas y convertida en prestigiosa serie televisiva. *Los vencejos* (2021), *Hijos de la fábula* (2023) y *El niño* (2024) lo han confirmado como uno de los mejores escritores europeos. Ha recogido su poesía completa en *Sinfonía corporal* (2023).

Índice

Patria

El lector encontrará al final de la novela, en las páginas 643-646, un glosario con las palabras en euskera utilizadas en la obra. *(N. del E.)*

1
Tacones sobre el parqué

Ahí va la pobre, a romperse en él. Lo mismo que se rompe una ola en las rocas. Un poco de espuma y adiós. ¿No ve que ni siquiera se toma la molestia de abrirle la puerta? Sometida, más que sometida.

Y esos zapatos de tacón y esos labios rojos a sus cuarenta y cinco años, ¿para qué? Con tu categoría, hija, con tu posición y tus estudios, ¿qué te lleva a comportarte como una adolescente? Si el *aita* levantara la cabeza...

En el momento de subir al coche, Nerea dirigió la vista hacia la ventana tras cuyo visillo supuso que su madre, como de costumbre, estaría observándola. Y sí, aunque ella no pudiese verla desde la calle, Bittori la estaba mirando con pena y con el entrecejo arrugado, y hablaba a solas y susurró diciendo ahí va la pobre, de adorno de ese vanidoso a quien nunca se le ha pasado por la cabeza hacer feliz a nadie. ¿No se da cuenta de que una mujer ha de estar muy desesperada para tratar de seducir a su marido después de doce años de matrimonio? En el fondo es mejor que no hayan tenido descendencia.

Nerea agitó brevemente la mano en señal de despedida antes de meterse dentro del taxi. Su madre, en el tercer piso, oculta tras el visillo, desvió la mirada. Se veía una amplia franja de mar por encima de los tejados, el faro de la isla de Santa Clara, nubes tenues a lo lejos. La mujer del tiempo había anunciado sol. Y ella, ay, qué vieja me estoy haciendo, volvió a mirar la calle y el taxi ya se había perdido de vista.

Buscó a continuación, más allá de los tejados, más allá de

la isla y de la línea azul del horizonte, y más allá de las nubes remotas y aún más allá, en el pasado perdido para siempre, escenas de la boda de su hija. Y la vio de nuevo en la catedral del Buen Pastor, vestida de blanco, con su ramo de flores y su excesiva felicidad, y así mirándola a la salida, tan esbelta, tan sonriente, tan guapa, le vino un mal presentimiento. De noche, cuando volvió sola a su casa, estuvo a dos dedos de sentarse ante la foto del Txato y confesarle sus temores; pero le dolía la cabeza y además el Txato, en cuestiones familiares, aún más tratándose de su hija, tenía la costumbre de ponerse sentimental. Era de lágrima fácil aquel hombre, y aunque las fotos no lloran, yo ya me entiendo.

Los tacones eran para despertarle el apetito a Quique, no precisamente el que se sacia comiendo. Toc, toc, toc, los había oído un rato antes puntear sobre el parqué. A ver si va a llenármelo de agujeros. Por la paz de casa, no se lo reprochó. Sólo iban a estar un rato. Habían venido a despedirse. Y a él, a las nueve de la mañana, ya le olía la boca a whisky o a una bebida de esas con las que comercia.

—*Ama,* ¿seguro que te las arreglarás sola?

—¿Por qué no vais en autobús al aeropuerto? El taxi de aquí a Bilbao os va a costar un dineral.

Él:

—No te preocupes por eso.

Las maletas, la incomodidad, la lentitud, alegó.

—Sí, pero vais con tiempo, ¿no?

—*Ama,* no insistas. Está decidido que iremos en taxi. Es lo más cómodo.

Quique empezaba a impacientarse.

—Es lo único cómodo.

Añadió que se iba a fumar un cigarrillo a la calle mientras habláis. Olía fuerte a perfume ese hombre. Pero la boca le huele a bebida y no son más que las nueve de la mañana. Se despidió mirándose la cara en el espejo del recibidor. Presumido. Y después, ¿autoritario, cordial pero seco?, a Nerea:

—No tardes.

Cinco minutos, le prometió. Luego resultaron quince. A solas, a su madre: que aquel viaje a Londres significaba mucho para ella.

—Me cuesta imaginar que pintes algo en las conversaciones de tu marido con los clientes. ¿O es que sin decirme nada te has puesto a trabajar en su empresa?

—En Londres voy a hacer un serio intento por salvar nuestro matrimonio.

—¿Otro intento?

—El último.

—Y esta vez, ¿cuál será la táctica? ¿Te quedarás a su lado para que no te la pegue con la primera que le salga al paso?

—*Ama*, por favor. No me lo pongas más difícil.

—Estás muy guapa. ¿Has cambiado de peluquería?

—Sigo yendo a la misma.

Nerea bajó de pronto el tono de voz. A los primeros bisbiseos su madre se volvió a mirar hacia la puerta de la vivienda, como si temiera que algún extraño las estuviese espiando. No, nada, que habían desechado la idea de adoptar un bebé. Tanto que decían. Que si un chino, un ruso, un morenito. Que si chica o chico. Nerea no había perdido la ilusión, pero Quique se había echado atrás. Él quiere un hijo propio, carne de su carne. Bittori:

—¿Le da ahora por hablar como en la Biblia?

—Se cree moderno, pero es más tradicional que el arroz con leche.

Nerea se había informado por su cuenta de los trámites para solicitar la adopción y, sí, cumplían todos los requisitos. El dinero no suponía impedimento. Estaba dispuesta a viajar hasta la otra punta del mundo y a ser por fin madre aunque no hubiese dado a luz a la criatura. Pero Quique había zanjado la conversación con brusquedad. Que no y que no.

—Un poco insensible el muchacho, ¿no crees?

—Desea un varoncito suyo, que se le parezca, que juegue algún día en la Real. Está obsesionado, *ama*. Y lo va a tener. ¡Uf, cuando se empeña en algo! No sé con quién. Con alguna que se preste. No me lo preguntes. No tengo ni idea. Alquilará un vientre pagando lo que haya que pagar. Lo que es por mí, le ayudaría a encontrar una mujer sana que le cumpla el antojo.

—Estás chalada.

—Aún no se lo he contado. Supongo que estos días, en Londres, habrá ocasión. Lo he pensado bien. No tengo ningún derecho a exigirle que sea infeliz.

Rozaron mejillas junto a la puerta de la vivienda. Bittori: que sí, que se arreglaría sola, que buen viaje. Nerea, desde el rellano, mientras esperaba la llegada del ascensor, dijo algo sobre la mala suerte, pero que no debemos renunciar a la alegría. Después sugirió a su madre que cambiara de felpudo.

2
Octubre benigno

Antes de lo del Txato creía, pero ahora no cree. Con lo devota que fue de joven. Si hasta estuvo en un tris de profesar. Ella y aquella amiga del pueblo de la que más vale no acordarse. Las dos se apearon del propósito a última hora, con un pie en el noviciado. Ahora todo eso de la resurrección de los muertos y la vida eterna y el Creador y el Espíritu Santo le parecen patrañas.

La irritaron mucho unas palabras del obispo haciendo como que. No se atrevió a negarle la mano a un señor tan importante. La sintió como una viscosidad. En cambio, sí lo miró a la cara para expresarle en silencio, con la luz de sus ojos, que ya no era creyente. Nada más ver al Txato en el ataúd, su fe en Dios reventó como una burbuja. Incluso lo notó físicamente.

Y, sin embargo, de vez en cuando va a misa, impulsada quizá por la fuerza de la costumbre. Se sienta en un banco de la parte posterior de la iglesia, mira las espaldas y cogotes de los asistentes, habla consigo misma. Es que en casa hay mucha soledad. Ella no es de meterse en bares ni cafeterías. ¿Compras? Las justas. Se le esfumó la coquetería, ¿otra burbuja?, que tuvo antes de lo del Txato. Y porque Nerea insiste, que, si no, llevaría las mismas prendas de vestir día tras día.

En vez de entrar en las tiendas, prefiere sentarse en la iglesia y practicar su ateísmo silencioso. Se tiene prohibidos la blasfemia y el desprecio a los feligreses allí reunidos. Mira las imágenes y dice/piensa: no. A veces lo dice/piensa meneando un poco la cabeza en señal de rechazo.

Si se celebra una misa, se queda más tiempo. Entonces se dedica a negar entre sí cuanto afirma el sacerdote. Oremos. No. Este es el cuerpo de Cristo. No. Y en ese plan todo el rato. En ocasiones, vencida por el cansancio, echa con la debida discreción una cabezada.

Salió de la iglesia de los jesuitas, en la calle Andía, con el cielo ya oscuro. Era jueves. Hacía una temperatura agradable. A media tarde había visto que el letrero luminoso de una farmacia señalaba veinte grados. Tráfico, transeúntes, palomas. Distinguió una cara conocida. Sin dudarlo, cambió de acera. El cambio brusco de dirección la obligó a adentrarse en la plaza de Guipúzcoa. La atravesó por el camino que bordea el estanque. Se entretuvo mirando los patos. Hacía tanto tiempo que no pasaba por allí. Si mal no recordaba, desde que Nerea era niña. Recordó cisnes negros que ahora no se ven. Din don din. El carillón de la Diputación la sacó de sus pensamientos.

Las ocho. Hora templada, octubre benigno. Le vinieron de pronto a la memoria las palabras que había dicho Nerea por la mañana. ¿Que cambiara el felpudo? No, que no hay que renunciar a la alegría. Bah, una chorrada que se les dice a los mayores para subirles el ánimo. No le costaba a Bittori aceptar que hacía una tarde estupenda. Para dar saltos de júbilo, ella habría necesitado otra clase de estímulo. ¿Por ejemplo? Ay, yo qué sé. Que inventaran una máquina de resucitar a los muertos y me devolvieran a mi marido. Se preguntó si después de tantos años no debería ir pensando en olvidar. ¿Olvidar? ¿Qué es eso?

Flotaba en el aire un olor como de algas y humedad marina. No hacía ni pizca de frío, no soplaba el viento y el cielo estaba despejado. Razones suficientes, se dijo, para ir a casa andando y ahorrarse el autobús. En la calle Urbieta oyó su nombre. Lo oyó claramente, pero no quiso volver la mirada. Incluso aceleró la marcha, pero de nada le sirvió. La alcanzaron por detrás unos pasos presurosos.

—Bittori, Bittori.

Aquella voz sonaba demasiado cerca como para seguir fingiendo que no la oía.

—¿Te has enterado? Dicen que lo dejan, que ya no van a atentar más.

Bittori no pudo menos de acordarse de los días en que esta misma vecina evitaba encontrarse con ella en la escalera o esperaba en la esquina de la calle, mojándose bajo la lluvia, con la bolsa de la compra entre los pies, para no coincidir las dos en el portal.

Mintió:

—Sí, me lo han dicho hace un rato.

—Qué buena noticia, ¿eh? Por fin vamos a tener paz. Ya era hora.

—Pues a ver, a ver.

—Me alegro sobre todo por los que lo habéis pasado tan mal. Que pare todo esto de una vez y os dejen tranquilos.

—¿Que pare qué?

—Que dejen de hacer sufrir a la gente y defiendan lo suyo sin matar.

Y dado que Bittori, callada, no mostraba intención de continuar el diálogo, la vecina se despidió como acuciada por una prisa repentina.

—Me voy, que le he prometido a mi hijo salmonetes para cenar. Le gustan tanto. Si vas para casa, te acompaño.

—No, que me esperan aquí cerca.

Total, que por perder de vista a la vecina cruzó a la otra acera y se pasó un buen rato andando sin rumbo por los alrededores. Porque, claro, la sinsorga, mientras limpia los salmonetes para su hijo, que siempre me ha parecido bobo, además de cretino, si me oye llegar a casa poco después que ella, pensará: tate, no quería estar conmigo. Bittori. ¿Qué? Estás cayendo en el rencor y ya te he dicho muchas veces que. Vale, déjame en paz.

Más tarde, por el trayecto a su casa, posó una mano en el tronco áspero de un árbol y dijo para sí: gracias por tu humanidad. La posó después en la pared de un edificio y repitió la frase. Y lo mismo hizo, sin detenerse, con una papelera, un banco público, el poste de un semáforo y con otros objetos del mobiliario urbano que fue encontrando por el camino.

El portal, a oscuras. Estuvo tentada de usar el ascensor. Cuidado. El ruido podría delatarme. Decidió subir descalza los tres pisos. Aún tuvo tiempo de susurrar un último agradecimiento, pasamanos, por tu humanidad. Introdujo la llave en la cerradura con el mayor sigilo posible. ¿Qué le ve de malo Nerea a este felpudo? Yo es que no entiendo a esta criatura y creo que no la he entendido jamás.

De ahí a poco, sonó el teléfono. *Ikatza* dormitaba sobre el sofá, hecha una bola de pelo negro. Sin cambiar de postura, con los ojos entreabiertos, miró los pasos de su dueña en dirección al aparato. Bittori dejó que se extinguiera el sonido, reconoció el número en la pantalla y lo marcó.

Xabier, excitado. *Ama, ama.* Que encendiese el televisor.

—Ya me lo han dicho. ¿Quién? La de arriba.

—Ah, pensaba que no te habrías enterado.

Y le mandó un beso y ella se lo correspondió y no hablaron más y se despidieron. Se dijo: yo no pongo la tele. Pero al poco rato pudo más su curiosidad. Vio en la pantalla a los tres encapuchados con boina, sentados a una mesa, estética de Ku Klux Klan, mantel blanco, telas patrióticas, un micrófono, y pensó: la madre del que habla ¿reconocerá su voz? Sentía viva repugnancia por aquellas imágenes que además le estaban removiendo las tripas. Incapaz de soportarlas, apagó el televisor.

Para ella había terminado el día. ¿Qué hora era? Iban a dar las diez. Cambió el agua a la gata y se acostó antes de lo acostumbrado, sin cenar, sin abrir la revista que estaba sobre la mesilla. Puesto el camisón, se detuvo delante de la foto del Txato, en la pared del dormitorio, para decirle que:

—Mañana subiré a contártelo. No creo que te alegres; pero, en fin, es la noticia del día y tienes derecho a conocerla.

Intentó, con la luz apagada, forzar a sus ojos a verter una lágrima. Nada. Secos. Y Nerea sin llamar. Ni siquiera se había tomado la molestia de comunicarle si habían llegado a Londres. Claro, estará muy ocupada tratando de salvar su matrimonio.

3
Con el Txato en Polloe

Va para unos cuantos años que no sube a pie hasta Polloe. Por poder, podría, pero se cansa. Y no es que le importe cansarse, pero para qué, a ver, para qué. Le dan además, según los días, unos como pinchazos en el vientre. Entonces lo que Bittori hace es coger el 9, que la deja a pocos pasos de la entrada del cementerio, y al término de la visita bajar andando a la ciudad. Es que bajar ya es otra cosa.

Se apeó detrás de una señora, ellas dos las únicas pasajeras. Viernes, tranquilidad, buen tiempo. Y leyó en el arco de la entrada: PRONTO SE DIRÁ DE VOSOTROS, LO QUE SUELE AHORA DECIRSE DE NOSOTROS: ¡¡MURIERON!! Con frasecitas fúnebres a mí no me impresionan. Polvo sideral (lo había escuchado en la tele), eso somos, lo mismo si uno respira que si cría malvas. Y aunque detestaba la antipática inscripción, era incapaz de entrar en el cementerio sin pararse a leerla.

Chica, el abrigo lo podías haber dejado en casa. Le sobraba. Se lo había puesto nada más que por vestir de negro. Llevó luto durante el primer año; luego, sus hijos insistieron en que hiciese vida normal. ¿Vida normal? No tienen ni idea de lo que hablan esos dos ingenuos. Deseosa de que la dejaran tranquila, siguió el consejo. Eso no quita para que le parezca una falta de respeto caminar entre los muertos vestida de colores. Conque nada, abrió el ropero a primera hora de la mañana, buscó una prenda negra que le tapase las otras de distintos tonos azules, vio el abrigo y se lo puso, aun sabiendo que iba a pasar calor.

El Txato comparte tumba con sus abuelos maternos y una

tía. La tumba, al costado de un camino en suave pendiente, forma hilera con otras similares. En la lápida figuran el nombre y los apellidos del difunto, la fecha de su nacimiento y la del día en que lo mataron. El mote, no.

En los días previos al entierro, unos familiares de Azpeitia aconsejaron a Bittori que se abstuviera de poner en la lápida alusiones, emblemas o señales que identificasen al Txato como víctima de ETA. Así evitaría problemas.

Ella protestó:

—Oye, ya lo han matado una vez. No creo que lo vuelvan a matar.

Y no es que a Bittori se le hubiera pasado por el pensamiento hacer grabar en la lápida una explicación sobre el fallecimiento de su marido; pero basta que la quieran disuadir de una cosa para que se empeñe en ponerla en práctica.

Xabier les dio la razón a los parientes. Y sólo fueron grabados en la lápida el nombre y las fechas. Nerea, por teléfono desde Zaragoza, tuvo la osadía de proponer que falsearan la segunda. Asombro: ¿cómo?

—Se me ha ocurrido que en la tumba esté la fecha anterior o la posterior a la del atentado.

Xabier se encogió de hombros. Bittori dijo que ni hablar.

Pasados unos años, cuando le pintarrajearon la lápida a Gregorio Ordóñez, que yace a unos cien metros de la tumba del Txato, Nerea, qué inoportuna, trajo a colación aquel viejo asunto que en realidad ya tenían todos olvidado. Con la foto del periódico a la vista, a su madre:

—¿Ves como era mejor tener al *aita* un poco protegido? Mira de lo que nos hemos librado.

Entonces Bittori depositó con fuerza el tenedor encima de la mesa y dijo que se iba.

—¿Adónde vas?

—He perdido de repente el apetito.

Salió del piso de su hija, fruncida de ceño, colérica de pisadas, y Quique, al tiempo que encendía un cigarrillo, puso los ojos en blanco.

La hilera de tumbas se alarga en batería al costado del camino. Lo bueno para Bittori es que, como el borde sobresale dos palmos del suelo, ella se puede sentar sin dificultad sobre la losa. Claro, si llueve, no. Y en todo caso, como la piedra suele estar fría (y con liquen y con la mugre inevitable de los años), ella lleva siempre en el bolso un cuadrado de plástico recortado de una bolsa del supermercado y un pañuelo de cuello para usarlos de cojín. Se sienta encima y le cuenta al Txato lo que le tenga que contar. Si hay gente cerca, le habla en pensamiento; si no hay nadie, que es lo habitual, en el tono de quien conversa.

—La hija ya está en Londres. Lo supongo, vamos, porque no ha tenido el detalle de llamarme por teléfono. ¿A ti te ha llamado? A mí, no. Como en la tele no han dicho nada de un accidente de avión, doy por hecho que los dos habrán llegado a Londres y estarán dale que te pego a ver si salvan el matrimonio.

El primer año, Bittori colocó cuatro macetas sobre la losa. Las cuidaba regularmente. Hacían bonito. Luego estuvo un tiempo sin subir al cementerio. Se le secaron las plantas. Las siguientes le duraron hasta la primera escarcha. Compró un tiesto de grandes dimensiones. Xabier cargó con él en una carretilla. Entre los dos plantaron dentro un arbolillo de boj. Una mañana apareció volcado, el tiesto roto, parte de la tierra derramada sobre la losa. Desde entonces no hay adornos sobre la tumba del Txato.

—Hablo como me apetece y nadie me lo va a impedir, tú el que menos. ¿Que si bromeo? Ya no soy como cuando vivías. Me he vuelto mala. Bueno, mala no. Fría, distante. Si resucitas, no me reconoces. Y no creas, tu hija del alma, tu preferida, tiene mucho que ver con este cambio mío. Me pone de los nervios. Igual que de niña. Con tu bendición, claro. Porque siempre la defendiste. Así me dejabas sin autoridad y nunca aprendió a respetarme.

Había un espacio de arena tres o cuatro tumbas más arriba, junto al camino asfaltado. Y Bittori se quedó mirando a una pareja de gorriones que acababa de posarse en aquel sitio. Con las alas abiertas, los pajarillos se daban un baño de arena.

—Lo otro que quería decirte es que la banda ha decidido dejar de matar. Aún no se sabe si el anuncio va en serio o se trata de un truco para ganar tiempo y rearmarse. Maten o no, a ti de poco te va a servir. Y a mí no creas que de mucho más. Tengo una gran necesidad de saber. La he tenido siempre. Y no me van a parar. Nadie me va a parar. Los hijos tampoco. Si es que se enteran. Porque yo no les voy a decir nada. Eres el único que lo sabe. No me interrumpas. El único que sabe que voy a volver. No, a la cárcel no puedo ir. Ni siquiera sé en cuál está el malvado. Pero ellos seguro que siguen en el pueblo. Y además me pica mucho la curiosidad por ver en qué estado se encuentra nuestra casa. Tú, tranquilo, Txato, Txatito, porque Nerea está en el extranjero y Xabier, como siempre, vive para su trabajo. No se van a enterar.

Habían desaparecido los gorriones.

—Te juro que no exagero. Es una necesidad muy grande de estar por fin a buenas conmigo, de poder sentarme y decir: bien, se acabó. ¿Qué se acabó? Pues, mira, Txato, también necesito descubrir eso. Y la respuesta, si la hay, sólo puede estar en el pueblo y por eso voy a ir allí, hoy mismo por la tarde.

Se puso de pie. Plegó con cuidado el pañuelo y el cuadrado de plástico, y los guardó.

—En fin, ya te he informado. Aquí te quedas.

4
En casa de esos

Las nueve de la noche. En la cocina, la ventana abierta para que saliera a la calle el olor del pescado frito. El telediario empezó con la noticia que Miren había oído de víspera en la radio. Cese definitivo de la lucha armada. No del terrorismo como dicen esos, que mi hijo no es terrorista. Y se volvió hacia su hija:

—¿Has oído? Paran otra vez. Ya veremos hasta cuándo.

Arantxa parece que no se entera, pero lo capta todo. E hizo un leve movimiento con su cara medio ladeada, ¿o es el cuello el que está torcido?, como para expresar una opinión. Con ella uno nunca está seguro; pero por lo menos Miren tuvo la certeza de que su hija había entendido.

Con el tenedor le fue partiendo los dos trozos de merluza rebozada. Los bocados, no muy grandes para que pueda ingerirlos sin dificultad. Así lo recomienda la fisioterapeuta, que es una chica muy maja. No es vasca, pero bueno. Arantxa se tiene que esforzar. Si no, no hará progresos. Y el borde del tenedor, al chocar contra el fondo del plato, hacía un ruido enérgico, de loza enfadada, y por un momento, rota la capa del rebozado, salía de la carne blanca del pescado una nubecilla de vapor.

—A ver qué excusa se inventan ahora para no dejar libre a Joxe Mari.

Tomó asiento a la mesa, cerca de su hija, sin quitarle ojo. No se fiaba. Ya se les había atragantado en varias ocasiones. La última, en verano. Tuvieron que llamar a la ambulancia. Un escándalo de sirena por todo el pueblo. Qué susto, Dios. Para cuando llegaron los sanitarios, ella misma se había sacado de la garganta un pedazo de solomillo así de grande.

Cuarenta y cuatro años. La mayor de tres. Luego Joxe Mari, en Puerto de Santa María I. Hasta allí abajo nos hacen ir. Cabrones. Y por último el pequeño. Ese va a lo suyo. A ese ni le vemos.

Arantxa agarró el vaso con vino blanco que le había servido su madre. Lo levantó, se lo llevó temblorosamente a la boca con la única mano que tenía disponible. La izquierda es un puño muerto. La mantenía como siempre pegada al costado, cerca de la cintura, inutilizable debido a una contracción espástica. Y le arreó un buen trago al vino, lo cual, según Joxian, es una alegría si pensamos que hasta no hace mucho Arantxa se alimentaba por una sonda.

Le resbaló algo de líquido por la barbilla, pero no importa. Miren se apresuró a limpiársela con la servilleta. Una chica tan guapa, tan sana, con tanto futuro, madre de dos criaturas, y ahora esto.

—Qué, ¿te gusta?

Arantxa sacudió la cabeza como diciendo que no le hacía mucha gracia el pescado.

—Oye, pues no es barato. Menos mimos.

En el televisor se sucedían los comentarios. Bah, políticos. Paso importante para la paz. Exigimos la disolución de la banda terrorista. Se abre un proceso. Camino a la esperanza. Fin de una pesadilla. Que entreguen las armas.

—Dejan la lucha a cambio de qué. ¿Se han olvidado de la liberación de Euskal Herria? Y los presos que se pudran en la cárcel. Cobardes. Hay que acabar lo que se empieza. ¿Te suena la voz del que ha leído el comunicado?

Arantxa masticaba despacio un trozo de merluza. Negó con la cabeza. Algo más quería decir y, alargando el brazo bueno, le pidió a su madre que le alcanzara el iPad. Miren estiró el cuello para leer en la pantalla: «Falta sal».

Joxian llegó poco después de las once de la noche con un mazo de puerros. Había pasado la tarde en la huerta. Una afición que tiene el hombre, ya jubilado. La huerta está pegada al río. Cuando el río se desborda, la última vez a principios de año, adiós huerta. Hay cosas peores, dice Joxian. Tarde o temprano el agua se retira. Él seca las herramientas, barre la cabaña, compra nuevas crías de conejo, renueva las hortalizas que no se pueden aprovechar. El manzano, la higuera y los avellanos aguantan la inundación, y eso es todo. ¿Todo? Como el río arrastra residuos industriales, después la tierra echa un olor fuerte. Él dice que a fábrica. Miren le replica que:

—A veneno. Algún día nos vamos a morir con unos dolores de tripa espantosos.

Otra afición cotidiana de Joxian es echar la partida por las tardes. Los cuatro amigos se juegan un porrón al mus. Ahí abajo, yendo a la plaza del pueblo, en el bar Pagoeta. Lo de que sólo beben un porrón entre cuatro está por ver.

Por la forma de sostener los puerros supo Miren que venía con el morro caliente. Le dijo que se le iba a poner la nariz roja como a su difunto padre. Hay una señal infalible de que ha bebido: cuando le da por rascarse el costado derecho, como si le picara en la zona del hígado. Entonces no hay duda. Pero no es que vaya por la calle haciendo eses; eso, no. Ni le pica nada. Su manía es rascarse el costado como la de otros es hacer la señal de la cruz o tocar madera.

No sabe decir que no. Ese es el problema. Sopla en el bar porque los demás también soplan. Y si uno de ellos dijera: «Hala, vamos a tirarnos de cabeza al río», Joxian iría detrás como un corderito.

En fin, llegó a casa con la boina torcida, los ojos brillantes, rascándose la camisa a la altura del hígado, y se puso sentimental.

En el comedor le dio un beso lento, cariñoso, casi un chupetón, a Arantxa en la frente. Por poco se cae encima de ella. Miren, en cambio, lo rechazó.

—Quita, quita, que hueles a taberna.

—Mujer, no seas dura.

Alargó hacia él las dos manos abiertas para mantenerlo a distancia.

—En la cocina tienes pescado. Estará frío. Te lo calientas, pues.

A la media hora, Miren lo llamó para que la ayudara a acostar a Arantxa. La levantaron de la silla de ruedas, él agarrando de un brazo, ella del otro.

—¿La tienes?

—¿Eh?

—Que si la tienes. Dime si la tienes antes de tirar los dos para arriba.

Un pie equino le impide a Arantxa caminar. A veces da unos pasos. Pocos, inseguros. Con bastón o asistida por otra persona. Andar por casa, comer sola, recuperar el habla, son las principales esperanzas de la familia a medio plazo. A largo plazo ya veremos. La fisioterapeuta les da ánimos. Es muy maja. Habla muy poco euskera, casi nada, pero en este caso no importa.

Entre el padre y la madre la pusieron de pie junto a la cama. Lo habían hecho muchas veces. Tenían práctica. Y, además, Arantxa, ¿qué pesaría por entonces? Cuarenta y tantos kilos. No más. Con lo fuertota que había sido en sus buenos tiempos.

Su padre la sostuvo mientras Miren retiraba hacia la pared la silla de ruedas.

—No la dejes caer.

—¡Cómo voy a dejar yo caer a mi hija!

—Tú, capaz.

—Bobadas.

Y se miraron hostiles, de mal humor, él con los dientes apretados como para retener dentro de la boca alguna palabra fea. Miren apartó la colcha y después, los dos juntos, con cuidado, despacio, ¿la tienes?, tendieron a Arantxa encima de la cama.

—Ya te puedes ir, que la voy a desnudar.

Entonces Joxian se inclinó para besar la frente de su hija. Y le dio las buenas noches. Y le dijo: «Hasta mañana, *polita*», mientras le acariciaba la mejilla con el nudillo de un dedo. Y se dirigió, rascándose el costado, hacia la puerta. Ya casi había salido de la habitación cuando se dio la vuelta y dijo:

—Al venir del Pagoeta he visto luz en casa de esos.

En aquel momento, Miren estaba descalzando a su hija.

—Habrá ido alguien a limpiar.

—¿A limpiar a las once de la noche?

—A mí esa gente no me interesa.

—Bueno, ya te he dicho lo que he visto. Igual les da por volver al pueblo.

—Igual. Ahora que no hay lucha armada se pondrán chulitos.

5
Mudanza a oscuras

A las pocas semanas de enviudar, Bittori se fue a pasar unos días a San Sebastián. Más que nada para perder de vista la acera donde mataron a su marido y para no seguir aguantando las miradas torvas de los vecinos, tantos años amables y luego, de repente, lo contrario; ni tener que pasar cada día por delante de las pintadas en las paredes y ver aquella en el quiosco de la plaza, una de las últimas, la de la diana encima del nombre del difunto, que fue ponerla y a los pocos días, adiós.

En realidad, los hijos la llevaron engañada a San Sebastián. ¡Jesús, María y José, una tercera planta! Ella que estaba acostumbrada a vivir en un primero.

—Bueno, *ama,* pero con ascensor.

Nerea y Xabier acordaron sacarla del pueblo a toda costa, de su pueblo de siempre, donde ella había nacido, donde la bautizaron y se casó, y dificultarle después el regreso, incluso impedírselo con suavidad.

Total, que instalaron a Bittori en un piso con balcón desde el que se podía divisar el mar. La familia llevaba un tiempo tratando de venderlo. Lo tenían anunciado en el periódico. Ya habían llamado por teléfono varias personas interesadas en adquirirlo o al menos en conocer el precio. El Txato lo había comprado meses antes de que lo mataran, pensando en disponer de un refugio fuera del pueblo.

En el piso había lámparas y unos pocos muebles. A Bittori sus hijos le dijeron que se instalaría allí provisionalmente. Le hablabas y no se enteraba. Estaba como ida. Apática. Ella, que era de suyo tan habladora. Pues ahora como una estatua. Si hasta parecía que se le estuviera olvidando parpadear.

Xabier y un compañero del hospital le fueron trayendo algunos enseres. Iban al pueblo con la furgoneta a última hora de la tarde, ya oscurecido, para no llamar demasiado la atención. Hicieron como una docena de viajes, siempre después de la puesta del sol. Un día cargaban esto; la vez siguiente cargaban lo otro. Tampoco es que hubiera mucho espacio en el vehículo.

La cama matrimonial la dejaron en la casa del pueblo porque Bittori, sin su marido, se negaba a dormir en ella. Pero, en fin, sacaron bastantes pertenencias: vajilla, la alfombra del comedor, la lavadora. Y en esto, un día entre semana, los insultaron mientras cargaban unos bultos. La típica cuadrilla, antiguos conocidos de Xabier, algunos compañeros del colegio. Uno, mordiendo con rabia las palabras, dijo en voz alta que se había aprendido de memoria el número de la matrícula.

Por el camino de vuelta a San Sebastián, Xabier se dio cuenta de que a su amigo le estaba dando una especie de ataque de ansia y que, como siguiera conduciendo en aquel estado, ya con un amago de convulsiones, iban a tener un accidente. Así que lo convenció para que parase el coche en un costado de la carretera.

El amigo:

—No te puedo acompañar otro día. Lo siento.

—Tranquilo.

—Lo siento, de verdad. Lo siento.

—Ya no hace falta volver. Se acabó la mudanza. Mi madre tiene suficiente con lo que le hemos llevado hasta ahora.

—¿Me entiendes, Xabier?

—Sí, claro. No te preocupes.

Pasó un año, pasó otro, pasaron más. Y, entretanto, Bittori se hizo a escondidas una llave de la casa del pueblo porque tonta no es. ¿Y eso? Primero Nerea; a los pocos días, Xabier. *Ama*, ¿la llave? Tú tienes una. No, es que. Conchabados. Dijo a cada uno que no sabía dónde la había puesto, ¡esta cabeza mía!, que ya iba a mirar, y por fin, al cabo de unos días, hizo como que la había encontrado después de mucho buscar; pero, claro, para entonces ya había mandado confeccionar una copia en la ferretería. La llave vieja se la prestó a Nerea, que de vez en cuando (¿una, dos veces al año?) iba a echar un vistazo al piso y a quitar el polvo, y después su hija no se la devolvió ni Bittori esperó nunca que se la devolviera.

En otra ocasión, Nerea sugirió la posibilidad de vender la casa del pueblo. Y lo mismo propuso Xabier días después. Bittori se olió que estos dos se han puesto de acuerdo a mis espaldas. Conque ella misma sacó el tema no bien estuvieron los tres juntos.

—Mientras yo viva, mi casa no se vende. Cuando me haya muerto, haced lo que os dé la gana.

No la contradijeron. Había hablado con una mueca dura y un destello de severidad en los ojos. Los hermanos intercambiaron una rápida mirada. No se volvió a hablar nunca más del asunto.

Y, sí, le dio por ir al pueblo de la manera más discreta posible, con frecuencia en días desapacibles de lluvia y viento, cuando es más probable que las calles estén vacías, también cuando sus hijos estaban ocupados o de viaje. Luego, a lo mejor, pasaba siete u ocho meses sin volver. Se apeaba del autobús a las afueras del pueblo. Para no tener que hablar con nadie. Para que no la vieran. Subía por calles poco transitadas hasta su antigua casa. Allí pasaba una hora o dos, a veces más, mirando fotos, esperando que en la campana de la iglesia sonara una hora determinada, y tras cerciorarse de que no había gente en las inmediaciones del portal, se marchaba por donde había venido.

Al cementerio no iba nunca. ¿Para qué? Al Txato lo habían enterrado en San Sebastián, no en el pueblo, a pesar de que allí descansan los abuelos paternos en un panteón de la familia; pero es que no pudo ser, se lo desaconsejaron vivamente, si lo entierras en el pueblo atacarán la tumba, no sería la primera vez que ocurre algo parecido.

Bittori, en el cementerio de Polloe, durante la ceremonia del sepelio, le susurró a Xabier una cosa que este nunca ha olvidado. ¿Qué cosa? Pues que le parecía que, más que enterrar al Txato, lo estaban escondiendo.

6
Txato, *entzun*

Mira que es lento el autobús. Demasiadas paradas. Hala, otra. Las dos mujeres, con estas y aquellas características físicas, iban sentadas una al lado de la otra. Volvían a última hora de la tarde al pueblo. Se hablaban a la vez, sin escucharse. Cada una a lo suyo, pero se entendían. Y en esto la que estaba sentada junto al pasillo le dio con disimulo un codazo leve a la que estaba sentada junto a la ventanilla. Atraída su atención, señaló mediante una rápida sacudida del cuello hacia la parte delantera del autobús.

En susurros:

—La del abrigo oscuro.

—¿Quién es?

—No me digas que no la reconoces.

—Sólo le veo la espalda.

—La de Txato.

—¿El que mataron? ¡Qué mayor está!

—Los años pasan, ¿qué te crees?

Guardaron silencio. El autobús continuó su viaje. Subían y bajaban pasajeros, y las dos mujeres callaban mirando a ningún lado. Luego una de ellas, en voz baja, dijo que pobre mujer.

—¿Pues?

—Lo que habrá sufrido.

—Todos sufrimos.

—Sí, pero esta lo ha tenido que pasar muy mal.

—El conflicto, Pili, el conflicto.

—No, si no digo que no.

Y al rato, la que no se llamaba Pili:

—¿Cuánto te juegas a que se baja en el polígono industrial?

Apartaron la vista no bien Bittori se puso de pie. Fue la única en bajarse.

—¿Qué te he dicho?

—¿Y cómo lo has adivinado?

—Se baja ahí para que nadie la vea y luego, tiqui tiqui, se va callandito para su casa.

El autobús reanudó la marcha y Bittori, ¿se creerán que no las he visto?, echó a andar en la misma dirección por aquella zona de fábricas y talleres; el gesto, no altivo, eso no, pero serio; los labios apretados, la cara levantada porque yo no tengo que esconderme de nadie.

El pueblo, su pueblo. Ya casi de noche. Las ventanas encendidas, el olor vegetal de los campos circundantes, pocos transeúntes por la calle. Y cruzó el puente con las solapas del abrigo levantadas y vio el río manso con sus huertas en el borde. Nada más meterse entre las casas le vino como una dificultad de respirar. ¿Un ahogo? No exactamente. Es una mano invisible que le aprieta la garganta cada vez que ella vuelve al pueblo. Subía por la acera ni deprisa ni despacio, reconociendo detalles: en ese portal se me declaró por vez primera un chaval; extrañada por las novedades: estas farolas no me suenan.

No tardó en llegarle por detrás un murmullo. Como una mosca que hubiese zumbado desde el aire próximo a una ventana o desde la oscuridad de un portal. Apenas un rumor terminado en *ato*. Y eso le bastó para adivinar la frase entera. Quizá debería haber venido más tarde, cuando estuviese la gente recogida. Con el último autobús. Estás tú buena, ¿y la vuelta? Pues me quedo a dormir aquí. Tengo casa y tengo cama.

Delante de la puerta del Pagoeta se apretaba un grupo de fumadores. A Bittori la tentó esquivarlos. ¿Cómo? Volviendo sobre sus pasos y bordeando la iglesia por la otra parte. Se detuvo un instante, se avergonzó de haberse detenido. Conque siguió caminando por el centro de la calle con naturalidad forzada. Y el corazón le golpeaba con tal fuerza que temió por un momento que aquellos hombres pudieran oír sus latidos.

Pasó junto a ellos sin dirigirles la mirada. Cuatro o cinco con el vaso en una mano y el cigarrillo en la otra. La debieron de reconocer cuando estaba cerca, pues se produjo entonces un silencio repentino. Uno, dos, tres segundos. Y reanudaron la conversación tan pronto como Bittori alcanzó el final de la calle.

Su casa con las persianas bajadas. En la parte inferior de la fachada podían verse dos carteles. Uno, de aspecto reciente, que anunciaba un concierto en San Sebastián y otro, descolorido, roto en tiras, del Gran Circo Mundial, justo donde una mañana apareció una de tantas pintadas: TXATO ENTZUN PIM PAM PUM.

Bittori entró en el portal y fue como entrar en el pasado. La lámpara de toda la vida, los viejos peldaños crujientes, la línea de buzones desvencijados en la que faltaba el suyo. Lo desmontó en su día Xabier. Dijo que para evitar problemas. Al retirarlo asomó un cuadrado del color que tuvieron las paredes hacía mucho tiempo, cuando Nerea aún no había nacido ni tampoco el hijo de la Miren, ese sinvergüenza. Y es lo único para lo que yo quiero que haya infierno, para que los asesinos continúen cumpliendo allí su condena eterna.

Aspiró el olor a madera vieja, a aire fresco y encerrado. Y por fin notó que la mano invisible le soltaba la garganta. Llave, cerradura: entró. De nuevo se topó con Xabier, mucho más joven, en el pasillo, diciéndole con ojos llorosos aquello de *ama,* no dejemos que el odio amargue nuestras vidas, nos haga pequeños, o algo por el estilo, ya no lo recordaba con exactitud. Y su despecho en aquel mismo lugar, hace ya tantos años:

—Ah, pues nada, vamos a cantar y bailar.

—Por favor, *ama,* no abras más la herida. Tenemos que hacer un esfuerzo para que todo esto que ha pasado...

Lo interrumpió.

—Perdona, que nos han hecho.

—Que todo esto no nos haga malas personas.

Palabras. No hay manera de quitárselas de encima. No le

dejan a una estar verdaderamente sola. Plaga de bichos molestos, oye. Debería abrir las ventanas de par en par para que salgan a la calle las palabras, los lamentos, las viejas conversaciones tristes atrapadas entre los tabiques del piso deshabitado.

—Txato, Txatito, ¿qué quieres para cenar?

El Txato medio sonreía en la foto de la pared con su cara de hombre asesinable. No había más que mirarlo para darse cuenta de que alguna vez lo matarían. Y qué orejas. Bittori puso un beso en las yemas del corazón y el índice unidos, y después lo depositó con suavidad en la cara en blanco y negro del retrato.

—Huevos fritos con jamón. Te conozco como si vivieras.

Abrió el grifo del cuarto de baño. Pues sí, salía agua y no tan turbia como ella se había imaginado. Abrió cajones, sopló el polvo adherido a algunos muebles y objetos, hizo esto, hizo lo otro, fue aquí, fue allá, y como a las diez y media de la noche levantó la persiana del dormitorio matrimonial lo justo para que la luz del interior se filtrara hacia la calle. Hizo lo mismo con la persiana de la habitación contigua, pero aquí no encendió la lámpara. A continuación trajo de la cocina una silla y se sentó a mirar por las rendijas, completamente a oscuras para evitar que su silueta se recortase en la claridad.

Y pasaron varios chavales. Gente suelta. Un chico y una chica que subían discutiendo, y él trataba de besarla y ella se resistía. Un anciano con un perro. Estaba segura de que tarde o temprano vería ante la casa a uno de ellos. ¿Y tú cómo lo sabes? No te lo puedo explicar, Txato. Intuición femenina.

¿Que si se cumplió el augurio? Pues sí, se cumplió, si bien Bittori tuvo que esperar un largo rato. Campaneaban las once en la torre de la iglesia. Lo reconoció al instante. La boina ladeada, el jersey por los hombros con las mangas anudadas sobre el pecho, unos cuantos puerros apretados bajo el sobaco. ¿Así que todavía cuida la huerta? Y como se había parado en el área de luz de la farola, le pudo ver la mueca entre incrédula y asombrada. Un segundo sólo, no más; después echó a andar como si le hubieran clavado una aguja en el trasero.

—¿Qué te decía yo? Ahora le contará a su mujer que ha visto luz aquí. Ella le dirá: tú has bebido. Pero le picará la curiosidad y vendrá a salir de dudas. Txato, ¿qué te apuestas?

Dieron las doce. No te impacientes. Ya verás como viene. Y vino, claro que vino, casi a las doce y media. Se detuvo apenas un instante a la luz de la farola, mirando a la ventana ni con incredulidad ni con sorpresa, sino más bien con las cejas enfadadas, y enseguida volvió por donde había venido, pisando con fuerza el suelo, y se perdió en la oscuridad.

—Hay que reconocer que se conserva bien.

7
Piedras en la mochila

Metió la bici en la cocina. Es ligera, de carreras. Un día de tantos, Miren, ante un montón de vajilla por fregar:

—Para un trasto de lujo te llega el dinero, ¿eh?

Réplica de Joxian:

—Pues sí, me llega, qué pasa. También he estado toda mi vida trabajando como un burro, nos ha jodido.

La sube sin dificultad, sin rozar las paredes, desde la bodega. Menos mal que vivimos en el bajo. Se la echa al hombro como cuando participaba de joven en competiciones de ciclocrós. Y eran las siete de la mañana y era domingo. Él juraría que no había hecho ruido. Sin embargo, allí estaba Miren sentada a la mesa, en camisón, esperándolo con cara de reproche.

—¿Se puede saber qué haces tú con la bici en casa? ¿Qué quieres, mancharme el suelo?

—Voy a ajustar el freno y a pasarle el trapo antes de salir.

—¿Y por qué no la limpias en la calle?

—Coño, pues porque se ve poco y hace un frío que pela. ¿Y tú por qué estás levantada a estas horas?

Dos noches seguidas en blanco y no hacía falta que lo dijese. Lo pregonaban las ojeras. ¿El motivo? La luz por las rendijas de la persiana, en casa de esos. No sólo el viernes, también ayer y, si me apuras, de ahora en adelante todos los días. Para que luego digan que si las pobres víctimas y que si nos paseamos sonrientes a su lado. La luz, la persiana, la gente que había visto a la Bittori por la calle y no tenía mejor idea que venir a contárselo, le habían traído viejos pensamientos, malos pensamientos, pero malos-malos.

—Este hijo nuestro nos ha puesto difícil la vida.

—Sí, pues como te oigan en el pueblo la tenemos buena.

—Te lo digo a ti. Si no, ¿con quién voy a hablar?

—Con lo *abertzale* que te has vuelto. Siempre la primera, la que más chilla, la revolucionaria de los cojones. Y cuando a mí se me saltaban las lágrimas en el locutorio de la cárcel, venga bronca. No seas blando —la remedaba—, no llores delante del hijo, que me lo deprimes.

Muchos años atrás, ¿cuántos?, más de veinte, empezaron a sospechar, descubrir, entender. Arantxa, un día, en la cocina:

—Vamos, vamos. Todos aquellos carteles en las paredes de su cuarto. Y la figura de madera que tenía encima de la mesilla, la de la culebra enroscada al hacha, ¿qué?

Una tarde, Miren había llegado a casa inquieta/contrariada. Habían visto a Joxe Mari metido en un altercado callejero en San Sebastián. ¿Que quienes lo habían visto?

—Pues ¿quién va a ser? Bittori y yo. ¿O es que te crees que salgo con uno?

—Bueno, tranquila. Es joven, tiene la sangre caliente. Ya se le pasará.

Miren, sorbos a una taza de tila que se había preparado precipitadamente, invocó a san Ignacio en solicitud de protección y consejo. Y mientras pelaba ajos para incrustarlos en la carne de un besugo, se santiguaba sin soltar el cuchillo. Durante la cena, no paró de monologar ante la rueda de familiares callados, auguradora de disgustos graves, atribuyendo las andanzas de Joxe Mari al influjo de las malas compañías. Echaba la culpa al hijo de la Manoli, al del carnicero, a toda la cuadrilla.

—Está hecho un adán, con esas pintas y ese pendiente que me pone de los nervios. Llevaba la boca tapada con un pañuelo.

Por aquella época, Bittori y ella eran ¿amigas? Más, hermanas. Todo lo que se diga es poco. Casi se van juntas de monjas, pero apareció Joxian, pero apareció el Txato, pareja de mus en el bar, amigos cenantes, por lo general sabatinos, de la sociedad gastronómica y cicloturistas dominicales. Y las dos se casaron de blanco en la iglesia del pueblo, con *aurresku* a la salida, la una en junio, la otra en julio del mismo año, el 63. Dos domingos de cielo azul como encargado para la ocasión. Y se invitaron mutuamente. Miren y Joxian celebraron el banquete en una sidrería que no estaba mal, la verdad sea dicha, a las afueras del pueblo; pero, en fin, económica y con campestre olor a hierba segada y bosta; Bittori y el Txato en un restaurante de postín con camareros de traje, porque al Txato, que de niño andaba por el pueblo con alpargatas descosidas, le iba bien en una empresa de transportes que había fundado.

Miren y Joxian pasaron su luna de miel en Madrid (cuatro días, pensión barata a poca distancia de la Plaza Mayor); Bittori y el Txato, después de una estancia inicial en Roma, con saludo del nuevo Papa a la multitud, visitaron diversas ciudades italianas. Miren, mientras escuchaba de boca de su amiga el relato del viaje:

—Se ve que te has casado con un rico.

—Chica, no me he dado ni cuenta. Como me casé con él por las orejas...

Las dos amigas venían de una churrería de la Parte Vieja de San Sebastián la tarde aquella de los disturbios. Se detuvieron en una bocacalle que daba al Bulevar. Un autobús urbano ardía cruzado en la carretera. El humo negro se restregaba contra la fachada de un edificio, ocultaba las ventanas. Se conoce que al chófer le habían zurrado. Estaba el hombre allí, cincuenta, cincuenta y cinco años, sentado en el suelo, con la cara ensangrentada, la boca abierta como de no poder respirar, y a su lado dos peatones que lo atendían y consolaban, y un *ertzaina* que, a juzgar por los ademanes, les estaba indicando que allí no podían quedarse.

Bittori:

—Hay jaleo.

Ella:

—Tira mejor por la calle Oquendo y damos un rodeo hasta la parada del autobús.

Antes de doblar la esquina se volvieron a mirar. Al fondo se divisaba una fila de furgones de la *Ertzaintza,* estacionados al costado del Ayuntamiento. Los agentes, cascos rojos, cubiertas las caras con pasamontañas, habían tomado posiciones. Disparaban pelotas de goma a la chavalería arracimada enfrente, que los insultaba largándoles a coro el habitual repertorio: cipayos, asesinos, hijos de puta, en euskera unas veces, en castellano otras.

Y el autobús seguía a lo suyo, ardiendo estoicamente en medio de la batalla callejera. Y el humazo negro. Y el olor a ruedas quemadas, que se propagaba por las calles cercanas, hería pituitarias, picaba en los ojos. Miren y Bittori oyeron a algunos transeúntes quejarse en voz baja: que si los autobuses los pagamos entre todos; que si esto es defender los derechos del pueblo, apaga y vámonos. Una esposa le chistó al marido:

—Sssss, que te van a oír.

De pronto lo distinguieron, uno más entre los encapuchados, la boca tapada con un pañuelo. Huy, Joxe Mari. ¿Qué hace ahí? Miren por poco lo llama. El chaval había salido de la Parte Vieja por la misma bocacalle que ellas unos minutos antes. Se pararon seis o siete, también el hijo del carnicero y el de la Manoli, en la esquina de la marisquería. Y Joxe Mari era uno de los que corría con una mochila en brazos. Depositadas en la acera, unos y otros, y más que se fueron acercando, alargaban la mano para sacar no sabía qué. Bittori tenía buena vista, se lo dijo: piedras. Y sí, eran piedras. Se las tiraban con todas sus fuerzas a los *ertzainas.*

8
Un lejano episodio

Golpeó la atención de Miren el destello de una llanta. Le bastó una reducida concentración de luz matinal en la bicicleta de Joxian para evocar el lejano episodio. ¿El escenario? Aquella misma cocina. La memoria le trajo lo primero de todo el temblor de sus manos mientras preparaba la cena. Sólo de recordarlo le vino un amago del sofoco que por aquel entonces ella atribuyó al calor y al humo que subían de la sartén. Ni con la ventana abierta lograba una toma de aire satisfactoria.

Las nueve y media, las diez, y por fin lo sintió llegar. El inconfundible ruido de las pisadas en la escalera del edificio. Qué manía de subir corriendo. Se va a enterar.

Entró, grande, diecinueve años, la melena hasta los hombros y el maldito pendiente. Joxe Mari, niño sano, robusto, comilón, había crecido hasta convertirse en un mozo alto y ancho. Sacaba dos palmos de altura a todos los miembros de la familia menos al pequeño, que también venía alto, aunque era de otra naturaleza, no sé, Gorka era delgado, frágil; según Joxian, con más cerebro.

Cejas enfadadas, no lo dejó acercarse a darle un beso.

—¿De dónde vienes?

Como si no lo supiese. Como si no lo hubiera visto por la tarde en el Bulevar de San Sebastián. Desde entonces lo había estado imaginando con la ropa quemada, con una brecha en la frente, ingresado en el hospital.

Y él, al principio, respondió con evasivas. Se había vuelto muy suyo. Uf, había que sacarle las palabras con sacacorchos.

Y como no respondía, ella se lo dijo. La hora, el lugar, la mochila llena de piedras.

—¿No serás por casualidad de los que han pegado fuego al autobús? Aquí no nos traigas ningún disgusto.

Disgustos ni hostias, se soltó a gritar. ¿Y Miren? Pues lo primero, se apresuró a cerrar la ventana. Es que le va a oír el pueblo entero. Fuerzas de ocupación, libertad de Euskal Herria. Y ella agarró el mango de la sartén dispuesta a defenderse, porque si le tengo que dar le doy. Pero luego se fijó en el aceite caliente y, claro, no podía ser. Joxian, sin venir. Joxian en el Pagoeta y ella allí sola con su hijo enloquecido que hablaba a gritos de liberación, de lucha, de independencia, tan agresivo que Miren no pudo menos de pensar: este va a pegarme. Y era su hijo, su Joxe Mari, y ella lo había parido, le había dado el pecho y ahora qué manera de gritarle a una madre.

Se desanudó el delantal, hizo con él una pelota, lo tiró, ¿con rabia, con miedo?, al suelo, más o menos ahí donde tiene ahora Joxian la bicicleta, que también son ocurrencias subir el trasto a casa. Y lo que no quería era que el hijo la viera llorar. Conque salió a toda prisa de la cocina, los ojos achinados, los labios hacia fuera, toda la cara deformada por un gesto de llanto contenido que todavía le duraba cuando entró/irrumpió en el cuarto de Gorka y le dijo vete a buscar al *aita*. Y Gorka, inclinado sobre sus libros y sus cuadernos, preguntó qué pasa. Su madre le metió prisa y el chaval, dieciséis años, salió a toda pastilla hacia el Pagoeta.

Al rato, partida interrumpida, Joxian llegó a casa enfurruñado.

—¿Qué le has hecho a tu madre?

Tenía que hablarle mirando hacia arriba debido a la diferencia de estatura. En el destello de la llanta, Miren veía la escena completa, sin necesidad de fatigar la memoria. Allí estaban en tamaño reducido los azulejos hasta media pared, los tubos fluorescentes que derramaban una claridad humilde, de clase obrera, sobre los armarios de formica, el olor a fritanga en la cocina sin ventilar.

Faltó poco para que le pegara. ¿Quién? El hijo fuertote al padre tapón. Lo zarandeó. Jamás se le había encarado de semejante manera. Cuentas pendientes no había, pues. Joxian no fue nunca un padre pegón. ¿Pegón ese? Era más bien de renegar en voz baja y de largarse al bar en cuanto olfateaba discordia. Si siempre me lo dejaba a mí todo, la educación de los hijos, las enfermedades, la paz de casa.

A la primera sacudida, la boina salió volando y cayó, no al suelo, sino encima de la silla como si le hubieran mandado sentarse. Joxian reculó triste/atónito, amedrentado/pusilánime, en derrotado desorden el poco y canoso pelo que le quedaba, perdida para siempre la condición de macho alfa de aquella familia no mal avenida, eso no, al menos hasta aquel instante.

Arantxa le dijo a su madre una vez que vino de visita:

—*Ama,* ¿sabes cuál es el problema de esta familia? Que siempre hemos hablado poco entre nosotros.

—Bah.

—Yo creo que no nos conocemos.

—Pues yo os conozco a todos. Demasiado bien os conozco.

Y esa conversación también perduraba en la llanta, contenida en el destello entre dos radios, junto con la vieja escena, ay, que yo no olvidaré mientras me dure la vida. Allá podía ver a Joxian, pobrecillo, saliendo de la cocina con la cabeza gacha. Y se acostó antes de su hora habitual, sin despedirse, y ella no lo oyó roncar. Este hombre no ha dormido en toda la noche.

Estuvo varios días sin hablar. Hablaba poco. Pues ahora menos. Joxe Mari lo mismo, callado, callado los cuatro o cinco días que siguió viviendo en casa. Sólo abría la boca para comer. Luego, un sábado, juntó sus cosas y se marchó. Entonces no nos figurábamos que se había ido para siempre. Puede que él tampoco se lo figurase. En la mesa de la cocina nos dejó una hoja de papel: *Barkatu.* Ni la firma puso. Hala, *barkatu,* en una hoja arrancada de un cuaderno de su hermano, y nada más. Ni *muxus,* ni adónde se había ido, ni adiós.

Volvió *al de* diez días con una bolsa llena de ropa para lavar y un saco para llevarse otra porción de pertenencias que había dejado en el cuarto, y a su madre le regaló un ramo de calas.

—¿Para mí?

—¿Para quién, si no?

—¿De dónde has sacado tú estas flores?

—Pues de la tienda. ¿De dónde las voy a sacar? ¿Del aire o qué?

Se quedó mirándolo. Su hijo. De pequeño lo había lavado, lo había vestido, le metía a cucharadas la papilla en la boca. Haga lo que haga, me dije, será mi Joxe Mari y lo tengo que querer.

Mientras el tambor de la lavadora daba vueltas se sentó a comer. Casi termina él solo la barra de pan. Qué tigre. Y a todo esto llegó su padre de la huerta.

—*Kaixo.*

—*Kaixo.*

Esa fue toda la conversación. Terminada la colada, Joxe Mari metió las prendas mojadas en la bolsa. Que ya las pondría él a secar en su piso. ¿Piso?

—Ahora comparto un piso alquilado con unos amigos, según se sale por la carretera hacia Goizueta.

Joxe Mari se despidió, besando primero a su madre, dándole después a su padre una palmada afectuosa en la espalda. Cargado con el saco y la bolsa, se marchó a su mundo de amigos y de vete tú a saber quién, que, aunque estaba cerca, en el mismo pueblo, sus padres no conocían. Miren recordó que se había asomado a la ventana para verlo alejarse calle abajo; pero esta vez no le fue dado culminar la remembranza, ya que Joxian movió de pronto la bicicleta y el destello de la llanta desapareció.

9
Rojo

Ikatza había vuelto a traerle un pájaro muerto. Un gorrión. El segundo en tres días. A veces le trae ratones. Se conoce que la gata tiene esa manera de contribuir a la economía familiar o de mostrar agradecimiento por el trato que recibe de su dueña. Sin la menor dificultad sube por el tronco del castaño de Indias hasta una rama que le permite saltar a uno de los balcones del tercer piso; de este pasa al de Bittori, donde acostumbra depositar sus presas de regalo en el suelo o sobre la tierra de alguna maceta. Si encuentra la puerta abierta, no es raro que las deposite en la alfombra de la sala.

—¿Cuántas veces he de repetir que no me traigas bichos?

¿Le causan asco? Un poco, pero no le da por los remilgos. Lo malo para ella es que los regalos de *Ikatza* le suscitan la idea de la muerte violenta. Al principio los barría con la escoba hacia la calle; pero algunos caían sobre los coches aparcados delante del portal y, claro, no es plan. Para evitar rencillas con los vecinos, hace tiempo que lleva los animales muertos a la parte trasera de la casa; se sirve de un palo para ponerlos en el recogedor y, con el debido disimulo, los tira a las zarzas.

Estaba, guantes de goma, en esta ocupación cuando sonó el timbre. Para que su madre no se sobresalte, Xabier suele anunciar su llegada antes de abrir la puerta.

Al ver los guantes:

—¿Te pillo limpiando?

—No te esperaba.

Hijo alto, madre baja y roce de mejillas en el recibidor.

—Tenía cita con el abogado. Un asunto de poca monta que apenas me ha retenido unos minutos. Como me pillaba cerca, he pensado que podía hacerte una visita y de paso sacarte sangre. Así te libras de ir mañana al hospital.

—Bueno, pero intenta hacerme menos daño que la última vez.

Xabier, que tiende a callado, hablaba de cualquier cosa con tal de distraer a su madre. De los hermosos ojos soñolientos de *Ikatza,* que se lamía las patas encima del sillón. De la predicción del tiempo. De lo caras que están las castañas este año.

—¿Y a ti qué te importan las castañas con el sueldo que ganas?

Bittori, el brazo remangado, apoyado por el codo en la mesa de la sala, quería hablar, no que le hablasen. Un tema le hinchaba la boca: Nerea.

Nerea esto, Nerea lo otro. Quejas, entrecejo fruncido, reproches.

—Te lo digo a ti porque eres mi hijo y hay confianza. No puedo con ella. No he podido nunca. Decían que el primer parto es el peor, que para los siguientes ya está el camino despejado. Pues a mí me dolió más su parto que el tuyo. Pero, vamos, mucho más. Y luego, qué niña tan difícil. Y de adolescente, ni te cuento. Y ahora, aún peor. Yo pensé que después de lo del *aita* sentaría la cabeza. Me amargó el luto.

—No digas eso. A su manera ha sufrido tanto como tú y como yo.

—Sé que es mi hija y no debería hablar así, pero ¿para qué callar lo que siento si, aunque me calle, no voy a dejar de sentirlo? Cada vez me resulta más difícil no cogerle manía. Ya no tengo años para aguantar ciertos comportamientos, ¿me entiendes? Hace cuatro días que se fue a Londres con el vivalavirgen de su marido.

—Te recuerdo que mi cuñado tiene nombre.

—No lo trago.

—Enrique, si no te importa.

—Para mí se llama Nolotrago.

La aguja penetró con facilidad en la vena. La fina sonda se coloreó rápidamente de rojo.

Rojo. Xabier, Xabier, tienes que ir a tu casa, a tu padre le ha pasado algo. Se entendía que algo malo. Y esas palabras, le ha pasado algo, se quedaron resonando dentro de él en un presente interminable, bruscamente despedido del fluir del tiempo. No le dieron más detalles ni él se atrevió a preguntar; pero ya se daba cuenta, por la cara de la compañera que le comunicó la noticia y por el gesto de cuantos se cruzaban con él por los pasillos, de que a su padre debía de haberle ocurrido algo muy grave, algo muy rojo, lo peor. En ningún momento pensó en la posibilidad de un accidente. Vio, por el trayecto hacia la salida del hospital, cejas compungidas, frentes estriadas de horror/compasión y a un viejo compañero que bruscamente se dio la vuelta para no coincidir con él en el ascensor. Así pues, ETA. Mientras atravesaba la explanada del aparcamiento, estableció tres grados de gravedad: movilidad restringida, toda la vida en silla de ruedas, el ataúd.

Rojo. Le temblaba tanto la mano que no acertaba a introducir la llave de contacto en la cerradura. Y se le cayó al suelo del coche y tuvo que bajarse y buscarla debajo del asiento. Quizá habría sido más sensato viajar en taxi. ¿Pongo la radio, no la pongo? Con las prisas se le había olvidado despojarse de la bata. Hablaba solo, maldijo semáforos en rojo, soltó palabrotas. Finalmente, a la vista de las primeras casas del pueblo, decidió conectar la radio. Música. Giraba, nervioso, la ruedecilla. Música, publicidad, trivialidades, bromas.

Rojo. La *Ertzaintza* lo obligó a desviarse. Aparcó en zona prohibida detrás de la iglesia. Si me multan que me multen. Llovía con intensidad y él recorrió el camino lo más deprisa que pudo. Para entonces ya había escuchado la noticia por la radio, si bien el locutor no tenía constancia del estado físico de la víctima. Y además dijo mal el apellido. Entre el garaje y la casa de sus padres, Xabier vio la mancha de sangre, mezclada con el agua de la lluvia que la arrastraba poco a poco hacia el bordillo de la acera. Andaba tan deprisa, tan nervioso, que por poco la pisa. Ante los agentes de la *Ertzaintza* se había identificado como hijo. ¿Hijo de quién? Nadie se lo preguntó. La bata blanca le abrió el camino, si no es que tenía tan claro aspecto de familiar del tiroteado que a ningún *ertzaina* se le pasó por la cabeza preguntarle adónde iba.

—Todavía no me ha llamado.

—Quizá sí te llamó y tú habías salido. Yo te llamé ayer y anteayer. No te pusiste. Es una de las razones por las que he venido a verte. Quería asegurarme de que te encuentras bien.

—Y si tanta preocupación tenías, ¿por qué no has venido antes?

—Porque sabía dónde estabas y dónde has pasado las últimas noches. Lo sabe todo el pueblo.

—¿Qué sabe nadie de mí?

—Saben que te bajas del autobús en la parada del polígono industrial y que luego te diriges a la casa procurando no cruzarte con la gente. Me lo ha contado en el hospital alguien que te vio. Por eso no me alarmé. Y puede que Nerea haya hecho varios intentos de hablar contigo. No te voy a preguntar por tus intenciones. Es tu pueblo, tu casa. Pero en el supuesto de que te propongas revivir historias del pasado, te agradecería que me mantuvieras al corriente.

—Son cosas mías.

Xabier guardó sus instrumentos y la prueba de sangre de su madre en el maletín.

—Soy parte de esa historia.

Se acercó a la gata, que dócilmente se dejó acariciar. Dijo que no se quedaba a comer. Dijo otras cosas. Besó a su madre antes de marcharse, y como sabía que ella se asomaría a la ventana, antes de meterse en el coche levantó la vista y, suponiéndola detrás del visillo, le hizo adiós con la mano.

10
Llamadas telefónicas

El teléfono sonó. Seguro que es ella. Bittori no se puso al aparato y eso que para alcanzarlo le bastaba con estirar el brazo. Que llame, que llame. Y se imaginaba a su hija diciendo con impaciencia creciente, al otro lado de la línea: *ama,* ponte; *ama,* ponte. No se puso. A los diez minutos, el teléfono volvió a sonar. *Ama,* ponte. Inquieta por tanto ruido, *Ikatza* aprovechó que la puerta del balcón estaba abierta para salir a la calle.

Bittori se acercó ensayando unos pasos de baile a la foto del Txato.

—¿Bailas, Txatito?

Segundos después, el teléfono dejó de sonar.

—Era ella, tu predilecta. ¿Que cómo lo sé? Ay, marido, tú sabías de camiones, yo sé de lo mío.

Nerea no asistió ni al funeral ni al entierro de su padre.

—Contraeré el alzhéimer, olvidaré que te mataron, olvidaré mi nombre; pero te juro que mientras arda una bombilla en mi memoria me acordaré de que nos negó su compañía cuando más la necesitábamos.

La muchacha se había establecido el año anterior en Zaragoza con el fin de proseguir allí la carrera de Derecho. No había teléfono en el piso de estudiantes, calle de López Allué, que compartía con dos compañeras. Bittori, una vez que fue a visitarla, anotó el número del bar de abajo para casos de emergencia. ¿Móviles? Que ella recordase, poca gente usaba por entonces móvil. Hasta la fecha, Bittori no se había visto en la situación de tener que llamar urgentemente a su hija. Ahora no quedaba más remedio.

Así que Xabier, por ruego suyo, pues ella, entre los calmantes, el estupor y la congoja no estaba en condiciones de hilar dos frases seguidas, llamó al bar, explicó quién era, dijo con aplomo pesaroso lo que tenía que decir y dio al tabernero las señas de su hermana. El hombre, muy amable:

—Enseguida mando a alguien.

Y Xabier: que por favor le dijeran a su hermana que llamase a casa sin pérdida de tiempo e insistió en que era urgente, que era muy urgente. No le comunicó la razón de la llamada porque así se lo había pedido su madre. Para entonces la televisión e innumerables emisoras de radio habían difundido la noticia. Xabier y Bittori supusieron que Nerea ya se habría enterado por su cuenta de lo sucedido.

Pero ella no llamó. Transcurrieron las horas. Primeras declaraciones: brutal atentado, vil asesinato, un hombre bueno, condenamos, rechazamos sin paliativos, etcétera. Anochecía. Xabier marcó de nuevo el número del bar. El tabernero prometió que mandaría de nuevo a su hijo con el recado. Nada. Hasta la mañana siguiente Nerea no llamó. Esperó un rato largo en silencio a que su madre terminara de llorar y lamentarse y desahogarse y contarle con voz entrecortada detalles de lo ocurrido, antes de decir en tono lúgubre, pero resuelto, que había decidido no moverse de Zaragoza.

¿Eh? A Bittori se le cortaron los sollozos de golpe.

—Ya estás viniendo a casa en el primer autobús. Que no se diga. Han asesinado a tu padre y tú ahí tan tranquila.

—No estoy tranquila, *ama*. Estoy muy triste. No quiero ver al *aita* muerto. No lo resistiría. No quiero que me saquen en los periódicos. No quiero aguantar las miradas de la gente del pueblo. Ya sabes cómo nos odian. Te ruego que hagas un esfuerzo por entenderme.

Hablaba a toda prisa para que su madre no la pudiera interrumpir y para que el pujo de llanto que le estaba subiendo a la boca desde el centro del pecho no la privase de voz.

Y siguió diciendo con los ojos arrasados en lágrimas:

—Nadie en Zaragoza me identifica con el *aita*. Ni siquiera mis profesores. Eso me permitirá vivir aquí tranquila. No quiero que nadie en la facultad murmure: mira, es la hija del que mataron. Y si ahora viajara al pueblo y me sacasen en la tele, todo cristo sabría en la universidad quién soy. Así que me quedo aquí y haz el favor de no juzgar mis sentimientos. Estoy tan destrozada como tú. Deja, por lo que más quieras, que yo elija mi propia forma de duelo.

Bittori trató de meter baza en el diálogo, pero Nerea cortó la comunicación. Y no se presentó en el pueblo hasta después de una semana.

Hizo sus cálculos. Personas de Zaragoza (facultad, vecindario, amistades) que supieran que ella era hija de la última, pronto la penúltima, pronto la antepenúltima víctima de ETA: sus dos compañeras de piso y para de contar, a menos que esas dos se hayan ido de la lengua. El apellido es bastante común en Euskadi y suena con frecuencia por otros lados. En caso de que alguno le pregunte si es pariente del empresario de Guipúzcoa asesinado por ETA o si lo conoce, ella lo negará.

Antes que sus compañeras de piso lo supo aquel chico, José Carlos. Pasó a recogerla para ir a un bar cercano, donde tenían previsto juntarse con otros estudiantes. Todos ellos pensaban dirigirse de atardecida, en varios coches, a una fiesta en la Facultad de Veterinaria. Mientras bromeaban y reían, la noticia golpeó a Nerea. En un aparte con José Carlos, le pidió que no la dejase sola y, sin decir nada a nadie, la acompañara al piso. Se encerraron en la habitación. El chaval buscaba palabras de consuelo y no las encontraba. Estuvo un rato largo despotricando contra los terroristas y contra el Gobierno de ahora que no hace nada, y por deseo de su desolada amiga se quedó a dormir con ella.

—¿De verdad que te apetece?

—Lo necesito.

Y él pidió disculpas por adelantado para el caso de que no lograse la erección. No paraba de hablar:

—Han matado a tu padre, jodo, lo han matado.

Incapaz de concentrarse en los juegos eróticos, soltaba ristras de injurias al tiempo que ella trataba de cerrarle la boca con besos. Cerca de la medianoche, se puso encima de él y consumaron un coito rápido. José Carlos continuó murmurando exclamaciones, palabrotas, frases de repulsa, hasta que finalmente, vencido por el cansancio, se volteó hacia un lado y ya no dijo más. A su lado, con la luz apagada, Nerea estuvo toda la noche sin pegar ojo. Apoyada de espaldas contra la cabecera de la cama, fumaba cigarrillos mientras repasaba recuerdos de su padre.

Volvió a sonar el teléfono. Esta vez, Bittori se puso al aparato.

—*Ama,* ya era hora. Llevo tres días llamándote.

—¿Qué tal en Londres?

—Fantástico. Todo lo que te diga es poco. ¿Has cambiado el felpudo?

11
Inundación

Tres días de lluvias bíblicas, torrenciales o como se diga. Por la noche, en la cama, Joxian oía intranquilo el tamborileo de gotas furiosas que reventaban contra los tejados y las calles. Y en la fundición, durante la jornada laboral, cada vez que se asomaba al exterior meneaba la cabeza con creciente desánimo a la vista de aquel derrumbe continuo de agua que difuminaba los montes cercanos, que haría crecer peligrosamente el río. La huerta, me cago en diez. Y no paraba de jarrear y ya son tres días más los que vengan.

Lo de menos eran las hortalizas. Bah, las repongo. ¿Los árboles? Esos aguantan. Igual los avellanos se han ido a tomar por culo. Más le preocupaba la pérdida de las herramientas o que la riada se llevase por delante la tapia y la caseta donde cría los conejos. Lo habló con un compañero de trabajo.

—La tapia, si la habrías hecho de cemento, no te pasa esto.

Joxian:

—Me da igual la tapia y la madre que la parió. Pero, sin tapia, el río se habrá llevado un montón de tierra. Tendré un boquete así de grande. Vamos, un barranco. Los conejos, ahogados seguro. Y de la parra ni te cuento.

—Eso te pasa por poner la huerta en la *erribera*.

—Nos ha jodido, pues donde el suelo produce más.

Al fin de la jornada, se fue directo de la fábrica a la huerta. ¿Seguía lloviendo? A cántaros. Según bajaba la cuesta, paraguas, boina ladeada, vio que la *Ertzaintza* había cortado el tráfico en el puente. Al agua rápida, sucia, le faltaban dos dedos para rebasar el pretil. ¡Menudo panorama! Pues si el agua casi salta por encima del puente, ¿qué daños no habrá causado en la huerta, que queda más baja? Dio la vuelta por detrás de una manzana de casas. Porque, claro, una cosa es que el río inunde y otra que, además de inundar, arranque y arrastre y destruya. Pulsó el botón de un timbre, reveló su propósito con la boca pegada al portero automático, le abrieron. Y en casa del amigo, desde el balcón que daba al río:

—La hostia bendita, ¿dónde está mi huerta?

Troncos imitaban canoas zozobrantes; ramas se asomaban, se hundían en el agua color café con leche; un bidón pasó, roñoso, dando saltos de tentempié; también plásticos veloces, y trascendía de la cólera fluvial un fuerte olor como de musgo y moho y putrefacción removida. El amigo, tal vez para contrarrestar las quejas de Joxian, señalando con el dedo la orilla frontera:

—Pues mira allá el taller de los hermanos Arrizabalaga. De esta se arruinan.

—Mis conejos, *cagüen* la puta.

—Esto les va a costar un dineral.

—Con todo el trabajo que he metido ahí. Hasta las jaulas las hice yo. ¡Horas!

Pasaron unos cuantos días, cesó la lluvia, descendió el caudal. A Joxian se le incrustaban las botas de goma hasta media caña en la tierra reblandecida de la huerta. Sobrevivieron los árboles rebozados de barro; también los avellanos y, milagro o buenas raíces, la parra. El resto, para echarse a llorar. La tapia que lindaba con el río había desaparecido, arrancada de cuajo. No quedaba ni una tomatera, ni un puerro, nada. De la parte baja, pegada a la orilla, la corriente se había llevado una gran cantidad de tierra con todo lo que allí había: los frambuesos, los groselleros, el *txoko* de las calas y los rosales. A la caseta le faltaban las tablas de un costado y la uralita de la cubierta. Los conejos estaban en sus jaulas, pringados de légamo, hinchados, muertos. Las herramientas, vete tú a saber.

A Joxian, aquellos días, en sus ratos libres, le dio por permanecer sentado en el sofá del comedor, con los codos sobre los muslos y la cabeza entre las manos. Una estatua de pena. Le preguntaban, no respondía.

—¿Quieres el periódico?

Ni caso. Hasta que Miren perdió la paciencia.

—Concho, si tanto te duele la huerta, baja y arréglala.

Se levantó, dócil. Ni que hubiera estado esperando que se lo mandaran. Al día siguiente parecía más animado. Como que reanudó la costumbre de echar la partida con los amigos en el Pagoeta. Del bar vino contento, casi eufórico. Y es que los amigos le habían dado la idea de levantar entre la huerta y el río un muro de hormigón.

—Total, ¿qué te va a costar? Cuatro duros.

Le contó a Miren durante la cena, congrio en salsa, porrón de vino con gaseosa, rascándose el costado derecho, que el Txato se había ofrecido a llevarle en un camión la tierra con la que reemplazar la que se había llevado la riada.

—Tierra buena tiene que ser, ¿eh? De Navarra. Aprovechando un transporte, me la va a traer sin cobrarme.

Pero antes debía construir el muro. Y antes de nada hacer limpieza. Demasiada tarea para uno solo. Y, sobre todo, ¿cuándo? ¿Después del trabajo?

Miren:

—Ah, tú sabrás.

Le aconsejó que preguntara a los hijos si le echaban una mano. Así que Joxian esperó levantado a que llegara Gorka y le dijo: Gorka, el domingo, la huerta, echar una mano, tú y tu hermano, etcétera. Y el chaval no respondió. Le falta arranque a este chico. Su padre, para animarlo:

—Al final nos vamos los tres a la sidrería a comer cada uno un chuletón. ¿Qué te parece?

—Bien.

No dijo más y llegó el domingo. Sol, buena temperatura y el río otra vez en su cauce. Joxian renunció a participar en la etapa de cicloturismo porque aunque la bici es importante, la huerta está por encima. La huerta es su religión. Lo dijo con esas palabras una vez en el Pagoeta, en réplica a unas burlas que le hicieron los amigos. Que cuando se muera, Dios no le venga con paraísos ni pijadas; que le dé una huerta como la que tiene ahora. Y todos se reían.

Por la calle:

—¿Le has dicho a Joxe Mari que venga a las nueve?

—No se lo he dicho.

—Anda tú. ¿Y eso?

Entonces se lo contó, se lo tenía que contar, no había más remedio.

—Hace dos semanas que mi hermano no vive en el pueblo.

Joxian se detuvo con cara de sorpresa.

—Pues no nos ha dicho nada. A mí, al menos, no. A la *ama*, no sé. ¿O todos sabéis y yo no? ¿Dónde vive ahora?

—No lo sabemos, *aita*. Supongo que se ha ido a Francia. Me han asegurado que en cuanto pueda nos lo dirá.

—¿Quién te lo ha asegurado?

—Amigos del pueblo.

Callaron durante el resto del camino hasta la huerta. Nada más llegar, Joxian preguntó:

—Si está en Francia, ¿cómo hostias se las arregla para ir al trabajo?

—Ha dejado el oficio.

—Pero si todavía no ha acabado el aprendizaje.

—Ya ves.

—¿Y el balonmano?

—También lo ha dejado.

Hicieron el trabajo los dos solos, cada uno en un lado de la huerta. Hacia las once, Gorka le dijo a su padre que se tenía que ir. Le dio, qué raro, un abrazo de despedida. Nunca se abrazaban y ahora, ¿por qué?

Solo en la huerta, Joxian siguió paleando porquería hasta la hora de comer, limpió con la manguera aquí y allá, puso a secar al sol las herramientas rescatadas del barro. ¿Francia? ¿Qué hostias se le ha perdido a ese tontorrón en Francia? Y si no trabaja, ¿de qué come?

12
La tapia

Levantaron la tapia. ¿Quiénes? Joxian, Gorka, que prometió traer un amigo que luego no vino, y Guillermo (¡Guillermo!), por aquellos días todavía yerno simpático y cooperador.

Años antes, Arantxa, en la cocina:

—*Ama*, tengo novio.

—Ah, ¿sí? ¿Alguno del pueblo?

—Vive en Rentería.

—¿Y cómo se llama?

—Guillermo.

—¡Guillermo! ¿No será guardia civil?

Ahora bien, sin ayuda del Txato no lo habrían conseguido. ¡Qué coño lo van a conseguir! Es que el Txato, además de prestarles los encofrados, les agenció un camión hormigonera que Joxian nunca supo cuánto había costado ni si el operario que lo manejaba cobró o no cobró. El Txato le dijo: tú tranquilo, que la empresa constructora me debe favores. Así que Joxian sólo tuvo que pagar el hormigón. Aún no había terminado de adecentar la huerta ni había arreglado la caseta y ya le alegraba los ojos una tapia reluciente a prueba de riadas, al menos, según el Txato, de riadas como la del mes pasado.

Un problema: delante de la tapia había un socavón como para un estanque con peces. Esto de los peces lo dijo Joxian sopesando en el aire uno imaginario del tamaño de un atún. El otro: bah, que aquello tenía arreglo. El Txato cumplió la promesa que había hecho en el Pagoeta. Tardó en cumplirla. ¿Cuánto? Pues cosa de dos semanas. Hasta que le surgió un transporte a

Andosilla, en Navarra. A la vuelta mandó al conductor que trajese una carga de tierra cultivable. Por lo visto también le debían favores en Navarra. Al Txato mucha gente le debía favores. Y Joxian, por supuesto, agradecido. Y si hay que pagar, se paga.

Otro problema: descargaron la tierra, el Txato al volante, la tierra de una tonalidad más rojiza que la de la zona, por lo visto buena para cepas, y comprobaron que la cantidad transportada no alcanzaba para llenar el socavón.

Joxian:

—Harían falta lo menos tres camiones.

Solución: que pusiera bancales.

—Divides la huerta en dos niveles, comunicados por escalones o por una rampa para la carretilla. Entonces, si se repite la inundación, el agua se te juntará en la parte baja del terreno. Con un poco de suerte, sólo te jode la mitad de la huerta y no toda como esta vez.

El Txato era rápido discurriendo, tenía ideas. En eso estaba todo el mundo de acuerdo. Le aplicaban el viejo elogio: más listo que el hambre. Joxian, en cambio, carecía de agilidad mental. Las cosas como son. Si hubiera estado más espabilado se podía haber metido de socio en lo de los camiones; pero dudaba, le faltó arranque, Miren lo disuadió. Para emprendedor y valiente, el Txato. En el pueblo lo decían todos los vecinos hasta que de la noche a la mañana, TXATO ENTZUN PIM PAM PUM, dejaron de mencionarlo en sus conversaciones, como si nunca hubiera existido.

Pues sí, tenía ideas y también tenía un problema. ¿Cuál? Este:

—Me han mandado otra carta.

> ETA, organización armada para la revolución vasca, se dirige a usted para reclamarle la entrega de veinticinco millones de pesetas en concepto de aportación al mantenimiento de la estructura armada necesaria en el proceso revolucionario vasco hacia la independencia y el socialismo. De acuerdo con los datos reunidos por los servicios de información de la organización, etc.

El asunto le quitaba el sueño. Joxian: que normal, que a quién no se lo quitaría.

—¿Y la familia?

—No saben.

—Mejor.

Para dispensarlos de pesadillas y porque al principio, qué inocente, pero qué inocente, pensó que el problema era de rápida solución, como si se tratara de un simple negocio. Pago y me quedo en paz. Las cartas, firmadas con la serpiente enroscada al hacha y los símbolos de ETA, se las habían mandado a la empresa. La primera: 1.600.000 pesetas. Sin decir nada a nadie, se montó en el coche y acudió a la cita en Francia con el Señor Oxia de turno. Volvió al pueblo aliviado, escuchando música por la autopista. Una cabronada, pero qué quieres. Días después hubo un atentado con muerto, viuda desolada, huérfanos y declaraciones de condena y repulsa, y el Txato sintió un pinchazo de culpa, me cago en diez, pensando que su dinero podría servir para financiar explosivos y pistolas, y Joxian dijo que sí, que lo comprendía. Pero, en fin, él había pagado y creyó que por un tiempo, quizá unos años, lo dejarían tranquilo. Sí, sí. No habían pasado ni cuatro meses cuando le llegó la siguiente carta.

—Ahora me piden veinticinco millones. Es mucho, es una barbaridad.

Joxian, solidario:

—Estas cosas, entre vascos, no deberían pasar.

—Dime la verdad, ¿tengo cara de explotador? En toda mi vida no he hecho más que trabajar como un buey y dar trabajo. Ahora mismo tengo catorce empleados en nómina. ¿Qué hago? ¿Me llevo la empresa a Logroño y los dejo a ellos en la estacada, sin sueldos, ni seguro, ni hostias?

—Igual se han equivocado y te han mandado una carta que era para otro.

—No soy pobre, eso no. Entre los gastos, los impuestos de unos, ahora los impuestos de otros y más que no te cuento para no darte la tabarra, pero ya te lo imaginarás: reparaciones, combustible, créditos pendientes y el copón, al final no creas que nado en oro líquido. Qué coño voy a nadar. La gente yo no sé lo que se piensa. Sigo conduciendo el mismo coche que hace diez años. Algunos camiones se me han quedado viejos, pero ¿de dónde saco yo para otros nuevos? Pedí hace poco un crédito para comprar dos. Y lo que más me duele es que alguno de esos a los que doy trabajo les habrá ido a los terroristas con el cuento: oye, que ese está forrado.

Meneaba nervioso la cabeza, la cara con ojeras de mal dormir.

—Pero no por mí, ojo. A mí esa pandilla de asesinos no me asusta. Que me peguen un tiro y me quedo en paz. Muerto, pero en paz. En la carta mencionan a Nerea y el sitio donde estudia y otros detalles.

—No jodas.

—Eso es lo que me hunde. ¿Tú qué harías?

Joxian se rascó el cogote antes de contestar.

—Pues no sé.

Estaban a la sombra de la higuera, fumando, y hacía buen tiempo y sobre una piedra se soleaba una lagartija. El camión, en medio de la huerta, con las ruedas semihundidas en la tierra blanda. Y del otro lado del río les llegaba el constante chaca-chaca de alguna máquina del taller de los Arrizabalaga.

—¿Tú crees que esos también pagan?

—¿Quiénes?

—Los Arrizabalaga.

Joxian se encogió de hombros.

—Sólo hay tres opciones. Pagas, emigras o te la juegas. Lo que no me entra en la cabeza es por qué se ensañan conmigo después de haber pagado lo que me pidieron y sin hacerles esperar.

—Yo no entiendo de estas cosas, pero para mí que ha habido una equivocación.

—Ya te he dicho que nombran a Nerea.

—Igual te han mandado sin darse cuenta la carta del año que viene.

Chaca-chaca. El Txato, tras tirar la colilla al suelo y pisarla:

—¿Podría pedirte un favor?

—Claro, lo que quieras.

—Verás, he estado pensando. Me convendría hablar con ellos, con algún jefe o con el responsable de sus finanzas, y aclarar mi situación. El cura con el que me reuní no es más que un intermediario. A lo mejor me rebajan la cantidad exigida o me dejan pagar a plazos, ¿entiendes?

—Me parece una buena idea.

Chaca-chaca. Se oían también pájaros y rumor de motores de los coches y camiones que cruzaban el puente cercano.

—Necesito hablar con Joxe Mari. Ese es el favor que te pido.

Joxian, con gesto de sorpresa:

—¿Qué tiene que ver mi hijo en todo esto?

—Necesito a alguien que me busque un contacto.

—Joxe Mari no es de ETA, ¿eh? ¡Qué va a ser! Además está fuera. ¿Dónde? Pues no sabemos. Joxe Mari es un tontolaba y un gandul. Ha dejado el trabajo y Miren dice que se habrá pirado a correr mundo con los amigos. Igual anda ahora por América.

Chaca-chaca-chaca.

13
La rampa, el baño, la cuidadora

Miren lo vio claro desde el principio. Si no es porque vivían en el bajo habrían tenido que mudarse. ¿Por qué? Concho, pues porque no podríamos estar todos los días subiendo y bajando a Arantxa en la silla de ruedas por las escaleras. ¿Tú te imaginas? No eran más que tres peldaños los que separaban el suelo del portal del rellano donde se encuentra la puerta de la vivienda. Poca altura, pero así y todo no puede ser, a la larga no puede ser.

—Tú estás fuera, a mí me fallan las fuerzas o me pongo enferma por la calle, es un suponer. ¿Qué hago? ¿Pedir ayuda? ¿Dejar a Arantxa sola en el portal?

Conque le dijo que discurriera una solución y Joxian no lo dudó un segundo, se caló la boina, se fue al Pagoeta y allí los consejos de los amigos lo encaminaron a un taller de carpintería, donde encargó una rampa. El carpintero, tras tomar medidas, la hizo, la probó y la colocó. Y una mañana los vecinos se encontraron con que tres cuartos del ancho de la pequeña escalera los ocupaba aquel armatoste de madera, que además se alargaba cosa de medio metro más allá del peldaño inferior, sobre el suelo de baldosas del portal, con la idea de reducir la inclinación. Joxian y Miren probaron a subir y bajar la silla de ruedas, primero sin Arantxa, después con ella, y sí, no había duda, en adelante los tres peldaños no supondrían ningún obstáculo para sacar a su hija de paseo.

De la escalera del portal, para los vecinos, apenas quedaban disponibles dos palmos de anchura, a menos que, como hacían los niños, subieran y bajaran por la rampa, que es justo la recomendación que le hizo Miren a uno que se quejó porque el asunto no había sido consultado con la vecindad.

—Oye, pues *pasar* por la rampa. ¿Qué más os da?

Problema doble. Para ellos, que alguno resbale y se rompa la crisma. Para nosotros, que cada vez que alguien ande por la rampa se oigan las pisadas dentro de casa y de noche no nos van a dejar dormir. A Joxian, en el bar, le dieron la idea de recubrir la superficie de madera con moqueta. Miren, encantada. La moqueta, ¿cómo no se nos ha ocurrido antes?, serviría a un tiempo para insonorizar las pisadas y para que nadie resbalase. Y la pusieron, la puso un conocido, pegada con cola de carpintería, reforzada la sujeción con clavos.

Joxian, agorero:

—Usarán la moqueta de felpudo. No quiero ni pensar cómo la dejarán cuando llueva.

Los vecinos, indiferentes o resignados, tal vez deseosos de evitar discordias con la familia de un miembro de ETA, se tragaron las protestas menos uno, Arrondo, el del segundo derecha. En realidad lo mandó la mujer a exigir que quitaran ahora mismo el trasto. La escalera es de todos; su madre, 88 años, no puede pasar por ahí, etcétera. Ella y Miren habían sostenido un conato de disputa a la salida de misa, con miradas atigradas, dientes apretados y un arqueo de desdén en los respectivos labios superiores. Y Arrondo, un sábado, hombre de pocas palabras pero fuertes, bajó con su ultimátum: que o quitaban el trasto o lo quitaba él, *mecagüendiós*.

Fue Miren quien abrió la puerta. Joxian, en la cocina, escondido.

—Tú no quitas nada.

—¿Que no?

Arrondo es robusto-robusto, pero imprudente. No pensó, no calculó las consecuencias, su mujer lo había azuzado. Total, que levantó la rampa y la tiró al rincón de los buzones. Oyoyoy, Arrondo. En menudo lío te has metido. Entonces Miren, sin quitarse el delantal, con zapatillas de casa, se llegó a la Arrano

Taberna. Era pronto, había pocos. No importa. Con dos bastaba. Pasados veinte minutos, Arrondo ya había restituido la rampa a su lugar. Nunca más hubo quejas y ahí sigue el trasto, feo pero útil.

Joxian: que se podían haber hecho las cosas de otro modo. ¿De qué modo? De otro, no sabía, a buenas, hablando.

—¿Y por qué no has salido tú a hablar, tanto que dices?

La rampa de la escalera no fue el único cambio que introdujeron para adaptar la vivienda a las necesidades de Arantxa. El cuarto de baño lo reformaron por completo. Vamos, al final no se parecía nada a como era antes. Para las obras siguieron las instrucciones escritas en un prospecto que les proporcionaron en el Servicio de Rehabilitación. Una parte la pagó Guillermo. Miren: claro, como que la quería perder de vista cuanto antes. Hala, aquí tenéis a la paralítica, os la devuelvo, que yo ya he encontrado a otra que me caliente la cama. Y se quedó con los hijos y Miren, en la iglesia, al santo de Loyola: Ignacio, te pido que lo castigues, tú verás de qué manera. Y luego dame a mis nietos y sácame a Joxe Mari de la cárcel. Si me concedes todo esto, ya nunca te pediré nada. Te lo juro.

Total, que por los días en que Arantxa se instaló con ellos tenían el cuarto de baño como de sanatorio de cinco estrellas, con una ducha sin receptáculo ni escalón, de fácil acceso. ¿Qué más? Pues con barras asideras, alfombrillas antideslizantes, grifería de palanca; en fin, lo que les aconsejó la directora del Servicio de Rehabilitación del hospital y lo que ponía en el prospecto.

Pero para lavarla como es debido hacen falta dos personas. Miren, sola, no se apaña, pues a Arantxa, tan delgada al principio, le dio por engordar y ahora pesa lo suyo. Hay que desvestirla, hay que sentarla en la silla especial para la ducha y enjabonarla y secarla y vestirla.

—Bien, vale, vale, no me expliques lo que ya sé.

Y Joxian, que quería largarse cuanto antes a echar la partida en el Pagoeta, se mostró conforme en contratar los servicios de una asistente. Porque lo que Miren no acepta de ninguna manera es que Joxian mire/toque/agarre a Arantxa desnuda, aunque sea su padre. Ni hablar.

Otro día entró Joxian en casa y ¿qué ve? Una mujer menuda de ojos aindiados y larga cabellera lisa y negra, que lo recibe con una reverencia, dos filas blancas de dientes sonrientes, lo llama señor, ¡señor!, y le dice:

—Buenos días, señor. Mi nombre es Celeste, para servirlo.

De Ecuador. Muy maja, ¿eh? Y modosita.

Joxian, por la noche, en la cama:

—¿De dónde la has sacado?

—Pues preguntando. ¿Has visto lo limpia y formal que es?

—Que de dónde la has sacado.

—En la carnicería, hablando. La Juani: oye, conozco a unos del Ecuador y la mujer limpia casas por poco dinero. Viven ahí abajo, antes de llegar al puente. El marido trabaja de repartidor con una furgoneta. Y ayer fui paseando con Arantxa, pregunté por ella y aquí la tienes. Un tesoro de mujer. Le he contado que un hijo mío vive en Andalucía y que voy a verlo una vez al mes. Celeste dice que no me preocupe, que ella cuidará de Arantxa.

—¿Y cuánto le piensas pagar?

—Diez euros cada vez que venga.

—Es poco.

—Son pobres. Ella sabrá agradecerlo.

14
Últimas meriendas

Bittori era más de tostadas con mermelada y descafeinado de máquina; Miren, de chocolate con churros. ¡Con lo que engordan! Le daba igual. ¿Se llevaban bien? Muy bien, íntimas. Un sábado iban las dos juntas a una cafetería de la Avenida, el siguiente a una churrería de la Parte Vieja. Siempre a San Sebastián. Decían San Sebastián como decían Donostia. No eran estrictas. ¿San Sebastián? Pues San Sebastián. ¿Donostia? Pues Donostia. Se arrancaban a conversar en euskera, pasaban al castellano, vuelta al euskera y así toda la tarde.

—¿Imaginas que nos hubiéramos metido monjas?

Y se reían. Sor Bittori, hermana Miren. En ese plan. Hacían, peinadas de peluquería, recuento de las habladurías del pueblo, entendiéndose sin escucharse, pues la mayor parte del tiempo hablaban las dos a la vez. Criticaban al cura, ese faldero; despellejaban a las vecinas; de casa y de la cama, se lo contaban todo. La espalda peluda de Joxian, las cochinadas lascivas del Txato. Lo que se dice todo.

También esto:

—Sabemos que está en Francia, pero no en qué pueblo. Por fin el bandido nos ha escrito. El pobre Joxian no duerme del disgusto. Se pregunta qué hemos hecho para que nos pase esto.

Era tarde de tostada, de lluvia y viento. La cafetería, llena. Ellas tenían su rincón donde hablar sin que nadie las incordiase.

—No te he podido traer la carta. No nos deja Joxe Mari. Ponía que la rompamos. Conque, ris ras, aunque me dolía, no te creas, la he hecho pedazos. Joxian, histérico. Que si no veo que se puede recomponer la carta juntando las partes. Huy, chico, pues cómetela. Ha cogido las cerillas y les ha pegado fuego a los papeles en el fregadero.

Trajo la carta anoche la novia o lo que sea, porque hoy día no se sabe. Tesis de Miren: se arrejuntan como conejos. Claro, como hay medios para no quedarse preñadas. Esto lo afirmaba a menudo y Bittori asentía. Estaban convencidas de haber nacido con treinta años de adelanto. Franco, los curas, el qué dirán: hay que ver lo ingenuas que habían sido. Así pensaban, merendantes, un ojo puesto en las mesas cercanas por si algún parroquiano tenía la antena puesta.

—La carta, ¿por correo? No, mujer. Usan sus canales. Remite no había. Así que nos hemos quedado sin saber adónde se ha ido a vivir. Tienen prohibidas las visitas. Hace unos años podías pasar al otro lado a verlos y a llevarles ropa y lo que *haría* falta. Ahora han de andar con cuidado porque los fascistas van detrás *suyo.*

—¿No tienes miedo de que le ocurra una desgracia?

—Joxian, sí. Joxian a veces no baja al bar para ver si sale la foto de Joxe Mari en el telediario. Yo estoy tranquila. Conozco a mi hijo. Es listo y fuerte. Se sabrá defender.

Entre bocados a la tostada y sorbos de café con leche, Miren citaba pasajes de memoria. Que no hicieran caso de los rumores. La gente habla sin saber. Aún menos de las mentiras de los periódicos. Que entendía la militancia como un sacrificio por la liberación de nuestro pueblo y que si alguien les venía al *aita* o a la *ama* con el cuento de que se había metido en una banda de criminales, que no se lo creyeran, que él lo único que hacía era darlo todo por Euskal Herria y también por los derechos de esos que se quejan y luego no hacen nada. Eran muchos *gudaris,* afirmaba. Cada vez más. Lo mejor de la juventud vasca. Y terminaba: «Os quiero. No me olvido de mis hermanos. Un *muxu* grande y espero que estéis orgullosos».

Ikatza se acerca sigilosa. De un salto se encarama a su regazo y aguarda, paciente, las caricias. Los dedos de Bittori se aseguran de que el collar no le aprieta demasiado, juegan con sus orejas, rozan sus párpados que, por el gusto del contacto, permanecen cerrados. Y Bittori le dice, mientras le pasa la palma de la mano por el lomo y la gata ronronea, que yo me apené de verdad, *Ikatza* preciosa. ¿Te imaginas? Yo con pena del hijo de mi mejor amiga, que había dejado el trabajo, el equipo de balonmano y la novia o la medio novia, para entrar de pistolero en una organización dedicada al asesinato en serie.

¿Y Miren? Pues verás, *Ikatza,* ahora que me lo preguntas, te diré lo que pienso. En el fondo, y que me perdone el Txato, la comprendo. Comprendo su transformación, aunque no la apruebo. Entre la merienda aquella en la cafetería de la Avenida y la siguiente en la churrería de la Parte Vieja, mi amiga Miren cambió. De repente era otra persona. En una palabra, había tomado partido por su hijo. No tengo la menor duda de que se fanatizó por instinto materno. En su lugar, quizá yo me habría comportado igual. ¿Cómo vas a darle la espalda a tu propio hijo aunque sepas que está cometiendo maldades? Hasta entonces, Miren no se había interesado lo más mínimo por la política. A mí no me ha interesado ni entonces ni ahora, y al Txato no digamos. Al Txato sólo le preocupaban su familia, la bicicleta los domingos y sus camiones el resto de la semana.

¿Nacionalistas esos? Ni por el forro. O como mucho el día de las elecciones por aquello de votar a los de aquí. Yo, *Ikatza maitia,* nunca les oí opinar de temas políticos. Y desde luego, Arantxa, de *abertzale,* lo justo y puede que ni eso. El pequeño, bah, ese era un bendito. La verdad, no creo que ellos educaran a sus hijos en el odio. Los amigos, la cuadrilla, las malas compañías, le metieron al sinvergüenza el veneno de la doctrina que lo llevó a destrozarles la vida vete tú a saber a cuántas familias. Y aún se creerá un héroe. Es de los duros, dicen. De los duros o de los brutos. No sabe ni cómo se abre un libro.

Fue el sábado siguiente cuando por primera vez la notó cambiada. Después de los churros con chocolate, se encaminaron como de costumbre hacia la parada del autobús y ¿qué ven? Una manifestación de tantas en el Bulevar. Lo de siempre: pancartas, independencia, amnistía, *gora ETA.* Bastante gente. Dos o tres caras del pueblo, lluvia y paraguas. Y en vez de esquivar a la muchedumbre, Miren dijo: hala, guapa, vamos. La cogió del brazo, le dio un tirón y se metieron las dos en medio del gentío, ni muy adelante ni muy atrás. Y, en esto, coge Miren y se arranca a corear a voz en cuello las consignas que aquella gente voceaba. *Vosotros, fascistas, sois los terroristas.* Y Bittori a su lado, un poco extrañada, pero bueno, allá fue.

No sabía nada. El Txato no se lo había dicho. Así es, *Ikatza.* El muy cabezota mantenía el asunto en secreto. Para protegernos, dijo después. ¡Menuda protección! Nos podían haber reventado a todos con una bomba.

Se enteró por Miren, que lo sabía por Joxian y este lo había sabido de labios del propio Txato, en la huerta, la tarde en que le llevó el camión con tierra de Andosilla. No se le pasó a Miren por la cabeza que su amiga no lo supiera.

—No hay forma de ir a verlo. Porque si *podríamos* ir, ya le diríamos: oye, habla con los jefes, que hagan algo para que dejen al Txato tranquilo.

Bittori, de pronto recelosa:

—¿Dejar tranquilo a mi marido?

—Por lo de las cartas.

—¿Cartas? ¿Qué cartas?

—Ah, pero ¿no lo tenéis hablado?

15
Encuentros

Dos cagadas blancas, ya secas, en la losa, y una, todavía más grande, chorreada sobre los nombres de la lápida. Atribuyó, renegante, la fechoría a las dichosas palomas. Un pájaro, ¿cómo va a soltar semejante cantidad de excremento? Cientos, miles, un mar de tumbas y las guarras tenían que venir a soltar la plasta en la del Txato.

—Te han puesto fino, marido. Esto quizá te traiga suerte.

Siempre con sus bromas. ¿Qué iba a hacer? ¿Abrirse a diario la herida? Limpió lo que pudo con hojas secas y manojos de hierba arrancados de aquí y de allá. Los últimos restos se los confió a la siguiente lluvia. Esto lo susurró contemplando el horizonte sobre la ciudad, donde se veía una lejana nube solitaria. Y, como de costumbre, extendió el cuadrado de plástico y el pañuelo.

—Voy todos los días al pueblo. A veces llevo comida para calentarla allí. ¿Sabes qué? He puesto un geranio en el balcón. Como lo oyes. Uno bien grande y rojo para que sepan que he vuelto.

Le contó que ya no se apeaba en la parada del polígono industrial. Y anteayer, no te lo vas a creer, reunió valor para entrar en el Pagoeta. Eran las once de la mañana. Había poca gente. A primera vista, ningún conocido. El hijo del tabernero servía detrás de la barra. Bittori llevaba varios días mortificada por la tentación de poner los pies, después de tantos años, en aquel sitio. Ni siquiera tenía sed. Ni sed ni hambre y, si la apuran, tampoco curiosidad, sino algo más intenso que hervía en lo hondo de sus pensamientos.

—Bueno, yo ya me entiendo.

Salía hasta la calle el típico rumor de voces punteado por alguna que otra risotada. ¿Entro, no entro? Entró. Al punto se hizo el silencio. Habría como una docena de clientes. No los contó. Se callaron todos a una, desviando la mirada, ¿hacia dónde? Pues hacia donde no estaba ella. Y el chaval que pasaba el trapo por entre los platillos de los pinchos tampoco la miraba. Un silencio ¿agresivo, hostil? No, más bien de interrogación, de extrañeza. Que si estaba segura.

—Txato, esas cosas se notan.

La barra tiene forma de L. Bittori se colocó en el lado más corto, de espaldas a la entrada. Aprovechó que no le prestaban atención para observar el local. El suelo de baldosas a dos colores, el ventilador colgado del techo, las baldas con filas de botellas. Descontando unos cuantos detalles, el bar presentaba el aspecto de siempre. Estaba igual que cuando Bittori entraba a comprarles polos a sus hijos pequeños. Los inolvidables polos de naranja y de limón del Pagoeta, que no eran más que refrescos congelados dentro de un molde, con su palito para agarrar.

—No ha cambiado apenas nada, te lo juro. Las mesas donde jugabais a cartas los hombres siguen en su sitio, pegadas a los listones de la pared. El comedor, al fondo. Los servicios, bajando la escalera. No hay futbolín ni una máquina de las bolas como aquella que hacía tanto ruido, pero sí una tragaperras. De lo poco nuevo que he visto. Ah, y la hucha para los presos encima de la barra. Carteles de fútbol y traineras en lugar de los antiguos de toros, y para de contar. Ahora parece que el negocio lo lleva el hijo.

Por fin se acercó a ella:

—¿Qué va a ser?

En vano intentó que su mirada y la de él se cruzasen. El chaval, treinta y tantos años, para ella un chaval, aro en una oreja, un mechón de pelo en el cogote, seguía atareado con el trapo, pero no más allá, a dos o tres metros, como antes, sino justo delante de Bittori. Le preguntó para obligarlo a hablar si tenía descafeinado de máquina. Tenía. Los demás reanudaron sus conversaciones. A Bittori no le sonaban las caras. Aunque ese de pelo blanco, ¿no será por casualidad...?

—No tengo la menor duda de que todos estaban pensando lo mismo. Es la mujer del Txato. Cuando salí me dieron ganas de volver la cara y decirles tranquilamente desde la puerta: Soy Bittori, ¿qué pasa? ¿No puedo estar en mi pueblo?

No mostrar amargura. No llorar en público. Mirar de frente a las personas, a las cámaras fotográficas. Se lo prometió en el tanatorio, con el Txato dentro de la caja.

—¿Qué se debe?

El tabernero pronunció una cantidad sin levantar los ojos. Por no hurgar en el monedero, Bittori le pagó con un billete de diez. Mientras esperaba las vueltas, se acercó al ángulo de la L. Allí estaba. ¿Qué? La hucha. En la parte frontal, una pegatina: *Dispersiorik ez*. Le ardía una irresistible tentación que le fue bajando por el brazo izquierdo hasta el codo, hasta la mano, hasta el dedo meñique. Que no me vean, que no me vean. Como quien no quiere la cosa, alargó el dedo hasta rozar con la uña la parte inferior de la hucha. Nada, ni medio segundo, pues al punto retiró el dedo como si hubiera tocado una llama.

—No me pidas que te lo explique porque yo misma no lo entiendo. Me dejé llevar.

Salió a la calle. Cielo azul, coches. Antes de llegar a la esquina, la vio.

—Al principio no la reconocí.

Y cuando supo quién era, ¡Jesús, María y José!, se quedó paralizada por la impresión y también por una especie de congoja. Lo que se dice paralizada-paralizada. Como que ellas siguieron su camino y Bittori no fue capaz de moverse del sitio. Clavada al suelo. Pero si es...

—Deja que te cuente.

Bittori subía por la parte soleada de la calle. Por la acera opuesta bajaban algunas personas, entre ellas una señora bajita, con rasgos como los de los indios de los Andes. Del Perú o de por ahí. Y nada, esa señora empujaba una silla de ruedas, y en la silla iba sentada una mujer con la cabeza ligeramente caída hacia un hombro y una mano cerrada como los que no la pueden abrir. La otra, en cambio, podía moverla.

—Entonces me di cuenta de que me hacía señas. En todo caso sacudía la mano cerca del pecho, como saludándome. Y me miraba, pero no de frente. A ver cómo te lo explico. Con la cara ladeada y una gran sonrisa, una sonrisa violenta, con un poco de saliva en un costado de los labios y los ojos achinados. A primera vista irreconocible, te lo juro. Parecía como que le estaba dando una convulsión, ¿entiendes? Pues bien, era Arantxa. Está paralítica. No me preguntes qué le ha pasado. No tuve arrestos para cruzar la calle y preguntárselo.

No estaba segura de si Arantxa la había saludado o le había hecho señas para que se acercase. La mujer que la cuida no se percató, atareada con la silla de ruedas. Conque se la llevó calle abajo, sin prisas, y Bittori, sintiéndolo de veras, permaneció en el sitio hasta que las perdió de vista.

—En fin, Txato, ya te lo he contado. ¿Y qué quieres que te diga? Me da pena. Arantxa ha sido siempre para mí la mejor de esa familia. Ya cuando era niña me caía simpática. La más sensata y normal de todos ellos, y la única, como te he contado alguna vez, que se compadeció de mí y de nuestros hijos.

Recogidos el cuadrado de plástico y el pañuelo, Bittori se dirigió a la salida del cementerio. Dio un rodeo, ahora por aquí, ahora por allá, siempre con la mira puesta en no encontrarse con nadie. Ya casi al final del camino, en el hueco entre dos tumbas, vio una paloma y al palomo hinchado que la cortejaba. ¡Hospa! Espantó a las aves pisando con fuerza el suelo.

16
Misa dominical

La campana es la misma; pero los domingos, a primera hora de la mañana, no suena igual que los otros días. Los tañidos dominicales se suceden más calmados, menos desapacibles, menos atosigantes, como pregonando con una cadencia perezosa: vecinos, tlan, son las ocho de la mañana, tlan; por mí podéis, tlan, seguir en la cama, tlan.

Para entonces, Joxian ya llevaba tres cuartos de hora de pedaleo por carreteras provinciales. ¿Adónde dijo que iba? Qué más da. A un bar en el corazón de Guipúzcoa donde sirvan huevos fritos con jamón, eso seguro. Todas las etapas del club cicloturista terminan ante un plato de huevos fritos con jamón y luego vuelta a casa.

Las ocho, pues. El sonido del timbre coincidió con una de las últimas campanadas y Miren, sin peinar, en camisón, abrió la puerta a Celeste, que tuvo la gentileza (no era la primera vez) de traerle media barra de pan tierno para desayunar.

—Huy, maja, no hace falta que te molestes.

Entre las dos es más fácil sacar a Arantxa de la cama. Miren se reserva el tronco y la cabeza. Primero, eso sí, al tiempo que levanta la persiana, dispensa a su hija unas muestras matinales de ternura en euskera: *egun on, polita* y así. Celeste repite con entonación andina lo de *egun on* y se ocupa de las piernas.

No bien hay que mover a su hija, a Miren le da por engarzar imperativos: agarra, tira, sube, levanta, baja, pero no por ejercer el poder ni mostrarse autoritaria. Entonces, ¿por qué? Pues porque le da mucho miedo que Arantxa se les caiga, y aunque tal cosa no ha ocurrido nunca hasta la fecha, desconfía. Se le ponen los ojos grandes, se inquieta y a menudo a Celeste no le queda más remedio que apaciguarla:

—Sosiéguese, Miren. Ahorita ya la podemos levantar.

La colocaron como de costumbre en la silla de ruedas. Luego Celeste precedió a la madre y a la hija abriendo puertas. Sujetada por las dos mujeres, Arantxa se puso de pie. Vigor en las piernas no le falta. ¿Cuál es el problema? Es que tiene un pie equino. La doctora Ulacia ha pronosticado que a medio plazo Arantxa, ya sea con bastón, ya sostenida por otra persona, será capaz de dar unos pasos, y no descarta en absoluto la esperanza de verla caminar algún día dentro de casa.

La sentaron en la taza del retrete; acto seguido, en su silla especial bajo la ducha. Y Celeste se encargó del enjabonamiento y el enjuague porque se le da mejor y porque tiene más paciencia y es, ¿cómo decirlo?, más suave, cosa de la que Miren no era del todo consciente hasta que Arantxa, un día, se lo comunicó por medio del iPad: «Quiero que Celeste me duche siempre».

—¿Pues?

Vuelta a teclear: «Eres muy bruta».

Carece de voz. En ocasiones se le adivina en los labios una palabra muda que los músculos de la cara intentan a toda costa lanzar al aire, empujando los conatos de lenguaje que la boca trabajosamente insinúa; pero de ahí a emitir sonidos comprensibles media una distancia para ella insalvable. No obstante, hay que estimular a Arantxa por la vía de los elogios. Así lo aconseja la fisioterapeuta, así lo aconsejan el neurólogo y la directora del Servicio de Rehabilitación y la logopeda.

—Elogie, Miren. Elogie a todas horas. Elogie cualquier tentativa que haga Arantxa de hablar o desplazarse.

Entre Miren (coge bien, ponte ahí, ten cuidado) y Celeste la secaron y vistieron, y Celeste la peinó y Miren, mientras tanto, se encargó de preparar el desayuno. Peinarla es fácil pues tiene el pelo corto. Se lo cortaron sin su consentimiento en el hospital. ¿Qué resistencia iba a oponer ella por los días en que los párpados eran la única parte del cuerpo que podía mover?

Se marchó Celeste, y dieron las diez y luego las once.

—Bueno, nos vamos a misa.

Arantxa se apresura a desenfundar el iPad. Su madre:

—No, si ya sé lo que vas a decirme.

Y, en efecto, se lo dice por escrito: «Soy atea».

—No empecemos. Si no quieres, no reces. Pero no pienses que vas a quedarte aquí sola o que yo me voy a privar por un capricho tuyo de la misa de los domingos. Lo mismo te puedes condenar en casa que en la iglesia.

Y le arrebató el iPad. Porque se hacía tarde, dijo. Y la llevó, malhumorada la madre, malhumorada la hija, a paso vivo por la calle, pero hay una razón. Y es que si no llega con tiempo a la iglesia puede que encuentre su sitio ocupado, en el extremo de un banco que linda con una columna. Delante de la columna, a su lado, coloca a Arantxa. Y así, la silla de ruedas no estorba el paso de nadie, tiene a su hija protegida de las corrientes de aire y ella puede conversar a sus anchas, sin fatigar el cuello, con la estatua de Ignacio de Loyola, que está allí junto. ¿Dónde? A media pared, sobre una ménsula. A decir verdad, a Miren, lo que diga el cura, por regla general, le importa poco y además se sabe la misa de memoria. Pero hablar con Ignacio, hacerle promesas, proponerle tratos, dirigirle súplicas y reproches (hay días en que lo pone como hoja de perejil) es muy importante para ella. Tiene con él el doble de confianza que con Joxian.

En fin, a lo que no está dispuesta de ninguna manera es a tomar asiento con Arantxa en las filas delanteras. Jamás de los jamases. Todavía se sonroja pensando en aquel domingo, qué vergüenza. La primera vez no supo dónde colocar la silla de ruedas. ¿En el pasillo central? Mala idea. Conque se fue adelante del todo, pensando en que, por no ser lugar de paso, la silla no molestaría. ¡Dios, si lo llega a saber! Arantxa recién salida del hospital, Miren con la ilusión de un milagro. Mas Jesús tomó de la mano a la hija de Jairo y dijo: «Niña, despierta». Una cosa así, pero con una paralítica en vez de con una muerta. Y lo de menos es que don Serapio diese la bienvenida antes de comenzar la misa, por el micrófono, a Arantxa, y luego, durante el sermón, la pusiese de ejemplo de la infinita bondad de Dios Nuestro Señor. Esas palabras, a Miren, no le parecieron mal. Estaba la iglesia bastante llena de gente, todos conocidos, y un poco de consuelo y de ánimo y de protagonismo no vienen mal, ¿eh?, y de paso a ver si la descreída esta recupera la devoción.

Llegó entretanto el momento de la Eucaristía. ¿y qué hace don Serapio? Si es que es un metete. Pues coge y baja en plan solemne los tres escalones que separan el altar de la zona de los bancos, se acerca a Arantxa y con todo cariño, en serio, incluso emocionado, le da de comulgar. ¡Jesús, María y José! Pero si no se ha confesado. Pero si esta no cree en Dios. A ver si, con lo cabezona que es, va a escupir la hostia. ¿Y si se nos atraganta? Total, que a la salida de misa, por el camino de vuelta a casa, Arantxa abrió la boca y allí estaba, pegada a la lengua, reblandecida, la sagrada forma, menos mal. ¿Qué hacer con el cuerpo de Cristo? Pues nada, Miren pinzó con dedos cuidadosos la oblea húmeda y se la llevó a su propia boca. Cerró los ojos en medio de la acera, musitó una jaculatoria y aquella fue su segunda comunión de la jornada. ¿Qué otra cosa podía hacer?

Encontró su sitio habitual desocupado. Ignacio esto, Ignacio lo otro. Joxe Mari, el pobre, tan lejos, que todo lo que ha hecho es luchar por Euskal Herria y tú lo sabes. La chica, ya ves el panorama que tengo. Y el pequeño ni nos visita ni nos llama. A su lado, Arantxa dormía o se hacía la dormida en señal de protesta. ¡Por mí! Como no puede gritar... Y si la ven, ¿qué más da? La bendición de Dios Todopoderoso, Padre, Hijo y Espíritu Santo, descienda sobre vosotros. Se le había pasado la misa en un santiamén. Esperó a que saliera la gente. Qué lentos son algunos, joder. Vacía la iglesia, se llegó a la sacristía. ¿Y Arantxa? Bueno, tampoco es una tragedia que se quede cinco minutos sola.

Fue al grano.

—Me pone los nervios de punta, padre. Por las noches no pego ojo. Yo me huelo que viene a crear problemas, eso seguro, a crisparnos. Somos víctimas del Estado y ahora somos víctimas de las víctimas. Nos dan por todas partes.

Al final le expuso su ruego. Que fuera a hablar con ella, que por favor le sonsacara con qué intenciones viene todos los días al pueblo y que la convenciera para que no se mueva de San Sebastián.

El cura, que es tocón, le puso una mano sobre el hombro y le echó una ráfaga de halitosis.

—No te preocupes, Miren. Yo me encargo.

17
Un paseo

Es bonito, ¿a que sí?, tener un hijo que, a pesar de sus muchas e importantes ocupaciones, le dedica a su madre la mañana de un día de labor. Ahí viene, bien plantado, aunque los zapatos no pegan con la ropa. Gusto, lo que se dice gusto en el vestir, no tiene. A unos les salen los hijos terroristas. A mí me ha salido médico. ¿Por qué no decirlo si es la verdad? Cuarenta y ocho años, buena posición, casa propia, pero todavía sin esposa ni descendencia. Solo, siempre solo. Ni siquiera le da por viajar como a su hermana. Me pregunto si será feliz, si disfruta de la vida.

Beso de madre e hijo junto a los relojes de La Concha, donde se habían citado. Él propuso tomar asiento en la cafetería del hotel de Londres; ella, que ni hablar. ¿Encerrarse en un local con el buen tiempo que hace? Xabier tendió la mirada en derredor como para cerciorarse de que su madre tenía razón. Y, sí, el cariz del cielo, la brisa suave y la agradable temperatura de otoño invitaban a dar un paseo.

—¿Qué quieres hacer?

—Vamos para allá.

Y Bittori señaló con un golpe de barbilla hacia el paseo de Miraconcha. No esperó el acuerdo de su hijo, sino que se arrancó a caminar en la dirección indicada y Xabier se puso enseguida a su lado.

—¿Cómo es posible que todavía no hayas encontrado una mujer? No me lo explico. Eres guapo, tienes una profesión de prestigio. ¿Qué más? No te falta dinero. ¡Pero si tienen que andar las mujeres en manada detrás de ti!

—Es que no vuelvo la cabeza.

—Oye, no pienses que voy a escandalizarme; pero a ti, por casualidad, no te irán los hombres, ¿verdad?

—A mí lo que me va es mi trabajo. Ayudar a los pacientes, curar a los enfermos, esas cosas.

—Me despachas con evasivas.

—No valgo para el matrimonio, *ama*. Eso es todo. Tampoco valgo para la escultura ni para el rugby y, sin embargo, no me preguntas nada sobre mi relación con esas actividades.

Lo agarró del brazo. Una madre que luce hijo por Miraconcha. A la izquierda, el tráfico intenso, ciclistas en los dos sentidos, gente que camina y gente con atuendo deportivo que se dedica a correr; a la derecha, la bahía, el mar, el consabido festival acuático de tonalidades azules y verdes que alegra la mirada, con cabrilleos, olas, barcas y el horizonte marino en lontananza.

De víspera habían conversado por teléfono, así que a Bittori le constaba que Xabier había hecho indagaciones y le traía resultados, aunque ignoraba cuáles. Venga, que contase, que no podía ella aguantar por más tiempo la curiosidad.

—Debo decirte antes de nada que es la última vez que hago esto. Difundir información confidencial acerca de los pacientes podría costarme el puesto. En esta ocasión he podido contar con una compañera de confianza, que es quien me ha proporcionado los datos; pero así y todo hay que andar con pies de plomo en estos asuntos.

Su madre: que menos rollos, que le contara de una vez lo que ella le había pedido que averiguase. Y continúan caminando (el mar, la barandilla blanca, el monte Igueldo al fondo) y él comienza su relato y dice que:

—Hace dos años, Arantxa tuvo un ictus. No me preguntes en qué circunstancias porque no me las han podido aclarar. En el informe consta que fue ingresada inicialmente en la UCI de un hospital de Palma de Mallorca, de donde se deduce que se encontraba de vacaciones en la isla cuando le sobrevino el ataque. Y el problema, te lo aseguro, fue de extrema gravedad.

Arantxa sufrió lo que llamamos un síndrome de cautiverio a causa de una oclusión de la arteria basilar.

—Se nota que eres médico.

—Bien, tranquila, ya te voy a explicar. De esa arteria depende el riego sanguíneo del sistema nervioso central. Es, por así decir, responsable de una zona en la que convergen las vías que bajan hacia la médula espinal. Un trastorno en dicha zona puede dejar sin movilidad a todo el cuerpo. Es lo que le ocurrió a ella, ¿entiendes? Su mente se convierte en prisionera de un cuerpo paralizado. Y aunque oye y entiende, no es capaz de reaccionar. Tan sólo puede mover los ojos y las pestañas.

Pues la última persona de esa familia a la que Bittori desearía un mal es a ella. Bajaba un día por la calle. ¿Estaba ya casada con el chico de Rentería? Sí, pero aún no tenía hijos. Y el Txato ya no participaba en las etapas de cicloturista ni iba a jugar a las cartas al Pagoeta con los amigos, que eso sí que le dolía al pobre hombre aunque luego él decía: bah, hay cosas peores. Habían aparecido pintadas en las paredes. Una de tantas: TXATO TXIBATO. Por la rima, supongo, pero el caso es difamar y meter miedo. Fulano hace un poco, mengano hace otro poco y, cuando ocurre la desgracia que han provocado entre todos, ninguno se siente responsable porque, total, yo sólo pinté, yo sólo revelé dónde vivía, yo sólo le dije unas palabras que igual ofenden, pero, oye, son sólo palabras, ruidos momentáneos en el aire. De la noche a la mañana mucha gente del pueblo empezó a negarles el saludo. ¿El saludo? Eso es mucho pedir. Hasta la mirada les negaban. Amigos de toda la vida, vecinos, también algunos niños. ¿Qué sabrán los inocentes? Pero, claro, en casa escuchan las conversaciones de sus padres. Se topó con Arantxa por la calle. Y nada de en voz baja. Bien alto lo dijo. Cualquiera que estuviera cerca lo habría podido oír.

—Lo que os están haciendo es una canallada y yo no estoy de acuerdo.

No dijo más. No esperó respuesta. No la besó en las mejillas como en tiempos pasados. Pero le dio una palmada solidaria en el hombro antes de seguir por la calle adelante. Más o menos fue eso lo que dijo. Puede que cambien algunas palabras, porque la memoria a veces falla. Pero en todo caso tuvo aquel gesto afable que Bittori no olvida. ¿Yo olvidar? Antes, muerta.

—Ingresó en un hospital de Palma con un cuadro severo que precisó de traqueotomía, respirador y otros cuidados que no hace falta que te describa porque tampoco creo que sea de tu interés conocerlos. Basta con que sepas que en esos instantes Arantxa no puede respirar ni hablar ni por supuesto alimentarse. En resumen, su vida depende por completo de la ayuda externa.

Mataron al Txato, una tarde de lluvia, a pocos metros del portal de su casa. Y el cura, menudo pájaro, le insistía a Bittori para que el funeral se celebrara en San Sebastián. ¿Y eso? No, es que allí irá más gente. Y ella, que ni hablar, que somos del pueblo, nos bautizaron en el pueblo, nos casaron en el pueblo y en el pueblo han matado a mi marido. El cura cedió. Se ofició el funeral, sonaron las campanas a muerto, había pocos vecinos de la localidad en la iglesia, algunos políticos del espectro constitucionalista, algunos parientes venidos ex profeso y poco más. ¿Empleados de la empresa? Ninguno. En la homilía, ni una palabra sobre el atentado. Trágico suceso que a todos nos conmociona. Y a Arantxa no la vio, pero Xabier dice que estaba por los bancos del fondo con su marido. No se acercaron a dar el pésame, pero allí estaban, no como otros. Y eso Bittori tampoco lo olvida.

Llegaron madre e hijo entretanto al túnel del Antiguo y ¿qué hacemos? Decidieron volver. Xabier, explicativo, si bien simplificante y resumidor para mejor hacerse entender. Bittori, pensativa de gesto, observaba con fijeza, más allá de la ciudad, de los montes y las lejanas y sueltas nubes, imágenes que nunca había visto, que veía ahora por vez primera: Arantxa entubada, Arantxa expresando sí o no con la sola ayuda de los párpados. Se lo tienen merecido. Bueno, eso no, ella no, ella sí que no.

—*Ama,* me parece que no me escuchas.

—¿Vienes a comer a casa?

—No puedo.

—¿Estás citado? ¿Cómo se llama la afortunada?

—Se llama medicina.

En el mejor de los casos, según Xabier, Arantxa podrá deambular algún día dentro de su casa con bastón o asistida por otras personas. Come por su cuenta, aunque conviene que no esté sin vigilancia mientras ingiere bebida y alimentos, y no se descarta que en el futuro logre fonar.

—¿Logre qué?

—Emitir voz.

Fuera de esos objetivos, y por mucho empeño que ella ponga en la rehabilitación (y de hecho, según dicen, lo pone), no creía Xabier que la paciente llegase nunca a hacer lo que pudiéramos llamar vida normal.

Ya a punto de separarse junto a los relojes de La Concha:

—¿No me ibas a dar los resultados del análisis de sangre?

—Ah, muy bien que me lo recuerdes. Casi se me olvida. Algunos valores no me terminan de agradar, así que le he pedido a Arruabarrena que te haga una revisión. Sin prisas, ¿eh? Una cosa rutinaria. Para estar seguros, ya sabes. Por lo demás, estás como un roble.

Se besaron, se despidieron. Pasaban cerca bicicletas, carritos de bebés, gorriones urbanos.

—Y ese Arruabarrena, ¿quién es?

—Un amigo y uno de los mejores especialistas que tenemos.

Lo vio alejarse. Supo, intuyó, que a los pocos pasos se daría la vuelta. ¿Por curiosidad, por costumbre, para examinarla? Y así ocurrió. Bittori, que no se había movido del sitio, con voz serena:

—Es oncólogo, ¿verdad?

Xabier asintió. Hizo un gesto como para quitar dramatismo al asunto. Se alejó entre las filas de tamarices, un tanto encorvado de espaldas, quizá porque, como es alto, está acostumbrado a mirar hacia abajo cuando habla con la gente. Parece mentira que un hombre de su categoría siga soltero. ¿Será porque se viste con poco gusto?

18
Vacaciones en una isla

Que no, que estas cosas pasan porque tienen que pasar o, como decía su madre, porque Dios o san Ignacio, en representación de Dios, así lo han querido. Qué mala suerte, ¿por qué a mí?, etcétera. Tenía el rosario de quejas de los señalados por la adversidad (ja, ja, ja: no seas cínica, chavala) requeterrepetido en sus pensamientos. Y le escribió en el iPad una vez a Gorka, el hermanito triste ¿o simplemente asustado?, que, ya que era escritor, si no le apetecía escribir su historia. A Gorka se le puso una expresión de alarma en los ojos y se apresuró a responder que no, que él sólo escribía libros para niños. Arantxa volvió a mostrarle la pantalla de su aparato: «Algún día la escribiré yo contándolo todo». No era la primera vez que anunciaba, ¿en son de amenaza?, aquel propósito.

En tales ocasiones, Miren se sulfuraba.

—¿Tú qué vas a escribir si no puedes ni lavarte los dientes sola? ¿Y para qué? ¿Para contar a todo el pueblo las desgracias que se han metido en nuestra casa?

Los miraba (en la cocina, domingo, pollo asado) desde la silla de ruedas, más lúcida (no presumas, chavala) que todos ellos juntos. ¡Qué familia de pardillos! Su padre envejecido, arrugado de pena, una mancha de aceite en la pechera de la camisa, sin entender desde hacía veinte años nada de cuanto sucede a su alrededor. Su hermano Gorka, que vive, ¿escondido?, en Bilbao y pasa largas temporadas sin dar señales de vida. El otro hermano ausente, que no está pero es como si estuviera, pues a todas horas sale en las conversaciones; el fortachón de la familia, pudriéndose en la cárcel ¿desde hace cuántos años?, ya ni me acuerdo. Y la *ama*, que tiene aproximadamente la misma sensibilidad y la misma empatía que el tubo de escape de una moto; aunque cocina bien, la verdad sea dicha. Y veía a su padre y a su madre atareados en la masticación, silenciosos, las caras inclinadas sobre los platos respectivos, y le iba subiendo un flujo de amargura, ¿o era de rencor?, por el pecho hasta el gaznate (contrólate, chavala) y cerraba los ojos y circulaba de nuevo con el coche alquilado por el tramo aquel de carretera entre pinos, pocos kilómetros antes de llegar a Palma.

Se habían ido de vacaciones a Cala Millor. ¿Quiénes? La madre y la hija. Dos semanas de agosto en un hotel económico sin vistas al mar, pero tampoco lejos de la playa. Endika, entonces 17 años, no quiso acompañarlas. Que no y que no. La pequeña no es que tuviera muchas ganas, pero Arantxa la convenció con promesas de diversiones, un poco de chantaje sentimental y la compra de una cámara de fotos a pesar de las malas notas escolares. Lo importante, para Arantxa, era perder de vista a Guillermo. Se habría ido sola a cualquier sitio, pero le remordía la conciencia dejar a los niños a merced de su padre. ¿El matrimonio? Bah, a eso no se le puede llamar matrimonio. Una discusión seguía a la otra. Días y más días sin dirigirse la palabra, intercambiando miradas de desprecio, odio, asco, cuando no había más remedio que mirarse. Pero los hijos. Pero las ataduras económicas. Pero la casa comprada entre los dos. Y los parientes, ¿qué dirán? Arantxa había decidido no dejarse doblegar, aunque en el fondo yo sentía una gran inseguridad, en serio, y él salía con una tipa y no lo ocultaba.

—Como te niegas a follar, pues en algún sitio tengo que meterla.

En ese plan. Delante de los hijos. Y si no delante, cerca de ellos, desde donde sin duda oían las agrias imputaciones, los agrios reproches, los gritos agrios.

Ainhoa, 13 años:

—Jo, *ama*, es que prefiero quedarme aquí con mis amigas.

—Te lo pido por favor.

Y fueron las dos solas. Guillermo las llevó al aeropuerto en su coche. Ainhoa pidió música y él la puso a todo volumen. Para no tener que hablar, supongo. Y al final nos dejó las maletas en el suelo, besó rápidamente a su hija, dijo feliz vuelo, no se sabe si a ellas o a las nubes, porque habló mirando a las alturas como un santo de estampa, y emprendió sin demora el viaje de vuelta. Ni siquiera tuvo el detalle de acompañarlas con los equipajes al mostrador de facturación.

Yo, a lo mío, rumbo a la putada que me esperaba entre unos pinos de Mallorca, justo cuando más estaba disfrutando de unos días de relajación, sin lágrimas, ni rabias, ni discusiones; de la compañía de su hija, del sol, del agua del mar y de unos escarceos eróticos con un extranjero alojado en el mismo hotel. Más que nada por volver a sentir las viejas cosquillas y por resarcirse de las humillaciones de Guillermo, que se las daba de semental y de Casanova, y en realidad no era más que un cerdito apenas vibratorio en la cama.

Pasaron Manacor, dejaron atrás otros pueblos. ¿Síntomas? Ninguno. El coche que habían alquilado se le figuraba en su recuerdo, mientras mordisqueaba sin ganas la pechuga de pollo que le había cortado su madre en trozos pequeños, una burbuja de felicidad. Ella, al volante; Ainhoa, con gafas de sol en el asiento de al lado, intercambiando con el móvil mensajes de texto en su mal inglés (si me hicieras caso y estudiaras) con un chico alemán al que había conocido en la playa y del que se había enamorado perdidamente. Qué bonito es el amor a esa edad. Y los pinos al fondo, bajo el cielo azul de la mañana, preparados ya para reventarle la burbuja.

No siente las piernas. Y logró, no sabe cómo, detener el coche en medio de la carretera, si no es que el coche se paró solo aprovechando que la ruta hacía en aquel tramo un poco de cuesta y Arantxa, en cuanto pudo, echó el freno de mano, pues las manos sí las podía mover, lo mismo que podía pensar y hablar y ver y respirar y, en realidad, no le dolía nada.

—*Ama,* ¿qué haces, por qué paras?

—Baja y pide ayuda. Me ocurre algo.

Viernes. Qué mala suerte, mis hijos, ¿por qué me tenía que pasar esto a mí? Se lo iba diciendo en la ambulancia. Un sanitario le hacía preguntas. ¿Para mantenerla consciente? Ella respondía, distraída. Casi todo el espacio de su pensamiento se lo llevaban sus hijos, su trabajo de dependienta, su futuro, pero antes que nada sus hijos, tan jóvenes aún, qué será de ellos sin mí. Sábado, domingo. Arantxa cada vez más tranquila, convencida: esto se queda en un susto. Ainhoa, histérica, portándose mal. ¿Y eso? Primero, que no quería instalarse en un hotel de Palma ni volver sola al de Cala Millor; segundo, que la isla le parecía ahora una cárcel y se quería marchar a casa en el primer avión. Le permitieron dormir en el hospital, en una silla junto a su madre. Guillermo, ilocalizable. Endika, a saber dónde estaba. En casa, desde luego, no. Espero que no monte ningún lío. Y finalmente el lunes el médico habló del alta al día siguiente, dio consejos con voz aplomada, sugirió que Arantxa se sometiera a una revisión exhaustiva en su ciudad. Conque ella les dijo por teléfono a su madre y luego a Guillermo que no hacía falta que fueran a Mallorca a buscarla, que volvería con Ainhoa como estaba previsto. Decidió, incluso, pasar en Cala Millor los cinco días que aún les quedaban de vacaciones. Ainhoa:

—Yo aquí me aburro.

—¿Y el chico alemán? ¿No vas a decirle adiós?

El chico alemán, de repente, le daba por saco.

—No hables así, que te van a oír.

Hora y media después, de anochecida, Arantxa yacía entubada en la UCI. Le acababa de sobrevenir el segundo ictus, el fuerte, en medio de unos dolores in-so-por-ta-bles. Lo oía todo. Al médico, a las enfermeras. Y no podía contestar y le daba mucha angustia, Dios mío, qué momento, la aterrorizaba pensar que la metiesen en un ataúd creyéndola muerta y la enterrasen viva.

—Oye, guapa, ¿se puede saber por qué no comes?

Abrió los ojos. Parecía sorprendida, incluso asombrada, de ver a su madre enfrente y a su padre a la izquierda, con los labios grasientos, atacando con voracidad un muslo de pollo.

19
Discrepancia

Pero qué calor hace en esta tierra. Miren pensaba que el mar refresca las islas.

—No, *amona*.

—Hace el mismo calor que cuando voy a visitar al *osaba* Joxe Mari.

¿El viaje? Un desastre. Había aterrizado en Palma con cinco horas y media de retraso, después de una espera interminable, horrible, etcétera, en el aeropuerto de Bilbao. Aguantó la sed, la fue aguantando, siguió aguantándola cuanto pudo, pero al final no le quedó más remedio que hacer un gasto imprevisto. Se tomó un botellín de agua mineral sin gas porque no andaba el presupuesto para lujos mayores y por otro lado no le apetecía beber del grifo de los servicios. Me agarraría una descomposición seguro. Se había hecho ilusiones de aplacar la sed con lo que sirvieran dentro del avión, pero pasaba el tiempo (una hora, otra...) y ella sentía como si un puñado de arena le atascase la garganta. Así que, nada, se fue al bar y pidió, brusca, como enfadada, su modesta consumición.

¿Qué ocurría? Pues que todos los aviones despegaban menos el suyo. Los altavoces lo único que hacían era anunciar otros vuelos (con destino a Múnich, París, Málaga, embarquen por la puerta número...) y soltar cada dos por tres la monserga esa de mantengan sus pertenencias controladas en todo momento.

Conque preguntó a estos y aquellos viajeros que esperaban como ella cerca de la puerta de embarque. Oiga, perdone. Y entre que unos eran extranjeros y otros estaban igual de desinformados que ella, no encontraba la manera de averiguar por qué, vamos a ver, por qué si el avión está pegado a la pasarela, con las maletas dentro, no nos dejan montarnos.

Y mi hija allá lejos, en el hospital. Ahora ya no miraba el reloj con el nerviosismo de hasta entonces, sino con un comienzo de resignación y de rabia lenta, y decidió (calor, sudor) subir al piso de arriba a poner remedio a la sed. Así lo hizo y extrajo del vaso el trozo de limón y lo saboreó y por último mordisqueó lo blanco de la peladura, pues también la apretaba el hambre.

A la salida del bar vio venir de frente a dos guardias civiles. Se fijó en los uniformes, no en las caras. Y un brusco reparo y una invencible repugnancia la impelieron a detenerse junto a la barandilla. Ya cerca, descubrió que eran dos guardias jóvenes, un hombre y una mujer. Y como venían entretenidos en su conversación, los miró sin disimulo. ¿Qué hago? Los *txakurras* seguro que saben. Ya cerca, la desconcertó la naturalidad/sonrisa/pelito rubio de ella, con su coleta por detrás de la gorra. Miró en torno. A ver si va a andar por aquí gente del pueblo y la cagamos. Y se atrevió: oigan. Le preguntó a ella. No tiene pinta de torturadora. Y la agente, en un tono cordial que también desconcertó a Miren, le dijo que el aeropuerto de Palma de Mallorca estaba cerrado.

—¿Cómo que cerrado?

Respondió él:

—Sí, señora. Es porque han atentado contra dos compañeros. Pero no se preocupe. Probablemente se trata de una medida provisional y usted podrá viajar.

—Ah, bueno, bueno.

Y llegó a Palma. La ciudad ahí abajo, transformada en puntos luminosos, el mar qué negro y, a lo lejos, un resto último de la claridad morada del crepúsculo. Demasiado tarde para ir a ver a Arantxa al hospital. Ainhoa la estaba esperando en el aeropuerto como habían acordado.

—Bueno, ¿qué?

—La *ama* está muy mal, con tubos por todos lados.

—Pues ya podía haber venido tu *aita* en mi lugar. La broma va a costarme un dineral.

—Ha dicho que vendrá el lunes y al día siguiente me llevará a casa.

—Ah, ¿no piensa quedarse? Pues vaya cara dura. Todo el trabajo y los gastos para mí.

—*Amona,* no quiero que hables mal de mi *aita.*

Una enfermera, Carme, muy maja, atendió a Ainhoa los primeros días, hasta la llegada de Miren. Le dijo consolante, cariñosa, que no se preocupase, que ella la ayudaría. Y la llevó en coche a buscar el equipaje en el hotel de Cala Millor. Por el camino, explicaciones sobre el estado de su madre y palabras de ánimo.

—Tienes que quererla mucho.

La acogió en su casa de Palmanova, donde vivía con sus dos hijos pequeños y un marido así de gordo, que ese hombre lo menos pesaba ciento cincuenta kilos. Y para mí que, antes de engordar, seguro que había sido muy guapo con sus ojos azules. Venía de Alemania, tenía la cara un poco roja (bueno, bastante roja) y cuando hablaba conmigo se le notaba el acento. A los niños les hablaban él en alemán, ella en ese euskera que tienen en Mallorca.

Confirmada la fecha en que Miren llegaría a Palma, Carme reservó para la abuela y la nieta una habitación con dos camas en una pensión, lejos de las zonas más propiamente turísticas, lejos también del hospital, pero qué le vamos a hacer. Siguió instrucciones que le había dado Miren por teléfono.

—Oiga, que no cueste demasiado porque no somos ricos.

—Haré lo que pueda.

¿Cumplió? De sobra. Alojamiento sin desayuno, sin vistas al mar, al lado de una carretera ruidosa, lejos del centro, pero barato, que es lo que Miren quería en previsión de una estancia prolongada. Se inquietaba pensando en los gastos que todo aquello le iba a suponer. ¿Y cómo nos vamos a llevar a Arantxa si está el mar en medio? Ignacio, sácame de esta situación, por favor te lo pido. ¿Y Guillermo? ¿Por qué no se ocupaba él, que es el marido? No, es que tiene que trabajar. No, es que el jefe. No, es que hasta dentro de unos días, yo no... Excusas.

Ainhoa le contó que el atentado había ocurrido muy cerca del piso de Carme y que había temblado toda la casa. En el salón se había desprendido un cuadro de la pared. Se había roto el cristal protector y también una lámpara que había debajo, y el marido gordo de Carme se puso a despotricar en su idioma y los niños lloraban asustados por el estruendo y Ainhoa pensaba que también por los gritos de su padre. Carme y Ainhoa acababan de volver del hospital. Habían convenido en preparar juntas la comida cuando sonó la explosión a pocas calles de allí. ¿Dónde? Por la radio supieron que delante del cuartel de la Guardia Civil. Enseguida se formó un barullo de sirenas y había como un olor extraño en el aire.

—¿Sabes qué, *amona*? Ayer, a la misma hora, pasé con Carme, en su coche, por esa calle. Mira que si nos llega a explotar la bomba a nosotras.

—No hables tan alto, que hay gente.

Ainhoa, los ojos grandes, se dejaba llevar por el entusiasmo.

—Pues una vecina nos ha contado que los bomberos han tenido que bajar de un árbol trozos de un cuerpo.

—Bueno, bueno, que estamos comiendo.

Las dos se habían llegado a un bar, no lejos de la pensión, a comer unos bocadillos.

—Comprende que a mí todo este lío de tu madre me va a costar un montón de dinero. Así que tengo que mirar mucho lo que gasto. Mañana compraremos comestibles en algún supermercado y nos los zampamos en la habitación, aunque estén fríos. De hambre no nos vamos a morir, ¿eh?

Ainhoa, a lo suyo:

—No me gusta que maten. Esto está muy lejos de Euskal Herria. ¿Qué culpa tienen los que viven aquí de lo que pasa allá?

—Oye, ¿hemos venido a cenar o a qué hemos venido?

—La bomba nos podía haber explotado a Carme y a mí.

—Eso no pasa porque ellos miran bien cuándo tiene que producirse la explosión. ¿O qué te crees, que le ponen la bomba a cualquiera? ¿Tú has visto que explote una en un colegio o en un campo de fútbol lleno de gente? Las bombas son para defender los derechos de nuestro pueblo y se las ponen al enemigo. A los mismos que torturaron al *osaba* Joxe Mari y que todavía lo torturan en la cárcel. Si no entiendes esto, yo ya no sé qué puedes tú entender.

Miren observaba fijamente a su nieta. Su nieta miraba bien a la derecha, bien a la izquierda, pero no a los ojos de su abuela. Estaban sentadas a la mesa, en un rincón, y la niña, 15 años, mordisqueaba sin ganas su bocadillo.

—A mi *aita* tampoco le gusta que maten.

—Tu *aita* es el que te ha metido esas ideas.

—Yo no sé de ideas, *amona.* Yo lo único que digo es que no me gusta que maten.

—Matan y los matan. Las guerras son así. A mí tampoco me gustan las guerras, pero qué quieres. ¿Que sigan machacando al pueblo vasco por los siglos de los siglos?

—La gente buena no mata.

—Claro, eso también te lo ha dicho Guillermo.

—Eso lo digo yo.

—Cuando seas mayor, ya entenderás. Venga, termina el bocadillo y vámonos, que ya he tenido un día bastante movido como para aguantar ahora estas tonterías.

Entonces Ainhoa, como hablando para sí, dijo/murmuró, la voz entrecortada por un pujo de llanto, que ya no tenía hambre y dejó el resto del bocadillo, más de la mitad, encima del plato. Miren, dura de gesto, tampoco terminó de comer el suyo.

20
Luto prematuro

El sábado por la mañana, Ainhoa sufrió una gran decepción. Grande es poco: enorme. No era la primera desde la llegada de su abuela, con la que no congenia del todo. Según Guillermo:

—¿Quién va a congeniar con una mujer de mármol?

La decepción del sábado le dolió a Ainhoa más que una bofetada. Antes de salir para el hospital, le preguntó a su *amona* si le compraba una tarjeta para el móvil. A Miren se le dibujó una mueca hosca en cuanto oyó la palabra comprar. Después: que ya vamos tarde, que dónde se compra eso, que cuánto cuesta. Y no bien la niña, con su voz más dulce, mencionó el precio, Miren le dijo que no y que no, y a continuación le fue enumerando por el camino los gastos que estaba teniendo.

—Para pasar el rato hablando con las amigas puedes esperar, oye, que el martes te vas. ¡Menuda suerte! Yo aquí me quedo cuidando a tu madre.

—La *ama* seguro que me compraría la tarjeta.

—Pero yo no soy tu *ama.*

Miren siguió hablando y se quejaba y no paraba de quejarse, mientras Ainhoa, despechada, miraba a cualquier parte, a los otros pasajeros del autobús, a las casas y los transeúntes, menos a la cara de su abuela, negándose ostensiblemente a dirigirle la palabra.

Desde el hospital, a solas, se lo contó por teléfono a su padre. *Aita,* pasa esto, no te voy a poder llamar, etcétera. Él:

—Hija, aguanta hasta el lunes.

Y acordaron encontrarse ese día a una hora determinada en el vestíbulo del hotel donde Guillermo tenía reservada su habitación. Mucho tiempo antes, ya estaba Ainhoa esperándolo muy formalita, con todas sus pertenencias metidas en una maleta, pues por nada del mundo deseaba volver a la pensión.

Y Miren, ¿qué dijo? ¿Qué iba a decir? Pues que el padre y la hija se la habían jugado bien jugada. Al llegar a eso de las ocho de la tarde a la habitación y comprobar que no estaban las prendas de su nieta en el armario, comprendió lo que había sucedido. Bueno, pues mejor. Más sitio para mí y menos gastos.

Guillermo se bajó de un taxi a la entrada del hotel. La niña, feliz, salió corriendo a abrazarlo. Preguntas, respuestas, palabras rápidas y al final otro abrazo, como diciendo él: tranquila, ya estoy contigo, ahora todo irá bien; ella: ha sido horroroso, menos mal que has venido. De Arantxa apenas hablaron. Todos los días Guillermo había pedido por teléfono información sobre su estado, lo que contradecía la convicción de Miren: es un desalmado, no le interesa su mujer. Él se limitó a preguntarle a la niña si se habían producido novedades y Ainhoa dijo que no, que la *ama* seguía con los tubos, pero:

—Yo creo que nunca se va a mover.

Subieron a la habitación y Guillermo tomó una ducha y luego padre e hija salieron a callejear por el centro de Palma y entraron en unos grandes almacenes y Ainhoa compró su tarjeta para el móvil y, antes de recogerse, cenaron en la terraza de un restaurante con vistas al puerto.

—Estoy harta de plátanos y bocadillos.

Se recortaban a la luz del atardecer los mástiles de las embarcaciones. Soplaba un poco de brisa que hacía sobremanera grato estar allí. Se veían sonrisas y caras bronceadas y señoras elegantes y gorriones por el suelo a la espera de una caridad comestible. Ainhoa le pidió al camarero una segunda y pronto una tercera Coca-Cola para recuperar, dijo, las que su abuela le había negado los días anteriores.

—*Aita,* preferiría no tener que ir mañana al hospital. Es que no quiero ver a la *amona.* Vas tú y yo te espero en el hotel, y por la tarde tranquilamente cogemos el avión. Total, la *ama* no se entera.

No había tal avión. ¿Qué? Cambio de planes. La niña no entendía. Guillermo visitaba por vez primera Mallorca y, claro, quería aprovechar. Su jefe le había dado libre hasta el jueves.

—Jo, *aita*.

Ademanes en solicitud de calma.

—Mañana iré yo solo al hospital. Confío en que algún médico me aclare la clase de futuro que le espera a la *ama*. Me da igual encontrarme o no con la *amona*. Pero si la veo y se puede hablar con ella sensatamente, cosa que dudo, le explicaré el futuro que me espera a mí y que tú y Endika ya conocéis. Terminada la visita, pasaré a recogerte y a partir de ahí tendremos dos días para hacer lo que nos dé la gana. Podemos recorrer la isla, montar en barco. En fin, lo que te apetezca. Sólo diversión, te lo prometo. Ah, y sin que se entere la *amona* porque tampoco yo tengo ganas de que nos amargue la existencia.

Tubos, respirador, sondas, cables, aparatos y, en la cama, el cuerpo inmóvil, los ojos abiertos. Guillermo, bata quirúrgica, calzas de plástico, estiró el cuello hasta introducir su cara en el campo visual de Arantxa. ¿Reacción? Ninguna. Tampoco al besarla en la mejilla. Solamente un leve pestañeo. Los párpados no llegaron a juntarse. En voz baja (le habían dado instrucciones al respecto) le dijo que había venido a ocuparse de Ainhoa, pero era como si hablase a una estatua. Y también le dijo que sentía mucho lo que le había pasado. Porque nunca se sabe, oídos no le faltan y desde luego ella estaba despierta.

—¿Me oyes?

Nada. A modo de prueba, apartó despacio la cara y sí, ella lo siguió un poquito, no mucho, con los ojos. Entonces Guillermo, no descartando que Arantxa lo escuchase, le dio las gracias por los años pasados juntos, por los hijos comunes y los buenos momentos; le pidió perdón por los malos, y había empezado a prodigarle ciertas muestras de susurrado y compasivo afecto cuando entró en la habitación, cejas hoscas, su suegra. Y eso que el reglamento prescribía que los visitantes entraran de uno en uno durante el tiempo restringido de visitas, pero se conoce que las enfermeras no la vieron.

Miren se arrancó a soltarle reproches. El primero por causa de la camisa negra. Si llevaba luto antes de tiempo. El caso es que él, pantalón gris, mocasines negros, había decidido vestirse de oscuro después que su hija le hubiera contado días antes por teléfono que un cura le había dado a la *ama* la extremaunción. Y él, francamente, pensaba que Arantxa se podía morir de un momento a otro. Conque sin mala fe metió ropa oscura en la maleta. Además él qué sabía si siempre se ha dejado vestir por Arantxa, que le compraba la ropa, que le indicaba a diario lo que debía ponerse.

El asunto interesaba a Guillermo tan poco que no se tomó la molestia de defenderse de los ataques verbales de su suegra. Dios, qué cara de mala leche. Ni la miraba. Pero la vieja erre que erre, infringiendo la norma de hablar bajo. Y hubo un momento en que las acusaciones subieron de tono, entraron en terreno económico/sentimental, y a este punto Guillermo, eso sí que no, determinó plantar cara. Y dijo esto y dijo lo otro, sereno, sin gritos, sin palabrotas. Y también, para terminar:

—Mi separación definitiva de Arantxa no tiene nada que ver con lo que ha ocurrido. Estaba todo hablado entre los dos. Nuestros hijos lo saben y lo aceptan. Así que nada de darme el piro ni de endilgarte a ti el bulto. A ver si respetas un poco. Si no a mí, por lo menos a tu hija, a quien yo nunca llamaría bulto. Tú, sí.

Le arrojó dos billetes de cincuenta euros.

—Toma, por los gastos que mi hija te haya podido ocasionar.

Y se marchó.

21
La mejor de todos ellos

Recordó su promesa: que si se enteraba de nuevos detalles, se los comunicaría sin falta. Y eso es lo que había ocurrido. De manera que, en un descanso del trabajo, se encerró en su despacho y la llamó.

Sobre el escritorio, un ordenador, papeles, esto, lo otro y una foto con marco de plata. Su padre. La mirada de su difunto padre, directa, limpia, bondadosa, con un punto de advertencia acentuado por la posición de las cejas: te prohíbo que seas injusto. La cara de un hombre laborioso y eficiente, con pocas ideas, pero claras, y un instinto infalible para los negocios.

Su madre no se ponía al aparato. ¿Estará en el pueblo? Dejó que el teléfono sonara un largo rato. Catorce, quince timbrazos. Si es preciso, el día entero. Hasta que su madre comprendiese que no la llamaban por equivocación ni porque la compañía telefónica estuviera haciendo una encuesta entre los usuarios ni porque el espabilado de turno tramara venderle el paraíso en forma de un ventajoso (¿para quién?) contrato, sino él, vamos, que ya sé que estás ahí. Dieciséis timbrazos. Los iba contando al par que con la punta del bolígrafo daba un golpecito sobre el taco de notas y en esto su madre se puso al aparato.

Una voz susurrante, suspicaz:

—¿Sí?

—Soy yo.

—¿Qué pasa?

Que si se acordaba de Ramón.

—¿Qué Ramón?

—Ramón Lasa.

—¿El que conducía la ambulancia?

—Todavía la conduce.

Pues este Ramón Lasa, que es un tipo tranquilo, nacionalista, pero sin meterse en fregados, aunque ya no vive en el pueblo va mucho por allá a visitar a su familia y también porque sigue siendo socio de una sociedad gastronómica del lugar. Se lo encontró Xabier en la cafetería del hospital. De fijo que sabe algo. Y, si no, qué más da. Por probar que no quede. Se acercó a preguntarle por las buenas, como si al verlo junto a la barra, dando vueltas con la cucharilla al café, le hubiera picado de pronto la curiosidad.

—¿Te acuerdas de Arantxa?

—Pues claro, pobrecilla. Viene por las tardes a la fisio. Ya la he traído yo alguna vez.

A su madre:

—Para que no sospechara que estoy haciendo indagaciones, le he dicho que me acababan de contar que Arantxa había sufrido un ictus y he deslizado algunos detalles: que si Mallorca, que si en verano de 2009, ya me entiendes. Nada que él no supiera. Y qué pena, oye. Lo cual es verdad porque francamente lo lamento, pues de todos ellos era la mejor.

—¿La mejor? La única buena.

—Yo lo que pretendía era exprimirle datos a Ramón como quien no quiere la cosa.

—Bien, acorta. ¿Qué le has sonsacado?

Pues un par de pormenores que en el pueblo no eran un secreto para nadie. Lo primero de todo: en cuanto ella se quedó como se ha quedado, el marido se largó. El veredicto popular expresado por boca de Ramón Lasa: un sinvergüenza sin paliativos.

—Lo de sin paliativos no lo ha dicho él. Puedes creerme que se deducía de la contundencia con que ha pronunciado la palabra sinvergüenza. Me ha contado que, para colmo, el tipo tiene la custodia de los hijos. Mejor dicho, de la hija, pues el chaval pasa de los veinte.

—¿Vive con el padre?

—No se lo he preguntado.

—Mal hecho.

Alberto (en realidad Guillermo, pero no le dije nada para no mostrar que sé más de lo que aparento) vive con otra. Si casado o no, eso Ramón no lo podía asegurar, porque tampoco le consta que se haya divorciado de Arantxa. En todo caso, no aparece nunca por el pueblo. Los hijos, sí, cuando visitan a su madre.

Y añadió:

—¿Tienes mucho interés en saber si hubo divorcio? Mi madre seguro que lo sabe. Si quieres, la llamo. A estas horas ya estará levantada.

—No, deja, deja. Es sólo que me he enterado hace un rato de lo que le ocurrió a la pobre Arantxa y me he quedado de piedra.

Había más. El tal Alberto (y dale: Guillermo, concho) vendió el piso de Rentería y le entregó a Arantxa su parte. También se hizo una colecta en el pueblo, con huchas por los bares y comercios, y con una rifa y un partido de fútbol benéfico y con no sabía Ramón qué más, pero el caso es que mucha gente ayudó a costear el traslado de Arantxa desde el hospital de Mallorca y su estancia posterior en una clínica especializada de Cataluña.

Xabier miró directamente a los ojos de su padre. Sé justo, sé honrado, sé íntegro pase lo que pase, digan lo que digan. Su madre callaba.

—¿Me escuchas?

—Sigue.

—Ramón no me ha revelado el nombre de la clínica ni yo se lo he preguntado para no delatar mis artimañas de detective. Tampoco hacía falta. No me ha resultado difícil averiguar que Arantxa fue tratada durante ocho meses en el Instituto Guttmann. Te explico brevemente. Es un centro de Badalona que se dedica al tratamiento y rehabilitación de pacientes con lesiones medulares y daños cerebrales. De lo mejorcito que te puedas imaginar. Pero, claro, todo ello comporta gastos que están por encima del nivel económico de esa familia.

—Desde que los conozco han andado mal de dinero. Y tu padre alguna vez les ayudó bajo mano, sin esperar compensaciones. Ya ves cómo nos lo pagaron.

—Lo cierto es que Arantxa fue atendida en el Guttmann hasta que finalmente pudo volver al pueblo y ahora hace la neurorrehabilitación con nosotros.

—¿Algo más?

—Eso es todo. ¿Pasaste ayer por el consultorio de Arruabarrena? ¿Qué te dijo?

—Huy, lo olvidé. No sé dónde tengo la cabeza.

—Es importante que te examine.

—¿Importante o urgente?

—Importante.

Se despidieron, almas dolientes, con frío afecto, con afectuoso frío. Y Xabier, bata blanca, fijó la mirada en los puntos de tinta que salpicaban la hoja superior del taco de notas. Después miró los ojos de su padre, no seas injusto, cuida a la *ama* de mi parte, y más allá del escritorio, la puerta blanca que una tarde, hacía de esto muchos años, ¿cuántos?, doce o trece, se abrió de pronto y allí estaba ella, con gesto pesaroso, parada en el umbral.

—Vengo a decirte que soy la hermana de un asesino.

La invitó a entrar, pero Arantxa ya lo había hecho por su cuenta; a sentarse, pero ella declinó.

—Imagino que lo estaréis pasando muy mal. Lo siento de veras, Xabier. *Barkatu*.

Le asomó al labio inferior un amago de sollozo. Quizá por eso hablaba tan deprisa, para que el llanto no le quebrase la voz.

Arantxa habló visiblemente nerviosa de solidaridad, de pena, de vergüenza, y entretanto depositó sobre el escritorio, con brusquedad, un objeto verde y dorado que Xabier al pronto no reconoció. Anonadado, cohibido, tuvo como un recelo. Incluso echó el cuerpo un poco hacia atrás, pensando/temiendo que aquel acto entrañaba violencia. Era una simple pulsera de bisutería, un juguete infantil.

—Me la compró tu padre cuando yo era niña, durante unas fiestas del pueblo. Íbamos todos por la calle, tú no te acordarás, y el Txato le compró una parecida a Nerea. Tuve pelusa. Yo también quería una. Mi madre, que no. Entonces el Txato, sin decir nada a nadie, me llevó a donde el negro que vendía las baratijas y me compró esta pulserita. He venido a devolvértela. La he encontrado en casa y no me siento digna de conservarla. Se la daría a Bittori, pero no me atrevo a mirarla a los ojos.

Xabier, hombre distante, encastillado en su aplomo, hizo un gesto de aprobación y eso fue todo. Ni una palabra. Sólo aquel gesto, como diciendo: bien. O quizá: lo entiendo, tranquila, no tengo nada contra ti.

Días antes, la Audiencia Nacional había condenado a Joxe Mari a 126 años de prisión. Xabier se enteró por Nerea, que lo había escuchado en la radio. Dudaron si contárselo a su madre. A Xabier le parecía un poco sucio ocultárselo y la llamó; pero Bittori ya estaba al corriente.

Después pasaron los años. A Xabier le da pereza contarlos y aquí sigue, en su despacho. Ha hablado hace un rato con su madre, ha mirado la puerta, ha abierto uno de los cajones en el costado del escritorio, donde guarda, no sabe por qué, la pulsera de plástico de Arantxa junto a una botella, ya empezada, de coñac.

22
Recuerdos en una telaraña

Esto no lo sabe nadie salvo yo. ¿Y ella? Pues ella a lo mejor, si el daño cerebral no le ha vaciado la memoria, recuerda el beso. A no ser que por entonces hubiera dado tantos y a tantos chavales que haya perdido la cuenta, o que hubiera bebido demasiado alcohol aquella noche como para saber lo que hacía y con quién.

Y es que estas muchachas, hoy mujeres cuarentonas, cuando se encaprichaban con uno no tenían freno, mientras que los chavales eran/éramos unos pardillos en asuntos erótico-amorosos, yo al menos. Lo que seguramente Arantxa ignora es que ella fue la primera chica que besó a Xabier en los labios.

Al término de la jornada laboral, se había encerrado como de costumbre en su despacho. Sobre la mesa, la foto de su padre, la botella de coñac. Y rastreaba con calma melancólica los detalles del mobiliario, del techo y las paredes en busca de recuerdos.

Y ya podía haberse ido; pero en casa, un día laborable, es el horror. Aunque encienda todas las lámparas, lo acosa una especie de penumbra que persiste adherida a los objetos al modo de una capa de mugre tenaz y le pone una como pesadez triste en los párpados. Cada pestañeo, don, una campanada a muerto hasta que los somníferos le hacen efecto. A menudo combatía la soledad frecuentando las redes sociales, en las que participaba con nombres ficticios. Intercambiaba picardías sexuales. ¿Con quién? Ni idea. Con Paula, por ejemplo, o con Palomita, seudónimos tras los cuales lo mismo podía esconderse un viejo verde de la provincia de Soria que una adolescente madrileña, aún levantada a altas horas de la noche. Se metía en foros para discutir, defendiendo, con abundancia de faltas ortográficas deliberadas, posturas políticas que le repugnan. Y también enviaba textos mordaces para comentar artículos en la versión digital de este o el otro periódico, no más que por el gusto de ofender; de jugar, al amparo de una identidad falsa, a que vencía su timidez incurable y a sentirse otro que el hombre solitario de cuarenta y ocho años que era.

Así que muchas veces, terminado el trabajo, Xabier prefería quedarse una hora o dos en el despacho por si algún miembro del personal sanitario o algún empleado de la oficina, al cruzar el pasillo, veía luz por las rendijas de la puerta y entraba a conversar un rato con él; pero también porque tenía la superstición de que allí dentro sus recuerdos eran más agradables que cuantos solía servirle la memoria en casa. De paso leía revistas de su especialidad, ojeaba informes o pensaba en viejas y a poder ser gratas peripecias de su pasado, hasta que por influjo del coñac empezaba a perder el gobierno de sus pensamientos. Alcanzado este punto en que se anunciaba la embriaguez, se marchaba del hospital hasta el día siguiente.

Pero aún no ha llegado ese momento y bebe lento, paladeador, y escudriña la pared con la mirada tranquila en busca de alguna que otra secuencia de su pasado. En el ángulo que forman las paredes y el techo, el servicio de limpieza no se ha percatado de una minúscula telaraña, perceptible tan sólo para el ojo atento. Apenas un resto de gasa gris sin la inquilina que la tejió. Y a él se le ha quedado atrapado el recuerdo del beso de Arantxa. ¿Qué edad tendría yo? Veinte, veintiún años. ¿Y ella? Dos menos.

Son cosas de poco momento que ocurren en las fiestas de los pueblos. Se baila, se bebe, se suda, todo el mundo se conoce y si eres joven y se te pone una teta a tiro, la agarras, y si se te ponen unos labios demasiado cerca, los besas. Nada, migajas que devora el olvido, lo que no quita para que de pronto, al mirar la telaraña, el recuerdo de Xabier las rescate.

Es antes del servicio militar y él estudia medicina en Pamplona. Tiene fama de soso, de formal, de metido para adentro; en fin, de lo que es, un hombre serio-serio, para qué darle más vueltas. ¿Amigos? La cuadrilla de siempre antes que la disgregaran los sucesivos matrimonios. No es bebedor ni fumador ni comilón ni deportista ni montañero; pero, con eso y todo, se le tiene aprecio porque forma parte del paisaje humano del lugar, fue al colegio con los otros, es Xabier, tan del pueblo como el balcón del Ayuntamiento o los tilos de la plaza. Se dijera que el futuro lo está esperando con los brazos abiertos. Es alto y apuesto y, sin embargo, no se come una rosca. ¿Demasiado sensato, demasiado tímido? Al decir de sus conocidos, algo de eso debe de haber.

Toma un sorbo de coñac sin apartar los ojos de la pequeña telaraña. ¿Por qué sonríe? No, es que le hace gracia evocar el episodio. En un costado de la plaza arde la hoguera de San Juan. Las calles están abarrotadas de gente. Corren niños, brillan caras felices, lenguas lamen helados, lugareños desinhibidos se hablan a gritos de una acera a otra. Calor. Y él, ¿no vive en Pamplona? Sí, pero ha venido a pasar unos días con la familia (y a que su madre le lave la ropa), a disfrutar del buen ambiente y potear con la cuadrilla. Es con las últimas luces cuando, yendo por la calle, se les juntan Arantxa y sus amigas. Risa, más bares y ella que le habla, ¿de qué? Si es que apenas alcanza a entenderla en medio del jolgorio. Y le habla, de eso sí se da cuenta, con la cara muy cerca de la suya. La cara donde a pesar del lápiz de ojos, los labios pintados, él no ve sino a la hija mayor de los mejores amigos de sus padres, casi una prima carnal a la que ha visto jugar de niña con Nerea en infinidad de ocasiones.

Por eso, cuando en la penumbra roja del *pub,* de buenas a primeras ella le planta la mano en la bragueta, Xabier no capta el sentido de la jugada. Piensa en una broma, en una travesura para la que no halla explicación. Y mira como en sueños el resto diminuto de la telaraña y se ve besado con fuerza por quien él considera punto menos que un miembro de su parentela. La lengua ansiosa de Arantxa busca la suya quieta. Él está como paralizado de asombro, también de un terror creciente, al comprender que aquella fusión de labios dura más de la cuenta y parece que va en serio, y algún familiar, algún conocido, sus propios amigos, Nerea, que está al fondo del local, podrían en un momento dado volver la mirada hacia ellos. Arantxa, sudor y perfume, aprieta el cuerpo contra el costado de Xabier. Le dice al oído guau, estoy mojadísima, y le pregunta si no le apetece ir con ella a un sitio donde nadie los vea. Para Xabier, hoy todavía, una proposición incestuosa.

Ahora, en su despacho, le entra la risa. Mira que desperdiciar semejante oportunidad. La chavala ofrecida, la chavala deseosa y deseante y dispuesta. No, es que Pamplona, la Obra. Le daba corte, no se atrevía, se guiaba en el retiro de su cuarto de estudiante por leyes onanistas que conducen igualmente a la polución, pero sin el engorro de las relaciones de pareja. Y mira la telaraña y se ríe. Y mira las cejas tranquilas de su padre y se ríe. Y le pega otro lingotazo a la botella de coñac y se ríe. Se ríe sin saber por qué, pues en realidad se siente sucio, embarrado, enmohecido de tristeza. Sé justo, sé íntegro. Sí, *aita*. Nota que ha alcanzado el punto crítico a partir del cual una gota más de alcohol lo obligaría a dejar el coche en el aparcamiento y tomar un taxi. Conque mete la botella en el cajón, ve la pulsera verde y dorada y dice mañana se la devuelvo, cago en la puta, ¿por qué no me la follé? Respuesta: porque eras/eres un gi-li-po-llas. Su padre, desde la foto, asiente y Xabier se insolenta: tú estate calladito. Definitivamente será mejor que pida un taxi.

23
Soga invisible

Pensó que son sólo cinco minutos. Bajo y vuelvo. Se había informado previamente de la hora de su llegada. Y cuando ya estaba a punto de entrar en el pasillo que conduce a la sala de fisioterapia, Itziar Ulacia lo llamó por detrás. Venía la doctora alarmada, agitando los brazos como para echarle el alto. Se conocen, se tutean.

—Te aviso que hoy no la acompaña la cuidadora, sino su madre. Tú verás.

Xabier le dio las gracias y se volvió por donde había venido.

Al día siguiente, a parecida hora, la doctora Ulacia lo llamó al móvil. Que si quería ver a Arantxa podía bajar tranquilamente, pues en esta ocasión había venido con Celeste.

—¿Con quién?

—Con la ecuatoriana que la cuida.

Esta vez Xabier no estaba tan decidido como de víspera. ¿Voy, no voy? Por un lado, su madre viajaba al pueblo todos los días, se apeaba del autobús en una calle céntrica, entraba en las tiendas; en una palabra, se mostraba. Y ahora yo cojo y me aprovecho de las sesiones de fisioterapia para acercarme a la hija. Luego ella lo contará en su casa. Con el iPad se comunica sin problemas. ¿Qué pensarán sus padres? Igual les da por sospechar que hemos trazado un plan para acosarlos y tomar en ellos algún tipo de venganza.

Tiraba de Xabier con fuerza la compasión, una soga invisible que llevaba anudada al cuello. No lo niegues. Te inspira lástima porque forma parte íntima de tu pasado. ¿No te estarás apiadando de ti por vía indirecta, verdad? Hablaba consigo mismo sin darse cuenta de que llamaba la atención. Dos batas blancas que se cruzaron con él lo interrumpieron extrañadas. Si le ocurría algo. No, nada. Y buscó, aunque tenía tarea pendiente, un rato de soledad en su despacho.

Calor. Desabrochados los botones superiores de la camisa, trató de aflojar la soga que cada vez lo apretaba más, pero fue inútil. La soga no cesaba de tirar de él, ora con fuerza, ora con suavidad, y al fin no le quedó más remedio que dejarse arrastrar.

Parece mentira: todo el día entre cuerpos maltrechos, cuerpos a menudo agonizantes, cuerpos sin esperanza, cuerpos con las horas contadas, madres de dos y tres hijos que no llegarán con vida a las próximas navidades, chavales (en su mayoría motoristas) señalados por la muerte en la flor de la edad, toda esa carne con nombre y apellidos que pronto podrán leerse en las esquelas del periódico, y él allí, inmune a la compasión, guardando la calma, consolando austero, profesional, a parientes desolados, ejerciendo su oficio (sé justo, sé honrado, sé íntegro) con la mayor diligencia posible. Y, sin embargo, ahora experimentaba una sensación distinta, y eso que él no tenía responsabilidad médica ninguna respecto a Arantxa. ¿O sería por eso, porque no le era dado establecer con ella el mismo vínculo que con un paciente cualquiera, que el caso le produjo tan honda impresión? La pregunta se quedó flotando en el aire, a la luz desvaída de los fluorescentes. Para una respuesta no hubo tiempo, pues ya había salido él del ascensor y se había adentrado, con el paso vivo que le imponía el tirón incesante de la soga, en la planta de rehabilitación.

Al fondo del pasillo, sentada en un banco adosado a la pared, divisó a la ecuatoriana. La mujer bajita, de rasgos andinos, custodiaba la silla de ruedas. Al llegar el doctor a su lado, ella se puso rápidamente de pie y lo saludó con una leve reverencia. Xabier correspondió hierático, ceremonioso, evitando mirarla a la cara.

Y entró. Dos jóvenes fisioterapeutas bromeaban con un niño de diez o doce años. Amarrado con correas a una camilla, lo habían puesto en posición vertical. Xabier conjeturó con ojo clínico: citomegalovirus. Saludó y fue saludado, el niño lo miró con ojos grandes a través de sus gafas de aumento, y un poco más allá Xabier vio a Arantxa antes que ella lo viera a él, tendida en una camilla. La chica que la atendía hizo un gesto como para indicarle que estaba sobre aviso de su visita. Hacía con la paciente un ejercicio suave de estiramiento y contracción de una rodilla. Y Xabier, conforme se acercaba, comprobó: hipertonía, obesidad. Observada de perfil, el pelo corto, no fue capaz de reconocerla a primera vista. Luego sí, cuando se colocó en el costado de la camilla y pudo observar sus rasgos de cerca. Acaso para mitigar el efecto de la sorpresa, la fisioterapeuta había tenido la prudencia de anunciar a Arantxa, en tono desenfadado, su llegada.

—Tienes visita de la alta jerarquía.

Xabier esperó la reacción de Arantxa antes de tenderle la mano. El primer segundo fue de asombro, quizá de miedo. Después ella lo obsequió con una sonrisa, fruto de una brusca crispación de la cara. En la parte derecha del cuerpo disponía de aceptable movilidad. Apretó la mano de él con la suya de ese lado. Luego hizo una mueca que Xabier no supo interpretar.

—¿Qué tal estás?

Arantxa, tumbada, meneó la cabeza, al tiempo que con los labios dibujaba una palabra a la que la fisioterapeuta puso voz:

—Jodida.

Él, torpe, cohibido, sin fluidez de palabra: que sentía mucho lo que le había pasado, que la doctora Ulacia lo había puesto al corriente. Arantxa lo escuchaba con alegría, con un gesto de innegable fascinación, como si no terminara de creer que el señor educado y de bata blanca que tenía delante fuera Xabier.

—¿Te tratan bien?

Asintió.

Xabier formuló a la fisioterapeuta una pregunta de circunstancias sobre el ejercicio que estaba llevando a cabo con la paciente, y mientras aquella daba las oportunas explicaciones,

Arantxa trataba de decir algo y sacudía su mano sana. Al principio no la entendían; pero en esto una de las fisioterapeutas que se ocupaban del niño a pocos metros de distancia comprendió que Arantxa estaba pidiendo su iPad y, saliendo al pasillo, rogó a la mujer ecuatoriana que lo trajera y esta lo trajo. Incorporada en la camilla, Arantxa retiró la funda y escribió con dedo ágil: «Siempre me has gustado, cabrón».

Y sonreía con toda la fuerza de sus músculos faciales. Se le había formado un grumo de saliva en una comisura de los labios. Parecía tan feliz, tenía un gesto tan risueño. Así que, ahora o nunca, Xabier sacó de un bolsillo de su bata la pulsera de bisutería; le agarró a Arantxa la mano derecha, como si le fuera a tomar el pulso, y se la puso.

—Te la he estado guardando todos estos años. Por favor, no me la devuelvas nunca.

Se quedó mirándolo un rato, seria, antes de escribir: «¿A qué esperas para darme un beso?». La besó en la mejilla. Luego le dijo que tenía que irse, que le deseaba lo mejor y le dirigió otras palabras de cortesía. Arantxa le pidió por señas que esperase un momento. Escribió, picoteando con el dedo en el teclado, y le enseñó la pantalla: «Si te da un ictus nos casamos».

24
Una pulsera de juguete

Un simple geranio la puso de mal humor y ahora esto. Esto es peor que el geranio, pero en realidad (¿qué se han creído?, ¿que me voy a rendir?) forma parte de la misma maniobra. Si hubiera descubierto por su cuenta el tiesto, se habría quedado tan ancha. Pues qué, un tiesto, ahí va Dios. Pero no, le tenían que venir la una y la otra con el chisme.

Primero la Juani:

—¿Has visto? Ha puesto un geranio en el balcón.

Y Miren guardó silencio y no fue a mirar. Al poco rato, yendo por la calle, otra:

—Oye, ¿has visto?

Tampoco en esta ocasión le dio la gana de ir, por más que de su casa a la de esos son cuatro pasos.

El asunto la terminó de sacar de quicio por la noche, cuando Joxian vino del Pagoeta con la misma historia y con que alguno había dicho qué pensará Miren cuando lo vea. Así que al día siguiente fue a ver el tiesto de marras y allá estaba. Un geranio de tres al cuarto, con dos flores rojas, como diciendo: he vuelto, aquí pongo mi bandera y ahora me vais a tener que aguantar.

A Joxian:

—Una birria de geranio que, en cuanto llegue el frío, como no lo meta adentro, adiós.

—Es su casa. Que ponga lo que quiera.

Y cuando ya se había convencido de que lo mejor era desentenderse del asunto y seguir con su vida, que bastantes quebraderos de cabeza le daba, y a mí esa, total, qué me va a hacer si tengo a todo el pueblo de mi parte, sonó el timbre, abrió la puerta y, antes que Celeste hubiera traspasado el umbral con la silla de ruedas, Miren reconoció la pulsera. Lo que me faltaba. Primero el geranio y ahora esto. Aprovechó el beso de saludo para examinar la baratija de cerca. No había la menor duda. A su cabeza acudieron imágenes de un verano lejano, de una tarde de calor con el pueblo en fiestas. Franco había muerto el año anterior, eso también lo recuerda. Los dos matrimonios callejeaban con todas sus criaturas. Se habían reído con los *bertsolaris.* Miren menos que los demás porque Joxe Mari le estaba amargando la tarde. Niño inquieto, niño difícil, menudo trasto. No paraba de colgarse de las tablas del estrado y le riñó un *bertsolari.* Intentó bajarse del carrusel en marcha, en algún sitio se manchó la camisa de grasa y a Joxian se le notaba como un orgullo de tener un hijo que se portaba igual que una cabra.

—No es una cabra, mujer. Tiene salud.

Y luego se le descosió el pantalón por un costado, que me dieron ganas de arrearle un tortazo en medio de la calle. Todo el trabajo de lavar y coser para ella. Entre dientes:

—En casa ya vas a ver.

Joxian compró a cada crío una bomba de crema. Y el tragón de Joxe Mari terminó la suya en dos bocados. Le dio un mordisco a la de Nerea, que luego la niña ya no la quería comer. Y Joxian le compró otra bomba a la niña, ni que fuéramos ricos. Después Joxe Mari trató de quitarle la suya a Gorka, cinco añitos tendría, no más, y el pobrecillo se defendió o no se sabe qué hizo, pero el caso es que su hermano se enfadó con él y le aplastó la bomba en la cara y tuvimos que limpiársela con servilletas del bar. También le manchó el niki. Más trabajo para mí.

El Txato y Bittori estaban a punto de irse de vacaciones a Lanzarote, que luego fueron con los niños y nos trajeron un dromedario de adorno, más feo que un culo, pero en fin, por hacerle aprecio lo colocaron encima del televisor, no vaya a ser que otro día vengan de visita y pregunten por el chisme. Y ella, que si Lanzarote, que si el hotel, venga a presumir, riéndose porque ni Joxian ni Miren sabían por dónde cae Lanzarote. Total, que ya se hizo un poco tarde y decidieron las dos familias retirarse para darles la cena a los pequeños y acostarlos. De este modo podrían salir después sin los hijos a disfrutar de la noche, y a Miren lo único que de verdad le apetecía era meterse en la cama y descansar.

De camino a sus respectivas viviendas, pasaron ante una fila de vendedores callejeros. Había de todo: cerámica de artesanía, alpargatas, bolsos; en fin, de todo. Y el Txato, que era un pistolero del Oeste sacando la cartera, se paró delante de un negro que vendía bisutería y le compró una pulsera a Nerea, con lo cual nos hicieron la puñeta porque, claro, Arantxa también quería una y nosotros tenemos tres hijos, no dos como ellos, y Joxian ganaba una mierda en la fundición y a ellos les llegaba para irse a Lanzarote y para muchos otros lujos. Conque no y no. Y Arantxa, a punto de llorar, erre que erre. Y tanto dio la lata que el Txato la agarró de la mano y, sin preguntarnos ni a Joxian ni a mí, la llevó de vuelta a donde el negro. Y ahora me aparece en casa, más de treinta años después, con la pulsera de marras, porque es aquella pulsera con cuentas verdes y como de oro, no hay duda. ¿Qué le costó al Txato? ¿Cinco duros? A Miren le produjo rabia, aunque se tragó el disgusto, que les dieran a ella y a Joxian una lección de cómo hay que hacer felices a los hijos.

¿O me equivoco? Miren no le quitaba el ojo a la pulsera. Entretenida Arantxa mirando la televisión, Celeste se despidió con esas formas dulces y afables que aquí, la verdad, no se estilan, pero que están muy bien. Y Arantxa se las correspondió a su modo risueño, diciendo adiós con la mano sana, y Miren al suyo, un poco seco, mientras la acompañaba hasta la puerta, pero en lugar de cerrarla salió con Celeste al descansillo.

—Oye, ¿tú sabes de dónde ha sacado mi hija la pulsera que lleva?

—Se la obsequió esta tarde un doctor. Es linda, ¿verdad?

—Sí, muy linda. ¿Tú quieres decir que se la ha dado un enfermero?

—No, no. Vino un doctor, ignoro el nombre. Nunca antes lo vi. Y yo pensé que el doctor tal vez fuera un allegado de ustedes, pues vino no más que a ver a Arantxa y al cabo de unos minutos la besó con ternura en la mejilla y ella se mostró contenta y dichosa todo el tiempo. Conversaron. Bueno, el doctor conversaba y Arantxa le respondía con el iPad, y por fin él la obsequió con la pulsera de juguete.

—¿No te habrás quedado por casualidad con el nombre del médico?

—Ay, pues desdichadamente no, señora Miren, sino que las fisioterapeutas lo llamaron varias veces doctor. Pero si usted quiere mañana mismito lo puedo averiguar. Era un doctor alto, ya con los cabellos canosos por los costados y con lentes. Nunca antes lo vi. ¿Es grave?

—No. Era sólo por saber.

Joxian llegó a casa a la hora de costumbre, con el brillo de costumbre en los ojos achispados, rascándose como de costumbre la camisa a la altura del hígado. Chisporroteaban las anchoas rebozadas en la sartén, la ventana abierta de par en par para que saliera el humo a la calle. Arantxa miraba como si la hubiera hipnotizado el vapor que se desprendía de su plato de sopa. Joxian la besó en la frente. Después, al sentarse a la mesa, resopló fatigado.

—No tengo ni gorda de hambre.

Miren, severa de gesto:

—¿Qué, no te lavas las manos?

Se las frotó como si las tuviera bajo el chorro del grifo.

—Las tengo limpias.

—Serás guarro...

Y fue al cuarto de baño a lavárselas refunfuñante, pero dócil. De vuelta en la cocina, Miren, a espaldas de Arantxa, le hacía vivas señas que él no entendía.

—¿Qué?

Ella, apretados los labios, le arrojó una mirada furiosa para que disimulara. Y sacudía la cabeza como diciendo: Dios, cuánta paciencia hay que tener con este hombre.

Por fin, Joxian reparó en la pulsera. Es pésimo fingiendo y Miren le habría dado con la sartén en la cabeza.

—¡Qué bonita! —A su hija—: ¿Te la has comprado?

Arantxa negó con vehemencia y, golpeándose varias veces con la punta del dedo índice en el pecho, dibujó en sus labios dos palabras: es mía. Joxian buscó una explicación en la mirada hosca de su mujer. En vano. Y en adelante, hasta el final de la cena, prefirió guardar silencio para no meter la pata.

Más tarde, en la cama, a oscuras, el matrimonio bisbiseaba.

—Venga ya, no es posible.

—Que me muera de repente. Esa pulsera se la compró el Txato un día de fiestas, hace muchos años, cuando los hijos eran pequeños y aún teníamos amistad.

—Bueno, qué más da. Arantxa la habrá encontrado en un cajón y se la ha puesto.

—Pero qué bobo eres. No la ha encontrado. Se la ha regalado un médico.

—Me estás volviendo loco. El Txato le compró...

—Pssss, habla más bajo.

En susurros:

—El Txato le compró una pulsera a Arantxa cuando era niña. Hasta ahí te sigo. Entonces pasan los años y un médico le regala a nuestra hija la pulsera de nuestra hija. Que me corten un brazo si lo entiendo.

—Lo único que veo claro es que sólo hay un médico que podría hacer algo así, además de darle un beso a Arantxa en la mejilla.

—¿Quién?

—El hijo mayor, que por alguna historia que no conozco guardaba la pulsera.

—Tú ves demasiados culebrones en la tele.

—Algo planean. ¿No te das cuenta? Se nos han metido en nuestras vidas, ya los tenemos en casa, los tenemos en el dormitorio, están incluso aquí en la cama, han conseguido que hablemos todo el rato de ellos. ¿Por qué crees que esa ha vuelto y se deja ver y ha puesto un geranio en el balcón y entra en las tiendas del pueblo? Van detrás *nuestro*. Hay que hacer algo, Joxian.

—Sí, dormir.

—Hablo en serio.

—Yo también.

Al rato, empezó a roncar. A Miren, vuelta de costado, despierta, se le llenó la oscuridad de caras, de luces, de sonidos. Tan pronto se le aparecía el geranio como la pulsera. Y Arantxa con once años, dando la tabarra porque quería una pulsera como la de Nerea. Y veía a Joxe Mari aplastando la bomba de crema en la cara de Gorka. Y al Txato, que tenía una forma de sacarse la cartera del bolsillo como los vaqueros de las películas cuando desenfundan la pistola. Y veía a esa, cuyo nombre no pronuncia porque le quema en la boca. Esa, que ha vuelto con malas intenciones y si se cree que me voy a arrugar, se equivoca. No podía dormir. Otra noche en blanco. La cabeza llena de pensamientos, la oscuridad llena de fantasmas. Fue a la cocina, eran más de las doce, y escribió: «*Alde hemendik*» en una hoja de papel. Le meto la nota por debajo de la puerta y a ver quién asusta más a quién. Se disponía a salir, pero ¿y si reconoce la letra? Cogió otra hoja. Repitió la frase, cambiando el trazo y escribiendo todas las letras mayúsculas. Salió al descansillo con los zapatos en la mano para que no la sintieran los que dormían y, calzándose sobre el felpudo, bajó al portal y abrió la puerta. ¿Salió? Un paso nada más. ¿Y eso? Es que llovía. Llovía con viento. Llovía furiosamente. Caían las gotas de costado. Qué noche más desapacible. Dijo para sí:

—Bah.

A continuación rasgó la hoja de papel, metió los trozos en un bolsillo y volvió a la cama.

25
No vengas

Llamaron al timbre. El sonido corto, seco, sorprendió a Bittori mientras ojeaba, sentada en el sillón de la sala, las carátulas de su vieja colección de discos de vinilo. Desde que le había dado por volver a la casa del pueblo, era la primera vez que escuchaba aquel timbrazo estridente, tan familiar para ella en otro tiempo.

No se sobresaltó. ¿Esperaba visita? Sí y no, pues yo suponía que tarde o temprano alguno, más bien alguna, vendría a curiosear, a preguntarme, a saber de mis intenciones.

No en vano, unos días antes, tuvo un encuentro por la calle con una conocida, tan mal escenificado que no le cupo la menor duda de que no había sido casual.

—Jesús, Bittori, cuántos años sin verte. ¡Qué alegría! Estás tan guapa como siempre.

Le subieron unas palabras ácidas a la boca: sí, es que, ¿sabes?, favorece mucho que a una le maten el marido y se quede viuda y sola. Pero se las tragó. La había visto de lejos, apostada en la esquina. Me está esperando, me hará las preguntas que le han pedido que me haga. Se las hizo, fingiendo que se le ocurrían de improviso. Una de las que no fue al funeral, de las que no le dio el pésame, de las que dejaron de saludarnos cuando empezaron las pintadas. No odies, Bittori, no odies. Le contestó con evasivas y vaguedades, dedicándole una sonrisa postiza que le dejó una sensación gelatinosa, fría, de medusa muerta dentro de la boca.

Abrió. Don Serapio. Cuánta unción en la mirada, cuánta dulzura en el arco de las cejas. Esas manos pálidas, delicadas, que se separan y se juntan, el alzacuello, la loción para después del afeitado. Y, entretanto, ella, cuarzo facial, no movía una pestaña. ¿Asombro? Ni medio gramo. Lo mismo que si al abrir la puerta no hubiera encontrado a nadie en el descansillo.

El cura avanzó con intenciones abrazantes, decidido a rozar mejillas. Siempre abrigó afición al afecto dérmico este hombre. Bittori reculó brusca, tensa de facciones, marcando las distancias. Él dijo en euskera que la venía a visitar. Ella lo escrutaba con ostensible prevención, una mano en el canto de la puerta por si se terciaba cerrársela de golpe en las narices. Le respondió/ordenó, tuteadora, en castellano, que pasara.

En la casa de Dios mandará él, pero en la mía mando yo. Y don Serapio, ya cumplidos los setenta, se adentró en la vivienda escudriñando suelos y paredes, muebles y adornos, que no parecía sino que usaba los ojos como cámaras fotográficas. A su olfato, iban a dar las dos de la tarde, llegó el olor de las alubias con morcilla que Bittori había puesto a calentar en la cocina.

—¿Haces vida aquí?

—Claro, es mi casa.

Bittori le cedió el sillón donde había estado ojeando su colección de discos. Se lo cedió para que, cada vez que levantara la vista, sus ojos tropezasen con la foto del Txato colgada en la pared. Y ella se trajo una silla de la cocina. El cura inició una conversación de circunstancias. Prodigó halagos, ademanes de blanda amabilidad, palabras hinchadas de humilde entonación, tratando de gobernar el coloquio; pero ella, las pocas veces que intervino, tiró con desafiante resolución hacia el castellano, de tal manera que don Serapio, en un claro gesto por quitar aspereza a la situación, desistió de emplear el euskera.

Rana verbal, saltaba de un temita, semitema, subtema a otro, deteniéndose brevemente en cuestiones meteorológicas, de salud y familia, hasta que Bittori, que aún estaba sin comer y guardaba pocas provisiones de paciencia, zanjó:

—¿Por qué no hablas de lo que has venido a hablar?

Sin poder evitarlo, don Serapio dirigió una mirada instintiva, por sobre la cabeza de su hosca interlocutora, a la foto enmarcada del Txato.

—Está bien, Bittori. Yo no sé si has caído en la cuenta de que tu presencia en el pueblo causa cierta inquietud. Inquietud no es la palabra exacta.

—¿Alarma?

—Me he expresado mal. Te pido disculpas. Vamos a decir que la gente ve que vienes todos los días y siente extrañeza y se hace preguntas.

—¿Y tú cómo sabes que se hace preguntas? ¿Van a la iglesia a contártelo?

—En el pueblo las novedades se difunden con rapidez. Lo cierto es que desde que vienes corren los comentarios. Llegas a tu pueblo, eso no te lo discute nadie. Y, por mí, bienvenida seas. Sin embargo, las cosas son más complicadas de lo que a primera vista pudieran parecer, y el que tú tengas el derecho legítimo de volver a tu casa no quita para que otros vecinos tengan también sus derechos.

—¿Por ejemplo?

—Por ejemplo, a que se les permita rehacer sus vidas y a darle una oportunidad a la paz. La lucha armada ha golpeado con dureza a nuestro pueblo, como también, no debemos olvidarlo, algunas actuaciones de las fuerzas de seguridad del Estado. Hemos tenido por desgracia muertos: tu marido, que en paz descanse, y aquellos dos guardias civiles del atentado en el polígono industrial. Sin buscarles paliativos a esas terribles tragedias que tanto dolor nos producen, no debemos perder de vista el sufrimiento de otras personas. Aquí ha habido represión, se han hecho registros domiciliarios por las buenas, se ha detenido a inocentes y los han maltratado o, para ser más exactos, torturado en los cuartelillos. Ahora mismo tenemos nueve hijos de la villa con penas de muchos años en la cárcel. Yo no voy a entrar en razones de si merecen o no el castigo. No soy jurista, tampoco político, tan sólo un simple sacerdote que quisiera contribuir a que la gente de su pueblo viva en paz.

—¿No estarás insinuando que la paz está en peligro porque la viuda de un asesinado viene a pasar unas horas en su casa?

—En absoluto. Yo sólo he venido a pedirte un favor en nombre de la gente del pueblo. Si me lo concedes, te estaré muy agradecido; si no, acataré resignadamente tu decisión. Sé que has sufrido, Bittori. Lo último que se me ocurriría es poner en duda tus sentimientos o hacerte reproches. Os he tenido siempre presentes a ti y a tus hijos en mis rezos. Y créeme que si tu marido no está ahora en la presencia del Señor, no será porque yo no lo haya suplicado cien y mil veces. Pero así como Dios se ocupa de las almas de los difuntos, a mí me toca encargarme de las almas de los vivos de la parroquia. ¿Lo hago bien, lo hago mal? Seguro que cometo errores. Seguro que no empleo las palabras adecuadas y más de una vez he dicho lo que no debía y no quería decir. O hablé cuando tenía que haber callado. O callé cuando tenía que haber hablado. Soy imperfecto como el que más. Con eso y todo, debo cumplir hasta el final de mis días la misión que me ha sido encomendada. Sin desfallecimientos, sin desánimo. ¿Entiendes que yo no puedo ir a casa de una de esas familias, que también están destrozadas, y decirles: no, lo siento, vuestro hijo militaba en ETA, que os zurzan? ¿Tú harías eso si estuvieras en mi lugar?

—Yo en tu lugar hablaría claro. ¿Qué quieres de mí?

Esta vez el cura, en lugar de levantar la mirada hacia la foto del Txato, la detuvo un instante en el suelo, entre los pies de Bittori y los suyos.

—Que no vengas.

—¿Que no venga a mi casa?

—Durante una temporada, hasta que las aguas vuelvan a su cauce y haya paz. Dios es misericordioso. Lo que has sufrido aquí te lo compensará en el más allá. No dejes que el rencor se adueñe de tu alma.

A la mañana siguiente, todavía con sensación de sofoco, Bittori subió a Polloe a contárselo al Txato. Habló de pie, ya que, como llovía con fuerza, prefirió no sentarse en el borde de la losa mojada.

—Así me lo dijo. Que no vaya al pueblo para no entorpecer el proceso de paz. Ya lo ves, las víctimas estorban. Nos quieren empujar con la escoba debajo de la alfombra. Que no se nos vea y, si desaparecemos de la vida pública y ellos consiguen sacar a sus presos de la cárcel, pues eso es la paz y todos tan contentos, aquí no ha pasado nada. Dijo que ha llegado el tiempo de que nos perdonemos los unos a los otros. Y cuando le pregunté a quién tengo yo que pedir perdón, respondió que a nadie, pero que por desgracia yo era parte de un conflicto en el que estaba implicada toda la sociedad, no sólo un grupo de ciudadanos, y que no se puede descartar que aquellos que deberían pedirme perdón, a su vez esperen que otros les pidan perdón a ellos. Y como esto es muy difícil, el cura cree que lo mejor es que, ahora que no hay atentados, la situación se calme y que termine la crispación y vayan aminorando con ayuda del tiempo el dolor y los agravios. ¿Qué opinas, Txato? No perdí los nervios, pero tampoco me callé. Le dije:

Bittori miró derechamente a los ojos del cura.

—Escucha, Serapio. Quien no me quiera ver en el pueblo, que me pegue cuatro tiros como al Txato, porque pienso seguir viniendo tantas veces como me dé la gana. Total, lo único que podría perder, la vida, ya me lo rompieron hace muchos años. No espero que nadie me pida perdón, aunque, la verdad, ahora que lo pienso, me parecería un gesto bastante humano. Y termino porque se me está pasando la hora de comer. Dile a la persona que te ha mandado visitarme que no pararé hasta conocer todos los detalles relativos al asesinato de mi marido.

—Bittori, por el amor de Dios, ¿para qué hurgas en esa herida?

Y entonces le respondí:

—Para sacarle todo el pus que aún lleva dentro. Si no, nunca se cerrará. Ya no hablamos más. Se fue de casa bastante mustio y con cara como de marcharse ofendido. Me da igual. En cuanto vi por una rendija de la persiana que había salido a la calle, corrí a la cocina a comerme un buen plato de alubias porque me estaba muriendo de hambre. ¿Tú qué piensas, Txato? ¿Hice bien? Ya sabes que nunca me ha faltado carácter.

26
Con esos o con nosotros

La lluvia, al romper contra las tumbas, producía un rumor otoñal, fresco, neblinoso, que agradaba a Bittori. Sí, porque además de limpiar un poco todo esto, me da la impresión como de que también les llega a los difuntos algo de la vida, ¿no? Yo ya me entiendo.

Así pensando, esquivó charcos, vio caracoles por las losas, estuvo tentada (no sería la primera vez) de llevárselos para la cazuela. Protegía su peinado casero con el paraguas. No paraba de llover y, al salir del cementerio, como dio la casualidad de que el autobús urbano llegaba en aquellos momentos, lo tomó. ¿Qué hago? Repasó circunstancias y condiciones. Me quedan alubias de ayer, he llenado con comida la escudilla de *Ikatza*, nadie me espera en casa. La irritaba sobremanera que don Serapio pensase que ella hubiera aceptado su petición de no dejarse ver durante una temporada. Conque se apeó en el Bulevar, compró dos bollos en una panadería cercana y, qué narices, se marchó al pueblo en el primer autobús.

Allí comió las sobras de la víspera, recalentadas. Hizo esto, hizo lo otro. Transcurrió la tarde mientras ella juntaba cables, restablecía conexiones, tareas que antaño solía realizar el Txato. Al final logró poner en funcionamiento el tocadiscos. Y en el silencio entre dos canciones antiguas le llegaron tañidos de campana. Y era sábado y cogió el paraguas y fue. ¿Adónde? ¿Adónde va a ser? A misa de siete. Y al entrar en la iglesia tuvo el impulso de sentarse en la primera fila como en aquella tarde lejana del funeral; pero le pareció demasiada provocación. Conque eligió el extremo del último banco de los del bloque de la derecha, por ser un sitio desde el que se abarcaba con la vista todo el espacio de la iglesia, lo que le permitiría observar a su salvo a los circunstantes.

Al tiempo que empezó la misa, estaba la iglesia pasablemente concurrida, aunque no tanto como en los viejos tiempos. Nadie fue a sentarse en las cercanías de Bittori, de donde ella dedujo que su presencia no había pasado inadvertida; pero me da igual, no me esperaba un recibimiento con aplausos en este templo del Señor donde presuntamente se predica el amor al prójimo.

El vacío a su alrededor la hacía por demás visible, así que no bien hubo salido el cura, casulla verde, por la puerta de la sacristía que daba al altar, se pasó con el mayor sigilo posible a uno de los bancos del bloque izquierdo. Encontró parapeto detrás de unas personas a las que no conocía. Y al volver por azar la mirada a un lado, descubrió delante de la columna la silla de ruedas.

Sin haberla visto, Miren averiguó que Bittori estaba en la iglesia. Había entrado con su hija poco antes de las siete. Alguien se encargó de mantener la puerta abierta para facilitarles la entrada. ¿Quién? No importa, cualquiera. Y ella se acomodó en su lugar de costumbre, Arantxa a su lado, la estatua de san Ignacio de Loyola un poco más allá, en la penumbra de la pared lateral. En esto, una boca le bisbiseó al oído. Miren sacudió discretamente la cabeza, dándose por enterada, y no volvió la cara hacia la derecha ni entonces ni mientras duró la misa.

Cada vez se atreve a más. Le lanzó a Ignacio, por el hueco entre la columna y el cogote de Arantxa, una mirada de enfurecido reproche. ¿Con quién estás, con esos o con nosotros? Recién comenzada la misa, le vino la tentación de marcharse. ¡Qué cabronada venir aquí! Tanta paz que pedían en sus manifestaciones y en los periódicos, y cuando por fin hay paz no tardan ni dos días en venir a joderla. Hizo amago de levantarse, pero se lo pensó. ¿Yo, irme? Que se vaya ella. Y a Ignacio: si la prefieres, os largáis los dos.

El sermón. La una en un extremo, la otra en el otro del mismo banco, separadas por tres o cuatro feligreses, don Serapio las vio desde el estrado con atril que le servía de púlpito. No las mencionó, eso no, sino que abandonando de pronto el insulso tema que había abordado, se dio a improvisar, con cierto atropello al principio, la verdad sea dicha, frases sobre la paz y la reconciliación, el perdón y la convivencia, dirigidas, a mí que no me digan, principal, si no exclusivamente, a las dos mujeres.

Contó una historia, un caso, una parábola, vete tú a saber lo que era aquello, de dos personas que mantenían estrechos lazos de amistad y eran por ello felices; entonces se enemistaron y fueron infelices, pero Dios quiso que se reconciliaran y, aunque no fue fácil, al cabo de un tiempo se reconciliaron y de este modo recuperaron su antigua felicidad. Porque, como dijo Jesucristo, amarás, etcétera. Y el cura se calentó y dale y venga y la paz. Le salió, cosa rara en él, que tiraba a escueto y aplomado, un encendido sermón de veinte minutos.

A todo esto, Miren ya no se hablaba con Ignacio de Loyola. Nunca me concedes nada de lo que te pido. A partir de ahí, adusta, dejó de dirigirle la palabra. Metida en agravios y cavilaciones, tardó un rato en advertir que Arantxa estaba saludando a esa con la mano. Horror. Hasta se le bamboleaba la cabeza bajo el peso de la sonrisa. Le sonreían los ojos, le sonreían los labios, la frente, las orejas. Un escándalo de sonrisa. ¿Le ha dado un ataque o qué? Aunque pensándolo bien, quizá no era que saludase, sino que le estaba enseñando a la otra la pulsera de marras, que no había habido modo en casa de que se la quitase. Chica, si no es más que un juguete. Con disimulo soltó el freno de la silla. Y usando el pie consiguió girar el trasto de manera que Arantxa quedó de frente al altar, pero como la muy boba, qué paciencia me tiene que dar Dios, pugnaba por volver la cara, su madre empujó un poco más y otro poco más la silla hacia el lado de la pared, lo que hizo imposible que Arantxa pudiera comunicarse con esa.

Bittori volvía cada dos por tres la mirada a la izquierda tras percatarse de que Arantxa le hacía señas. Estirando el cuello, alcanzaba a distinguir, más allá de los tres o cuatro perfiles interpuestos, un trozo de la madre y a la hija entera. Hasta que en un momento dado, qué extraño, comprobó que la silla de ruedas ya no estaba en la misma posición y ya no había posibilidad alguna de devolverle a Arantxa la sonrisa.

Las manos enlazadas, Miren acudió a comulgar. Me estará mirando, noto cómo me atraviesan las agujas de sus ojos. Y sí, la estaba mirando fijamente, cuánta santidad, esta se cree que va a ir derecha al paraíso. Pues a ver qué le dicen cuando llegue con la túnica manchada de la sangre de mi marido. Se formó una pequeña cola delante del cura. A Bittori le entraron ganas de incorporarse a la hilera de comulgantes. Qué importa que ni crea ni practique. Y cuando la otra, con la sagrada forma sobre la lengua, regresara a su sitio por el pasillo central, quizá, quién sabe, sus miradas se cruzarían un instante. Bittori imaginó la escena. Le vino al punto una ráfaga de euforia. Incluso hizo ademán de levantarse. Se lo impidió un agudo pinchazo en el vientre, el tercero o cuarto de los últimos días. Pasó cinco minutos penosos, tan mareada que temió desplomarse. Cerró los ojos, respiró despacio, se recuperó y ya la gente, acabada la misa, iba desfilando hacia la salida. Cuando finalmente se puso de pie, comprobó que la silla de ruedas había desaparecido.

Fue una de las últimas en abandonar la iglesia. Y salió a la oscuridad de la plaza y llovía, y seguramente debido a la lluvia la gente se dispersó con rapidez. No había dado ni cinco pasos cuando la abordaron dos figuras borrosas.

—¿Te acuerdas de nosotros?

No le sonaba aquella voz, no veía bien sus caras, le costó unos instantes reconocerlos; pero luego, de cerca, sí, fulano y mengana, un matrimonio mayor, gente del pueblo. Se expresaban en tono susurrante.

—Te hemos visto en la iglesia y nos ha dado una gran alegría. Y entonces yo le he dicho a este: vamos a esperarla. Nosotros te apreciamos mucho. Siempre te hemos apreciado.

A continuación, tomó él la palabra y hablaba tan bajo que el chisporroteo de las gotas de lluvia en el paraguas obligó a Bittori a aguzar el oído:

—Nunca hemos sido nacionalistas. Pero, claro, es mejor que aquí nadie se entere.

Bittori les dio las gracias. Luego les pidió que la disculpasen porque tenía prisa.

—Por supuesto. No te retenemos.

¿Prisa? No tenía ninguna. Se perdió en la oscuridad, se acogió a un portal, estuvo un rato apoyada contra la pared en espera de que se le pasase el dolor.

27
Comida familiar

Domingo, paella. Nerea fue la primera en llegar. Sin tacones, sin labios pintados y sin marido. Madre e hija entrechocaron mejillas en el recibidor.

—¿Qué tal en Londres?

Nerea trajo de obsequio un felpudo. Lo había comprado en tal sitio. Pronunció el nombre con cierta sobreactuación bucal, quizá por inercia de las dos semanas que había estado practicando el idioma.

—¿A que es bonito?

Un felpudo con el dibujo de un autobús rojo de doble piso. Bittori afirmó con entusiasmo postizo que era precioso, pero para qué gastas, hija. Nerea salió al descansillo a reemplazarlo por el viejo. El viejo lo apoyó en la pared para bajarlo más tarde al contenedor de la basura.

—¿Y Quique? ¿No le gusta la paella?

—Quique se acabó. Después os cuento.

Ikatza dormitaba en el sofá. Se dejó acariciar sin apenas abrir los ojos. Fuera, día gris. Sonó el timbre. Xabier besó/abrazó a su madre, besó/abrazó a Nerea. No hizo caso de la gata y no se fijó en el felpudo nuevo en el que acababa de restregar las suelas de los zapatos. Trajo una botella de vino y flores. Que no hacía falta que gastase. Comían raras veces los tres juntos. Navidad, el cumpleaños de Bittori y ¿hoy? Pues sin razón especial, simplemente porque Nerea había vuelto de Londres o porque hacía tiempo que no se reunían los tres alrededor de una mesa. Xabier relató el caso triste de un paciente de su hospital, después otro bastante chusco; pero después del primero, ¿cómo se iban a reír? Atacaron los entremeses. Nerea se explayaba en peripecias turísticas (entramos en, fuimos a, pasamos por) y su hermano, mientras descorchaba la botella de vino, se conoce que echó en falta un elemento narrativo. Lo reclamó:

—¿Qué hace Quique?

—Sigue en Londres, supongo.

Curiosidad y desconcierto detuvieron su mano descorchante. Bittori terció con rapidez:

—Han roto de nuevo.

—No hemos roto.

—Os habéis separado.

—No es lo mismo.

—Aunque, de todas formas, siempre habéis vivido cada uno en su piso. ¿O me equivoco?

—No te equivocas.

Como tarde o temprano se iban a enterar, Nerea refirió, expuso, detalló.

—Conque ya lo sabéis. Ha sido una separación de mutuo acuerdo. Si definitiva o no, el tiempo lo dirá. Quique está dispuesto a transferirme una cantidad mensual. Le he dicho, por supuesto, que no.

A su madre se le subieron las cejas.

—¿Por qué no?

—Porque prefiero no deberle agradecimiento.

Xabier ofreció vino a su madre, que declinó; a Nerea, que tampoco quiso. Hizo amago de llenarse la copa; pero desistió del propósito y dejó la botella con su contenido intacto en un costado de la mesa. Bittori se levantó con el fin de ir a la cocina en busca de la paella. Nerea: que si necesitaba ayuda. Y Bittori, que no.

Ausente la madre, los hermanos intercambiaron cuchicheos. Xabier:

—Te ruego que no saques el tema.

De vuelta de la cocina, Bittori captó la última palabra.

—¿Qué tema?

El salvamanteles de mimbre, con marcas negras de quemaduras, ya lo usaba la familia en la casa del pueblo, cuando los hijos eran pequeños, cuando el padre estaba vivo; y la paellera, a la que faltaban trozos de esmalte en el borde, también. Hace años que Nerea se cansó de repetirle a su madre que tire a la basura estos cacharros del Paleolítico inferior y compre nuevos. Y con las mismas servilletas de museo, si no de ropavejería, se limpiaba el Txato hace más de veinte años la grasa de los dedos.

Se desprenden del arroz los últimos hilos vaporosos. Bittori sirve a Xabier. ¿El hijo preferido? ¿Preferido por inútil para las cuestiones prácticas? Nerea es de otra pasta. Agarra con decisión la espumadera y se sirve a sí misma, mientras evoca/enumera desayunos, almuerzos, cenas de mediana/dudosa calidad en Londres. Y cuando ya están todos trasladando porciones de paella de los platos a las bocas, se arranca a exponer sus planes a corto y medio plazo. O sea:

—Finalmente he decidido que sí, que en cuanto sea posible acudiré a un encuentro restaurativo en la cárcel.

Silencio. Es el tema. Como no se alzan voces discrepantes, prosigue:

—He hablado por teléfono con la mediadora. Es una mujer muy maja. Me inspira confianza. Al principio no tanto, pero luego he ido conociéndola mejor. Le he dicho que he regresado de Londres y estoy dispuesta a reanudar las entrevistas de preparación. ¿Qué más? Ah, os cuento todo esto porque no me gusta hacer las cosas a escondidas. Supongo que estáis en contra.

La miraron madre y hermano a un tiempo, graves, más bien inexpresivos, y a un tiempo la dejaron de mirar. ¿No la tomaban en serio o qué? Se oía el ajetreo de las mandíbulas. Las miradas permanecían fijas en los platos que poco a poco se iban vaciando. Luego Bittori tomó pausadamente un trago de agua, se pasó la ajada servilleta por los labios y preguntó con voz neutra, maquinal:

—¿Qué esperas conseguir?

—Ni idea. Aún no sé tampoco con quién me reuniré. Sólo tengo una cosa clara. Quiero que uno de ellos sepa lo que nos han hecho y cómo lo hemos pasado.

—Querrás decir cómo lo has pasado tú.

—Eso.

Xabier callaba y comía.

—¿Y después?

—Escucharé lo que me tenga que decir.

—¿Esperas que te pida perdón?

—Pues, la verdad, no he pensado en eso. Según la mediadora, hasta ahora todos los que han participado en los encuentros han experimentado bienestar. No le consta que ninguno se haya arrepentido. Incluso hay víctimas que al final se han considerado mejores personas. Sentir alivio a mí no me parece poca cosa. A partir de ahí, bienvenido sea todo lo positivo que llegue. Pongo por caso que la herida deje de supurar. Una cicatriz quedará siempre. Pero una cicatriz ya es una forma de curación. Y no sé vosotros, pero me gustaría que llegase para mí el día en que al mirarme en el espejo vea no sólo la cara de una persona reducida a ser una víctima. Me han prometido máxima discreción. La prensa no se enterará.

Xabier, surcos en la frente, callaba. Varias veces, en los días precedentes, le había encarecido a Nerea que mantuviese a su madre al margen del asunto. ¿Y eso? Para no crearle preocupaciones. Pero resulta que Bittori reaccionó con serenidad.

—Mira, hija, haz lo que te parezca más sensato. Yo no me opongo. Una persona, en nombre de la Dirección de Atención a las Víctimas, me informó hace un tiempo de esos encuentros y más o menos estoy al corriente de cómo funcionan. A mí no me convence la idea de ir a hablar con un asesino del montón. Lo veo como una pérdida de tiempo. Me han hecho tanto daño que no me pueden cerrar ninguna herida. Todo mi cuerpo es una herida. No creo que te lo tenga que explicar. Y si al final me quedara una cicatriz, sería como la de quien se quemó por completo. Yo entera sería una cicatriz. A lo mejor iría a mirarle a los ojos al que mató al *aita*. A ese sí que le diría unas cuantas verdades. —A Xabier—: ¿Tú qué piensas? ¿Te han comido la lengua?

Xabier permaneció con la mirada gacha.

—Esto es muy personal. Yo no me meto.

—Te pregunto si tú también vas a ir a un encuentro de esos.

—No.

Sonó rotundo, sonó agresivo. Y Nerea, empujando el plato no del todo vacío hacia el centro de la mesa, en señal de que había terminado de comer, dijo que:

—Después del encuentro, estoy pensando en irme a vivir a otra ciudad. No sé a cuál. Tampoco descarto marcharme al extranjero.

Se dieron por enterados sin juzgar, sin formularle preguntas. Hablaron a continuación, sucintos, serios, de temas cotidianos, y el primero en marcharse, por ser domingo de partido, sin postre ni café, fue Xabier, que es socio desde niño de la Real Sociedad, aunque va poco al estadio. Nerea ayudó a recoger la vajilla. Solas las dos mujeres, le preguntó a su madre qué pensaba de sus proyectos de futuro.

—Ya eres mayor para saber lo que haces.

—¿O prefieres que acabe como mi hermano?

—¿Qué le pasa a tu hermano?

—Es el hombre más triste que conozco.

—¿Qué coño sabes tú de tristeza ni de nada?

—También a mí me sobran motivos para estar hecha polvo. Pero, mira, en Londres, la misma noche en que acordé con Quique vivir un tiempo separados, me di una vuelta por la orilla del río. Me dije: ¿qué hago? ¿Me tiro al agua y adiós muy buenas, o busco una salida al laberinto en el que llevo mucho, demasiado tiempo metida? Y vi la corriente turbia, y los reflejos de la ciudad en el agua, y luego vi la gente, y oí música en algún lugar cercano, me daba la brisa en la cara y concluí: qué leches, Nerea, levanta esa cara, no te resignes, vive, eso es, vive, muchacha, aunque estés jodida, muévete, lucha, busca. Que por cierto, he sabido que vas todos los días al pueblo y me parece muy bien. Imagino que tú también andarás buscando algo.

—¿Buscar? ¿Yo? Yo no busco nada. Yo voy a mi casa. ¿No puedo ir a mi casa? ¿O es que te molesta?

Había ira en sus ojos, en sus labios apretados. No hablaron más. Y un rato más tarde, al salir de la vivienda, Nerea se percató de que el felpudo viejo no estaba en el descansillo.

28

Entre hermanos

Gris de noviembre. Chispeaba cuando Nerea salió del portal. Al fondo de la cuesta, por donde ella tenía que pasar, un paraguas negro ocultaba la cara de un hombre parado. A Nerea el corazón le dio un vuelco. ¿Cómo así si ahora ya no hay terrorismo? Le causaba recelo la presencia de un tipo solitario en actitud de y con aspecto de. Por si acaso cambió de acera. Poco después el tipo se dio la vuelta. Era Xabier.

—¿No has dicho que tenías prisa por ir al fútbol?

—He cambiado de idea.

¿La razón? Pues que consideraba más importante hablar con ella a solas. Nerea: que no la asustase. Él: que estuviera tranquila. Era simplemente que, como se veían poco, faltaban ocasiones para hablar en privado. Convinieron en bajar a la calle San Martín. Por el camino, ella le dijo que cerrara el paraguas porque ya no llovía y él lo cerró, y al poco rato tomaron asiento en la cafetería del hotel Europa.

—No sabía que te gustara el coñac.

—Bueno, algo hay que tomar. No vamos a estar aquí sentados sin consumir nada, ¿eh?

Ella pidió una infusión de manzanilla. La paella le había dejado un regusto aceitoso y pesadez de estómago y.

Xabier no prestó atención a las quejas de su hermana. Sin preámbulos, entró en materia:

—Deberíamos habernos reunido tú y yo antes de subir a casa de la *ama,* donde, te lo digo con toda sinceridad, no me he sentido a gusto. Deberíamos haber acordado una serie de puntos con la idea de evitarle nuevos sufrimientos a nuestra madre. Has estado por demás desacertada, aunque reconozco que en parte la culpa es mía por no haber intervenido a tiempo.

—¿Por no haberme mandado callar?

—Habría bastado con que dosificaras todo lo referente a tus planes para el futuro. Por simple prudencia o por una cosa de la que no sé si has oído hablar alguna vez, por delicadeza.

—Como la que estás demostrando tú ahora, ¿no?

—Ya era suficiente con la historia de tu enésima separación matrimonial. El resto habría sido mejor reservarlo para otro día. Igual te ha parecido que la *ama* ha reaccionado con calma. Pues yo te aseguro que esa calma era sólo aparente. Es la máscara que usa desde que enviudó. Finge fortaleza. Pero si te hubieras fijado bien, como yo me he fijado mientras tú hablabas y hablabas, a veces con una especie de euforia que me ha llamado negativamente la atención, habrías visto en la frente de la *ama*, en sus ojos, que cada una de tus palabras le estaba sentando como una pedrada.

—¿Ah, sí? Pues ya es raro que te hayas fijado, porque yo no he visto en ningún momento que levantaras los ojos del plato.

—Hay cosas que se ven sin necesidad de mirarlas. Escucha, Nerea. Quizá tu separación de Quique te ha afectado más de lo que das a entender. Eso tú lo sabrás. Durante la comida me has causado una impresión como de mujer que de repente quiere hacer muchas cosas, caiga quien caiga y sin tener en cuenta la repercusión que puedan tener sus actos en las personas cercanas. Muy sosegada no parecías, la verdad.

—Y si así fuera, ¿qué? ¿O es que tengo que adoptar tu manera de ser?

—Antes de tu viaje a Londres nos aseguraste que habías desechado la idea del encuentro restaurativo. Ahora nos enteramos de que piensas continuar con el programa. Y todo, ¿para qué? ¿Para obtener un bienestar psicológico antes de largarte? Sálvese quien pueda, ¿no? ¿De verdad podrías sentir bienestar viendo cómo le va a la *ama*? Yo, no. Quizá podría sentirlo un momento, en presencia del asesino arrepentido. Pero luego volvería a San Sebastián y comprobaría que mi alivio no aprovecha nada a mis seres queridos, sino todo lo contrario, y entonces volvería a sentirme como antes o peor.

—¿Me estás acusando de egoísmo?

—Dejémoslo en ingenuidad.

—Xabier, no soy tu hermanita de ocho años. Ha pasado mucho tiempo desde nuestra infancia. No necesito un mentor. Sé manejarme por mi cuenta.

—No lo niego. Por eso estoy aquí hablando contigo, porque se supone que eres una persona capaz de tomar decisiones, lo que no te libra de cometer errores. Errores que pueden perjudicar a otros, como es el caso.

—Exageras.

—Haces de lo que le pasó al *aita* una versión para tu uso privado. Le buscas una salida a la medida de tu conveniencia o de tus planes o como quieras llamarlos. Al final te quedas como Dios, empiezas una nueva vida en Casacristo de la Frontera, con palmeras al borde de la playa, y no se te ocurre pensar que quizá, con semejante manera de proceder, aumentas el dolor de los que se quedan aquí.

—Estáis emocionalmente bloqueados. Estáis la *ama* y tú en un agujero de pena y de rencor y de melancolía del que no podéis salir y no sé yo si queréis salir. Yo he tocado fondo. Ya basta. Algo dentro de mí tiene que cambiar. Por eso, después de asesorarme, había pensado en ir a donde uno de esos asesinos y decirle: esto me hicisteis, estas son las consecuencias, quédatelas, te las regalo, y después marcharme lejos con su perdón o sin él, a un sitio donde nadie me reconozca ni susurre a mis espaldas. Y donde pueda dedicarme a hacer algo por los demás, no sé, por las mujeres maltratadas, por los huérfanos. Así que de egoísmo, nada. Incluso me parece más egoísta quedarme en esta ciudad lamiéndome las heridas hasta el final de mis días. Deja de mirar esa puta copa de coñac. Mírame a mí. Soy una mujer separada, sin hijos y con un pie en la menopausia. Me estás haciendo daño y me dan ganas de tirarte esta manzanilla a la cara.

No se inmutó. No la miró. No apartó los ojos de la copa, ni siquiera cuando le dijo a su hermana que:

—Hay un dato que ignoras. Siento no haber podido comunicártelo antes. Es otra de las razones por las que deberíamos habernos reunido. Creo que la *ama* está enferma. Desconozco la naturaleza de su mal. Los resultados del último análisis no auguran nada bueno. Mientras estabas en Londres le conseguí una cita con uno de los mejores oncólogos de la zona. Pero llegó el día y la *ama* no se presentó en el consultorio. Dice que se olvidó. Yo lo pongo en duda. Intento no alarmarla. Le he hablado de una revisión rutinaria. Claro que no es tonta y tiene síntomas y más o menos sabe interpretarlos. Te pido por favor que aplaces tus planes. Mejor sería, a mi juicio, que renunciaras a ellos, al menos mientras viva nuestra madre. Sería generoso por tu parte que no emprendieras acciones que pudieran empeorar su problema.

—¿Cáncer?

—Lo más seguro.

Xabier, dos copas de coñac y lo de su hermana, se acercó al mostrador y pidió la cuenta. Aprovechó para preguntarle al camarero por el resultado del partido. Empate a cero mediada la primera parte. De vuelta junto a su hermana, no tomó asiento.

—Piénsatelo y, cuando tengas una respuesta, por favor házmela saber.

—No hay nada que pensar. Mañana llamaré a la mediadora para decirle que lo dejo. El señor doctor se ha salido una vez más con la suya. Pero te aseguro que algún día, no sé cuándo, me marcharé de esta maldita tierra.

Xabier se inclinó para darle un beso fraternal en la mejilla.

—Tiempos difíciles.

—Y que lo digas.

Se despidieron sucintamente cordiales, sin efusión, sin sonreír. Él salió y no llovía. Ella permaneció en su asiento del rincón, mirando como hipnotizada, a través de los cristales, el gris de la calle.

29
Hoja de dos colores

Sólo por justificar su prolongada estancia en la cafetería pidió un agua mineral. La tarde oscurecía ahí fuera. Pasaban coches con los faros encendidos. ¿Gente en el local? Poca. Y Nerea cambió de mesa. Ahora estaba sentada en un lugar más próximo a la puerta de cristal, desde donde se observaba mejor el paso de los coches. La envolvía una sensación grata de recogimiento. Sola, soñolienta, no se le ocurría adónde ir.

Los coches no circulaban de continuo, sino en rachas reguladas por los semáforos al comienzo de la calle San Martín. Esta circunstancia le producía a Nerea un suave placer y le hacía la tristeza, su tristeza con regusto de paella aceitosa, más llevadera.

Y de pronto, ronroneante, pasó un autobús, pero no de los urbanos. Y ella iba dentro. Ahí vamos mi juventud y yo rumbo a Zaragoza, a cursar cuarto de Derecho por deseo/súplica/exigencia del *aita,* que quería proteger a su hija a toda costa, de esto hace ya tantos años.

Hasta Pamplona, en un autobús de la Roncalesa, temprano por la mañana, qué llorera. Mis amigas, la cena de los jueves, las vueltas en motocicleta, la discoteca. Todo lo perdía/abandonaba en aquel lejano mes de octubre. Y Zaragoza no le decía nada. Una ciudad sin playa, sin bahía, sin montes, qué horror. ¿Cómo se puede vivir tan lejos del mar? Pero el *aita* había insistido: no hay más remedio, créeme. Y que cuanto antes se marchara de Euskadi, mejor. A Barcelona, a Madrid, a donde ella decidiese. Que no se preocupara por los gastos. El caso era ponerse a salvo, terminar la carrera con tranquilidad. Y como fue aceptada en la Universidad de Zaragoza, a Zaragoza fue, llorando hasta Pamplona, donde tenía que hacer transbordo, con mejor temple en la segunda parte del trayecto. ¿Y eso? Es que en Pamplona, en la cafetería de la estación de autobuses, tomó un café con leche y un pincho de tortilla y, coño, parece que, complacido el estómago, la vida empezó a mostrarle un perfil más sonriente. Un chaval que viajaba a Logroño, ¿o era a otro sitio?, ya no se acuerda, se le acercó cortejante, halagador, con ilusiones. Y ella, por distraerse, sin perder de vista el reloj de la pared, le hizo concebir esperanzas y le dio un número falso de teléfono y un beso en los labios. Total, que entre la tortilla y el chaval le alegraron la mañana; se durmió hasta Tudela y llegó a Zaragoza muerta de hambre, pero bien.

Antes sólo había estado una vez en la ciudad. Dos días de calorina infernal, en serio; dos noches de horno nocturno en una pensión. Aprovechó para matricularse y buscar alojamiento de estudiante. En un quiosco de la plaza de San Francisco compró un ejemplar de *El Heraldo de Aragón*. Lo tiró poco después a una papelera salvo las páginas de los pisos de alquiler. Piso en Delicias, piso en Las Fuentes, piso aquí, piso allá. No le sonaba el nombre de ningún barrio. Y el calor. Y a las dos de la tarde, nadie por la calle. Ni un pájaro, ni una mosca. Se metió en una cabina telefónica. El teléfono quemaba tanto que lo tuvo que agarrar con un *kleenex*. Marcó uno de tantos números. Le dijeron un precio tan reducido que desconfió, hasta el punto de preguntar si la vivienda estaba en el mismo Zaragoza. ¿Cómo? En el casco urbano y no en un pueblo de la provincia. Percibió una reacción de desconcierto al otro lado de la línea telefónica. En el casco urbano, por supuesto. Entonces pensó: hostia, ¿dónde me he metido? Y nada, cogió un taxi con idea de ir a echar un vistazo al piso, pues quería volverse a casa cuanto antes y para ello debía solucionar sin falta el asunto del alojamiento. Le pareció buena señal que el taxista la entendiese a la primera. Dedujo que la calle era conocida, que tendría esas cosas que no deben faltarle a la calle de una ciudad civilizada. ¿Cuáles? Farolas, aceras, tiendas. La apretó por un momento la tentación de preguntarle al taxista si el sitio quedaba lejos, pero se mordió la lengua. Lo uno por vergüenza, porque, claro, una persona con dos dedos de frente se habría agenciado lo primero de todo un plano de la ciudad, y lo otro porque si el tipo se da cuenta de que no conozco el terreno, dará un rodeo de la de Dios con malicia de aumentar la ganancia. Subieron hasta Torrero. Más allá del canal, ya casi a la vista del cementerio, el taxista le dijo: aquí es, y ella pagó el importe y se apeó. ¿El piso? Bien. Limpio, todo lo contrario de oscuro, amueblado con sencillez. Las vistas muy feas; pero, oye, tampoco viene una aquí de vacaciones. A decir verdad, Nerea ya lo había aceptado antes que le hubieran abierto la puerta, mientras subía las escaleras del edificio. Es que se acordaba del consejo que había recibido de su madre. Que lo importante, hija, es que haya un techo sobre tu cabeza cuando empiecen las clases; luego, con calma, ya buscarás la manera de acomodarte mejor. Y también le dijo que al entrar en el portal se fijara en los buzones. Concho, pues porque la miseria suele descuidarlos, mientras que la gente de bien procura mantenerlos limpios y arreglados, y a ella, según dijo, le basta ver los buzones para hacerse una idea de la clase de vecinos que vive en una casa. Los buzones causaron a Nerea una impresión excelente y también la limpieza de las escaleras y de las paredes, y cuando se abrió la puerta y estrechó la mano de su futura compañera de piso, ya estaba más que convencida de haber encontrado domicilio en Zaragoza.

Durante los meses que vivió allí, a la compañera, una chica de Huesca, apenas la veía. De hecho nunca supo con certeza a qué se dedicaba. Estudiante, desde luego, no era. Lo peor del piso: que la facultad quedaba lejísimos, y los bares y las zonas de diversión, también. Luego, cierzo y niebla, llegó el invierno y menudo frío, la madre que me. Se compró una estufa eléctrica. De poco le servía. Apenas se alejaba unos metros del foco de calor, le volvía aquella sensación de cuchillos gélidos que la atravesaban. Conque a principios del año siguiente se mudó al piso de López Allué, mejor caldeado y mejor situado, aunque también más caro. Lo compartía con dos chicas de Teruel. Una, más joven que ella, estudiante asimismo de Derecho; la otra, de Filología. Congeniaron desde el primer momento.

Zaragoza. Si su hermano supiera, si lo supiera su madre. Salvo al principio, cuando tiritaba de frío en el piso de Torrero y se sentía sola, como envuelta en una membrana de nostalgia, estuvo cerca de la felicidad. Entonces no se daba cuenta. Se limitaba a exprimir las posibilidades placenteras de su juventud. Pronto hizo amistades. Gente tan abierta, tan sana de espíritu y tan apacible de carácter, no la ha encontrado en ningún otro sitio. Y ella, sin descuidar los estudios (no suspendió ni un examen), frecuentó la noche, el amor físico, el alcohol, algo menos el perico y la marihuana. Y aprendió a prescindir del mar y de la motocicleta, y se olvidó de cosas preocupantes y dramáticas de las que quizá no debería haberse olvidado. Aunque no es que las olvidara. O le llegaban amortiguadas por la distancia o no le llegaban, en parte porque su familia, sobre todo el *aita,* siempre tan protector, no quería por nada del mundo que le llegasen.

Aquel domingo gris en la cafetería del hotel Europa, mientras veía pasar los coches y recordaba delante de su vaso y su botellín de agua mineral caras y lugares de Zaragoza, anécdotas y fiestas, y tantas peripecias propias de la vida estudiantil, volvió a experimentar la sensación punzante de otras muchas ocasiones, y todos los buenos recuerdos se le representaron de golpe como las hojas de ciertos árboles. ¿De cuáles? Qué más da. Como esas hojas con el anverso de un color y el reverso de otro, aquel de un verde brillante, grato a la vista, este de un verde más pálido que era el verde de la culpa y los remordimientos. Se miraba las manos y se arrepentía de haber sido joven; aún peor, de haber sido feliz.

Su madre, por teléfono, le reprochaba que no los visitara. Se sentían abandonados ahora que mucha gente del pueblo había dejado de dirigirles la palabra. Y apenas un minuto después se ponía su padre al aparato y, bajando la voz, le decía no vengas, hija, ni se te ocurra, ya te visitaremos nosotros, y si necesitas algo, dímelo. Joder, cuánto la quería. Mi *aita,* mi viejo. Y ella, en Zaragoza, pensaba que la mandó a estudiar fuera para mantenerla al margen del acoso a que lo estaban sometiendo. Porque lo de las amenazas y las pintadas sí lo sabía, y también que había empezado con los preparativos y las gestiones para llevarse la empresa a una región más tranquila. Ignoraba, no obstante, lo que le contó su madre cuando al *aita* ya lo habían enterrado. En una carta de extorsión enumeraban una serie de detalles relativos a Nerea. Todos certeros: el lugar donde por entonces estudiaba, sus cenas de los jueves con la cuadrilla en la Parte Vieja de San Sebastián. Por saber hasta sabían de qué color era su motocicleta y dónde la solía aparcar.

30
Vaciar la memoria

Ya se había bebido el agua. Decidió, siete y cuarto de la tarde, pagar la consumición y marcharse, pero. ¿Pero qué? Una voz interior le dijo: Nerea, no seas imbécil, no se te ocurra encerrarte en la soledad de tu casa con la cabeza llena de recuerdos; vuelca tu memoria aquí y ahora; vacíala y así los recuerdos no te incordiarán más tarde. Piensa: la noche es larga y noviembre húmedo, oscuro, un mes muy cabrón.

Sintió a este punto un peso triste-triste que le impedía levantarse de la silla. Mostró el botellín de agua mineral al camarero en señal de que deseaba otro, aunque no tenía sed. Pero es que le daba corte estar allí sentada sin hacer gasto.

Ella, su madre, su hermano, los tres se habían convertido en satélites de un hombre asesinado. Lo quisieran o no, sus respectivas vidas llevaban largos años rotando alrededor de aquel crimen, de aquel foco incesante de, ¿de qué?, joder, pues de pena, de dolor, y esto se tiene que acabar y yo no sé cómo. Y para una idea que tenía, van y me la tumban.

El camarero trajo el botellín de agua y un vaso con hielo y una rodaja de limón. Y ella, cansada de observar el tráfico, encogida de tedio y de nostalgia, ni se acordó de darle las gracias. Ella, a lo suyo, como si estuviera en una sala de la cárcel ante un etarra arrepentido: mi familia no sabe dónde ni cuándo me enteré. Siempre creyeron que la noticia se la comunicaron sus compañeras de piso, avisadas por el hijo del dueño del bar. Por otro lado, qué más da. A su madre le contó que había estado con amigas y había llegado tarde al piso, ya muy de noche, sin enterarse de lo ocurrido.

Mentira. Hacia las cinco de la tarde, al salir de la biblioteca, oyó: ha habido un atentado. Alguien, a su espalda, preguntó: dónde. Pero Nerea, que llevaba prisa por ir a su piso, dejar los bultos y prepararse para la fiesta de estudiantes en la Facultad de Veterinaria, no prestó atención al diálogo. Total, un atentado más. Simplemente, no se le despertó la curiosidad. Mañana, si eso, leeré el periódico. Y en el piso, luces apagadas, no había nadie. Se duchó sin mojarse el pelo, pues fuera hacía frío y llovía. Y entretanto llegó una de sus compañeras. Hola, hola. Pero ni una palabra sobre atentados. Se conoce que Xabier aún no se había puesto en contacto telefónico con el dueño del bar, si no es que este había pulsado el timbre cuando ninguna de las tres inquilinas se hallaba en casa. Antes de las seis, Nerea ya estaba preparada. Tampoco es que dedicase demasiado tiempo a acicalarse. Por entonces no era tan aficionada como ahora al maquillaje. Se echó unas rociadas de perfume y eso es todo. Un compañero suyo, ¿cómo se llamaba?, José Carlos, pasó a recogerla y salieron.

Formaban una tropa de diez o doce estudiantes, chicos y chicas, algunos desconocidos para Nerea. Y nada, se fueron juntando en un bar de la calle Maestro Tomás Bretón con la idea de ir entonándose y a la hora oportuna, ella no sabía con exactitud cuándo, repartirse en varios coches, ya que, según le dijeron, maña, la Facultad de Veterinaria está donde Cristo perdió el gorro. Ella, ni idea. Preguntó si el sitio quedaba demasiado lejos para ir andando y hubo risas. Se puso seria. Más, tensa. Pensando que se habría enfadado, uno de los chicos le pidió perdón. Y una chica: ¿qué te ocurre? A esta sí le respondió, pero con evasivas: no, nada, es que. Y la otra le preguntó si se sentía mal y ella volvió a decir que no. ¿Qué iba a decir?

Por casualidad había visto en lo alto de la pared, en la pantalla de un televisor colocado sobre una balda, la fotografía de su padre. Y supo. ¿Sospechó? No, supo con total seguridad desde el primer instante. Enseguida un letrero en la parte inferior de la imagen confirmó su certeza: ASESINADO EN GUIPÚZCOA UN EMPRESARIO. Nerea, rodeada de risas, de conversaciones triviales y felices, disimuló. El corazón le latía con tal violencia que le causaba vivo dolor dentro del pecho. No bien dejaron de hablarle volvió la mirada hacia el televisor. Vio en la pantalla a personas a las que no podía oír por causa del bullicio del bar. Personas que hablaban ante micrófonos. A un señor con bata blanca, al *lehendakari* Ardanza con gesto serio. Y por último vio una calle y una fachada que no le costó reconocer.

No pudo entretanto contener la orina. Menos mal que llevaba unos vaqueros negros. Y siguió aparentando naturalidad. Se lo susurra al terrorista imaginario que tiene delante en este improvisado e ilusorio encuentro restaurativo en la cafetería Europa. Aún permanecí cosa de cinco minutos sentada a la mesa. Incluso ensayó una sonrisa para corresponder a la broma de un chico y apuró con fingida tranquilidad su cerveza. Todos estos pormenores le hacen al cabo de los años el efecto de brasas dentro del cuerpo. No tuvo nunca a nadie a quien comunicárselos. ¿A su familia? Imposible. No la entenderían a pesar de haber padecido el mismo infortunio. ¿A Quique? Ese ha estado siempre demasiado ocupado con sus negocios como para mostrar interés por historias mías de cuando aún no nos conocíamos.

A escondidas hizo una señal al chico aquel, José Carlos, que no era su pareja; pero, en fin, con ningún otro de los reunidos en el bar tenía la misma confianza. Y este entendió que ella deseaba hablar con él a solas o vete tú a saber lo que entendió, si es que algo entendió. El caso es que siguió a Nerea a la calle y luego más allá, hasta casi la esquina. Ya había oscurecido. Ella, muslos meados, esperó a estar a cierta distancia del bar para volverse. Entonces se abrazó a su compañero y estalló. Dios, qué sollozos. Él, estupefacto. ¿Qué tienes, qué te pasa? ¿Te han ofendido esos? Ella: mi *aita*. Era lo único que podía articular: mi *aita*. Y el atónito muchacho: qué dices, qué te pasa. Hasta que por fin Nerea pudo tomar aire y expresarse. Pidió a su compañero que la acompañara por favor al piso.

También le pidió que no la dejara sola, que la acompañara durante toda la noche. Sí, lo que quieras, lo que quieras. Subieron al piso. Y Nerea, lo primero de todo, fue al cuarto de baño a lavarse. Enseguida, una de sus compañeras vino a decirle que habían dado aviso del bar de abajo para que llamara a su casa y que era urgente. Nerea: sí, es que ETA ha matado a mi padre. La chica, ignorante de la noticia hasta ese momento, se llevó las manos a la cabeza y rompió a llorar. Y la otra, asustada, qué pasa, qué pasa, también salió al pasillo. Dijo una cosa ingenua: ¿tu padre es guardia civil? Y también se echó a llorar. Nerea rogó/mandó a José Carlos que la acompañase a su habitación. Pero ¿no vas a llamar? Ella: que la acompañase, que no se separara de ella. Y se acostaron y él, han matado a tu padre, jodo, lo han matado, tenía dificultades para hacer el amor. Despotricó, juraba, se durmió. Y Nerea, en la cama, a oscuras, fumaba un cigarrillo tras otro hasta que vació su paquete y el de su amigo. Se habría fumado todo el tabaco del universo.

Por fin amaneció. Las rendijas de la persiana se iluminaron con la claridad del nuevo día. Nerea tuvo una sensación confortable, como de haber encontrado refugio en una fecha distinta de la anterior, cuyo olvido sabía imposible. Como cuando ha terminado un terremoto, un incendio, un fenómeno devastador y uno constata en medio de las ruinas que ha sobrevivido. Cosas mías. ¿Qué serían: las siete, las ocho de la mañana? La habitación saturada de humo, zarandeó sin miramientos a José Carlos, que dormía como un bendito a su costado. Que ya se podía ir, le dijo. Y el chaval, piernas delgadas, velludas, se vistió a toda prisa y se marchó corriendo, tan ansioso de obedecer que se olvidó de decirme unas palabras bonitas y de darme un beso de despedida.

Y luego, sola, sucedió algo muy extraño: todo era normal. Como cada mañana, se apoderaron del aire los ruidos del tráfico, llovía como llueve siempre, por las aceras deambulaban los transeúntes con paraguas. ¿Qué más? La gente se dirigía a sus ocupaciones como si de víspera no hubiera sucedido un atentado. Asomada a la ventana, desnuda, Nerea se convenció de que en el mundo había una conjuración contra ella. Y detestó la mañana y la lluvia y la casa de enfrente y a una señora que pasó con un perrito. Todas las cosas parecían decirle: pues sí, han matado a tu padre ¿y qué? También se mueren los escarabajos y las gallinas. Ese pensamiento le hizo mucho mal. De pronto sintió como si despertara de un sueño malo y entrara en otro peor. Y sacó de su bolso un espejito de mano para mirar por vez primera sus ojos, su nariz, su frente de víctima del terrorismo. El frescor matinal que entraba por la ventana se le empezó a meter en el cuerpo y comprendió de golpe que lo sucedido la tarde anterior era verdad y que ni siquiera eso era lo peor, que lo peor estaba aún por llegar y ella no podría demorarlo por mucho tiempo. Le dio entonces un violento escalofrío pensando en que tenía que llamar por teléfono a su madre.

Nadie sabe, nadie sabrá. Sin desayunar, sin lavarse, se llegó hasta una cabina telefónica de la avenida Goya. Serían como las ocho y media de la mañana. Bueno, pues hasta pasadas las diez no llamó. Se iba por la calle adelante y volvía, o caminaba al buen tuntún por Fernando el Católico y la Gran Vía y vuelta atrás, y cada vez que llegaba a la cabina pasaba de largo y seguía empapándose de lluvia y estremeciéndose del miedo a decirle a su madre que no quería viajar al pueblo, aunque estaba libre de exámenes y de tareas urgentes. ¿Entonces? Es que no quiero ver el cadáver ni la caja ni la tumba, eso es horrible para mí, y tampoco quiero que me relacionen con el asesinato, que vengan a entrevistarla y le saquen fotos y se entere todo Zaragoza de quién soy. No paraba de ensayar la posible conversación telefónica con su madre. Le digo esto, le digo lo otro. Y en un puesto de revistas de la Gran Vía vio la cara de su padre en la portada de un periódico y estuvo en un tris de comprarlo, pero no se atrevió. ¿Y eso? Le daba mucha vergüenza.

Al pueblo viajó pasados siete días, cuando su padre ya había sido enterrado y ya no era la última víctima mortal de ETA. La *ama* no me lo ha perdonado. Yo lo sé. No necesito que me lo diga. Nerea lo ha notado durante todos estos años en infinidad de gestos, en el tono de ciertas palabras, en reproches por cuestiones de segundo orden. Y todo esto habría deseado Nerea contárselo en la cárcel a un terrorista arrepentido y sacárselo de dentro como quien vomita unas viejas y todavía no apagadas brasas. Y no puede ser porque el señor doctor dice que no y ella no quiere líos con la familia; dejemos la fiesta en paz.

—¿Me cobra, por favor?

31
Diálogo en la oscuridad

En la cocina, de atardecida, le echó la bronca. No le dio tiempo ni a descalzarse. Que cómo era posible que ETA le estuviera mandando cartas y no le hubiera dicho nada a ella.

—Yo pensaba que en el matrimonio nos lo contamos todo o por lo menos lo importante.

Sentado en la silla, el Txato se desataba, flemático, los cordones de los zapatos sin levantar la vista hacia Bittori, que, parada ante él, la cara roja de enfado, no callaba. Y venga y dale. Y él, al término de una larga jornada de trabajo, lanzó un suspiro hacia el suelo como diciendo: a ver cuándo hostias para el chaparrón.

—¿Cómo te has enterado?

—Hablando con Miren.

—He querido arreglarlo por mi cuenta para no preocuparos.

Y Bittori reanudó el rapapolvo. Después de un rato, él la interrumpió. Que qué había para cenar.

—Sapo en salsa. ¿Por qué preguntas?

—Porque no tengo nada de hambre.

Hablaron poco durante la cena, cada cual abismado en sus respectivas cavilaciones. El Txato se limitó a decir tres cosas: que ella, con sus reproches y sus quejas, no se lo estaba poniendo fácil; que estos asuntos se ventilan en secreto y que al bobo de Joxian habría que quemarle la lengua por irle con el cuento a su mujer y vete tú a saber a quién más.

De la cocina se fue directo a la cama. Al sobre, como él decía. Y Bittori se quedó lavando los platos de la cena. De nada servía que Nerea le recordase de vez en cuando que el poder adquisitivo de la familia permitía la compra de un lavavajillas. Pero ella, que no, que teniendo dos manos un armatoste de esos supone un gasto inútil, que consume mucha agua y electricidad, y que cuando tú te cases haz en tu casa como te parezca mejor, a mí déjame tranquila en la mía.

El Txato no solía intervenir en las pendencias domésticas. Lavavajillas, no lavavajillas, le daba igual. Amigo de madrugar, se acostaba temprano. Los días laborables, a las seis de la mañana, a veces antes, ya estaba despachando tarea en la oficina. Y los fines de semana, como participaba en las etapas dominicales de cicloturismo, también estaba de pie antes de la salida del sol. Puede que en alguna ocasión, enzarzado en una reñida partida de mus, se le olvidase mirar el reloj; pero, salvo excepciones, normalmente a las diez de la noche ya se había acabado el día para él.

Lo único que a esa hora lo habría inducido a permanecer levantado eran las retransmisiones de pelota en la televisión vasca. Veía los partidos hasta que le llegaba el momento de ahuecar el ala, pues Bittori mandaba en el aparato y a Bittori le gustaba mirar sola sus programas.

Así que, acabada la cena, el Txato se acostó, como siempre en el lado de Bittori. Desde los primeros días de matrimonio le calentaba la cama. También en verano. Un hábito que no nacía de acuerdo alguno entre ellos y que él no dejaba de practicar ni en los días en que hubiera habido disputa matrimonial. Luego llegaba Bittori, a las once, a las doce, y él, sin despertarse, se corría hacia su lado.

Y llegó Bittori, que a menudo ojeaba alguna revista del corazón en la cama; pero esta vez apagó sin demora la lámpara de la mesilla. Permaneció sentada en la oscuridad, los brazos cruzados, la espalda contra la cabecera. Y él, que era roncador, respiraba en silencio, de donde Bittori dedujo que no dormía.

—¿A qué esperas para contármelo todo?

El Txato no respondió; pero ella sabía/intuía que estaba despierto y se abstuvo de repetirle la pregunta. Transcurridos varios segundos, él chascó la lengua en señal de fastidio y, con ostensible desgana, puso a Bittori al tanto de los pormenores principales del acoso a que lo estaban sometiendo, sin escatimarle cifras, sin ocultarle su viaje a Francia. En cambio, no le dijo una palabra sobre la mención a Nerea en la última carta.

—¿Qué piensas hacer?

—Esperar.

—¿Esperar a qué?

Bittori lo sintió volverse hacia ella en la oscuridad.

—Por este año ya les he pagado y más no me van a sacar. Esos cabrones me piden una barbaridad, justo ahora que me he metido en créditos y compras, y que hay unos cuantos clientes morosos que no me pagan. Recuerda también que aún estamos a deber una parte del piso de San Sebastián. Quién sabe, igual ha habido una equivocación. Algún tarugo que les lleva las cuentas no anotó mi pago o lo anotó donde no debía. ¿Quién me dice a mí que el tipo a quien entregué el sobre no se lo ha quedado para costear sus caprichos? O a lo mejor tiene razón Joxian y resulta que la segunda petición era en principio para otro. Por eso creo que de momento es mejor no hacer nada y esperar a que el tiempo aclare las cosas. Y si el equivocado soy yo, pues ya reclamarán.

—Para decir la verdad, yo tengo un poco de miedo.

—El miedo no sirve para nada.

—Esa gente es mala y en el pueblo tienen muchos amigos.

—Los del pueblo me conocen. Soy de aquí, hablo euskera, no me meto en líos de política, doy trabajo. Cada vez que se hace una colecta para fiestas, para el equipo de fútbol o para lo que sea, el Txato apoquina como el que más. Si alguien de fuera viene a hacerme daño, seguro que le echan el alto. Ojo, que ese es de los nuestros. Además, conmigo se puede hablar, ¿eh?

—Te noto demasiado confiado.

—No creas que me chupo el dedo. He tomado precauciones. En la empresa estoy a salvo. Tengo la manera de defenderme.

—¿Ah, sí? ¿Cómo? ¿Guardas una pistola en el cajón?

—Lo que yo guardo en el cajón es cosa mía, pero ya te digo que allí estoy seguro. ¿Que el asunto se complica? Bueno, pues me llevo los camiones a otra parte. A La Rioja o por ahí. Con menos empecé de joven y mira si he salido adelante o no.

—Pues, aunque seas del pueblo, a mí no me extrañaría que alguno de tus obreros le haya pasado a ETA datos tuyos.

—Puede ser.

—¿Has hablado con otros empresarios de la zona?

—¿Para qué? Seguro que pagan todos. Le hice una insinuación al mayor de los Arrizabalaga. Ya vi que se iba por las ramas. Estos asuntos, como te he dicho, los soluciona cada cual por su cuenta.

Bittori se deslizó bajo la sábana y la manta hasta quedar tumbada. Se oían, amortiguados, los ruidos del vecindario, alguna que otra voz en la calle, el camión de la basura. Y el matrimonio ya estaba espalda con espalda, trasero con trasero, y entonces el Txato, con la cara vuelta hacia la pared de su lado, lo soltó, lo tenía que soltar, se conoce que le pesaba demasiado en la lengua:

—Quiero que Nerea estudie fuera. Donde sea, pero fuera, después del verano.

—Oye, ¿a qué viene ahora esto?

—Esto viene a que yo quiero que la hija estudie fuera.

—¿Has hablado con ella?

—No. Cuando la veas, ya puedes ir preparándola.

Callaron. Por debajo del balcón pasó una pandilla de juerguistas. Luego se hizo el silencio, que la campana de la iglesia rompió durante unos instantes para dar la hora. El Txato, contra su costumbre, no roncó en toda la noche.

32
Papeles y objetos

Y mientras lo cubrían con la losa, Bittori, los ojos secos, porque yo en adelante no lloraré ni aunque me los froten con cebolla, pensó que la próxima vez que entre luz en este agujero será cuando me entierren a mí. Se aferraba a la convicción de que este hombre se ha llevado un capazo de secretos a la tumba.

Se lo echaba en cara a menudo, bandido, sobre todo durante las primeras visitas al cementerio.

—Me tuviste en el limbo. Yo creo que no me contaste ni la mitad de lo que te pasaba y de lo que te hacían. Txatito, el día que me coloquen a tu lado tendrás muuucho que contarme.

Antes de irse a casa, lo perdonaba. Siempre. ¿Cómo no lo iba a perdonar? Pobre Txato, tan bueno, tan protector. Y tan tozudo, añadía cambiando la voz para hacerse el ánimo de que no era la única que sostenía aquel parecer.

—A ti te mataron ETA y tu cabezonería.

Liquidado el empresario, se acabó la empresa. Catorce despidos. Cuántas veces Bittori y Nerea oyeron a Xabier decir aquello de así defienden los terroristas los intereses de la clase trabajadora. Canceló, qué remedio, el negocio, no sin antes preguntarle a su madre si quería hacerse cargo. ¿Yo? La misma pregunta le hizo a Nerea cuando la muchacha se dignó por fin venir al pueblo. ¿Yo? Pues él tampoco. Conque vendieron con ayuda de una consultora financiera lo que se pudo vender y el resto, a la chatarra.

Xabier colgó un letrero en la verja: Cerrado por defunción. Su madre salió unos instantes de su languidez para susurrar que pusiera: Cerrado por asesinato. No lo puso. ¿Y los empleados? Ninguno asistió al funeral. Al entierro en San Sebastián asistieron dos.

Días después, un empleado se acercó en representación de la plantilla al hijo del patrón a preguntarle cuándo debían volver al trabajo. Tampoco entonces este empleado se acordó de transmitirle el pésame. Xabier lo miró con una mezcla de lástima y repugnancia. ¿Estos se creen que el dueño muere asesinado y nada cambia? Le dio largas con aplomo profesoral y lenguaje subido. Y como el empleado, sordo a las explicaciones, insistiese en saber cuándo debían empezar a trabajar de nuevo, con menguada paciencia Xabier le dijo que él era un simple médico y carecía de competencia para poner en marcha una empresa de transportes.

Bastante lío tenía con la revisión de papeles en la oficina, las gestiones con los bancos, la anulación de pedidos (algunos procedentes del extranjero), la venta de los bienes, el desmantelamiento de la empresa y mil y un engorros burocráticos que finalmente, por recomendación de un compañero del hospital, delegó en especialistas.

Ese mismo compañero le hizo una pregunta/sugerencia; él la trasladó a su madre: una posible solución con vistas a preservar los puestos de trabajo. ¿Cuál? Pues traspasar el negocio en condiciones económicas favorables a los empleados.

—Ni hablar.

A Bittori se le olvidó de repente el duelo. Que cómo se le ocurría decir semejante barbaridad. Les habían hecho montones de huelgas, algunas con rotura de cristales, piquetes a la entrada y amenazas al *aita*. Había entre ellos un cabecilla, uno muy agresivo, un tal Andoni, con su pegatina del sindicato LAB en el buzo, el cual llevaba la voz cantante y se había encargado él solo de robarle innumerables horas de sueño al Txato. Y el Txato lo echó de la empresa; pero él se presentó horas después con dos matones del sindicato y forzó su readmisión. ¿Y qué decir de los otros empleados? Algunos, sí, buena gente, pero ¿tuvieron un gesto de solidaridad, de compasión, después del asesinato? Que mira que podían habernos mandado una tarjetita de condolencia. Pues ni eso. Sólo dos de ellos se dejaron ver en el cementerio de Polloe sin decir ni mu.

Conque:

—Prefiero tirarlo todo a la basura.

Xabier cargó en el coche diversas cajas con fichas, facturas, albaranes y toda clase de documentos, algunos perfectamente ordenados en carpetas de anillas, otros sueltos. No fuera a ser que. ¿Qué? Pues eso, que aprovechando que no había ni propietario ni actividad entrase alguno a robar y destrozar. Deudores deseosos de borrar las pruebas de su deuda. Adeptos de la causa cuyo odio no se hubiera calmado con el asesinato.

Nerea:

—Nos vamos a volver paranoicos.

—Puede.

Todas aquellas pilas de papeles no despertaban en Bittori sino indiferencia. Que le dijeran dónde tenía que firmar y punto. No quería saber nada de la empresa. La empresa, decía, era parte del Txato, como sus orejas de soplillo y su afición a la bicicleta. Xabier miró con atención a su madre, por si bromeaba, pero no. Y ella vaticinó oscuramente que si sus hijos se hacían cargo del negocio correrían la misma suerte que el padre.

En cambio, puso mucho interés en conservar los objetos personales que el difunto guardaba en la oficina. Una tarde, Xabier se los llevó al piso de San Sebastián metidos en varias cajas de cartón. Tiempo después, ella y Xabier se los traspasaron a Nerea, que todavía los custodia en su casa.

Y Bittori le dijo que ya podía marcharse porque deseaba estar sola cuando pasase revista a las pertenencias del Txato.

—Permíteme un pequeño comentario sobre el contenido.

—No.

—¿Tú sabías que el *aita...?*

—Te he dicho que no.

Y fue que no. Lo acompañó a la puerta. Beso y *agur*. Sola

en la vivienda, Bittori, hospa de aquí, echó a *Ikatza* del sofá, tomó asiento y abrió las cajas. El Txato nunca le había revelado que guardase una pistola en la oficina. ¿Sorpresa? Ninguna. Siempre me lo figuré. ¿No decía que allí se sentía seguro? Sostuvo el arma negra en la mano. ¿Estará cargada? Concho, cuánto pesa. El metal frío, los dedos apartados del disparador por si las moscas. Pero era muy grande la tentación y apuntó hacia la lámpara del techo. ¿Qué siente el que dispara cuando la víctima cae, cuando empieza a manar sangre por los orificios que hacen las balas en el cuerpo?

Sacó media docena de cajas pequeñas, veinte unidades de cartuchos calibre 9 × 19 mm, todas sin abrir menos una. Txatito, mi gángster, mi pistolero, ¿a quién ibas tú a disparar si eras un bendito? Oye, ¿y por qué no ibas armado el día en que? No sé, digo yo que te podías haber defendido.

Depositó aquellos trastos mortíferos en el suelo y sacó las fotos enmarcadas que su marido había tenido expuestas sobre una balda de la oficina: una con ella, los dos jóvenes, sonrientes, delante de la torre de Pisa; una de cada hijo, Xabier a la edad de doce o trece años, Nerea, guapísima, con vestido de la primera comunión; otra, los cuatro juntos, hechos un pincel a la puerta de la iglesia de Azpeitia, de cuando la boda de un pariente, y dos del Txato, cada una con uno de sus hijos.

Sacó otros objetos que le interesaron menos a Bittori. Bolígrafos, una pluma estilográfica, trofeos del club cicloturista y de diversos campeonatos de mus, una vela en forma de cacto que le había regalado en cierta ocasión Nerea, su princesa, su favorita, la que no vino al entierro. En fin, bagatelas sentimentales, adornos, recuerdos. ¿Y las cartas de extorsión? Pues no. El Txato quizá las había destruido. Quizá las metió Xabier entre los otros papeles.

33
Pintadas

La oficina estaba instalada en un altillo. Era una simple plataforma sobre pilares de acero, con un tabique de vidrio que permitía al patrón abarcar con la mirada el interior de la nave, y una ventana que se abría a la explanada. El Txato lo había dispuesto de aquel modo con el fin de controlar el patio, según decía. Muy controlador era el Txato. Le habría gustado hacerlo todo en la empresa: llevar la administración, cerrar los tratos, supervisar las cargas y descargas, engrasar los motores, medir la presión de los neumáticos, lavar los camiones y conducirlos. Vigilaba las salidas y llegadas, atento igualmente a si aparecía un cliente o se producía una visita inesperada. En cuanto oía el ruido de un motor, se asomaba a la ventana.

El recinto estaba cercado por un muro de cemento de unos dos metros de altura, que servía de base a una malla aún más alta de alambre. Una verja de corredera cerraba por la noche la entrada. Durante la jornada laboral solía permanecer abierta. A Nerea, cuando era niña, los chavales del pueblo le preguntaban si su *aita* había construido una cárcel. Y ella, por seguir la broma, respondía que sí y que los empleados eran los presos.

Estaba el Txato un día, a primera hora de la mañana, observando desde la ventana el acoplamiento de un camión con un remolque. No se fiaba. Nunca se fiaba. Ni de sus conductores más veteranos. Acabada la maniobra, el camión se puso en marcha. Entonces quedó a la vista una parte del muro hasta entonces oculta. Y el Txato leyó desde la oficina las letras grandes y torcidas, trazadas con pintura de espray: CHATO OPRESOR.

Fue la primera pintada que le hicieron. Su convicción inicial: una gamberrada. Y más que la imputación, que lo irritó, y más que la fechoría ensuciante y fea, que lo irritó aún más, y más que la españolización ortográfica de su apodo, que lo sacó de quicio, lo indignó/inquietó que el garabato estuviera en la parte interior del muro. Lo cual significaba que algún intruso había entrado, ¿de noche?, en el recinto. Bittori, que se estaba secando las manos en el delantal, no descartó que se tratase de algún empleado. El Txato bajó de la oficina por las escaleras metálicas, estrechas, empinadas, que cualquier día de estos, según Bittori, te vas a matar, e iba más preocupado por disimular su enfado que por mirar dónde ponía los pies. Se llegó a la zona habilitada para taller de reparaciones. Pidió una pistola de pintar. Podía haberle dicho a un empleado que tapase por favor la bobada con pintura. Pero el Txato era un hombre de arranque, de venga ya, de decisiones rápidas, y también de asumir el mayor número posible de tareas, ya fueran manuales o burocráticas. Conque, nada, se llegó al muro y en un plis plas tachó la ofensa.

En casa, durante la comida, se lo contó a Bittori. Juntos repasaron los nombres de los empleados (ella decía obreros) en busca del posible autor de la pintada. Algún resentido, alguno que se creyera injustamente tratado por el patrón. Pero lo de siempre: sin testigos ni pruebas no hay nada que hacer. A ninguno de los dos se le ocurrió vincular la pintada con las cartas de extorsión. Transcurrieron las semanas, olvidaron el incidente, siguieron con sus hábitos diarios.

Hasta un sábado de mediados de marzo, a partir del cual ya nada volvió a ser como antes en la vida del Txato y su familia. ¿Qué hora sería? Pues las once de la noche sobre poco más o menos. Venían por la calle Joxian y él discutiendo de cualquier cosa, pues eran tan porfiadores como buenos amigos. Formaban pareja al mus y eran bastante buenos; pero a veces, ya se sabe, las cartas favorecen a los rivales. Entonces, de camino a casa, no era raro que fueran por la calle echándose la culpa de la derrota el uno al otro.

Habían cenado en la sociedad gastronómica. Cada cual lo suyo, lo que les prepara la mujer en casa. Y como tenían previsto madrugar, jugaron a las cartas antes de la cena y no después como otras veces. Al día siguiente los esperaba una etapa de cicloturistas bastante larga, con final en un bar del centro de Zumaya.

Total, que volvían a casa ni sobrios ni borrachos, enzarzados en una de sus disputas habituales, taco va, taco viene, con libertad plena de vocabulario pues no peligraba la amistad. Y el caso es que con el acaloro de la conversación y la luz macilenta de las farolas no repararon en unas pintadas recientes, añadidas a otras más viejas y a los carteles y anuncios de distintas clases que en gran número cubrían la parte baja de las fachadas. En un primer momento no vieron una, todavía húmeda, junto al portal del Txato. Los dos amigos se habían parado a rematar la discusión. Ya se despedían, ya había dicho el uno: ojalá no nos llueva mañana, y el otro: bueno, pelmazo, a las siete y media en la plaza, cuando golpeó la atención de Joxian el nombre de su amigo escrito en la pared.

—Ahí va Dios.

—¿Qué?

TXATO TXIBATO. Hostia bendita. Y Joxian: que borrase la pintada antes de meterse en la cama, que con estas cosas no se juega. Se despidieron y el Txato, refunfuñante, la madre que los parió, en lugar de subir a su casa se dirigió al garaje, donde guardaba algunos botes viejos de pintura. ¿Chivato yo? Todo por la puta rima. Si en mi vida he hablado con un policía. Otro problema: no tenía brocha. O quizá sí, pero, con los nervios y el cabreo, no la encontraba. Pues nada, con un pincel y papel de periódico. ¿Y la pintura? Con grumos, pero no del todo seca. Mal que bien logró hacer ilegibles las dos palabras. Se manchó el pantalón, pero le daba igual. Bittori protestará. Que proteste. Chivato. En un pueblo como el suyo, la peor calumnia. Y era la misma que aquella de hacía unas semanas en el muro de la empresa.

Formó el propósito de comprar pintura nueva al día siguiente, a la vuelta de la excursión en bicicleta. Se lo dijo a Bittori en la cama. Y ella:

—O sea, que crees que te pueden hacer más pintadas.

—Empiezo a pensar que no es una simple trastada. Convendría estar preparados.

—En ese caso, ¿de qué te sirve borrar? Llevas todas las de perder. Y dime, ¿has mirado si había más pintadas por la calle?

—He venido con Joxian y no hemos visto ninguna otra.

—¿Seguro?

—Pues seguro, seguro, no. Pero ahora ya es tarde y estoy en pijama.

Chivato, opresor, traidor. Le habían escrito de todo, en euskera y en castellano, en su calle, en las adyacentes, en la plaza. Una campaña de acoso en toda regla. Lo menos veinte pintadas en el casco antiguo. Tantas de una vez no las hace un gamberro. Y luego vete tú a saber lo que habría en las casas de la periferia. Aquí han intervenido el cálculo y muchas manos. Salió de casa temprano con su indumentaria de ciclista y su bicicleta, y no podía dar crédito a sus ojos. Txato esto, Txato lo otro. *Herriak ez du barkatuko.* En ese plan. Y al llegar a la plaza y sumarse al grupo de cicloturistas, notó, ¿qué?, notó algo, como una tibieza en el saludo. Y ojos que evitaban fijarse en los suyos. Y echó en falta las chanzas de otras ocasiones, aunque también podía ocurrir que él se hubiera vuelto de repente susceptible y fuera víctima de sus figuraciones y recelos.

Se pusieron en marcha. Catorce o quince, los de siempre. Otros miembros del club habrían salido ya o saldrían más tarde. Y el único que pedaleaba cerca de él era Joxian, que también se mostraba más callado que de costumbre. Antes de dejar atrás la última casa del pueblo, desde una ventana, un grito de chaval lo insultó:

—¡Txato, hijoputaaa!

Ninguno de sus acompañantes hizo ademán de defenderlo. Ninguno expresó un comentario, una reprobación, una réplica al insulto. El grupo se fue disgregando. Solía ocurrir. Unos iban más deprisa que otros. Y el Txato se quedó solo con Joxian, que iba todo el rato a dos o tres metros por detrás de él sin decir palabra. Y subiendo el puerto de Orio aún se rezagó más, aunque era mejor escalador que el Txato.

Avistaron por fin Zumaya. El bar ya lo conocían de otros años. En el bar les sellarían la tarjeta donde constaban, en diferentes cuadrículas, las etapas de la temporada. Y después, la recompensa al esfuerzo: huevos fritos con jamón. Desde la calle se oían voces y risas. Entró el Txato. Se produjo en el bar un silencio repentino. Y eso ya fue demasiado para él. Eso ya no lo pudo soportar. Ni siquiera se hizo sellar la tarjeta. Sin despedirse de nadie, tampoco de Joxian, se montó en la bicicleta y emprendió en solitario el camino de vuelta al pueblo.

34
Páginas mentales

La melena le llegaba a Joxe Mari hasta los hombros cuando lo detuvieron. ¿Qué fue de aquellos rizos, del cosquilleo del pelo en la frente y también aquí, en el arranque de la espalda? Mejor no pensar. Cuando se mira en el espejo, dice: ese no soy yo.

Y pasó un año, pasaron dos, cuatro, seis, cada uno de ellos con sus navidades, con sus fiestas del pueblo que se celebraron sin él. De hecho ya todo ocurre sin él. Ni ve bajar el agua del río, ni oye las campanas de la iglesia, y ahora mismo pagaría millones (que no tiene) por comer unos higos en la huerta de su padre. Para no hacerse mala sangre, prefiere no llevar la cuenta de los años de condena que aún ha de cumplir; aunque allá, en el fondo de sus vagas esperanzas, no descarta la posibilidad de que a lo mejor la organización, a lo mejor el gobierno del Estado, a lo mejor la presión internacional, etcétera. Algunas noches, a oscuras, intenta recrear dentro de la boca el sabor del chacolí. O de la sidra, es igual. Y a veces le parece, *cagüen* diez, que casi lo consigue.

Al sexto año se le formaron las entradas. Y, bueno, eso es lo de menos. Una vez apoyó la coronilla en un barrote de la cama y, hostia, sintió un frescor en el cuero cabelludo que nunca antes había sentido. Ahora está calvo. Calvo total. Si algún día sale, en el pueblo no lo van a reconocer. Va pelado casi al cero para que no se note, para que parezca que no tiene pelo porque no le sale de los.

A su madre le desagrada la cabeza monda. Si vamos a eso, tampoco le gustaba en los viejos tiempos la melena, que pareces un pordiosero, ni el pendiente ni la militancia, aunque sobre esto último cambió de la noche a la mañana. ¿Por él? Seguro. La *ama* es fuerte. Dios, qué arrestos tiene. El viejo está hecho con otros mimbres, como Gorka. Tranquilos, blandos. Yo salí a la *ama* y así me va y aquí estoy y aquí sigo. ¿Dónde? En la celda. En la puta celda de la puta cárcel hasta el próximo traslado o hasta que me suelten.

Hoy está de *txapeo*, pero por el morro, ¿eh? No por la lucha ni las protestas. Para estar solo y no ver en el patio y por los pasillos las caras de todos los días. Y como tantas veces, se tumba en la cama a desgranar recuerdos como quien ojea un álbum de fotos. A veces está dos o tres horas pasando mentalmente páginas de historias viejas, y aunque por un lado la nostalgia lo corroe, por otro consigue que transcurran las horas sin darse cuenta. Oye, qué más quieres; son unas horas menos de la montaña de años que le resta de condena. En tales casos, las sorpresas son lo que más le gusta. Porque está tan tranquilo, metido en sus pensamientos, mirando el techo, y le viene de pronto tal recuerdo o le viene tal otro de hace ya tanto tiempo, de cuando era libre y tenía pelo y jugaba al balonmano y bebía todo el chacolí que le daba la gana. O sidra o cerveza, es igual.

Tendrían, ¿qué tendrían: diez, doce años? Por ahí. Iban los dos juntos, Jokin y él, inseparables, a los montes de los alrededores, cada uno con su tiragomas, a cazar pájaros. Hacían los tiragomas con horquillas de avellano, tiras elásticas cortadas de cámaras de neumático y un trozo de cuero. Un domingo, se acuerda, aprovechando que por ser festivo no había nadie en la empresa del Txato, saltaron la verja de la entrada para llegarse al depósito de ruedas de desecho y allí, con una navaja, cortaron tiras de una cámara. Los de esa vez fueron los mejores tiragomas que tuvieron. En serio. Lanzabas un proyectil de un lado al otro del río y aún caía mucho más allá. Con bolas de rodamiento o con piedras intentaban derribar a los pájaros; pero, que él recuerde, nunca lograron cazar uno por ese procedimiento. En cambio, eran muy buenos rompiendo botellas o acertándole a una señal de tráfico que había al final del polígono industrial, hasta que a fuerza de pedradas le arrancaron la pintura y a lo último ni dios habría adivinado qué señal era aquella. A Jokin se le ocurrió una tarde tirar a las ventanas. Cras, sonaban los cristales rotos. Cras. Y echaban a correr, qué cabrones, y alguien que se asomó les dio un grito, sinvergüenzas. Pues si quieres cogernos, corre. Y se partían de risa. Once, doce años. Unos mocosos. Un poco por ahí empezó la lucha armada. La traíamos en los genes. Sonríe mirando al techo. ¿Qué hostias hago yo aquí riendo mientras me como el tarro? Se pone serio. Pasa otra página mental.

Ya más grandes, iban al reclamo, Jokin y él, y a veces también Koldo. Le dice al techo de la celda que el reclamo es más para listos que para brutos. Koldo no era ni una cosa ni otra, pero tenía un jilguero la mar de cantarín. Algo igual no he visto en mi vida. Koldo colocaba la jaula entre los arbustos. El cabrón del jilguero, pío, pío, dale que te pego a los trinos. Los tres amigos esperaban callados como a veinte metros, fumando. Ni una palabra, ni un ruido. De pronto, a una señal, salíamos a toda hostia del escondite. Y a los pájaros, en la espantada, se les pegaban las varillas untadas de liga. Y sin la espantada también, no me vengas a mí ahora con. Intentaban huir, pero era en vano, y cuanto más aleteaban más se les pegaban las varillas. Había tardes en que cazábamos, sin exagerar, siete u ocho jilgueros, siempre mirando que no vinieran los picoletos a echarnos el guante. Y por la noche nuestras *amatxos* nos los freían para cenar. Qué gozada de vida, qué pena que uno se haga mayor. Koldo, más adelante, salió jilguero. O sea, que cantó. Pero ¿qué le vamos a reprochar? Lo machacaron en el cuartel de Intxaurrondo. Le metían la cabeza en agua. La maldita bañera. Y, claro, dio nombres. Jokin y él: que no se preocupara; si, total, tarde o temprano iban a venir a por nosotros. Se escaparon a Francia y, *al de* unos meses, encontraron a Koldo por casualidad en un bar de Bretaña.

—Oye, ya perdonaréis. Pensaba que no iba a salir vivo de allí.

—Tú, tranqui. Si ya les vamos a dar de la misma medicina.

Con la escopeta de balines de Jokin cazaban menos que al reclamo; pero la escopeta era un juguete maravilloso, la compartían y se lo pasaban de puta madre. Después, ya en la organización, cuando hicieron el cursillo de armas el instructor se quedaba con la boca abierta. Hostia, tíos, ¿de dónde habéis sacado esa puntería? Mejor que algunos veteranos, que mucho bla, bla, bla, pero a la hora de darle al blanco eran ciegos. Jokin, durante unas fiestas del pueblo, en la caseta de tiro, pim pam, pim pam, no fallaba una, y eso que, según decía, el punto de mira lo habían torcido adrede. El viejo de la caseta le dijo ya vale y con mala cara le arrancó la escopeta. Se hacía el sueco para no darle a Jokin el premio. Nos juntamos una porrada de chavales delante del tinglado. Al viejo no le quedó otra que aflojar el premio, una mierda de peluche.

Por entonces, Joxe Mari tuvo una primera sensación de lo que sería disparar a una persona. A veces le metían un tiro a algún gato. Pero un ser humano es otra cosa. Y le susurró a Jokin: ¿te imaginas? A Jokin no se le había pasado nunca un pensamiento semejante por la cabeza. La escopeta era para divertirse, decía. Soñaba con ir de mayor a cazar con un arma potente, por supuesto que no para disparar a los pajaritos y los gatos, sino a jabalíes y ciervos y animales por el estilo. Y soñaba con un safari en África.

Mientras lo contaba, escondidos los dos detrás de unas matas, Joxe Mari apuntó al casero que estaba cortando la hierba en la ladera de enfrente, con un saco por capucha para protegerse de la lluvia. Y Joxe Mari llevó el dedo al disparador y se imaginó al casero doblando el cuerpo bruscamente hacia delante y rodando malherido por la ladera abajo. Jokin le dijo en voz baja que con las armas no se juega. ¿Qué tendrían, dieciséis años? No más. De noche soñó que una patrulla venía con sirenas a buscarlo porque había matado a un policía y muchos años después, con los ojos fijos en el techo de su celda, evocó aquella escena del casero.

35
Caja de llamas

Encima del mostrador, una fila de huchas de distintos colores y otra con fotos de militantes encarcelados, el taco con boletos para la rifa de una *mariskada* y en un costado, junto a la pared, el puesto de llaveros, encendedores, banderas, pañuelos y demás. Los dos amigos esperaban en una taberna de la calle Juan de Bilbao, sentados al fondo, casi a oscuras y sin beber alcohol. Jokin tenía sed y le pidió agua del grifo a la chica de la barra, meneante de cabeza al compás de la música, flequillo corto y recto, y ella se la sirvió.

Joxe Mari miraba a cada instante el reloj. Y Koldo, que no venía. Jokin se entretenía ojeando las páginas del *Egin*. La taberna, la calle, semivacías. Y eso que pasaba de las ocho de la tarde, hora de charlar y potear. La chavalería *abertzale* coreaba eslóganes en la manifa de protesta por la detención reciente de un comando. También la cuadrilla del pueblo, que se había desplazado a San Sebastián como quien va a la guerra porque, se mire por donde se mire, esto es una guerra. O un conflicto o como se le quiera llamar. Y con la cuadrilla iba Koldo, que tenía orden de reunirse con sus dos amigos tan pronto como la cabeza de la manifestación hubiese llegado al Bulevar, donde se oficiaría el rito de costumbre. Un miembro de la Mesa Nacional de Herri Batasuna leería un comunicado desde el quiosco de la música y en algún momento de la intervención dos encapuchados subirían a quemar una bandera española. Los seis del pueblo, mientras tanto, llevarían a cabo en otro punto de la ciudad, no lejos de allí, su acción, que para eso habían estado preparándola desde la víspera.

Esperaban intranquilos a Koldo, sin probar una gota de alcohol. Otros beben para envalentonarse, pero ellos no porque tienen convicción y disciplina, y porque les gustan, dicen, las cosas bien hechas. Las chapuzas son impropias de vascos (Joxe Mari). El miedo, para el que lo necesite (Jokin).

Koldo, Koldito, ven corriendo si hace falta, no falles. ¿Por qué tanta prisa? Pues porque no querían que se les adelantasen los *jarraitxus* de Rentería. Ya una vez estos habían estado más espabilados que ellos y se quedaron con el mérito. ¿Y eso? Pues nada, que le pegaron fuego a una lanzadera nueva de más de veinte millones de pesetas, marca Mercedes, que eso sí que hace pupa a las arcas municipales. Y ellos se tuvieron que conformar con un viejo y destartalado Pegaso, que además arde mucho peor y no le cuesta al Ayuntamiento ni la mitad. Encima le ahorramos los gastos del desguace.

Entra Koldo, camisa de cuadros, mandíbula prominente. Pide un zurito. De eso, nada.

—Joder, tíos, que tengo la boca seca de gritar.

No es hora de discusiones. Lo dejan plantado junto a la barra. La tabernera, qué maja es, los jalea.

—Venga, campeones, a dar caña.

Para evitar el tintineo de las botellas, Joxe Mari lleva la mochila apretada contra el cuerpo. Van a paso vivo por la calle Narrica. Koldo los alcanza a la carrera.

—*Esperarme,* cabrones.

Al fondo, en el Bulevar, se oye a la masa corear consignas. Y Koldo, un paso a la zaga de sus amigos, va dando el parte entre jadeos: mogollón de gente, los autobuses han cambiado de recorrido. Los otros dos ni lo miran ni le responden. Luego, sí. Joxe Mari se detiene un momento junto al escaparate de una tienda de sombreros.

—¿Hay muchos *txakurras*?

—Qué va. Unos cuantos *beltzas.*

Los viandantes no implicados en la manifestación, prudentes, temerosos, se alejan de la zona. Cielo azul, tarde agradable, algún que otro carrito de bebé. Se percibe una tensión en el aire, una extraña transparencia, preludio del jaleo.

Jokin está interesado en saber si Koldo ha visto a los de Rentería.

—No.

—Bien, vamos.

Y van los tres en fila india; Joxe Mari, el más alto y corpulento, en medio con la mochila llena de cócteles molotov. Se meten, ni lentos ni rápidos, entre el gentío juvenil que corea: *Presoak kalera, amnistia osoa*. Ellos guardan silencio. Los manifestantes se apartan, pues algo les ven, algo les notan, que revela la conveniencia de facilitarles el paso.

Como estaba acordado, se unen al resto de la cuadrilla en un banco público de la plaza de Guipúzcoa. Ante ellos, una estampa apacible de palomas y gorriones, nietos con abuelos, señoras con perro, novios con novias y, en fin, paseantes que van y vienen por los caminos de gravilla, bajo los árboles.

Sobran los saludos. Los seis chavales se encaminan hacia la Avenida, tres por una acera, tres por la otra. Poco antes de llegar, se juntan al costado de un andamio que se levanta hasta lo más alto de la fachada. Allí se tapan la boca con un pañuelo y se suben las capuchas. Jokin prefiere el pasamontañas. A Joxe Mari, por no soltar la mochila, el pañuelo se lo ata Koldo.

Ahora se saben observados; ahora su aspecto, mira, mira, llama mucho la atención. Algunas personas, al verlos, cambian de acera y allá se quedan murmurando; pero nadie se opone a sus intenciones. Nadie los increpa ni llama a la policía. Y todo el mundo se da cuenta de que estos chavales la van a armar.

De ahí a poco avistan un autobús urbano. Procedente de la calle Echaide, acaba de enfilar la Avenida hacia donde están ellos. En su recorrido normal, el autobús habría seguido todo derecho hasta el Bulevar, que ahora está tomado por los manifestantes. La cuadrilla ve que es uno de la línea 5, con gente, no mucha, dentro. Qué mala folla, no era de los nuevos. Pero, una vez que se habían tapado la cara, ya no quedaba otra que actuar. Sin titubeos, Jokin dijo: ese. Y fueron a por ese.

Dejaron pasar varios coches, pero hicieron detenerse al que circulaba delante del autobús. Uno le arreó un manotazo al capó; otro abrió la puerta del lado de la conductora, mandó bajar a esta, una mujer de unos treinta y tantos años, y enseguida, entre cuatro, ris ras, cruzaron el vehículo en la calzada. Pegaba gritos histéricos la mujer.

—¡Mi hija, mi hija!

Koldo la apartó de un recio empujón.

—Quita, hostia.

Por poco la derriba. La mujer, perdido un zapato, pugnaba por volver al coche. Y desde el otro lado de la calle, un señor gritó:

—Déjala en paz, matón.

El autobús, cortado el paso, se tuvo que parar. Y como los chavales se desentendieran del coche, la mujer aprovechó para sacar del asiento trasero a una niña de dos o tres años.

El conductor del autobús, ¿de qué va? ¿Provocaba? ¿Estaba paralizado de miedo? Jokin lo instaba a abrir las puertas y el tío no se daba por enterado. Le lanzaron con el tiragomas una bola de acero. El impacto dejó una marca en el parabrisas, sin llegar a atravesarlo. Si le da en la cara al conductor... Este, por fin, se conoce que entendió lo que el del pasamontañas le estaba mandando que hiciera y abrió las puertas. Una docena de viajeros se apeó con temerosa celeridad. Al punto estalló en el interior la primera botella incendiaria. Joxe Mari dio instrucciones:

—*Apuntar* a los asientos, a los asientos.

El chófer se bajó de un salto. Tardó unos instantes en percatarse de que le ardía un zapato. Se desprendió de él a toda prisa. Sin perder un segundo, cruzó la carretera sacudiendo manotazos a los bajos humeantes de su pantalón. Para entonces el autobús era una enorme caja de llamas. Una densa humareda subía rozando la fachada más próxima. Se arracimaban a prudente distancia los curiosos. Uno de los agresores sacó varias fotos con una cámara que llevaba en el bolsillo.

Terminada la acción, Joxe Mari, puño en alto, gritó con la mirada puesta en el autobús envuelto en llamas.

—*Gora Euskadi askatuta!*

Sus compañeros, los puños también alzados, secundaron:

—*Gora!*

—*Gora ETA!*

—*Gora!*

Los seis chavales echaron a correr, unos por una calle, otros por la paralela, en dirección al Bulevar. Tenían acuerdo de reagruparse en la plaza de Guipúzcoa. El resto del camino lo recorrieron a cara descubierta, conversando tranquilamente.

—Trabajo hecho. Ahora a potear.

El carillón de la Diputación esparcía en aquellos momentos sus dulces y armónicos dindones por la tarde morada.

36
De A a B

Manos felicitantes palmeaban a cada rato la espalda de Joxe Mari. Espalda ancha, dura, pared musculosa con sudadera de rayas. No bien entraban en el bar fulano, mengano, la hermana de, el primo de, zas, palmada. Es que Joxe Mari, diecinueve años, estaba sentado a la primera mesa nada más entrar en la Arrano Taberna. La cuadrilla conversaba en voz alta, disputándole la hegemonía acústica del local a la música (rock radical vasco) puesta a todo volumen. Mal sitio para conspirar, según Jokin.

—Nos oyen desde la calle.

Quienquiera que entrara o saliese tenía que pasar por fuerza junto a la espalda de Joxe Mari. Y él correspondía a las felicitaciones con un gesto de digno orgullo, sin mayores aspavientos, puesto que en realidad no había hecho, como decía medio disculpándose, sino cumplir con su obligación. Por la mañana, el equipo de balonmano del pueblo había ganado por 25 a 24 al de Elgóibar. Siete de los goles los había metido Joxe Mari. Lo halagaban:

—Te van a hacer profesional.

—Pues a ver.

Al otro lado de la mesa, Jokin pintaba un panorama paradisíaco de socialismo e independencia, con los siete territorios de Euskal Herria unidos y sin clases sociales, donde hasta la hierba, cuánto te juegas, hablará euskera. Y luego, lo que es por él, estar a buenas con los españoles y los franceses, ¿eh?, pero ellos en su casa y nosotros en la nuestra. Exponía los pasos estratégicos conforme a la senda establecida por la Alternativa KAS. La cuadrilla trincaba, estos calimocho, esos cerveza, con gesto unánime de aprobación.

El único que de vez en cuando se distraía, miraba para otro lado, levantaba la vista hacia el televisor, era Joxe Mari, a quien cada dos por tres algún recién llegado o alguno que se disponía a marcharse le dirigía la palabra.

Jokin arreó un puñetazo al tablero de la mesa.

—A todo el que se ponga en medio, estorbando el logro de nuestro objetivo como pueblo, hostia al canto. Aunque *sería* mi *aita, cagüendiós.* Esto es como ir de A a B. Estamos en A —apoyó la yema del índice en la mesa— y B está ahí, donde el vaso ese. Pues vamos a B cueste lo que cueste.

La rueda de amigos lo secundaba de gesto y de palabra. Uno:

—Día a día, cada cual en su pueblo o en su ciudad, y esto lo sacamos adelante.

Otro:

—Pero va a costar, ¿eh? El Estado es duro.

—El Estado es la puta hostia.

Y Jokin, haciendo ademán como de reclamar para sí los derechos de propiedad de la conversación:

—Han caído imperios más grandes. *Mirar* Napoleón. Tú mátale hoy un soldado; mañana, otro, y al final le dejas el ejército pelado.

Brindaron, bromistas, unipensantes, por los postulados de la Alternativa KAS. Y Joxe Mari ni brindó ni se enteró porque estaba de palique con un chaval de su empresa, de pie a su lado. Le pidieron que opinase.

—Sabéis que no me gusta la política. Me da igual que mande uno o que mande el otro. Yo sólo lucho por una Euskal Herria como pueblo liberado. Lo demás os lo podéis comer con pan y chocolate. Ya lo ha dicho este —por Jokin—: vamos de A a B y cuando lleguemos a B, a mí *dejarme* tranquilo. Me voy al monte, planto unos manzanos, pongo un gallinero y que os den por el culo a todos.

Se alzaron voces discrepantes:

—Hay que pensar también en la clase obrera.

—Y además hay que echar a las fuerzas españolas de ocupación. No es tan fácil como tú dices.

Joxe Mari bebió un trago de calimocho y, mirando con flema desafiante a cada uno de la cuadrilla, les dijo que:

—Todo lo complicáis. A ver, si tenemos la independencia, lo demás ya lo arreglaremos entre nosotros. ¿Mejorar la vida de los trabajadores? Perfecto. Se mejora. ¿Quién lo va a impedir si nadie de fuera nos gobierna? El asunto del euskera. Pues lo mismo. Aquí aprende euskera todo cristo y no hay más que hablar. ¿La policía y el ejército español? Se supone que como somos independientes ya les hemos dado la patada. Tendremos nuestra propia policía y nuestro ejército, y yo mis gallinas y mis manzanos.

—Y Navarra, ¿qué?

Resopló, impaciente, antes de responder.

—Es que si no está Navarra no hemos llegado a B y no hay Euskal Herria. Y lo mismo pasa con los territorios de Iparralde. ¿No veis cómo complicáis todo?

No dijo más porque le estaban haciendo señas desde la calle. Josune: flequillo corto, un mechón lacio que se le alargaba sobre la espalda, pulseras de cuero en el brazo remangado. Joxe Mari, corpulento, se tiró a besarla. Ella reculó con ojos duros. Que en la calle no quiere que la bese, cuántas veces se lo tiene que decir.

—¿Qué pasa?

—Pues que he visto a tu hermana en la plaza con uno que parece su novio. Digo, por lo agarrados que bailaban. Arantxa se deja besar en público. A mí eso no me va.

—¿Has venido a contarme chismes?

—Me he hecho la encontradiza para que me lo presente. No es del pueblo.

—Mira, *neska*, mi hermana es mayor que yo. Ella sabrá con quién sale. Yo ahí no me meto.

—¿No quieres saber cómo se llama?

Le daba igual.

—Guillermo.

A Joxe Mari no le parecía ni bien ni mal el nombre. Otra cosa podían ser los apellidos.

—¿Cómo se apellida?

—No le he preguntado.

—Si entra en la familia ya le pondremos mote. No te preocupes.

A Joxe Mari tampoco le quitaba el sueño que Arantxa saliera con un chaval y lo trajera al pueblo a enseñarlo a los conocidos y a lo mejor a la familia.

—Es un maqueto. No hay más que verle la cara. Y no habla euskera.

—¿Cómo lo sabes?

—Joder, porque cuando me lo ha presentado Arantxa le he hablado y el tío no se enteraba, y hemos tenido que seguir en castellano. Sería la de Dios que se os colara un español en la familia. Igual hasta es de la policía y con la excusa de salir con tu hermana se dedica a espiarnos a todos, empezando por ti.

A Joxe Mari se le arrugó el entrecejo.

—Que no hable euskera no quiere decir que...

—¿Qué?

Salían carcajadas, alboroto de voces y música de la Arrano Taberna. Y Joxe Mari se rascó la cabeza y miró: ahí cerca la cuadrilla bebedora, alegre, y delante de él, Josune con la cara hosca.

—Bueno, cuando la vea, ya le preguntaré. ¿Entras a la taberna?

—Me esperan en casa.

—A ti ¿cuándo se te puede dar un beso?

—Aquí no.

—Pues vamos a ese portal.

Y allá fueron y estuvieron cosa de cinco minutos abrazados en la penumbra, entre la puerta y la fila de los buzones, hasta que sintieron pasos de alguien que bajaba por la escalera y rápidamente volvieron a la calle.

37
Tarta de la discordia

La nariz un poco (bastante) aplastada de Gorka, la mella en una de las palas, tienen su explicación. Cumplidos los nueve años, lo atropelló una furgoneta. Para haberlo matado. No habría sido el primero del pueblo. Les preguntó a sus padres, aún convaleciente, con ese tono dulce, cantarín, que ya perdió, pero del que a veces asoma un rastro fino en su voz actual de adulto, si de haberse muerto le habrían puesto una cruz en el borde de la carretera como la que le pusieron a Isidoro Otamendi, que se mató una mañana cuando iba en moto al trabajo.

Ahora que ya había pasado el susto, a Joxian le dio por bromear.

—Pues claro. Pero una más grande todavía. Y de hierro, para que *duraría* muchos años.

A Miren no le hacía ninguna gracia la conversación.

—*Callaros* de una vez, oye. A ver si Dios nos va a castigar.

Un niño delgado, frágil. Luego, en la pubertad, estiró y andaba siempre encorvado, como si se avergonzara de su estatura o quizá de los granos que salpicaban su cara. A su madre le decían por la calle que si sigue así terminará cargándose de espaldas. A Miren aquello le sentaba como un tiro.

—¿Qué quieres que haga? ¿Castigarlo para que pare de crecer?

Cumplidos los dieciséis, ya era el más alto de la familia. Otro más robusto, más macizo, menos elástico, no habría sobrevivido al accidente, decían. ¿Quiénes? Su madre, su padre, todos. Gorka había aprendido a sonreír sin enseñar el diente partido.

En cambio, la nariz aplastada no se podía esconder. Aplastada un poco, no exageres, en opinión de su madre.

—¿O preferías estar muerto?

Para él muy aplastada, totalmente aplastada, *ama*. También para Joxe Mari, que le hurgaba en los complejos llamándolo boxeador y retándolo a combatir.

De burla se ponía delante de él y se hacía el amilanado:

—No me pegues, no me pegues.

Las primeras semanas después del accidente, el niño pasó malas noches. Las imágenes del atropello se le aparecían en la mente una y otra vez, ya fuera en sueños, ya en el curso de sus agitadas duermevelas. Siempre las mismas imágenes. El vehículo se le venía encima y lo atropellaba. El vehículo se le venía encima y lo atropellaba. El vehículo se le venía encima y él sólo disponía de la almohada para protegerse. Joxe Mari, con quien Gorka compartía habitación, protestaba en la cocina.

—Da gritos por las noches y no me deja dormir.

Acto seguido, lo imitaba exagerando las íes lastimeras. Se mofaba de él sin piedad. Joxian solía intervenir conciliador y paternal, bueno, bueno, calma, mirando con pena al menor de sus hijos.

Miren, por el contrario, no se andaba con chiquitas.

—A ver si dejas de molestar a tu hermano por las noches.

En sus pesadillas chirriaban los neumáticos; él volvía la cabeza; le daba tiempo de ver los faros/ojos de la fiera metálica. Qué deprisa y qué derechos venían hacia él. Ya estaban ahí: a tres metros, a dos, a uno. Imposible esquivarlos. El sueño aportaba detalles verídicos que no se le habían presentado con anterioridad a la memoria: la carretera mojada por la lluvia, la luz desvaída de la tarde gris, el parachoques que se le figuraba una boca con corros de óxido a punto de devorarlo.

Luego unas piernas se acercan corriendo. Alguien, ¿el conductor?, profiere una palabrota en castellano. ¿Cuál? No la recuerda. Lo único que sabe es que no era una palabrota para reñirle. De disgusto quizá. De estupor. Huele a gasolina, a asfalto húmedo, y él se hallaba consciente cuando lo sacaron de debajo de la furgoneta y eso fue como sacarlo de un cajón oscuro. No sabe quién lo sacó. El conductor sería, pues. Y sangraba por la boca y por la nariz; pero no le dolía nada. ¿Nada? Decía que no con la cabeza. Tampoco le dolía el brazo roto, por lo menos al principio. Lo tenía como dormido. Gorka cayó de bruces contra el suelo. Para haberse matado. Sentía tanta vergüenza que no lloró. Joxe Mari, en casa, días después, lo chinchaba.

—Seguro que lloraste.

—No lloré.

—Mentiroso. ¡Si te oyó todo el pueblo!

Y así, venga y dale, hasta que lo hacía llorar. Pero eso en casa, cuando Gorka convalecía con la cara deformada por un aparatoso hematoma y con un brazo en cabestrillo. En la carretera, junto a la furgoneta, no soltó una lágrima. Es que le daba corte. Había curiosos arracimados en la acera y gente en las ventanas.

—¿No es ese el hijo pequeño de Joxian?

Se había manchado la ropa. De su sangre y de suciedad del asfalto. Huy, la *ama* cuando se entere. Le faltaba un zapato. Y el propio conductor lo llevó en la furgoneta al hospital.

El brazo se lo arreglaron. La nariz, no. Es que cuando era niño no se le notaba el desperfecto. Pero luego, al adentrarse en la pubertad, según le cambiaba la cara se vio que la nariz no tomaba buena forma. El tabique estaba fuera de su sitio, aplastado o torcido, no se sabía bien. En cambio, la pala rota la veía cualquiera. Su madre lo consolaba sin ternura.

—¿Puedes respirar?

—Sí.

—¿Puedes morder?

—Sí.

—Pues ya está. ¿Qué más quieres?

El hombre que atropelló a Gorka era un señor de Andoáin, de unos cincuenta años, que trabajaba como repartidor para una empresa de repostería industrial. A las dos semanas del accidente fue a ver al niño a su casa. Hombre afable, había preguntado en repetidas ocasiones por teléfono si Gorka se recuperaba, si ya estaba bien, si podía hacer vida normal. Se le notaba preocupado. Total, que llamó al timbre una mañana, Miren le abrió la puerta y resulta que Gorka estaba en la *ikastola* con su brazo enyesado. El hombre dejó una tarta de regalo para el niño.

—Bueno, y para toda la familia.

Una tarta con una base de bizcocho y una gruesa capa superior de chocolate y nata, punteada de cerezas de mazapán.

La discordia empezó poco antes de la comida. La más enfadada, Miren. Se acordaba de que la noche anterior, antes de acostarse, la tarta todavía estaba entera dentro del frigorífico. Cuando se levantó por la mañana faltaba algo más de un cuarto. Su primera, por no decir su única sospecha: Joxe Mari, el tragón de la comarca. Porque su padre no creo yo que. ¿O sí? El uno estaba con su equipo de balonmano en algún pueblo de la provincia; el otro se había ido a andar en bicicleta. Cuando vuelvan, uno de los dos, aún no sé cuál, se va a enterar. Arantxa se percató de que su madre hablaba sola, renegando.

—¿Qué te pasa, *ama*?

—Nada.

Y no hablaron más. Llegó el padre, llegó el hijo, separados apenas unos minutos el uno del otro. ¿Qué hora sería? ¿La una? Por ahí. Hambrientos, cansados, Joxian con indumentaria de ciclista, preguntaron qué había para comer. Reproches, acusaciones, bronca: eso es lo que había.

Joxe Mari no tuvo inconveniente en confesar. Pero, ojo, la tarta ya estaba empezada cuando él se había cortado un cacho para el desayuno. Por eso creyó que estaba allí para todos.

—¿Cómo que empezada?

—Faltaba un cacho más grande que el que yo he cogido. Como hay Dios, *ama*.

Miren, airada de ojos, apretante de dientes, se volvió hacia su marido y le empezó a gritar sin darle tiempo a explicarse. Y Joxian, meneando la cabeza, negaba. Y ella, que quién, si no. Él reconoció que, poco antes de salir de casa, no se había podido aguantar las ganas de comerse tres cerezas de mazapán, y eso era todo. El resto no lo había tocado. Joxe Mari no le creyó:

—Venga, *aita,* no puede ser.

—¿Qué no puede ser?

—Cuando me he levantado, faltaba un cacho grande de tarta y tú has salido de casa antes que yo.

—Que me muera de repente. ¿Cuántas veces tengo que decir que sólo he comido tres mazapanes? Ya faltaba un cacho de tarta cuando he abierto el frigorífico.

Miraron a Gorka.

—No, yo no.

Miren salió en defensa del pequeño.

—*Dejar* en paz al niño. La tarta es suya. Como si se la come él solo.

Y Gorka, que por favor no riñeran, que la tarta es para todos. Las palabras conciliadoras del niño, dichas en tono dulce, exacerbaron aún más los ánimos de sus familiares; tanto que Miren, en un arranque de coraje, se quitó el delantal y les dijo que:

—Podéis comer sin mí.

Y salió de la cocina con pasos despechados y volvió un minuto después con pasos lentos y el semblante tranquilo, ya que entretanto Arantxa, con quien se cruzó en el comedor, ¿qué pasa, *ama,* por qué gritáis?, le acaba de contar como quien no quiere la cosa que:

—Anoche llegué con hambre y me corté un cacho.

—¿Tú empezaste la tarta?

—¿No se podía?

Los cinco comieron en silencio. Fue Joxe Mari quien, retirados los platos, colocó la tarta encima de la mesa y sacó el cuchillo grande del cajón.

—Venga, *dejaros* de bobadas. ¿Quién quiere?

Arantxa negó con la cabeza. Miren no respondió. Se puso a fregar la vajilla. Joxian:

—Reparte con tu hermano.

Gorka sólo quería un poquito. A Joxian la porción le pareció demasiado pequeña.

—Dale un poco más.

Pero Gorka alegó que no tenía hambre. Joxe Mari colocó ante sí la fuente con intención ostensible de zamparse lo que quedaba de la tarta. Su padre lo miraba asombrado. Después de los entrantes, de la sopa con garbanzos, del pollo asado con patatas, de todo lo cual había comido tanto como los demás miembros de la familia juntos, ¿cómo es posible que hubiera sitio en su estómago para semejante cantidad de postre? Por debajo de la mesa le arreó una patadita en la pierna. Atraída su atención, le pidió por señas un cacho. Joxe Mari se lo tendió con sigilo, a espaldas de su madre. Joxian se zampó la porción a toda velocidad. Luego fue Arantxa la que, aguantando la risa, también le pidió a escondidas un cacho a Joxe Mari.

38
Libros

A Gorka, por los años en que pegó el estirón, le dio por la soledad. A sus hermanos se les veía poco en casa; él no salía más que para ir a la *ikastola.* ¿El motivo? Los libros o, como decía su padre con surcos cavilosos en la frente, los putos libros. El chaval había contraído la fiebre de leer.

La inquietud cundía en sus padres. No exactamente a causa de los libros. ¿Entonces? Por tantas horas de encierro en la habitación, también los sábados y domingos, a menudo hasta que llegaba Joxe Mari y le mandaba apagar el flexo. Hijo raro, murmuraban. Y Joxian:

—Qué pena que no tenga una ventanita en la cabeza para mirar dentro.

De noche, en la cama, el matrimonio conversaba en voz baja.

—¿Ha salido?

—¡Qué va! Ha estado toda la tarde leyendo.

—Tendrá algún examen.

—Ya le he preguntado y dice que no.

—Los putos libros.

Una mañana, en la cocina, parada delante de él, su madre se entretuvo observándolo mientras el chaval desayunaba. Encorvado sobre el tazón, el pelo grasiento, las manos huesudas, acné. Miren se mordía la lengua, pero al final se lo tuvo que soltar.

—Oye, ¿tú no tendrás problemas psicológicos?

Catorce años. Sus amigos venían a buscarlo y él ni siquiera salía a recibirlos. Que qué le pasaba, que si estaba enfermo o se había enfadado con ellos. Con el tiempo dejaron de venir. Y Joxian se angustiaba.

—Cago en diez. Este hijo.

Se acercaba a él. Le ponía una mano amistosa en el hombro. Le ofrecía doscientas, trescientas pesetas.

—Anda, vete a pasarlo bien.

—*Aita,* no puedo.

—¿Quién te lo prohíbe?

—¿No ves que estoy leyendo?

—Venga, que te dejo fumar.

—Que no, *aita.* No insistas.

Algunas veces, Joxian, entre solidario y curioso, le preguntaba:

—¿Qué lees?

—Es de un escritor ruso. Va de un estudiante que ha matado a dos mujeres con un hacha.

Joxian salía de la habitación confundido, preocupado. Catorce años, todo el día metido como un monje en casa. ¿Esto es normal? Así pensando, se paraba en el pasillo, fijaba una mirada escrutadora en un objeto, no importaba en cuál: en la estampa de Ignacio de Loyola, en el armario empotrado, en un picaporte, en cualquier cosa que le resultara comprensible a simple vista, y durante unos instantes buscaba en el objeto no sabía bien qué, un orden, una respuesta, una explicación a lo que no entendía. Hasta que no llegaba al Pagoeta, no se le borraba del pensamiento la imagen de Gorka inclinado sobre el libro, sobre el puto libro.

Por la noche, a Miren, en la cama:

—O es muy inteligente o es bobo. Yo no sé a quién ha salido.

—Si es bobo, a ti.

—Estoy hablando en serio.

—Yo también.

Y el caso es que luego sacaba unas notas escolares mediocres. Claro que no tan flojas como las de Joxe Mari en sus tiempos de colegial. Joxe Mari y el deporte, sí; Joxe Mari y el trabajo manual, también: pero Joxe Mari y los estudios (le ocurrió lo mismo más tarde con las asignaturas teóricas de la empresa metalúrgica donde hizo el aprendizaje) eran como el agua y el aceite, lo que no le impedía burlarse de Gorka.

—Anda, no me jodas. ¿Tanto libro para aprobar matemáticas e inglés de churro?

Arantxa fue quien transmitió a su hermano pequeño la afición por la lectura. ¿Y eso? Es que de vez en cuando, por el cumpleaños, por el santo, por navidades o porque sí, le regalaba tebeos; pasados los años, algún que otro libro. Cosa, por cierto, que también hizo con Joxe Mari, pero sin resultado. Aquí, al decir de Arantxa, vendría a cuento la parábola famosa de la semilla y la tierra árida y la fértil. Joxe Mari era un yermo intelectual. En Gorka, tierra propicia, germinó la pasión por la lectura.

Hay más. Arantxa, siendo Gorka pequeño y ella apenas una niña de nueve o diez años, gustaba de leer en voz alta a su hermano, los dos sentados en el suelo, o él en la cama y ella a su lado, cuentos tradicionales; también historias de la Biblia en un libro con ilustraciones adaptado al entendimiento infantil.

Por los días en que el niño se recuperaba del atropello de la furgoneta, Arantxa tomó la costumbre de ir a la biblioteca municipal en busca de lectura para él. Gorka ya leía entonces por su cuenta, bisbiseando las palabras, y empezaba a tener gustos definidos: Julio Verne, Salgari, pronto las novelas bélicas de Sven Hassel, así como otras de espías y detectives, todas ellas en ediciones económicas de bolsillo.

Más adelante, sin contárselo a sus padres, ¿para qué?, Arantxa le fue prestando sus propios libros, una treintena que guardaba en una caja de cartón, encima del ropero. Novelas de amor sobre todo, además de un *Guerra y paz* en versión resumida, *Fortunata y Jacinta* y seis o siete de Álvaro de Laiglesia que a Gorka no le hicieron tanta gracia como a ella, pero así y todo las leyó con agrado.

Y cuando sus padres empezaron a afearle que se quedara en casa leyendo en vez de ir a la calle a divertirse con los amigos, Arantxa le dijo a solas, con voz de misterio, que no hiciera caso.

—Tú lee todo lo que puedas. Reúne cultura. Cuanta más, mejor. Para que no te caigas al agujero en el que están cayendo muchos en este país.

Agujero o no, Gorka se entregaba a la lectura con pasión y Joxe Mari, cuando lo veía con un libro en la mano, se burlaba:

—Oye, ya que estás, ¿podrías leerme las rayas de la mano?

Una noche, cada uno en su cama, le habló con acritud:

—Más te valdría dejarte de novelas y sumarte a la lucha por la liberación de Euskal Herria. Mañana hay manifa a las siete. Espero que no faltes. Algunos amigos míos ya me han preguntado dónde te metes. Mientras los de tu cuadrilla dan la cara, a ti ni se te ve. ¿Qué les digo? No, es que se ha vuelto delicado y se pasa el día leyendo. Mañana a las siete te quiero ver en la plaza.

Y Gorka fue, qué remedio. A dejarse ver. Saludó a este, saludó al otro y Joxe Mari, que era uno de los que sostenía la pancarta a la cabeza de la manifestación, le guiñó un ojo. Gorka, confundido en la masa juvenil, coreó consignas con moderado entusiasmo. De la misma manera, puño en alto como los demás, cantó el *Eusko Gudariak*. A las ocho de la tarde ya estaba en casa leyendo.

39
Yo el hacha, tú la serpiente

Y crecieron, Gorka a lo alto, Joxe Mari a lo ancho. Se parecían en los apellidos y para de contar. A Joxian le tomaban el pelo los amigos. Que si daba de comer al uno y al otro, no. En casa se guardaba de mencionar las bromas acerca de sus hijos. Es que a Miren la sacaban de quicio. Menuda la que le armó a una vecina por insinuarle que Gorka igual tenía la solitaria.

Mientras Joxe Mari vivió en la casa familiar, un hermano dormía a la izquierda, el otro a la derecha, las respectivas camas adosadas por el costado y la cabecera a las paredes correspondientes, con un espacio intermedio cubierto por una estera.

Y como la cama de Joxe Mari lindaba con la ventana, no había sitio suficiente para sus carteles ni para toda aquella decoración deportiva y patriótica con que gustaba de adornar la habitación compartida. Conque hoy un póster, mañana un cuadro, iba invadiendo la zona de Gorka, cuya mesilla quedaba justo debajo de un cartel con el hacha y la serpiente y el lema *Bietan jarrai*.

El único póster de Gorka era una reproducción de gran tamaño de la célebre foto de Antonio Machado en el Café de las Salesas.

—¿Quién hostias es ese?

—Venga, lo sabes de sobra.

—No, en serio. ¿El abuelo de Tarzán?

—Un poeta.

Era de la conocida humorada: justo la respuesta que Joxe Mari estaba esperando para arrancarse con su particular versión

Oh, poeta,
que bellos versos compones,
bájame la bragueta
y tócame los cojones.

Ausente Gorka, Joxe Mari le dibujó al retrato de Antonio Machado, con rotulador, un bigote y unas gafas negras de ciego, y le puso junto a la boca un globo de cómic donde podía leerse: *Gora ETA*. Y se mofaba asegurando con expresión socarrona que el viejo del sombrero sabía lo que se decía. Gorka, resignado, incluso apático, se dejaba humillar. Para disgusto de Arantxa, que lo reprendía a menudo por ese motivo:

—¿Por qué no te defiendes? ¿Por qué no le llevas la contraria?

—Prefiero que no se enfade.

—¿Le tienes miedo?

—Un poco.

Tocante a las cuestiones intelectuales, Gorka era muy superior a su hermano. Con frecuencia el mayor prolongaba en la cama, a oscuras, disputas que acababa de sostener en la Arrano Taberna con la cuadrilla. La cara hacia el techo mientras daba nerviosas caladas al último cigarrillo del día, propugnaba la lucha armada y la independencia, y de ahí que nadie lo sacara. Los tiquismiquis teóricos de algunos amigos suyos lo irritaban sobremanera. Él sólo admitía objetivos: incorporar Navarra, echar a la Guardia Civil, esas cosas, joder, que se entienden sin necesidad de rollos filosóficos. Y cuando ya se le había pasado el sofocón dialéctico, se volvía hacia Gorka y, amistoso, fraternal, sosegado, ¿duermes?, le dirigía ruegos del tipo:

—A ver, explícame qué es eso del marxismo-leninismo, pero con palabras fáciles de entender y rapidito porque mañana me toca madrugar.

El pequeño también aventajaba a Joxe Mari en el dominio del euskera. Leía con regularidad obras literarias de escritores *euskaldunes* y, desde los dieciséis años, escribía en dicho idioma poemas que sólo mostraba a Arantxa. Y, bueno, sin exagerar, les daba cien vueltas a Joxe Mari y a sus amigos, que hablaban lo que hablaban, o sea, el euskera de casa y de la calle ligeramente mejorado en la *ikastola*. Estos solían reunirse en sus respectivos domicilios para confeccionar carteles escritos a mano que luego pegaban en las paredes del pueblo. Alguna que otra vez Joxe Mari los convocaba en su habitación y allí Gorka les señalaba las faltas gramaticales y de ortografía que hubieran cometido, algunas de grueso calibre.

Su hermano, picado pero impotente, recelaba.

—¿Estás seguro?

—Por supuesto.

—Bueno, ya me enteraré.

Al final le hacían caso y corregían los errores, y tampoco era inusual que le preguntaran directamente, antes incluso de ponerse a la tarea, cómo se escribía esto o lo otro. Y por ahí, *poliki*, empezó Joxe Mari a reconocer los méritos de su hermano y a respetarlo. Con decir que una noche, nada más llegar de la Arrano, le soltó de cama a cama, sin porqué ni cómo:

—Tú dale duro al euskera, que también es parte de la lucha.

O sea, *bietan jarrai*. Estaba claro, ¿no? Argumentaba simple, brusco, elemental: él sería el hacha y Gorka la serpiente. Buena pareja. Alguno de la cuadrilla debió de abrirle los ojos a Joxe Mari. ¿Y eso? No, es que de la noche a la mañana dejó de burlarse de su hermano, de su afición a los libros y a salir poco a la calle y todo eso.

Y le pidió/rogó (no como antes, que le mandaba, que le exigía) un favor. ¿Cuál? Tres días después, sábado, se iba a celebrar en el frontón del pueblo un homenaje de bienvenida a Karburo.

—¿No decías que era un gilipollas?

—¿Quién? ¿Karburo? Gilipollas total. Más gilipollas, imposible. Pero se ha tragado siete años de cárcel por defender la causa y se merece un *ongi etorri*. Una cosa no quita la otra. Lo tenemos todo preparado.

—¿Y yo qué tengo que hacer?

—Fotos.

—¿De Karburo?

—De Karburo y de todo dios. Tú coges la cámara, vas al frontón y te pones a sacar fotos a diestro y siniestro como si fueras el fotógrafo de una boda. Todas las que puedas, ¿vale? De alguna que salga bien haremos carteles, a trescientas pesetas la unidad. La idea ha sido de Jokin. Yo le he dicho que tú tienes una cámara cojonuda. El resto de las fotos las pondré en un álbum. Ya tengo el nombre: álbum del *gudari*. Nosotros correremos con los gastos, ¿eh? No tienes que preocuparte por eso.

Y llegó el sábado y atardecía y Gorka, sin entusiasmo, se dirigió al frontón con su cámara colgada del cuello. Cuando se disponía a salir de casa, en el pasillo, Arantxa, ojos de reproche, le preguntó para qué vas si se nota que no te apetece.

Miren intervino desde la cocina:

—Ay, chica, déjalo que vaya. ¡Para una vez que sale!

Hacia la mitad del frontón, pegado a la pared lateral, se alzaba el estrado. Lo presidía una pancarta: KARBURO ONGI ETORRI. A un lado del saludo, una foto en blanco y negro del homenajeado cuando era más joven, cuando tenía más pelo, menos barriga y menos papo; al otro, sobre una estrella roja, la frase: *Zure borroka gure eredu*. ¿Policía? Ni rastro, como no fuera que algún agente se hubiera camuflado de paisano entre la muchedumbre, con no poco riesgo para su salud, pues allí se conocen todos. Marea de *ikurriñas,* nutrida concurrencia juvenil. No faltaban boinas de cuarenta años para arriba ni algún que otro abuelo. Y, tlan, tlon, tlan, tlon, un chico y una chica manejaban cerca del estrado los palos de una *txalaparta*. Los asistentes se iban repartiendo por las gradas como cuando hay partido de pelota. Alguien saludó a Gorka.

—Aúpa, fotógrafo.

Un modo como otro cualquiera de pasar lista, de indicarle ya te hemos visto, sabemos cuál es tu cometido, has hecho bien en venir. Gorka no paraba de sacar fotos. De la *txalaparta,* del público, del estrado todavía vacío. Llevaba varios carretes en un bolsillo de la cazadora. Nerea, entonces *abertzale,* le sonrió al pasar. Gorka la apuntó con la cámara; ella se quedó inmóvil en el gesto de lanzarle un beso hasta que él accionó el disparador. Que le hiciera una copia, ¿eh? Gorka asintió con la cabeza. A cada instante, unos y otros le pedían copias.

Unos metros más allá se tropezó con Josune. Le preguntó por Joxe Mari.

—Hace poco lo he dejado en la Arrano.

Un minuto después, aplausos. Karburo entró en el frontón mostrando con los dedos el signo de la victoria. Lo flanqueaban dos dirigentes de Herri Batasuna y varios concejales de la misma onda ideológica. Gorka los precedía sacándoles fotos. De hecho, fue el primero en subir al estrado. Cámara en mano, subió, bajó, fue, vino, sin que nadie reparase en él, hombre invisible. Fotografió a cuantos tomaron la palabra por el micrófono. Y al alcalde, que no habló pero allí estaba. Y al bailarín del *aurresku* y al chistulari que interpretó la pieza musical acompañándose del tamboril. Y a Karburo, emocionado, agradecido, gordo, camisa de cuadros, puño alzado, lágrimas en los ojos mientras recordaba a los compañeros todavía presos, dijo, en las cárceles de exterminio del Estado. Más aplausos, *gora ETA* y flores, que le entregó una niña ataviada de caserita.

Se pusieron todos de pie para entonar el *Eusko Gudariak* puño en alto. Acabada la canción, alguien corre. ¿Quién? Dos chavales con pasamontañas suben de un salto al estrado. Uno desplegó una bandera española. Silbidos multitudinarios, jolgorio. El otro le pegó fuego con un encendedor a la tela previamente rociada de gasolina. Y Gorka, a pocos metros de distancia, sacaba fotos.

Escoltado por un centenar de chavales, Karburo fue conducido a la Arrano Taberna. Entre aplausos y *goras* a ETA descolgó de la pared su foto de preso. Después pasó al comedor, donde le fue ofrecida una caracolada de homenaje. Gorka gastó en el comedor su último carrete y se fue a casa.

—¿No te quedas a cenar?

—Me esperan.

Estuvo leyendo hasta bien entrada la noche. Con las campanadas de las doce, apagó la luz. Al rato llegó Joxe Mari.

—¿Qué, me has visto?

—No sé para qué os tapáis la cara si os conoce todo el mundo.

—¿Nos has hecho fotos?

—Una cuando habéis llegado, pero habrá salido mal porque corríais superrápido. Diez o doce mientras pegabais fuego a la bandera y unas pocas más al marcharos.

—Hay que revelarlas cuanto antes.

—Yo espero que el de la tienda de fotos no vaya con el cuento a la policía.

Joxe Mari guardó unos segundos de silencio. Se iluminó en la oscuridad la brasa de su cigarrillo.

—Lo mato.

40
Dos años sin cara

No recordaba cuándo se había mirado en un espejo por última vez. Sería en el hotel de Cala Millor. ¿Dónde, si no? Se esforzó por reconstruir en la memoria la habitación. Las dos camas juntas, el mobiliario funcional, el papel de la pared. Lo propio de un hotel económico. Un sitio para dormir y poco más. Ni siquiera tenía vistas al mar. Tenía, sí, un pequeño baño con ducha y, por encima del lavabo, un espejo sin marco. ¿Se miró en él antes de ponerse en camino hacia Palma con Ainhoa? No se imagina otra posibilidad. Desde niña, Arantxa se acostumbró a ir bien arreglada. No porque se lo mandara su madre, que también, sino por el gusto de gustar y de verse/sentirse atractiva. Arantxa había sido una chica realmente guapa. Para su madre, la más guapa del pueblo. Para su padre, la más guapa del mundo. Y con esa cara y esos ojos y esa melena estaba predestinada a pecar de coquetería.

Guillermo, veintitantos años atrás, al poco de empezar a salir con ella:

—¡Qué guapa eres! ¿Cómo se puede tener una cara tan bonita?

—Esta cara y más que no digo es para quien me quiera.

—Pues entonces debería ser para mí, porque como yo te quiero no creo que te pueda querer nadie.

—Eso ya se verá.

Ni en el hospital de Palma de Mallorca, donde le raparon la cabeza, ni durante los meses de tratamiento en el Instituto Guttmann, Arantxa se miró en un espejo. Entonces esto no lo sabía nadie, ni los médicos ni el personal sanitario, sólo yo. Y cuando, sentada en su silla de ruedas, pasaba por delante de una puerta acristalada, se apresuraba a cerrar los ojos. No quería de ninguna manera conocer su aspecto. ¿Por qué? Pues porque había hecho propósito de poner mucho empeño en recuperarse y estaba convencida de que, si se veía reflejada en un espejo, se le iba a caer el alma a los pies.

Al principio sólo podía mover los párpados. Escuchaba y entendía todo, y lo recordaba todo y quería hablar/responder/protestar/pedir y no podía. Ni siquiera era capaz de despegar los labios. La alimentaban por un orificio aquí, en el vientre. Arantxa, Arantxa, mira que te has convertido en una mente atrapada en un cuerpo inútil. Eso es lo que yo era. Y en sus sueños se veía encerrada dentro de una armadura medieval que le impedía expresarse y moverse, con la visera levantada para poder mirar. Un horror. Veía bien, pero no quería verse. Seguro que estoy muy fea, babeante, torcida de facciones, en cuyo caso, lo pensaba a menudo, preferiría estar muerta.

—¿Por qué cierras los ojos?

Por los días en que renovaron la casa, Miren compró un espejo de baño de cuerpo entero. Da la casualidad de que lo compró para que su hija pudiera contemplarse. Entonces se dio cuenta.

—Anda, coño. Tú lo que no quieres es verte.

Acto seguido, le lanzó un grito a Joxian para que viniera a tapar el espejo con papel de periódico.

—Hasta cuando cambies de opinión. Porque, claro, nos ha costado un dineral y, como tú comprenderás, no vamos a tirarlo.

Joxian, apenado:

—No te preocupes, hija. Lo tapamos y ya está.

Los otros espejos de la casa, o bien le quedaban ahora demasiado altos, como el del vestíbulo o uno de adorno que había en el comedor, o bien fuera de su alcance, como el del ropero de sus padres y alguno de mano que hubiera en algún cajón. Cuando la sacaban de paseo procuraba no mirarse en la luna de los escaparates. En cambio, no pudo evitar en dos ocasiones que la fotografiasen rodeada del equipo de fisioterapeutas; pero me da igual porque las fotos nunca las vi.

La gente del pueblo la piropeaba de continuo. También el cura. El cura el que más. Qué guapa te veo. Adiós, guapa. En fin, ese tipo de frases insinceras y piadosas en las cuales la palabra guapa rara vez faltaba. Arantxa las encontraba detestables. A su madre le escribió en la pantalla del iPad: «Diles que no me llamen guapa».

—Oye, deja a la gente en paz. Si te lo dicen, será por algo.

Arantxa expresó el deseo de contemplar su imagen en el espejo del baño un día después de haber logrado por vez primera, desde la mañana aciaga del ictus, ponerse de pie, asistida por dos fisioterapeutas. Para entonces ya comía y bebía por su cuenta, aunque nunca sola, eso no, por temor a que se atragantase. Más: había recobrado la movilidad de la mano derecha (la otra aún la tenía agarrotada, aunque ya no tanto como al principio) y poco a poco, muy poco a poco, hacía leves progresos con la fonación.

Se aferraba a la esperanza de poder caminar al menos por la casa, de acercarse un día por sí sola a la ventana, de ir a la cocina, de alcanzar los objetos ahora inalcanzables: acciones comunes para los demás; para mí, la gloria. Y qué alborozo de gestos la tarde en que vino de la fisio con la buena nueva de que había estado un momento de pie. Celeste, que la había visto, lo confirmó delante de Miren, llorando.

—Oye, ¿por qué lloras?

—Discúlpeme, señora Miren. Es que he rezado tanto para que llegara este momento. No puedo evitar que me venza la alegría.

La bañaron al día siguiente, como de costumbre, entre las dos. Cuidado, agarra, no la sueltes. Lo habitual. Secarla resultó mucho más fácil que en otras ocasiones, ahora que, sostenida por los brazos fuertes de su madre, era posible mantener a Arantxa de pie.

—Miren, ¿está usted llorando?

—¿Yo? Me habrá entrado agua en los ojos.

Y apartó la cara con el pretexto de concentrarse en la tarea de secar a su hija. Arantxa profirió entretanto una sucesión de aes. Quería hablar, quería decir. Aes que formaban una cinta apenas sonora, intento agónico de pronunciar una frase. Celeste supuso/entendió.

—¿El espejo?

Arantxa asintió. Su madre:

—¿Quieres mirarte?

La misma respuesta. Entonces Miren le pidió a Celeste que quitara las hojas de periódico y Celeste, ris ras, se apresuró a arrancar las hojas pegadas con cinta adhesiva y por fin, después de dos años sin verse el cuerpo, sostenida por su madre, desnuda, Arantxa tuvo el valor de mirarse en el espejo.

Se escrutaba con gesto grave, apoyada en un pie y en los dedos del otro. Había engordado. Sí, sí, bastante. Esos muslos. Y todo, pechos, caderas, vientre, todo parecía haberse corrido unos centímetros hacia abajo. Y qué piel más pálida. La mano izquierda, espástica, se le apretaba contra las costillas. Tampoco me gustan los hombros. Yo no he tenido nunca los hombros así de caídos.

Aún menos le gustó su cara. Soy yo, pero no soy yo. Los ojos sin la vitalidad de antaño, bobalicones. Una comisura de los labios ligeramente más abajo que la otra y una falta general de expresividad en las facciones. Las canas, tantas canas. Los surcos de la frente. Hay mucha preocupación y mucha pena y muchas noches de insomnio acumuladas en esos surcos, problemas y disgustos anteriores al ictus, pero eso sólo lo sé yo.

Miren, a su espalda, le preguntó si estaba contenta. Respondió, sin dejar de mirarse en el espejo, que no. ¿Entonces triste? Tampoco.

—Concho, ¿en qué quedamos?

A Arantxa le salió de la boca otra cinta discordante, incomprensible, de aes.

41
Su vida en el espejo

Llovía. ¿Qué hacemos? Los domingos Celeste no solía ocuparse de Arantxa a menos que Miren hubiese viajado a Andalucía para visitar a Joxe Mari.

—Así no podemos ir a ningún lado.

Las cuatro de la tarde. Por la mañana no habían salido a dar el paseo habitual por culpa del tiempo desapacible. No era sólo que lloviese. Es que soplaba un viento de mil demonios. Cabe la posibilidad de cubrir a Arantxa y la silla con un impermeable especial comprado al efecto, una especie de funda con un orificio para la cabeza y capucha, y salir aunque sólo sea un rato a tomar el aire, pero es que esto de hoy roza el vendaval.

Miren:

—Menos mal que ayer fuimos a misa.

Sentada en su silla de ruedas, delante de la puerta del balcón, Arantxa miraba la calle. Ráfagas de gotas furiosas se estrellaban contra los vidrios. Tarde gris, viento ululante y Arantxa aburrida/enfadada. Escribió en el iPad: «Llévame al baño».

Y en el baño, no bien estuvo delante del espejo, le indicó a su madre por señas que se marchase.

—Antes te negabas a mirarte, ahora te quieres mirar a todas horas.

Arantxa pulsó las letras con dedo colérico: «No tengo que darte explicaciones».

Su madre salió del baño despechada.

—Oye, tampoco te las he pedido.

Portazo. Y Arantxa, encerrada. Le daba igual. Qué asco de madre. Va lista si cree que así me castiga. El deseo de Arantxa se llamaba soledad. Su mayor deseo, estar por fin sola, fuera del campo visual de aconsejadores, de empujadores de su silla, de alimentadores, protectores y gente en líneas generales servicial que a todas horas exhibía ante ella sus prodigiosas (me muero de la risa) dotes para la paciencia en sus distintas facetas: la paciencia-cariño, la paciencia-compasión, la paciencia-enojo mal disimulado, la paciencia-rencor por no haberles hecho el favor de morirse. Que se vayan a la mierda. Desde la tarde de su desgracia ya no es dueña de su vida. Y ella quería estar sola, joder, sola. ¿Para mirarse en el espejo? Bueno, y si fuera así, ¿qué?

Miró sus ojos, tensa, desafiante, en espera de que comenzara la película de sus recuerdos, el relato de su vida rota en escenas. Sí, rota, rota en trozos de cristal a la manera de una botella que se le hubiera caído al suelo. Y en cada añico, un recuerdo, un episodio, las sombras y figuras dispersas del ayer.

Espejito, espejito, dime cuándo, dime dónde, dime quién. Arantxa evocó un sábado de 1985. Ya le había venido a la memoria otras veces. El chaval no era ni guapo ni feo, ni alto ni bajo. Iba mucho a la discoteca KU, en Igueldo, como ella, y quieras que no acabas estableciendo conexiones oculares. Solía subir hasta allí con sus amigos, ella con sus amigas. Pero de verdad que el tipo no le interesaba. Quizá por la ropa, no sé, por la manera de bailar. Un poco gorila, sin gracia, sin cintura. Ni rastro de elegancia. Y aquellos movimientos de cabeza, ¡por favor! Si parecía que estuviera hincando clavos con la frente. En fin, uno más de aquella tropa bailante y joven.

Una tarde de tantas se fijó en que la miraba. También la miraban otros y de vez en cuando hasta bailaba con alguno a lo agarrado. En tales ocasiones, la molestaba que tratasen de hacerla reír. Y eso que todos, al principio al menos, ensayaban el numerito gracioso. Y, sí, había en los ojos de él una poderosa determinación, una fijeza de animal depredador que le gustó, y no bien cambió la iluminación y se encendieron las luces moradas y empezó a sonar la música lenta, salió disparado hacia ella y ella, de pie junto a la barra, le dijo que no.

El chaval (23 años; Arantxa, 19) no insistió. Tampoco dejó entrever que el rechazo lo hubiese disgustado. No dejó entrever nada, pero olía bien. La siguió escrutando en la penumbra violácea con aquellos ojos quietos y seguros, como a la espera de que Arantxa cambiara su decisión. Ella le dio la espalda. Un instante después, al volver la cabeza, lo vio alejarse por el borde de la pista de baile, sereno y estirado, en dirección al sofá donde estaban sentados sus amigos. En el aire quedó flotando un olor agradable. Lo volvió a percibir al cabo de una hora, mientras hacía cola con sus amigas delante del guardarropa. Se dio la vuelta en busca del foco de la fragancia y allí estaba él, justo a su espalda.

—A ver si otro día eres más amable.

Le vino un pronto de coraje. ¿Cómo se atreve este payaso? Y además delante de la gente y de sus amigas. Le negó la mirada, no le contestó. Él siguió hablándole con la boca cerca de su nuca. Por un lado, halagador; por el otro, impertinente, haciendo como si se conocieran de toda la vida. Ya por fin le entregaron a Arantxa su abrigo. Entonces se volvió llena de rabia y le dijo al chaval, con labios desdeñosos, que la dejase tranquila, que tenía novio.

—No es verdad.

—¿Y tú qué sabes?

—No es verdad porque me lo ha dicho Nerea.

Aquello la desconcertó.

—¿Me espías?

Respondió con flema provocadora que sí y añadió que estaba convencido de que ella se lo pondría difícil, pero que de todos modos no se iba a dar por vencido así como así. Ah, ¿conque retándome? ¿Quién se habría creído que era el pollo? A Arantxa le entraron unas ganas enormes de sacudirle una bofetada.

Sonríe ahora, tantos años después, recordando la escena ante el espejo. Se reunieron las amigas en la explanada del aparcamiento. ¿Estamos todas? Lo típico: faltaba Nerea, que seguía a la entrada de la discoteca morreándose a saber con quién. Reunido al fin el grupo de amigas, se encaminaron contentas y parlanchinas a la parada del autobús. Arantxa tomó asiento al lado de Nerea. Preguntó y su amiga le respondió que:

—Se llama Guillermo. Vive en Rentería. Es un poco serio, pero muy galán. Y no le faltan sus puntas de poeta. Cuando baila a lo agarrado dice unas cosas muy bonitas que parecen sacadas de los libros. Y sí, me ha preguntado cómo te llamas y si tienes novio. A lo mejor es que te ha echado el ojo.

—Oye, si es tan galán, ¿por qué no te has quedado con él?

—No es mi tipo. Su familia es de un pueblo de Salamanca.

—¿Y eso qué tiene que ver?

—No, nada, pero ya te digo, para un baile, bien. Para más, ya no.

Ella sí que tenía puntas, no de poeta precisamente, sino de racista y *abertzale*. Luego las cosas no van por donde una quisiera y a veces van exactamente por donde menos debieran ir, ¿verdad, espejito?

Llegó el sábado siguiente. Las luces moradas, la música lenta: lo vio venir. No sé para qué se toma la molestia si le voy a dar de nuevo calabazas. Y se las pensaba dar, espejo querido, un sábado y otro, cada vez que se acercara a pedirle baile. Imaginó la pregunta, la expectativa reflejada en sus ojos, quizá un reproche o un gesto de decepción como desenlace de la escena, y por fin su espalda de galán fracasado al alejarse. Lo que Arantxa no previó es que un poco antes que él llegaría su perfume.

—¿Qué, bailas?

Siete meses después lo presentó a sus padres.

42
El asunto de Londres

Ante el espejo del baño, ¿el mismo día?, ¿otro?, hablando sin voz: me acuerdo, huy que si me acuerdo. Esas cosas no se olvidan. Después del asunto de Londres, los dos convinieron en que, vamos a ver, primero ella conocería a los padres de él, hijo único, y más adelante él a la familia de ella. Guillermo temía/recelaba, pero sobre todo no captaba el cálculo estratégico de Arantxa.

—Me lavo y me afeito todos los días, te respeto, tengo trabajo. ¿Por qué piensas que no les voy a gustar?

—Mi pueblo es más pequeño que Rentería. En mi pueblo todo el mundo se conoce. Conviene introducir a los nuevos poco a poco.

—¿Y eso qué tiene que ver con tu familia? ¿Os lleváis mal?

—Nos llevamos.

—Sigo sin entender.

—Ya lo entenderás si entras en la habitación de mis hermanos y miras las paredes.

A ver, un momento. Tampoco es que fuera necesario conocer a los respectivos padres y madres, hermanos, tíos y lo que hubiera. ¿Entonces? Fue una idea/deseo de Arantxa para dar una base formal a la relación después del asunto de Londres.

Dentro de lo que cabe, él se portó bien. Lo que no quita para que a Arantxa le doliera que no la acompañara. Sí, me dolió, pero él tenía que trabajar. Salvo en ese detalle, en todo lo demás fue decente. Lástima. ¿Qué? Cosas mías. De haber sido un canalla, lo habría mandado a la porra y ella se habría ahorrado veinte años de matrimonio. Los últimos, nefastos. Sí, pero Endika y Ainhoa no habrían nacido. Bueno, bueno, de todos modos ya es tarde para rectificar.

Percatándose de que Arantxa estaba aterrada, Guillermo se ofreció a buscarle una persona de confianza que hiciera el viaje con ella.

—Hombre, tendría que ser de mi confianza más que de la tuya. Y, sobre todo, ¿quién corre con sus gastos? Esto nos va a salir por un ojo de la cara.

Se sinceró con Nerea. Mira, pasa esto. Su amiga se entusiasmó con la idea del viaje. Guau, un fin de semana en Londres. *My name is, I come from.* Y, por supuesto, no tuvo la menor dificultad para sonsacarle a su adorable *aita,* que a fin de cuentas era empresario, el *money* para el pasaje de avión, el alojamiento en el hotel y gastos diversos. Estaba eufórica, impaciente por embarcar. Arantxa, frente preocupada, le tuvo que pedir calma y le dijo que:

—Oye, no vamos de excursión.

—Ya lo sé, ya lo sé. Tú, tranqui. Yo te acompaño y estoy todo el rato contigo.

Y se puso las manos una sobre otra en el pecho a la manera de una santa de postal.

—*Hello,* Londres. Siempre soñé con visitarte.

—No habrá tiempo para hacer turismo.

—Qué más da. Lo importante es presumir de haber estado en Inglaterra.

Ay, la descocada y frívola Nerea. No obstante, a Arantxa le parecía injusto enfadarse con ella, ya que a fin de cuentas le hizo el favor inmenso de acompañarla, costeándose de su bolsillo (o del bolsillo del Txato, que en paz descanse) el viaje y la estancia.

Guillermo asumió los gastos de Arantxa. ¿Todos? Hasta el último penique. En su honor: no hizo falta convencerlo. Él se ofreció sin vacilar a arrearles un tajo a sus ahorros. Porque manías y defectos, como tú bien sabes, espejo, ese hombre los tiene a patadas, pero nunca fue tacaño, eso no, ni conmigo ni con nuestros hijos. La verdad por delante.

Por aquel entonces trabajaba de auxiliar administrativo en Papelera Española. Ganaba un sueldo modesto, pero ¿qué quieres? Era joven, no estaba atado a obligaciones familiares y podía ahorrar ya que vivía en casa de sus padres, que lo seguían alimentando como cuando era niño, si es que alguna vez dejó de serlo.

Su padre, que se jubiló aquel año, llevaba trabajando de obrero raso en la papelera desde principios de los cincuenta. Se acordaba de cuando Franco, bajito, con traje y sombrero, vino a inaugurar las nuevas instalaciones en el 65. El hombre llegó ya casado de un pueblo de la provincia de Salamanca; lo emplearon en la papelera y allí se quedó, pegado a una máquina hasta la jubilación. Con buen expediente, dicho sea de paso, lo que facilitó el ingreso posterior de su hijo en la empresa.

Una tercera persona, además de Guillermo y Nerea, tuvo conocimiento del asunto de Londres. ¿Su madre? No. ¿Joxian? Bah, ese no se entera de nada. ¿Entonces? El hermano de Nerea. Arantxa acudió a él, muerta de miedo, en solicitud de ayuda urgente. Pasa esto. Y le pidió que le guardara el secreto y Xabier, por supuesto, se lo guardó. En el 85, Xabier todavía estudiaba medicina en Pamplona. Fue él quien buscó contactos, movió hilos, encontró quien le organizara a la preñada amiga de su hermana todo lo relativo a la clínica de Londres.

Nadie más se enteró. Ni la familia de Guillermo ni las otras amigas de Arantxa. Tampoco, más tarde, sus hijos. Nunca quiso contárselo. ¿Para qué? Y a su madre, ni loca. Lo que faltaba. Con lo devota que era.

Nerea viajó de víspera en un avión regular. Dispuso de unas cuantas horas para callejear por Londres, ver lugares conocidos, ir de compras, sacar fotografías y todo eso. Ventajas de tener dinero y tiempo libre. Arantxa, un día más tarde, tomó un vuelo chárter con treinta o cuarenta mujeres de toda España que iban a Londres a lo mismo que ella. Algunas no tan jóvenes (treinta y tantos años, les calculaba) y otras en la flor de la pubertad. Entre ellas, una chiquilla de unos quince años, acompañada por un señor de cara seria que bien podía ser su padre.

Arantxa pasó un mal momento en la sala de recogida de equipajes. Salían las maletas. Una, otra, otra. La suya no salía. Ay, *ama*. La gente que había viajado con ella en el avión se iba marchando, la cinta transportadora corría con un ruido que se le figuraba cada vez más siniestro y su maleta no aparecía. ¿Se la habrían perdido? ¿La habría cogido algún viajero sin que ella se hubiera dado cuenta? Cuando por fin, suspiro de alivio, apareció, Arantxa se vio sola. Tuvo después problemas para orientarse. Consecuencia: le costó un rato largo encontrar la salida del aeropuerto. Volvió a sentirse sola. Peor aún, perdida. ¿Qué hacer? Decidió, con la respiración ansiosa, subirse a un taxi. Las manos le temblaban cuando le mostró al taxista una hoja de cuaderno donde llevaba anotados el nombre y la dirección del hotel. Por el trayecto, el taxista le habló en repetidas ocasiones; pero ella no, o sea, que no, que de inglés ni idea. Tardaban tanto en llegar que Arantxa pensó: hostia, a ver si el negro este me ha secuestrado. Y una voz, por dentro, le decía que lo más probable era que el conductor estuviera dando un rodeo para hacer correr el taxímetro. Por fin, el hotel. Parado delante de la entrada, un autobús del que se estaban apeando algunas chicas que habían viajado en el mismo avión que ella. La madre que me. De haber estado más espabilada se podía haber ahorrado el dispendio del taxi.

En la recepción esperaba Nerea, que le puso la cabeza como un bombo contándole sus andanzas por las calles y comercios de la ciudad.

—Nere, no me dejes sola.

Acordaron dormir en la misma cama por la noche.

—¿Tienes miedo?

Joder, qué pregunta. ¿Miedo? Al rato de haberse acostado, Arantxa, vuelta para aquí, vuelta para allá, se levantó urgida por las ganas de vomitar. Sus pies descalzos sobre la vieja, gastada moqueta. Sus murmullos, ¿lamentos?, en el cuarto de baño. Se le había metido el pánico en los huesos. Y no era sólo por la operación, aunque también, pero no tanto pues Xabier le había dado por teléfono una serie de explicaciones tranquilizadoras y ella más o menos sabía lo que la esperaba. El problema se agravaba por su completo desconocimiento de la lengua inglesa. No se creía capaz de desplazarse sola por Londres, encontrar los sitios, solicitar ayuda en caso de necesidad. La apretaba de continuo una intensa, más, una insoportable sensación de desamparo. Y sentada en su silla de ruedas delante del espejo, recuerda que pensaba: mira que si me pierdo, si me pilla un coche, si cojo una infección en la clínica por falta de higiene o yo qué sé, me doblo un tobillo al bajar por unas escaleras y no puedo volver a tiempo a casa y, en fin, por una u otra razón se enteran mis padres, don Serapio, todo el pueblo, qué horror.

Y el caso, como supo otro día, es que su madre y la de Nerea, que en aquellos tiempos eran íntimas amigas, fueron el sábado, como de costumbre, a merendar a San Sebastián y hablaron de sus respectivas hijas, las dos casualmente de viaje, no me digas, con palabras que a Arantxa le costaba poco imaginar:

—Pues Nerea se marchó el jueves a Londres con una amiga de la universidad.

—Ah, ¿sí? Mi Arantxa está en Bilbao. Se fue ayer al concierto de unos cantantes, pero no me preguntes porque yo de música moderna no sé nada.

Madrugaron. Nerea bajó a desayunar. Arantxa, incapaz de ingerir alimentos, se conformó con unos tragos de agua. Qué nervios. A la hora convenida se dirigieron, la una resuelta, dicharachera, la otra con el corazón encogido, a la calle donde se albergaba el despacho de la organización que llevaba el asunto. Edificios de nueva planta junto a otros de aspecto antiguo; algunos, la verdad, con bastante mugre en la fachada. El de la organización estaba en uno de estos últimos. Nerea fue la primera en avistarlo desde la acera de enfrente.

—Ahí es, donde la puerta azul.

Nada más entrar, gestos torcidos, después espanto puro y duro. En serio. ¿El motivo? Pues que la estrecha escalera que conducía al primer piso estaba sembrada de desperdicios. Se veía una taza volcada. ¿Qué coño hace una taza en una escalera?

Y la misma pregunta valía para las bolsas de plástico, los papeles, una botella, un resto de leche. Qué asco.

—Yo me vuelvo, Nere. Prefiero tener el hijo.

—Tranquila. Ya que hemos llegado hasta aquí, echemos un vistazo y después tomas una decisión.

Le acarició la melena; le besó, consolante, cariñosa, una mejilla; en suma, la convenció. Y subieron cogidas de la mano y esperaron su turno en una sala con varias sillas y un sofá con el cuero cuarteado y carteles en los tabiques. Arantxa reconoció a una chica que había viajado con ella de víspera en el avión. Poco después llegó la chavalilla de unos quince años acompañada del hombre serio que podía ser su padre. Había más gente. También un hombre adormilado y sucio, con pinta de drogadicto. Y la chica del avión las oyó hablar y les preguntó si eran españolas. Y Nerea dijo que de Euskadi y entonces la otra, sin que se lo hubieran pedido, les contó su caso.

Por fin las atendieron. Nerea tradujo lo mejor que pudo. Arantxa firmó donde le indicaron que firmase. A continuación, le dieron un impreso para el médico que una hora después la examinó en una clínica del centro de Londres. Bajaron la escalera cubierta de basura. Arantxa, en voz baja:

—¿Te importaría decirme por qué os reíais la señora de la oficina y tú?

—No, es que ella pensaba que yo soy la que... Ya me entiendes.

En la calle esperaba un vehículo de la organización. Lleno de mujeres jóvenes y acompañantes, se puso en marcha rumbo primero a la clínica, y de allí, efectuados los análisis pertinentes, con los mismos pasajeros a un chalé del extrarradio. Se trataba de un barrio residencial, de casas bajas con mirador, chimenea y jardín. Y había árboles en las aceras y calles limpias, o sea, nada de arrabales inmundos. Uf, menos mal.

¿Qué más? Espejo, qué curioso eres. Recibió a las dos amigas una enfermera risueña que chapurreaba el castellano. Arantxa esperó en una sala con muebles modernos y plantas de interior. Recuerda a una chica de rasgos asiáticos, a una como de la India y a varias españolas con las que había coincidido en el avión.

Y nada, tras esperar cosa de tres cuartos de hora, le entregaron una pulsera de plástico con su nombre y un camisón de papel, y le pidieron que se desnudase. Llegó el doctor, un hombre de rasgos agradables, bigote ceniciento y maneras educadas que transmitía serenidad. Doctor Finks, ese era el nombre. A. Finks. Hizo su trabajo, lo hizo bien y eso es todo, espejo. Lo único: cuando me desperté de la anestesia me entraron unas arcadas de muerte; pero, como no tenía nada en el estómago, no vomité. Y el domingo, a primera hora de la tarde, de eso también me acuerdo, se notaba un ambiente distinto en el avión. Se veía a todas aquellas mujeres más relajadas y, desde luego, mucho más habladoras que a la ida.

43
Novios formales

El asunto de Londres los unió. De allí en adelante, novios a la vieja usanza, de los que gustan de ir cogidos de la mano por la calle, y tiempo después, cónyuges. Él acudió al aeropuerto con un ramo de flores a recibirla consolador/cariñoso, acariciante/cortés; usó palabras no del todo cotidianas, en frases sonoras provistas de sincera ternura, y ella apretó la frente contra su pecho en señal de que le perdonaba la inoportuna, la no convenida inseminación.

Le regaló a Guillermo un abrechapas comprado a última hora en una tienda de *souvenirs* del aeropuerto de Heathrow. El mango reproducía en tamaño reducido una cabina telefónica roja. Años después reapareció el abrechapas en un mueble de la vivienda compartida. Arantxa no dudó en tirarlo a la basura. El chisme le traía malos recuerdos y puede que a Guillermo, que nunca lo echó en falta (o quizá sí y guardó silencio), también.

Cómplices en el secreto, hubo entre los dos acuerdo tácito de no mencionar jamás el asunto del aborto. Pero el asunto estaba ahí, siempre estuvo ahí, flotando invisible en sus conversaciones, en sus miradas y, lo que es peor, al menos para Arantxa, como una sombra añadida a la sombra de sus hijos.

En el curso de dos décadas de matrimonio, Arantxa y Guillermo emprendieron unos cuantos viajes al extranjero. A París, con los niños, dos veces; a Venecia, a Marruecos, a Portugal. A Londres, nunca. Ninguno lo propuso, a ninguno se le ocurrió. Y a veces, no siempre, pero a veces, hablando con una vieja amiga encontrada casualmente por la calle o mientras despachaba un trámite administrativo, si le preguntaban cuántos hijos tenía, Arantxa se paraba a pensar. Nada, medio momento, lo suficiente para no equivocarse en la cuenta. ¿Tres? Dos.

Con los años, el asunto de Londres (¿cómo sería hoy aquella criatura que no nació?) se fue retirando poco a poco hacia los bordes de su pensamiento, sin caer del todo en el olvido. De pronto, a raíz del ictus, volvió a estar presente en sus recuerdos. ¿Castigo de Dios, si es que Dios existe? ¿Caprichos masoquistas de un cerebro que, atrapado en un cuerpo inerte, se entretenía mortificándose con episodios del pasado? Y eso ya en la UCI del hospital de Palma. Inmóvil, entubada, una noche no se pudo quitar de la cabeza aquella penosa aventura que todavía, sentada en su silla de ruedas delante del espejo, en casa de sus padres, le vuelve a la memoria sin que ella lo pueda evitar.

El asunto los unió. Ahora se veían a diario en San Sebastián. Las tardes de buen tiempo se sentaban en un banco; compartían un cucurucho de castañas asadas o de cacahuetes, o una caja de pastas o bombones, y se amartelaban. Los días lluviosos no les quedaba más remedio que amartelarse en alguna cafetería o en el cine. Guillermo, que tenía mucha labia, decía al oído de Arantxa unas cosas preciosas. Cuando daban las nueve, cada cual cogía su respectivo autobús y así, besos y halagos, una tarde y otra tarde.

—Dulzura, habría que ir pensando en conocer, yo a tu familia, tú a la mía.

—Empecemos por la tuya.

—Hablas como si me esperaran problemas en tu casa.

—No, qué va. Es sólo que vosotros sois menos y resultará más fácil. Yo iré mientras tanto preparando a los míos.

Guillermo (o Guille) la llevó un sábado a comer a su casa de Rentería. Cuarto piso. Se abrió la puerta. Angelita: baja, ancha, regordeta, sesenta años. A modo de recibimiento, estampó a la novia de su hijo dos besos como dos tartazos: rotundos, cremosos, efusivos. Así no me ha besado mi madre jamás. De modo que, nada más entrar en el piso, a Arantxa se le disipó el temor.

El padre, más distante, pero asimismo franco en la cordialidad. Rafael Hernández, hombre sencillo, tímido, con pantuflas de cuadros y chaqueta de lana. Arantxa, cautelosa, lo trató de usted. ¡No, por Dios! Le ofrecieron, solícitos, humildes, el tuteo. Y Angelita, deseosa de agasajar a la invitada, le enseñó la casa.

—Y aquí dormimos mi marido y yo.

Arantxa los visitó varias veces más antes de presentar a Guillermo a los suyos. Lo que es por ella, se habría quedado con gusto a dormir. ¿Y por qué no se quedaba? No, es que los padres de Guillermo eran más buenos que el pan; pero, según en qué cuestiones, un poco (bastante) chapados a la antigua. Y ella replicaba: Guille, cariño, pero si tú y yo, pero si Londres. Y él: sí, sí, pero que por favor lo comprendiera. Conque de vez en cuando, al caer la tarde, subían al monte Urgull a poner por obra, preservativo mediante, con prisa, con miedo a ser descubiertos, un coito silencioso detrás de los arbustos, brevemente placentero para él, asumido con resignación por ella, a quien siempre tocaba sufrir en las nalgas los pinchos, las piedras puntiagudas, la humedad de la hierba.

El espejo del baño le pregunta si lo quería. Como a mis hijos, no. Imposible. Pero en cierto modo sí lo quería, al principio más que nada. De lo contrario no se habría tomado la molestia de presentarlo a su familia. Ella nunca había llevado un chico a casa. Guillermo fue el primero. Y el último. Empezó por mencionárselo un día a su madre en la cocina. Y cuando acto seguido añadió que vivía en Rentería y se llamaba Guillermo, a Miren, que escuchaba soñolienta, sin especial interés, se le formaron unos surcos de suspicacia en la frente y no pudo menos de preguntar, recelosa, si el chico no sería guardia civil. No, auxiliar administrativo en una fábrica de papel. Preguntó si ganaba bien y ahí quedó la cosa. Ni me alegro, ni cuándo lo vamos a conocer, ni nada de nada.

Horas después le hizo la misma revelación a su padre. Quizá eligió un mal momento. Joxian se disponía a salir de casa rumbo al Pagoeta. Su padre no disimuló que tenía prisa. Es posible que deseara marcharse antes que Miren hubiera vuelto de la compra. A Joxian le resbalaban estos asuntos de chicos y chicas, de amores y noviazgos. Aun así le dedicó un minuto a su hija. Puesto en antecedentes, dijo que se alegraba. A continuación:

—¿Lo sabe la *ama*?

—Pues claro.

—¿Por qué no lo traes un día y lo llevo a cenar a la sociedad? ¿Anda en bici?

—No anda en bici, *aita*.

Joxian, al parecer contrariado, ya no supo qué decir. Le dio una palmada en la espalda a su hija, como para mostrarle su aprobación, se caló la boina y salió de casa.

Arantxa confiaba más en su hermano menor. Quince años entonces. Muy tierno. Así y todo, necesitaba un aliado y Gorka era el único miembro de la familia a quien de vez en cuando ella entreabría las puertas de su intimidad. A Arantxa le pareció más despierto que sus padres.

Gorka preguntó lo primero de todo cómo se llamaba el chico.

—Guillermo.

—Guillermo qué.

—Guillermo Hernández Carrizo.

Se incorporó en la cama, donde estaba leyendo.

—¿Es *abertzale*?

—No le interesa la política.

—Pero, por lo menos, habla euskera, ¿no?

—Ni una palabra.

—Entonces a Joxe Mari no le va a gustar.

Arantxa lanzó una mirada a las paredes cubiertas de carteles: amnistía, *independentzia*, ETA, fotos de militantes del pueblo encarcelados, carteles electorales de Herri Batasuna.

—¿Por qué crees que no le va a gustar?

—Lo sabes de sobra.

Y fue Gorka, quince añitos, quien le dio la idea de pasear con Guillermo por el pueblo. Que se mostrara con él, que bailaran juntos el domingo en la plaza y luego ya se vería qué ocurre.

Es lo que hicieron. Entraron en un bar, en otro. *Kaixo* por aquí, *kaixo* por allá. Recorrieron el centro del pueblo cogidos de la mano. Y en la plaza, bajo el denso follaje de los tilos, bailaron al son de las canciones que interpretaba un grupo musical en el quiosco. En esto, Arantxa divisó a Josune, que los estaba observando a cierta distancia, e hizo como que no se daba cuenta y le dijo a Guillermo al oído que:

—Ahí enfrente está una que sale con mi hermano. No te vuelvas. Ya vas a ver cómo se las arregla para averiguar quién eres y si hablas euskera.

En casa, durante la cena, Joxe Mari habló de su partido de balonmano. Ni él ni sus padres ni mucho menos Gorka hicieron la menor alusión al novio de Arantxa, cuya presencia esa tarde en el baile de la plaza era con toda seguridad, a esas horas, la comidilla del pueblo.

Tuvieron que transcurrir dos días antes que Joxe Mari metiese la cabeza melenuda entre el marco y la puerta de la habitación de su hermana y dijera:

—Me ha contado un pajarito que te has echado novio.

En su cara había una expresión risueña. Arantxa lo miró fijamente, como tratando de descubrir algún signo de hostilidad en sus facciones, pero no. Él agregó en el mismo tono festivo:

—A ver si un día me haces tío.

Semanas después, Joxe Mari se fue a vivir con sus amigos a un piso del pueblo. Tan sólo entonces se atrevió Arantxa a llevar a Guillermo a casa de sus padres.

44
Precauciones

El Txato era como era, volcado hacia dentro, trabajador como él solo, tozudo. Y aquella tozudez que hacía, uf, dificililllo convivir con él (¿llevarle la contraria?, ¡Jesús, María y José!), le permitió levantar la empresa desde cero con más ilusión que capital, ahí abajo, al lado del río, en una parcela llena de zarzas que le prestaron y luego compró, y sostener el negocio y sacarlo adelante, me cago en diez. Pero también aquella tozudez, al decir de Bittori, fue su perdición.

Ella solía reprochárselo en el cementerio.

—Hoy podrías estar vivo, pero fuiste un cabezota. Podrías haber pagado. Y, si no, podrías haberte llevado los camiones de marras a otra parte como tanto decías pero nunca hiciste, y más sabiendo que yo te habría seguido.

Llegaba a casa y no contaba nada del trabajo. Si Bittori le preguntaba qué tal el día, él respondía seco, esquivo, invariable, que bien. Y ella no estaba nunca segura de si bien significaba mal o regular o si verdaderamente bien significaba bien. Para sondar su estado de ánimo, lo miraba a la cara en busca de indicios. El Txato se mosqueaba:

—¿Qué miras?

Y según el gesto, el brillo de los ojos o las arrugas en la frente, Bittori trataba de averiguar si su marido estaba tranquilo, si tenía preocupaciones.

—¿Hace mucho que no te amenazan?

—Bastante.

—¿Crees que se han olvidado de ti?

—Ni lo sé ni me importa.

Con Nerea en Zaragoza, al Txato parece que ya no lo abrumaba tanto el miedo. Nunca se sabrá. A este hombre, decía Bittori, lo enterraron amortajado de secretos. Lo cierto es que se le notaba menos angustiado desde que su hija se había ido a estudiar fuera. ¿Y Xabier? Es que a ese, como no estaba domiciliado en el pueblo, lo creía fuera de peligro.

En casa, el Txato dejó de referirse al asunto de las cartas. Le causaba, eso sí, viva irritación que Bittori se lo recordase.

—Cojones, si no te he contado nada es porque no hay nada nuevo.

Txato, Txatito. Se lo decía Bittori sin que viniera poco ni mucho a cuento, con más pena que cariño. Esta es la verdad: se quedó más solo que la una. ¿Los amigos? No los buscaba, no lo buscaban. Lo aislaron al mismo tiempo que él se aisló. Ni iba a jugar a cartas al Pagoeta ni a cenar los sábados en la sociedad gastronómica. Una vez, por casualidad, se topó con Joxian por la calle. Se miraron, Joxian fugazmente, él con fijeza, con expectación, esperando no sabía qué, una señal, un gesto. Y Joxian levantó al pasar las cejas a modo de saludo, como diciendo: no, si yo me pararía a hablar contigo, pero es que.

El Txato colgó la bicicleta. La colgó para siempre. La bajó un día al garaje y ahí sigue, sujeta al techo con dos ganchos y dos cadenas. Dejó de pagar la cuota del club cicloturista. Nadie se la reclamó. Tampoco le enviaron al final de la temporada la invitación que recibían los socios con el anuncio de la fecha y el orden del día de la asamblea anual. El certificado, diploma o como se le quiera llamar, donde figuraban las etapas recorridas y los puntos obtenidos, se lo metieron, doblado por la mitad, en el buzón. Quienquiera que se lo trajo no se dignó llamar al timbre. De nada le sirvió al Txato haber sido tiempo atrás, por espacio de cinco años, presidente del club. Que les den morcilla. Y los domingos, Bittori, que antes se quejaba porque, para una vez a la semana que podían estar juntos, él se marchaba con sus amigos cicloturistas, se tenía que resignar desde la mañana hasta la noche al malhumor de su marido.

Toda la vida le había gustado al Txato ir andando al trabajo, lo mismo si llovía como si no. Total, no eran más que quince minutos de camino. En bicicleta, menos. Desde el domingo en que le hicieron las pintadas ya sólo se desplazaba en su viejo Renault 21. Él decía que para no inducir a nadie a desviar la mirada o a cambiar bruscamente de acera. Los sábados por la tarde, y esto sí que era nuevo en él, acompañaba a Bittori a San Sebastián. Iban a misa, merendaban juntos en la misma cafetería de la Avenida de la Libertad que Bittori solía frecuentar con Miren cuando había amistad entre ellas. Y les ocurría al Txato y a ella que algunos conocidos que les negaban el saludo en el pueblo, les decían hola e incluso se paraban a hablar un rato, qué bonito día, ¿eh?, con ellos en San Sebastián.

El Txato tomaba sus precauciones. Tonto no era. Para empezar, nunca aparcaba el coche en la calle. Bittori:

—Ni se te ocurra.

Tenía garaje propio. Y aun así se agachaba a mirar los bajos antes de montarse. Más tarde se le ocurrió colocar chapas de madera alrededor del vehículo, unidas de tal manera por medio de unos cordeles que si alguien, tras lograr acceder al garaje, cosa difícil, las hubiera movido, aunque sólo fuera unos milímetros, él se habría dado cuenta. En la empresa se reservó un espacio en el aparcamiento de los camiones que él podía observar desde la ventana de la oficina.

El garaje tenía un inconveniente. Y es que estaba a la vuelta de la esquina, en la casa contigua a la suya. Eso lo obligaba a caminar cosa de cuarenta o cincuenta pasos entre el garaje y el portal. En ese corto trayecto lo mataron una tarde lluviosa; pero, como le decía Bittori, sentada en el borde de la tumba:

—Te mataron ahí, sí, pero lo mismo te podían haber matado en otro sitio. Porque esos, cuando van a por uno, no paran hasta que lo cazan.

Al principio borraba a brochazos las pintadas que le hacían en la puerta metálica del garaje. Se había agenciado con dicho fin un balde de pintura blanca; pero era inútil. Al día siguiente se las volvían a hacer. Txato *faxista*, opresor, ETA mátalo. En ese plan. Se acostumbró a no mirar las pintadas. Y también le meaban la puerta y aquello olía fuertemente a orines.

Leyó en un periódico que las víctimas potenciales con costumbres fijas eran las más desprotegidas. O sea, blanco fácil. Durante algunos meses le dio por no salir dos días seguidos de casa a la misma hora. Cambiaba, además, de ruta. Volvía a la una, a la una y media o a las dos a comer, o comía en la oficina lo que fuera que Bittori le hubiese preparado. Y por la tarde, lo mismo acababa la jornada laboral a las ocho que a las nueve, las nueve y media, las diez, según. El horario irregular lo sacaba de sus casillas, a él que alardeaba de trabajar con la exactitud de un reloj. Y en cuanto tuvo a su hija a buen recaudo en Zaragoza, y también porque los malvados que trataban de hacerle la vida imposible redujeron el acoso, terminó volviendo a su rutina y sus hábitos de siempre, salvo cuando ETA cometía un asesinato y, urgido por Bittori, extremaba otra vez, durante un tiempo, las precauciones.

Una cosa que hacía a menudo era correr un poco el visillo de la ventana de la cocina o la cortina de la puerta del balcón para otear con disimulo la calle. Asomaba un ojo cauteloso, procurando que Bittori no lo viese. Es que ella se enfadaba. ¿Y eso? Le parecía que con los dedos le manchaba la cortina y el visillo.

Años después, en el cementerio:

—Esa gente no se paraba delante del portal. ¿No se te ocurrió pensar que el que te vigilaba era un vecino que también echaba a un lado la cortina de su casa para tomar nota de tus entradas y salidas, y después irles con el cuento a los terroristas? No me extrañaría que hubiera sido otro guarro que tampoco se lavaba las manos antes de sentarse a comer. Bueno, ni antes ni después. Y, desde luego, un conocido, y hasta si me apuras, alguien que nos debía algún favor.

45
Jornada de huelga

Había sido asesinado en un hotel de Madrid, a la hora de la cena, el diputado electo de Herri Batasuna Josu Muguruza, de treinta y un años. Conque huelga general. Moderado seguimiento en las grandes ciudades. En los pueblos no hay escapatoria. Parón completo (tiendas, bares, talleres) o atente a las consecuencias. Desde lo alto de la cuesta, el Txato divisó a algunos empleados suyos junto a la verja, de la que colgaba la misma pancarta de otras veces. Eran tres. Andoni, aro en la oreja, y dos más. El resto se había quedado en casa. Uno llamó por teléfono anoche y el Txato, harto de los que llaman para amenazarlo y ponerlo a caer de un burro, explotador fascista, hijo de puta, ya puedes hacer testamento, estuvo dudando si descolgar el auricular o no. Al final lo descolgó por si acaso era Nerea quien llamaba desde Zaragoza, nunca se sabe, pero no. Un empleado deseaba comunicarle con voz modosa que él preferiría ir a trabajar.

—Si quieres trabajar, ¿por qué no lo haces?

—No, verá, es que los otros...

Por la mañana temprano, cuando se apeó del coche delante de la verja, el Txato ya sabía con qué propósito montaban guardia aquellos tres allí. Frío, hierba cubierta de escarcha y la neblina matinal que sube del río y se queda flotando durante horas en la hondonada. Los miró con recelo.

—¿Qué?

Andoni, gesto torvo, barbilla desafiante:

—Hoy no se trabaja.

—No se trabaja, no se cobra.

—Ya veremos quién sale perdiendo.

—Salimos perdiendo todos.

El Txato había intentado despedir en una ocasión a aquel chulo, que era un mecánico mediocre, además de vago. Andoni rasgó delante de su jefe la carta de despido sin tomarse la molestia de leerla. Horas más tarde se presentó en la empresa acompañado de dos individuos que se identificaron como miembros del sindicato LAB. Las amenazas alcanzaron tal magnitud que al Txato no le quedó otro remedio que readmitir a aquel desalmado cuya sola presencia le revolvía la sangre.

Los tres huelguistas se calentaban alrededor de un barril metálico. En el interior ardían tablas, ramas, palos. El Txato les afeó que se hubieran apropiado de un barril que no era suyo. Y las tablas, ni te cuento. En la débil claridad, el sol todavía detrás del monte, el fuego enrojecía sus caras. El Txato: caras de brutos, de resentidos sociales que muerden la mano que les da de comer. Bittori:

—Sí, pero sin ellos, ¿quién te va a conducir los camiones, quién te los va a arreglar?

Les pidió/ordenó que apartaran el barril porque quería abrir la verja. Andoni repitió, hosco, tajante, que no se trabajaba. Los otros dos guardaban silencio. ¿Cohibidos? Es que es muy fuerte eso de cortarle el paso al patrón. Y a espaldas de Andoni, que los capitaneaba, empujaron, miradas gachas, a un lado el barril.

El cabecilla se cabreó:

—¿Qué hacéis? —¿No lo veía o qué? Y agregó, mordiendo con rabia, ¿con odio?, las palabras—: Bueno, pero *los camiones no va a salir ni entrar ninguno*.

El Txato se encerró en la oficina. Por la ventana, estirando el cuello, podía ver a los tres del piquete. Combatían el frío dando saltitos, soplándose las manos. Expelían vaho, conversaban, fumaban. Desgraciados. Les han llenado el cerebro de consignas. Monos manejables, ansiosos de obedecer. ¡Con lo agradecidos que se mostraban cuando los contrató! Y Bittori:

—Tú mete en la empresa a gente de aquí para que los salarios no se marchen fuera.

Pues al Andoni de los cojones le dio trabajo más que nada porque a Bittori unos conocidos le vinieron con ruegos y zalamerías, y que si por favor y tal. ¡Si lo llego a saber!

Telefoneó sin pérdida de tiempo a varios clientes para informarles de la situación. Que lo sentía mucho y que por favor comprendieran. Después, más tranquilo, pero igual de enfadado, efectuó nuevas llamadas telefónicas, introdujo modificaciones en la agenda, acordó cambios de fecha, tuvo que anular (¡la madre que me parió!) un encargo importante, dio instrucciones por teléfono a los conductores que debían estar de vuelta ese mismo día para que aparcasen los respectivos camiones en algún espacio libre del polígono industrial. Y al ver el Txato que a los huelguistas apostados junto a la verja se les habían sumado otros dos, entre ellos el modoso que le había llamado por teléfono la noche anterior, le pareció que esto no puede seguir así, tengo que hacer algo, estos tíos no van a imponerme su voluntad.

Comprobó por medio de una llamada telefónica que los autobuses no circulaban por causa de la huelga. Hacia las nueve y media de la mañana, pidió un taxi. Se puso la zamarra y, sin apagar la lámpara para dar a entender que continuaba en la oficina, salió de la nave por una puerta trasera que daba al río. Un poco más allá, antes de llegar al puente, empieza un sendero que sube a la carretera. No tuvo que esperar ni cinco minutos al taxi. Antes de las diez se apeó en el barrio de Amara de San Sebastián.

Sorpresa: abrió la puerta la mujer que caía mal a Bittori. Decía de ella que era una simple (separaba las sílabas: sim-ple) enfermera. Al nombrar la profesión de la amiga/compañera/querida de su hijo, arrugaba la nariz, levantaba ligeramente el costado del labio.

—Los médicos con las médicas, los enfermeros con las enfermeras.

Y a continuación se arrancaba a soltar juicios adversos: viste sin gusto, es redicha, abusa del perfume. Le resultaba difícil ocultar la manía que le cogió a Aránzazu desde el primer instante. Y su aversión aumentó hasta límites cercanos al aborrecimiento cuando supo que estaba divorciada y era mayor que Xabier.

—Ese pipiolo, ¿necesita una segunda madre o qué? ¿No ve que la espabilada intenta aprovecharse de su posición y de su sueldo?

Al Txato le daba igual. Si es la mujer que ha elegido su hijo, pues esa vale.

No esperaba encontrarla en el piso de Xabier.

—¿Molesto?

—No. Pase, pase.

Preguntó por su hijo. Que ahora venía, que se estaba duchando. Y Aránzazu, descalza y ligera de ropa. ¿Vivían juntos? Al Txato le daba igual. Su teoría: los hijos, que sean felices; lo demás es secundario. Pero Bittori:

—Tú lo que quieres es que sean felices para que te dejen en paz.

—Y si es así, ¿qué?

Se oía el ruido de un secador del pelo, la mujer tenía las uñas de los pies pintadas de rojo oscuro y en la pared se veía un cuadro al óleo de la bahía de San Sebastián, firmado por un tal Ábalos. Más de una vez Xabier había sugerido a su padre que invirtiera en arte, pero es que yo no entiendo de eso, hijo.

El Txato preguntó si en el hospital también había huelga.

—¿Huelga? No, que yo sepa. —Y cuando Xabier, albornoz blanco, entró en la sala—: ¿Tú has oído algo de una huelga?

—No.

—Pues a tu padre no le han venido hoy los obreros a trabajar.

El Txato confirmó. Se abrazaron padre e hijo, y Xabier olía a agua de colonia y dijo en tono socarrón que:

—Esta tarde tengo que operar. Esperemos, por la salud del paciente, que un piquete de huelguistas no irrumpa en el quirófano durante la intervención.

Su padre no rió la broma. Al revés, frunció el ceño, miró duro, calló severo.

—¿Qué ocurre, *aita*?

—Nada.

Aránzazu, intuición femenina, les dijo que se marchaba para que ellos pudieran hablar a solas. Que le concedieran por favor cinco minutos, que no necesitaba más tiempo para vestirse. A Xabier se le escurrió por entre los labios un pero bobalicón, como hilo de baba:

—Pero...

El Txato propuso/rogó a Xabier que se reunieran los dos en el bar de la esquina, donde él lo estaría esperando. En el bar faltaba intimidad, sobraban oídos, y además a Xabier no le apetecía tomar nada. Así que caminaron por estas y aquellas calles. En busca de árboles y tranquilidad llegaron al paseo del Árbol de Gernika y, hablando y hablando, lo recorrieron hasta el puente de María Cristina y vuelta para atrás.

—Es mejor que la *ama* no sepa que he venido a verte. Ojo, sobre lo esencial está informada. Otros detalles, en cambio, me los guardo. No quiero que se preocupe por problemas que a lo mejor se pueden solucionar y por eso quería yo charlar contigo a solas. Tú eres un hombre con cerebro. Seguro que puedes aconsejarme.

—Claro, *aita*. ¿De qué se trata?

—Tengo malas cartas en el pueblo.

—No me digas que te han vuelto a insultar con pintadas.

—Últimamente me dejan tranquilo. Igual se han dado cuenta de que no soy el empresario forrado de millones que creían. O puede que algunas gestiones recientes hayan calmado la voracidad de esa gentuza.

—¿Qué gestiones? No me has contado nada.

—¿Qué quieres, que lo publique en los periódicos? Por medio de un enlace pedí un encuentro en Francia. La idea era explicarles mi situación financiera, que vean que me he metido en inversiones y pedirles una prórroga o que me dejen pagar a plazos. He oído de otros que lo hacen así y que esos cabrones son receptivos si les muestras voluntad de pagar.

—Antes estabas en contra.

—A favor no estoy, nos ha jodido, pero ¿qué quieres, que me secuestren?

—¿Qué te dijeron?

—Fui a la cita. Llegué puntual, ya me conoces. No me gusta hacer esperar. El que esperó fui yo. Más de hora y media. No vino nadie. Se conoce que desde aquel asunto de los GAL andan muy desconfiados. Vete tú a saber si me siguió algún policía de civil sin yo darme cuenta y ellos lo reconocieron. Pedí otra cita. Me la han denegado ¡Menuda putada! Ahora, pienso que han podido ver en mí buena intención y por eso, de momento, me dejan en paz mientras se ocupan de amargar la vida a otros. Pero tengo que hacer algo, Xabier. En el pueblo estoy demasiado expuesto. Esta misma mañana tres imbéciles me han parado la empresa. Manda huevos. Mis propios empleados deciden si se trabaja o no se trabaja. No tengo la menor duda de que alguno de ellos comunica a la organización cada paso que doy. ¿Te acuerdas de Andoni, el sobrino de Sotero? Ese es el peor. Ese tiene muy malas entrañas.

—¿A qué esperas para echarlo?

—Algún día, cuando se calme el ambiente.

—Mira, *aita*, si eres empresario no puedes mezclarte con la clase trabajadora. No soy clasista, pero ¿qué quieres que te diga? Cualquier tipo al que le caigas mal o que te envidie intentará perjudicarte. No tiene ni que esforzarse, puesto que estás a mano. A lo mejor pasas todos los días por delante de su puerta. Deberíais vivir la *ama* y tú en otro sitio, e ir al pueblo sólo de visita o a trabajar. ¿Que hacen pintadas en las paredes? Pues que las pinten. Si tú no estás allí para verlas... Y quien dice pintadas, dice cualquier otra acción malévola.

—Yo me iría, pero tu madre...

—La *ama* también se iría. Lo ha insinuado alguna vez. Yo se lo he oído. Lo que pasa es que no os comunicáis.

—Pues desde que abandoné la bicicleta y las partidas de cartas en el bar pasamos más tiempo juntos que nunca. Casi no salimos a la calle. Yo voy de casa al trabajo y del trabajo a casa, y ella ha dejado de hacer las compras en el pueblo.

—Eso no es vida.

—Es lo que hay. Podría ser peor. Mi padre luchó en la guerra contra Franco. Le destrozaron una pierna y estuvo tres años en la cárcel.

—¿Y tú seguro que tomas precauciones?

—Por ese lado puedes estar tranquilo. Si me quieren hacer daño tendrá que ser fuera del pueblo. Allí ando yo con cien ojos.

—¿En qué quedamos? ¿Tienes buenas o malas cartas?

—Malas. Con gusto me llevaría la empresa a un sitio más tranquilo. A La Rioja, a Zaragoza, pero es complicado. Casi todos mis clientes son de la zona. No hay semana en que alguno no necesite un servicio urgente. Pero urgente-urgente. Y si estás fuera ya me dirás cómo reaccionas. Llaman a otro transportista y santas pascuas.

—Otra posibilidad es que instales una sucursal y poco a poco vayas trasladando el negocio.

—Necesitaría un socio, alguien de confianza que me contratara empleados allá o me cuidara la empresa aquí. Yo no puedo estar en dos lugares a la vez. A mí me vendría bien una solución más fácil y que no exija tanto tiempo.

—Cierra la empresa, véndela, vive de tus ahorros.

—¿Estás loco? La empresa es mi vida.

—Entonces sólo veo una solución. Si estás de acuerdo, os voy a ayudar a encontrar un piso y os vais a venir a vivir a San Sebastián. En la ciudad estaréis más protegidos. Y, total, ¿a ti qué más te da si de todos modos vas en coche al trabajo?

—Un piso supone un gasto fuerte. Me parece a mí que tu madre no...

—¿Quieres que busque uno, sí o no?

—Bueno, busca. Luego ya veremos.

46
Un día de lluvia

El día en que asesinaron al Txato llovía. Día laborable, gris, de esos que parece que no terminan de estirarse, en los que todo es lento, está mojado y da lo mismo la mañana que la tarde. Un día normal, con la punta de los montes que circundan el pueblo tapada por las nubes.

El Txato llegó temprano a la oficina. ¿Temprano? Sí, a las seis sobre poco más o menos, aún oscuro. Tenía encima de la mesa un calendario de taco, arrancó la hoja correspondiente, leyó detrás. A continuación, escribió en una página de la agenda el número de días que llevaba sin fumar: 114. Estaba orgulloso de asociar a su perseverancia una larga columna de cifras y Bittori contenta de que no le llenara la casa de humo como antes, que le ponía las cortinas amarillas y le dejaba en las paredes, los muebles, el aire que respiraban, un olor asqueroso.

El Txato no sabía, ¿cómo iba a saber?, que veía objetos, despachaba tareas, tenía pensamientos por última vez. Amaneció por última vez para él. También por última vez llevó a cabo acciones cotidianas. Cogió/tocó/miró cosas en el transcurso de la última mañana de su vida.

De casa al trabajo tomó las precauciones de costumbre. Las chapas de madera y los cordeles alrededor del coche, esto se veía a simple vista, estaban como él solía colocarlos. Fue por estas calles en lugar de por aquellas otras, fijando a cada trecho la mirada en el espejo retrovisor. Y, sin saberlo, estuvo a punto de frustrar el atentado que se le preparaba. Tenía previsto un almuerzo de trabajo con un cliente en Beasáin; pero hacia las diez de la mañana, el cliente lo llamó para comunicarle que le había surgido un imprevisto y pedirle por favor que dejaran el encuentro para otro día.

—Por supuesto, no hay problema.

Y en el fondo, el Txato se alegró porque no le apetecía nada viajar con tan mal tiempo y por carreteras en malas condiciones. Entonces, decisión fatídica, adoptó el plan de siempre, el que conocían quienes tenían orden de ejecutarlo. Llamó a Bittori por teléfono para anunciarle que iría a comer a casa, y así lo hizo y comió y ya nunca más volvió a comer.

Dentro del garaje, apagado el motor, el Txato permaneció sentado al volante uno o dos minutos para escuchar hasta el final una canción que estaba sonando en la radio y le gustaba. Y se apeó, colocó las chapas y los cordeles, y todo lo que había a su alrededor lo iba viendo sin sospechar que ya nunca más lo volvería a ver: los botes de pintura alineados sobre una balda, la bicicleta colgada del techo, las garrafas de vino, las ruedas de repuesto, herramientas y trastos varios, no muchos, arrumbados junto a las paredes para dejar sitio al coche en el centro. Salió a la calle tarareando en voz baja la canción que acababa de escuchar. Cerró la puerta metálica. Llovía con fuerza. Y él sin paraguas, pero qué más da. Total, sólo eran cuarenta, cincuenta pasos hasta el portal.

Entonces lo vio, fuertote, ancho, parado en la esquina. ¿Cómo no lo iba a ver si, con el mal tiempo que hacía, no andaba un alma por la calle? A pesar de tener la capucha subida, lo reconoció. Por la estampa, por el cuerpote, por lo que fuese, y fue hacia él, pasando a la otra acera, y le habló.

—Hombre, Joxe Mari. ¿Has vuelto? Me alegro.

Esos ojos, esos labios apretados, esas facciones tensas. Se cruzaron brevemente las miradas, y en la de Joxe Mari había una mezcla de dureza/desconcierto, inquietud/estupor. Llovía sobre los dos y los baldosines de la acera eran grises. Faltaban algunos. En los huecos se acumulaba el agua turbia y unos cables subían por la fachada de la casa.

La campana de la iglesia dio la una justo cuando ellos se estaban mirando. Permanecieron un instante el uno delante del otro, quietos, mudos, el Txato esperando a que Joxe Mari dijera algo, Joxe Mari como paralizado, las manos en los bolsillos de la cazadora. De pronto desvió la mirada; de pronto fue a hablar, pero no habló; de pronto se dio la vuelta y a paso vivo, casi corriendo, se marchó por la calle abajo, dejando al Txato plantado en la esquina, con ganas de hablar, con ganas de preguntarle.

En la cocina, mientras se descalzaba, a Bittori:

—¿Por qué no enciendes la luz?

—¿Para qué, si ya se ve?

—No te figuras a quién acabo de encontrar en la calle. Podrías estar un mes entero intentado adivinarlo y no ibas a acertar.

Lanzaba vapor una cazuela, chisporroteaba un filete en la sartén. No había más luz en la cocina que el gris desvaído que entraba por el vidrio de la ventana cubierto de gotas de lluvia.

Bittori, con delantal, atareada delante del aparato de cocina, sorda a las palabras del Txato:

—¿Te frío un pimiento?

—He visto a Joxe Mari.

Se volvió como si le hubieran clavado una aguja por la espalda, con unos ojos así de saltones.

—¿El hijo de esos?

—¿Quién, si no?

—¿Habéis hablado?

—Yo sí. Él se ha marchado sin dirigirme la palabra, aunque le ha faltado esto —hizo como que pinzaba una partícula entre las yemas del índice y el pulgar— para saludarme. Yo creo que le ha costado un momento acordarse de que su familia no nos habla. Está igual de fortachón que siempre y tiene la misma cara de bobo.

Comían, bebían, sentados uno enfrente del otro. El Txato masticaba ruidosamente. Dijo que se alegraba de no haber ido a Beasáin con este tiempo. Bittori no se alegraba tanto.

—Pues si llegas a ir me habría ahorrado el trabajo. Porque para mí sola no cocino. Menos mal que tenía carne en el congelador.

—Mujer, si es por eso, también podíamos haber ido a un restaurante.

—¿A qué? ¿A que nos miren mal?

—No tiene por qué ser un restaurante del pueblo.

—Bah, gastos.

Pasado un rato, Bittori volvió al tema de conversación anterior. Tenía entre los ojos dos arrugas suspicaces.

—Pero es de ETA, ¿no?

—¿Quién?

—¿Quién va a ser? ¿No te parece raro que uno de ETA ande tan tranquilo por el pueblo, cuando lo normal es que no quiera que lo descubra la policía? Dime una cosa. ¿Llevaba paraguas?

—¿Paraguas? Deja que piense. No. Lo que llevaba era la capucha subida. Pero ya te he dicho que he hablado con él. O sea, que no estaba escondido ni nada. Habrá venido a ver a su familia.

—¿Estás seguro de que no te estaba vigilando?

—¡Qué coño me va a estar vigilando! ¿No te he dicho que he estado delante de él como estoy ahora delante de ti? ¿Qué manera de vigilar es esa? Y si me quería hacer algún daño, ¿para qué se ha ido teniéndome a huevo?

—Pues no sé, a mí estas cosas no me gustan.

—Vamos, vamos. Te presentas al campeonato del mundo de la desconfianza y ganas por goleada. ¡La cantidad de helados que le he pagado en el Pagoeta a ese chaval cuando era niño! La pena es que se ha ido, porque si de verdad pertenece a ETA, joder, tendría yo ahí a uno que me podría poner en contacto con los jefes y entonces yo les explicaba cómo van mis finanzas.

Terminaron de comer y aquella fue para el Txato la última comida de su vida. Bittori se puso sin demora a fregar los cacharros. Él dijo que se iba a echar la siesta. Se acostó vestido, encima de la colcha; estuvo en la cama una hora larga y esa fue la última vez que durmió.

47
¿Qué fue de ellos?

Era el más flojo de los tres. Miren, hosca:

—El más flojo, no. El flojo.

Koldo, un segundón desde pequeño, uno que va por la vida pisando la sombra de los demás. Los delató en el cuartel de Intxaurrondo.

—Si no, su hijo y Jokin siguen aquí, entre nosotros, te lo digo yo, pegando fuego de vez en cuando a un contenedor de basura, vale, pero no se meten en la lucha armada. ¿Que le zurraron la badana? Como a tantos otros, oye, que aguantaron los palos y la bañera y abrieron el pico lo menos posible.

Miren le tenía a ese chaval una tirria que no veas. Se le aceleraba la respiración con sólo que le mentaran el nombre.

En cambio, Joxian, a quien no podía tragar, era al padre, compañero de trabajo en la fundición. Habían compartido turno al pie del horno durante largos años y vertido cientos de veces, mano a mano, el caldo en los moldes. Herminio, un asimilado, un emigrante andaluz que vino de joven al pueblo a matar el hambre; cazó a Manoli, una vasca de caserío, ingenua y grandota, y con eso ya se creía más vasco que Dios. ¿Euskera? Sí, *kaixo, egun on* y para de contar. Y de estos los había a porrillo y por culpa de su hijo, un blando, el suyo andaba ahora vete a saber dónde, jugándose la vida, sin profesión, sin futuro, sin familia, y del pobre Jokin ni te cuento.

Se jubiló un operario. A Herminio lo pusieron en su lugar a pulir las piezas, limar las rebabas y todo eso. Desde entonces

Joxian y él ya no se veían con tanta frecuencia. Y es que Herminio tampoco era de ir a echar la partida al bar con los amigos (¿amigos, ese?), ni de montar en bici, ni de hacer siquiera un poco de vida social. O estaba en la fundición cubierto de polvo o encuadernando libros en su casa para sacarse un sobresueldo. Aunque, la verdad, con la manía que Joxian le tenía, mejor que no se dejara ver.

A veces, durante los descansos del trabajo, salía el uno a la trasera de la fundición a fumar un cigarrillo y se encontraba con el otro.

—¿Sabes algo?

—Nada.

Siempre la misma pregunta, siempre idéntica respuesta. Más no solían hablar del asunto y aun ese poco tan sólo si no había compañeros cerca. Conversaban de fútbol, de pelota vasca, de cualquier tema menos de política y de sus hijos ausentes, o se estaban en silencio uno al lado del otro lanzando bocanadas de humo con la mirada puesta en los montes de enfrente.

Hubo una época en que a Herminio le daba por brindar con su vino barato de caja cada vez que ETA cometía un atentado mortal. Una tarde, en presencia de otros compañeros, Joxian le llamó la atención:

—Vamos, Herminio, no jodas, que esto no es un juego.

En casa, Miren:

—Es tonto de remate.

—Intenta hacerse el gracioso y no le sale.

Un día, en el rato del cigarrillo, coincidieron los dos solos delante del portón. Monos mugrientos, caras coloradas, botas renegridas.

—¿Sabes algo?

—Nada.

—Nosotros, sí.

Le vio la alegría en los ojos, las ganas de contar, los dientes amarillos, una muela forrada de oro. Susurrante, confidencial:

—Está en México de refugiado.

—¿Cómo lo sabes?

—Escribió una carta a una hermana mía que vive en Córdoba y así nos hemos enterado.

—¿Te dice algo de Joxe Mari?

—No lo nombra. Si quieres, Manoli le preguntará. Irá allí en verano.

Joxian se encogió de hombros. Decepción. Faltaban cinco meses hasta el verano. ¿Qué iba a saber Koldo para entonces de su hijo? El otro, a lo suyo:

—El viaje cuesta un ojo de la cara. De momento hemos pensado que vaya ella y le lleve ropa y lo que haga falta. Lo tenemos lejos, pero al menos fuera de peligro. Por fin vamos a poder dormir a pierna suelta.

Sólo le faltó arrancarse por bulerías. Joxian fue directo del trabajo a casa a llevarle la noticia a su mujer. ¡Dios, por qué no se callaría! Hacía tiempo que no veía llorar a Miren con tanta amargura. Qué sollozos, la madre que me parió. Y estrelló el delantal contra el calendario de la pared. Lamentaciones, gemidos, rabia/pena, dolor/dolor. Que por qué les tenía que tocar a ellos, que dónde estará, que quién se ocupará de él si se pone enfermo. Y Joxian: que no gritara, joder, que la iban a oír desde la calle.

—Pues que oigan. Muy listo el Kolditо, el que cantó los nombres y ahora se pone a salvo. Ojalá le muerda una de esas culebras que hay en México.

—Bueno, bueno, ya está bien.

Y por la noche, Miren, a oscuras en la cama:

—Estoy deseando que la policía agarre a Joxe Mari y se termine esto de una vez. No paro de rezarle a san Ignacio. Que lo coja la policía francesa. La española no, ¿eh? Que esté un tiempo en la cárcel libre de líos y me lo devuelvan. ¿Qué piensas?

—Lo mismo. Pero cuando yo lo decía, te cabreabas.

—¿Tú qué sabes lo que siente una madre?

—Y lo que siente un padre, ¿qué?

Al día siguiente, más serenos, constataron que estaban de acuerdo en que el exilio era preferible a correr la suerte de Jokin. ¿Qué le ocurrió? Pues que se le fue la olla. En el 87 salió al campo y se pegó un tiro. Transcurrieron semanas hasta que un pastor de ovejas lo encontró por casualidad en un secarral de la provincia de Burgos. Estaba irreconocible, en avanzado estado de descomposición y medio comido por las alimañas. Llevaba un carné de identidad falso. La Guardia Civil logró identificarlo por la foto. ETA negó en un comunicado la versión oficial. Un gentío se apretaba en la plaza del pueblo para recibir el féretro envuelto en una *ikurriña* y llovía. Siempre llueve en esas ocasiones. Miren:

—Bobadas.

Pues a Joxian le parecía que siempre llueve cuando hay una celebración de ese tipo. La iglesia, abarrotada, con gente de pie porque no había bancos para todos. Muchas caras de fuera y políticos. Don Serapio dijo durante la homilía, con visibles dificultades para contener la emoción, aquello de «la muerte trágica de nuestro querido Jokin que esperamos algún día se aclare». Y luego, una larga fila de paraguas subió al cementerio. Se cantó el *Eusko Gudariak* ante la tumba, se lanzaron goras a ETA y promesas de venganza, y al final desfilaron todos hacia la salida y atrás quedaron las coronas de flores y el silencio de las cruces bajo la lluvia.

Josetxo mantuvo la carnicería cerrada durante varios días. Nunca superó la pérdida de su hijo. De ahí a unos meses le diagnosticaron un cáncer. Duró un año.

Joxian:

—Para mí que la muerte de Jokin le produjo la enfermedad. Un hombre tan fuerte, tan sano. Si no, no me lo explico.

Una semana después del funeral, empujado por Miren, fue a verlo por vez primera a la carnicería. Abrazo, lágrimas, sollozos. Qué corpachón tenía Josetxo. Y cuando el carnicero se serenó, hablaron sentados uno enfrente del otro, en la trastienda, y Joxian preguntó sin rodeos qué hostias había pasado.

—Todos mienten. Miente la policía, miente la izquierda *abertzale*. Todo el mundo miente, Joxian, te lo aseguro. A nadie le sirve la verdad.

Estaba destrozado. Y Juani, su mujer, igual, aunque se consolaba rezando. Lo que Josetxo le contó aquella tarde en la carnicería se lo habría de confirmar Joxe Mari a Joxian algunos años después, en un vis a vis en la cárcel de Picassent. Pues nada, que la policía francesa capturó a Potros en una casa de Anglet, escondido debajo de la cama. Le pillaron una maleta y en la maleta había más de quince kilos de documentos, entre ellos una lista con cientos de nombres y datos de militantes en activo. ¡Menudo jefecillo de los cojones! Mierda, han cogido a Santi. Lo contaron, filtración de filtraciones, en los informativos de la cadena SER a las pocas horas. Y, claro, hubo desbandada general y caídas a manta. A Jokin le entró la paranoia. Josetxo lo expresaba a su manera:

—Creyó que vendrían a por él, estaba en aquellos momentos solo en el piso de seguridad, le entró pánico. Los compañeros del *talde* lo perdieron de vista y apareció después de un tiempo. Se había matado él mismo.

Y Joxe Mari, en el locutorio de la cárcel, susurrando en euskera, confirmó la historia.

—A mí me han dicho que llevaba una temporada raro. Pensaba que le habían escondido micrófonos hasta en la ducha. Me contaron que miraba la ropa por dentro. No se fiaba de nadie. Ahora, que terminaría como terminó, eso no nos lo imaginábamos ninguno. Fue un palo, *aita*. A mí aquello me dejó hecho polvo. Y si quieres que te diga la verdad, después de aquello perdí un poco la ilusión por la lucha.

48
Turno de tarde

Todo el santo día lloviendo y le tocaba trabajar de tarde. A punto de salir para la fundición, se asomó a la ventana. Cielo encapotado, la calle mojada, poca circulación y una única nube que ocupaba todo el cielo, tan baja que a ratos se quedaba prendida del pararrayos de la iglesia.

Joxian nunca tuvo coche, tampoco carné de conducir. O iba andando a trabajar o en bici. No en la bici buena, claro. Los días de labor usaba una vieja que no hacía falta secar cuidadosamente, con cesta detrás y guardabarros. Miren le advirtió que iba a llegar tarde. Él echó una mirada de alarma al reloj. Qué tarde ni qué ocho cuartos si aún faltaba media hora. La llamó cagaprisas. ¿Beso de despedida? No tenían costumbre. En el vestíbulo se detuvo ante el armario empotrado. Dilema: chubasquero tipo poncho o paraguas. El primero significaba bici; el segundo, veinte minutos de camino cuesta abajo hasta la fundición. Eligió el paraguas.

Y fue, poca gente en la calle, fichó y se puso como todos los días el mono, las botas, los guantes, el casco, y entró en el calor de la nave oscura. No eran días prósperos para la empresa. Ni para la suya ni para el sector metalúrgico en general. Sin estar al tanto de los entresijos del negocio, lo notaba. Antes se producía más, había más pedidos, la plantilla era más numerosa. Allá cuidados. Le quedaban pocos años hasta la jubilación. Su larga experiencia como operador de horno lo hacía punto menos que imprescindible o al menos eso es lo que él creía. Peor futuro les esperaba a los jóvenes si, como se decía, los dueños echaban el cierre a la empresa. Él, a fin de cuentas, ya tenía los hijos crecidos y la pensión asegurada.

Un camionero trajo a media tarde la noticia. Más exactamente un retazo de noticia que acababa de escuchar en la radio mientras conducía. Suceso, hora, lugar. ¿Pormenores? Pocos y vagos. Lo único seguro: que hacia las cuatro de la tarde una persona había sido abatida a tiros en una calle céntrica del pueblo. No estaba claro si la víctima había fallecido.

A Joxian se lo contaron cuando salió a fumar. Preguntó:

—¿Algún policía?

—Ni idea.

—Bueno, ya nos enteraremos.

Terminada la jornada laboral, Joxian volvió a casa. Cada día me canso más. Los años, que no pasan en balde. Iba diciendo/pensando frases comunes por las calles desiertas. Los turnos de mañana le resultaban menos fatigosos. Sale uno del trabajo con la ilusión de las horas libres que le quedan por delante, con el aliciente del mus, los amigos, algún partido de pelota en la tele antes de acostarse. En cambio, ahora no tenía más opción que cenar sin ganas el pescado diario, porque esta mujer tiene la manía del pescado; meterse en el sobre como si le hubieran arreado una somanta de palos y al día siguiente pasarse la mañana en flores.

Era de noche, seguía lloviendo y él no podía fijar los ojos en nada que no le pareciera repetido, ordinario, familiar: las fachadas de siempre con las ventanas encendidas, los árboles de la plaza apenas iluminados por unas cuantas farolas, ese sonido siseante de los neumáticos sobre el asfalto mojado. Ni policía, ni sirenas, ni luces azules. No encontró, camino de su casa, señal alguna del atentado de las cuatro de la tarde. Aquí las casas ni arden ni están en ruinas. Vio lo habitual: portales a oscuras, farolas, puertas de bares por las que salían rumores de conversación y alguna que otra carcajada. Tentación de entrar, de tomarse dos chiquitos y picar un par de gildas mientras fumaba un cigarrillo, una especie de premio a la jornada cumplida, pero qué va: a esas horas, con este cansancio y luego la mujer de morros, mejor no.

Miren no le dio tiempo de llevar el paraguas a la bañera. Se lo soltó de sopetón:

—Ha muerto el Txato.

Hacía mucho que no se pronunciaba el mote del amigo de otros tiempos en aquella casa.

—No jodas.

Joxian permaneció un momento inmóvil. Como un poste. Ni pestañeaba. Y sin volver la mirada hacia su mujer, preguntó cómo había ocurrido.

—Pues como ocurren estas cosas. De sorpresa no le ha podido pillar. Ya se lo venían anunciando con pintadas.

—¿Ha sido el que han matado por la tarde? No jodas.

—Pues jodo. Se acabó el Txato. Es lo que tiene la guerra, que deja muertos.

Cagüen la puta, *cagüendiós*. No paraba de proferir palabrotas con cabeceos disgustados, negadores. Trató de cenar. No pudo. Le temblaba tanto la mano que era incapaz de sujetar la cuchara y esto a Miren la molestó.

—Oye, ¿no te irás a poner triste?

Cagüen la puta, etcétera. Y también:

—Un vasco, uno del pueblo como tú y como yo. Hostia, si *dirías* un policía, pero ¡el Txato! Yo no lo tengo por mala persona.

—No se trata de buenas o malas personas. Está en juego la vida de un pueblo. ¿Somos *abertzales* o qué somos? Y no se te olvide que tienes un hijo en la lucha.

Se levantó de la mesa, airada. Fregó los cacharros de la cena en silencio y Joxian no se movió de su sitio, tampoco cuando al cabo de un rato ella vino a la cocina a decirle que estaban hablando en la televisión de lo que había pasado. Que si quería mirar y él respondió que no con la cabeza.

—Pues yo me voy a la cama.

Joxian no se movió de la cocina. Se sirvió un vaso de vino del garrafón que guardaba debajo del fregadero y luego otro y otro. Bebiendo y fumando le dieron las doce, la una, las dos. Cuando se le acabó el vino, se acostó. Miren, con la luz apagada, la voz firme, le dijo que:

—Si lloras por ese, me voy a dormir a otro cuarto.

—Yo lloro por quien me sale de los cojones.

Transcurrieron los últimos restos negros de la noche. Joxian, acostado con la ropa puesta, ¿durmió? Ni medio minuto. En cuanto se llenaron de claridad las rendijas de la persiana, se levantó. Que adónde iba. No hubo respuesta. Desde el cuarto de baño, un largo chorro de orina rompió el silencio de la casa. Y en lugar de volver a la cama, Joxian se marchó a la calle sin desayunar. ¿A esas horas, teniendo turno de tarde? Se fue en bicicleta, sin chubasquero, aunque llovía, por esta carretera, por aquella otra. Le daba igual el rumbo, le daba igual todo. Y a mitad de la cuesta de Orio, en el pequeño puerto donde en viejos tiempos solía echar carreritas con el Txato, que este perdía siempre porque, por mucho corazón que les pusiese a las pedaladas, tenía menos piernas de ciclista que él, se paró a desahogarse sin testigos en el borde de la carretera, *cagüendiós*.

Poco antes de la una, llegó a su casa calado. Se lavó y se puso ropa limpia. Y encima de la mesa quedaron las lentejas y el filete con ajos fritos. Se llevó un plátano a la fundición y decidió, hosco de cejas, no hablar con nadie en todo el día. Fue cumpliendo su palabra hasta ya avanzada la tarde. Entonces se le acercó Herminio en el rato del cigarrillo, el imbécil de Herminio, que va y le dice:

—Juraría que ayer vi a Joxe Mari en el pueblo.

—Tú juras mucho.

—No, en serio, cuando yo venía a trabajar. Estaba dentro de un coche.

—Cómprate gafas y deja de tocarme los huevos. Mi hijo está lejos. No tan lejos como el tuyo, pero vamos a decir que bastante lejos.

—Es que así, por el perfil, me pareció...

—Te confundiste.

Joxian tiró el cigarrillo al suelo, aunque no había fumado ni la mitad. Mientras lo pisaba murmuró una palabra incomprensible. Después se volvió a la nave.

49
Da la cara

De víspera, como todos los años al mediar el otoño, le había vendido a Juani los conejos. Diecisiete en total, bien hermosos. Se los daba a precio de amigo y hasta sentía apuro de cobrárselos. ¿La razón? Pues que muchas veces entraba Miren en la carnicería; le pedía a Juani, vamos a decir, dos filetes de ternera y ella, por su cuenta, le ponía dos más o le metía en la bolsa, sin decirle nada, dos vueltas de chistorra, un cacho de morcilla, lo que pillara.

Vacías las jaulas, Joxian las estaba adecentando con idea de llenarlas de gazapos. Era una de sus mayores aficiones criar conejos y eran las diez de la mañana. Sol, tranquilidad, trinos y, a ratos, el chaca-chaca de alguna máquina del taller de los Arrizabalaga, al otro lado del río. Cambió una rejilla roñosa por otra nueva y estaba sacando las jaulas fuera de la caseta para que se aireasen cuando la vio, parada con su bolso y su cara mustia a la entrada de la huerta.

La miró lo que dura un chispazo. ¿Sorprendido? No del todo. Joxian esperaba toparse con ella tarde o temprano por la calle, ahora que anda tanto por el pueblo. Lo que no había previsto es que viniera a buscarlo. A ver si va a tener Miren razón: la loca aprovecha que se ha terminado la lucha armada para acosarnos.

Le dio la espalda y continuó ocupándose de las jaulas. Ya se irá. Sentía en el cogote la mirada fría, puro veneno, de ella. Y ya no experimentaba placidez alguna en su pequeño paraíso hortelano. Hasta los pájaros habían dejado de trinar. Y la máquina de los Arrizabalaga había enmudecido. Joxian cambió las jaulas de lugar, más que nada por fingirse atareado, enfadándose consigo mismo por no encontrar la manera de poner fin a aquella situación.

Después de tantos años, ¿cuántos?, lo menos veinte, ella le dirigió la palabra.

—Joxian, he venido a hablar.

—Pues habla.

Eso estuvo feo, Joxian, eso fue brusco y, como lo notase, se le extendió hasta el último recoveco de la cara un repentino calor de vergüenza. ¡Dios, con lo tranquilo que estaba! No le quedó más remedio que volver la cabeza. Ella:

—¿No me invitas a entrar?

—Entra.

Bittori se adentró por el sendero ligeramente descendente, entre las filas de puerros a un lado y las de escarolas y lechugas al otro. Todo lo miraba ella con gesto impasible. ¿Se acordaba, reconocía? Se detuvo a dos pasos de Joxian; alabó la huerta. Qué bonita, qué arreglada. Señalando luego hacia el bancal, preguntó si allí estaba la tierra de Navarra que le había regalado su marido. Y Joxian, gacha la cabeza, asintió.

Se miraron ¿hostiles? No. Más bien con curiosidad, escrutándose el uno al otro como si tuvieran dificultades para reconocerse. Joxian, apocado, a la defensiva:

—¿A qué has venido?

—A hablar.

—¿A hablar de qué? Yo no tengo nada que decir.

—Ayer estuve en Polloe. Voy mucho, ¿sabes? Me siento en un borde de la tumba y hablo con él. Me pidió que te diera recuerdos.

¿Qué pretende? ¿Provocarme? No contestó. Sus manos sucias del trabajo en la huerta; su boina polvorienta, que se quitó para secarse el sudor de la cabeza con un pañuelo; las botas de cuando trabajaba en la fundición. Joxian había envejecido. Estaba canoso en los costados de la cabeza y, por arriba, calvo. También a Bittori se le notaban los años.

—No he venido a discutir. A mí tú no me has hecho nada y yo no creo haberte hecho nada malo a ti. ¿O sí? Igual me equivoco. En ese caso no tendría inconveniente en pedirte perdón.

—A mí no me tienes que pedir nada. Lo que pasó, pasó. Ni tú ni yo podemos cambiar eso.

—¿Qué pasó? Yo sólo conozco una parte. He pensado: a lo mejor Joxian me puede completar la historia. Esa esperanza me ha traído a tu huerta. Sólo quiero saber y después me iré. Te lo prometo.

—O sea, que vienes todos los días al pueblo a que la gente te cuente cosas del pasado.

—El pueblo es tan mío como tuyo.

—Yo eso no lo niego.

—Pero se ve que me tienes por una de fuera, por una que viene. Te equivocas. Vivo otra vez en mi casa de siempre. Ya la conoces. Nos visitabas a menudo.

—Me da igual dónde vivas.

Por primera vez desde su llegada, se dibujó en los labios de Bittori un leve arco de sonrisa. Sus cejas se desentristecieron. Y en la punta de uno de sus zapatos había un poco de barro. Seguían ella ahí, él aquí, separados por un tramo corto de sendero. Y de forma ostensible Bittori se aseguró de que no estaba pisando las lechugas.

—Eras el mejor amigo de mi marido. Aún os estoy viendo montados en la bici, en el frontón o jugando a las cartas en el bar. Y me acuerdo de Miren, que me decía: Bittori, mi marido está casado con el tuyo. Ni con un hacha los separamos.

—¿Eso decía?

—Pregúntaselo, ya verás.

Joxian, cuidado. Esta mujer te quiere enredar. ¿Por qué has permitido que entre en la huerta? Se vio, no lo pudo evitar, más joven, dejando al Txato atrás en el puerto de Orio; se vio apostándose con él cuarenta duros en el frontón del pueblo; en la cocina de la sociedad, poniendo la cena a calentar; en el Pagoeta, discutiendo, ¡pero serás borrego!, por dar un órdago con esa porquería de cartas.

Clavó los ojos ya no duros, blandos de nostalgia, en los de ella indiferentes.

—Siempre fui su amigo.

—Pero dejaste de saludarle y de venir a nuestra casa.

—¿Qué tiene que ver una cosa con otra?

—Ni al funeral fuiste. Al funeral de tu amigo asesinado.

—¿A mí qué me echas en cara? Aunque no le hablaba, era mi amigo. Y no le hablaba porque no se le podía hablar. Hicisteis mal. Os teníais que haber marchado del pueblo. Un año, dos, los que sean. Ahora él estaría vivo, podríais volver. Y además, estando fuera, muchos hasta os habríamos echado una mano.

—Los otros no sé, pero tú aún estás a tiempo de ayudarme.

—Pues no sé cómo. No se puede volver el tiempo atrás.

—Tienes razón. Al Txato no vamos a resucitarlo. A mí es a quien podrías hacer un favor. Es muy fácil. Es sólo preguntarle a tu hijo una cosa de mi parte.

—No revuelvas esas aguas, Bittori. También hemos sufrido y aún sufrimos. Haz tu vida, deja que nosotros hagamos la nuestra. Cada cual en su casa. Ahora hay paz. Lo mejor es que olvidemos.

—Si sufres, ¿cómo vas a olvidar?

—No creo que a Miren le haga gracia todo esto que me estás diciendo.

—Tampoco hace falta que se entere.

Joxian, tras breve vacilación, se apresuró a entrar en la caseta, dando a entender con su obstinado silencio que consideraba terminada la conversación. Bittori, fuera de su vista:

—¿No te entra curiosidad por saber lo que me gustaría preguntarle a Joxe Mari? —Esperó en vano una respuesta. Prosiguió—: Alguien lo vio en el pueblo la misma tarde en que mataron al Txato.

Desde el interior de la caseta:

—Habladurías.

—Sal de ahí. Da la cara.

Salió. Le temblaba ligeramente el labio inferior. Ese brillo en los ojos, ¿son lágrimas?

—En el juicio no le demostraron eso.

—Pregúntaselo de mi parte, Joxian. Pregúntale la próxima vez que lo visites si fue él quien disparó. Necesito saberlo rápido ya que no voy a vivir mucho tiempo. Estoy libre de rencor, créeme. No le voy a denunciar. Lo único que no quiero es que me entierren sin conocer todos los detalles del atentado. Y dile que si me pide perdón se lo concederé, pero que primero me lo tiene que pedir.

—Bittori, haz el favor. No revuelvas esas aguas.

Ruego inútil, ya las había revuelto. Bittori tendió una mirada en derredor. El bancal, el muro de hormigón, la higuera.

Con la boina en las manos, Joxian la vio marcharse por el sendero ligeramente ascendente.

50
La pierna del cipayo

Sin esperar a darle el beso de bienvenida, se lo preguntó. Que si había visto el telediario. Gorka, contrariado, lánguido, asintió. Y dijo que había sentido vergüenza, mucha vergüenza.

—No me extraña. ¿A quién le gusta tener un asesino en la familia?

Se le encendió a Gorka un destello de súplica en los ojos, como diciendo: tus palabras son muy fuertes, por favor no hables así. Los crímenes imputados al comando ponían los pelos de punta.

Arantxa le dio una palmada de aprobación en las largas y cargadas espaldas por no haber seguido el mismo camino que nuestro hermano. Y añadió, remedando la voz de la locutora: el peligroso terrorista. Eran tres los militantes buscados. Sus fotos en la pantalla. La de Joxe Mari, melena, pendiente en la oreja, juventud, había aparecido en el centro.

Por cierto, se ha hecho famoso. A Arantxa la habían llamado por teléfono del pueblo. ¿Quién? Una amiga de los viejos tiempos. Para darle la enhorabuena.

—Me han entrado ganas de mandarla a la porra. No me he atrevido. ¿Qué gano? Enemistad, críticas y que me hagan el vacío.

Su predicción agorera sobre el futuro de Joxe Mari ahora que está en búsqueda y captura: o le explota una bomba mientras la transporta o la manipula, y tenemos funeral con ataúd envuelto en la ikurriña, danza tradicional y el resto del programa folclórico, o lo pillan las fuerzas de seguridad en cualquier momento. Esto último sería lo mejor para todos: para sus víctimas potenciales, que salvarían el pellejo; para sus parientes, porque sabríamos que donde lo van a encerrar no causará daño ni correrá peligro, y para él mismo, que así conocerá la soledad que ayuda a los hombres a volverse serenos y reflexivos.

Gorka, facciones mustias, apenadas, asintió de nuevo. Había tenido el detalle de visitar a su hermana con ocasión de su cumpleaños y porque le habían dicho sus padres por teléfono que estaba embarazada. ¿Regalos? Dos. Un librito para niños, en euskera, *Piraten itsasontzi urdina,* su primera obra publicada, qué bonito, de verdad, muy bonito, y flores.

Los dos hermanos se pusieron de acuerdo en no hablar más de Joxe Mari. Ya basta. ¿O es que no había otros asuntos importantes en su vida? Arantxa salió de la sala en busca de un florero. Casada con Guillermo, vivía en Rentería, en un piso del barrio de Capuchinos. Y la foto de Joxe Mari, que, claro, ahora es un héroe para los chavales del pueblo, estaba demasiado presente en sus respectivos pensamientos como para olvidarse de ella. Así que no lo pudieron evitar; colocadas las flores en una vasija de vidrio, tratados a la ligera algunos temas de circunstancias, volvieron a hablar de su hermano.

Arantxa:

—Yo enseguida he llamado a los *aitas.*

—¿Qué te han dicho?

—La *ama* está muy combativa. No entiende ni jota de política, no ha leído un libro en su vida, pero suelta consignas como quien revienta cohetes. Me da que anda por el pueblo aprendiéndose de memoria lo que pone en las pancartas. Por encima de todo defiende a su hijo. No sé —posó las manos sobre el vientre— qué haría yo en su lugar. El *aita,* como siempre, calla. Eso sí, aprovecha que Joxe Mari no aparece por casa para comprar *El Diario Vasco.*

—Me acuerdo de la escena que nuestro hermano le montó diciendo que compraba un periódico españolista. Y eso que al *aita,* del periódico, no le interesa más que el deporte.

—Y las esquelas.

—Bueno, sí, y el crucigrama.

—Como si le interesa la política, ahí va Dios. ¿Por qué no va a leer lo que le apetezca?

—Pues se pasó al *Egin* presionado por Joxe Mari. Luego bajaba al Pagoeta a leer su *Diario Vasco* de toda la vida.

—¿Y qué me dices de la *ama,* que cada vez que viene de visita se lleva el *HOLA* y toda la prensa del corazón que yo ya he leído? Somos una familia de locos, a mí que no me digan. En el 75, tú eras muy pequeño, no te acordarás, lloró la muerte de Franco. De verdad, en casa, delante del televisor en blanco y negro, soltó unas lágrimas de española desolada; pero mejor no se lo recuerdes. Me preguntó la última vez que vino a verme si hemos pensado un nombre para el niño. Antes de responderle ya me fijé en que arrugaba la frente. Conque, de broma, le dije que se llamará Juan Carlos, como el Rey. Por poco se desmaya.

Los dos hermanos tomaban café con pastas. Buena química fraternal. Arantxa y Gorka siempre se entendieron. De pequeños, después, ahora. Por la ventana, barrio dormitorio, se veía la fachada de un bloque de viviendas. Ropa puesta a secar en los tendederos. Una bombona de butano en uno de los balcones de enfrente. Un hombre en camiseta acodado al antepecho, fumando. Guillermo contaba que hace un tiempo se podía divisar desde aquí una parte del monte Jaizquíbel, pero construyeron esa casa tan fea y adiós paisaje.

Arantxa le preguntó a su hermano si cuando compartía habitación con Joxe Mari, este:

—¿No intentaba convencerte para que también fueras a dar caña en las manifas?

—Todo el rato. Me salvó que yo era entonces un crío. Él me decía que dentro de tres o cuatro años contaba conmigo en primera línea. Luego se contradecía. Una vez coincidimos en unos disturbios contra la policía y se cabreó. Me gritó: vete allá atrás, ¿no ves que aquí te pueden dar un pelotazo?

—¿Y por qué fuiste a la bronca?

—Joder, porque iban todos.

Y lo mismo, en su opinión, hacía Joxe Mari, al menos al principio. Un juego de amigos, un deporte. Vas, te arriesgas, de vez en cuando te sacuden un porrazo y a vivir. Después, en la taberna, bebes, comes y comentas con la cuadrilla, y uno nota con una especie de cosquilleo agradable que ha contraído la fiebre que calienta a todos y los une al calor de una causa. Por la noche, tumbado en su cama, Joxe Mari fanfarroneaba. Que si le había arreado con una piedra a un *beltza* en el casco y había sonado clac. Que si le había pegado fuego a un cajero automático, el quinto en lo que va de mes. Se volvía hacia su hermano para beber admiración en sus ojos adolescentes. Idéntico orgullo mostraba al hablar de sus victorias con el equipo de balonmano. Lo dicho, un deporte, una diversión, hasta que de pronto apareció el abismo.

A Gorka, ahora que lo piensa, le parece que Joxe Mari entró en el terreno del odio puro y duro y de un fanatismo por demás agresivo cuando encontraron en el río Bidasoa el cadáver esposado de aquel conductor de autobuses de Donostia.

—¿Zabalza?

—Ese.

Gorka recordaba que su hermano llegó a casa muy exaltado. No tenía la menor duda, tampoco sus amigos, de que el autobusero había muerto en el cuartel de Intxaurrondo mientras lo torturaban. Lo mataron, se les murió, lo que fuera, y después escenificaron un episodio de huida que no se lo creería un niño de pecho. Gorka, impresionado, veía ir y venir a su hermano de un lado a otro de la habitación. Y hervía en Joxe Mari, *cagüendiós,* una rabia nueva, más intensa y enconada que de costumbre, y percibió en sus palabras y en sus palabrotas un deseo furioso de destruir, de vengarse, de hacer daño, mucho daño. ¿A quién? Es igual, hacer daño como sea y donde sea.

—Me enseñó por entonces a preparar cócteles molotov. Un sábado tuve que acompañarlo a la cantera. Que me dejase de libros. Preparé media docena de botellas incendiarias siguiendo sus instrucciones y las lanzamos, pim pam, contra una roca.

Tiempo después, le acertó a un cipayo con un cóctel molotov en el Bulevar de Donostia. Le daban igual cipayos que picoletos. Y al tipo le prendió fuego en una pierna. Para haberse abrasado. Por suerte sus compañeros estuvieron rápidos y lograron evitar una tragedia.

—Joxe Mari no veía dentro del uniforme a la persona que gana un sueldo, que a lo mejor tiene esposa e hijos. Yo no me atrevía a decírselo; pero a mí, te lo juro, el que negara la humanidad de una persona por llevar uniforme me parecía terrible. Total, que al día siguiente se enfadó porque los periódicos no mencionaban la pierna del cipayo.

Sus amigos de la cuadrilla le pagaron una cena. Tenían estipulado ese premio al que pegara fuego a un policía.

51
En la cantera

Como en las películas. En serio. Gorka salió de su casa a media mañana para dirigirse a la biblioteca. Un sábado. Con lo tranquilo que estaba. Cielo azul, pocas nubes, buena temperatura. La vio, grande, gruesa, en la acera de enfrente: Josune, que, en lugar de corresponder a su saludo, *iepa,* se llevó un dedo a los labios en petición de silencio. Labios que o son muy delgados o le quedan en el interior de la boca.

Ella caminaba un paso por detrás de él.

—No te vuelvas. Sigue, sigue.

Y él no se volvió y siguió. Al doblar la esquina, también en voz baja, ella le rogó/mandó que la esperase en la iglesia. Se separaron.

Gorka tomó asiento en un banco de la última fila. La iglesia, vacía. No había otra iluminación que la de los vitrales allá arriba en el muro. Si aparece el cura, ¿qué le digo? ¿Que me ha dado un ataque de devoción? Josune le hizo esperar más de veinte minutos. Él, mosca, se barruntaba que había ocurrido algo grave. Ojeaba los libros ya leídos que pensaba devolver en la biblioteca. Miraba el reloj, miraba el retablo, las estatuas, las columnas; volvía a mirar los libros. Por fin notó, por un leve chirrido de goznes y por la claridad repentina que entró a su espalda, que la muchacha había abierto la puerta. Por señas, Josune lo urgió a reunirse con ella debajo de las escaleras que suben al coro.

—Si entra alguien, aunque sea conocido, nos vamos cada uno para un lado. Te aviso, igual me están siguiendo.

—¿Quién te sigue?

—¿Quién va a ser, pues? La *txakurrada*. No estoy segura, ¿eh? Pero vete a saber si me usan para agarrar a más. Joxe Mari te busca.

Cuchicheaban en el hueco oscuro. Gorka, desconcertado, inclinaba el cuerpo hacia delante para no dar con la cabeza contra la parte inferior de las escaleras. Josune no quitaba ojo del pasillo central y los bancos por si aparecía de improviso alguna persona.

—Tu hermano y Jokin te están esperando en la cantera. Ya te explicarán. Yo no quiero líos. Bastante he hecho con traerte el recado.

—Oye, pero ¿voy a correr peligro?

—Tú mira que no te sigue nadie. Luego esos dos ya te contarán lo que te tengan que contar.

Acordaron que primero saldría ella de la iglesia. Gorka, prométemelo, esperaría otros veinte minutos dentro. Mejor más que menos.

—Acuérdate de preguntarle a tu hermano si no tiene nada que decirme.

Él decidió dirigirse lo primero de todo a la biblioteca. ¿Y eso? Pues porque los libros le iban a estorbar y para no levantar sospechas. Puede que, al haberlo visto con Josune, ahora también lo vigilasen a él.

Josune:

—Saben que los que se escapan, igual intentan hablar con la familia y los amigos para pedirles ayuda, dinero o lo que sea. Conque, *kontuz*. Yo ya te he dicho todo lo que tenía que decir.

Y se marchó, corpulenta, con la boca sin labios. ¿Qué verá mi hermano en esta chavala? No me lo explico. Se le había contagiado el temor. ¿Temor a qué, a quién? Ni idea. Por si acaso permaneció media hora dentro de la iglesia. Intentó leer, pero qué va.

Salió a la plaza. Se paró a mirar. A la izquierda, a la derecha, al fondo, a las ventanas. El camión del butano, caras conocidas, palomas a la busca de restos comestibles. Sentía viva inquietud.

La madre que me. Con lo tranquilo que yo estaba. Pasó por delante de la carnicería de Josetxo. ¿Sabrá este que su hijo y mi hermano están en apuros? Y de la biblioteca, sin los libros que pensaba solicitar, salió por una puerta lateral que daba a un callejón. Tendió la mirada a un lado y otro. Nadie. Y de aquí al lunes, ¿qué leo yo?

Subió a la cantera dando un rodeo. Abajo, sobre los tejados del pueblo, campanearon las doce del mediodía. Olor a campo. Vacas dispersas, tranquilas. Gorka volvía a cada rato la cabeza. Nadie. Una estratagema: se salió del camino para cruzar una parcela de monte sin árboles, todavía húmeda del rocío matinal. A su espalda se alargaba una ancha extensión de hierba donde a sus perseguidores, si los había, no les quedaba la menor posibilidad de esconderse.

Encontró a su hermano y al otro en una casa en ruinas. Al verlo, uno de ellos le echó un silbido potente. ¿Para eso tanta precaución? Le preguntaron si lo habían seguido. Él creía que no.

—¿Qué hacéis aquí?

—Nada, los *txakurras*, que ayer pescaron a Koldo y a la hora de la cena vinieron a por nosotros. Nos hemos librado de churro.

Escaparon con lo puesto. Habían pasado la noche acurrucados en un rincón de aquella especie de depósito o almacén sin puertas ni ventanas, que además tenía hundida una parte del tejado. Jokin: menos mal que no era invierno. En sus cabezas sólo había sitio para una idea: cruzar cuanto antes la muga de Francia. Pero en estas condiciones, imposible. Jokin calzaba unas zapatillas caseras. Joxe Mari, en mangas de camisa, se quejaba de sueño y hambre. A Jokin le faltaba el tabaco.

—Tú no fumas, ¿verdad?

Joxe Mari se adelantó a la respuesta de su hermano:

—Este lo único que hace es leer libros.

Los dos amigos llevaban una módica cantidad de dinero. Módica, sí, pero ¿cuánto? Muy poco, la verdad. Unas monedas en el bolsillo, de las que Joxe Mari había gastado algunas para llamar desde una cabina telefónica a Josune.

Un fallo de los guardias civiles les permitió darse a la fuga.

—Los muy borregos se equivocaron de piso.

¿Se equivocaron? Hasta cierto punto. Historia previa: días atrás los jóvenes inquilinos se percataron de que estaba rota una tubería en el segundo piso. Ellos y Koldo vivían en el primero. Enorme mancha de humedad y corros negros (¿hongos?) en el techo. El desperfecto no parecía reciente. Hasta ahora nadie lo había descubierto. No quedaba más remedio que emprender obras. El casero les propuso instalarse en el bajo derecha el tiempo que durase el arreglo. Mientras tanto, para compensar la molestias, quedarían dispensados de pagar el alquiler. Un dinero que se ahorraban. Aceptaron.

Total, que los picoletos derribaron la puerta del primero, encaminados por la información que le habían arrancado a Koldo. Y esa es otra. A Koldo, como supieron meses más tarde, le hicieron la bañera y lo hostiaron a base de bien hasta dejarlo inconsciente. Por la tarde lo habían detenido en la calle y se lo llevaron al cuartel de Intxaurrondo. Nada de casualidades: los estaban buscando, pero sólo agarraron a uno. Koldo habló porque, claro, en esos casos ¿cómo no vas a hablar? Pero se guardó para sí (¿o se desmayó antes de poder revelarlo?) aquel detalle del cambio provisional de vivienda.

A su llegada al piso, hacia las nueve de la noche, sus compañeros se extrañaron de no encontrarlo. ¿Dónde se habrá metido el cabrón? Le tocaba preparar la cena. Ni pan había. En esto, tumulto de botas rápidas. ¿Dónde? Fuera, en la escalera. ¿Has oído? Jokin se asomó con disimulo al ventanuco del retrete. Vio los vehículos de los picoletos.

—Vienen a buscarnos.

Saltaron por la ventana de la cocina al patio trasero. Joxe Mari no tuvo tiempo ni de apagar el televisor. Ágiles, se agazaparon en la noche y corrieron en dirección al monte. La luna les alumbraba el camino. Llegaron jadeantes, durmieron fatal, si es que a eso se le puede llamar dormir. Sin cama, sin mantas, sin el consuelo del tabaco. Una putada, pero psss, silencio. Así es la lucha.

—Hermano, ahora es el momento de que no nos falles.

—¿Qué tengo que hacer?

—Lo primero, vas a la Arrano y hablas con Patxi. Si no está, no hables con nadie. ¿Has entendido? Con nadie. Que te dé para nosotros instrucciones de cómo pasar a Iparralde, unos bocadillos y bebida. Pero, cuidado. No traigas la comida en una bandeja encima de la cabeza porque habrá en el pueblo *txakurras* de paisano. Supongo que Patxi te dará algo de dinero para nosotros. Lo guardas todo bien guardado y nos lo traes.

Gorka asentía.

—No se te ocurra ir a casa a contarles nada a los *aitas*. Yo les escribiré cuando pueda.

—No vayas tampoco a la carnicería. Y si te encuentras con alguien de mi familia por la calle, tú a callar, ¿vale?

A todo decía Gorka que sí. Su hermano:

—Ahora viene la parte más delicada. En la trasera de la casa están nuestras bicicletas, pegadas a la pared debajo de un tejadillo. Sueltas el candado —le entregaron las dos llaves— y traes una bici y lo que te haya dado Patxi para nosotros. La de Kolco ya sabrás cuál es porque no tienes la llave de su candado. Mientras comemos buscas la otra bici. Nos gustaría como muy tarde ponernos a las cuatro en marcha. Si es antes, mejor. Todo depende de ti.

Gorka bajó al pueblo, cumplió las instrucciones recibidas, regresó montado en bicicleta, con un sobre que le había dado Patxi en la Arrano, pero sin bocadillos ni bebida. Para costear la manutención se les entregaba a Jokin y Joxe Mari una cantidad de dinero dentro del sobre.

A la llegada de Gorka a la casa de la cantera, los dos estaban enzarzados en una discusión.

—Se os oye gritar desde lejos.

Jokin insistía en que el chaval entrara en el piso y le trajera unos zapatos. Que él, en zapatillas, no quería ir a Francia. Que además llama mucho la atención un tío que pedalea con esta pinta. Joxe Mari se dio a partido. A su hermano:

—Toma la llave. Si ves que no hay moros en la costa, entras. Si entras, le traes a este los zapatos y a mí una cazadora que está colgada detrás de la puerta.

—Y tabaco.

—Pero sólo si ves que no corres peligro. No quiero que te cojan por nuestra culpa.

Gorka volvió al rato con la segunda bicicleta. Contó que no había entrado en el piso porque había visto gente rara cerca del portal. Mentira podrida. Lo que no quería era exponerse más de la cuenta.

Joxe Mari:

—Bueno, no importa.

Y Jokin:

—¿Qué número calzas?

Y le cambió los zapatos por las zapatillas con el argumento de que:

—Total, sólo tienes que ir de aquí a tu casa.

Lo despidieron con abrazos/palmadas. Y Joxe Mari le estampó un beso sonoro, fraternal, en la mejilla.

—Eres un tío cojonudo, siempre lo has sido, *cagüendiós*.

Ya se iban a separar cuando Gorka se acordó del recado de Josune.

—Si tienes algo que decirle.

Joxe Mari daba en ese momento las primeras pedaladas.

—Dile que haga su vida.

Y los dos amigos se marcharon y Gorka, dieciséis años por entonces, los vio alejarse en sus bicicletas hacia la carretera, Joxe Mari con la chaqueta de lana que le había pedido prestada, el otro con sus zapatos. A Gorka le vino de pronto una sensación como de mal agüero.

52
Gran sueño

—¿Por qué no me lo contaste entonces? Yo pensaba que hay confianza.

—Tenía dieciséis años. Me asusté mucho. Fíjate que cuando unos días después registraron la casa de los *aitas,* yo estaba convencido de que venían a por mí, no a por Joxe Mari, que a fin de cuentas ya se había dado el piro. ¡La de noches que habré estado sin dormir por eso!

—¿A los *aitas* tampoco se lo contaste?

—A nadie.

Arantxa, severa/comprensiva, lo reconvino. Si no se daba cuenta de que cuando fue a buscar las bicicletas se había convertido en cómplice de unos aprendices de terrorista. Juzgaba indigno (y al decirlo tensaba las facciones, apretante de labios, tigresca de ojos) que Joxe Mari lo hubiera utilizado como enlace con la Arrano Taberna sabiendo cuánto lo comprometía. Por muy adolescente que fuera, si lo pillan los guardias civiles:

—Te habrían zurrado de lo lindo y de lo galindo.

Suaviza la mirada. Ingenuo, más que ingenuo. Pero, en fin, de todo aquello ya hace bastante tiempo. Y le ofreció, risueña, otra taza de café.

—Bajaban los dos en bicicleta hacia la carretera y me pregunté: ¿por qué van tan alegres? Y tuve la sensación de que no los volvería a ver en mucho tiempo.

—A Jokin lo puedes visitar en el cementerio. Y a nuestro hermano lo hemos visto hoy gracias a la foto del telediario. ¿O tú has estado con él en estos últimos años?

—¿Yo? Ni idea de por dónde ha andado.

Gorka reconoce que mientras vivió en el pueblo le resultaba muy difícil mantenerse al margen del ambiente *abertzale*. En un pueblo pequeño, afirma, no puedes escurrir el bulto. Cuando había manifestación, homenajes, altercados, y alguna historia de esas había cada dos por tres, no es que pasaran lista; pero siempre había ojos dedicados a controlar quién estaba y quién no.

Le cuenta a su hermana que de vez en cuando entraba en la Arrano. Pedía un zurito, se dejaba ver un cuarto de hora y adiós. Por no gustarle no le gustaba ni el olor del sitio. Nunca ha sido ni fumador ni bebedor, y el deporte, francamente, como él dice, no lo enciende. Todos conocían su afición a la lectura. Todos sabían que él no era de ir de juerga ni de salir por las noches. Lo normal es que se encerrara en casa o en la biblioteca municipal. *Kartujo,* le decían de burla. Pero en el fondo lo respetaban por su dominio del euskera.

Y por otra razón. Por una circunstancia que, según reconoce, lo protegía.

—Ser hermano de Joxe Mari me daba prestigio. Tener un hermano en ETA, ¡menuda categoría! Les podía parecer un tipo raro, introvertido, poco sociable, pero nadie recelaba de mis ideas políticas.

—¿Cómo? ¿Tú has tenido ideas políticas?

Gorka no puede menos de sonreír. ¡Qué puñetera! Y se defiende:

—Cada cinco meses me viene una; pero se me pasa enseguida.

Recuerda a este punto un incidente. ¿Con quién?

—Con la *ama.* Una tarde entra en mi cuarto a echarme en cara que yo estuviera en casa entretenido con libros mientras mi hermano se sacrificaba por Euskal Herria y la gente del pueblo había salido a la calle a protestar contra no me acuerdo qué. Y me soltó que si Joxe Mari se enteraba, se llevaría un disgusto muy grande.

—¿Y tú qué hiciste?

—¿Qué iba a hacer? Cogí el paraguas y me fui a la manifestación a pegar cuatro gritos.

Aún no cumplidos los diecisiete años, hizo sus cálculos. A mí, de esta sumisión, sólo me sacarán un cambio de aires (Donostia, Bilbao, también fuera de Euskadi) y estudiar. Emprender estudios universitarios, su gran sueño. Filología Vasca, Psicología, en esa dirección. Cursar lo que sea en una universidad de París, de Londres, ¿te imaginas? A sus amigos no les reveló ni una palabra sobre el particular.

—Conmigo sí hablaste.

—Empecé la ronda de consultas con el *aita*.

Domingo por la tarde. Supuso que lo encontraría en la huerta. Y bajó y allí estaba juntando ramas y hojas para hacer una hoguera. No ignoraba que aquel hombre metido a hortelano en sus horas de ocio, con su boina polvorienta y sus manos curtidas del trabajo de décadas en la fundición, no tenía la última palabra sobre el asunto que interesaba a Gorka, aun cuando fuera él quien aportase el sueldo con el que se sostenía la familia. Así y todo, Gorka quiso sondar su parecer.

¿Estudiar? Joxian calificó la idea de estupenda. Otro que soñaba despierto: un hijo médico como el del Txato, un hombre con cabeza que dirige una empresa, un señor con el ropero lleno de corbatas. Gorka le recordó que los estudios (matrícula, libros, acaso viajes y un piso de estudiantes en una ciudad) implicarían gastos. Su padre, al pronto, no había reparado en aquel detalle.

—Ah, coño. Pues tendrás que preguntarle a la *ama*.

Miren no lo dudó. Ni hablar.

—A menos que trabajes y te pagues tú la carrera. Con la mierda que gana tu padre, vivimos al día. ¿De dónde vamos a sacar? Apretando mucho el cinturón te podríamos ayudar un poco; pero total, patatas, porque para todos los estudios no te iba a llegar.

Acto seguido, profirió quejas, encadenó lamentos. Que si Joxe Mari en Francia, que si llegamos justo-justo a final de mes.

—¿Y si pido un préstamo?

—¿A quién?

—Al Txato. Antes erais muy amigos.

—¿Estás loco? ¡Pero si no nos hablamos!

Y cambió quejas y lamentos por críticas y acusaciones, por desprecio y condena, y se sulfuró con tales extremos de enojo que Gorka ya no volvió a mencionar en casa de sus padres el asunto de los estudios.

—Fue entonces cuando hablaste conmigo, ¿no? Pero es que no podía ser. Te lo juro. De dependienta en la zapatería cobraba un sueldo modesto. Guille y yo ya teníamos decidido casarnos y necesitábamos hasta la última peseta.

—Lo entiendo perfectamente. No me ha quedado ninguna amargura. Incluso de aquí a dos o tres años podría costearme una carrera, pero creo que ese tren ya pasó de largo para mí. Me va bien en Bilbao. Gano un dinerillo en la emisora, no mucho, pero a cambio me dedico a lo que más me gusta, que es escribir. Ya ves, he sacado un libro. Puede que el año que viene saque otro. Me han invitado a una ronda de lecturas por distintas *ikastolas*. Pagan bien, incluso muy bien. Contribuyo a la difusión del euskera. Voy tirando. ¿Y tú?

Arantxa se agarró el vientre con las manos.

—Yo también voy a tirar. Dentro de cuatro meses si nada se tuerce.

—¿Tenéis ya un nombre para mi sobrino?

—Por supuesto. Restituto.

—Venga, en serio.

—Endika o Aitor. En esas estamos. ¿Cuál prefieres?

—Endika me gusta más.

53
El enemigo en casa

A Nerea le encantaba aquel lema que corría de boca en boca, que se leía en tantas partes: *Juventud alegre y combativa*. Y votaba, joven, alegre, combativa, a Herri Batasuna. No se imaginaba otra opción. Es cierto que la idea de la alegría le gustaba más que la del combate. ¿Tirar piedras, pegar fuego, cruzar coches? Eso era para los chavales. Así lo creían ella y sus amigas. O sea, que en cuanto empezaba la bronca, vámonos, que estorbamos, abandonaban el escenario. Iban, sí, a concentraciones y manifas; pero es que en el pueblo más o menos todos los jóvenes participaban en ellas. También los hijos de los maquetos y, por supuesto, los del alcalde, que era del PNV. Uno de ellos estudiaba con Nerea, y juntos y con otros estudiantes desplegaban pancartas, pegaban carteles, repartían folletos o hacían pintadas en las paredes de la facultad.

Nerea viajó a Arrasate (Bittori decía Mondragón) en marzo del 87. Se enteró de la noticia en la Arrano Taberna.

—¿Qué dicen esos?

—Que ha muerto Txomin Iturbe.

—¿Cómo?

—En un accidente de tráfico en Argelia.

—¿Seguro?

—Seguro no hay nada.

A saber si agentes secretos del Estado español o asesinos de los GAL habían manipulado los frenos. Varias caras secundaron gestualmente la suposición. Patxi descolgó de la pared la foto enmarcada del difunto. Tras pasarle el trapo, la colocó encima de la barra, donde quienquiera que entrase en la taberna la pudiese ver.

Los periódicos confirmaron en los días sucesivos la versión oficial. Asimismo había fallecido un policía argelino que viajaba dentro del coche. Y para terminar de despejar las dudas, una militante de ETA implicada en el accidente llevaba un brazo escayolado. Todo mentira; pero, como decía Arantxa en voz baja, a solas, con tristeza y un hermano en Francia aprendiendo a matar, si no es que ya había entrado en acción: en esta tierra nuestra la verdad murió hace mucho tiempo.

—¿Vas a ir?

A Bittori como que no le hacía ninguna gracia la idea.

—Claro, *ama*. Va toda la gente joven del pueblo.

¿Toda? Arantxa no fue. De víspera, sábado, dijo sentirse mal. Fiebre, escalofríos, sin duda un resfriado. Estuvieron las cuatro amigas de acuerdo en que lo mejor era que se metiese en la cama cuanto antes. Leche caliente con miel y, hala, a sudar bajo las mantas. De esa manera tenía posibilidades de amanecer lo suficientemente repuesta como para acompañarlas al homenaje/funeral en Arrasate. Conque Arantxa se retiró pronto. Y el resto de la cuadrilla, de camino a la discoteca, planeó el viaje del día siguiente.

Les habían comunicado que a media mañana saldrían dos autobuses de la plaza del pueblo (gastos pagados por el Ayuntamiento); pero no, ellas preferían desplazarse por su cuenta en el coche de Nerea. Bueno, en el coche del Txato que Nerea tomaría prestado, segura de que su padre se lo cedería porque su padre, los domingos, no lo necesita y porque además nunca le niega nada.

—Me parece que no haces bien.

—Joé, *ama*. Van mis amigas. ¿Qué pensarán de mí si, después de haberlo planeado todo, las llamo para decirles que las dejo plantadas? Hasta Arantxa, que se sentía pachucha, se ha marchado pronto a su casa para descansar y levantarse mañana curada.

—Tú sabes que ese hombre era jefe de ETA y ha mandado matar a muchos.

Nerea, ojos en blanco, perdía la paciencia.

—Entérate de que Txomin ha encabezado durante años la lucha de nuestro pueblo. Lo dejó todo, su casa, su trabajo, su familia, por Euskal Herria y le han hecho varios atentados. Es un ídolo de la juventud vasca. Un héroe. ¿Qué digo un héroe? Dios. Así que hazme un favor. Cuando estés en la calle o entres en las tiendas, muérdete la lengua antes de criticarlo porque puedes encontrarte con problemas y de paso ponerme a mí en apuros. Además, ¿qué sabes tú de política? Tú vete a misa, *ama*. Reza y comulga, y deja que los demás hagamos lo nuestro.

Las diez. El Txato aún no había vuelto de la sociedad, donde a esas horas estaría terminando de cenar. Es seguro que no vendría demasiado tarde a casa, ya que al día siguiente, etapa dominical de cicloturista, se levantaría temprano. Cuando llegó, Nerea ya se había acostado. Al Txato, por entonces, aún no le habían hecho las pintadas, aún bajaba a diario al bar y cenaba los sábados con los amigos; pero ya había recibido más de una carta de la organización. Nerea no lo sabía. Xabier tampoco. Y el matrimonio estuvo largo rato cuchicheando en la cama.

—Entiéndela, mujer. Es joven.

—Tiene edad como para saber que lo que hace no está bien.

—Pues, pensándolo en frío, yo creo que es mejor que vaya a Mondragón.

—¿A apoyar a una banda de mafiosos que extorsiona a su padre?

—Nerea no sabe nada del asunto. Yo prefiero que no se entere. Así no se asustará. Déjala que vaya con sus amigas y se divierta.

—Y que grite *goras* a ETA. ¿Tú has bebido?

—Poco. Mientras mi hija esté con *abertzales*, la dejarán tranquila.

—Para mí es como si nos metiera al enemigo en casa.

—Igual lo mío se soluciona sin que nuestros hijos hayan tenido que preocuparse.

—Lo que pasa es que tú le consientes todo a esa muchacha. ¡Mira que ir al funeral de un jefe de ETA con el coche de un amenazado! ¡Por Dios, dónde se ha visto una cosa más absurda!

Que la entendiese, que es joven. Y así otros veinte minutos de desavenencia y bisbiseos, hasta que, espalda con espalda, cada cual se entregó a su sueño.

Como tantos domingos, el Txato madrugó. Apartada ligeramente la cortina, comprobó a la luz de la farola, enfrente de su casa, si llovía. En la cocina, vestido de ciclista, tomó un café sin leche ni azúcar por todo desayuno. Cogió una pera y una manzana para el camino, llenó con agua del grifo el bidón y se fue de amanecida a sacar la bicicleta del garaje.

Avanzada la mañana, Bittori trató, dulce, afectuosa, de disuadir a Nerea, que ya estaba preparada para marcharse.

—¿Y si te lo pido por favor?

—Que no, *ama*.

—Hazlo por mí, por tu madre.

—¿Quieres que quede mal con mis amigas?

Bittori apretaba los dientes. ¿Por enfado? No, para impedir la salida involuntaria de palabras. Llega a durar la disputa un minuto más y le cuenta a su hija lo de las cartas de extorsión. ¡Jesús, María y José! ¿Qué habría dicho el Txato?

Se despidieron frías, lacónicas, sin besarse. Y Bittori se asomó a la ventana para ver a su hija alejarse en busca del coche de su padre. Nerea, delgada, esbelta, dio unos saltos juguetones, más propios de niña que de mujer.

Tras la cortina, Bittori meneó la cabeza en señal de disgusto.

—¡Serás idiota!

54
Mentira de la fiebre

Pasaba de las once. ¿Cuánto? Un cuarto de hora, quizá un poco más. Detalle: en el balcón del Ayuntamiento ondeaba la *ikurriña* a media asta. Allá, hacia los montes, se avistaban nubes (había estado chispeando de par de mañana); allá, hacia el río y la carretera que lleva a San Sebastián, también, pero con claros. Los autobuses repletos de viajeros, en su mayoría jóvenes, acababan de ponerse en marcha.

Nerea entró en la plaza soltando una ráfaga de alegres bocinazos. En el soportal esperaban sus dos amigas, las dos con sendas *ikurriñas* enrolladas en torno a un palo. ¿Y Arantxa? Sin terminar de apearse, preguntó por ella. Las otras pensaban que Nerea habría ido a buscarla. ¿Seguirá enferma? Vive en una calle próxima, por detrás de la iglesia. Nerea: que enseguida volvía. Y mientras sus amigas se calentaban dentro del coche, porque no es que hiciera frío, pero, coño, el aire era bastante fresco, ella se dirigió a paso veloz a casa de su amiga. A la casa tantas veces visitada, donde de niña había dormido en incontables ocasiones. A la casa, en esos momentos Nerea no lo sospecha, adonde ya no volverá nunca más.

La conocida puerta, el letrero de latón con el apellido, el timbre pulsado por última vez en su vida.

Miren abrió la puerta.

—Ahí está. No sé qué tiene.

Y la invitó a pasar y Nerea se fue derecha a la habitación de su amiga. La encontró en la cama, con la ropa puesta. ¿Se habría acostado rápidamente al sentirla llegar?

—¿No estás bien?

Respondió que no del todo; aunque, francamente, ese aspecto, la fuerza de su voz, la mirada decidida, no son propios de una persona enferma. Al principio empleó los mismos argumentos que Bittori. Lo único que difería era el vocabulario. Un hombre justiciero, caudillo de verdugos, que decidía sobre la vida y la muerte de otros. Y con la espalda recostada contra la almohada, lo imitó:

—Matad a fulano, matad a mengano.

A diferencia de Bittori, Arantxa no hablaba con dolorida mueca ni con ojos grandes, asustados. En su cara juvenil hay desánimo. ¿Desánimo? Más: amargura. Amargura traslúcida que deja vislumbrar a su través indignación. Lo confirmaron sus palabras:

—*Ir* sin mí. Yo no tengo estómago para prestarme a este carnaval de la muerte. En otros tiempos os habría acompañado. Ahora me es imposible.

—¿Por Joxe Mari?

—Desde que entró en la organización se me ha caído un velo de los ojos. No es que de repente vea las cosas de forma distinta. Es que por fin las veo.

—Anda, no seas aguafiestas. Tampoco hace falta que nos pongamos en la primera fila.

—Ni en la quinta ni en la última.

—Bah, es un rato. Luego cogemos el coche y nos piramos las cuatro por ahí. Yo había pensado en Zarauz, pero no tengo preferencias. Si quieres, vamos a otro sitio. Tómatelo como una excursión.

La jovialidad de Nerea se topó con la mirada gélida de Arantxa. Súbito silencio entre las dos amigas. Dos, tres segundos sin parpadeos: escena congelada. Se escrutaban. Sorprendida, con extrañeza, la una; dura, distante, ¿acusadora?, la otra.

—¿Qué hago? Me están esperando.

—Si tienes que ir, vete.

Algo entre ellas se rompe silenciosamente en ese instante. ¿Qué? Una línea de afecto y confianza, un viejo y tácito pacto de amigas. Por una razón trivial, el portero de la discoteca KU, un sábado por la tarde, no permitió la entrada a una de ellas. De esto hacía ya un tiempo. Entonces el resto de la cuadrilla tampoco entró. O todas o ninguna. Y en presencia del estricto, corpulento portero rasgaron las entradas que acababan de comprar. A tomar por saco.

—¿Puedo pedirte un favor?

—Sí, claro.

—No cuentes nada de esto a la cuadrilla. Diles que tengo fiebre, que no me encuentro bien.

Pensativa, decepcionada, Nerea abandonó aquella habitación a la que nunca más habría de volver, cruzó el comedor por el que ya nunca ha pasado desde entonces y habló por última vez con Miren, que le preguntó, ya con la puerta de casa abierta:

—¿Qué tiene?

—Un poco de fiebre.

—A esa lo que le pasa es que desde que anda con el de Rentería se está volviendo rara.

Minutos después, Nerea repitió la mentira de la fiebre dentro del coche. Las tres amigas emprendieron viaje. La carretera seca, menos mal, con bastante tráfico hasta Beasáin, luego ya no. Vamos a llegar las últimas. Una de ellas dijo que sin Arantxa no era lo mismo, que no lo iban a pasar tan bien. ¿Tan bien?

—Oye, guapa, que vamos a un funeral.

Lo típico en aquella época: se encontraron con un control de la Guardia Civil. ¿Dónde? Como a unos ocho o diez kilómetros antes de llegar a Arrasate. Se pusieron a la cola de lo que a primera vista parecía un atasco. Luego vieron que no, que allí delante estaban los picoletos registrando uno a uno los coches, pidiendo carnés a todo dios. Había, repartidos a los bordes de la carretera, media docena de vehículos de la Guardia Civil y, extendidas sobre la calzada, una al comienzo y otra al final del puesto de control, dos cadenas de pinchos metálicos. En lo alto del terraplén varios guardias civiles, cada uno con su dedo en el disparador del subfusil. Más abajo, oculto detrás de los arbustos, otro en parecida actitud. Y uno más apostado detrás de un árbol. Todos con el arma a punto de disparo.

Les hicieron una seña imperiosa para que pararan. Nerea bajó la ventanilla. Los de-ne-is. Ni buenos días ni por favor. El picoleto se llevó los tres carnés hasta un furgón, donde se hicieron las consabidas comprobaciones. Limpias de antecedentes, de cargos. En el momento de devolvérselos, despacio, con cachaza, para robarles tiempo, para que supieran quién manda en ese tramo de carretera, entre este monte y aquel otro: que adónde iban. Como si no lo supieran. ¿Y por qué tenían que responder? Pero mejor no meterse en líos. Así que Nerea, la involuntaria portavoz, la conductora, respondió que:

—A Mondragón.

Les ordenaron bajar. Pero no amablemente: bajen ustedes. Sino con un golpe oral de hacha:

—Abajo las tres.

A un gesto del picoleto parlante se acercaron otros dos. Manos de varón las cachearon. La una: qué humillación. La otra: qué asco. En tales términos lo habrían de comentar en la Arrano Taberna un día después. Y Nerea, a punto de llorar, tuvo que abrir el maletero. Allí estaban la gabardina, un hinchador de la bici y el paraguas de su padre, y las *ikurriñas* enrolladas.

—¿Qué es esta basura?

—Dos banderas.

—Despliéguelas.

Nerea las desplegó, ya mordiéndose en incipiente puchero el labio de abajo. Lo dicho, dos banderas reconocidas por la Constitución española. Y de repente el tuteo con retintín:

—¿Qué, vais a la misa del etarra? ¿Os creéis que Dios lo va a recibir en su gloria?

Nerea guardó un silencio digno. Segura de que había vencido el pujo de llanto, se atrevió a mirar a los ojos del picoleto. Ojos negros en los que se reflejaba, ¿qué? Hondia, su madre que le volvía a soltar el sermón de anoche y el de esta mañana, y también Arantxa metida con ropa en la cama. Sin duda habría sido mejor haber viajado con el grupo grande en uno de los autobuses. Y al pensarlo sintió en el centro del pecho un fogonazo de coraje.

—Estoy esperando una respuesta.

—Nosotras no vamos a misa.

A este punto, el guardia civil se puso a echar pestes de Txomin el asesino, el terrorista, y así se mueran todos esos hijos de puta, etcétera. Con una sacudida autoritaria de cabeza, mandó a las tres muchachas que se perdieran de vista cuanto antes. Ellas continuaron el viaje y Nerea vio por el espejo retrovisor que el picoleto había mandado detenerse al siguiente coche.

55
Como sus madres

Una se lo preguntó a la otra. ¿Qué? Que si no era esta la cafetería adonde sus madres venían los sábados a merendar. A Arantxa le suena más que iban a la churrería, aunque no está segura. Lo que sí sabe sin el menor atisbo de duda es que a su madre todavía le gustan los churros y que a veces, cuando viene a San Sebastián, se compra media docena y después se los come fríos en casa. Nerea pondría la mano en el fuego a que Miren y su madre solían merendar tostadas con mermelada en esta cafetería cuando eran amigas.

¿Y qué hacían ellas dos allí? Llevaban largo tiempo sin noticias la una de la otra. Se han encontrado hace un rato por casualidad. Por poco chocaron en la esquina de la calle Churruca con la Avenida. Imposible esquivarse. En el caso de Nerea, la sorpresa no estuvo exenta de prevención. Nada, un recelo pasajero, innecesario por lo demás, pues ahí estaba, rebosante de simpatía como siempre, la sonrisa de Arantxa, que sin titubeos se tiró hacia ella para besarla. Se miraron examinadoras del mutuo aspecto y se arrebataban la palabra la una a la otra para elogiarse.

Convinieron, ¿tienes tiempo?, en ponerse al día de sus respectivas vidas privadas. ¿Dónde? No en la calle, desde luego. Estaba empezando a oscurecer y soplaba un viento desagradable. Nerea señaló la cafetería cercana. Y allá fueron cogidas del brazo.

—¿Cuánto hace que no nos vemos?

Uf, pues desde que Arantxa se fue a vivir con Guillermo en Rentería, hace cosa de año y medio.

—En el pueblo me asfixiaba. Ya sé que no me está bien el decirlo, pues allí nací y me crié y allí tenía mi cuadrilla. Pero no aguantaba más. En el pueblo vive mucha gente echada a perder por la política. Gente que hoy te da un abrazo y mañana, por lo que sea que le hayan contado, deja de dirigirte la palabra. A mí me echaron en cara que saliera con uno que no es vasco. Como lo oyes. Que qué dirá Joxe Mari si se entera.

—No fastidies. ¿Quién te dijo eso?

—Josune. Lo que más me dolió es que cuando me habló así no estábamos solas. Me hizo una especie de juicio popular, ¿comprendes? Yo me callé. En un país como este lo mejor es callar. Pero otro día que la vi en la calle la paré, le dije que yo me enamoro de quien me da la puta gana y la mandé a la mierda.

—Bien hecho.

—No era la única que pensaba mal de mi novio. Mi madre, sin ir más lejos, tenía los mismos prejuicios. Poco a poco se ha ido resignando por la cuenta que le trae. Ya hasta nos visita alguna que otra vez en Rentería. El pobre Guille. Pero si es un pedazo de pan. Se ha apuntado a clases de euskera, aunque lo veo crudo. Se me hace a mí que este hombre no vale para los idiomas.

Se acercó un camarero a la mesa. Que qué querían tomar. Arantxa, dudosa un instante, pidió esto; Nerea, sin vacilar, pidió lo otro y de paso preguntó al camarero si se podía bajar el volumen de la música.

—Pues como te iba contando, dejé de entrar en los bares del pueblo. Bueno, a la Arrano hacía tiempo que no iba por no ver la foto de mi hermano en la pared. Mi vida estaba en otra parte, con mi Guille y mi trabajo en San Sebastián, que es una porquería, pero hay que comer. Me apretaba un enorme deseo de abandonar el pueblo. Deseo no es la palabra exacta: obsesión. Se me metió entre ceja y ceja que yo allí no tenía futuro. Me sentía muy incómoda. Incluso ahora, recordando aquello, los nombres de los sitios, la cara de algunos individuos, se me pone como un nudo de repugnancia en la boca. Perdona que me exalte. No me gustaban ciertas miradas. Imagino que Josune hizo propaganda contra mí. Pero no sólo ella. En cuanto pude, me instalé con Guille en un piso. Ahí estamos, casados por lo civil. No nos va mal, trabajando y ahorrando para llevar una vida lo más decente posible.

—Y tus padres, ¿cómo reaccionaron?

—A mi madre no le hizo ninguna gracia que me fuera a vivir con mi pareja. Por el qué dirán. Tengo una hija arrejuntada, me soltó. Como si aún viviéramos en los tiempos de Franco. Ella y tantos otros se creen muy revolucionarios y van a las manifestaciones y pegan gritos; pero en la realidad viven agarrados como lapas a la tradición y son unos ignorantes de tomo y lomo. Mira, *ama*, le dije, esto lo arreglamos en un santiamén. Y me casé. Un martes de enero, sin vestido blanco, sin invitados ni puñetas. Se acabó el pecado mortal, ¿no es lo que querías? Para mi madre, que sueña con que a sus hijos los case don Serapio y con tirar peladillas a los críos en las escaleras de la iglesia y lucir un modelito, aquello fue un drama. Que no me lo iba a perdonar, que eso no se le hace a una madre. Un mes después celebramos la boda en un restaurante. Con Gorka, que se negó en redondo a ponerse corbata, mis padres y los de Guille. A mi viejo no se le ocurrió mejor idea que ponerse sentimental. Yo no sé si sería por el cava, que no le sienta bien. Va y de repente se acuerda de Joxe Mari. Se le mete en la cabeza que no estamos todos y se pone a llorar como un chiquillo. Ahora, en su favor tengo que decir que se lleva de perlas con Guille. Ya antes de la boda se entendían. Yo creo que desde una vez que Guille le ayudó en la huerta. Un día le dije: *aita*, cuánto me alegro de que te caiga bien mi novio o al menos mejor que a la *ama*. Y él me respondió: es que tu madre, ¡tiene un carácter!

Llegó el camarero, repartió las consumiciones, puso el platillo con la cuenta al lado de Nerea. ¿Para castigarla por la petición de bajar la música? Ella reiteró el ruego. Por toda respuesta: que habían bajado el volumen, pero que más no lo podían bajar. El camarero no dijo más. Acudió a otra mesa y la música sonaba tan fuerte como al principio.

—Concho, cómo quema esta infusión.

—¿Tienes hijos?

Ocupada con el saquito de la infusión, Arantxa sacudió la cabeza en señal negativa. Nerea se extrañó de que su amiga respondiera sin mirarla a los ojos. Conque insistió:

—¿No entran en el plan familiar?

Entonces Arantxa alzó la cara.

—Hay un asunto del que no he hablado con Guille ni con nadie. A ti te lo puedo contar puesto que me acompañaste a Londres. Empiezo a creer que en la clínica aquella quizá no hicieron las cosas del todo bien. Por mucho que mi ginecóloga lo niegue, algo no funciona y esto, cómo te diría yo, me rompe un poco la felicidad.

—O sea, que planeáis tener hijos.

—Llevamos tiempo intentándolo. La idea de que me hayan dejado estéril me asusta bastante, la verdad. Pero, en fin, háblame de ti, de tu vida y tus proyectos. Yo ya te he contado mi parte, que no es gran cosa como puedes ver. ¿Sigues estudiando?

Nerea se entretuvo pasando la lengua por la cucharilla. ¿A qué espera para contestar? Por un momento dio la impresión de que trataba de contemplarse en los ojos castaños de Arantxa. Sinceridad por sinceridad, dijo:

—He estado a punto de dejarlo. Al final voy a hacer caso a mi padre y, después del verano, continuaré la carrera en Zaragoza.

—No pareces muy alegre.

—Tuve un conflicto en casa. Se me escaparon algunas palabras que no debí decir. Lo reconozco apenada. Bah, mi padre me lo perdona todo. Ese no es el problema. Por otro lado, y esto me sirve de atenuante, mis padres no querían contarme lo que estaba ocurriendo. Para protegerme. Lo supe después. Al principio yo no les entendía. Pero vamos a ver, *aita,* ¿para qué coño me tengo que ir a estudiar fuera? Aquí me va bien, en mi ambiente, con mi cuadrilla. Y él erre que erre, que fuera pensando en buscarme otra universidad porque ya estaba decidido que yo no iba a seguir en Euskadi. Mi madre, de acuerdo con él. Y Xabier, al que habían puesto en antecedentes antes que a mí, también. Me opuse pensando que formaban equipo para tratarme como a una niña. Y no sólo me opuse. ¡Me entró una rabia! Fue entonces cuando dije palabras que ahora me queman en el recuerdo.

—Yo sé que tu padre está amenazado. ¿Es esa la cuestión?

Nerea asintió.

—No conozco los detalles. En mi casa se habla mal de vosotros. Y es que mi madre ha perdido la cabeza desde que Joxe Mari se escapó a Francia. La he oído decir cosas feísimas del Txato. Y no creas que se le puede llevar la contraria. ¡Con la amistad que han tenido las dos familias! Y que yo conservo, ojo. Ya ves que estoy hablando contigo, con mucho gusto además. Mira, yo salgo de aquí, veo a Bittori en la acera de enfrente y me voy corriendo a darle un beso. Ahora bien, si quieres que te diga la verdad, yo entiendo que tu padre quiera alejarte del pueblo.

—Lo que mi padre no sabe ni tiene por qué saberlo es que no fue él quien me convenció.

—¿Ah, no?

—Me ocurrió un incidente en la Arrano. ¿No te lo han contado?

—No tengo ni idea. Si es que voy poquísimo por allí.

—Seguramente habían llegado a la taberna ondas negativas sobre mi padre. Y yo sin enterarme. Una tarde de tantas entro y le pido a Patxi una bebida. Pensé que, como estaba ocupado limpiando vasos, no me había oído. Bueno, pues repetí el pedido. Él no me miraba. Qué raro. A la tercera, se acerca con mala cara y me suelta, literal, como te lo estoy contando, que no hace falta que yo esté allí y que no vuelva. Me quedé helada. No me atreví a preguntarle por qué.

—Esas cosas se entienden por sí solas.

—Me fui directa a casa. Llegó mi padre del trabajo. Le abracé, le mojé la camisa de lágrimas y le dije que sí, que me iba a estudiar fuera. Conque, nada, dentro de poco buscaré piso en

Zaragoza, una ciudad que no conozco de nada. Yo me he dado cuenta de una cosa. Nos esforzamos por darle un sentido, una forma, un orden a la vida, y al final la vida hace con una lo que le da la gana.

—Y que lo digas.

56
Ciruelas

Te preguntas: ¿ha merecido la pena? Y por toda respuesta uno se encuentra con el silencio de estas paredes, la cara cada vez más vieja en el espejo, la ventana con su cacho de cielo que te recuerda que hay vida y pájaros y colores ahí fuera, para los otros. Y si se pregunta qué hizo mal, responde: nada. Se sacrificó por Euskal Herria. Muy bien, chavalote. Y si se lo vuelve a preguntar, responde: no fui listo, me manipularon. ¿Se arrepiente? Tiene días de bajón emocional. Entonces le duele haber hecho ciertas cosas.

Así un año y otro y otro hasta perder la cuenta. Piensa, repiensa. De alguna manera hay que llenar la soledad, ¿no? Y lo cierto es que cada día le cuesta más aguantar la presencia de sus compañeros de presidio. ¿Rezar? No, eso no es para él. Para su madre sí, que viene una vez al mes y le dice:

—Hijo, todos los días le pido a san Ignacio que te saque de la cárcel, o al menos que acabe con la dispersión y te acerque a casa.

Al principio buscaba compañía. En el patio charlaba de deporte con los comunes. Dentro del colectivo de presos de ETA tenía fama de duro, leal, ortodoxo. Los años, las paredes silenciosas, los ojos de su madre en el locutorio, lo fueron carcomiendo, formándole un hueco interior como al tronco de un árbol viejo. Últimamente aprovecha cualquier ocasión para quedarse solo, y justo en este instante en que no tenía previsto recordar se ve dentro de la cabina telefónica que estaba a la salida del pueblo, un dedo dentro de la oreja porque pasan camiones y no le dejan oír. Josune, nerviosa. Que no quiere líos. En el pueblo, todo el mundo sabe ya que se llevaron a Koldo y que luego la Guardia Civil intentó cogerlos a ellos. Acuerdan que Josune dé aviso a Gorka para que suba a la cantera. Y tantos años después, en su celda, Joxe Mari se percata de que si el teléfono de Josune hubiera estado intervenido por la policía, él habría puesto a la muchacha en graves apuròs y a Gorka no digamos.

Jokin:

—¿Qué cuenta la Gorda?

—Que va a buscar a mi hermano y que no la metamos en líos.

—¿Le has dicho que le pida a Gorka unos zapatos de la talla cuarenta y dos?

—Se me ha olvidado.

—Tu hermano, ¿qué número calza?

—Yo qué hostias sé.

Le viene también al recuerdo el sobre de Patxi. Su contenido no está mal: seis mil pesetas. Esto empieza bien. Y una nota que terminaba con palabras de ánimo y un *Gora Euskadi askatuta*. En la nota, una dirección postal de Oyarzun y el mote del que los recibiría. Que preguntaran por Txapas. No hay firma ni membrete ni nada que pusiese a la policía en la senda de la Arrano en caso de interceptar la carta. Tipo espabilado el Patxi, no como yo ni como el pobre Jokin. Nos robaron a él la vida, a mí la juventud.

Hasta Oyarzun había bastante trecho y Joxe Mari estaba sin comer. Encima, estas bicicletas son más de paseo que de carreras. Jokin tampoco había comido ni desayunado esta mañana ni cenado ayer. Sí, pero no es lo mismo, no tiene la envergadura ni el estómago de Joxe Mari. Hicieron un pacto. Porque, claro, tampoco era cuestión de ir discutiendo por la carretera ni de perder tiempo en un almuerzo con copa y puro, y presentarse tarde a la cita en Oyarzun. Por el camino pararían a comer. Vale. Entraron en un bar de Rentería y calmaron el hambre de pie junto a la barra con unos bocatas.

—Podríamos haber cogido un autobús en Donostia y ahorrarnos el pedaleo y la sudada.

—Lo que hay que ahorrar es el dinero. ¿No pensarás que lo vamos a fundir el primer día?

El de Oyarzun, cuarenta y tantos años, estaba sobre aviso; pero se conoce que no se fiaba. Cara hosca.

Más tarde, a solas, entre ellos:

—A lo mejor no le gusta que lo llamen Txapas.

—Pues que se joda.

Los saludó, seco, en euskera. Miraba sin parpadear, hizo preguntas de esas que se responden con un sí o un no, como dando a entender: no estamos aquí para conversaciones. Poco a poco fue desarrugando el entrecejo. Y los llevó a un sótano a que pasaran la noche. Olor fuerte a cola de carpintero. Ni cama ni colchón. Ni un puto lavabo. Y como Jokin hiciera amago de solicitar/quejarse, el tipo les soltó que si no les gustaba, se podían ir. Solos: esto es la lucha. ¿O qué esperaban? ¿Lujo, comodidades? Joxe Mari vació la vejiga en un rincón. Luego extendieron unos cartones en el suelo. Una noche en la casa derruida de la cantera y ahora esto. Dos días seguidos sin cenar. La fatiga los ayudó a dormir. No durmieron mucho, pero algo es algo. Por la mañana temprano, a Joxe Mari le entró capricho de husmear. Por una puerta baja, al fondo del pasillo, salió a un huerto pegado a la casa. Nada, una tapia, hierba y cuatro ciruelos. Las ciruelas, verdes, Algunas ya amarilleaban. Joxe Mari mordisqueó diez o doce por la parte menos agria. Un rato después apareció Txapas. Dijo cortante, autoritario:

—Nos vamos.

¿Explicaciones? Cero. Qué más da. Tampoco nosotros las pedimos. ¿Y las bicis? Se quedaron en el sótano. Quién sabe si veintitantos años después siguen allí, oxidadas y sin aire en las ruedas. Txapas los trasladó en una furgoneta a un paraje solitario desde el que se divisaba, como a un kilómetro de distancia, el aparcamiento del hipermercado Mamut. Y había niebla matinal allí abajo, pero ya se veía que por encima el cielo estaba despejado y el día iba a ser de sol. La furgoneta se detuvo en el comienzo de un camino de tierra.

—Aquí os bajáis.

Entregó a cada uno un ejemplar del periódico *Egin* y un paquete de Ducados.

—*Esperar* ahí, al lado de esos árboles.

Les indicó que sujetaran el periódico y los cigarrillos de modo que estuvieran a la vista. Les recordó la contraseña y les deseó suerte. Y en cuanto los dos amigos se hubieron apeado, se marchó.

Joxe Mari:

—Uno de los dos podría ir a toda prisa a comprar en Mamut comida y agua. Tengo una sed de caballo.

—No jodas. A ver si va a llegar el que tenga que recogernos y encuentra sólo a uno. Aguanta un poco.

A Joxe Mari, tumbado en la cama de su celda, se le dibuja una sonrisa. Qué par de ilusos. Por lo menos tenían tabaco. Jokin se puso a ojear el *Egin*. Joxe Mari, por eso sonríe después de tantos años, bajó por un pequeño barranco que había a su espalda.

—Ahora vengo.

—¿Adónde vas?

No respondió. Se perdió de vista entre la vegetación espesa. Y estuvo como varios minutos escondido. Se limpió con unas hojas del *Egin*, no con la portada, pues debía servirle para identificarse, y se reunió con Jokin junto a los árboles.

—¿Qué?

—Nada.

Minutos después, un coche se detuvo delante de ellos.

—¿A qué hora pasa la grúa?

—Hay que quitar la nieve de la puerta.

Saludos escuetos. El tipo tampoco era muy hablador, pero bastante más sociable que Txapas. Sentado a su lado, el único que daba conversación era Jokin. Joxe Mari, solo en el asiento trasero, murmuró de repente, hablando para sí:

—Las putas ciruelas.

Jokin lo miró sin comprender. Ahora, en la celda, contemplando el cacho de cielo azul de la ventana, a Joxe Mari le hace gracia el recuerdo.

57
En la reserva

Desde el recuerdo se ve a sí mismo asomado a otra ventana. No a esta de la celda, sino a la de una casa de campo en Bretaña. Todo es pensarlo y, zas, a pesar de los años transcurridos ya está ahí, en su memoria olfativa, vivo, exacto, el olor de la madera. Un olor seco, quizá de siglos, que se desprendía de las vigas y el suelo inclinado, hecho de tablones. Jugábamos Jokin y yo, cada uno con una moneda de diez francos. La hacían rodar por el suelo en bajada. Ganaba el que dejase la moneda más cerca de la pared, pero sin tocarla porque entonces perdías. Casi siempre ganaba Jokin. Es que tenía la mano más pequeña. Y más hábil, chaval, reconócelo. Sí, pero es que mi mano estaba acostumbrada al balón de balonmano, no a la mierdilla de moneda que se me resbalaba entre los dedos. Y, claro, o se quedaba demasiado corta o chocaba contra el zócalo.

Los dos militantes neófitos mataban el tiempo como podían.

—Y eso, ¿qué quiere decir?

—Nuevos.

—Eres un listillo. Mi hermano Gorka, ese sí que sabe palabras raras.

El lento, el desesperante tiempo de la reserva en la casa de Bretaña. ¿En cuál de ellas? En todas. En la primera donde los alojaron, en la última que compartió con Jokin y en la posterior con un compañero nuevo antes de ser integrado en un *talde*. Cierra los ojos y evoca el verdor del campo, las lluvias interminables, el aburrimiento. Programa diario de actividades: esperar. Y luego esa falta de montañas que para un vasco, quieras que no, es mortal. Les va royendo la alegría, les tumba el ánimo.

La marcha de Jokin fue un palo para Joxe Mari. Es que se hacían compañía, jugaban, conversaban. Y de pronto la separación. ¿Para siempre?

—Seguro que nos volvemos a ver.

—Dentro de unos años seremos dirigentes históricos. Tú y yo con toda la responsabilidad del tinglado. Y mientras los demás dan el callo y arriesgan el pellejo, nosotros tan tranquilos en Iparralde, decidiendo sobre los objetivos y mandando.

Ahora sí que empezaba la lucha en serio, al menos para Jokin. El muy cabrón, por la noche, no podía contener la alegría (o la euforia mezclada con nerviosismo) de acabar con aquella situación de aislamiento en Bretaña. Y no dejaba de hablar. Parecía drogado. A Joxe Mari, las doce, la una, la habitación llena de humo de cigarrillos, ya le estaba tocando los huevos con tanta charla. Es que no paraba: planes, expectativas, recuerdos del pasado, anécdotas del pueblo.

—¿Te acuerdas de aquella vez...?

Y se los acabó de tocar cuando, en plan cabrón, le dijo que tranquilo, que ya verás como dentro de cinco o seis años te vienen a buscar a ti también.

En realidad (lo piensa ahora, tumbado en la cama de la celda), nada salía como lo habían imaginado. Mientras estuvieron juntos se tomaban con humor las largas horas de inactividad. Jokin, un día, durante un paseo por el campo:

—¿Cómo hostias vamos a liberar Euskal Herria si nosotros mismos no somos libres, si para andar un paso tenemos que esperar instrucciones y que nos digan hacia dónde hay que ir?

—No seas llorón. En cuanto nos den un arma, ya vas a ver tú si liberamos o no.

—Hay que conseguir que los del pueblo estén orgullosos de nosotros.

—Eso seguro. Al pueblo lo tenemos que dejar en buen lugar.

Antes de subir al coche, Jokin, qué contento, volvió la mirada hacia la ventana, allá arriba, para hacerle a Joxe Mari un último gesto de despedida. El puño en alto. Media mañana y otra vez lluvia. Joxe Mari correspondió, de broma, con un corte de mangas. Se quedaba solo, más solo que la una. Vio a Jokin sacarle la lengua. ¿Se cree que va de fiesta o qué? Y esa imagen con la lengua fuera es la última que guarda de su amigo.

El coche se alejó dando bandazos por el camino de tierra. Es que el tractor del dueño dejaba unas roderas de la hostia. Y seguía lloviendo sobre la hierba y la fila de manzanos en el borde del camino, y también sobre aquellos árboles, robles o lo que fuera, que tapaban la torre de la iglesia allá en el pueblo, y más cerca, sobre las vacas del dueño de la casa, un bretón de nariz colorada que todas las noches se peleaba a gritos con la mujer y con el que ellos sólo se podían comunicar por señas.

Meses atrás, en Hendaya, les habían dispensado la acogida ordinaria. La de los reclutas de tres al cuarto, que decía Jokin. La de los pardillos, según Joxe Mari. Ni orquesta de recibimiento ni miembro de la dirección haciendo los honores.

—¿Habláis francés?

—Ni jota.

El encargado del aparato de acogida fue al grano. Mirad, os espera esto, esto y esto. Parecía cansado el tipo. No sé, por las ojeras. Aquí no hay santuario que valga. Clandestinidad absoluta, mucha precaución, disciplina y sacrificio. Todo ello embutido en frases cortas como para acabar antes. Añadió aquello de que somos como las cerezas del cesto. Agarras una y salen enganchadas cinco o seis. Y eso hay que evitarlo a toda costa, ¿estamos? No se puede permitir que caigan unos por la imprudencia de otros.

—Las condiciones son duras, para qué vamos a engañarnos. Esto no es un juego.

Les proporcionó alojamiento provisional (y ropa y una radio y otros enseres) en una granja avícola próxima a Ascain. El propietario, Bernard de nombre, un ciudadano vascofrancés con las cejas enfadadas. Los recibió frío, adusto, estirado de cuello, como diciendo: ¿estos? Al parecer esperaba otros huéspedes.

¿Más veteranos? ¿De más categoría dentro de la organización? Y luego, en el zaguán, le echó unos gritos en su lengua al del aparato de acogida. Jokin y Joxe Mari no captaban de qué iba la bronca. Que el granjero no parecía feliz con la presencia de los dos nuevos estaba claro. Descubrieron que hablaba un dialecto de euskera que con un poco de esfuerzo se podía más o menos entender. Hubo en los días posteriores conversación entre ellos. Congeniaron. Le ofrecieron ayuda en la granja. El tipo era aficionado al deporte, también al balonmano. Consecuencia: a partir del segundo día se le ablandaron las facciones. También a su mujer. Una mañana incluso sonaron carcajadas dentro de la casa. Y sí, pasados tres días de encierro, por no estar de brazos cruzados ayudaron un poco a limpiar, a llevar y traer, sin alejarse de la granja para que no los viera ningún desconocido.

Una mañana de sol y pájaros los vinieron a buscar en un Renault 5. Cita importante. Es todo lo que les dijeron. Y nada más emprender la marcha se tuvieron que colocar unas gafas de cristales opacos. Más de una hora de curvas. Y por fin, bajo las suelas, el inconfundible sonido de la gravilla. Que no mirasen. Y Joxe Mari, ya dentro de la casa, distinguió por la parte inferior de las gafas baldosas rojizas y escalones.

—Ya podéis mirar.

En el momento de estrechar manos, Santi les sonrió. *Kaixo* el uno; un *kaixo* tímido, soso, ellos dos. Y la entrevista transcurrió desde el primer momento por buen cauce porque resulta que Santi tenía amigos en el pueblo. Empezaron la conversación por ahí. Y luego que si las fiestas y que si el baile en la plaza. Santi tenía información de ambos. A Jokin lo dejó con la boca abierta.

—Tú entonces eres el hijo del carnicero.

Les preguntó por qué se habían escapado. Le contestaron. También por qué querían entrar en la organización.

Joxe Mari:

—Ya nos sabía a poco quemar autobuses y cajeros. Queremos dar el paso definitivo.

Y lo dieron. Ya lo habían dado. Durante cinco días permanecieron encerrados en una habitación no mucho mayor que esta celda. Tres pasos de ancho y cinco de largo. Quizá un poco más, pero no creas que mucho más. Se acuerda de que había una ventana demasiado alta como para asomarse por ella. Y además estaba tapada por una cortina de tela gruesa, de color azul oscuro, que casi no dejaba entrar la luz. Se oían ruidos de fuera: voces y risas de niños, el ratatá de un tractor o, si no, de alguna máquina agrícola, y una campana que daba las horas a veces lejos, a veces cerca, según soplara el viento. De vez en cuando cantaba un gallo.

¿El cursillo de armas? Interesante. La parte teórica no tanto. Por lo menos estaban entretenidos. Lo dio un instructor tapado con un pasamontañas. Los dos primeros días vino vestido con bermudas y playeras. Sabía un huevo de explosivos, pero para montar y desmontar el subfusil era un zoquete. Al lado, vigilante, estaba el responsable de logística, con un alias que Jokin, a escondidas, le cambió por el de Belarri, pues tenía unas orejas de tamaño hermoso. A Joxe Mari le resultaba imposible hablar con él sin mirárselas. El día del subfusil tuvo que intervenir porque el del pasamontañas no daba pie con bola.

Lo mejor, con diferencia, las prácticas de tiro. Recuerdo cuando disparamos con una pistola del calibre 7,65. Pumba, pimba. A Belarri se le puso cara de lelo.

—Hostia, tíos, ¿de dónde habéis sacado esa puntería?

Dispararon también con Browning, Stein y Firebird, esta última con silenciador acoplado. Zum, zum, una gozada. Belarri, mudo de asombro, sobre todo por Jokin, que no fallaba una. Joxe Mari piensa que por su fama de buen tirador lo encuadraron antes que a él en un *talde* donde había que cubrir de urgencia una vacante. La separación fue un golpe duro.

Por aliviarse de la soledad se podía haber reunido con Koldo, que por aquel entonces vivía cerca. No le apetecía. Él y Jokin se lo encontraron una tarde por sorpresa en un bar de Brest. Hostia, hostia. Y sí, hablaron, pero las palabras, el tono, los gestos, no eran como por la época en que compartían piso en el pueblo.

—Oye, ya perdonaréis. Pensaba que no iba a salir vivo de allí.

—Tú, tranqui. Si ya les vamos a dar de la misma medicina.

Bromearon, quedaron en verse otro día; pero lo cierto es que no se citaron nunca con él. No se fiaban.

58
Pan comido

—Esto es pan comido.

—Yo entraré con el hierro y vosotros esperáis fuera. Alguna vez tengo que estrenarme.

Decían que si traficaba con droga. La organización lo afirmó en el comunicado que habría de publicarse días más tarde en *Egin*. Una *ekintza* rápida y fácil, nada espectacular, pero adecuada para poner a prueba el temple. Se lo dijo Patxo, ¿para tranquilizarlo?, y era verdad. Joxe Mari la recordaba con frecuencia porque fue la primera suya con muerto. Su bautizo de sangre ajena. De otras acciones tendría que hacer memoria. De las del principio se le han olvidado muchos detalles. Fueron simples chapucillas: un par de voladuras, un asalto. Aquella del bar, por el contrario, la lleva muy presente. No por el tipo. El tipo le daba igual. A mí me mandan que ejecute a fulano y lo ejecuto sea quien sea. Su misión no era pensar ni sentir, sino cumplir órdenes. Esto no lo entienden los que luego critican. Los periodistas sobre todo, moscas pegajosas que acechan la ocasión de preguntarles si están arrepentidos. Otra cosa es cuando se lo pregunta él a solas en la celda. Tiene, hay días, rachas de desánimo. Cada vez más. Joder, es que ya son muchos años encerrado.

Les pasaron la información acompañada de una foto. Con esa nariz y ese bigote no había posibilidad de equivocarse. El tipo, entre treinta y treinta y cinco años, regentaba un pequeño bar, más bien un *pub*. Y a veces atendía él detrás de la barra, a veces una mujer. La mujer no interesaba. El local estaba en una calle de poco tránsito. ¿Vigilancia? Ninguna. Y tampoco habría problemas para abandonar la zona. Con razón decía Patxo que aquello era pan comido.

En alguna ocasión habían echado a suertes quién haría esto y quién lo otro. Esta vez, no. Joxe Mari insistió en que él y nadie más. Con ganas de provocar, Txopo propuso decidirlo a los chinos.

—Que no, hostia.

—Bueno, vale.

Él entraría en el local, Patxo esperaría en la acera cubriéndole la retirada y Txopo, que era el que mejor conducía de los tres, sentado al volante del coche. Lo dicho, pan comido.

Durmieron sobre colchonetas en el piso donde los acogieron de víspera. Y Joxe Mari, ahora mismo, no recuerda que tuviera por la noche ningún sueño relacionado con la *ekintza* del día siguiente. Disponían de televisor, cenaron lo que encontraron en la nevera, vieron una película. Eso es todo.

Por la mañana no es que estuviera nervioso, al menos no hasta el extremo de no poder aparentar tranquilidad delante de los compañeros, que eran eso, compañeros, no amigos. De repente se le había reavivado la tensión que solía experimentar, por los días en que jugaba en el equipo de balonmano, horas antes de un partido importante. En tales casos hablaba poco y no le gustaba que le hablasen, más que nada para no perder la concentración, para no relajarse en exceso.

—Vamos.

Fueron. ¿Problemas, contratiempos, imprevistos? Ninguno. Sus compañeros conocían a Joxe Mari más bromista, más dicharachero. Por el trayecto:

—¿Estás cabreado o qué?

—¿Qué tal si dejáis de tocarme las pelotas?

Siguieron en silencio. La calle solitaria, con pocos coches, ya en el límite del casco urbano. Encontraron aparcamiento sin dificultad. El objetivo llegó uno o dos minutos después de la hora que figuraba como habitual en la información. El bigote, la nariz: era él. Levantó la persiana sin mirar a sus costados. Ese tío no se da cuenta de que le queda un minuto de vida. Y entró en el local.

La verdad: a Joxe Mari, en el asiento del copiloto, le latía con fuerza el corazón. Ya por el camino había hecho como que llevaba las manos posadas sobre sus rodillas. Pues no. Se agarraba las piernas para contener el temblor. Hoy sabe que hay un antes y un después de la primera víctima mortal, aunque estas cosas, piensa, dependen de cada uno. Porque, claro, tú revientas con un petardo un repetidor de televisión, pongo por caso, o una sucursal bancaria, y sí, causas destrozos, pero todo eso se puede reponer. Una vida, no. Ahora lo piensa en frío. Entonces le preocupaba otra cosa. ¿Qué? Pues que los nervios le jugasen una mala pasada. Temía mostrarse blando, inseguro, en presencia de los compañeros, o que la *ekintza* fracasara por su culpa.

Mejor actuar, no comerse el tarro. Se apeó con decisión, convencido de que dejaba el temblor y las palpitaciones dentro del coche. No cerró la puerta del todo. Y Patxo, que había ocupado el asiento trasero, tampoco. ¿Hablarse, mirarse? ¿Para qué? Lo tenían todo planeado y la luz intensa del sol les dio de pronto en la cara.

Joxe Mari vio balcones con ropa tendida. Este no es un barrio de ricos. Qué raro, ¿no?, pensar una cosa así en aquel momento, con el peso de la Browning debajo de la cazadora. Un lado de la calle daba al monte. Allá abajo, la autovía. Feo lugar. Un grupo de niños jugaba al fondo, repartidos por un solar con escombros y matorrales en los bordes. ¿Qué quiere decir al fondo? A unos cien o ciento cincuenta metros. Demasiado distantes y entretenidos para prestar atención a los dos jóvenes que se encaminaban, uno delante del otro, al bar. A Joxe Mari el corazón ya no le latía con tanta fuerza. Lo mismo le sucedía cuando jugaba al balonmano. En cuanto el árbitro pitaba el comienzo del partido, él se calmaba sin perder la tensión.

Mientras avanzaba por la acera dejó de oír las pisadas de Patxo a su espalda. Pasó junto a un portal con su puerta acristalada y su número ¿Qué número? ¿Cómo me voy a acordar después de tantos años? En cambio, sí se acuerda de que para entrar al bar había que subir dos escalones. ¿O eran tres? La persiana no estaba subida del todo, pero sí lo suficiente como para no verse obligado a agachar la cabeza. Y enseguida percibió el olor a humo viejo, a tugurio con mala ventilación. Le costó un segundo habituar sus ojos a la penumbra. Y lo desconcertó no encontrar al objetivo en el interior del bar. El sitio no era mucho más grande que esta celda, aunque más largo, con un hueco de puerta al fondo por donde de repente aparecieron la nariz y el bigote.

—¿No te importa esperar un poco? Es que aún no he abierto.

El tipo llevaba una cadena en torno al cuello. Los eslabones plateados reflejaban la débil luz de la única lámpara encendida. Bajaban por su pecho ligeramente velludo y se perdían de vista bajo la camisa, así que Joxe Mari no podía saber en qué clase de adorno remataban. Lo que hizo fue parar la mirada en aquel espacio, justo debajo de la garganta, comprendido entre los dos segmentos de cadena. Acercó allí el cañón de la Browning y disparó. Le dio tiempo de ver el súbito boquete sanguinolento antes que el tipo se desplomara hacia un costado y, en su caída violenta, derribara un taburete.

Aún se movía en el suelo. Aún pudo decir/balbucear, mientras trataba de levantarse, con voz entrecortada:

—No dispares. Coge el dinero.

A Joxe Mari le pareció una provocación que el objetivo no hubiera muerto al instante, además de una ofensa que lo confundiera con un atracador. El tono lastimero, los penosos esfuerzos por incorporarse. Se persuadió de que el tipo pretendía mostrarse humano para dar pena. A otro con ese hueso. Vio las filas de botellas, la barra donde la gente suele apoyar el pie. Y recordó una máxima del instructor: no asesinamos, ejecutamos. Mucho cuidado, pues, con fallar. Dio un paso adelante y, sin perder la calma, le destrozó al tipo la cabeza a balazos.

Se hizo por fin el silencio. A dos pasos estaba, abierta, la caja registradora. Me podía haber aprovechado. Total, ¿quién se iba a enterar? No cogió nada. Ni agua del grifo. Y esta es la prueba (se lo dijo a sí mismo cuando salía del bar) de la justicia de nuestra lucha.

59
Hilo de vidrio

¿Taxista temerario o es normal conducir así por las calles de Roma? De un bocinazo sobresaltó a un grupo de turistas contempladores de edificio histórico, arracimados en torno al guía en medio de la calzada. Y luego, ¡qué laberinto de callejuelas, cuánta curva! Bajada la ventanilla, sacó un brazo para saludar a un mozo apuesto, parado en reclamo de clientes ante la terraza (toldo y grandes macetas) de un restaurante. Atravesaron tramos de pavimento adoquinado. Y en el asiento trasero, entre sacudidas, cogidos de la mano, Aránzazu y Xabier se miraban a cada instante como diciendo: ¿qué hacemos? ¿Nos echamos a reír o pedimos socorro?

Se apearon ante la entrada del hotel Albergo del Senato. Allí junto estaban el Panteón con sus columnas de granito y toda esa gente haciendo fotos; cerca, un carruaje para turistas, con su caballo aburrido y su cochero romántico-adormilado, y en medio de la plaza, la fuente rodeada en aquellos momentos de adolescentes, ¿colegiales?, con pañuelo amarillo al cuello, gorra del mismo color y mochilas.

Aránzazu pagó el importe del servicio. Llevaban caja común y ella fue sacando billetes. Tropecientas mil liras. El taxista, ardillesco de gestos y palabras, se marchó, *buona giornata,* tan deprisa como había venido. Y antes de entrar en el hotel, enmaletados, hondo-respirantes del tibio aire de mediodía, Aránzazu le dijo a Xabier en voz baja:

—Te lo juro por Dios, durante un rato he pensado que el taxista nos había secuestrado.

Xabier, qué distinto era entonces, al menos en sus horas de ocio: irónico, ocurrente, socarrón (en el hospital no tanto). Su réplica:

—No hace falta que lo imagines. Es que nos ha secuestrado de verdad. Y el clavo que nos ha metido ha sido el rescate.

Desde la ventana del tercer piso se veía ¿la Piazza de la Rotonda? ¡Naranjas de la China! Les asignaron una habitación sin parecido ninguno con la del folleto que les habían mostrado en la agencia de viajes. ¿Espaciosa? Sí. ¿Limpia? También. Pero la ventana se abría a un oscuro patio interior. Enfrente, pared negruzca, enladrillada, con ventanucos. Detalle poético, según Aránzazu: un gato acurrucado en un alféizar. Y, más arriba, cerca del alero, un arbolillo heroico que se aferraba a la vida hundiendo las raíces en una grieta del muro.

—Nada de quejas, ¿eh?

—No, si el gato me gusta.

—Los patios interiores tienen sus ventajas. Seguro que por la noche los que ocupen una habitación con vistas a la plaza no podrán pegar ojo por causa del ruido.

—Pobrecillos. Les han timado. Sin conocerlos, ya me estoy apenando de ellos.

—Recuerda el sentido de nuestro viaje.

—No estaba pensando en otra cosa. ¡Qué bien hueles!

Y empezó a desnudarla, allí mismo, junto a la ventana, y ella, pura condescendencia tras comprobar que nadie los observaba desde el patio, hermosos labios risueños, se dejaba hacer y aun separaba las piernas y levantaba los brazos y adoptaba posturas que facilitasen la extracción suave de las prendas.

Se lo tenía dicho/rogado: que no diera pie a malentendidos, que por favor le expresara sin tapujos sus deseos, físicos o de cualquier otra índole, como ella haría igualmente con los suyos. Compañeros, amigos, amantes, yoes fundidos. Tres días en Roma les permitirían sondar la hondura de la relación. Xabier se desnudó con rapidez. La penetró, los dos pecho con pecho. Adivinado el propósito, ella había apoyado un pie en el borde de una silla y, así abierta, el acoplamiento se consumó sin intervención de las manos. Trabados, sin sacudir los cuerpos, volvieron la mirada a un tiempo hacia el patio. La pared, el gato, el arbolillo. Quietos, unidos, sin abrazarse, ella con las manos enlazadas sobre la nuca, él a la altura de los riñones. Un hábito placentero que tenían. Sensación de ser dos en uno sin que nadie posea a nadie. Ella, susurrante, como si temiese molestar:

—¿Quieres más?

Él dijo que por la noche. Permanecieron inmóviles, callados, un minuto, dos, sumido cada cual en sus fantasías y pensamientos, hasta que el miembro, poco a poco blando, se escurrió fuera de su cálido albergue.

—¿Vamos a comer?

Fueron. ¿Adónde? Callejearon un rato. Por aquí, por allá, y sin habérselo propuesto desembocaron en la plaza Navona. La fuente con esas estatuas que a Aránzazu le parecieron monstruosas, el rico sol primaveral, una hilera de monjas que salieron en fila india de la iglesia aquella y, enfrente, la librería Spagnola, a la que decidieron volver cuando hubieran matado el hambre o, si no, mañana.

Saliendo por un ángulo de la plaza, en dirección al río, se detuvieron junto a un restaurante. Aquí entramos, sea bueno o malo, caro o barato, porque ya el hambre tiranizaba sus cuerpos. Ensalada, ñoquis y él, pescado, que no estaba mal pero tampoco era como para caerse de la silla.

—Nada de quejas, ¿eh? Fíjate qué suerte hemos tenido con el tiempo.

—La *orata* esta ¿no la habrán pescado en la fuente? Lo digo porque sabe a pies de estatua.

—Xabier, por favor, que te van a oír.

—Son italianos. No nos entienden.

—Nos entienden todo. Si quieres criticar, hazlo en euskera.

Y brindaron con *vino rosso da casa,* cómplices en la risa, en las miradas maliciosas, en la felicidad. Él le dijo en euskera: qué bien hueles. Ella le recordó el juramento de venir a Roma a disfrutar. Habían adoptado el compromiso días antes de emprender viaje. Aránzazu imaginó un hilo de vidrio, sostenido por cada uno de un extremo. Tres días en Roma con un hilo que en cualquier momento se podía romper. Era su temor. Y Xabier, bromista:

—Por nuestra luna de miel.

—Calma, amiguito. No te precipites.

Hacía poco más de dos meses que ella había obtenido el divorcio. Uf, se le hacía cuesta arriba hablar de su pasado matrimonial. Por otro lado le resultaba difícil, ¿imposible?, borrar ocho años de recuerdos dolorosos. El exmarido oftalmólogo y Xabier coincidían en los pasillos, el ascensor, el aparcamiento del hospital. También en el estadio de Anoeta, pues ambos eran socios de la Real Sociedad, con localidades distantes no más de diez metros en la tribuna. Xabier procuraba, con el debido disimulo, esquivarlo. ¿Y eso? Es que le molestó una cosa. Supo el otro, ya divorciado, de su relación con Aránzazu y le dijo a Xabier en la cafetería del hospital que la cuidase, que no la dejara sola, y aprovechó para calificarla de mujer adorable pero frágil.

—Cuídala mucho.

¿A qué viene semejante entrometimiento? Pero es lo que pasa, que uno no quiere líos, aún menos en el lugar de trabajo, y opta por la diplomacia y el silencio. Conque nada, hizo un vago gesto de asentimiento con la mirada vuelta hacia la camarera, ¿me cobras? No terminó de beberse el cortado y se iba a despedir, ya había despegado los labios para decir adiós, pero el otro fue más rápido.

—Os deseo toda la felicidad del mundo. De verdad. Aunque no va a ser fácil. Lo sé por experiencia.

Por la tarde se lo contó a Aránzazu y ella vertió lágrimas, convencida de que las palabras del exmarido equivalían a un mal de ojo.

—Pensarás que exagero.

Por primera vez la veía llorar. Hermosa, discreta, sumida en elegante tristeza. Mujer sensible, treinta y siete años, tres más que él. Le estuvo mirando fascinado los ojos húmedos. La abrazó, consolador, deleitándose en el calor fragante que se desprendía de ella y rozó la mejilla contra su melena negra y la besó con dulce afecto en los labios. Había encanto en esa manera de no destruir con un cabo del pañuelo de papel la sombra de ojos; también, quizá, un asomo de coquetería ansiosa y un gran temor. A ver si voy a ser yo el que exagera. Lo del temor era cierto y era profundo, estaba allí dentro de ella como dolor sordo/inconcreto pero no por ello menos desazonante. El temor de no servir para una relación amorosa de verdad, estable, y esta era su última tentativa. Se lo dijo un sábado por la tarde, mientras hacían tiempo antes de asistir a una comedia en el Teatro Principal.

—Definitivamente eres el último. No tengo la menor duda al respecto. En el caso de que no prospere nuestra relación, esta desdichada dama no se volverá a enamorar ni por el forro. Apagaré la luz para siempre.

Fue en el transcurso de aquella conversación cuando se le ocurrió a Aránzazu la idea del viaje.

—Vámonos unos días lejos de aquí, de nuestro trabajo y de toda la gente que conocemos. Tres o cuatro días donde estemos los dos juntos las veinticuatro horas del día. Al final sabremos hasta dónde estamos dispuestos a llegar, si congeniamos, si queremos montar una relación más allá del sexo. ¿Qué te parece? Eso sí, iríamos a escote.

Y entraron en el teatro. A la salida, mientras paseaban por el puerto, ella dijo aquello del hilo de vidrio. Reveló su temor. Con treinta y siete años se sentía flor marchita. Que qué podía ofrecer. Desde luego, amor. Eso seguro. Pero si Xabier anteponía otros deseos (tener hijos, por ejemplo), veía crudo que él pudiera ser feliz a su lado. Ese temor le amargaba los días, la acompañó a Roma, se le hizo de nuevo presente allí abajo. ¿Dónde? En aquel paseo que bordea el Tíber. Los dos habían tomado asiento en un saliente del muro similar a un banco corrido. Acababan de comer. Les daba el sol. Y la corriente bajaba tranquila y turbia. De pronto, una piedra hallada en el suelo le inspiró a él una infortunada/pueril idea.

—Si consigo tirarla hasta la otra orilla es que nada ni nadie podrá separarnos.

—Déjalo, por favor. Es mejor no retar al destino.

—¿Dudas de mi fuerza?

—No, pero el río es bastante ancho.

—Vamos, vamos.

Se desprendió de la americana. Ese pecho, esa espalda son anchos, pero ya la juventud pasó. ¿No se da cuenta? Tomó, hombre por lo demás tan juicioso, tan médico y razonador, carrerilla y lanzó la piedra con gran potencia y deseos masculinos de impresionar a la hembra. La piedra salió disparada a enorme velocidad por el aire claro de primera hora de la tarde. Siguieron los dos el arco de su trayectoria con la mirada. La piedra, apenas un punto negro que se alejaba, empezó a caer y cayó, glup, dentro del agua.

—Bueno, sólo era un juego.

De allí se fueron a visitar la Capilla Sixtina.

60
Los médicos con los médicos

Ya el Txato se retiraba a dormir la siesta. Alegó que acababan de conocer a la mujer, que era pronto para juzgarla; pero Bittori, severa, tajante, con el delantal puesto, insistía: los médicos con las médicas, los enfermeros con las enfermeras. A continuación, el labio desdeñoso y un meneo de parodia en el cuello:

—La parejita. Por Dios, pero si le lleva tres años. Ese pipiolo, ¿necesita una segunda madre o qué?

—Bueno, bueno.

—¿Tengo razón o no?

—Como te oiga el hijo, ya vas a ver tú.

—Hablo contigo. Xabier no tiene por qué enterarse.

Se habían marchado hacía unos minutos, cogidos de la mano. ¡A su edad! La parejita feliz. La gente del pueblo se estaría mondando de risa. Domingo y nubes. La Real jugaba a las cinco. Al término del partido, ella iría a buscarlo/pescarlo, a seguir tirando del hilo hasta sacar el pez del agua y meterlo en la cesta.

Bittori abrió la puerta del balcón de par en par.

—No se puede ni respirar. No me digas que no es una exageración. Hasta el consomé sabía a perfume.

—Pues yo no me he dado cuenta. Y no me vas a decir que no es guapa.

—¿Qué sabrás tú? Hala, vete a la cama a soñar con camiones.

Podían haber ido los cuatro tranquilamente a un restaurante. El Txato lo había sugerido en un primer momento. Y eso que no quería meterse en lo que no le mandan. Xabier hizo poco después la misma propuesta por teléfono, inducido, todo hay que decirlo, por Aránzazu, partidaria de darse a conocer «en terreno neutral». Tanto el padre como el hijo se mostraron dispuestos a correr con el gasto; pero Bittori dijo que ni hablar. ¿El motivo? Pues que, a su modo de ver, en el restaurante todos se comportan como lo que no son y que, para conocerse bien, como en casa ningún sitio.

El Txato:

—¿Prefieres pasarte toda la mañana cocinando?

—¡Y qué! Cuando me llevaste al caserío a conocer a tu familia, tu madre también preparó la comida. Sopa de garbanzos y pollo frito. Todavía me acuerdo. Y al final le ayudé a recoger. En cambio, la señorona esta ni siquiera se ha ofrecido a echarme una mano. Muy fina ella y maquillada y todo eso, pero bien que ha visto que yo retiraba los platos y no ha movido un dedo. ¡Vaya educación!

Los esperaban a la una y media. Un cuarto de hora antes, Bittori había puesto al Txato a vigilar, sin que te vean, ¿eh?, junto a la puerta del balcón con instrucciones estrictas. Una, que no se le ocurriera rozar las cortinas, que están recién lavadas; dos, que la avisara en cuanto los viera enfilar la calle, ya que de ninguna manera quería recibir con el delantal puesto a la mujer.

—¿La mujer? Se llama Aránzazu.

—Me da igual cómo se llame.

Además, quería examinarla antes de las presentaciones. Ah, y tres: que no picase nada de lo que había encima de la mesa: espárragos con mayonesa, jamón de Jabugo, croquetas de bacalao, percebes, langostinos.

—Lo tengo todo contado.

El Txato, de centinela, qué paciencia me tiene que dar Dios, vigilaba la calle poco transitada por ser domingo. Y a la hora acordada, puntuales, cogidos de la mano, los vio aparecer en su campo visual, ella con un ramo de flores. Qué alta, qué guapa, qué elegante. Impresionado, se deleitó unos segundos en la contemplación de la imagen antes de dar aviso a Bittori, que vino con pasos nerviosos de la cocina, soltándose a toda prisa el delantal.

—Los zapatos no pegan con la ropa.

—A mí me parece un monumento de mujer.

—No toques la cortina, haz el favor.

—¡Menuda planta tiene! Es casi tan alta como el hijo.

—El negro del pelo no es natural. Y el broche de la solapa, desde aquí, parece un lamparón. Yo diría que esta señora no tiene mucho gusto.

Tras la despedida de la ya formal, reconocida pareja, el Txato, que había comido y bebido por tres, ¿durmió su siesta? Lo intentó. Bittori, atareada en la cocina, no lograba serenarse. Se franqueaba, madre monologante, madre dolorida, con la espuma del fregadero. Su hijo con aquella mujer, una simple enfermera. Manifestó opiniones adversas hacia el auditorio formado por cacharros sucios. Al estropajo le dijo esto; al grifo le dijo lo otro. No recibía respuestas, no hallaba la deseada comprensión. Necesitaba a toda costa la cercanía de oídos humanos. En casa, en aquellos momentos, no había otros que los del Txato. Conque, sintiéndolo por su digestión y su reposo, entró, ¿eso es entrar?, bueno, irrumpió en la habitación. Venía hablando sola desde la cocina, secándose las manos en el delantal. Sin parar de hablar se sentó en el borde de la cama. Le arreó una sacudida a su marido.

—¿Cómo puedes dormir tan pancho?

Adiós, siesta. Con lengua amodorrada, farfulló: qué tienes, qué pasa. Bittori no respondió. Ni siquiera parecía interesada en conversar. No buscaba interlocutor, tan sólo oídos.

—No veo que Xabier pueda ser feliz con esa señora. Ella tendrá las virtudes que tú quieras. Yo, la verdad, no se las veo por ninguna parte. Me ha parecido una maniática de arriba abajo. El marisco no lo ha probado. El jamón, tampoco. Me he pasado la santa mañana asando un gorrín, fui a Pamplona a comprarlo y al final resulta que es vegetariana. Pues ya me dirás.

No le había pasado a Bittori inadvertida una acción de la invitada. ¿Cuál? Pues que, creyendo que nadie la veía, acercó con torpe disimulo sus labios pintados al oído de Xabier; vertió oreja adentro rápidas escuchitas que formaban un ruego, ¿una orden? Y el ingenuo, el que obedece a una subalterna, dejando pasar unos segundos como para fingir que la petición era ocurrencia suya, dijo:

—*Ama*, ¿te importaría retirar la cabeza del gorrín?

Todas las miradas confluyeron en la fuente con el tostado, jugoso, pacífico animalillo recién servido en el centro de la mesa. Medio gorrín encargado a un carnicero de Pamplona. Sus buenos dineros le había costado a Bittori, además del viaje de ida y vuelta en autobús. Y todo por agasajar a la invitada con un producto de primera calidad.

Antes le compraba el gorrín a Josetxo. Le compraba de todo. Había confianza, había amistad. Ahora no se dan ni los buenos días.

—¿Pues?

—No, es que Aránzazu no está acostumbrada.

La defendía, claro. Y ella nos tendrá por unos carnívoros primitivos. Bittori no pudo menos de sentir la mediación de Xabier como una puñalada.

—¿Tú te imaginas a nuestro hijo viviendo con una persona así? ¡Por Dios! En esta casa hemos sido toda la vida de carne y pescado. Y es que además estos comeplantas son gente rara, llena de manías. ¡Qué forma de hablar! Haciéndose la profesora, dando todo el rato explicaciones. ¡Una simple enfermera! A mí no me la pega. Esa ha jipado al médico tontaina, que sabe mucho de intervenciones quirúrgicas, pero de vivir con una mujer no entiende nada, y ha dicho: este para mí. Una divorciada más lista que el hambre. Una mujer de segunda mano, que se ha bañado en todas las aguas habidas y por haber. Come como un pajarito. El bizcocho, ni tocarlo. Le gustaría, pero esta mañana ya ha tomado su dosis diaria de hidratos de carbono. ¡Será relamida! ¿No te has fijado en su cara cuando le he dicho que me he levantado a la siete de la mañana a prepararlo? No le interesamos lo más mínimo. Esa va a lo suyo, a pescar al médico cirujano con casa propia y buen sueldo. ¿La has visto cuando le he preguntado si quería llevarse un cacho de bizcocho en un túper? No, gracias, no se moleste. Me han dado ganas de tirárselo a la cara.

—Cuando termines la perorata, avísame. A ver si aún puedo dormir un poco.

—Y lo de Roma, ¡qué mal me huele! Yo no me creo que hayan ido a escote. Conozco a Xabier. Pondría la mano en el fuego a que él lo ha pagado todo.

Muchos años después, de visita en el cementerio, sentada en el borde de la tumba como aquel lejano día en el borde de la cama, Bittori seguía a vueltas con el asunto.

—Pues claro que me gustaría ver a Xabier con esposa. Pero bien casado y no con la primera que le haga cuatro carantoñas y le sonría como aquella enfermera que nos trajo un domingo a casa, ¿te acuerdas? He olvidado cómo se llamaba. ¡Menuda lagarta! Le olí las intenciones nada más verla. Tú bien sabes que yo tengo buen ojo para estas cosas. Y, desde luego, para que hagan infeliz a nuestro hijo, prefiero que se quede soltero.

61
Una grata pequeñez

Cara desencajada, pisadas enérgicas. En cuanto la vio acercarse por el pasillo, supuso que venía a echarle la bronca. La recién enviudada que ha entrado en la habitación; ha encontrado vacío el espacio que ocupaba hasta ayer la cama de su marido; ha preguntado a una enfermera y esta, quizá sin las debidas consideraciones, le ha comunicado la noticia.

Ahora viene a exigir responsabilidades. Por lo común, cree Xabier, son ellas las que no se resignan al hecho natural de la muerte; buscan un culpable, ¿un asesino?, y ahí está, bata blanca, a tiro de insultos, reproches, acusaciones, el médico de turno.

En las mismas circunstancias, los maridos suelen ser más fáciles de llevar. Por lo general, se derrumban hacia dentro; ellas (las más jóvenes puede que no), hacia fuera, derramando emociones sin contención. Al menos esa es su experiencia después de dos décadas ejerciendo el oficio. Cada cierto tiempo, una señora pierde los papeles en su presencia. Una señora metida en años, de cultura limitada, pero con una gran capacidad para las erupciones verbales. Xabier ha vivido/soportado lances similares en diferentes ocasiones. Los sobrelleva con aplomo.

Esta mujer octogenaria se ha propasado. Entre gritos y sollozos, se le han escapado unas palabras ofensivas que le han causado a Xabier un desgarrón interno. Convencida de que el médico, ¿por maldad, por desidia?, no ha hecho cuanto podía por salvar al paciente, le ha dicho, tuteadora, demudada, gritona, que:

—De haber estado tu padre en el lugar de mi marido, seguro que no lo dejas morir.

Lo amenaza con presentar una denuncia. Y él, paralizado. La alusión al padre, ¿habrá sido por la edad del difunto? Ella agita los brazos en el aire. Abre exageradamente la boca. Le faltan muelas. Y él, impasible, mientras ella cuenta que en un hospital de Logroño la curaron de una perforación de... Busca el tecnicismo, no lo encuentra y concluye, brusca, con un seudónimo popular: tripas.

Xabier mira sin mover un músculo de la cara el fondo de esos ojos llorosos, desatinados, furibundos. Un rato después, ya algo más sosegada la señora, Xabier le pregunta con respeto frío:

—¿Usted conoce a mi padre?

—No. Ni falta que hace. Pero seguro que si tu padre es el enfermo te habrías esforzado más.

Es todo lo que deseaba averiguar. Si lo conocía, si sabe lo que ocurrió. Xabier no abriga el menor interés en seguir escuchando a la anciana. Ni siquiera le da el pésame. Le dice educadamente que disculpe, que tiene que atender a otros pacientes. Al rato, con el ánimo por los suelos, está sentado a la mesa de su despacho. Se sirve coñac en un vaso de plástico. Lo apura de un trago. Llena de nuevo el vaso sin dejar de mirar la fotografía de su padre. Sus cejas severas, las orejas que afortunadamente no heredaron ni él ni su hermana. En los oídos de Xabier resuena la voz chirriante de la señora en el pasillo. No lo habrías dejado morir. *Aita,* ¿te dejé morir? En cualquier caso, no lo impidió. No lo impediste, Xabier. ¿Quién lo dice? Lo dicen los ojos serios de su padre. Y desde entonces no te atreviste, te dio vergüenza, consideraste indigno tratar de arrancarle a la vida pedazos de felicidad.

Después del segundo trago, levantó la mirada hacia la telaraña, allá arriba, en busca de buenos momentos del pasado, que los tuvo, claro que los tuvo, y no sólo durante la infancia, cuando es más fácil concebir ilusiones. Ahora, en cambio, experimenta como una repulsión por la alegría.

¡Cuántas veces se ha sentido tentado de pedirles a las empleadas del servicio de limpieza que por favor no rompan/quiten la telaraña! Es que de un golpe lo privarían de tantos recuerdos. Lo privarían, sin ir más lejos, de este que ahora, después del tercer lingotazo de coñac, le devuelve la imagen de Aránzazu. ¿Cuándo, dónde? Si se lo propusiera, podría ponerle fecha. Todos los hechos de su vida han ocurrido a una determinada distancia temporal del asesinato de su padre. Terminó la carrera siete años antes de, participó en aquel congreso de cirugía cardiovascular en Múnich nueve años después de. Igual que los hechos históricos en relación con el nacimiento de Jesucristo. Y Aránzazu es anterior al punto cero y también un poco, muy poco posterior, apenas unas horas.

Se acuerda del sitio y de la hora. La cafetería Gaviria, en la Avenida, al atardecer. Es verano. Un año y unos pocos meses antes de. Pero esto, en aquel instante, no lo pueden saber ni él ni ella. Como en la terraza estaban todas las mesas ocupadas, decidieron sentarse en el interior.

Bebe otro trago de coñac que después lo obligará a tomar un taxi para ir a casa. No se explica que le venga a la memoria un episodio en apariencia tan trivial; pero a una telaraña no le puedes pedir que elija la presa. Agarra, si es que agarra, lo que impacta en ella; aunque sea, como este recuerdo, nada, una grata pequeñez, un juego de enamorados incipientes.

Él está, médico todavía en prácticas, sentado aquí; ella, enfermera, en el lado frontero de la mesa. No es su primera cita. Se han acostado juntos en dos ocasiones. La última, anoche; pero eso ¿qué significa? La mira, escrutador; no puede evitarlo. Aránzazu lleva un rato refiriendo con ostensible intensidad un episodio de su vida privada. ¿Qué dice? Algo de cuando estaba casada. Él apenas escucha. Observa fascinado sus labios y por un momento le resulta indiferente que ella lo note. Esos labios cuando Aránzazu habla y cuando le da una calada elegante, ¿coqueta?, al cigarrillo. Labios frescos, femeninos, bien torneados, que se mueven naturales y, al pronunciar la u, insinúan un beso fugaz en el aire. Labios encantadores por los que él, ahora mismo, pasaría despacio la lengua. Lo están atormentando esos labios en la cara agraciada de Aránzazu. Y yo, que trabajo con cuerpos, que tengo que hacer esfuerzos para no ver en ellos solamente órganos y vasos sanguíneos y tejido muscular y huesos, me veo arrastrado por un irresistible impulso erótico.

—¿Qué miras?

—Imagino que te habrán dicho con frecuencia que eres muy guapa.

—O sea, que no me estás escuchando.

—Imposible.

—No soy la que fui. Ya tengo mis años.

—La naturaleza se esmeró contigo.

—Vamos, Xabier, que me vas a sacar los colores.

Entonces él posó su mano derecha sobre el tablero del velador, con la palma hacia arriba. Semejaba el gesto de un mendigo que pide. También los chimpancés tienden la mano abierta hacia sus congéneres en solicitud de reconciliación, no sé, en señal (lo leí una vez) hospitalaria y pacífica. Y Aránzazu correspondió, posando la suya más pequeña, palma con palma, en la de Xabier.

La telaraña, allá arriba, guardaba nítido aquel recuerdo lejano. El tacto le anunció que en la mano de Aránzazu había una profunda concentración de humanidad. Una mano tibia, suave. La de una mujer que ha conocido decepciones y seguro que sufrimientos; que ha trabajado mucho; que ha cogido, llevado, levantado, y que es, era, un maravilloso instrumento de placer.

La está viendo con su piel delicada, los dedos delgados y confiados, y las uñas pintadas de rojo. Sintió él de golpe en su palma la persona entera que el tacto le anunciaba con una enorme fuerza de ternura. Huy, Dios, esta mujer está enamorada hasta los tuétanos.

62
Registro domiciliario

Los cuatro dormían cuando empezó el jaleo a las tantas de la noche. Llegaron lo menos seis, algunos con pasamontañas, dando unos gritos que para qué. Aún había más en el portal. Otros acordonaron la calle. Una montonada de guardias civiles. Pom pom, que *abrirían*. Miren, en la cama, a Joxian:

—¿Vas tú o voy yo?

—Mira a ver quién es.

—¿Quién va a ser? La policía.

Primero pulsaron el timbre. Luego armaron una escandalera de manotazos contra la puerta. Para entonces ya se debía de haber despertado toda la vecindad. Miren, encendida la lámpara de la mesilla, se dio prisa en meter los pies en las zapatillas y echarse la bata sobre el camisón. Le dijo a Joxian que:

—Esto tiene que ser por Joxe Mari.

No bien empezó a abrir empujaron la puerta desde fuera. Vio el cañón de un arma. Vio dos botas negras sobre el felpudo. Vamos, que se apartase. Venían a registrar. Y tan rápidamente se repartieron los *txakurras* por el interior de la vivienda que ella no estuvo segura de cuántos eran.

Juntaron a los cuatro en el comedor. Gorka en calzoncillos y descalzo. A Arantxa sí le había dado tiempo de echarse algo de ropa por encima, pero también llevaba los pies al aire. Y Joxian, en pijama, asustado, con un manchón de orina en los pantalones.

¿La orden judicial? No se les ocurrió pedirla. Ellos qué iban a saber. Tampoco tenían noticias de Joxe Mari salvo Gorka, después se enteraron, pero el chaval no les había querido contar nada. Total, que los guardias sí traían la orden judicial. La traía el mismo que había dicho que tarde o temprano cogerían al terrorista y entonces iba a saber lo que es bueno. Este fue el que tiró la orden judicial al suelo, para que os limpiéis los mocos con ella, y el que preguntó por la habitación de Joxe Mari.

—Mi hijo no vive aquí.

—Tu hijo está domiciliado en esta casa y sabemos que guardáis armas.

—Pues aquí no vive.

Que cuál era la habitación del terrorista o pondrían el piso patas arriba. Y a Gorka, ¿quién eres, cuántos años tienes? Y Miren cree que si el chaval llega a tener dos años más, se lo llevan. Gorka se identificó. Muy joven aún. Cohibido, preguntó si se podía vestir.

—De aquí no se mueve nadie.

Poco después otro *txakurra* mandó salir a los cuatro al descansillo, así como estaban, diciendo que mucho cuidadito con abrir ningún cajón ni tocar nada. Y a Gorka, sin más ni más o porque no andaba con la debida rapidez, le arreó un empujón.

Al poco de salir los cuatro de la vivienda, apareció, con cara de sueño, la secretaria del juzgado, que los saludó como si se conocieran de toda la vida. Dos guardias civiles armados vigilaban, el uno en el tramo de escaleras que llevan al primer piso, el otro pegado a la puerta de la calle.

Miren tenía el gesto apretado, duro. Con cara de rabia le ofreció a Gorka la bata, te vas a enfriar; pero el chaval, mustio, silencioso, no la aceptó.

Se iba la luz a cada rato. Al guardia apostado junto a la puerta le quedaba el interruptor a mano y lo pulsaba. A los vecinos de enfrente les habían tapado la mirilla con cinta aislante. Una equis. No sé si de todos modos los vecinos vieron o qué, pero en un momento dado abrieron él o ella callandito la puerta, un poco, lo suficiente para sacar la mano y tirar dos mantas al suelo del descansillo.

Joxian tiritaba. Gorka tiritaba. Padre e hijo se repartieron las mantas. Arantxa dijo que no necesitaba taparse. A Miren no le preguntes: el enfado/odio la calentaba. Luz, oscuridad. Luz, oscuridad. Y así un montón de tiempo. En el interior del piso se oían de vez en cuando ruidos inquietantes. Miren, entre dientes:

—Nos van a destrozar la casa.

Arantxa preguntó a los guardias si nos podemos sentar y uno de ellos, encogiéndose de hombros, respondió que le daba por culo si os sentáis o no. Así que la muchacha se sentó en el escalón superior; junto a ella, más tarde, Gorka, envuelto en la manta de los vecinos. Joxian, al cabo de un largo rato, se sentó en el suelo. Miraba de continuo el reloj, preocupado porque a las seis tenía que ir a trabajar. Sólo Miren permaneció de pie, tiesa, digna, recomiéndose.

En un momento determinado empezaron a oírse voces en la calle. Jóvenes del pueblo que habían saltado fuera de la cama y, arracimados en alguna esquina, gritaban consignas a coro en medio de la noche: Policía, asesina; *Txakurrak kanpora* y otras piezas del repertorio de costumbre.

Cerca de cuatro horas duró el registro. Hasta metieron un perro en la vivienda; según Miren, a mojar de baba nuestras cosas y, si te fías, a mear y cagar. Dejaron el piso igual que si hubiera pasado por allí una galerna. Y todo, ¿para qué si Joxe Mari casi no tenía pertenencias en su antigua habitación? El más perjudicado fue Gorka. Se llevaron su cartera del colegio, un cuaderno con poemas manuscritos, un álbum de fotos y objetos por el estilo. Arantxa echó en falta una docena de películas en cintas de vídeo.

El día despuntó gris. Joxian se marchó en bicicleta a la fundición. Había renunciado al desayuno y a lavarse a fondo, pero aun así iba a llegar tarde. A Arantxa le dio tiempo de arreglar su habitación antes de salir para el trabajo. Se quejaba: le habían volcado un frasco de perfume, regalo de Guillermo. A uno de los cajones de la cómoda le habían arrancado el tirador. Peor aspecto presentaba la habitación de Gorka. ¡Jesús, María y José! Su madre le dijo: hala, vete a la *ikastola,* que ella se encargaba.

A lo largo de la mañana fue introduciendo cosas en bolsas de plástico para tirarlas a la basura. Cosas, algunas nuevas, que encontraba tiradas por el suelo. Calcetines, ropa interior; en fin, prendas y objetos donde suponía que los guardias civiles habrían puesto las manos, y el perro, el hocico. Y aunque eran sus cosas y las de su marido y sus hijos, le daba asco tocarlas. Las cogía con dos tenedores, no se le ocurrió otro remedio. Y las de más valor las metió en la lavadora o las puso, si no eran ropa, a remojo en el fregadero de la cocina. Le daba asco respirar en su propia casa. Conque abrió las ventanas y entraba mucha corriente. Fregó suelos con lejía, pasó trapos húmedos por los muebles, limpió/desinfectó picaportes. Al rato volvía a limpiar donde ya había limpiado antes porque le daba la sensación de que quedaban señales, olor, no sé, las almas sucias de los *txakurras*.

Hacia las diez de la mañana llamó a la puerta de los vecinos de enfrente. Aún estaba la mirilla tapada con dos tiras de cinta aislante. Que quién era.

—Soy yo.

Le abrieron. Y Miren devolvió las mantas agradecida. La invitaron a pasar. Aceptó. Dijo que no quería estar sola en su casa violada.

—Ay, mujer, qué cosas dices.

Los vecinos contaron su versión. El ruido, las voces, el susto. No habían podido pegar ojo en toda la noche. Sirvieron café a Miren. Le sacaron una caja de galletas. También ella contó su relato de lo sucedido. ¡Menudo disgusto lo de Joxe Mari! No sabían nada de él, salvo que no estaba en el pueblo. A las once dijo que se tenía que ir y se fue. Entró un momento en su casa. No estuvo dentro ni cinco minutos. Lo justo para cepillarse el pelo y cambiarse de ropa. Dispuesta a hablar con Josetxo o con Juani y preguntarles si también les habían hecho un registro, salió de casa dejando las ventanas abiertas de par en par. Si roban, que roben.

63
Material político

Pilló a Juani en mal momento, atendiendo sola en la carnicería.

—¿Y Josetxo?

Se lo preguntó por encima de varias cabezas.

—En el médico.

—Si quieres, vuelvo más tarde.

—No, espera.

Pasado un rato, las dos mujeres pudieron conversar un minuto a solas.

—¿Sabéis algo?

—Nada.

—Anoche me destrozaron la casa.

—No se habla de otro asunto en el pueblo. Igual vienen hoy a la nuestra.

—Capaces.

—¿Y qué buscaban?

—Cosas de Joxe Mari. Terrorista le llaman. Pensaban encontrar armas. Como no hay nada, se llevaron lo primero que agarraron.

—Josetxo está nervioso. Cree que nuestros hijos han entrado en la lucha armada. A esos dos, dice, no los vamos a ver en mucho tiempo.

—Qué ocurrencias tiene tu marido.

—Patxi estuvo ayer aquí. Le dijo a Josetxo que si tenemos en casa papeles de Jokin, que los tiremos sin falta. Más claro, agua. Bueno, tengo que dejarte.

—¿No dijo adónde han ido esos dos?

—Ya se lo pregunté, qué crees. No estaba muy hablador. Lo único que quería era que *tiraríamos* cuanto antes los papeles.

—Concho, pues a mi casa, a avisarnos, no vino.

Y entonces, yendo por la calle, se acordó, relacionó, dedujo, sospechó. ¡Ay, *ene!* De víspera había sorprendido a Gorka subido ¡con zapatos! a una silla, arrancando de la pared carteles de Joxe Mari. Y en el suelo había dos bolsas de plástico con periódicos y revistas. Ya una vez le había preguntado por qué no quitas esas porquerías de la pared ahora que tu hermano no vive con nosotros. Él: que no, *ama*, que si se entera me casca.

—Oye, ¿qué haces ahí subido?

—Nada. Voy a cambiar un poco el aspecto de la habitación.

—¿Y no podías cubrir la silla con un periódico?

De vuelta hacia su casa, Miren iba hablando sola por la calle. La saludaron, correspondió sin volver la cara. Si los *txakurras* llegan a ver los carteles, adiós muy buenas. Nos llevan a todos atados de manos al cuartel. Un pensamiento la intrigaba. Gorka hizo en nuestra casa lo que Patxi les pidió a Juani y a Josetxo que hicieran a toda prisa en la suya. Qué casualidad, ¿no? Esto hay que aclararlo.

Según entraba por la puerta, lo abordó sin darle siquiera tiempo a quitarse los zapatos. A ver, que le explicara por qué había arrancado los carteles de Joxe Mari. Pues porque quiere poner otros en su lugar.

—¿Dónde están esos otros carteles? Yo ahora veo las paredes peladas.

—Joé, *ama*, los pienso ir consiguiendo poco a poco.

—¿Qué has hecho con los de tu hermano?

—Los he tirado.

—No eran tuyos.

—Estaban sucios y viejos.

—¿Y unas revistas y papeles que Joxe Mari guardaba en el armario?

—Necesito sitio y él no está.

Lo miró de cerca a los ojos. Un segundo, dos, y al tercero, plas, le arreó un bofetón que produjo un restallido de carne golpeada.

—Esto por no decirme la verdad.

Como le habían pedido Jokin y su hermano, Gorka bajó al pueblo y en la Arrano le contó a Patxi lo que le tenía que contar. Y Patxi dijo hostia, la hostia y la rehostia, y sin perder tiempo actuó, hizo, organizó. Finalmente, tras despedir al chaval, que debía ir en busca de la primera de las dos bicicletas para Jokin y su hermano, ven aquí, lo llamó de nuevo. Fue entonces cuando le preguntó si aún había material de Joxe Mari en casa de sus *aitas*. ¿Material?

—Material político, ya sabes.

Le costó unos instantes captar la idea. O sea: pósters, propaganda, algún *Zutabe*. Ah, pues sí, había bastante. Que lo rompiera todo echando leches.

—Cuanto antes, ¿has oído?

No le aclaró por qué debía hacer sin demora aquella limpia ni a Gorka, asustado, se le ocurrió pedir explicaciones. Entendió, por supuesto, lo esencial del mensaje: que había que darse prisa.

A su madre:

—Ahora ya lo sabes.

—¿Por qué no me lo dijiste cuando te pregunté?

—Qué más da. ¿No te basta con que los *txakurras* no hayan encontrado nada?

—Y ya que andas tan activo, ¿sabes dónde está tu hermano?

—Ni idea.

—¿Seguro?

—Te lo juro, *ama*. Pero ya te lo puedes imaginar.

—¿Dónde, pues?

—Lo sabes mejor que yo. Y a mí lo único que me gustaría es que me dejéis todos en paz.

Salió disparado hacia su habitación. Largo, flaco, cada día más cargado de espaldas. Se encerró con llave y no venía. Miren: que se le estaban enfriando las acelgas, que ha pasado una mañana de mucho ajetreo como para que ahora le venga él a crearle más problemas. Se fue impacientando, levantaba la voz, le dijo que y lo amenazó con. En esto se oyó una vuelta capitulante de llave. Gorka tomó asiento a la mesa de la cocina. Empezó a comer cabizbajo. Tenía los ojos irritados, como de haber llorado, y la cara punteada de granos.

Comió esto, comió lo otro. Con bastante apetito, por cierto. Y de vez en cuando Miren volvía hacia él la mirada. ¿Para ver si comía, para ver si lloraba? Al final le acercó el frutero sin decir palabra. Y al retirar su plato con los huesos del pollo, le rozó una mano. Gorka la apartó al instante, decidido a evitar una posible caricia.

Se levantó de la mesa. Antes que hubiera salido de la cocina, Miren le preguntó si le había gustado la comida. Gorka se encogió de hombros y ella no insistió.

64
¿Dónde está mi hijo?

Los cuatro cenaron en la cocina a la hora acostumbrada. Plato principal, el de siempre. Esta mujer tiene la manía del pescado. Frito, en salsa, da igual: pescado el lunes, el martes y venga y dale y hasta que la muerte nos libre de cenas. Y sí, les gusta, a unos más, a otros menos; pero, según Joxian, alguna vez podríamos cambiar.

—Pues el domingo puse croquetas.

—De bacalao, nos ha jodido.

Miren, que para esta clase de quejas es una pared, preparó primero una escarola con ajo picado, aceite y vinagre. Luego sacó la sopa de fideos sobrante de la víspera y por fin colocó en el centro de la mesa, mantel de hule, una fuente de anchoas rebozadas. Para las mujeres, agua del grifo. Ellos suelen compartir un porrón de vino con gaseosa, con más de lo segundo que de lo primero.

Arantxa, socarrona:

—Esperemos que los picoletos no vuelvan esta noche.

Miren tuvo como un estremecimiento:

—Oye, para el carro, que bastante mal lo pasamos como para andar acordándonos de eso.

—A lo mejor vienen a devolverme mis cintas de vídeo y a pagarme un frasco nuevo de perfume.

—Estás tú buena.

—Voy a dormir vestida por si acaso.

Su madre la mandó callar. Joxian intervino en defensa de su hija.

—A ver si en esta casa no se va a poder hablar.

¿Hablar? ¿Con los hijos delante? ¿Con Arantxa haciéndose la chistosa? Miren, tentada de revelar durante la cena una conversación confidencial que había mantenido por la tarde, prefirió tratar el asunto a solas con Joxian cuando los dos se hubiesen acostado. En la cama, sin preámbulos:

—He hablado con Patxi.

—¿Qué Patxi?

—El que lleva la taberna. Ese sabe un montón.

A media tarde, Miren entró en la Arrano. ¿Qué habría: cuatro, cinco chavales? No más. La música puesta a un volumen que ni los sordos se librarían de oírla. Yo no sé cómo los vecinos no protestan. O igual sí protestan pero de puertas para dentro, porque con los chavales conviene llevarse bien. Y parece como que Patxi, treinta y tantos años, aro en una oreja, la estuviera esperando. ¿Y eso? Es que en cuanto la vio poner un pie dentro de la taberna le hizo un gesto para que lo siguiera al almacén.

Joxian meneó la cabeza en señal de disgusto.

—No sé quién coño te manda a ti meterte donde no te llaman.

—Yo, por mi hijo, me meto donde haga falta. ¿Quieres que te cuente o no?

En el almacén olía a vino agrio y a humedad mohosa. Aún quedaban las paredes de piedra y las vigas de cuando esto era una cuadra. Miren se acordaba. Hacía tantos años. Ella era una niña y de casa la mandaban a menudo a comprar leche ordeñada allí mismo.

Patxi cerró la puerta. Antes que Miren dijese nada, le pidió tranquilidad. Ella le contestó que estaba tranquila. ¿Lo estaba? En absoluto.

—¿Tú sabes adónde ha ido Joxe Mari? Dímelo ahora mismo.

—A ver, Miren, tranquilízate.

—Concho, ya te he dicho que estoy tranquila. Soy la madre de mi hijo. Es normal que yo quiera saber dónde se ha metido.

—Está en la clandestinidad.

—Muy bien. Y eso, ¿dónde es? No tiene que moverse del sitio. Ya iré yo.

Imposible. Que ya no era como antes, cuando los familiares viajaban al sur de Francia los fines de semana y llevaban dinero y ropa y cigarrillos a los refugiados. Por culpa de los GAL, a los militantes no les queda más remedio que extremar las precauciones.

Joxian:

—O sea, que no podemos ir a verle.

—¿No te lo acabo de decir o qué?

—Entonces Josetxo tiene razón. A estos no les vemos hasta dentro de mil años.

—Según Patxi, hay dos posibilidades. El hijo, o se nos va a México o a algún país de por ahí, o entra en la organización.

—Prefiero que se marche lejos.

—Lo que tú prefieras no interesa a nadie.

—Me interesa a mí. Sé lo que me digo.

—Tú sabes a tocino cuando te untan.

No le reveló, ¿para qué?, que en un momento dado Patxi posó sus manos en los hombros de Miren. Le pareció a ella que se trataba de un gesto no exactamente de cariño, sino de reconocimiento, de homenaje, como diciéndole: tienes motivos para estar orgullosa de tu hijo. Y con las manos aquí, en los hombros, le contó, calmador, explicativo, que existían unos canales internos de reparto del correo entre militantes y familiares.

—Ah, ¿o sea que nos puede escribir?

—Sí, y vosotros a él.

—¿Le puedo mandar paquetes? Pronto cumple años y a mí no me gustaría que le faltase un regalito.

En la cama, Joxian se volvió de sopetón a mirarla.

—¿Eso le has dicho? ¿Pero tú crees que Joxe Mari se ha ido a las colonias?

—A mí qué me cuentas. Es mi hijo. Lo parí yo. ¿Lo pariste tú? Si no te enteraste hasta el día siguiente.

—Bueno, deja esa monserga, que me tienes hasta los cojones con la historia del parto.

—Yo con dolores y tú en el bar, y no te gusta que te lo recuerde. Pues es mi hijo y no quiero que llegue el invierno y pase frío, ni que cumpla años y se ponga triste porque no tiene un regalo.

Patxi retiró las manos de los hombros de Miren. Le dijo que lo del paquete, de momento, lo olvidase; pero que se fuera tranquila a casa pues la organización no deja a los militantes en la estacada. Le repitió lo del orgullo, añadiendo que si hubiera en Euskal Herria muchos como Joxe Mari, hace tiempo que seríamos un pueblo libre. Antes de abandonar el almacén, le aseguró que en cuanto se produjese alguna comunicación (carta, nota, lo que fuera), él se encargaría de llevársela a su casa. Señaló la puerta que tenían delante. Le dijo que:

—De ahí para afuera ya no hablamos más.

Y luego, en la taberna, a la vista de cinco o seis chavales, no quiso despedirse de ella sin estamparle un beso en la mejilla.

A Joxian:

—Ya te he informado.

—¿De qué me has informado? Seguimos sin saber dónde está ni qué hace. Tampoco hay que tener mucha imaginación para saberlo. Nadie entra en ETA para cuidar jardines.

—No sabemos si ha entrado en ETA. Igual está de viaje ahora a México. Pero si ha entrado es para liberar Euskal Herria.

—Para matar.

—Si lo sé no te cuento nada.

—Yo no he educado a mi hijo para que mate.

—¿Educar? ¿Tú a quién has educado? No te he visto nunca hacer nada con los hijos. Te has pasado media vida en el bar y media vida en la bicicleta.

—Y todos los días he ido de vacaciones a la fundición, no te jode.

Sus miradas se cruzaron un momento. ¿Desdeñosas, distantes? En todo caso, vacías de cordialidad. Luego Miren apagó la lámpara y, de una vuelta enérgica, se tumbó de costado, dando la espalda a su marido. Este, a oscuras, dijo que:

—Si yo *tendría* veinte años menos, iba mañana mismo a buscarlo, le daba dos hostias bien dadas y lo traía a casa.

Miren no replicó y ya no hablaron más.

65
Bendición

Aún se hablaban. Aún compartían secretos y merendaban juntas los sábados por la tarde en San Sebastián. Y mira que podían haberse hecho acompañar de otras mujeres del pueblo. De Juani, con la que tenían mucha amistad, o incluso de Manoli, con la que tenían menos roce, pero no. En su rito de los sábados no había espacio para nadie más, no digamos para los respectivos maridos. ¡Por favor! Hala, que se vayan a echar la partida y a andar en bici, y nos dejen a nosotras tranquilas. También iban juntas a misa y se sentaban una al lado de la otra.

Miren hundió un churro en el chocolate. Lo mordió. Dijo, masticante, mientras se limpiaba las yemas de los dedos con la servilleta de papel, que desde la noche del registro no se sentía a gusto en su casa.

—¿Y eso?

—No sé cómo explicarte. Es como si me la hubieran ensuciado para siempre. Es una suciedad que no se ve, pero la notas igual. Por mucho que yo pase el trapo, ahí sigue y me da un asco que no puedo con él. Y cuando veo por la calle un coche de la Guardia Civil, ¡me da una cosa!

—Te entiendo perfectamente.

—Algo ha cambiado entre nosotros. No somos como antes de que Joxe Mari se *escaparía* a Francia. El pequeño no habla. Yo no sé qué le pasa. ¿Estás traumatizado?, le pregunto. Pues no responde. Arantxa se ríe de mí, de su padre, de la gente del pueblo, de todo, que me parece que ese chaval de Rentería la ha vuelto más tonta de lo que ya era. Y Joxian y yo, pues qué quieres que te diga, de un tiempo a esta parte no congeniamos. Discusión va, discusión viene.

—Le habrá afectado lo de Joxe Mari.

—¿Afectado? Le ha hundido. Todo lo que te cuente es poco. Yo antes no le veía llorar ni en los entierros. Ahora, cuando menos te lo esperas, ya tiene los ojos rojos y el labio para abajo. Se va corriendo al váter para que no le vea.

—Y tú, ¿cómo llevas el asunto?

—Ah, yo estaré siempre con mi hijo pase lo que pase. Me importa un rábano lo que diga la gente. Claro que prefiero tenerlo cerca y que trabaje y forme una familia; pero, si no es así, hay que apechar con lo que venga. La verdad, que sólo te cuento a ti, ¿eh?, es que por culpa de Joxian me siento la mar de insegura. —Tendió la mirada a las mesas vecinas para asegurarse de que nadie la escuchaba y, acercando la boca al oído de Bittori, susurró—: Dice que como Joxe Mari coja las armas no le mira a la cara en la vida. Su esperanza es que se vaya de refugiado a México o por ahí. Pero, si no se va, ¿qué? Yo había pensado hablar con don Serapio.

—¿Con el cura? Y ese, ¿qué te puede decir?

—Igual me da un consejo. Juani fue a confesarse con él y se quedó aliviada.

—Pues háblale. Como no sea tiempo, nada vas a perder.

El domingo fueron las dos amigas cogidas del brazo a misa mayor. Miren volvía una y otra vez la vista hacia la estatua de san Ignacio de Loyola y con leve temblor de labios le susurraba. ¿Qué? Que velara por su hijo, que lo cuidase ahora que ella no podía hacerlo. Es imposible, se decía, que un chaval tan generoso y tan noble se meta en una organización criminal, como la llaman los periódicos españoles. Él tiene un corazón que no le cabe en el pecho. Si lo da todo por los demás, en el equipo de balonmano, en el trabajo, en todos lados, ¿cómo no lo va a dar por su pueblo? Que tú también eras vasco, ¿eh, Ignacio?

Bittori:

—¿Qué dices?

—Nada, estaba rezando.

Comulgaron. Fueron, vinieron, una delante de la otra, por el pasillo central con la cabeza gacha y las manos enlazadas. Devoción de casi monjas. Más preciso: de por poco monjas. ¿Te acuerdas? Les faltó esto, la mitad de una uña, para ingresar de jóvenes en un convento. Y coincidían al cabo de tantos años, medio en broma, medio en serio, en la misma idea: cada vez que una de ellas discutía con el marido, se arrepentía de haber preferido, qué bobas fuimos, el matrimonio a los hábitos.

—Lo único, los hijos, hermana Bittori.

—Ya no hay vuelta atrás, sor Miren.

Antes de abrir la boca y adelantar la lengua para recibir la forma consagrada, Miren le susurró a don Serapio que luego vengo, ¿eh?, y el cura, discreto, parsimonioso, asintió.

Acabada la misa, los asistentes se encaminaron hacia la salida. Don Serapio sopló las velas del altar; precedido del monaguillo, que le abrió la puerta, se metió en la sacristía. Y ese era el momento que Miren estaba esperando para ir a hablar con él.

—¿Vienes?

—Mejor ve tú sola. Esto es muy íntimo. Te esperaré en la plaza y, si eso, me cuentas.

Don Serapio se estaba despojando de la casulla cuando Miren entró en la sacristía. Al verla, sudoroso de frente, severo el gesto, mandó al monaguillo que se marchase. Atado por alguna obligación, el adolescente retardaba la obediencia.

—Oye, ¿no te he dicho que te vayas?

El monaguillo se dio entonces prisa en salir de la sacristía, pero coge y deja la puerta abierta. ¡Será posible! El cura, refunfuñante, pasos enérgicos, la cerró. No bien se quedó a solas con la mujer, ofreció a esta asiento con dulcificados ademanes. Y al tiempo que él también se sentaba, le preguntó si ella lo visitaba por el mismo asunto que Juani la de Josetxo y Miren asintió.

Le tomó una mano, por encima de la mesa, entre las suyas pálidas, no hechas al rudo trabajo como las de Joxian, que son ásperas y parecen de piedra requemada. ¿Y para qué me coge la mano? Pues no lo sé. Y acariciándole el dorso, le dijo:

—Quítate las dudas y los remordimientos de la cabeza. Esta lucha nuestra, la mía en mi parroquia, la tuya en tu casa, sirviendo a tu familia, y la de Joxe Mari dondequiera que esté, es la lucha justa de un pueblo en su legítima aspiración a decidir su destino. Es la lucha de David contra Goliat, de la que yo os he hablado muchas veces en misa. No es una lucha individual, egoísta, sino ante todo un sacrificio colectivo y Joxe Mari, como Jokin y como tantos otros, ha asumido su parte con todas las consecuencias, ¿entiendes?

Miren sacudió la cabeza en señal afirmativa. Don Serapio le arreó, comprensivo, cariñoso, dos palmaditas en el dorso de la mano. Y prosiguió:

—¿Acaso Dios ha manifestado que no desea vascos en su presencia? Dios quiere a su lado a sus vascos buenos como también quiere, ojo, a sus españoles buenos y a sus franceses y polacos. Y a los vascos nos hizo como somos, tenaces en nuestros propósitos, trabajadores y firmes en la idea de una nación soberana. Por eso me atrevería a afirmar que sobre nosotros recae la misión cristiana de defender nuestra identidad, por tanto nuestra cultura y, por encima de todo, nuestra lengua. Si esta desaparece, dime, Miren, dímelo con franqueza, ¿quién rezará a Dios en euskera, quién le cantará en euskera? ¿Te respondo yo? Nadie. ¿Tú crees que Goliat, con su tricornio en la cabeza y sus torturadores de sótano de cuartel, va a mover un dedo en favor de nuestra identidad? Te registraron la casa el otro día, en plena noche. ¿No te sentiste humillada?

—Ay, don Serapio, no me lo recuerde que se me corta la respiración.

—¿Lo ves? La misma humillación que tú y tu familia tuvisteis que soportar la padecen a diario miles de personas en Euskal Herria. Y son los mismos que nos maltratan los que luego hablan de democracia. Su democracia, la suya, la que nos oprime como pueblo. Por eso te digo yo, con el corazón en la mano, que nuestra lucha no sólo es justa. Es necesaria, hoy más que nunca. Es indispensable, puesto que es defensiva y tiene por objeto la paz. ¿No has oído alguna vez las palabras del obispo de nuestra diócesis? Ve tranquila a tu casa, pues. Y si un día, en los próximos meses o cuando sea, encuentras a tu hijo, dile de mi parte, de parte del párroco de su pueblo, que tiene mi bendición y que rezo mucho por él.

Miren salió de la sacristía, atravesó la iglesia por un pasillo lateral. Caramba con el cura. Oyéndole hablar me han entrado ganas de seguir los pasos de Joxe Mari. Un instante, sin detenerse, volvió la mirada a la estatua de san Ignacio. A ver si aprendes a levantar los ánimos.

Salió a la plaza. El domingo azul, las palomas, carreras y algarabía de niños a la sombra de los tilos. ¿Bittori? Allá estaba, sentada en un banco. Miren enderezó sus pasos hacia ella.

—Vamos, por el camino te lo cuento.

—Se te nota relajada.

—La próxima vez que Joxian me venga con sus penas y sus miedos, me va a oír. Ahora sí que tengo las ideas claras.

66
Klaus-Dieter

Conoció a Klaus-Dieter. Se enamoró de Klaus-Dieter. Esa melena rubia y lisa que oscilaba con una gracia especial cuando bailaba y también, aunque menos, al caminar. Un metro noventa, una montaña de chaval guapo. Y alemán. Con la perspectiva novedosa que eso suponía: un país nuevo, otra cultura, otro idioma, otros gestos, otros olores y adiós, quizá para siempre, a todo esto. Adiós a mi madre insoportable, a mi tierra que amé y hoy me es indiferente y a ratos odiosa, y a todo lo que me rodea, tan aburrido, tan previsible. Adiós o, si no, de aquí a la vejez en línea recta.

El chico formaba parte del grupo anual de jóvenes alemanes que estudiaba medio año en la Facultad de Filosofía y Letras. ¿Qué estudiaban? No lo sabe con exactitud. Algo relacionado con el idioma o el idioma mismo. Algunas mañanas podía vérseles, nueve o diez, chicos y chicas, en la cafetería de la universidad, al principio todos juntos, arracimados, sonrientes, un pelín tontorrones, apenas ruidosos para ser tantos. Luego, como todos los años por estas fechas, ocurría lo habitual. Poco a poco se iban mezclando con la población estudiantil nativa. Nada del otro mundo: se hacían amistades, se trababan noviazgos que, por regla general, duraban hasta el día en que el miembro extranjero de la pareja debía regresar a su país.

Nerea lo había visto un par de veces. La atrajo porque el chaval estaba francamente bueno; pero eso ¿qué supone? La atraían tantos, incluidos algunos profesores. No habían coincidido en ninguna fiesta, en ningún bar; no había habido ocasión ni miradas; nunca había hablado con él. ¿Dominaba la lengua española? Por lo menos la estaba aprendiendo, ¿no? Y además esto de hablar, a veces, en según qué circunstancias, sobra. Conocerlo lo conoció más tarde.

Mataron entretanto a su *aita* y ella, ¿rompió contactos, salía poco, se aisló? Nada de eso, con una salvedad: cuando la conversación entre compañeros de facultad tomaba un sesgo político, perdía interés, desviaba la mirada, se iba al baño. Le entró una especie de apremio sexual que antes de morir su padre no había experimentado, al menos no con la misma intensidad. En vano trataba de hallarle una razón a su constante deseo físico. Porque placer, lo que se dice placer, sentía muy poquito. Es que no he sido nunca de orgasmo fácil. Se relajaba practicando el sexo, eso es todo. Y también (antes y durante, pero más antes que durante) se le levantaba la autoestima. Había días en que la tenía por los suelos. En clase sobre todo, cuando se daba cuenta de que ni prestando la mayor atención comprendía las explicaciones de los profesores. Entonces tendía una mirada angustiada en rededor, hacia sus compañeros que tomaban notas, que levantaban la mano para participar en las discusiones, incluso para llevarle la contraria al catedrático, y le parecía que todos eran más listos y estaban mejor preparados que ella, y que les esperaba un futuro brillante y a ella uno doméstico, monótono, de persona que no interesa ni gusta a nadie, de persona que experimenta vivo rechazo de sí misma delante del espejo.

Con frecuencia salía a cazar. No se conformaba con cualquiera. Buscaba tipos atléticos, de aspecto aseado. Y agraciada, simpática, extravertida, cobraba siempre su pieza. Bastaba un gesto risueño a unos cuantos metros de distancia para que la mosca se acercase a la tela de araña. A veces soplaba el cierzo en las calles de Zaragoza o llovía a cántaros o simplemente le daba pereza cambiarse de ropa, y entonces optaba por lo más cómodo: llamaba por teléfono a José Carlos desde una cabina cercana. Le decía: ven. Y el chaval venía al piso, la satisfacía y se marchaba.

Hasta marzo no empezó la historia con Klaus-Dieter, ya cuando a él le faltaban pocas semanas para emprender el viaje de vuelta a su país. No otra fue la razón de las prisas, del malentendido, porque fue un malentendido del copón. Todavía sonríe al recordarlo. Mientras duró fue bonito y además, no puedes negar que te ayudó, sin él saberlo, a terminar la carrera. ¿Cómo así? Por seguirle los pasos, ella hincó los codos, aprobó todas las asignaturas, quedó libre de la antigua promesa que años atrás le había hecho a su difunto padre de terminar la carrera. Una carrera que, dicho sea de paso, le importaba un pimiento.

La fiesta se celebró en el Colegio Mayor Pedro Cerbuna, un viernes. Baja de ánimo, estuvo tentada de no salir. Con pocas esperanzas de que se pusiera al teléfono, llamó a José Carlos. Atendió a la llamada un compañero de piso. Que no estaba, que se había ido al pueblo y volvería el domingo. Y Nerea lo imaginó de vuelta el domingo por la tarde con el paquete habitual de embutidos (la morcillica, el chorizo picante y todo eso) y antes de la vuelta, el sábado, supongo que también el domingo, paseando con su novia formal por la orilla del río, cogidos de la mano, porque ella más no le permite, cosa que a él le trae al pairo porque para sus poluciones ya tenía a Nerea, que se lo pasaba en grande escuchando abierta de piernas, en su estrecha y rechinante cama del piso de alquiler, las historias pueblerinas de su amigo.

A punto de colgar:

—¿Sabes tú si hay alguna movida interesante esta noche en la ciudad?

El chaval le habló de una fiesta o concierto, no estaba seguro, en el Pedro Cerbuna. Y añadió, sin que su interlocutora le hubiera pedido su opinión, que era un rollo para pijos. Nerea les preguntó a continuación a sus compañeras de piso si se animaban a acompañarla. Le respondieron que no. ¿Qué hacer? Se encerró en su habitación dispuesta a consumir las últimas horas del día leyendo una novela; pero se puso a tono con un resto de perico que le quedaba y hacia las nueve de la noche salió de caza.

Allá estaba él, más alto que cuantos lo rodeaban, baila que baila con aquella preciosa oscilación de sus cabellos. Descamisado, rojo de cara de tanto moverse, rubio, torpón. ¿Veinte, veintidós, veinticuatro años? No había duda de que el chaval se lo estaba pasando pipa. Meneaba el cuerpo con unas sacudidas violentas, como seguramente no lo haría en su país. Pero aquí, aparte de unos pocos compañeros de facultad, ¿quién lo conoce?

De pronto, se cruzaron sus miradas por encima de unas cuantas cabezas y eso le bastó a Nerea. No sabría expresar lo que sintió. Piensa en tópicos: temblor interior, momento mágico, flechazo. Y el chaval debió de notar su fascinación pues se quedó mirándola con una mueca de asombro, e incluso redujo la intensidad de su baile y le sonrió con unos dientes preciosos.

Se lo fue comiendo a besos por la calle. Nerea, qué haces. Nerea, qué te pasa. Tenía que agarrarlo del cuello porque él le sacaba dos palmos de altura y tirar de su cabeza hacia abajo para alcanzar su boca con la suya ávida, impaciente. Y se apretaba, cazadora cazada, contra su cuerpo, la entrepierna húmeda, a punto de arrancarse a gritar. ¿Qué pensaría de mí?

Vivía bastante lejos, en un piso de alquiler con otros dos estudiantes alemanes, allá por San José. A Nerea le daba igual la distancia. Lo habría seguido hasta el fin del mundo. Él hablaba con marcado acento. *Neguea,* decía. Para comérselo entre pan y pan. Un acento que aumentaba aún más su atractivo. Cometía faltas gramaticales que a Nerea se le figuraban el no va más de la gracia y el encanto. Y ella, que nunca en su vida había pronunciado una palabra en alemán, decía su nombre y lo decía seguramente mal o con mucho acento, según deducía de la risas de Klaus-Dieter, qué cabrón, y del placer evidente que sentía haciendo que ella lo repitiese una y otra vez.

Pasaba ya de las dos de la madrugada. Iban caminando, el aire fresco, la luna allí sobre los tejados, por las calles sin apenas tráfico, la noche entera para ellos. Más libres, imposible. Detenían la marcha de vez en cuando para juntar las lenguas, para acariciarse despacio las caras, para tocarse frenéticos los respectivos cuerpos al amparo de un árbol, a la entrada oscura de algún portal. Ella, enamorada como una quinceañera de un ídolo de la canción; él, más comedido, pero en modo alguno esquivo. Quizá era tímido. Y al final del largo camino, una cama.

67
Tres semanas de amor

Convivieron por espacio de tres semanas. Lo mismo dormían en el piso de él que en el de ella. ¿La ventaja del piso de Nerea? Que estaba a cuatro pasos de la universidad. ¿El principal inconveniente? La cama estrecha y, para él, demasiado corta. Ocurría exactamente lo contrario con el piso de Klaus-Dieter. Quedaba lejos; pero en él, a cambio, disponían de una cama de matrimonio donde, además de revolcarse a sus anchas, podían dormir con holgura.

¡Qué tres semanas! Todavía hoy, pasadas dos décadas, Nerea las trasladaría íntegras, con sus noches y sus días, con sus mañanas y sus tardes, a una imaginaria secuencia de los momentos estelares de su vida. Se le ocurre un título: *Antología de la felicidad*. No cree que pudiera reunir material autobiográfico para un libro grueso o para una película larga. Metería episodios de su infancia, algún viaje memorable, alegrías dispersas y, por descontado, las tres semanas que pasó en Zaragoza con su chico alemán. Nunca ha vuelto a amar a nadie con la misma pasión, con tanta entrega. Tampoco a Quique, qué más quisiera ese fatuo. ¿No estarás exagerando? Que me muera de repente.

Fue una pena haber conocido a Klaus-Dieter demasiado tarde, cuando a él le faltaba poco tiempo para terminar su medio año en Zaragoza y reintegrarse a la universidad de Gotinga, donde estudiaba. Conscientes los dos de esta circunstancia, se amaban deprisa. Ojo, no de manera compulsiva (bueno, algunas noches). Se amaban sin parar, que no es lo mismo. Nerea hacía lo posible por estar cerca de su chico rubio a todas horas. Descuidó sus clases de la universidad, asistía a las de él o lo esperaba fuera, sentada en un banco del pasillo, fumando. Comían juntos, dormían juntos y de vez en cuando hasta se duchaban juntos.

Algunas mañanas en que se despertaba antes que Klaus-Dieter, Nerea permanecía largo rato contemplándolo admirada. Las facciones agraciadas, el cuerpo bien formado. Le acercaba una mano a la boca; se deleitaba sintiendo en la palma las pausadas exhalaciones de aire. O con cuidado de no despertarlo jugaba a enrollar en un dedo una mecha de su melena. Y aun le cortó una de la parte del cogote con tijeras sigilosas. Un haz precioso de cabellos rubios de unos seis o siete centímetros de largo. ¿Y para qué? Pues para poseer algo suyo que ella pudiera mirar y tocar cuando él se hubiera vuelto a su país.

En los inicios luminosos del día, Nerea gustaba de acariciarle a Klaus-Dieter la cara con un pezón. Los labios dormidos, los párpados cerrados, la mejilla aún sin afeitar, con pelillos rubios que le raspaban agradablemente en su parte tan sensible. Y lo iba despertando con suavidad. Él, que conocía el juego, sonreía sin abrir los ojos. ¿A que así no te ha querido ninguna mujer allá en tu tierra fría? A veces Nerea se lo preguntaba en voz alta; pero él, ¿qué iba a contestar si no entendía ni la mitad de las palabras?

Luego Nerea continuaba acariciándolo con sus tibios pechos cuerpo abajo. Y se demoraba en su vientre y en la cara interior de sus muslos ligeramente cubiertos de vello, y le besaba y le lamía el miembro, y la luz matinal entraba por la ventana, y aquello era una delicia diaria que no duraría mucho, que duró poco, que fue bonita, intensa, maravillosa, mientras duró.

Dispuesta a complacer a su chico alemán, se aficionó por aquellos días al té, ella que era tan cafetera por entonces. Y nada del típico saquito metido sin gracia ni misterio en la taza. El té, guardado en una caja metálica, lo había traído Klaus-Dieter de Alemania. Y también el colador de tela, ya negra por el uso. En la cocina, Nerea observaba embelesada el sencillo ritual, fijándose en los distintos pasos, en la cantidad adecuada de té, en el tiempo preciso que debía permanecer el colador sumergido en el agua caliente de la tetera. Y nada de poner leche ni azúcar. Él solía tomar el primer trago con los ojos cerrados, adelantando los labios con precaución de no escaldarse, y ella, sentada a su lado, lo miraba en silencio como quien asiste a una ceremonia sagrada.

Y el caso es que no les resultaba del todo fácil la comunicación. Klaus-Dieter chapurreaba la lengua española. Nerea se manejaba con dificultad en su inglés oxidado por la falta de uso. El desconocimiento de los respectivos idiomas les impedía mantener conversaciones de cierta hondura. No obstante, se entendían, más que nada por la decidida voluntad que ponían los dos en entenderse, ya fuera por señas, con palabras sueltas, con frases breves o sirviéndose del diccionario. Él mejoró bastante su español a fuerza de practicarlo con ella. Y ella, que no tocó un libro de su carrera en el transcurso de las tres semanas de amor, se estrenó en el aprendizaje del alemán con ayuda de un manual adquirido en una librería de la plaza San Francisco. No sólo Klaus-Dieter, también sus compañeros de piso, Wolfgang y Marcel, se partían de risa cada vez que Nerea pronunciaba alguna palabra en su idioma. Y por aumentar la diversión, los muy cabritos le señalaban con el dedo estas y aquellas salacidades en el diccionario para que ella las leyese en voz alta.

Klaus-Dieter era vegetariano. Nerea dejó de comer carne en su presencia. Él tampoco probaba el pescado ni el marisco, pero hacía una excepción: las gambas a la plancha. Le gustaban a morir. «En Alemania esto poco», decía. Algunas tardes bajaban los dos andando hasta el Tubo y se ponían morados de gambas y langostinos, que para Klaus-Dieter eran lo mismo: gambas pequeñas y gambas grandes. No fumaba. Esto ya era más problemático para Nerea. Temerosa de causarle un disgusto, se encerraba en los servicios de los bares a fumar. Y en otras ocasiones, como cuando esperaba en el pasillo de la facultad a que él saliera de clase, consumía varios cigarrillos seguidos.

Un día, en la cama, Klaus-Dieter le reveló muy serio que era creyente.

—Yo creo *a* Dios.

—En Dios.

—Yo creo en Dios. ¿Tú?

—No sé.

Pertenecía a la Iglesia Evangélica Luterana. Y Nerea, que se había hecho el ánimo de vivir con él en Alemania, estaba dispuesta a cambiar de religión por darle gusto.

A él se le ocurrió la idea de que ella fuera a verlo sin falta a Gotinga. E insistía:

—*¿Vienes tú a mí visitar?*

Se lo prometió. Porque, claro, este no se me escapa. ¿Dónde voy a encontrar otro igual? Y se lo volvió a prometer en la estación de El Portillo, mientras agotaban, amartelados en el andén, los últimos minutos de ternura. Wolfgang tuvo que tirar del brazo de su compañero para que subiera al vagón. Unos pocos segundos después el tren se puso en marcha.

Ella lo vio alejarse asomado a la ventanilla. Adiós, melena rubia. Adiós, sonrisa encantadora. Lo quería tanto; pero tanto, tanto. Siguieron otros vagones con otras cabezas asomadas y otras manos que se despedían. En apenas un minuto el andén se vació de gente. Se quedó Nerea sola, la vista clavada en el paisaje de postes, cables y raíles por el que se había perdido de vista el tren. ¿Triste? Sí, pero no llorosa, ya que habían convenido en reunirse en Gotinga a finales del verano, cuando empezase para Klaus-Dieter un nuevo semestre en la universidad. Él había prometido escribirle en cuanto llegara a Alemania. ¿Me escribirá, no me escribirá? Si cumple la promesa es que hay amor; si no, habré sido un simple instrumento para conseguir orgasmos.

Todas las mañanas, Nerea bajaba al portal a mirar dentro del buzón. También por las tardes, aunque el cartero solía pasar entre las once y la una y ya no volvía. Transcurrida una semana, notó los primeros rasguños en su esperanza. Luego los rasguños se convirtieron en grietas. Las lágrimas que no lloró en la estación las llora ahora a solas. Y, resignada, cierra el manual de alemán que había tenido todos los días abierto sobre el escritorio y lo mete/arroja, el mechón de cabellos rubios entre sus páginas, en un cajón del armario.

Días después llegó la carta, la primera de unas cuantas que intercambiaron. Esta vez las lágrimas fueron de alegría. Aquella carta cuajada de faltas a cuál más adorable, con una pegatina azul en forma de corazón junto a la firma, disipó las dudas de Nerea. Estaba segura de que el futuro la estaba esperando en Alemania. Sin pérdida de tiempo se dirigió a la facultad. Pidió a distintos compañeros de curso sus apuntes para fotocopiarlos. Ya no faltaba a las clases, ya no iba a fiestas ni salía por las noches. Ahora se pasaba las horas encerrada en la biblioteca o en su habitación, estudiando como no lo había hecho durante toda la carrera. Su plan: licenciarse ese verano, hacer la maleta y adiós.

Próximos los exámenes, se cruzó una mañana con José Carlos en el campus. Maña, que hacía mucho tiempo que no lo llamaba, que si había estado enferma, que si no quieres que me pase algún día de estos por tu piso. Lo miró como si no lo tuviera delante. ¿Con desdén? Más bien con indiferencia. Le respondió que no y siguió su camino.

68
Fin de carrera

Nerea aprobó los exámenes y obtuvo la licenciatura. Dos meses de estudio intenso le permitieron reunir una suma aceptable de conocimientos. Los sábados por la tarde, como premio a su constancia durante la semana, iba a ver una película al cine Palafox. La película era lo de menos. A veces veía la misma de la semana anterior por el simple motivo de que le había dejado un grato recuerdo.

Elegía el Palafox a conciencia. ¿Y eso? Es que le quedaba el Tubo cerca y a la salida, cosas suyas, le gustaba cumplir un rito. Se metía en un bar; sentada a una mesa o, si no había ninguna libre, de pie junto a la barra, saboreaba una ración de gambas a la plancha, ensimismada en recuerdos de su chico alemán. ¿Qué estará haciendo a estas horas? ¿Se acordará de mí? Las gambas y quizá un yogur más tarde, en el piso, eran toda su cena. Por la noche, recluida en su habitación, seguía atareada con los libros y los apuntes de Derecho hasta que a eso de las doce, a veces antes, la cabeza le decía: chavala, basta por hoy. Perdió cuatro kilos en cuestión de dos meses.

A los exámenes se presentó provista no sólo de conocimientos. Algo de ciencia llevaba también garrapateada en chuletas escondidas dentro de las mangas. Más que nada por inseguridad. Como salvavidas, se decía a sí misma, en caso de naufragar en las aguas insondables de la ignorancia. De hecho, nunca las usó salvo para copiar cuatro bagatelas en el examen de Filosofía del Derecho.

¿Sobresalientes? Ninguno. Ni falta que hace. No tuvo tanto la sensación de haber alcanzado una meta como de haberse desprendido de una carga pesada. ¿Estás segura? Segurísima. La mañana en que conoció el último resultado, a la salida de la facultad, en las escaleras de la entrada, eligió entre las nubes una, ¿cuál?, aquella, al fondo, a la que susurrarle:

—*Aita,* ya ves que he hecho lo que me pediste. Ahora estoy libre para decidir yo sola mi futuro.

Nada se interpone en su proyecto de viaje a Alemania. Yendo por la calle, se reía sola. Me estoy volviendo chalada como la *ama.* Meses antes había sabido por Xabier que a su madre le daba por subir a Polloe a conversar con la tumba del Txato. Xabier se lo contó visiblemente conmovido. Temía que su madre se deprimiese y el deprimido era él; que no se recuperase del duro golpe y el que no se recuperaba era él. Nerea no concedió mayor importancia al asunto. Dijo, por quitar dramatismo al diálogo, que si la entrada al cementerio fuera de pago, su madre no iría. Xabier, ceño fruncido, no encontró graciosa la broma.

A la salida de la Ciudad Universitaria, Nerea tuvo la idea de meterse en una cabina telefónica y darle a su madre la buena noticia. ¿Llamo, no llamo? Cierto reparo alimentaba sus dudas. Vio una cabina, pasó de largo. En Fernando el Católico, después de no pocas vacilaciones, se decidió. Porque, claro, ¿cómo le voy a ocultar a mi madre que he terminado la carrera? Introdujo las monedas, llegó a marcar los tres primeros números, colgó. ¿El motivo? Es que la conozco. Es que va a decir algo que me amargará mi día triunfal.

Pues resulta que le ocultó la noticia durante dos semanas. Mañana la llamo. Pero llegaba mañana y Nerea posponía la llamada para el día siguiente. Así una y otra vez. Por ganar tiempo, por estar tranquila. Su madre se había establecido en San Sebastián. ¿Vivir con ella? Horror. ¿Volver al pueblo? Aún menos. La última vez que estuvo allí, amigos y conocidos de los viejos tiempos le negaron el saludo. Hizo cálculos, habló con sus compañeras de piso, decidió. ¿Qué? Quedarse todo el verano en Zaragoza. Le advirtieron:

—Zaragoza, en verano, es un horno.

No le importaba. También era el sitio adonde Klaus-Dieter le enviaba las cartas. Claro está que podría proporcionar a su chico rubio unas señas postales de San Sebastián. ¿Ah, sí? ¿Cuáles? Sólo disponía de las de su madre. Por tanto, no. Se imaginaba la escena. Nerea, te ha llegado una carta de Alemania. ¿Quién te escribe? ¿Tienes novio? Eso sin contar con que igual abría el sobre escudándose en el pretexto de que no había visto a quién iba dirigido. Capaz.

De sus compañeras, una había cancelado como Nerea el contrato de alquiler a finales de julio; la otra, a la que aún quedaba un año de carrera, abrigaba el propósito de seguir en el piso. Lo que haría, dijo, es buscar dos nuevas inquilinas a la vuelta de las vacaciones. Nerea le preguntó si le permitiría conservar su habitación durante los meses de agosto y septiembre. Y para que su compañera, en dicho tiempo, no corriese sola con los gastos del alquiler, se ofreció a pagarle su parte directamente a ella en lugar de a la casera. La otra aceptó encantada.

Zaragoza en agosto: 38, 40, 44 grados. Sol, calles desiertas. Se le hicieron eternos aquellos días. Se dedicó a la lectura de novelas, a dar paseos a última hora de la tarde, cuando empezaba a remitir el calor, y al aprendizaje del idioma alemán. Difícil idioma. No le entraba en la cabeza que a estas alturas de la Historia la gente, en la panadería, en el hospital, de ventana a ventana, se expresara con declinaciones, a la usanza de los antiguos romanos. Buscó en las páginas amarillas una academia de idiomas donde apuntarse a un curso intensivo. ¿En agosto? Ni siquiera atendían las llamadas.

Días de marasmo, de aburrimiento. Así y todo, mejor pasarlos en tórrida soledad, en paseos crepusculares y, de vez en cuando, en la piscina de la Hípica con un libro fascinante/ameno, policíaco/fácil de entender, que dedicarlos de la mañana a la noche a la recolección de reproches maternos. Al teléfono, las pocas veces que la llamaba: que por qué continuaba en Zaragoza si había terminado los estudios. No, es que. Y le contaba cualquier embuste. Acto seguido le decía que se oía mal, qué mal se oye, no te oigo nada, o que se le acababan las monedas. De Alemania y de Klaus-Dieter, ni media palabra.

Para Nerea, lo peor de aquella temporada de soledad y calor sofocante era la falta de correo. Ya en julio las cartas de Klaus-Dieter llegaban cada vez más espaciadas. En agosto no llegó ninguna. Nerea sabía por qué, lo que no quita para que se sintiera decepcionada cada vez que echaba un vistazo al buzón y lo encontraba, como ayer, como anteayer, vacío. ¿Qué ocurría? Nada, que Klaus-Dieter se había ido de viaje a Edimburgo, donde permanecería por espacio de un mes. En ese tiempo ella le mandó una docena de cartas al piso de Gotinga, salpicadas de frases en lengua alemana. Unas las copiaba del manual; otras, menos convencionales, las componía al buen tuntún, con la ayuda siempre precaria del diccionario. Entrado septiembre recibió, aleluya, respuesta. Él había vuelto de su viaje, la echaba de menos, *yo añoro a ti,* y le recordó su promesa de visitarlo en octubre.

A Zaragoza la llevó su padre. De Zaragoza la buscó Xabier.

—Me lo ha pedido la *ama*. Y como hoy no tengo que trabajar, aquí me tienes.

¿La razón de buscarla? Cargar con sus abundantes pertenencias. Les costó un rato largo colocarlas en el coche. Ya sólo los libros ocupaban dos cajas grandes. Xabier plegó los respaldos de los asientos de atrás para hacer más espacioso el maletero. Lo llenó hasta arriba.

—¿Dónde podríamos comer?

Antes de emprender la marcha, los dos hermanos fueron a un restaurante cercano. Masticaban, bebían, hablaron.

—La *ama* estaba preocupada porque no volvías.

—Ya le he dicho que tenía asuntos que resolver antes de dejar Zaragoza.

—Es lo que yo me imaginaba. ¿Asuntos de la universidad?

—Asuntos del corazón.

La frase, rotunda, expresada en un tono juvenil/desafiante, no inmutó a Xabier, que siguió cortando su escalope de ternera como si tal cosa. A veces, distraído, desviaba la mirada hacia los comensales de las mesas circundantes. Las confidencias de su hermana no parecían despertar su curiosidad ni producirle impresión alguna, hasta que escuchó la palabra. ¿Qué palabra? ¿Cuál va a ser? Alemania. El tenedor quieto en el aire, con un trozo de carne ensartado en la punta, Xabier fijó en Nerea una mirada ¿de estupor? En todo caso de alarma.

—¿Qué piensas hacer?

—El día nueve voy en tren para allá. Sólo compraré el billete de ida.

—¿La *ama* lo sabe?

—De momento lo sabes tú.

La conversación se desflecó. Fluían partidos por islas de silencio los turnos de palabra. Y el discontinuo, manso río verbal arrastraba sin fuerza evasivas, rodeos, cuestiones de poca monta. Xabier no terminó su comida y pidió la cuenta.

—¿O querías postre?

—¿Eh?

—Si tomas postre, nos quedamos un rato más. No pretendo meterte prisa.

—No, no. ¿Te importa que fume un cigarro antes de ponernos en camino?

Veinte minutos después ya habían dejado atrás el que, según Nerea, podía considerarse último edificio de Zaragoza. Xabier conducía y ella, con ademán teatral/celebratorio e impostada nostalgia, improvisó un breve discurso de despedida. Se cachondeaba ahuecando la voz. Que terminaba allí una etapa de su vida, que se llevaba un buen recuerdo de la ciudad pero no pensaba volver a ella hasta pasados tres mil años.

Xabier tardó un rato largo en romper su silencio.

—Yo veo a la *ama* muy sola y tengo miedo de que pierda completamente el sentido de la realidad. Intento pasar el mayor tiempo posible a su lado, pero el trabajo me absorbe. Ella tiene ilusión de que ejerzas la abogacía. ¿No te lo ha contado?

—Odio el Derecho.

—Bueno, tampoco voy yo por diversión al hospital. De algo hay que vivir, ¿no crees?

—Sí, pero no de cualquier cosa y para mí la abogacía es peor que cualquier cosa. A decir verdad, yo veo mi futuro lejos de aquí. He conocido a alguien. Voy a probar.

—Pareces muy feliz.

—¿Te molesta?

—En absoluto. Lo único que te pido es que disimules un poco delante de la *ama*. Comprenderás que en nuestra familia no todos tienen motivos para estar alegres.

—Hermano, conozco ese agujero. No voy a caer en él. ¿Te puedo hacer una pregunta? Simple curiosidad. Si quieres, no me respondas. —Sin apartar la mirada de la carretera, Xabier asintió—. Desde que murió el *aita*...

—No murió, lo mataron.

—El resultado es el mismo.

—Para mí hay una diferencia esencial.

—Bien. Desde que lo mataron, y ya pronto hará un año, ¿te has reído alguna vez? No sé, de manera espontánea, por una bobada que haya dicho alguien en el hospital, quizá viendo una película. ¿No te has olvidado por un momento de todo y se te ha escapado aunque sólo sea una pequeña carcajada?

—Es posible. No me acuerdo.

—¿O te tienes prohibida la felicidad?

—No sé qué es la felicidad. Supongo que se trata de una ciencia que tú dominas. Se te ve hecha una experta. Yo me limito a respirar, a cumplir con mi trabajo, a hacer compañía a la *ama*. Con eso tengo suficiente.

—No paras de nombrar a la *ama*.

—La veo mal, en el agujero ese que decías. Me preocupa.

—Buen hijo. Yo en cambio parece que no me preocupo. ¿Es eso lo que insinúas? ¿Que me resbala todo? ¿Que voy a lo mío?

—Nadie te exige ni te echa nada en cara. Por ese lado puedes estar tranquila. La empresa del *aita* está liquidada. Económicamente no nos va mal. Eres joven, disfruta mientras puedas.

Se pusieron de acuerdo en cambiar de tema. Acababan de entrar en Navarra. Sol, llanura, paisajes secos. De vez en cuando, la silueta de un pueblo. Nerea, de pronto:

—¿Qué sabes de Aránzazu?

—Hace mucho que no he oído hablar de ella. Lo último que supe es que se había ido de cooperante a Ghana, pero no me hagas caso, no estoy muy seguro. ¿Por qué me lo preguntas?

—No, por nada. Me caía bien.

Interrumpieron en aquel punto la conversación. Más adelante, ya habían dejado Tudela atrás, Nerea conectó la radio.

69
La ruptura

Las pintadas contra el Txato le quitaron a Joxian el apetito. Y también lo privaron de su mejor amigo. Porque en una ciudad, pase; pero en el pueblo, donde todos nos conocemos, tú no puedes tener trato con un señalado. Esto lo vino pensando aquel domingo por el trayecto de Zumaya a casa. Había ido con el Txato, volvía sin él. ¿Con quién hago yo ahora pareja al mus? Tras el almuerzo, que no le entraba, que no pudo terminar, había salido del bar con los otros; pero en la primera cuesta hizo como que le fallaban las fuerzas y se rezagó. Luego, antes de llegar a Guetaria, decidió apearse de la bicicleta, sentarse un rato en una roca frente al mar y poner en claro sus pensamientos. El mar es grande. El mar es como Dios, que está cerca y lejos, que nos recuerda lo pequeños que somos, cago en la leche, y si le *daría* la gana nos destruía. Le costó más que nunca llegar a su pueblo. En Orio estuvo a punto de coger el autobús. ¿Y la bici? La podría dejar candada en algún sitio. ¿Y si se la roban? Ojo, que por aquí anda mucha gente de fuera. Siguió pedaleando sin ánimo, sin concentrarse en el tráfico, absorbido por sombrías cavilaciones.

Al entrar en casa, Miren, desde la cocina, en delantal, lo miró a los ojos; pero no severa, no ceñuda: interrogante. Él esperaba bronca por la tardanza. Ella no le dijo más que:

—Hala, dúchate.

Y aquello casi sonó a recobrada ternura de tiempos pasados. Ni siquiera le habló en tono duro como otras veces, o como cuando le dice suave-suave una cosa normal y corriente, pero por la voz y por el gesto él se da cuenta de que enseguida empezarán los truenos.

—No traigo ni gorda de hambre.

—Pues te sientas a mirar cómo como.

Y hablaron, graves, secos, sorbentes de sopa, masticantes de chuletillas de cordero, sentados los dos a la mesa sin la compañía de los hijos.

—Ya sabes, ¿no?

—Primero lo de Joxe Mari y ahora, esto.

—No es lo mismo.

—Desgracia sobre desgracia.

—Ella ha llamado. Casi las diez serían. Le he colgado.

—Pues ayer estuvisteis en la cafetería.

—Ayer fue ayer, hoy es otro día. Ya no hay amistad. Ve haciéndote a la idea.

—Tantos años. ¿No te da pena?

—A mí me da pena Euskal Herria, que no la dejan ser libre.

—No me voy a acostumbrar. El Txato es mi amigo.

—Era. Y mucho cuidadito con juntarte con él. Lo mejor es que se marchen. Con todo el dinero que tienen, ¿qué les cuesta comprarse una casa por ahí abajo? Son ganas de provocar.

—No se irán. El Txato es tozudo.

—La lucha no perdona. Se irán o los echarán. Que elijan.

Poco antes de las diez de la mañana sonó el teléfono. Miren no abrigaba la menor duda: es ella. Hora y media antes había recibido otra llamada que la sacó de la cama. Juani: que si se había enterado, que no le extrañaba, que hacía tiempo que.

Y concluyó:

—Se han forrado a base de explotar a la clase obrera y ahora les viene la factura. No lo digo yo sólo. Lo dice la gente del pueblo. Te aviso porque todos sabemos que tú y ella sois muy amigas.

Miren, el pelo recién lavado, aún no seco, salió a la calle con un pañuelo en la cabeza y en zapatillas. No tuvo que alejarse mucho. Había pintadas hasta en las paredes de la iglesia: Txato chivato, opresor, *alde hemendik*, *Herriak ez du barkatuko*.

En ese estilo. No eran una pintada ni dos; eran doce, quince, veinte, y seguían calle abajo y calle arriba. Allí había habido muchas manos. Esto es cosa gorda y planeada. Presintió: ¿a que me llama por teléfono para saber si sé y para pedirme que vayamos y hablemos y les saquemos las castañas del fuego? Siempre andan aprovechándose de los demás.

Pues sí, Bittori llamó. Aún no habían sonado las campanadas de las diez. Y Miren, que estaba en el cuarto de baño poniéndose rulos, corrió al teléfono decidida a romper la relación.

—Diga.

—Miren, soy yo. ¿Te has...?

No bien hubo escuchado/reconocido la voz, colgó. Qué jeta. Mi hijo jugándose la vida por Euskal Herria y esta gentuza no para de explotar al pueblo. Pues donde las dan, las toman. Y así murmurando volvió al cuarto de baño a terminar de ponerse los rulos.

Transcurrieron días sin que Miren la viera. ¿Cuántos? Bastantes, lo menos dos semanas. ¿No saldrá de casa? A él lo había visto una vez, de lejos, cuando salía con su coche de la calle donde está su garaje.

De ella sólo sabía lo que Juani le había contado. ¿Qué? Pues que tuvo la cara dura de entrar aquí. Esperó su turno, pidió. Juani le dijo: no tenemos. Pidió otra cosa, ahora no recuerdo cuál, y Juani le volvió a responder que no tenemos. Entonces ella, poniéndose muy tiesa y muy señora, dijo pues córtame doscientos gramos de este jamón de York y señaló la pieza con el dedo y Juani le tiró una mirada como para abrir una boquete en la pared y le dijo para ti no tenemos nada.

Miren la vio una mañana en la calle. Muy poco, dos segundos. Se había encontrado por casualidad con el cura. Que si tenía noticias de Joxe Mari. Seguimos esperando. Mentira. Hasta la fecha, Patxi les había hecho llegar dos cartas; pero esto es mejor que quede entre nosotros.

Hablaban. Don Serapio, preguntón como de costumbre. Y, en esto, Miren la vio por encima de un hombro del cura. Venía hacia ellos con el bolso aquel viejo y gastado que solía llevar los sábados a San Sebastián y ojeras. Tanto que ganan y lleva un bolso de mendiga. Es una agarrada. Rápidamente Miren se colocó al costado de don Serapio y de este modo dio la espalda a la que venía. Miren y el cura ocupaban el ancho de la acera. La otra, allá cuidados, tuvo que bajar a la calzada para poder continuar su camino. Ni saludó ni fue saludada. Ni los miró ni la miraron. Y enseguida Miren recuperó su posición cara a cara con el cura.

Don Serapio, pasados unos instantes:

—¿No os habláis?

—¿Yo? ¿Con esa? ¡Por favor!

—Por su propio bien deberían abandonar el pueblo.

—Pues vaya y dígaselo, porque me parece a mí que no se quieren enterar.

En cambio, Joxian sí habló una vez, en secreto, con el Txato. Lo esperó cerca del garaje. ¿Cuándo? Una noche, después de cenar, con el pretexto de sacar la basura salió a su encuentro. Le pesaba una carga en la conciencia y se la tenía que quitar de encima. Lo había intentado con anterioridad, sin éxito, moviendo un poco las cejas a modo de saludo al cruzarse con él. Y últimamente le había dado por bajar a la calle la bolsa de la basura, tarea que por regla general correspondía a Gorka.

Pero el Txato volvía del trabajo unos días a una hora, otros a otra. Igual es que tomaba precauciones. Y como no fuera en aquella calle oscura donde el Txato tenía el garaje, Joxian no lo quería abordar. Por fin una noche le pudo dirigir la palabra.

—Soy yo.

—¿Qué quieres?

A Joxian le temblaban las manos, le temblaba la voz y no paraba de tender la mirada a los lados de la calle, como con miedo de que lo vieran mantener conversación con el Txato.

—Nada. Decirte que lo siento, que no te puedo saludar porque me traería problemas. Pero si te veo por la calle, que sepas que te estoy saludando con el pensamiento.

—¿Alguna vez te han dicho que eres un cobarde?

—Me lo digo yo todo el tiempo. Pero eso no cambia nada. ¿Te puedo dar un abrazo? Aquí no nos ve nadie.

—Déjalo para cuando te atrevas a hacerlo a la luz del día.

—Si te *podría* ayudar, te juro...

—No te preocupes. Me bastan tus saludos mentales.

El Txato se alejó con pasos tranquilos, su silueta borrosa bajo la luz mortecina de la farola. Joxian esperó a que su antiguo amigo hubiera doblado la esquina para emprender el camino de vuelta a casa. Ya nunca más volvió a ver al Txato tan cerca. El Txato caminaba con una mano dentro del bolsillo del pantalón. No tardó en pasar por el punto exacto donde una tarde lluviosa, cada vez más cercana, un militante de ETA le quitará la vida.

70
Patrias y mandangas

Cuentan, dicen, quedó escrito en los periódicos, que lo encontró un pastor. El pastor iba con sus ovejas por unos campos áridos de la provincia de Burgos y allí estaba el cadáver desfigurado y medio comido por las alimañas.

El pastor declaró a los guardias civiles que junto al muerto había una pistola. El ministro del Interior consideraba suficiente esta circunstancia para confirmar la hipótesis del suicidio. El tipo de arma indujo a vincular al muerto con ETA.

En algún bolsillo los guardias le encontraron al cadáver un carné de identidad con un nombre falso. Por la noche, el telediario difundió la fotografía. En el pueblo todo el mundo la reconoció.

Patxi, en privado, les contó a Juani y a Josetxo que hacía ya un tiempo que la organización no tenía noticias de Jokin.

—Vais a tener que prepararos para lo peor.

El féretro llegó envuelto en una ikurriña. Lluvia y paraguas. ¡Policía asesina!, corearon cientos de bocas en la calle. Le hicieron a Jokin un funeral multitudinario, le cantaron puño en alto, le prometieron venganza y lo enterraron. Y en verano, un retrato suyo de gran tamaño presidió las fiestas patronales en el balcón del Ayuntamiento.

Sus padres, hundidos. La carnicería, varios días cerrada. Pero mientras que Juani poco a poco se reponía, interiorizaba el dolor, encontraba consuelo en el rezo, Josetxo cayó en una profunda depresión. Bueno, eso es lo que decían. ¿Quiénes? Los vecinos. Y también Juani, que por aquellos días fue un par de veces a casa de Miren a desahogarse. Habló de los interminables silencios de Josetxo y de las largas horas que su marido se pasaba acostado durante el día, sin que hubiera manera de hacerlo salir de la cama.

Entre las dos mujeres acordaron/decidieron que Joxian fuese a charlar con él, a hacerle compañía y a lo mejor, quién sabe, entre hombres, a levantarle el ánimo. Joxian, al llegar a casa por la noche:

—Ya me mandaste ir una vez y lo pasé fatal.

Gruñó, juraba, maldecía. Enredadoras, metetes, salseras. Y Miren, impasible, seguía rebozando pescado con la ventana abierta. Lo dejó hablar como quien espera a que se le acabe la cuerda a un reloj.

Más tarde, en la cama:

—Oye, si no quieres, no vayas. Mañana le digo a Juani que te niegas y asunto arreglado.

—Tú estate calladita, que bastante me has jodido por hoy.

Y fue de nuevo y refunfuñaba por la calle. Sabía/temía que el otro le iba a montar una escena de lágrimas como la primera vez, y a ver cómo aguanto yo eso. Ya casi era la hora del cierre. En la carnicería no había clientes. Olor a carne, a sebo. Y Josetxo, detrás del mostrador con su mandil blanco salpicado de corros sanguinolentos, en cuanto vio a Joxian rompió a llorar con unas violentas sacudidas de hombros, con un hipo profundo, gutural. Se tiró, grande, fornido, a abrazarlo, y Joxian, dándole palmadas en la poderosa espalda, le transmitía ánimo a su manera:

—*Cagüendiós*, Josetxo, *cagüendiós*.

Y no se le ocurría qué otra cosa decir. Buscaba palabras, sólo encontraba tacos y blasfemias. Y ni siquiera tenía la certeza de estar profiriéndolos con el gesto y la voz apropiados. Además, Josetxo, sí, bien, pero amigo-amigo tampoco era. Amigo era el Txato. Ese sí, aunque ya no se hablaban. Con el carnicero, que nunca ha sido de ir a jugar a cartas al bar ni de montar en bicicleta, pues no tenía tanta confianza.

Josetxo decidió echar el cierre un poco antes de lo habitual. Le pidió a Joxian que bajara la persiana porque él no quería que alguno que pasase por la calle lo viera en aquel estado. Luego, los brazos en jarras, lanzando una mirada lánguida al techo, se fue serenando poco a poco. En esto, puso una de sus manos enormes en un hombro de Joxian, como para significarle que a partir de este momento estoy en condiciones de conversar.

—Ya me figuraba que ibas a venir.

—Son cosas de mi mujer y la tuya. Ahora estoy otra vez contigo y no sé qué tengo que decir.

—Por fin uno que no miente. Te lo agradezco.

Le ofreció asiento en la trastienda. Le ofreció bebida (sin alcohol tiene que ser) que guardaba en la nevera. Le ofreció de comer. Sin formalidades: que si quería picar, fuera al mostrador.

—Y coges lo que te dé la gana. Pan no tengo.

Joxian dijo a todo que no menos a la oferta de tomar asiento.

—Ni se te ocurra consolarme. Si tienes dos dedos de frente, corre a buscar a tu hijo. En Francia, donde sea. Lo agarras, le partes la cara y te lo traes para casa o lo entregas a la policía. Reza para que te lo detengan cuanto antes. Le meten en la cárcel, pero por lo menos no lo pierdes como yo al mío.

Sentado en la silla, Joxian guardaba silencio con cara de circunstancias.

—Ni me dejaron preparar el entierro. Cogieron a mi hijo y montaron con él un numerito patriótico. Les vino de perlas que se *moriría*. Para usarlo con intenciones políticas, ¿sabes? Como los usan a todos. Unos borregos, eso es lo que son. Unos ingenuos. Y Joxe Mari lo mismo. Les calientan la cabeza, les dan un arma y, hala, a matar. En casa nunca hemos hablado de política. A mí la política no me interesa. ¿Te interesa a ti?

—Ni pizca.

—Les meten malas ideas y, como son jóvenes, caen en la trampa. Luego se creen unos héroes porque llevan pistola. Y no se dan cuenta de que, a cambio de nada, porque al final no hay más premio que la cárcel o la tumba, han dejado el trabajo, la familia, los amigos. Lo han dejado todo para hacer lo que les mandan cuatro aprovechados. Y para romperles la vida a otras personas, dejando viudas y huérfanos por todas las esquinas.

—Eso no lo vayas diciendo por ahí, ¿eh?

—Yo digo lo que me sale de los cojones.

—Te amargarán la vida.

—Tenía un hijo, lo perdí. ¿Qué me importa a mí la vida?

—Mira el Txato. Ya nadie le habla.

—Háblale tú, que eres su amigo.

—Me harían lo mismo que a él.

—¡País de mentirosos y cobardes! Mira, Joxian, hazme caso. Déjate de bobadas y ve a buscar a Joxe Mari.

—Esto no es tan fácil como tú crees.

—Si yo sé dónde estaba Jokin, lo denuncio a la policía. Ahora yo tendría un hijo, aunque *sería* en la cárcel. Y me da igual si dejaba de hablarme. De la cárcel se sale alguna vez. De la tumba no se sale nunca.

Tras casi una hora de conversación, Joxian se marchó de la carnicería cabizbajo. Tenía previsto ir a echar la partida al Pagoeta. ¿Cómo me voy a concentrar en las cartas después de todo lo que me ha contado este? Se fue directo a casa con el paquete de embutidos y la morcilla que Josetxo le había regalado.

Miren, extrañada:

—Qué pronto vienes. ¿Le has podido levantar el ánimo?

—Ni un milímetro y en cambio me lo ha bajado él a mí. No me pidas nunca más que vaya a verle.

71
Hija torcida

Era enero. Era martes. ¡A quién se le ocurre! Un martes por la mañana. Un día gris, lluvioso, de trabajo. Para un acontecimiento tan importante, que ha de quedar toda la vida en el recuerdo, se busca un fin de semana de primavera o de verano, ¡por Dios!, con cielo azul, temperatura agradable y toda la parentela de tiros largos, sonriente, arracimada delante del fotógrafo a la puerta de la iglesia. Desde luego, qué poca categoría. Arantxa había llamado por teléfono. ¿A qué hora? A las once y pico. Se puso Miren. No la felicitó. Le dijo, seca, seria, que esto no se le hace a una madre. Y la madre no se interesó por los detalles, no se interesó por nada, se despidió, colgó y no quiso llorar. ¿Yo? Allá ella con su vida.

Pasadas las dos, llegó Joxian de la fundición.

—Mala noticia.

—¿Le han cogido?

—Se ha casado.

—¿Quién?

—Tu hija.

—¿Y eso es una mala noticia?

—¿Eres tonto o qué? Se ha casado por lo civil con el salmantino. Y ahora párate a pensar y echa cuentas. Sin la bendición de Dios, sin avisarnos, sin banquete. ¡Ni que fueran gitanos!

A Joxian se le agrandaron de repente los ojos. Ojos de lechuza en medio de las facciones fatigadas: desde las seis de la mañana pegado al horno. Discrepó. Lo primero, le parecía una gran noticia la boda de su hija y había que celebrarla, qué cojones. Luego: ¿cuánto tiempo llevan viviendo juntos? No lo sabía. ¿Dos, tres años? En cualquier caso, bastante, razón por la que Miren no paraba de criticarlos. Así que ya iba siendo hora de formalizar la relación. Que su hija se casara con el hombre al que quería no se le figuraba a Joxian motivo de disgusto, sino todo lo contrario. Y el chico, nuestro yerno, no es de Salamanca, sino nacido en Rentería. Y aunque hubiera nacido en Salamanca, ¿qué?

—Por mí, como si es chino, negro o gitano. Es el que ha elegido mi hija. Punto.

—Tú eres tonto, has sido siempre tonto y morirás tonto. Tú no sabes de lo que hablas. A ti te ha caído esta mañana una teja en la cabeza. Hala, si te crees tan listo, vete a contarle a don Serapio que tu hija se ha casado fuera de la iglesia con uno que no habla euskera.

—Con un hombre formal, trabajador, que la respeta y la quiere.

Demasiado para Miren: se arrancó el delantal con despecho. Lo tiró contra el respaldo de la silla. Y exclamó, mordiendo las palabras, mientras salía de la cocina con pasos precipitados para encerrarse en el váter a llorar sin testigos:

—¡Ay, Jesús, qué sola estoy, qué sola!

Transcurrieron otros días, cayeron otras lluvias. En febrero hubo acuerdo de las dos familias para reunirse en un restaurante. Miren, sarcástica: celebración en la intimidad como si *sería* un entierro. En total, siete comensales: el joven matrimonio, los respectivos padres y Gorka, que, contra el criterio de su madre, se negó a ir de traje y corbata porque después de la comida tenía previsto juntarse con sus amigos y no quería que se burlaran de él. Miren insistió, inflexible, obligadora. Arantxa y Guillermo terciaron en favor del chaval, que acudió a la comida con sudadera y zapatillas deportivas y fue el primero en marcharse.

El resto de varones vistió como mandan la tradición y las esposas. El traje les quedaba ancho por aquí, flojo y abombado por allá. Los tres tenían aspecto de proletarios en su día excepcional de elegancia, vestidos/disfrazados por las respectivas cónyuges; las cuales se encargaron asimismo, estate quieto, no te muevas, de hacerles el nudo de la corbata.

Ellas, mejor. Con más gusto y más estilo. Las tres con peinado de peluquería. Arantxa lucía el vestido verde oscuro que había llevado la mañana de la boda y una rosa de tela del mismo color en un costado de la melena; Miren, un modelo azul marino que se había comprado en una tienda de San Sebastián, y Angelita embutía sus gorduras en una combinación de blusa y falda, blanca la primera, beis la segunda, que dio a Miren pie para criticarla por la noche en la cama.

Joxian, la cara vuelta hacia la pared, trató en vano de acallar esa boca que a escasa distancia de sus oídos había entrado en erupción verbal. Que el día había sido largo, que necesitaba reposo. Miren, la espalda recostada contra la cabecera, no le hizo caso. Le preguntó:

—¿Qué te ha parecido todo?

—Bien. La carne un poco dura.

¿Para qué dices nada? ¿No ves que así prolongas la conversación? Se arrepintió no ya de la respuesta, sino del mero hecho de haber respondido; pero ya era tarde.

—¿Dura? Una tabla. Y el consomé, ni fu ni fa. Hemos comido en sitios mejores y menos caros. Pero, claro, cuando las cosas no se hacen como Dios manda, pasa lo que pasa.

—Por si no lo sabes, mañana tengo que trabajar.

—Arantxa y su suegra parece que se llevan bien. ¿Has visto cómo le ha ayudado a desplegar la servilleta? Y luego, ¿cómo le ha quitado la mancha de mayonesa de aquí, del bigote? Porque si eso no es un bigote, yo soy obispa. El cariño que Arantxa no ha dado nunca a su madre se lo da ahora a esa señora gorda de Salamanca.

—Bueno, bueno. No empecemos.

—A ti se te veía haciendo buenas migas con tu yerno. ¿De qué os reíais?

—¿También te vas a meter con él? Pero si es un pedazo de pan, cariñoso hasta decir basta. Me preocupa que se deje dominar por la hija.

—Parece que teníais una conversación privada.

—Nos gusta el deporte.

—¿Y tu numerito sentimental? ¿Qué me dices de tu llorera delante de todos? En esos casos, uno sale a la calle o se encierra en el váter, y así no monta un espectáculo. He pasado la mayor vergüenza de mi vida.

—Ya te he dicho que no lo he podido evitar.

—Tú lo que no has podido evitar ha sido pegarle fuerte al cava. No soy ciega. Enseguida he visto que te rascabas el costado.

—No enredes. Me he acordado del hijo. La familia celebrando y él vete a saber dónde está.

—Nos has dejado en ridículo. Ya sólo faltaba que te *pondrías* a hablar de Joxe Mari delante de ellos. Te tiro un plato, fíjate lo que te digo.

—Bien. ¿Me dejas dormir?

Miren apagó la lámpara de su lado. Hacía rato que Joxian había apagado la del suyo. ¿Guardó silencio el matrimonio? Él, sí. Miren, sin cambiar de posición en la cama, siguió enlazando comentarios, críticas, reproches, en la oscuridad.

—Yo los veo fuera de lugar. Serán amables, educados y lo que tú quieras, pero se nota que no son de aquí. Esa manera de hablar, esos gestos. Hasta me parece que mastican distinto. Ve preparándote para tener un nieto que se apellide Hernández. Sólo de pensarlo me entra dolor de tripa. A mí eso es lo que me da ganas de llorar y no Joxe Mari, que está defendiendo la causa de Euskal Herria. Yo no sé, Joxian. Yo no sé. ¿Qué hemos hecho mal? ¿Tú lo sabes? ¿Por qué nos ha salido una hija tan torcida? Joxian, ¿duermes?

72
Misión sagrada

Se fallaron en San Sebastián unos premios literarios para jóvenes. Los convocaba cada año la Caja de Ahorros Provincial de Guipúzcoa. Miren entendió a medias la información que le dieron por teléfono, de forma que cuando, a la hora de la comida, Gorka llegó a casa, todo lo que pudo contarle fue que:

—Ha llamado un señor preguntando por ti. Dice que has ganado algo en la caja de ahorros.

Hasta la mañana siguiente, Gorka, a punto de cumplir dieciocho años, no pudo confirmar lo que presentía/deseaba. Había obtenido el primer premio en la modalidad de poesía en euskera con un poema titulado *Mendiko ahotsa.* Su primer éxito.

Nadie, ni sus mejores amigos, sabía que había participado en un certamen literario. No era la primera vez. Si gano, estupendo; si no, ¿quién se entera? Y sí, se enteró todo el pueblo, ya que la tarde de la entrega del premio un periodista lo entrevistó, y la foto del joven escritor y sus declaraciones salieron al día siguiente en las páginas de cultura de *El Diario Vasco.* También los otros periódicos de la zona dieron la noticia, pero sin foto ni entrevista. A cada ganador le habían correspondido diez mil pesetas.

—¿Diez mil? ¡La hostia! —Joxian arreó a su hijo una recia palmada de felicitación en la espalda. Y lo miraba sonriente, aprobador, con el labio inferior colgante de orgullo—. ¿A qué esperas para ir a tu cuarto a escribir? Podrías forrarte.

Miren:

—¿Qué piensas hacer con el dinero?

—Aún no he cobrado.

—Cuando cobres.

—Necesito ropa y zapatos.

Quien más se alegró de aquel triunfo modesto, pero triunfo al fin, fue Joxian. En el Pagoeta se sometió de buena gana a las bromas benévolas de sus amigos. Que siendo él un tarugo, de dónde había salido aquella eminencia de chaval. En ese tono. Joxian, aniñado, feliz, presumió de hijo. Los genes, decía. Le replicaron:

—Ya serán los de tu mujer.

Y él se defendió bienhumorado:

—¿De esa? ¡Bah!

Tuvo que prometer a sus compañeros de juego que, aunque ganara la partida, el porrón lo pagaría de su bolsillo. Y a otros que andaban repartidos por el bar, también les pagó una consumición.

La apoteosis, un día después. El patrón en persona acudió al horno de la fundición a darle la enhorabuena. Joxian, apocado, se apresuró a quitarse el guante renegrido para estrechar aquella mano blanca y poderosa, cuya muñeca adornaba un reloj de marca. ¿De qué marca? Ni idea.

A Gorka, en la cocina:

—Para comprar un cacharro de esos, yo tendría que trabajar muchos días y tú tendrías que ganar muchos premios.

Miren abrigaba un orgullo sin palabras. Un orgullo de absorción, de fuera para dentro, como esponja que se impregna. Y salvo por un esporádico estiramiento del cuello, apenas dejaba entrever la satisfacción que sentía.

—¿Te alegras, *ama*?

—Pues claro.

Por aquellos días, cuando Gorka entraba en casa, Miren le transmitía al instante la enhorabuena de parte de tal y de cual. Y enumeraba, con las pupilas dilatadas por una especie de euforia, las personas con las que se había cruzado por la calle y le habían pedido que felicitase ¿al escritor? Más bien al ganador de las diez mil pesetas y al que había salido con foto en el periódico, que era lo que de veras deslumbraba. Y esto, a Miren, le producía una intensa, una callada contracción de gusto, como si sus huesos, vísceras, órganos, músculos y hasta los vasos sanguíneos se comprimieran en un punto central de su cuerpo, lo que le causaba un placer que tenía no poco de resarcimiento.

—Ya es hora de que también nos envidien a nosotros.

Arantxa, en conversación telefónica, aconsejó a su hermano que tuviera cuidado. Por supuesto que se alegraba. Mucho. Aúpa, campeón, le dijo como para disipar cualquier duda al respecto. Y que siempre había creído en él. No se olvidó de transmitirle la felicitación de Guille, que además le mandaba un abrazo fuerte. Luego le dijo aquello de que no se expusiera demasiado.

—Tú ya me entiendes.

Gorka no entendía. Ella debió de notarlo, pues, después de unos segundos de silencio en la conversación, añadió que:

—Lo mejor es que escribas tus cosas y no dejes que nadie se aproveche de tu talento.

—Hasta ahora todos han sido amables conmigo.

—Eso está muy bien. ¿Alguna persona del pueblo se ha interesado por tu poema del premio? ¿Alguno lo ha leído?

—Ninguno.

—¿Me entiendes ahora?

—Creo que empiezo a entenderte.

Gorka recordó la advertencia de su hermana días después, mientras se dirigía a la iglesia, donde lo estaba esperando don Serapio. Miren se había encontrado por la mañana con el cura y este le dijo que quería hablar con Gorka y darle personalmente la enhorabuena.

—Si vas a las cinco, lo encontrarás en la sacristía.

—¿Qué me quiere decir?

—¿Qué va a querer? Felicitarte.

—Todo esto es un poco exagerado. Yo sólo he escrito un poema.

—En este pueblo no hay muchos que puedan ganar un premio de poesía. Conque vete a las cinco a donde el cura y déjate querer, ¿eh? Eso sí, antes de ir te duchas.

Fue sin ganas, encogido de timidez. Y nunca antes había estado a solas con el cura. Se rascaba la nariz cada dos por tres para protegerse de su halitosis. Don Serapio, al hablar, entrechocaba las yemas de los dedos. En su cara se dibujaba con frecuencia una mueca de dolorida ternura. Se expresaba parsimonioso, en un euskera pulcro de seminario, salpicado de modismos añejos.

—El nuestro ha sido un pueblo emprendedor, aventurero, de hombres valientes y piadosos. Hemos trabajado la madera, la piedra, el hierro, y hemos andado por todos los mares; pero desgraciadamente, en el curso de los siglos, los vascos no hemos prestado suficiente atención a las letras. ¿Qué te puedo yo decir a ti que tú no sepas? Tú, que según tengo entendido, eres un gran lector y, por lo que ahora sabemos, un poeta.

Gorka asentía cohibido. Enfrente, un espejo de pared, junto al colgador de las casullas, le devolvía su imagen espigada, su nariz un poco (bastante) aplastada. El cura, a lo suyo.

—Dios te ha concedido talento y vocación, y yo, hijo mío, en su nombre te pido que seas disciplinado y pongas tus capacidades al servicio de nuestro pueblo. Es esta una tarea que atañe muy especialmente a los jóvenes que ahora empezáis a escribir. Tenéis energía, tenéis salud y un largo futuro por delante. ¿Quién mejor que vosotros puede dar forma a una literatura que se convierta en el pilar central de la salvaguarda de nuestra lengua? ¿Entiendes lo que te digo?

—Claro.

—El euskera, alma de los vascos, necesita apoyarse en una literatura propia. Novelas, teatro, poesía. Todo eso. No basta que los niños vayan a la *ikastola,* que los padres les hablen y canten en euskera. Son más necesarios que nunca unos grandes escritores que lleven el idioma a su máximo esplendor. Un Shakespeare, un Cervantes, en euskera, eso sí que sería maravilloso. ¿Te imaginas?

Gorka se vio a sí mismo en el espejo, asintiendo.

—¡Ay, este entusiasmo mío! Lo que quería decirte es que sigas formándote y escribiendo, para que nuestro pueblo construya una cultura también por medio de tus manos. Cuando tú escribas es Euskal Herria la que, desde dentro de ti, escribe. Ya sabemos que esta es una responsabilidad mayúscula, quizá demasiado grande por ahora para un hombre todavía joven e inexperto como tú. Pero es una misión, créeme, hermosa, muy hermosa, y en estos momentos de nuestra historia, lo digo sin temor a exagerar, sagrada. Tienes mi bendición, Gorka. Si te aprieta alguna necesidad, no importa de qué tipo, no dudes en visitarme. En todo momento se te echará una mano para que puedas dedicarte con intensidad al noble oficio de escribir.

Pasada media hora, Gorka salió aturdido de la sacristía. El cura lo había despedido con un abrazo. Aquel inesperado choque de pechos impresionó al chaval. Aquello fue de una cercanía física para la que él no estaba preparado. ¿Me tiene por un elegido? Se le formó, yendo por la calle, un hueco interior, un como flato existencial, fruto de la extrañeza. Qué raro: don Serapio no se había referido en ningún momento a Joxe Mari. Qué raro: no le había hecho el reproche que él daba por seguro: te veo poco en misa. Y se acordó, cómo no se iba a acordar, de lo que le había dicho recientemente Arantxa por teléfono. Tampoco el cura había mostrado interés por conocer su poema.

Nada más entrar en casa, su madre le preguntó:

—¿Qué te quería don Serapio?

—¿Qué me iba a querer? Felicitarme.

—Lo que yo pensaba.

Días después, ¿quién le habla del asunto del premio literario a Gorka? Nadie. Tampoco su madre, al llegar él a casa, le venía con la lista diaria de felicitadores. Conque tranquilidad. Por fin. O eso es lo que él creía. Y menos mal, porque ya estaba harto de enhorabuenas y bromas, de palmadas en la espalda, sinceras algunas, de pitorreo las más. Y por encima de todo estaba harto del propio poema, que, releído a solas en su habitación, le pareció de pronto tan flojo que no lo podía mirar sin vergüenza.

En resumen, ya no lo molestaban y entró, sábado por la tarde, en la Arrano Taberna. Le desagradaba cada vez más entrar allí, ver la foto de su hermano, que le preguntaran por él. Y el humo, y el ruido, y el olor, y los vasos mal lavados, a veces con restos de pintalabios. Pero los amigos arrastran y vas. Si no vas, se nota. Y si se nota, malo.

En esto, se acercó a la barra. La cuadrilla había pedido una nueva ronda de calimochos. Esta vez le tocó a Gorka ir a buscar los vasos. Patxi, al otro lado, facciones tensas, le clavó una mirada dura. Se inclinó sobre él:

—Te estás equivocando y eso no me gusta.

A Gorka se le subieron de golpe las cejas. Durante dos o tres segundos su cara quedó paralizada en una mueca de asombro. Y le daba miedo enfrentarse a los ojos adustos del tabernero.

—¿Qué pasa, pues?

—Que sea la última vez que hablas para un periódico fascista y que aceptas dinero de una entidad bancaria explotadora de los trabajadores. Lo primero ya no tiene solución. Espero que no se repita. Lo segundo se puede arreglar. ¿Sabes qué es esto? —Le plantó delante de la cara asustada, sobre la barra húmeda, la hucha de los presos—. Aquí caben exactamente diez mil pesetas.

73
Si estás, estás

Terminada la jornada de trabajo en la zapatería, Arantxa salió a la calle y allí estaba, en las primeras sombras del atardecer, esperándola con cara de perro triste, su hermano Gorka. ¿Qué pasa? Necesitaba un favor. Si podía alojarse unos días en su piso. ¿Pues? La vida en el pueblo se estaba poniendo muy cuesta arriba para él.

—Y los *aitas,* ¿qué dicen?

—Yo quería hablar primero contigo.

Le advirtió:

—Sólo tenemos una cama. La nuestra.

No le importaba acostarse sobre una manta en el suelo y hacerse una almohada con toallas. Arantxa, con el suplemento gestual de una mano, le pidió calma. Tenían un sofá, aunque quizá fuera demasiado corto.

—Es que tú no paras de crecer.

Le preguntó si venía escapando de la policía. Respuesta: que no. ¿Seguro? Seguro. Arantxa resopló aliviada. ¿La cuadrilla entonces?

—La cuadrilla y alguno más.

Los dos hermanos acordaron coger el autobús de Rentería y que Gorka contara delante de Guille lo que fuera que le estuviera ocurriendo en el pueblo.

—Porque si te vas a quedar unos días con nosotros, Guille tiene derecho a conocer el motivo, ¿no crees?

—Por supuesto.

Situación: Guillermo y Arantxa ahí, en el sofá, antes de la

cena; Gorka enfrente, sentado en una silla traída de la cocina porque el joven matrimonio, aunque trabaja y trabaja, aún no ha reunido los ahorros suficientes para terminar de amueblar la vivienda. Gorka contó con mayor detalle lo que ya le había anticipado a su hermana durante el viaje en autobús. En presencia de su cuñado, empezó por la conclusión:

—O me voy del pueblo o sigo los pasos de Joxe Mari. No hay más alternativa. Me presionan. Les parezco blando. Dicen que los libros me están comiendo el coco y se ríen de mí. Les ha dado por llamarme *Kartujo*. Y lo peor es que están logrando dominarme y me obligan a hacer cosas con las que estoy en desacuerdo. Ahora mismo no tengo ningún amigo al que pueda hablarle como a vosotros. Casi no hablo por miedo a meter la pata. Y lo de anoche ha sido la gota que colma el vaso. Estoy muy cansado. No he dormido ni un minuto. He estado a punto de esconderme en el monte, pero luego me he acordado de vosotros.

—Cuéntale a Guille lo que me has contado en el autobús.

Ayer, en un rincón de la Arrano, Peio les susurró, a él y a otro amigo, que guardaba cuatro cócteles molotov en un escondite. Guille: que quién era Peio.

—Uno de la cuadrilla que cada día es más radical.

Arantxa agregó detalles:

—Su padre era el borracho mayor del pueblo. Lo podías ver todos los días haciendo eses por la calle. Ya murió.

Por lo visto, Patxi había dejado a Peio llevarse unas cuantas botellas vacías. Y el chaval, por su cuenta, consiguió la gasolina. ¿Comprada? ¡Qué va! Con una sonda la saca del depósito de coches y camiones. Es muy fácil. Hizo los cócteles. Agregaba aceite de motor para que el fuego, según decía, fuera más pegajoso. Estuvo practicando a solas en la cantera. Le sobraron cuatro.

—Tiene mucha fascinación por las armas y la lucha, y cualquier día de estos se mete en ETA.

Peio propuso una *ekintza* cuando hubiese oscurecido. No se le ocurría un objetivo. Que quién tenía una idea. Primero se habló de la Casa del Pueblo. La puerta aún mostraba las quemaduras de la última vez.

—¿Y el *batzoki*?

Juancar:

—No jodas, que ahí estará mi *aita* jugando al mus.

Gorka callaba. Gorka bebía su calimocho en silencio y a hurtadillas miraba el reloj, esperando un momento oportuno para despedirse. Aquello se estaba poniendo feo de verdad. Veía a sus dos amigos más que decididos, brillantes las pupilas por el alcohol ingerido. Lástima, decía Peio, que no hubiera esa tarde bronca con los cipayos para asar a dos o tres. Ahora hablaban de pegarle fuego al coche de algún enemigo de Euskal Herria. Y ya, de tanto hablar y gesticular, toda la taberna estaba al corriente de lo que aquellos tramaban sin disimulo en el rincón. Así que se les acercó Patxi a sugerirles/mandarles que se fueran a dar un paseo. Porque, claro, en la Arrano él no quiere problemas. Para los asuntos comprometedores hay un cuarto interior. Y en esto, como de pasada, les insinuó y les dijo sin decir que por ahí hay uno que tiene camiones.

—Yo, al principio, no entendí porque estaba más pendiente de largarme que otra cosa. Peio y Juancar supieron enseguida que Patxi estaba señalando al Txato.

Guille: que quién era el Txato.

Arantxa:

—Ya te he hablado de él alguna vez. El de la empresa de transportes. Uno que no se arruga ante las amenazas de ETA. Al parecer no paga el impuesto revolucionario, o se retrasa en el pago, o no paga lo suficiente, no lo sé. ¡Corren tantos rumores! El caso es que le han montado una campaña de acoso para amilanarlo y tiene a toda la gente del pueblo en su contra. Un buen hombre. Para mi padre, un hermano y, para mí, casi como un tío. Ahora no nos hablamos con él ni con su familia aunque no nos han hecho nada. Este es un país de locos.

Y Gorka, acorralado por sus amigos entre la mesa y la pared, se defendía. Que no, en serio, que él no, que se tenía que ir. Le insistieron. Como mucho necesitaban una hora. Ni siquiera eso. El plan era sencillo: tirar los cuatro cócteles, vuelta al pueblo y tú a tus putos libros. Los vio Patxi, aprendices de *gudari,* desde la barra discutir y gesticular. Fue de nuevo al rincón, esta vez con la excusa de retirar los vasos.

—¿Se puede saber qué hostias pasa?

—Aquí, *Kartujo,* que dice que no viene.

—Es un rajado.

—Parece mentira que sea hermano de Joxe Mari.

Gorka callaba y Patxi se volvió, serio, sereno, hacia él:

—Mira, chaval, en un grupo, cuando uno conoce el plan de acción, sigue hasta el final y no traiciona. Si no querías participar, haberte ido antes. Nadie te obliga. Pero si estás, estás. Y ahora, hospa de aquí los tres. Ya me pagaréis mañana las consumiciones. Igual os las perdono. Según cómo os portéis.

A Gorka lo habían relacionado con la palabra «traicionar». De ahí a chivato, un dedo de distancia. Eso desbarató su resistencia. Y estaba de pronto tan corroído de vergüenza que sintió como si anduviera desnudo por la calle, con su cuerpo alto, huesudo, a la vista de toda la gente del pueblo. Se le puso una bola de asco en el gaznate. Y era un asco de sí mismo. Se sintió cobardica, muñeco despreciable, bicho raro, pez fuera del agua, pájaro desplumado, y nada le preocupaba más sino que los otros notaran su tristeza. Los otros, ¿qué hacen? Repetir por la calle, en tono de recriminación, el argumento de Patxi, hasta que Gorka les dijo: bien, ya vale, vamos. Y se fueron a buscar, alegres, achispados, *gora ETA, amnistia osoa* y demás, las cuatro botellas incendiarias que Peio guardaba escondidas.

Con las botellas dentro de una bolsa, bajaron en dirección al río. La hora, oscura, pero todavía con una franja morada de cielo por encima de los montes. Acordaron lanzar cada uno un cóctel y Peio, por ser quien los había preparado, dos. Cuando ya se encontraban cerca del objetivo, Juancar chistó en demanda de silencio. Comprobaron que la verja de la entrada estaba cerrada. Demasiado alta para saltarla. Además, remataba en pinchos metálicos. Mala suerte: sólo había dos camiones. Uno junto al portón de la nave.

—Joder, qué lejos.

Imposible acertarle con una botella lanzada desde fuera de la explanada. El otro estaba aparcado con la cabina del conductor pegada al muro. ¿Dificultades? Al menos tres. La primera, la malla de alambre obligaba a lanzar las botellas como a proyectil de mortero. Así no se podía apuntar bien. La segunda dificultad era la masa impenetrable de zarzas que se apretaba delante del muro, lo que les impedía acercarse al blanco. ¿Y la tercera dificultad? Pues que, rodeados de árboles, aquello estaba oscuro-oscuro y no se veía ni por dónde caminaban.

No había luz en la oficina.

—De puta madre. Estamos solos.

Peio, impaciente, lanzó el primer cóctel. Lo lanzó la mar de alto para que no chocara con la malla. Sin puntería. La botella estalló en el asfalto. La ventaja era que ahora el resplandor permitía ver mejor el camión.

—Dijeron que me tocaba a mí. Yo tenía claro que al camión no le daba. ¿Qué me podían reprochar si Peio también había fallado? Y de repente, mientras encendíamos el trapo, se oye una voz gritar: cabroooones, cabroooones. Y no sólo eso. Pam, un tiro. Os lo juro. Y el Txato que se acercaba corriendo por la explanada. Pam, otro tiro. Si tiraba a dar, yo no lo sé. Pero estaba claro que tenía una pistola.

»Hostia, hostia, este nos mata. Echamos a correr. Y no llevábamos ni capuchas ni nada para taparnos la cara. De todos modos, yo creo que por causa de la oscuridad no se nos podía reconocer. En lugar de seguirnos, el Txato se quedó a apagar el fuego. Para mí que, si quiere, nos deja secos a los tres. Yo no he podido dormir en toda la noche y hoy llevo mogollón de horas andando de un lado para otro. Os agradezco si me dejáis estar aquí unos días. Luego ya veré la manera de marcharme del pueblo. Como siga allí, voy a terminar igual que Joxe Mari.

Arantxa se levantó del sofá.

—Está bien. Voy a preparar la cena. Y tú, mientras tanto, llama a casa y cuéntales a los *aitas* cuál es la situación.

—Lo de ayer no se lo puedo contar.
—Inventa algo.
—¿Qué?
—Guille, ¿qué dirías tú en su lugar?
—¿Yo? No sé. Que me quieren pegar o algo por el estilo.

74
Movimiento de Liberación Personal

Durante un tiempo, Gorka encontró refugio en la soledad. Se distanció paulatinamente de sus amigos. Y la Arrano Taberna, ni la pisaba. Estudiaba, leía, escribía versos y relatos. A continuación los rompía, convencido de que no valían nada. No se desanimaba. Estoy aprendiendo. Mientras tanto, alimentaba la vaga esperanza de trabajar algún día, pero ¿dónde? ¿En la fundición, como le sugirió su padre en varias ocasiones? Joxian se ofreció a hablar con los de la oficina. Ni por esas. Veintiún años y todavía vivía en la casa familiar. Su padre se apenaba creyéndolo raro; su madre le reñía a menudo. Para espabilarlo, decía, segura de que le había salido un hijo gandul.

De vez en cuando, Gorka asistía en San Sebastián a presentaciones de libros, conferencias, mesas redondas, y se arrimaba a otros escritores y conoció a unos cuantos. Dejó de pedir libros prestados en la biblioteca de su pueblo. Más que nada por no encontrarse por la calle o en la sala de lectura con gente conocida. Y, a cambio, se hizo asiduo de la Biblioteca Municipal, en la Parte Vieja de San Sebastián, donde se pasaba tardes enteras inclinado sobre libros, enciclopedias, periódicos.

Pero sabía que no era posible desasirse del pueblo mientras viviera con sus padres. Las fiestas, los actos políticos, las llamadas telefónicas de los amigos, obraban en él un efecto de succión al que no se podía sustraer del todo. Se ejercitó en el arte del escaqueo, se hizo un maestro del disimulo. En las manifestaciones de asistencia inexcusable se las ingeniaba para colocarse en lugares estratégicos. Primero al lado de sus amigos, luego a unos pasos de ellos, y una vez que tenía constancia de que había sido advertida su presencia, se paraba a hablar con cualquiera, a poder ser con personas mayores; se rezagaba como quien no quiere la cosa y, en el momento oportuno, se daba el piro.

A menudo se ausentaba del pueblo durante varios días. Así lo tenía convenido con Arantxa. Se instalaba en el piso de ella, y de este modo se iba despegando de la cuadrilla. Ahora bien, de parásito, nada. Les echaba a su hermana y a su cuñado una mano en todo lo que podía. Mientras estaban en el trabajo les dejaba la casa como los chorros del oro. Les ayudó a empapelar la sala. Les pintó él solo el techo de la cocina. Y, ya puestos a pagar un favor con otro, intentó enseñarle a su cuñado unos rudimentos de euskera. Lo tuvieron que dejar por imposible. Guille era un negado para los idiomas.

La suerte se tropezó con Gorka un día y lo favoreció. ¿Y eso? Pues que el chaval encontró trabajo o el trabajo lo encontró a él y, además, fuera del pueblo; no bien pagado, eso no, pero de su gusto: dependiente en una librería de San Sebastián. Los dueños lo conocían, acudió a la presentación de un libro, le preguntaron. Oye, ¿te gustaría y tal? No lo dudó. Fue el primer éxito de lo que él entre sí llamaba Movimiento de Liberación Personal, cuyo objetivo se reducía a un solo punto: lograr mi independencia. No es sólo que ganara un dinerillo; es que su ocupación laboral le permitía perder de vista a diario el pueblo sin tener que dar explicaciones a nadie, puesto que todo el mundo sabía adónde se dirigía cada mañana al montarse en el autobús.

Por los tiempos en que fue librero publicó reseñas de libros en euskera, alguna que otra pieza literaria breve en revistas, así como, de forma esporádica, artículos de asunto cultural en el periódico *Egin*. Publicar en *Egin* le servía de salvoconducto en el pueblo. Nadie le hacía reproches, nadie recelaba de él. ¿Que apenas lo veían? Bueno, pero publicaba en *Egin*.

Una tarde vio a Patxi por la calle. De acera a acera:

—Muy bueno tu artículo de ayer. No entendí nada, pero me gustó. Sigue así.

El euskera se convirtió en su principal fuente de ingresos. ¿Lucrativa? De momento, para ir tirando. Hacía de todo. Le encargaban textos de contracubierta, la redacción de folletos, pequeñas traducciones. Una editorial le aceptó un delgado libro para niños. A última hora el editor, sin consultarle, le cambió el título. Se lo dejó en *Piraten itsasontzi urdina*. A Gorka no le disgustaba, pero prefería el suyo. Le quedó un sabor agrio como consecuencia de aquella injerencia en su obra.

Arantxa le dijo que no se lo tomara a pecho y lo animó a dedicar en el futuro sus mayores esfuerzos creativos a la literatura infantil.

—Mientras escribas para niños, te dejarán tranquilo. Pero ay de ti, chaval, como te metas en líos de la tierra. En todo caso, si te da por escribir para mayores, pon tus historias lejos de Euskadi. En África o América, como hacen otros.

La buena suerte se encariñó con él y le cumplió, en condiciones más que favorables, el sueño de abandonar para siempre su pueblo natal. ¿Qué pasó? Pues que una tarde conoció a Ramuntxo. Y el caso es que Gorka no tenía previsto acudir a la inauguración de aquella muestra de pintura vasca en la galería Altxerri; pero se le escapó el autobús, llovía, el sitio le pillaba cerca. En fin, por hacer tiempo, entró en la exposición como si una cuerda invisible tirara de él. Y allí estaba Ramuntxo con un canapé de gamba, huevo cocido y mayonesa en la mano. Entablaron conversación. A Ramuntxo, que le lleva once años, lo dejó anonadado el buen euskera que habla Gorka. Congeniaron. Y de la galería, para conversar con mayor tranquilidad, se fueron al bar de abajo. Siguieron congeniando y al final, a eso de las diez de la noche, Ramuntxo se ofreció a llevar a Gorka en su coche al pueblo. Gorka, encantado, no sólo por el favor del transporte, también porque por vez primera después de largo tiempo comprobó que había en el mundo una persona, aparte de su hermana, con quien podía hablar sin poner freno a la franqueza.

Dos meses más tarde, se instaló con Ramuntxo en Bilbao. La idea inicial era que trabajase para él como secretario, también como redactor de textos radiofónicos. Ramuntxo, divorciado, padre de una niña, Amaia, a la que quería con locura, puso a Gorka a vivir con él en su piso de la calle Licenciado Poza. Le asignó un dormitorio y un despacho, y le pagaba bastante más que los dueños de la librería de San Sebastián.

Le pidió/prohibió que escribiera una sola línea para *Egin*.

—No te quemes. Tú hazme caso a mí.

Gorka componía unos textos tan hermosos, tan profundos y bien escritos, que al cabo de un tiempo Ramuntxo decidió incorporarlo a la emisora. No tuvo problemas para lograr que aceptaran a su joven amigo en la plantilla. Y para Gorka aquello fue como subir al cielo.

No era una emisora de gran cobertura. Aproximadamente el ochenta por ciento de la programación se daba en euskera. Y había locutores que maltrataban la gramática. Mejor para Gorka, quien, como leía de maravilla, se expresaba con fluidez, tenía un dominio enorme del idioma y, además, buena voz, en poco tiempo pasó de redactor, asistente, encargado de la discoteca, responsable de la cafetera y chico de los recados, a hablar ante el micrófono, al principio en compañía de Ramuntxo, más tarde solo.

Le gustaba horrores el trabajo, tanto que permanecía en la emisora después de terminada la jornada laboral. Tomaba asiento junto al técnico de sonido para que le enseñase el manejo de la consola de control. Y estaba asimismo al loro por si llegaba a la ciudad algún escritor, algún artista, algún cantante. Entonces corría en su busca provisto de una grabadora y lo entrevistaba. Otro tanto hizo más tarde con deportistas y con cualquiera que tuviera un nombre y se prestara a responder a sus preguntas.

Ramuntxo lo veía tan entusiasmado que le procuró un programa de media hora para él solo sobre literatura vasca todos los días a las diez de la noche, salvo los sábados y domingos. Gorka, feliz.

75
Jarrón de porcelana

Aránzazu, gafas de sol, se acomodó en la plataforma de proa y Xabier remaba. En la popa podía leerse el nombre de la barca: *Lorea Bi.* Es que antes había habido una *Lorea Bat.* Pertenecía al hermano de Aránzazu y les dejó la llave. Ya de jovencita, ella gustaba de salir a dar una vuelta por la bahía con la *Lorea Bat,* que era más pesada y difícil de maniobrar que esta de ahora. A bordo, amigas del colegio, algún novio ocasional, rara vez ella sola. La *Lorea Bi* tiene un motor fueraborda, pero Xabier ha decidido usar los remos. A fin de cuentas, para pasar la tarde, no hace falta vaciarle al hermano de Aránzazu el depósito de combustible.

—Hombre, ¡por cuatro gotas!

—Me vendrá bien un poco de ejercicio. Se lo recomiendo a mis pacientes y luego resulta que soy yo quien lleva la vida sedentaria que les reprocho.

Soltaron el amarre. Avanzaron despacio por entre las filas de embarcaciones atracadas, con precaución de no rozar ninguna. Aránzazu guiaba: cuidado con, tira un poco hacia, no vayas tan. Y cuando hubieron sacado la barca a una zona despejada, encendió un cigarrillo y se dejó llevar.

Día perfecto. Tarde azul de finales de primavera. Las aguas del puerto quietas, con peces que de pronto, al ladearse bruscamente, encienden un destello de plata en el fondo oscuro. Sentados ahí arriba, a los bordes de la estrecha bocana, se alinean seis o siete pescadores de caña, la mayoría chavales. A causa de la bajamar quedaba al descubierto una franja ancha de muro cubierta de algas. Cangrejos en las grietas. Y Xabier agorero, suspicaz:

—Sólo falta que algún imprudente de estos nos clave el anzuelo.

Salieron a la bahía. En el espacio abierto, la *Lorea Bi* comienza a oscilar. Se nota ya el formidable volumen del agua, el poder de las olas que son como avisos. ¿Qué dicen? Lo de siempre: que el agua vive y vosotros sois bichitos sobre una cáscara flotante. ¿Marejada? Qué va, pero si no le tienes cogido el tranquillo al mar, el zarandeo constante intimida y la brisa se envalentona. Te envuelve agresiva, azotante, porque te sabe sin defensas. Y Aránzazu, alborotado el pelo, qué guapa es, se lo tuvo que recoger en un moño.

Lo que ella temía era otra cosa.

—Me gustaría abrirte un orificio en la frente para asomarme de vez en cuando a tu cerebro y averiguar lo que piensas y lo que sientes. Cuando era niña, mis amigas del barrio y yo hacíamos recordatorios. Cada una cavaba un pequeño agujero en la tierra; metíamos allí dentro margaritas, hojas de trébol, alguna baratija, un rizo; lo tapábamos con un trozo de vidrio y otro día volvíamos a mirar. Bueno, pues yo te haría lo mismo en la frente para ver qué ocurre en tu interior.

—Por mí no te reprimas. Cuando esté dormido me haces la trepanación y seguro que no la noto. Ya sabes que tengo un sueño profundo.

Xabier lleva un ritmo pausado de paladas. Es que no quiero llenarme las manos de ampollas. Un leve pero continuo impulso basta para que la *Lorea Bi*, que es ligera (casco de plástico reforzado con fibra de vidrio), se deslice sobre la superficie del agua. ¿Adónde van? A ningún sitio. A estar solos frente a la ciudad de la que, conforme se adentran en la bahía, les llegan cada vez menos ruidos y aun esos, amortiguados.

Aránzazu, tambaleante, ya sin gafas de sol, se ha pasado al asiento de popa para verle a Xabier la cara cuando le habla. Y por mayor seguridad, al ir de un extremo a otro de la barca, se ha sujetado un momento en sus hombros. Esas manos están tibias, son suaves, hay en ellas terciopelo enamorado. Y luego Aránzazu se ha desprendido de sus zapatos que son como chinelas, de la blusa azul, del pantalón vaquero, y deseosa de sol se ha quedado en bikini. Los pies, uñas pintadas de rojo oscuro, son menudos y todavía juveniles.

—No sé qué hacer, *maitia,* para caerle bien a tu madre. No será porque no me esfuerce. Pero, te lo juro, se me están acabando los recursos. ¿Qué me aconsejas?

—Mi madre es una persona con un mundo mental bastante limitado. No te preocupes. Cualquier día de estos descubre lo maravillosa que eres y os haréis amigas.

—Lo dudo. No me perdona que yo, una simple enfermera, le haya robado el hijo.

—¿Te lo ha dicho?

—Lo veo, Xabier. Tengo ojos.

—Los más bonitos que he visto en mi vida.

¿Otro requiebro? Sin duda merecido. Era guapa, con un punto de madurez: mi tipo. Ni vieja ni niña. Mujer en su sazón, con sus primeras arrugas en los bordes de los párpados que aún la hacían más atractiva por el componente adicional de la experiencia en los asuntos terrenales, cuando todavía no hay derrotismo/resignación, pero aún salud, provisión de esperanzas, alegría a pesar del divorcio que la dejó desorientada, con desgarros psicológicos, hasta que apareció Xabier.

Los labios, plenos, quizá lo mejor de su cara agraciada. Y cuando los abría, asomaba la dentadura fresca, blanca, maravillosa. ¡Cuánto me acuerdo de ella! De la humana/hermosa, de la bella/cálida.

Aránzazu le pidió entre la isla y el monte Urgull, sin barcos ni botes cercanos, mecidos suavemente por las olas, que le pusiera bronceador en la espalda. A diario veo cuerpos, pero este es el cuerpo que yo amo. La amaba. La amaba mucho. Y ella:

—Últimamente he tenido un sueño recurrente. ¿Te lo cuento?

—Cuenta.

—Voy por un bosque o por una montaña con unos precipicios horribles. Llevo un jarrón de porcelana en los brazos.

No te lo podría describir. Alguien me susurra al oído que es una pieza valiosa. Sería una grandísima desgracia que se rompiera.

—Barrunto el final. El jarrón se te cae y se rompe con un ruido de mil demonios.

—Habré soñado el episodio más de cinco noches en las últimas semanas. Me da que me estoy obsesionando. El jarrón, otras veces una botella, se rompe siempre. En el sueño siento impulsos de llorar, pero me da vergüenza. La gente me señala con el dedo y, en lugar de ayudarme, me critica. No sé dónde esconderme. Entonces echo a correr como una loca y de pronto me doy cuenta de que de nuevo llevo en los brazos un jarrón o una botella o un objeto frágil que se va a romper y que efectivamente se rompe.

—Deberías escribir, tienes ideas.

Embadurnada la espalda de crema, Xabier le levantó la parte superior del bikini, más que nada por tocarle los pechos, por acariciárselos con la excusa de aplicarle el bronceador. ¿Se lo ha pedido ella? No, pero Aránzazu nada le niega que tenga que ver con su cuerpo. Si toca, que toque. Si chupa, que chupe. Si entra, que entre. Se lo tiene dicho desde antes de aquellos días felices que pasaron en Roma. Que no le oculte deseos, que la tome para su placer cuando quiera y como quiera a cambio de afecto sincero. Que con eso se conforma. Si la entiende. Por supuesto.

Sus pechos son más bien pequeños, un poco caídos, pero extremadamente sensibles. De forma que, si él los masajea/aprieta/besa con delicadeza, con minucioso cariño, no es raro que ella dé un respingo de gusto y quiera más.

Le pregunta, con los ojos cerrados, concentrada en las sensaciones agradables, si en el hospital le viene alguna que otra pulsión erótica cuando trata a mujeres bellas.

—En el quirófano, jamás. Durante las consultas, no te voy a decir que no. Puede que una ráfaga de perfume me haga olvidar por un instante que soy un mecánico de cuerpos. Creo que le pasa a todo el mundo. ¿A ti, no?

—No mucho.

—He tratado a auténticas preciosidades, pero ¿cómo se va uno a fascinar sabiendo que dentro de esos cuerpos está creciendo un tumor o los riñones han dejado de funcionar?

Se ponen de acuerdo en salir de la bahía. ¿Adónde? Allá, detrás de la isla, donde estarán completamente solos. Xabier vuelve a remar.

—Ahora mismo no recuerdo una erección en horas de trabajo.

Evoca, mientras maneja los remos, muecas de dolor, heridas sangrantes, enfermedades. Evoca cuerpos desnudos, sí, incluso jóvenes y bien formados, pero llenos de sufrimiento y de angustia, entubados, inconscientes, condenados a una muerte segura hoy, mañana, dentro de tres semanas, y él no está allí para experimentar pulsiones. Vamos, vamos. Ni siquiera para dejarse llevar por la compasión.

La *Lorea Bi* avanza con ligereza. El mar cabrillea. Las palas de los remos entran con suavidad en el agua cada vez más oscura. Oscura por más honda. También un poco más agitada. Nadie. Ni una vela, ni el perfil de un buque de aquí hasta el horizonte remoto. Y Aránzazu encendió un cigarrillo y se soleaba con la espalda apoyada en una toalla que había extendido sobre la plataforma de popa y con los pies encima de la tabla del asiento. Xabier contemplaba su cuerpo en escorzo. ¿Cómo se puede ser tan hermosa? Las piernas esbeltas, lisas, bien torneadas, que anduvieron por la vida hasta llegar a mí. Las rodillas, los muslos con unos asomos de celulitis que traen a Aránzazu por la calle de la amargura. Es que es presumida. Ella decía que no, que era una cuestión de amor propio. Y él fijó la mirada en la braguita roja del bikini, en la tela tras la que otras veces se insinuaba en suave relieve el sexo, pero aquella tarde no.

—¿Quién fue el primero?

—Un amigo de mi hermano, en casa de mis padres. Yo tenía quince años.

—Chica precoz.

—Por un lado, me picaba la curiosidad. Por otro, vi claramente que, si no me dejaba, el tipo me iba a violar. No tengo la menor duda al respecto. En casa no había nadie. Mi hermano aún no había llegado. Entonces hice como que me apetecía y, con el truco de la docilidad, la cosa apenas duró un par de minutos.

—No irás a decirme que no te quedó un trauma de por vida.

—Pues no. Tampoco es que me doliera especialmente.

Hora y media después, iniciaron el regreso. Había empezado la pleamar. Con la misma fuerza de antes avanzaban el doble de distancia. A veces Xabier lograba que las paladas coincidiesen con el empuje de las olas. La *Lorea Bi* salía entonces disparada hacia delante. En un pispás entró en la bahía.

El sol declinaba. El horizonte marino, en aquellas lejanías de poniente, copiaba el intenso amarillo del cielo. El aire refrescó y Aránzazu ya venía vistiéndose. Hicieron planes: cenarían unos pinchos en la Parte Vieja y después a casita, ya que al día siguiente los dos tenían turno matinal de trabajo.

A la altura del Acuario oyeron el primer estruendo. Enseguida el segundo. Suenan como cohetes de fiesta, pero el lugareño sabe: es la policía que está disparando pelotas de goma contra los manifestantes.

—Hay lío en el Bulevar.

—Los futuros terroristas haciendo prácticas. Una hora de bronca, pegarán fuego a algo y después a potear por los bares de la Parte Vieja.

Xabier, remando, despotricaba y a Aránzazu la sorprendió el tono vehemente de sus palabras. ¿Y eso? Es que:

—Nunca te había oído hablar así. Pareces otro.

—Pienso en mi padre y me resulta difícil contenerme.

—¿Le siguen acosando?

—No paran. El otro día unos chavales intentaron pegarle fuego a un camión. Estuvo atento. No lo consiguieron. Sentí escalofríos cuando me confesó que había estado a punto de cometer un error, según él el peor que puede cometer un hombre.

—Me asustas. ¿De qué error hablaba?

—No se lo pregunté. Le vi en la cara que no quería ahondar en el tema. Pero tengo una sospecha. Bueno, estoy casi seguro.

—¿No se le ocurrirá usar la violencia?

—Me da que guarda un arma en la oficina y que sintió fuertes tentaciones de usarla para defenderse.

Se acercaban al puerto. Al fondo, por encima de las casas, ascendía una columna de humo negro.

—Un error de ese tipo daría lugar a represalias. A los violentos les encantaría que todos participáramos en su juego. Así tendrían pruebas de esa guerra que sólo existe en sus cabezas. No quiero herirte, *maitia*, pero esto es lo que yo opino.

—No, si es lo mismo que piensa mi padre. Me van a matar cualquier día, dice con toda frialdad. Le insisto para que se venga a vivir al piso que le ayudamos a comprar tú y yo en San Sebastián. Dice que pronto tomará una decisión. Se hace el fuerte, pero yo sé por mi madre que algunas noches llora en la cama.

—¿Cómo van a hacer daño a tu padre, un vasco bueno y *euskaldun*?

—Sí, y propietario de una empresa. Todo este delirio de la lucha armada hay que financiarlo, no lo olvides. Todavía quedan en las calles del pueblo pintadas contra él. ¿Tú crees que a los vecinos se les ocurre borrarlas? Cuanto más lo pienso, más me cabreo.

—Te veo sufrir, *maitia*, y se me parte el alma. ¿Dejamos los pinchos para otro día?

—Será lo mejor. De buenas a primeras he perdido el apetito.

76
Tú llora tranquilo

No le dijeron. No sabía. Soy el hijo. No precisó de quién. No hacía falta. Se lo debieron de notar en la expresión de la cara. Aparte de que una bata blanca, quieras que no, produce un respeto instintivo. Lo dejaron pasar. La tarde gris, el corazón acelerado, se percató de la mancha de sangre en el último instante. Es que no se veía bien sobre el suelo mojado. Por poco la pisa. O sea, que aquí ha sido. No sabía. No le dijeron. En su pensamiento se dibujaron las huellas rojas en forma de suela de zapato por el corto trayecto hasta la casa de sus padres. ¿O ahora sólo de su madre?

Si el Txato hubiese muerto, ¿no estaría tendido en el suelo, tapado con una sábana, a la espera de que el juez procediese al levantamiento del cadáver? Y ambulancias junto a los coches patrulla de la *Ertzaintza* no se veían. Por tanto, se lo han llevado. Por tanto, mientras haya espacio para la actuación médica, hay un hilo de esperanza.

Dos *ertzainas* salieron de la vivienda conversando de manera informal. De la boca de uno de ellos brotó un aleteo de risa. Al cruzarse con la bata blanca en la escalera, callaron. Escueto saludo. Xabier supuso que le habrían dado el pésame en caso de. ¿Es usted pariente del finado, interfecto, asesinado, ejecutado; en fin, del muerto? Lo sentían mucho, lo acompañaban en el sentimiento. Pero en lugar de condolerse continuaron bajando la escalera. Un poco después, ya cuando Xabier empujaba la puerta que los *ertzainas* habían dejado entreabierta, los oyó reanudar el revoloteo de trivialidades.

Entró. Entró con pasos cautelosos, como quien procura no alterar el reposo de un durmiente. El olor familiar, el recibidor en penumbra. Hacía meses que no visitaba la casa. ¿La razón? Pues que evitaba el pueblo. Así de claro. Se sentía mirado, mal mirado, y ya le había ocurrido dos veces que, yendo por la calle, conocidos de toda la vida no le respondieron al saludo. Conque de un tiempo a esta parte, para ver a sus padres, prefería que ellos se desplazaran a San Sebastián.

En el perchero de la pared colgaba la vieja zamarra del Txato, la de tantos años. Y Xabier no pudo menos de alargar la mano para tocarla. No sé por qué la toqué. Apenas unos segundos, como si pretendiera comprobar que algún vestigio de la vida de su dueño perduraba en la prenda.

Se encaminó hacia el único lugar luminoso de la vivienda y, en efecto, allí, en la sala, estaba su madre. ¿Acongojada, lacrimosa, sollozante? En aquellos momentos, Bittori observaba la calle por las rendijas de la persiana. Y al sentir la llegada de su hijo, se volvió brusca hacia él y en sus facciones había airada serenidad, altiva entereza, una especie de digna tensión que borraba de sus facciones cualquier atisbo de congoja.

—No quiero que me pongas una inyección.

Que para calmarse se bastaba ella sola. No así él, que se tiró emocionado a los brazos de su madre.

—Tú llora tranquilo si eso te ayuda. A mí nadie me verá echar una lágrima. Ese es un gusto que no les voy a dar.

Pero Xabier no se contenía, inclinado sobre su madre, abarcándola en conmovido abrazo. Roto de pena: su madre en zapatillas viejas, la felpa de una de ellas salpicada de sangre; su madre aparentando fortaleza, su madre canosa, su desdichada madre, y a un costado de los dos, encima de la mesa, se veían las gafas de leer que usaba el Txato en casa, el bolígrafo, el periódico abierto por la página del crucigrama. Y en pleno ataque de llanto la oigo preguntarme si quiero que me prepare algo de comer. ¿Estará tan afectada que ha perdido toda noción de la realidad? ¿Negaba lo sucedido?

Antes al contrario, Bittori no abrigaba la menor duda de que:

—Está muerto. Ve haciéndote a la idea.

—¿Quién te lo ha dicho?

—Lo sé. Cuando lo he visto, aún respiraba; pero ya en las últimas. Te aseguro yo que de esta no sale. Me parece que tenía la cabeza reventada. Se acabó el Txato, ya lo verás.

—Lo han trasladado al hospital, supongo.

—Sí, pero es inútil, ya lo verás.

Pobre Nerea, cuando se entere. Habría que mandarle aviso sin falta. Xabier, ya más sereno, buscó en el cajón señalado por su madre el recorte de papel con el número de teléfono. Atendieron enseguida a la llamada. Ni dos timbrazos. Se oían las típicas voces y ruidos de bar. Dejó el encargo sin entrar en detalles. Sólo aclaró quién era y formuló el ruego. ¿Cuál? Que avisaran a su hermana para que llamase sin pérdida de tiempo a sus familiares. Recalcó que era urgente. Para mayor seguridad, repitió las señas postales de Nerea. El hombre del bar le dijo que no hacía falta, que se acordaba de la chica.

—¿Tú estás segura de que el *aita* vivía cuando lo han metido en la ambulancia?

—No me he apartado de él ni un instante. Movía los párpados y yo no paraba de hablarle porque he pensado: a este, como no le hable, se me va. Pero él no podía contestarme. Se estaba yendo en sangre. Con decirte que al volver a casa me he tenido que cambiar de ropa.

—A mí me gustaría que me dijeras si estaba o no consciente.

—Oye, me vas a marear. Los párpados sí los movía. Un poco.

—¿Tú has llamado a la policía y los sanitarios?

—Yo no he llamado a nadie. Han venido de repente con las sirenas a todo sonar. Algún vecino habrá hecho la llamada. Es que menudos gritos he pegado. Han debido de oírlos hasta en el pueblo de al lado.

Tras la siesta, el Txato tomó café; en realidad, un culo frío que quedaba en la cafetera. Bittori, que lo oyó gruñir, se ofreció a hacerle uno nuevo; pero el Txato, fuera porque la vio amodorrada en el sofá, los brazos cruzados en actitud de dormir una cabezada, o porque lo acuciaba como siempre la prisa, rechazó el ofrecimiento.

—Con lo que hay voy que chuto.

Salió de casa. ¿A qué hora? Pues faltaba poco para las cuatro. Y a ella la apenaba ahora no haber ido al recibidor a darle al Txato un beso que igual podía haber sido el último de su vida, Dios quiera que no. Habría preferido emplear su energía en una despedida más entrañable, después de tantos años de matrimonio y dos hijos, a malgastarla en una estúpida conversación sobre café caliente o frío.

—Pues si me preguntas, te diré que sólo me acuerdo de los ruidos. Primero el de la puerta cuando se ha ido a trabajar, luego sus pasos en la escalera, luego nada, yo en el sofá con los ojos cerrados, pensando: a ver si duermo media horita. Y de repente, los tiros. No me preguntes cuántos. Pero que eran tiros, vamos, yo eso no lo he dudado un momento. Entonces he corrido al balcón. He visto al Txato caído en la acera y a nadie más. Yo no he visto al que ha disparado, si es que era uno. Bueno, tampoco me he quedado mirando, sino que he bajado a todo correr a la calle y, al ver la sangre, pues ya me he puesto a gritar como una loca. ¿Tú crees que ha venido alguien a echar una mano? Porque yo quería levantar a tu padre. Me digo: a este hombre yo lo tengo que poner de pie. Pesa mucho. Entre dos o tres lo levantamos, pero no ha venido nadie. Así que me he puesto a hablarle. Y fíjate qué alterada estaba que le he dicho: te quiero. No nos lo hemos dicho nunca. Ni de novios. No nos salía decirlo. Si eso, nos lo demostrábamos y punto. Pero es que yo tenía que hablar y hablar o este se me va. Y por lo menos, mira, si se va a la tumba, que sepa que le he querido. Nadie me ha echado una mano. La calle, sola. Las ventanas, cerradas. Y qué manera de llover. Ya te digo, nadie. Alguno que habrá visto todo desde detrás de un visillo, ha debido de llamar a la policía y a la ambulancia. De otro modo no me explico cómo han venido tan pronto. A los diez minutos, la *Ertzaintza* ya estaba aquí. Y un poco más tarde, la ambulancia.

Sonó el teléfono. ¿Nerea? Bittori hizo señas a su hijo, corre, corre, para que atendiera a la llamada. Xabier, de pie junto al aparato, sólo tuvo que darse media vuelta y estirar el brazo.

—Diga.

—*Gora ETA!*

Colgó.

—Está claro que no era tu hermana.

—Hay gente empeñada en hacernos daño. Va a ser mejor que no cojamos el teléfono.

—¿Y si llama Nerea?

Bittori esperaba asimismo la llamada del hospital. Xabier:

—No te preocupes. Yo me encargo.

Marcó un número. Saludó, dijo, preguntó. Y quienquiera que hablaba por el teléfono le comunicó otro número que él fue anotando en un taco de notas. Acto seguido, marcó aquel número. Su madre detrás, en el sofá. Y él dándole la espalda, como haciendo pantalla con ella.

—Lo siento, Xabier. No se ha podido hacer nada.

En tono neutro dio las gracias. ¿Gracias por qué? Por nada. Era una forma de fingir aplomo. Y colgó. Mi espalda y detrás mi madre, y el difícil momento de darse la vuelta. Evitó mirarla de frente para que ella no pudiera leer en sus ojos. Buscó palabras: acaban de comunicarme que, tienes que saber que. Pero en lugar de eso dijo que se iba al hospital a informarse y desde allí la llamaría para ponerla al corriente de la situación. Le pidió que:

—Si oyes que te insultan, cuelgas rápidamente el teléfono. ¿Me lo prometes?

77
Negros designios

Dos días después del funeral, el Txato recibió sepultura en el cementerio de Polloe. Asistió poca gente al entierro. Ninguna ausencia pesaba tanto a Bittori como la de Nerea. Que le estaba amargando el duelo, que no se lo iba a perdonar. Xabier mediaba comprensivo, razonable, conciliador, entre la madre y la hija. En vano. Ni consolaba aquí, ni persuadía allá. Le parecía que los surcos de enojo en el entrecejo de su madre eran cada vez más hondos. Intentó con repetidas llamadas telefónicas al bar de Zaragoza ponerse en contacto con su hermana y convencerla para que viniera a casa cuanto antes. Lo primero resultó dificultoso, además de ingrato, pues se daba cuenta de que se estaba convirtiendo en una molestia para el dueño del bar. Lo segundo, sencillamente, no le funcionó, decidida como estaba Nerea a no enfrentarse con el hecho físico de la muerte de su padre. Ah, ¿conque es eso? En una descarga final de despecho, su madre le dijo a Xabier que le daba igual, que Nerea hiciese su vida como ella pensaba hacer la suya, y que:

—¿Sabes una cosa? Ya no creo en Dios.

Mañana gris aquella del entierro. Menos mal que no llovía ni hacía viento. Si no, allá arriba, ¿dónde te vas a refugiar? Cruces, lápidas, caminos. Más abajo, los tejados de la ciudad envueltos en otoñal neblina. Dicen que es un cementerio bonito. ¡Vaya consuelo! Se juntaron unos cuantos delante del panteón y, al correr la losa, surgió a la vista la caja del abuelo Martín. Vinieron los de Azpeitia, parientes a los que uno tan sólo ve en las bodas y sepelios. Vino la hermana de Bittori, que de todos modos no se enteraba de nada porque lo que es de cabeza estaba la pobre más de allí que de aquí. Vino media docena de vecinos que dieron el pésame bajando la voz. Con ellos, dos empleados de la empresa del Txato. Se entiende. Lejos del pueblo, nadie los puede ver, nadie los va a criticar. Bittori, ojerosa, tranquila, agradeció a todos, de uno en uno, su asistencia.

Como en la tarde del funeral, los de Azpeitia le preguntaron por Nerea.

—No, es que no ha podido venir. Ya sabéis, estudia en Zaragoza.

Xabier, hijo guardaespaldas, no se apartaba de Bittori. Estaba junto a ella, en el momento de las primeras despedidas, cuando reparó en la mujer de gafas oscuras, separada una veintena de pasos de los demás, como si estuviera de visita ante otra tumba. Es ella. ¿Quién? Quién va a ser: Aránzazu. Después de lo que había pasado entre ellos, Xabier no esperaba volver a verla. Quizá alguna vez, de pasada, hola, hola, en el aparcamiento o en la cafetería del hospital.

A su madre:

—Te espero en la salida.

—¿Adónde vas?

No le respondió. No hacía falta. Bittori acababa de reconocer a la enfermera. Pero ¿no decía él que había puesto fin a la relación?

Mientras se acercaba a Aránzazu, más guapa que nunca, Xabier notó el silencio que se había formado a su espalda. Serio, profesional, le estrechó la mano. No la iba a besar con toda aquella gente allí, ¿eh?

Echaron a andar, medio metro de separación, hacia la salida del cementerio, dando un pequeño rodeo para apartarse de los otros.

—Me he puesto un poco aparte para no molestar.

—Sabes que no molestas.

—Tu padre me caía bien. Desde el primer día se mostró amable conmigo. No puedo decir lo mismo de tu madre.

—Deja eso. Te lo pido por favor.

—He venido a decirle adiós a tu padre y en protesta contra el terrorismo. Si este fuera un país decente, el cementerio estaría ahora abarrotado.

—Qué se le va a hacer.

—De paso aprovecho para despedirme de ti, también para siempre.

—¿Te vas?

Oye, Xabier, ¿a ti qué te importa? Es cierto, no sé por qué se lo pregunté. En realidad, estaba todo hablado/roto entre los dos, hablado por ambos, roto por él, en un rincón de la cafetería del hotel Londres. Y ella, que era persona de buen corazón, eso no puedes negarlo, tuvo el gesto noble de asistir al entierro del Txato; al mismo tiempo, al entierro de un amor en el que ella había depositado muchas esperanzas, mucha entrega y toda su energía. Esto es metafórico. Pues que lo sea. Aquel amor tan frágil, tan de vidrio y porcelana, que tú hiciste añicos, sí, tú, yace muerto en la misma tumba que tu padre. De antevíspera, cuando ya las vertidas, inevitables lágrimas empezaron a dejar paso a la resignación, Aránzazu había dicho que:

—El que mató a tu padre rompió lo que nos unía a ti y a mí.

No parecía resentida. Motivos no le faltaban para estarlo. Xabier, sinvergüenza, ¿cómo pudiste tratarla así? ¿Cómo? No te hagas el tonto. Ella, al principio, no entendía. Reciente la muerte del Txato, creyó que Xabier actuaba cegado por la rabia y la aflicción. Y se dispuso, candorosa y buena, a darle cariño, a aligerarlo de una parte de sus sufrimientos; lo que es por ella, se los echaría todos sobre su propia espalda. Le prometió amor, compañía fiel, en la hora trágica más que nunca, y le dijo con ojos empañados que:

—Yo te haré feliz, *maitia,* te lo juro.

—Pero es que yo no debo ser feliz.

—¿Quién te lo prohíbe?

—Me lo prohíbo yo. Ahora mismo no se me ocurre un crimen más monstruoso que la pretensión de ser feliz.

—Me quedo vacía.

Admitió, como hablando para sí, su mala suerte con los hombres; dijo adiós, salió del local y ahora estaba en el cementerio, con gafas oscuras en un día gris.

—Si no te importa, una amiga mía pasará por tu piso para recoger mis cosas. Te llevará las tuyas que dejaste en el mío.

—Como gustes. Créeme que...

Lo interrumpió.

—No importa lo que yo crea. He encontrado un horizonte cuando menos lo esperaba. Por recomendación de una persona conocida, he presentado una solicitud de ingreso en Médicos Sin Fronteras. Aún es pronto para una respuesta, pero me comunicaron por teléfono que necesitan enfermeros urgentemente y que con mi currículo me aceptarán sin problemas. Así que dejo el hospital, dejo esta ciudad y dentro de poco recibiré un curso de preparación. Y el caso es que la otra noche, después de nuestra despedida, estuve caminando con negros designios por el Paseo Nuevo.

—No fastidies.

—No había nadie. Estaba oscuro. Habría sido fácil. Un escenario precioso para un suicidio romántico. Me tentaba muchísimo. De pronto pensé: vamos a ver, Aránzazu, hay tanta gente pasándolo mal en el mundo, sufriendo hambre, epidemias, guerras. ¿Por qué no lanzas tus penas al mar en vez de lanzarte tú y haces algo por los demás? Algo que ayude a los más necesitados y dé un sentido positivo a tu vida. Esa es la decisión que he tomado.

—Me parece una decisión estupenda.

Llegaron de ahí a poco a la salida del cementerio.

—Quizá debieras embarcarte tú en una aventura parecida.

—Ya lo pensaré.

Se despidieron con un formal apretón de manos. Ella, apenas se hubo alejado unos pasos, volvió la cara sonriente.

—Gracias por los buenos momentos.

—Lo mismo digo.

—No debiste tirar la piedra en Roma.

Parado junto a la verja, Xabier la vio alejarse. Aquella última sonrisa de Aránzazu le dejó una sensación dulciamarga. Una escena de lágrimas, gritos, acusaciones, le habría resultado mucho más fácil de digerir. Le producían una admiración dolorosa su manera de caminar, el talle delgado, los hombros rectos. La recordó desnuda. Estuvo a punto de llamarla. Aún más, le entraron fuertes tentaciones de salir corriendo detrás de ella.

Pero entonces llegó su madre y lo cogió del abrazo.

—¿No decías que habíais roto?

—Ha venido a despedirse. Se va a vivir lejos.

—Mejor. Esa no era para ti. Me di cuenta el mismo día que nos la presentaste.

78
El cursillo

Que iba a pasar largo tiempo en la reserva, eso ya lo sabía él. Lo tenía hablado con Jokin. Estando juntos, las lluvias grises de Bretaña, la interminable espera, el aburrimiento se hacían más llevaderos y, con la debida discreción, no les faltaban sus diversiones. Tenían constancia de que más de un militante se saltaba la disciplina a la torera. Ellos, no. Bueno, un poco, lo justo para no ganar fama de rebeldes.

A veces daban paseos por el campo con las bicicletas de los dueños de la casa. Mangaban fruta, cazaban ranas, tallaban figuras en palo con la navaja y en cierta ocasión se fueron a las fiestas de un pueblo próximo, donde bebieron una clase de sidra, por llamarla de algún modo, que según Joxe Mari sabía a *pixa*.

Pero integraron a Jokin en un grupo operativo. Joxe Mari se quedó solo, más tarde con Patxo, que era un chaval majo, pero no era Jokin. Tampoco se fiaba mucho de él. ¿Y eso? No lo sé. Siempre había como una distancia. Eso lo notabas en el trato. Te llevas bien, vale. Pero es como si *sonaría* un ruidillo en el motor. Algo no iba.

Al cabo de un tiempo, los gendarmes franceses, mezclados con miembros de la Policía Judicial, hombres de la PAF y agentes secretos de los Renseignements Généraux capturaron a Santi Potros en una casa de Anglet. Mucho pedir cautela y va y le pillan una maleta de piel. Dentro, un tesoro para la policía: el estadillo con los nombres de más de cuatrocientos militantes de ETA en activo, sus alias, su lugar de residencia, números de teléfono, el coche que usan y hasta la matrícula. Cayeron como moscas en las semanas posteriores.

Patxo creía que si los hubieran llamado antes a él y a Joxe Mari, igual ya los habrían cogido. También creía que:

—La organización necesita cubrir las bajas. Ya verás como cualquier día de estos nos dicen: hala, chavales, a dar caña.

Pues no. Su inactividad se prolongó por espacio de varios meses. En ese tiempo le llegó a Joxe Mari, por los conductos internos de la organización, una carta de sus padres con un recorte del periódico *Egin* en el que se daban pormenores sobre la «extraña» muerte de Jokin. Un palo para Joxe Mari. No recordaba haber llorado tanto ni de niño. Y para que Patxo no lo viera, se hizo el enfermo y estuvo dos días sin comer ni levantarse de la cama.

—¿Tú ves claro lo de la lucha armada?

Patxo no dudaba:

—Yo me he metido en esto con todas las consecuencias.

—¿No dices que a tu viejo hay que llevarlo de un lado para otro en silla de ruedas?

—Sí, ¿y qué?

—A lo mejor le tendrías que ayudar.

—Para eso están mis hermanas.

No terminaba de congeniar con aquel chaval. Si es que, además, a Joxe Mari se le hacía raro estar todo el día pegado a alguien que no fuera de su pueblo. Patxo se había criado en Lasarte. No tenía apellidos vascos y no hablaba euskera. Este, ¿para qué se mete en la lucha? ¿Qué es, el típico burro que se pinta rayas para parecer una cebra? Y recelaba que fuese un topo de la Guardia Civil. En cualquier caso, prefería no hablar con él de asuntos personales.

A su madre le contó años más tarde, durante una visita de locutorio, que por aquellos días, cuando supo lo de Jokin, le faltó un pelo para pedir que le dejaran retirarse.

—A buenas horas se te ocurre. Ahí anda Koldo, tan tranquilo con su mujer mexicana y sus hijos en el pueblo.

Joxe Mari estaba casi casi decidido. De hecho, se lo pensaba decir al enlace la próxima vez que lo viese; pero entonces fue cuando este les trajo una nota cerrada en las que se les comunicaba que en breve emprenderían un curso intensivo de formación con vistas a incorporarse sin demora a la lucha.

Patxo lo vio claro:

—Compañero, ya no hay vuelta atrás. Empieza la juerga.

—Con tal de no seguir aquí, cualquier cosa.

Llovía la de Dios cuando subieron al tren. No paró de llover durante todo el viaje. Transbordo en una ciudad, transbordo en otra. Y llegaron a media tarde a Burdeos, donde seguía lloviendo con tanta fuerza como por la mañana.

En un bar de la estación se reunieron con el hombre encargado de recogerlos. El tipo era un cagaprisas y yo me tuve que beber de un trago el vino que me acababan de servir. Ya en el coche, les ordenó ponerse unas gafas opacas y agacharse. Joxe Mari conocía el procedimiento de cuando Jokin y él fueron a entrevistarse con Santi Potros. Después de hora y pico circulando de aquí para allá, entraron en una casa donde se oía música. Tan sólo entonces pudieron desprenderse de las gafas.

Permanecieron ocho días encerrados en un cuarto sin ventanas, de tres pasos de ancho por cinco de largo. Demasiado pequeño para dos, lo que obligaba a una cercanía corporal que sacaba de quicio a Joxe Mari. Con Jokin habría compartido hasta la ropa interior. Con este otro no tenía la misma confianza. Por las noches era cuando peor lo pasaba. El Patxo de marras debía de tener el tabique nasal desviado. Lo cierto es que al dormir hacía un ruido respiratorio la mar de molesto. No es que roncase. El que roncaba era Joxe Mari. Era como un fuelle del que saliese un gruñido silbante. Y así una hora y otra hasta el amanecer.

Sólo podían abandonar el cuarto para ir al retrete, en el piso de abajo. Que intentaran ver y recordar lo menos posible. Con frecuencia sonaba música a todo volumen dentro de la casa. De esta manera, unos ocupantes ignoraban lo que hacían o decían los otros. Un *talde,* les dijo el instructor, opera como unidad aislada, de manera que si os cogen no os puedan sacar información que comprometa el funcionamiento general de la organización, ¿entendéis? Y los dos, a un tiempo, movían la cabeza en señal afirmativa.

Por la mañana, las clases teóricas mataban de aburrimiento a Joxe Mari. Con disimulo miraba su reloj y contaba mentalmente el tiempo que faltaba hasta la hora de la comida. Nunca se le dieron bien los estudios. Ya de pequeño, en la *ikastola,* le costaba enormes esfuerzos concentrarse. Durante las clases de militancia, lo mismo; pero llegaba la tarde, pasaban a lo práctico, manejaban armas y entonces sí, entonces se apoderaba de él un vivo entusiasmo y se sentía de pronto como en los viejos tiempos, cuando subía con sus amigos a la cantera del pueblo a hacer experimentos con botellas incendiarias, petardos y cohetes. Eso era lo suyo, la acción, el movimiento, no los rollos patateros sobre teoría de explosivos que le producían un cansancio invencible.

Patxo y él se ejercitaron en el montaje y desmontaje de armas. Aprendieron a preparar trampas mortíferas y coches bomba. ¿Qué más? Pues armaban mecanismos temporizadores. Luego hacían explotar el detonador dentro de un barril metálico lleno de arena. Les enseñaron todo lo necesario sobre zulos y buzones, también a abrir cerraduras de coches. El instructor insistía en las medidas de seguridad, y que si mucho cuidado y ojo y tal. Les explicó cómo debían comportarse en caso de que los detuvieran. Las prácticas de tiro se limitaron a una tarde y sólo con pistola, pues la policía francesa vigilaba. Ya no era tan fácil como unos años antes ir a pegar tiros a algún bosque de los alrededores. Una lástima para Joxe Mari. Nada le gustaba tanto como disparar a un blanco.

Besó una cacha de la Browning.

—Prefiero esto a follar.

Los hizo reír. Los muy tarugos ¿pensaban que lo había dicho de broma? El instructor:

—Hombre, lo uno no quita lo otro.

Y por la noche, la última de su encierro en aquella casa, Joxe Mari no podía dormir. Las cavilaciones, el eco de los disparos recientes, la respiración silbante de Patxo. Así que se arrancó a hablar solo. ¿En voz baja? Qué va, en voz normal, como si estuviera conversando con alguien. Las dos y pico de la madrugada. Ya se veía apuntando con el arma y no precisamente a dianas de papel. El otro se despertó. En la oscuridad:

—¿Qué andas ahí hablando?

—¿Quién tiene el récord de ejecuciones en ETA?

—Ni puta idea. De Juana o alguno del comando Madrid.

—¿Tú sabes si ese se ha cargado a más de cincuenta?

—A mí qué hostias me preguntas. Son las tantas y dentro de unas horas nos tenemos que poner en movimiento.

Guardaron silencio, a oscuras, varios minutos. Y ya empezó Patxo a emitir aquel ruidito respiratorio que ponía de los nervios a Joxe Mari. De pronto:

—Al Estado le va a costar mucha sangre la muerte de Jokin. Me voy a llevar a tantos por delante que algún día apareceré en los libros como el militante más sanguinario de ETA.

—Joder, tío, para ya.

—Mi amigo no vale menos de cien muertos. Llevaré la cuenta. Cada vez que me cepille a alguno, haré una raya en un cuaderno.

—Eso es entender la lucha armada como un asunto personal.

—Y a ti qué cojones te importa, gilipollas. Más vale que *aprenderías* a respirar cuando duermes.

79
El roce de la medusa

A lo mejor el tiempo era más fresco de lo que Joxe Mari se había figurado antes de ponerse en camino y no lo notó hasta llegar, agachados él y Patxo en el asiento trasero, con la cara cerca de las rodillas para no ver, para no saber, a la casa donde esperaba el jefe o uno de los jefes. El caso es que cuando el interlocutor les dijo que debía llevarlos a una entrevista con la dirección, Patxo y él creyeron que les presentarían a Ternera; pero quien estaba en aquella casa de Burdeos, o alrededores, o vete a saber tú dónde, era Pakito.

Y entonces, lo del tiempo fresco, ¿a qué viene? Pues a que cuando estuvo delante del jefe, que tenía una sonrisa muerta en la cara y unos ojos como de pescado cuando empieza a descomponerse, le llegó a Joxe Mari una ráfaga de frío que le hizo pensar: hostia, me tenía que haber puesto el jersey. Y era igual que cuando vas por el supermercado, te metes en la sección de congelados y te sorprende un repentino bajón de la temperatura. La ventana cerrada, Joxe Mari tuvo la impresión de que el frío provenía de aquel hombre que, a pesar de su condición de jefe, los recibió con ostensible timidez.

O acaso no eran más que figuraciones suyas, suscitadas por la fascinación temerosa del novato ante el veterano de la lucha armada a quien se atribuía un historial tan tenebroso como sangriento. De él se decía que había matado a Moreno Bergareche, Pertur, y ordenado ejecutar a Yoyes, como él de Ordizia, y reventar la casa cuartel de Zaragoza con niños dentro. A Patxo le dio la mano. A mí una palmada en la espalda que me dejó una sensación como que me rozaba una medusa. Era la bendición, el ingreso definitivo en ETA. Y la sonrisa inmóvil y los ojos turbios de pez seguían allí.

Les ofreció asiento en un sofá.

—¿Tú eres el que jugaba a balonmano?

Muy astuto. Pensé: le han soplado la información, se hace el enterado. Pero por lo visto, y según cuentan otros que también hablaron con él, aquello no era más que deseo de agradar. De hecho, les dijo que ojalá se sintieran a gusto formando parte de un *talde* operativo.

Hombre minucioso, calculador, les enseñó un mapa de la provincia de Guipúzcoa. Sobre el papel, con el dedo índice, trazó un círculo.

—Esta es vuestra zona. Aquí, lo que queráis. Policías, guardias civiles, *ertzainas,* lo que se os ponga por delante. Hay que golpear con fuerza hasta que el Estado se siente a negociar.

Joxe Mari, lo primero que vio es que su pueblo quedaba dentro del círculo señalado por Pakito, lo que no le pareció ni bien ni mal. La referencia principal era el río Oria de Villabona para abajo. Y así se llamarían: comando Oria, integrado por tres miembros. El tercero, Txopo, los estaba esperando en un piso de alquiler.

—En Donostia no tenéis que actuar para nada. Ahí no os metáis. Ahí están otros. Pero dentro de esta zona —señaló de nuevo el mapa— sois los amos. Ahí podéis hacer todo el daño que queráis.

Entregó a continuación una Browning a cada uno, así como cargadores y balas. También documentación falsa, una bolsa de plástico con dinero y por último otra bolsa más grande con explosivos, cordón detonante y diversos componentes para confeccionar bombas.

—Vosotros mismos os marcáis los objetivos en la zona que os corresponde, ¿eh? Y dad caña. Que no os tiemble la mano.

Un problema con los *mugalaris,* ¿qué problema?, ni idea, retuvo a los dos militantes novicios en la casa de un matrimonio francés, perdida en un paraje solitario al que se llegaba dejando a un lado la carretera que lleva de Urrugne a Ascain. Seis días de espera que ellos aprovecharon para dar caminatas por el monte. Nadie les dijo que no pudieran salir de paseo. Una tarde probaron las pistolas. De este modo seguían los consejos recibidos durante el cursillo de adiestramiento, ya que, según el instructor, conviene asegurarse del buen funcionamiento de las armas antes de emprender ninguna acción. Pues eso, subieron por un camino de tierra a un lugar apartado, con muchos árboles, y por turno, mientras el uno vigilaba, el otro se entretenía pegando unos cuantos tiros.

Una noche tuvieron una sorpresa desagradable. Ya Joxe Mari, qué remedio, se había más o menos acostumbrado a la respiración silbante de su compañero. Sin embargo, a veces se le hacía imposible soportarlo y le daban ganas de acercarse a él y hundirle la nariz de un puñetazo.

Incapaz de conciliar el sueño, encendió la luz. Eran las tantas. Entonces los vio. Salían de debajo de un cuadro colgado en la pared, por encima de su cama. ¿Qué? Bichos. Bichos de panza oscura que se movían en distintas direcciones, ni deprisa ni despacio. Aplastó uno al azar, uno más grande que los otros. Y al apartar el dedo vio la mancha de sangre en la pared. Hostia bendita: chinches. Alarmó a Patxo y estuvieron más de una hora matándolas.

—El comando Oria en acción.

—Mira, Patxo, si lo que buscas es un alias, yo tengo uno muy bueno para ti: Gilipollas.

Joxe Mari se daba cuenta: las noches mal dormidas le estaban agriando el carácter. Se enfadaba por cualquier minucia. Se volvió discutidor, impaciente, sacafaltas. Tuvo una disputa en euskera, pues él no hablaba ni jota de francés, con la dueña de la casa por causa de la comida. La calificó, gritante, agresivo, de porquería. Poca, sosa, mal hecha. Y por la tarde, a la vuelta del trabajo, el marido de la dueña amenazó con echarlo de la casa.

A primera hora de la noche, encerrado en la habitación con Patxo, evocó nostálgico las comidas de su madre.

—No he conocido a nadie que cocine mejor que ella. Me la imagino en estos momentos friendo pescado en casa. Nosotros siempre cenamos pescado. Hasta aquí me llega el olor. ¿No lo hueles? ¿No hueles los salmonetes rebozados y el ajo frito?

Y estiraba el cuello y olfateaba el aire de la habitación como si de veras estuvieran flotando los salmonetes maternos delante de su nariz.

—Oye, no te irás a poner sentimental, ¿eh?

—Ni sentimental ni pollas. Desde que nos metimos en esta casa tengo hambre. Me comería un chuletón así de grande con pimientos y patatas fritas.

Ni siquiera disponían de televisor. Así que, después de aplastar cuatro o cinco chinches, apagaron la luz antes de la hora acostumbrada, y en cuanto Patxo empezó a incordiar con su silbido respiratorio, Joxe Mari sacó lo más sigilosamente que pudo el colchón al pasillo. Durmió como un tronco la noche entera, que buena falta le hacía. Por la mañana temprano, salió al campo, reunió un ramillete de flores silvestres y a la hora del desayuno, bromista, sonriente, se lo regaló a la dueña. El simpático detalle le permitió congraciarse con ella.

Ese mismo día, de atardecida, una furgoneta Renault de color negro vino a recoger a los dos militantes. Tomaron la dirección de Ibardin. ¿El tiempo? Nuboso, pero seco, con algunos claros por los que no tardaron en asomar las primeras estrellas. A punto de oscurecer, se apearon en un lugar arbolado. De la espesura salieron dos sombras jóvenes. No perdieron el tiempo en conversaciones, sino que echándose a la espalda nuestras mochilas, que pesaban un huevo, tiraron monte arriba y nosotros detrás. Al poco rato los envolvió una oscuridad tan densa que no se veía de aquí ahí. Y yo no sé cómo hacían aquellos *mugalaris* para orientarse; se debían de saber el camino de memoria. Después salió la luna. Ahora podían reconocer formas, contornos, bultos, y verse los unos a los otros.

Los cuatro anduvieron en silencio cerca de una hora hasta llegar a lo alto de un collado. Desde allí se avistaban la silueta del monte Larrún y los puntos luminosos de las Ventas de Ibardin.

En esto, el grupo se detuvo y uno de los *mugalaris,* después de estar un rato escuchando, lanzó un balido como a imitación de una cabra. No lejos de allí, se lo contestaron con otro similar. Era la señal convenida para el relevo de *mugalaris.* De este modo, Joxe Mari y Patxo supieron que habían atravesado la frontera. Y enseguida comenzaron el descenso a Vera de Bidasoa.

Al llegar detrás de la capilla del cementerio, les dijeron que no se movieran de allí. Casi media hora estuvieron en aquel sitio con las mochilas, hasta que les dieron señal para que bajaran a la carretera. La niebla que subía del río borraba las casas. Y la verdad es que pasamos frío. Ya clareaba cuando se montaron en un coche. Por el trayecto a Irún pararon varias veces a esperar a que uno que iba por delante en moto volviera a confirmarles que el camino estaba libre de picoletos. El viaje terminó a primera hora de la mañana en la avenida Zarauz de San Sebastián. En una marquesina del autobús urbano, se reunieron con Txopo, al que no conocían.

80
Comando Oria

Tumbado en la cama de la celda, Joxe Mari recordaba. ¿Qué? Pues que cumplió aquel año veintiuno y era el más joven de los tres. Tampoco se llevaban mucha diferencia. Txopo, con veinticuatro, era el mayor.

—¿Por qué te llaman Txopo?

—Cosas de niños.

De pequeño solía jugar a fútbol en una explanada de hierba, cerca de su casa. Un tendedero con postes metálicos hacía las veces de portería. No había niños ni espacio suficiente para organizar un partido de verdad. Así que jugaban tres contra tres, cuatro contra cuatro, no más, y él era el único portero. Tanto como parar balones de uno y otro equipo, le gustaba radiar los partidos.

—A ver, explícate.

Daba a cada jugador el nombre de un futbolista famoso y desde la portería, en voz alta, comentaba los lances del juego a la manera de un locutor de radio. Y como a menudo se llamaba a sí mismo Txopo, en recuerdo de Iríbar, su ídolo de entonces, adoptó para siempre el mote.

A Patxo, también futbolero, le tiraba la Real Sociedad.

—No jodas que eres del Athletic.

—A mucha honra.

—Pues sí que empezamos bien. Oye, ¿por qué no te has apuntado al comando Vizcaya?

—Pues porque nadie me ha dicho que me tocaría convivir con un tipo como tú.

Y Joxe Mari, por conciliar, terciaba:

—Bueno, tíos, ya vale. También hay otros deportes.

—Sí, ¿cuáles?

—El balonmano.

Con ganas de chincharlo, le replicaban:

—Anda, anda, eso no es un deporte.

—¿Qué es, pues?

—El balonmano es al fútbol lo que el pimpón al tenis.

—O como una paja a un polvo.

Y se reían, ji ji ji, ja ja ja, los cabrones, mientras él se quedaba mirándolos sin mover una pestaña.

Txopo se encargaba de tareas propias de un militante de apoyo. A sus espaldas, para no correr el riesgo de provocarle uno de sus enfados rencorosos, Patxo lo llamaba nuestro chico de los recados o, simplemente, el recadista. Todo lo que sabía de lucha, de militancia, de armas, que no era poco, lo había aprendido por su cuenta, sin pasar por los canales de reclutamiento en Francia. No le faltaban astucia ni dotes organizativas, y tenía práctica. Antes de unirse a Joxe Mari y Patxo, nunca había participado directamente en una *ekintza,* pero había ejercido de colaborador en la sombra de algunos comandos satélites del Donosti en cuestiones de logística, que era lo que mejor se le daba.

—Algún día seré el jefe de ETA.

Yo lo veo como una araña, siempre quieto, escondido, esperando a la presa. No le iban las manifas, aún menos las broncas con la policía. Su estrategia, según sus propias palabras: mantener la calma, aprender y llamar la atención lo menos posible. Patxo no entendía:

—A tu edad, ¿cómo se puede ser tan viejo?

—Cuando te crezca un poco la frente, ya entenderás.

Txopo no tenía ficha policial. Nunca había sido detenido. Era un convencido de la causa, con un componente ideológico del que Patxo y Joxe Mari, más partidarios de la acción, carecían. También tenía más letras que estos. Había hecho un año de Geografía e Historia en el Campus de Mundaiz de la Universidad de Deusto. Llegaron los exámenes de fin de curso, no se presentó. Dejó pasar un tiempo y volvió a matricularse. Era de familia pudiente.

A Joxe Mari le cayó bien desde el principio. ¿La razón? Txopo era un hacha en todo lo relativo a los asuntos prácticos. Te hacía fácil lo difícil, te solucionaba problemas, era cauteloso y previsor. Y sabía cocinar.

El piso de la avenida Zarauz, un tercero con ascensor, lo había alquilado él hacía cosa de un mes. Pagaba con puntualidad y en negro, sin más contrato que un acuerdo verbal con la casera. ¿Garaje? Sí, pero como era colectivo y encarecía el alquiler, declinó. Se instaló en la vivienda en espera de que llegaran sus compañeros, dejando entrever a quienquiera que se cruzase con él en el portal que era estudiante. Con ese fin, entraba y salía a diario con una carpeta y con algún que otro libro.

Una ventaja del piso: cerca había paradas de autobuses para viajar al interior de la provincia y también para llegarse al centro de la ciudad. Txopo decía que:

—Es mejor vivir donde no actúas. Das el golpe y te retiras a hacer vida normal como cualquiera. Y aquí en Donostia, en un barrio como este, es más fácil camuflarse. Tres tíos nuevos en un pueblo donde todo cristo se conoce, donde si me apuráis no hay más de cuatro bares, eso canta mucho.

—Joder, Txopo, te va a salir la inteligencia por las orejas.

Días antes de nuestra llegada, el tío había estado inspeccionando la zona. Lo dicho: trabajador como una hormiga, calculador como una araña que lo primero de todo teje la trampa. Fue, vino, buscó. Yendo a pie por la carretera de Igara había encontrado un sitio estupendo para cavar un zulo. No estaba lejos. Andando, quince minutos. Allá fueron los tres un domingo, separado uno de otro obra de cien pasos. A la altura de un caserío abandonado, con el techo hundido, dejaron la carretera a un lado para subir por una ladera empinada, en dirección a la ermita del Ángel de la Guarda. Pronto se adentraron en un pinar. Hasta allí habían caminado por un sendero cubierto de zarzas y ortigas, señal de que hacía largo tiempo que no lo transitaba nadie. Patxo y Joxe Mari dieron su visto bueno al sitio.

Sin zulos no actuamos. En ese punto estábamos los tres de acuerdo. Habían enviado poco antes un primer informe a la dirección. Enumeraban pormenores relativos al piso franco, describían la zona, pedían un coche y material. Lo que es por ellos, estaban preparados. A Patxo no le importaba guardar el armamento y los explosivos en la vivienda. Txopo se oponía rotundamente. Dio razones. Y Joxe Mari, que como responsable del comando tenía la última palabra, se inclinó del lado de Txopo, sin contemplar más excepción que la de las armas de autodefensa y uso inmediato.

—Si escondemos el material, podrá servir a otros compañeros en caso de que los *txakurras* nos echen el guante. Hay que hacer los zulos ya.

Primer paso: comprar dos bidones de plástico. Eso es fácil. Pero ¿y transportarlos sin levantar sospechas? Necesitaban un coche. Patxo:

—Venga, vamos a robar uno.

Txopo se exasperaba:

—Tú has visto demasiadas películas.

Dijo que él se encargaba. ¿Cómo lo hizo? Ni idea. Consiguió dos bidones de plástico azules, completamente nuevos, con tapa de rosca y una capacidad de 220 litros cada uno. Le prestaron una furgoneta. ¿Quién? Ni idea. Se negaba a contestar. Como insistíamos, dijo que un primo suyo fontanero, pero vete tú a saber. Y escondió los dos bidones en aquel caserío en ruinas, por el camino a Igara. Dentro de los bidones, también nuevas, las palas para cavar los agujeros. El tipo no olvidaba un detalle.

—Joder, Txopo, no sé para qué te acompañamos si en realidad estamos de sobra.

—Las cosas se hacen bien o no se hacen.

Txopo era la hostia. Txopo valía mucho. Ha habido jefes de ETA que no valían ni la mitad.

Fueron los tres una mañana temprano al pinar. Tranquilamente, oyendo cantar a los pájaros, enterraron los bidones, uno aquí, el otro un poco más arriba. Luego cubrieron la tierra removida con hojas secas de pino. Al final no se notaba que habían estado allí excavando.

Tumbado en la cama de la celda, Joxe Mari recordaba.

81
Sólo fue a despedirla el doctor triste

A media mañana, 9 de octubre, Nerea subió al tren que habría de llevarla a París. Allí, por la tarde, cambiaría de estación y, antes de proseguir el viaje en coche cama, dispondría de unas cuantas horas para callejear por los alrededores de la Gare du Nord, siempre y cuando pudiera dejar el equipaje en lugar seguro.

Más o menos a la misma hora de la mañana, Bittori, que no quiso acompañar a su hija a la estación, ¿yo?, allá cuidados, subió al cementerio. Por una vez y sin que sirviera de precedente, toda la cuesta de Eguía andando. Necesitaba aire fresco y ejercicio físico para aliviarse del enfado que le ardía en el estómago. Hasta el último momento había confiado en que Nerea entrara en su habitación y le dijera: *ama,* tienes razón, me quedo. ¿De verdad que te quedas? Sí, era una locura, no sé qué me ha pasado. No entró. Pues entonces ella, que llevaba más de una hora despierta en la cama, la oreja puesta en los preparativos de Nerea, no la despidió.

Con las prisas, con la rabia, había olvidado el cuadrado de plástico en casa. No importa. La losa, mañana de sol, estaba seca y el polvo ya me lo quitaré con unas sacudidas a la falda.

—Se ha marchado. Sí, Txato. Tu hija querida, el sol de tus ojos, ¿te acuerdas? Pues nos ha dejado, por lo visto para siempre. Le ha salido un ligue en Alemania. No creas que estaba muy comunicativa. Xabier me lo ha contado. Si no, ni me entero. Que se iba de viaje, eso sí me lo dijo, pero yo creí, pero yo pensé, tú ya me entiendes. Esa no vuelve. A esa le importamos un rábano. Ya me ha dicho el nombre del querido, pero ¿tú crees que yo puedo retener una palabra tan rara? Tanto dinero gastado en sus estudios. Pues ahora tira su futuro a la basura y ¿qué va a hacer allí si no sabe el idioma? ¿Plancharle las camisas a un alemán? No lo conozco ni de foto. Y tú ahí tumbado sin poder cantarle las cuarenta a esa perdida. Tiene un egoísmo que se lo pisa. Podría ser abogada, fíjate. Abrir un despacho propio, vivir con comodidad y ser el orgullo de su difunto padre. Pues no. Ya verás como funde en poco tiempo el dinero que le dejaste.

El que sí se presentó en la estación, por sorpresa, fue Xabier.

—Como no sé cuándo volveremos a verte, no quería que te fueras sin mi abrazo.

—¿No tienes que trabajar?

—Lo he arreglado con un compañero.

Intercambiaron palabras de circunstancias, elogiaron la mañana de sol, disimulaban. Pero de pronto, ella: que habría preferido que él no le hubiese revelado a la *ama* la razón de su viaje, que ya se lo iba a explicar ella desde Alemania por teléfono o por medio de una carta larga. Tarde o temprano la *ama* se habría enterado. ¿Su reacción? Bueno, habría sido seguramente la misma, pero por lo menos madre e hija se habrían ahorrado la desagradable disputa de la víspera.

Xabier, discrepante, tirando a profesor en el tono y en los ademanes:

—No, mira, en tal caso también deberías haberme ocultado a mí tu plan. Está fuera de mis intenciones andarme con secretos delante de la *ama,* sea cual sea el asunto que haya por medio. No es cuestión de que ella se entere o no se entere. Simplemente no concibo sino un trato limpio y sincero con ella.

—Pues tu intervención me ha hecho quedar de pena. No creas que viajo con entusiasmo, aunque espero que la cosa mejore conforme me acerque a mi destino. La discusión de anoche fue bastante fuerte. Ya ves que ella no ha venido a despedirme. Tampoco me ha dicho adiós en casa. Quizá si hubieras cerrado el pico y me hubieras dejado hacer las cosas a mi manera, no habríamos llegado a esta situación.

—Ha fallado la táctica. ¿Es eso lo que quieres decir?

—Lo que quiero decir es que no hace falta que me tuteles. He llegado ya a cierta edad. Hablo sin acritud, te lo aseguro. Sé adónde voy y por qué me voy. Mira a nuestro alrededor. ¿Ves alguna amiga mía que haya venido a despedirme? No tengo amigas ni amigos en esta tierra. ¿Qué hago yo en un lugar así? ¿Pudrirme sola? ¿Vivir con la *ama*, comer con ella y contigo pollo al horno todos los domingos y echarnos de postre los tres juntos unas lágrimas?

—Hay injusticia en esas palabras y también acritud, aunque digas que no.

—Quieres que renuncie al viaje, ¿verdad?

—En absoluto. He venido a desearte todo lo mejor.

—Gracias. Pero, ¿sabes una cosa, hermano? Se me levantaría el ánimo si te expresaras con más alegría.

—Reservo la alegría para ti.

—Y eso, ¿no está dicho con acritud?

—Aquí no damos para más. Seguro que haces bien en irte. Total, ¿qué dejas atrás? Una familia rota, un padre asesinado.

—Atrás quedáis vosotros, tú y la *ama*. El *aita*, no. Al *aita* lo guardo aquí dentro.

Y se llevó, enérgica, vehemente, una mano al corazón.

—Eso está bien dicho, hermana. No voy a insistir en nuestras penas. Sólo te pido que de vez en cuando llames por teléfono a la *ama*. Le dices un par de cosas agradables, le mandas alguna que otra carta, ¿eh? Quizá un paquete con productos de la zona. Que se sienta querida, ¿me entiendes? No te cuesta nada.

Siguieron conversando hasta que vino el tren ¿Cuándo llegas? ¿Te irán a recoger? ¿Nos comunicarás tu dirección postal? Esas cosas y, a continuación, muestras de buena voluntad: si necesitas algo, si tienes que hacer algún trámite, no dudes en.

—¿Y cómo dices que se llama?

—Klaus-Dieter.

Xabier, gesto de asentimiento, repitió el nombre para sí. ¿Estaba dando algún tipo de aprobación? Y volvió a pedirle a Nerea que no se olvidara de la *ama*. Porque la *ama* y además la *ama* y dale con la *ama*.

Ante la puerta del vagón, besó con afecto las mejillas de su hermana. Y le ayudó a subir la pesada maleta. Luego, bruscamente, se dio la vuelta y enfiló hacia la salida antes que el tren se hubiera puesto en movimiento. Nerea sospechó: este no quiere que lo vea emocionarse.

Su hermano, el doctor Triste: un hombre alto, cada día más delgado, las patillas (¿desde cuándo?) canosas, que caminaba mirando al suelo. ¿Para no tener que saludar en caso de cruzarse con un conocido? Hay mucha soledad en esas espaldas que se alejan. ¿Se volverá para decir adiós a su hermana con la mano? No se volvió.

Y Nerea siguió observándolo pensativa por la ventanilla del tren. Me iré sin llorar. Le sonaba a letra de canción. Pobre Xabier, toda su vida esforzándose por obtener una buena posición social, por agradar a su mamá y a su papá. Allá iba, sorteando cuerpos, el que nunca rompió un plato, el que no sabe comprarse la ropa solo, con su jersey azul marino extendido por los hombros, las mangas anudadas sobre el pecho, y su camisa de cuadros que no tiene quien le planche. Apenas le faltaban unos pocos pasos para entrar en el recinto de la estación. Tampoco entonces volvió la mirada.

Instantes después, se cerraron las puertas. El tren inició la marcha. A poca velocidad se adentró en el barrio de Gros. Allí, en algunas ventanas que daban a las vías, colgaba ropa puesta a secar. Largo rato permaneció Nerea de pie, disfrutando de su intensa sensación de despedida. El puerto de Pasajes, el monte Jaizquíbel, los arrabales de Rentería: todo creía verlo por última vez y no le importaba. Me iré sin llorar. Por fin, poco antes de la frontera, tomó asiento. ¡El pasaporte! Con el corazón palpitante lo buscó en el bolso. Allí estaba. Uf, qué susto.

82
He's my boyfriend

Muerta de sueño, Nerea se bajó del tren en la estación de Gotinga al declinar la tarde del 10 de octubre. ¡Cómo llovía! Todo lo que se diga es poco. Más allá de la cubierta del andén, flotaba una nieblilla a ras de suelo. Las gotas, al romperse, se transformaban en vapor. O eso es lo que parecía. Y a lo lejos, sobre los tejados y las copas de los árboles, se abría un claro radiante entre los nubarrones. Toda la tarde era luz rara y un rumor de lluvia violenta.

¿Gente? Poca. Y su chico rubio allí no estaba. ¿Quizá en el recinto de la estación, a resguardo del mal tiempo? Pues no. ¿O fuera, en la plaza? Tampoco. Seguro que se habría marchado, harto de esperar. Hacía horas que ella tendría que haber llegado, pero una huelga de ferroviarios en Bélgica, ya es mala suerte, había obligado al tren nocturno a dar un enorme rodeo y, claro, Nerea había perdido su siguiente conexión. Ahora estaba sola, con su maleta pesada y su cansancio de más de veinticuatro horas de viaje, en la estación de Gotinga. Tendió una mirada satisfecha en rededor. Dentro de poco todo esto me resultará familiar.

Se sabía de memoria las señas postales de Klaus-Dieter. Durante el viaje había estado ejercitándose en la pronunciación del nombre de la calle y del número del portal. Sabía contar hasta cien en lengua alemana. Más: se había aprendido durante el viaje una larga lista de vocabulario. Doscientas cincuenta y cinco palabras de su elección. Palabras que supuso usuales. En fin, nombres de esto y de lo otro, una treintena de adjetivos, numerosos verbos. Y hoy por la mañana y a primera hora de la tarde había repasado la lista varias veces. Quién sabe, quizá el alemán sea algún día mi idioma principal. El mío y el de mis tres hijos medio rubios, dos chicas y un chico. Lo tenía todo soñado/previsto y sonreía: cada uno con un ojo castaño y un ojo azul. Ah, y el varón se llamará como su difunto abuelo.

Llevaba las señas escritas en un trozo de papel: Kreuzbergring 21. Antes de irse a Edimburgo, Klaus-Dieter le había explicado en una carta llena de faltas encantadoras que la calle quedaba por detrás de la universidad, a pie como a unos quince minutos de la estación. ¿Dónde está la universidad? Ni idea. No paraba de llover. Nerea se sentía incapaz de pronunciar la palabra Kreuzbergring de manera comprensible. Y aun en el supuesto de que la dijera más o menos bien, ¿cómo iba ella a entender a continuación las explicaciones? Así que, en lugar de solicitar ayuda a un lugareño, se montó en un taxi y le enseñó al conductor el trozo de papel.

Dentro del taxi por poco se duerme. Deseosa de reunir impresiones de su mundo nuevo, contemplaba por la ventanilla detalles de la ciudad como a través de un celofán de cansancio. Normal: toda la noche había estado soportando el traca-traca del tren sin apenas pegar ojo. Toda la noche meneos, calor, la compañía indeseada de cinco cuerpos extraños/respirantes/descalzos en las respectivas literas, ella acostada, menos mal, en la de arriba, y un anciano justo debajo de Nerea, en camiseta interior, que a la media hora de viaje ya roncaba como un cencerro cascado.

Ni cinco minutos duró el recorrido en taxi. Nerea no se manejaba con los marcos alemanes. Para no tener que contar el dinero, pagó con un billete de cien y cree, no está segura, que se excedió en la propina. De otro modo no se explica la efusiva solicitud del taxista, que le llevó la maleta hasta el portal y le colmó los oídos de palabras sin duda amables que ella no entendió.

Nerea se detuvo ante la fila de buzones, no muy limpios por cierto. Allí estaba: Klaus-Dieter Kirsten, escrito con rotulador en una tira de papel, junto a otros dos nombres. E imaginó la mano del cartero alemán en el momento de introducir en el buzón metálico aquellas cartas suyas rebosantes de ternura y añoranza y soledad, redactadas durante el verano tórrido de Zaragoza. Sacó del bolso su frasco de perfume y se echó dos rociadas antes de subir, cogida la maleta con las dos manos, por escalones crujientes de madera, un piso, dos, tres. En el descansillo, cerca de la puerta, había un mueble adosado a la pared, una especie de estantería sin fondo, con cinco baldas repletas de calzado. Nerea se arregló rápidamente el pelo antes de pulsar el timbre, ya dispuesta para el abrazo, para el beso en la boca.

Poco después, trapalearon dentro del piso unos pasos que se acercaban por un suelo de madera. Se abrió la puerta. Una chica de pelo corto y rubio miró con un gesto no hostil, eso no, pero tampoco amistoso, primeramente a los ojos de Nerea, después a su maleta y otra vez, ahora con el entrecejo fruncido, a sus ojos. La chica, rechoncha, labios finos, no hacía el menor esfuerzo por conversar con ella ni la invitó a pasar. Con su mejor sonrisa, Nerea preguntó:

—¿Klaus-Dieter?

La chica repitió, ¿corrigió?, en voz alta el nombre, con la cara vuelta hacia el interior de la vivienda. Y sin esperar a que el llamado entrase en escena, comenzó a hablarle/reñirle en su idioma. Y, sí, lo estaba riñendo. Nerea no entendía una palabra, pero como si entendiera. El gesto tirando a fiero, la voz alta: eso es universal. Enseguida apareció ante la puerta Klaus-Dieter. Tímido, ruborizado, serio, balbuceó un hola desangelado, vacío de afecto, y tendió formalmente la mano a Nerea sin salir al descansillo a abrazarla, sin invitarla a entrar en el piso. Calzaba unos zuecos caseros enormes y gastados. Y la chaqueta de lana con coderas tampoco era como para enamorar princesas.

Por primera y única vez la chica se dirigió a Nerea. En inglés.

—*He's my boyfriend. And who are you?*

Para entonces Nerea había captado todo el sentido de la situación. Habló primero a la chica, con marcada pronunciación, sin perder la calma:

—*I thought he was my boyfriend.*

Después, sin esperar la respuesta de ella, a él, mirándolo fijamente adentro de los ojos:

—¿Tengo que dormir en la calle?

Se conoce que a la chica la sacó de quicio la tentativa de una desconocida por comunicarse con su pareja en un idioma para ella incomprensible. Ahora gritaba con más fuerza y le mostró a Klaus-Dieter un dedo amenazante y le sacudió un manotazo en el brazo y se adentró despotricando en la vivienda. Klaus-Dieter quedó solo ante Nerea. Ni siquiera entonces se dignó salir al descansillo.

—*Lo siento por problema. Tú aquí esperas por favor. Yo a Wolfgang llamo, ¿sí? Él, piso grande para tú dormir.*

Mientras cerraba despacio la puerta, repitió, nervioso, apocado, con la cara pegada a la abertura, en defectuosa lengua española, que iba a llamar a su amigo Wolfgang. Nerea permaneció cosa de un minuto en el descansillo. ¿Me río, me echo a llorar? ¿Qué hostias hago? A través del tabique se oían voces y gemidos de la chica. Quédatelo, bonita. Te lo regalo entero.

Bajó a la calle con su maleta pesada que tiene ruedas, sí, pero por la escalera de qué te sirven. ¿Habría sido todo, desde el principio, un malentendido? Quizá él no supo expresarse, quizá yo entendí mal. Pero entonces por qué, cómo, y las cartas, y la insistencia en que lo visitara, y las señas postales, y la fecha de llegada, y. El tipo ¿es un simple gilipollas? O sea, ¿que yo me enamoré de un gilipollas? ¿Yo me he puesto a mal con mi madre por culpa de un gilipollas? ¿No será que la gilipollas soy yo? ¿Y ahora qué hago sola y rendida de cansancio en un país extranjero?

Seguía lloviendo, aunque ya no con tanta fuerza y el claro aquel de antes se había hecho más grande y estaba ya casi sobre la ciudad. Aún no era de noche, pero faltaba poco. Preguntó en inglés por dónde quedaba *the city-centre.* Echó a andar en la dirección que le indicaron. Al cruzar lo que parecía un campus universitario, juraría que un chaval, que caminaba en sentido contrario y pasó como a unos diez metros de ella, era Wolfgang.

No estaba segura, no se molestó en comprobarlo. Estos en Zaragoza eran una cosa y aquí otra.

Se le cerraban los ojos de sueño, tenía sed, le dolían las piernas. No pensaba en nada. ¿En nada? Lo juro, en aquellos momentos me daba todo igual. En cambio, observaba con atención las fachadas en busca de la palabra salvadora. ¿Qué palabra? Cuál va a ser: hotel. En una de tantas calles encontró uno. ¿Caro, barato, limpio, sucio? Le traía sin cuidado. Nada más entrar en la habitación vació un botellín de agua mineral. Fue su cena. Aún no eran las nueve de la noche cuando se acostó. Se quedó dormida al instante.

83
Un mal azar

A las ocho de la mañana, después de una ducha reparadora, Nerea bajó a desayunar. Mientras llenaba el plato, se acordó, agradecida, del *aita.* Es que yo, sin ti, estos lujos no me los podría permitir. El chasco de la víspera no le había dejado un rasguño de pena. Qué raro, ¿no? ¿No debería estar desesperada? ¿A qué se debe esta sensación de alivio? Constató: el chaval del que ella se había prendado en Zaragoza no era el pobre diablo de ayer, con zuecos y chaqueta de lana. El acento de aquel otro cuando hablaba castellano le parecía encantador; el del imbécil de la víspera, aunque era el mismo, le había causado repelencia. ¿Qué ocurrirá ahora con sus tres hijos medio rubios? Pues nada, muchacha, que nacerán otros distintos en su lugar. Se viene al mundo como quien gana a la lotería. Fulanito de tal, enhorabuena, te ha tocado nacer; le entregan un cuerpo, le buscan plaza en un útero y por último lo pare una persona a la que se denomina comúnmente madre. Se sirvió dos cruasanes. Cuidado, Nereíta, que la felicidad engorda. La bandeja con cuencos de mermelada y miel de varias clases tenía una pinta excelente.

De buen humor, descansada (había dormido once horas y media de un tirón), limpia, desayunada. Y ahora, ¿qué? Apartó las cortinas, miró por la ventana de la habitación: nubes pero no lluvia, casas bajas, un camión de la basura, dos obreros con chalecos reflectantes trabajando dentro de una zanja. Me parece que esto es un pueblico. La posibilidad de encontrarse con Klaus-Dieter por la calle, con su chica rechoncha (tu novio vegetariano te engañaba: comía gambas y langostinos) o con cualquiera de los otros estudiantes alemanes de Zaragoza la disuadió de quedarse a conocer Gotinga. ¿Volver a casa? ¡Menuda humillación! ¿Qué pronto vuelves? Sí, es que.

Antes de ponerse en camino aligeró la maleta. Fuera discos, libros, adoquines del Pilar, la caja de Frutas de Aragón, los cuatro botellines de cerveza como los que ella y él solían beber en los bares de Zaragoza y otros regalos para el amor de su vida. Pero también su grueso diccionario español-alemán, la gramática, un libro de ejercicios con solucionario en las páginas finales y otras pertenencias que, la verdad, sólo tenían sentido en caso de una prolongada estancia en Alemania. El personal de limpieza del hotel se alegrará cuando descubra que en esta habitación ha pernoctado la sobrina de Santa Claus. Y la mecha de cabellos rubios, reliquia de una pasión amorosa, hasta ayer todavía venerada, hoy aborrecida cual excrecencia repugnante (Nerea, no seas mala), la arrojó a la taza del retrete.

La recepcionista le proporcionó un plano de Gotinga que le permitió llegar sin dificultades a la cercana estación. Su propósito: subirse al primer tren que la llevara a una ciudad interesante, conocer sitios nuevos; en suma, darse un garbeo por Europa antes de volver a casa y doctorarse en Derecho, buscar un trabajo, quedarse preñada, ya vería.

A la una de la tarde estaba en Fráncfort. Se instaló en un hotel céntrico, algo más barato que el de la víspera; comió en un restaurante italiano un plato de *penne all'arrabiata* que le supo a gloria, hizo compras, callejeó sin rumbo. En una librería de dos pisos, se sentó a ojear un atlas. Con el libro abierto sobre el regazo, estudió posibles rutas. A Múnich lo primero, eso seguro. Allí decidiría si bajar a Austria o a Suiza, o si tirar hacia Friburgo y la Selva Negra. Si entro en Suiza, como me dé la venada, sigo viaje hasta Italia.

Más tarde llamó a su madre por teléfono desde la habitación del hotel. Le habría contado que de enamorada se había convertido en turista; pero Bittori se mostraba tan poco comunicativa, tan seca y desabrida al aparato, que a Nerea se le fueron las ganas de ponerla al corriente de sus aventuras y, después de endosarle a su madre cuatro vaguedades sobre el tiempo y la comida, se despidió. Ni siquiera le dijo desde dónde la llamaba. Tampoco ella se lo preguntó. Bittori no preguntó ni qué tal le iba ni si todo le había salido bien durante el viaje. No preguntó nada.

Amaneció el 12 de octubre. El tiempo despejado y la temperatura agradable invitaban a pasear por Fráncfort. Y con esa idea, su cámara fotográfica y un plano de la ciudad salió Nerea a media mañana del hotel. Al día siguiente emprendería una nueva etapa, de forma que en cada ciudad del trayecto pasaría dos noches y un día completo, a menos que se encandilase con el sitio y resolviera alargar la visita. Ya lo decidiría sobre la marcha. A fin de cuentas ella iba a su bola, como en realidad pienso hacer hasta el final de mi vida. Y en cuanto a los gastos, los interpretó como premio de fin de carrera. Ya que mi madre no ha tenido la gentileza de recompensar mi esfuerzo, me regalo este viaje y después que me quiten lo bailado.

Buscó, tranquila, fotografiante, el río y se encontró por casualidad con la casa natal de Goethe. Leyó en el prospecto que le habían dado en el hotel: reconstruida después de la guerra. No entró. ¿Para qué, si no era auténtica? Así y todo, le vinieron ante la célebre fachada fuertes deseos de cultura e historia. Y para equilibrar la jornada la dividió en mañana instructiva, almuerzo en local típico y tarde de recreo y consumo.

Tomada la decisión, dobló a la izquierda en una esquina, avistó la torre y muros rojizos de la iglesia de San Pablo, allá fue. Entró en la iglesia, que no le pareció gran cosa, y a la salida, en lugar de dirigirse directamente al río, siguió la calle adelante porque tenía determinación de visitar a toda costa el museo de Arte Moderno. Vio arte o lo que hoy llaman arte; dio una vuelta entera alrededor de la catedral con el fin de fotografiarla desde distintos ángulos, se compró unas gafas de sol y, ya con fatiga en los pies, necesitada de alimento y bebida, se llegó al río y lo cruzó por un puente que, cerca de la orilla opuesta, atravesaba una estrecha isla arbolada.

Nerea llegó por aquel puente al barrio de Sachsenhausen. Se lo habían recomendado en la recepción del hotel. Y en un borde del plano llevaba anotados el nombre y la dirección de un restaurante. Allí comió, en un local con mesas largas de madera que compartió con otros comensales. Costillas asadas y patatas de sartén con una salsa de sabor penetrante que luego le estuvo repitiendo. Alivió la sed con sidra de la zona, más dulce y menos turbia que la que sirven en los bares de su pueblo. Una cosa no le gustaba. ¿Qué? Pues que atraía miradas masculinas, miradas de hombres jóvenes sentados a su mesa que buscaban directamente sus ojos y le sonreían y levantaban brindadores/simpáticos/bromistas las jarras y vasos, y trataron varias veces de envolverla en una conversación. No les hizo más caso que el exigido por las normas elementales de la cortesía. Lo siento, buena gente; pero es que tengo agotado para toda la vida mi cupo de alemanes.

El café lo tomó en otra parte. ¿Dónde? Sentada en la cubierta del barco con el que dio un paseo turístico por el río Meno. El sol de otoño se detenía gratamente en su cara y ella, de puro gusto, no podía menos de adormecerse con los brazos cruzados, sin atender a las explicaciones en inglés y alemán del altavoz, mirando a ratos la hilera de edificios a lo largo de una y otra orilla. A veces notaba en sus facciones una leve pasada de brisa. Era una especie de caricia fresca que ahondaba aún más su sensación de bienestar. Nadie, salvo brevemente la mujer que le sirvió el café con una galleta de regalo, le dirigió la palabra. Estaba a solas consigo, sin pensar, sin sufrir, sin recordar, libre. Un momento de perfección. Abría los ojos: sobre la ciudad se extendía el cielo azul. Los cerraba: se sentía de nuevo arrullada por el runrún del motor.

Y después, de nuevo en tierra, todo se torció. No enseguida: Nerea tuvo tiempo de contemplar escaparates, entrar en tiendas, probarse ropa. Pero a las cinco y cuarto de la tarde, un mal azar la indujo a tomar esta calle en lugar de aquella otra, y se topó con la escena. Como a cien metros de distancia vio gente arracimada; un poco más allá, sobre la línea de cabezas, un tranvía parado, dos ambulancias también paradas. Y a Nerea le pudo la curiosidad y, fatídica decisión, fue con sus bolsas de la compra a mirar. Varios policías impedían que los peatones se acercasen demasiado al lugar del accidente. Nerea logró abrirse paso hasta el borde de la acera. El corazón le dio un vuelco tan fuerte que por un momento temió perder el sentido. Se retiró al punto y, sin embargo, demasiado tarde, pues ya había visto lo que no debió ver, la imagen física de la muerte, el cuerpo inerte, tapado con una manta que dejaba al descubierto los pies, junto al tranvía parado, junto a los sanitarios que nada hacían porque ya no había nada que hacer.

El plano de Fráncfort, sin el cual ella no podía encontrar el hotel, le temblaba en las manos. *Aita, aita,* decía. Y algunos transeúntes se volvían a mirar a esa chica de aspecto extranjero que caminaba deprisa, llorando con hipo. En la recepción no pudo evitar que se le quebrase la voz al pedir que la despertasen a las cinco de la madrugada. Un taxi la llevó temprano al aeropuerto.

84
Vascos asesinos

La idea de ir los tres a Zaragoza se le ocurrió a Xabier. Y la propuso, convincente, a sus padres y salieron temprano para aprovechar mejor el día y él condujo. Un domingo de finales de enero de aquel año fatídico, pero esta circunstancia ellos entonces no la conocían. Motivo, más bien excusa, de la excursión: la Real Sociedad jugaba en la Romareda a partir de las cinco contra el Real Zaragoza. Xabier le dijo a su padre que a Aránzazu le habían cambiado el turno de trabajo. Una faena. No podía acompañarlo. Que le disgustaba viajar solo, que era una pena perder las dos entradas por las que había pagado sus buenas pesetas. El Txato, antes de responder, volvió la mirada hacia la ventana. Contempló brevemente lo único que se veía por ella: nubes. Y dijo, como si la respuesta le acabara de venir dictada del cielo, que sí, que asistiría encantado a un partido de la Real, aunque son unos mantas.

Bittori no miró a ningún lado; sin vacilar se apuntó al viaje. ¿El fútbol? Le daba igual. Desde finales de año no había visto a Nerea. De paso, madre controladora, madre curiosa, quería echar una ojeada al nuevo piso. Conocía el anterior, aquel de Torrero que quedaba bastante lejos de la universidad. Le pareció bien. Limpio y eso. Pero el de ahora aún no lo había examinado. A ver, a ver.

Por el camino, el padre y el hijo convinieron en reunirse con Nerea en algún lugar que no fuera la vivienda de la muchacha. De lo contrario, según Xabier:

—Pensará con razón que vamos a pasarle el dedo por los muebles.

—Oye, a nadie le hace daño la limpieza.

El Txato callaba.

—*Ama,* vive con dos compañeras. No podemos irrumpir en su piso como un batallón de inspectores.

—Yo no he dicho eso.

—¿Y si tiene visita privada?

—Desde el jueves sabe que la vamos a ver.

—Quizá me explico mal. Quien dice visita privada, dice visita íntima.

—Allá cuidados.

Y es que Bittori de todos modos tenía que subir al piso de Nerea. ¿Y eso? Pues porque le llevaba un frasco de chipirones en su tinta hechos por ella, tomate embotado, vainas de caserío (a doscientas ochenta el kilo, ni que tuvieran música), alubias de Tolosa y más que enumeró, ella sola en el asiento trasero, pulsando sucesivamente con la yema del índice las yemas de los dedos de la otra mano.

—Como comprenderéis, no voy a andar por Zaragoza cargada de comida.

El Txato intervino.

—Si me lo dices antes, venimos en camión. ¿Te crees que la hija pasa hambre o qué?

—Tú estate calladito.

—¿Por qué tengo que callarme?

—Porque no eres madre y porque te lo digo yo.

Pararon en el área de servicio de Valtierra a petición de Bittori. Y mientras ella iba a aliviarse de su urgencia, padre e hijo bajaron del coche a estirar las piernas. Sugirió el uno, sin entusiasmo, entrar en la cafetería. El otro era partidario de perder el menor tiempo posible, así que se quedaron donde estaban. El Txato, aún fumador por aquellas fechas, encendió un cigarro.

—El viernes nos metieron menudillos de pollo en el buzón. Nos lo dejaron hecho un Cristo. Y del tufo mejor no te hablo. La *ama* dice que no te cuente nada. Para no preocuparte.

—Si pudiera, os obligaría a abandonar el pueblo hoy mismo, a la vuelta de Zaragoza.

—Pero no puedes. El buzón ya lo hemos limpiado. No lograrán que me arrugue. Son gente del pueblo. ¿Quién, si no? Chavales. Eso sí, como pille a alguno le va a caer un puro que se va a acordar. Ya sabes cómo se las gasta mi abogado.

Xabier lanzó una mirada en derredor.

—¿Por qué no te traes la empresa aquí? Mira estos campos. Cuánta paz. Tendrías la autopista cerca. En un periquete estás en Euskadi. ¿Qué me dices?

El Txato imitó la mirada exploratoria de su hijo.

—Un poco seco todo esto.

—Pero aquí se puede respirar.

—En el pueblo también hay aire. Y empleados y mecánicos y camioneros, no lo olvides. Aquí no conozco a nadie.

—No voy a darte la lata cada vez que estemos juntos. Sólo te digo que como os ocurra algo serio a ti o a la *ama*, nunca me lo voy a perdonar.

—Anda, anda, no seas agonías. Cuánta razón tenía tu madre. No sé para qué te he dicho nada.

A las diez avistaron las primeras casas de Zaragoza. El tiempo, tirando a frío (nueve grados en un termómetro callejero), pero seco. En la calle de López Allué no encontraron un hueco donde aparcar. Sí en una paralela. Y al final, tanto que decían, los tres entraron en el piso de Nerea. Ella misma insistió en que subieran.

En las escaleras, Bittori se permitió una broma.

—Te aviso. Estos dos vienen en plan de mirar si tienes todo limpio.

Ya dentro del piso, el Txato:

—¿Y las otras inquilinas?

—No están. Algunos fines de semana se marchan a casa de sus padres.

La familia al completo. La última vez que coincidieron los cuatro, ¿cuándo fue? En Nochevieja. ¿Y cuándo será la siguiente? No habrá siguiente y no lo saben. Se lo recordaría Bittori un año después al Txato, sentada en el borde de su tumba.

—Fue la última vez que estuvimos los cuatro juntos, ¿te

acuerdas? —Se figuró que el difunto, debajo de la losa, la contradecía—. Pues claro que estoy segura. El verano siguiente, Nerea sólo estuvo semana y pico con nosotros. Y en ese tiempo, Xabier se había ido de vacaciones con la enfermera aquella que lo intentó cazar. ¡Pues no tengo yo buena memoria!

El Txato tenía ese gesto típico suyo. Bittori lo interpretaba como una forma de marcar territorio. Igual que un perro que va dejando su testimonio de orina allí por donde pasa. Sólo que el Txato lo hacía con dinero. Y aunque intentó disimular, ella, que ve hasta lo que no ve, y si no lo ve lo huele, lo sorprendió escondiendo dos billetes de cinco mil pesetas en el escritorio de Nerea, debajo de un libro, creyendo que nadie lo observaba.

—Muy espléndido eras tú, marido. Con tu hija sobre todo, con tu favorita que luego no vino a tu funeral ni a tu entierro.

Nerea les enseñó el piso. Aquí esto, aquí lo otro. También, aunque no entraron, pero para que tuvieran una impresión visual, las habitaciones de sus compañeras. Ellos, benévolo batallón de inspectores, la seguían por toda la casa con gestos y comentarios aprobatorios. Y el Txato, que parecía conmovido de ver a su hija en una casa, en una ciudad, en un ambiente para él desconocidos, dijo la misma frase en tres ocasiones:

—Si necesitas algo, ya sabes.

A la tercera, Bittori zanjó:

—Te repites más que el ajo.

Salieron los cuatro a la calle. Nerea guiaba, agarrada al brazo de su padre. Y tiraron despacio, conversantes, bien avenidos, por la Gran Vía adelante, todo el paseo de la Independencia, apenas concurrido a esas horas, y el Tubo, donde flotaba un olorcillo a fritanga. El Txato, aunque aún no habían dado las doce, ya estaba preguntando dónde había un buen restaurante. Los cuatro entraron en la Basílica del Pilar. Bittori se arrodilló para echarle unos rezos a la Virgen. Todavía profesaba la fe. Los demás esperaron fuera a la que quiso ser monja, a la hermana Bittori. Se reían, cómplices en la mofa, ahora que ella no podía oírlos. Y por la plaza deambulaban personas con distintivos de la Real Sociedad. Algunas, al fijarse en la bufanda blanquiazul de Xabier, lo saludaban.

El Txato:

—¿Quiénes son?

—Ni idea.

¿La comida? Bien. La única que se quejó fue Bittori a la hora de pagar, convencida de que:

—Por el acento han notado que somos de fuera y han dicho: a estos se la clavamos hasta el hondón.

Los demás miembros de la familia discreparon, unánimes en el parecer de que, si comparamos con San Sebastián, les habían hecho un precio aceptable. En la calle, Nerea confirmó que Zaragoza (alquileres, alimentación, ocio) era una ciudad donde se puede vivir holgadamente con menos dinero que en otras partes.

Bittori, erre que erre.

—Pues a mí me sigue pareciendo que nos han engañado.

En la plaza de España, el Txato y Xabier tomaron un taxi que los acercó al campo de fútbol. Ellas se dirigieron lo primero de todo a una heladería del paseo de la Independencia; después, andando, al piso, donde Bittori, tú déjame a mí, se empeñó en limpiar los cristales de las ventanas. Ya puesta, siguió por el baño y los muebles de la cocina. Y eso que en su opinión, expresada repetidamente, el piso estaba limpio.

—Pero es que yo no sé estarme quieta.

El padre y el hijo ocuparon mientras tanto su localidad de pie en una curva del estadio, mezclados con la peña donostiarra. Y aún no habían salido los jugadores al campo cuando, desde el graderío contiguo, empezaron a lloverles los insultos: etarras, vascos de mierda, vascos asesinos y así. Ellos respondían cantando y agitando *ikurriñas* y banderas blanquiazules, y se decían los unos a los otros:

—Ni caso, hemos venido a animar al equipo.

El Txato no las tenía todas consigo.

—No me esperaba esto.

—Bueno, bueno, *aita*. Hay campos mucho peores que este. Es cuestión de acostumbrarse y de practicar la sordera.

—Están muy cerca. Desde ahí nos podrían freír a pedradas.

—Tranquilo. Todo esto forma parte del ritual. Y como vamos a ganarles, nos resarciremos viéndoles echar humo por las orejas.

El Zaragoza ganó 2-1 gracias a un penalti que lanzó y metió su guardameta. Faltando diez minutos para el final del partido, el resultado aún era de empate a cero. Y el triunfo suavizó los ánimos de los aficionados locales, que ahora se limitaban a hacer cortes de mangas hacia la hinchada blanquiazul. Fuera del estadio, el cielo oscuro, Xabier metió la bufanda en un bolsillo del abrigo.

—Prefiero no ir provocando, ¿sabes? Hay que ser prudentes.

Les costó un buen rato conseguir un taxi libre. Al fin se montaron en uno que los llevó a López Allué. Se despidieron de Nerea. Besos y abrazos delante del portal. Y el Txato, a punto de soltar la lágrima:

—Hija, si necesitas algo, ya sabes.

Buscaron el coche. Les habían roto los dos espejos laterales y, en los costados, les habían hundido, ¿a patadas?, la carrocería. Los otros coches, delante y detrás, estaban intactos. Bueno, al menos pudieron volver a casa. Xabier, por el camino:

—No creáis que no lo había pensado.

—Pensado, ¿qué?

—Que era arriesgado dejar en la calle todo el día un coche con matrícula de San Sebastián.

También les habían destrozado los limpiaparabrisas. Eso lo comprobaron más adelante, en el área de servicio de Imárcoain, donde Bittori pidió que pararan porque necesitaba ir urgentemente al servicio.

El Txato, encendido un cigarro, a Xabier:

—No te preocupes por el arreglo. Yo me encargo.

—Tú no te encargas de nada.

—Lo pago yo.

—Tú no pagas nada.

Y así hasta que volvió Bittori.

85
El piso

El Txato delegó la compra del piso de San Sebastián en Xabier, quien a su vez la delegó en Aránzazu después que ella le dijera:

—Tú déjame a mí, *maitia,* que ya voy a hablar con mi hermano. Ese sabe.

Lo que el Txato no quería era un palacio que costase una millonada.

—No he vivido nunca con lujos y no los necesito.

—¿No pensarás meter a la *ama* en una chabola?

—La *ama,* fuera del pueblo, no va a estar a gusto en ninguna parte.

—Sugiero que te tomes la compra del piso como una inversión.

El Txato no tenía clara la idea de irse a vivir a San Sebastián, al menos en breve plazo. Xabier insistía en la urgencia de la mudanza. Y también Nerea desde que tuvo noticia de las pintadas en las paredes del pueblo. Estos dos se han puesto de acuerdo a mis espaldas. El Txato cedió o hizo como que cedía para no enfrentarse con los hijos. Dejó pasar el tiempo, remoloneaba y, sí, se avino a la compra de un piso en San Sebastián, pero dijo que sólo se marcharía del pueblo en caso de que las cosas se pusieran muy feas.

—Pues feas están.

—Aún más.

Y añadió que el barco no se abandona porque hay tormenta, sino cuando se hunde. ¿Que por hache o por be les hacían la vida imposible? Bien, entonces el Txato y Bittori se establecerían en San Sebastián, desde donde él estudiaría, ¿con calma?, ya veremos, la forma de llevarse la empresa a La Rioja o a cualquier otra parte cerca de Euskadi para alejarse lo menos posible de la mayoría de sus clientes.

—Y el piso nuevo lo podría usar entonces tu hermana, porque en algún sitio se tendrá que meter cuando acabe la carrera.

El hermano de Aránzazu anunció de ahí a poco al Txato dos ofertas de compra. Las dos de pisos particulares cuyo precio podía acordarse directamente con los respectivos propietarios. Se expresaba bien, tenía buena planta (y el pelo con demasiado fijador) el hermano de Aránzazu, que concluyó:

—Dos gangas, créame.

Si no los compraba el Txato, los compraría él. Según Aránzazu, de eso vivía su hermano, de vender caro lo que compraba barato. Y luego, con las ganancias, se pasaba tres o cuatro meses seguidos viajando por el extranjero.

Al Txato, la idea de no trabajar todo el año de lunes a domingo le resultaba rara. Xabier le instó por señas a que no hiciera esa clase de comentarios. El Txato cambió de asunto.

—Bueno, bueno, habrá que echar un vistazo al género.

Y aunque sospechaba que Bittori iba a rechazar los dos pisos, la llevó para que diera su parecer. A ella el del barrio de Gros, espacioso, con vistas al paseo de la Zurriola, le pareció frío, oscuro, demasiado expuesto a la humedad del mar. Y además una quinta planta. Ni hablar. El otro, en la calle Urbieta, le causó una impresión negativa por el parqué gastado, los techos demasiado altos, el sonido, ya es casualidad, de un taladro en el piso de arriba, de donde dedujo que los tabiques no eran lo bastante gruesos, y por los ruidos de la calle.

—Huelo el humo de los coches desde aquí.

Ya lo decía el Txato: a esta mujer no hay dios que la entienda. En casa insistía en la conveniencia de abandonar el pueblo, de llevarse los camiones a un lugar tranquilo y perder de vista a toda esta gente mala y envidiosa que nos rodea, y no bien él emprendía algún tipo de iniciativa con vistas a cambiar de aires, Bittori se la tiraba por tierra.

Tiempo después, Aránzazu trajo la noticia de una nueva oferta de piso. Citó las palabras de su hermano. Que sería una locura desaprovechar semejante ganga. Y dale con las gangas. Esta vez padre e hijo convinieron en dejar a Bittori al margen de la operación de compra. Subieron andando un trecho de la cuesta de Aldapeta.

—Ya verás como la *ama* pone peros a esta subida.

Examinaron la vivienda. Un piso tercero con ascensor, propiedad de tres legatarios mal avenidos, con prisa por traducir a capital la herencia que ahora malvenden. Y el hermano de Aránzazu, en representación del Txato, lo adquirió por un precio considerable; así y todo, mucho más bajo de lo que habrían podido pedir los tres dueños de haber sido más espabilados.

Bittori tampoco estuvo presente en la entrega de llaves. Pero al fin no se le pudo ocultar por más tiempo la compra. Aránzazu fue a buscarla en su coche y, mientras esperaban su llegada, hermosa tarde, buena temperatura, salieron el Txato y Xabier al balcón. Se veía la isla de Santa Clara. Se veían Urgull, la cumbre del Igueldo y una franja de mar bajo el cielo amarillo del ocaso.

—Es bonito esto. A la *ama* le gustará.

—Me parece que no la conoces. Aunque le regales la Alhambra de Granada, esa mujer prefiere quedarse en el pueblo.

Se acodaron padre e hijo en el barandal. Ante ellos, un castaño de Indias a cuya copa le faltaba no más de un metro para alcanzar la altura del tercer piso. Miraban las casas cercanas, los coches aparcados, la calle desierta. Sitio tranquilo, vecindario pudiente.

—¿Cambias de recorrido cuando vas al trabajo?

—A veces, si me acuerdo.

—Me lo prometiste.

—Esos, si quieren cogerte, te cogen. Hoy puedo ir por aquí, mañana por allá. Pero tarde o temprano pasas por donde te están esperando.

—Me preocupa tu tranquilidad.

—¿Quieres que esté nervioso?

—Nervioso, no. Alerta.

—Mira, Xabier, los canallas que llaman para insultar y amenazar, y los que hacen las pintadas, me traen sin cuidado. A mí no me engañan. Son gentuza del pueblo. ¿Qué buscan? Pues tenerme acojonado en casa o que me vaya a vivir a otra parte. No me dan ningún miedo. La *ama* cree que intentan hacernos la vida imposible porque hemos salido de pobres. Nos han conocido en tiempos más difíciles, cuando éramos como ellos: unos desgraciados. Ahora ven que tenemos un hijo médico, una hija que estudia, me ven a mí con mis camiones, y eso no lo soportan y entonces, por un lado o por otro, intentan amargarme la existencia. Piensan que todo lo que tengo lo he robado. Pues haber trabajado como he trabajado yo, nos ha jodido.

—Si son malos, razón de más para que tomes precauciones.

—Bah, que vengan. Les invito a cenar, fíjate. Y como me toquen mucho los huevos, este año les dejo sin el donativo para las fiestas. Ya se van a enterar quién es el Txato. Soy más vasco que todos ellos juntos. Y lo saben. Hasta los cinco años yo no hablaba ni jota de castellano. A mi padre, que en paz descanse, una ráfaga de ametralladora le destrozó la pierna mientras defendía Euskadi en el frente de Elgueta. Todavía, de mayor, apretaba los dientes cada vez que le daba un calambrazo. ¿Qué, te duele?, le preguntábamos. Me cago en Franco y su puta madre, respondía. Y lo tuvieron tres años en la cárcel, que si no lo fusilaron fue de milagro.

—¿Qué me quieres decir con todo esto, *aita*? ¿Tú crees que a ETA le importa lo que le pasó a tu padre?

—Joder, ¿no dicen que defienden al pueblo vasco? Pues si yo no soy pueblo vasco, ya me dirás tú quién lo es.

—*Aita*, ¡por favor! Tienes que hacerte a la idea de que ETA es, ¿cómo te diría yo?, un mecanismo de actuación.

—Si quieres que no te entienda, sigue por ahí.

—ETA debe actuar sin interrupción. No le queda otro remedio. Hace tiempo que ha caído en el automatismo de la actividad ciega. Si no hace daño, no es, no existe, no cumple ninguna función. Este modo mafioso de funcionamiento está por encima de la voluntad de sus integrantes. Ni siquiera sus jefes pueden sustraerse a él. Sí, bien, toman decisiones, pero eso es sólo aparente. En ningún caso pueden no tomarlas porque la máquina del terror, una vez que ha cogido velocidad, no se puede detener. ¿Me entiendes?

—Nada.

—Pues no tienes más que leer los periódicos.

—Me parece que te preocupas demasiado.

—Mataron a sangre fría a Yoyes, que había sido dirigente de la banda. ¿No tienen compasión entre ellos y quieres que la tengan contigo porque tu padre luchó hace cincuenta años en un batallón de *gudaris*? Vamos, vamos. A mí lo que me preocupa es tu ingenuidad.

—Hijo, yo no he estudiado como tú. Todo lo que dices me suena a filosofía. Yo no puedo entender que unos tipos que pretenden defender el euskera maten a *euskaldunes*. Que quieren construir Euskadi, maten a vascos. Otra cosa es que se carguen a guardias civiles o a gente venida de fuera. Me parece mal, pero desde la lógica del terrorista no deja de tener sentido.

—No hay tal lógica. Es todo un delirio y probablemente un negocio.

—Hay que dejarlo enfriar. Pasará el tiempo, se olvidarán de mí. Ya lo verás. ¿Que algunos del pueblo me niegan el saludo? Que les den morcilla. Mira, lo único que me fastidia es no ir en bici los domingos. Pero, fuera de eso, a mí no se me despeina una ceja.

El coche de Aránzazu bajó a poca velocidad la rampa. La primera en apearse fue Bittori. Miró, cara enfurruñada, hacia arriba; descubrió a su marido y su hijo asomados al balcón. No esperó a llegar al piso. Desde la calle, sin preocuparle que la pudieran oír desde otras casas:

—Ya sé que lo has comprado sin preguntarme.

El Txato, en voz baja, a Xabier:

—Esta sí que me da miedo. ¡Tiene un carácter!

86
Tenía otros planes

Oía la lluvia desde la cama. Un rumor gris que parecía decirle: Txato, Txato, despierta, levántate y ven a mojarte. Y quizá por demorar el momento de exponerse al tiempo desapacible, o a causa de la luz desvaída que se filtraba por la cortina y le producía pereza y le producía pesadez en los párpados, o porque, anulada su cita con un cliente de Beasáin, no tenía gran cosa que hacer esa tarde en la oficina, alargó la siesta más de lo acostumbrado. ¿Qué quiere decir eso? Pues que durmió una hora larga sin sueños ni preocupaciones, mientras que otras veces con veinte o treinta minutos tenía de sobra.

Sentado en el borde de la cama, le picaron las ganas de encender un cigarro, pero no. Adicción superada, aunque lo seguían recomiendo de vez en cuando las tentaciones. Ciento catorce días antes había fumado el último. Llevaba la cuenta y alrededor de ella iba inflando a diario una bola de orgullo. Había habido algunos casos de cáncer de pulmón y de esófago en su parentela. También en la de Bittori y también en el pueblo. Él no quería correr la misma suerte. Tenía otros planes.

Se calzó. ¿Qué hago? Superflua pregunta la de este hombre que si fuera soltero se quedaría a vivir en la oficina. Además, hay que vigilar. No puedes fiarte de los empleados, no los puedes dejar solos. Y si suena el teléfono ¿qué? Le entró de pronto prisa. ¿Prisa? Remordimiento por haber antepuesto durante algo más de una hora la cama al trabajo. Y alisó lo mejor que pudo la colcha para que Bittori, por la noche, no le viniera con quejas.

En la sala, sobre la mesa, seguían el periódico abierto por la página del crucigrama y las gafas de lectura. De haber dormido menos habría hecho un intento por terminarlo. La puñetera isla filipina de cuatro letras, que ya la han puesto otras veces y él nunca se acuerda del nombre. Fruto común en los valles pirenaicos. Ni idea. Y sentada en el sofá, cruzada de brazos, Bittori abrió cansadamente los párpados al sentirlo llegar. Que qué hora era.

—Van a dar las cuatro.

—¿Se te han pegado las sábanas o qué?

Decepción en la cocina: no había café, sólo un culo frío, sobrante del desayuno, en la cafetera. El Txato gruñó entre dientes. Bittori, que duerme sin dormir, que nunca dormía del todo, tampoco por las noches, lo oyó.

—Ya te hago.

Él se conoce que lo quería como de costumbre, ya listo para no tener que esperar y poder salir pitando hacia el trabajo. No sin una leve acometida de despecho, alegó prisa.

—Con lo que hay voy que chuto.

Conque tomó aquel líquido negro directamente de la jarra. Bittori siguió amodorrada en el sofá. El amargor del bebistrajo obligó al Txato a torcer el gesto. Y al final, tras mascullar un taco, se asomó al vano de la puerta. Ni se acercó a Bittori ni ella vino a él. Se despidió, no seco, eso no, pero escueto.

—Hasta la cena.

Bittori sacudió la cabeza en señal afirmativa, como diciendo: correspondo a tu saludo, pero estoy muerta de sueño, así que no me apetece hablar, confórmate con este meneo. Y volvió a cerrar los párpados.

En la escalera, el Txato encendió la luz. El gris profundo de la tarde se metía por todo, roía colores, espesaba sombras. Y al llegar al portal, el Txato echó un vistazo al interior del buzón. No buscaba correo. El cartero ya había pasado por la mañana. A veces les metían porquerías o papeles con insultos y amenazas; aunque iba para dos meses que por ese lado los dejaban en paz. En cambio, días antes había aparecido en el muro del quiosco de música su nombre dentro de una diana. Una vecina se lo dijo, susurrante, a Bittori. ¿Sabes qué? Si no, no se enteran, porque a la plaza hacía tiempo que no iba ninguno de los dos. En fin, una pasada. Pues una cosa es que te incordien y te ofendan, y otra que la propia gente del pueblo (bueno, algunos) pida tu muerte.

Salió del portal, pero no salió del todo. Había dado un paso fuera de la casa. Al punto, retrocedió. Lluvia y grisura. No circulaban coches; bueno, sí: una furgoneta se alejaba en aquel instante por el fondo de la cuesta. Nadie andaba por la calle a pesar de la hora; pero es que hay que ver cómo jarreaba. Parado bajo el dintel, lo tentó volver en busca del paraguas. Bah, esa estará durmiendo y total, de aquí al garaje hay poco trecho. El Txato trataba de reunir ánimo para arrancarse a correr. Antes lanzó una mirada comprobatoria a las nubes sin la menor esperanza de que la lluvia terminase.

Ahí estaba la pancarta, por encima de la carretera, tendida entre su balcón y la farola de enfrente. PRESOAK KALERA, AMNISTIA OSOA. De tiempo en tiempo le cuelgan una, no siempre de contenido político. Las hay también relacionadas con las fiestas del pueblo. Hace unos cuantos años le preguntaron, consintió, aunque sin ganas; pero, oye, tampoco es plan ponerse a malas con la gente del pueblo y especialmente con los chavales. Así pues, cada cierto tiempo vienen con una escalera y atan el extremo de una pancarta a la barandilla. ¿Y por qué en su balcón y no en el de más acá o en el de más allá? Pues por la farola esa de los cojones, que tenía que estar justo ahí enfrente.

Un día en que le llenaron el buzón de inmundicias subió a casa furioso. Bittori, al verlo acelerado, despotricante, con un cuchillo en la mano, le preguntó adónde vas.

—A cortar las cuerdas de la pancarta.

Ella se interpuso.

—Tú no cortas nada.

—Apártate, Bittori, que vengo muy encendido.

—Pues te apagas. No quiero más problemas de los que ya tenemos.

Bittori no se apartó y el Txato, aunque maldecía y juraba y tiró con rabia la boina contra la pared, se tuvo que resignar a que de vez en cuando le atasen una pancarta a la barandilla del balcón.

Como cuando era niño, contó:

—*Bat, bi, hiru.*

Y salió en dirección al garaje. ¿Corriendo? Sólo los tres primeros pasos. Después redujo la velocidad. En realidad, ni andaba ni corría, lo uno por no alargar el tiempo de exposición a la lluvia, lo otro por no resbalar en el suelo mojado. Lo que hizo fue adoptar un trotecillo de hombre culón metido en años. Recorrida una docena de metros, ya ni eso. A fin de cuentas guardaba ropa de repuesto en la oficina.

Y qué manera de llover. La madre que me. Ni que hubieran estado esperándolo las nubes para vaciarse todas de golpe sobre él. En el borde de la calzada se había formado un arroyo. Aún no habían dado las cuatro de la tarde y ya parecía que entraba la noche en el pueblo. Y a esas horas todavía es pronto para encender el alumbrado público.

Una figura joven, ágil, borrosa, surgió de entre dos coches aparcados junto a la acera de enfrente. La capucha impidió al Txato verle los ojos. Venía hacia él, pero no directamente. ¿Quién? Un individuo de algo más de veinte años, algún chaval del pueblo que se protegía del chaparrón agachando la cara. De un salto alcanzó la acera por detrás del Txato. El Txato siguió su camino y ya le faltaba poco para llegar a la esquina.

Entonces, a su espalda, muy cerca, sonó un disparo.

Y después otro.

Y otro.

Y otro.

87
Setas y ortigas

Hacía tiempo que corrían rumores inquietantes sobre la situación financiera de la fábrica. Hablaban de, decían que. Y Guillermo empezó a dormir poco y mal por las noches, y a temer por su puesto de trabajo. Dos años y medio tenía por entonces su hijo Endika. Y la niña aún no había nacido, pero ya estaba en camino. Él y Arantxa, acomodados a su vida sencilla, de clase media baja con esperanzas de prosperar en el futuro, eran felices o se creían/decían felices, lo cual, al parecer de ambos, es lo mismo, pero esto se derrumbará como les falte suelo económico bajo los pies.

En la cama, ya entrada la noche:

—Sin el sueldo de la papelera ya me dirás tú cómo saldremos adelante.

—A lo mejor hay suerte y despiden a otros.

—¿A quién?

—Habla más bajo, que me vas a despertar al niño.

—De los de la oficina, ¿a quién crees tú que pueden despedir con mayor motivo que a mí?

—Pues a los de más edad y así se quedan con los jóvenes. Oye y, si no, ya encontrarás algo. Mientras tanto nos arreglamos con mi sueldo. No es mucho, pero menos da una piedra.

—No alcanza, Arantxa. Hago cuentas y veo que no alcanza. Pronto seremos cuatro bocas.

Ella le había ocultado un incidente en la zapatería. ¿Qué incidente? Pues que la dueña, que es más seca que un polvorón, le había echado en cara que no hubiera esperado más tiempo a quedarse embarazada. Y luego, por una compañera de trabajo, supo que la dueña había estado criticándola a sus espaldas. Ella prefirió no contárselo a Guillermo por no aumentarle las preocupaciones.

Guillermo, caviloso, angustiado, a lo suyo:

—Olvídate de vacaciones, de coche nuevo y de todo.

—Tranquilo, hombre. Ya verás como salimos adelante si luchamos juntos.

—Yo quería que fuéramos felices, pero no va a poder ser. ¿Nunca se puede ser feliz en este mundo? Yo no sé para qué nacemos.

—Guille, por favor. La felicidad perfecta sólo existe en las películas. Pides demasiado.

—No pido, exijo. Soy un hombre trabajador, formal. Hago lo que me mandan. Lo hago bien. Quiero mi parte, mi modesta parte.

Unos días después volvió a casa antes de lo habitual. Depositó la carta de despido sobre la mesa de la cocina y estuvo largo rato estrechando a Endika contra su pecho. Dos añitos la criatura y él sin trabajo, sin perspectivas de futuro: un inútil.

—No digas eso.

—Es lo que soy. Uno del que se prescinde y la fábrica continúa funcionando igual de bien. El típico desdichado que necesita que su mujer le dé unas monedas para tomarse una caña en el bar.

Guillermo: un hombre a la deriva. Se iba al monte por las mañanas, volvía con fresas silvestres, setas, ortigas. Daba lecciones sentado a la mesa de la cocina: que si las ortigas son comestibles, que si se pueden tomar como infusión. El caso era persuadirse de que alimentaba a la familia. Salía de amanecida, hecho un montañero con sus botas y su mochila de recolector de frutos. Y traía de todo, también manzanas, a saber de qué huerto, y ramas de avellano que luego cortaba en palitos para construirle al niño un castillo. Otras veces, si el tiempo lo permitía, iba con su caña a pescar a la boca del puerto o a las rocas de Jaizquíbel. Se volvió taciturno, arrugado de frente, enfadado de miradas, amigo de andar solo, y no le podías llevar la contraria porque enseguida saltaba. Y cuando nació Ainhoa, aún peor.

La primera vez que cogió a la niña en brazos, le dijo:

—Mala suerte, pequeña. Has nacido en casa de pobres.

A menudo rompía sus largos silencios para arrancarse con afirmaciones por el estilo, siempre con una vibración de resentimiento en las palabras. Arantxa callaba, sufriente, resignada, por no empeorar la situación. A veces no aguantaba más. Qué narices, yo también tengo mis sentimientos. Y expresaba su parecer procurando no alterarse.

—Te escuece una herida en el amor propio.

—¿Qué sabrás tú, tonta de los huevos?

En ese plan. Susceptible, agresivo, con amargura. Y nada de bombón, cariño, tesoro, como antes. En la cama, ella consentía. Porque, claro, si lo dejas sin eso, a este igual se le cruzan los cables y me zurra. Les salían unos coitos rutinarios, sin placer para ella, de rápido desfogue para él. Ternura, cero. Tampoco lo contrario, eso no. Eran más bien una formalidad que producía un triste chasquido de vientres entrechocados.

Guillermo, a los pocos días de parado, ya se deprimía, ya decía la bobada esa de tirarse al tren. Y más adelante le dio por pronosticar en presencia de sus hijos, tan pequeños, un futuro tenebroso con frases un tanto engoladas que las criaturas no podían entender ni eran dichas para que las entendieran. Se inclinaba de repente sobre la cuna de Ainhoa, y le pintaba, con un discurso para adultos, un panorama atroz de privaciones. Y con Endika hacía lo mismo. De pronto lo levantaba en brazos y le decía algo negativo, agorero, pesaroso.

De las tareas del hogar se ocupaba menos que cuando trabajaba en la papelera. ¿El motivo? Pues que le resultaba humillante pasar la aspiradora, fregar la vajilla, limpiar los cristales.

—No nací para ama de casa.

—Ah, ¿y yo sí?

Era en tales situaciones cuando Guillermo soltaba seriamente lo de tirarse a las vías del tren o lo de beberse la botella de lejía. Arantxa se sulfuraba, apretante de dientes, húmeda de ojos, pero veía allí cerca a sus dos hijos tan tiernos, tan frágiles, y prefería contenerse. Según qué días, se desahogaba con una compañera del trabajo. Le contaba esto, le contaba aquello, detalles inconexos, pero no el todo ni lo más íntimo, ya que no las unía una estrecha amistad. Amigas, lo que se dice amigas, Arantxa no tenía. El matrimonio la había alejado de la cuadrilla de su pueblo. En Rentería, sólo se relacionaba de forma esporádica con vecinas y, más frecuentemente, con gente cercana a Guillermo. Y, por lo demás, antes se deja arrancar un ojo que contarle nada a su madre. Miren sabía que su yerno estaba en el paro. Pues no se le ocurrió preguntar si necesitaban ayuda.

Con quienes Arantxa sí se sinceró fue con Angelita y Rafael. Incluso les reveló que su hijo amenazaba con tirarse al tren y beber lejía. Le dijeron, él: no te preocupes; ella: tú, tranquila. Y los socorrieron con una generosidad sin restricciones. Rafael les sufragó durante un año la cuota mensual de la hipoteca; Angelita acompañaba todas las semanas a Arantxa al supermercado y pagaba la compra (el carro hasta arriba) con su tarjeta. ¿Y Guillermo? Ni se enteraba. Ese ya tenía suficiente con andar por el monte cogiendo ortigas y hablando a solas.

Hasta que, transcurridos diez meses desde que había perdido su puesto de trabajo, pasó una cosa inesperada. Una tarde de tantas, mientras empujaba el carrito de Ainhoa por la plaza de los Fueros, Guillermo se encontró con su amigo Manolo Zamarreño. Y Manolo lo vio y le hizo señas de que parase y vino, sonriente, y traía una noticia esperanzadora y algo más. ¿Qué? Un número de teléfono anotado en un trozo de papel. Que llamase sin falta, a poder ser hoy mismo, pues se había producido una vacante en las oficinas del hipermercado Mamut y buscaban urgentemente un sustituto.

—Llama. A lo mejor tienes suerte, pero date prisa.

Y así fue como Guillermo dejó las setas y las ortigas por los números. Ganaba menos que en la papelera, pero ganaba. Recobró en cuestión de días el buen humor y las ganas de vivir. Se volvió afable, dicharachero, generoso, y le pidió perdón a

Arantxa por los malos meses que le había hecho pasar, pero que por favor entendiese que todo aquel tiempo él había sufrido una angustia muy grande.

—Dos hijos, no poder alimentarlos, ya sabes.

La invitó a comer en un restaurante con el primer sueldo que le pagaron. Y otro día, a la vuelta del trabajo, le trajo una rosa de obsequio. Arantxa la puso en un recipiente con agua, sin mucha ceremonia ya que Ainhoa estaba llorando como de costumbre en su habitación. Y a la mañana siguiente, nada más salir él de casa, Arantxa tiró la flor a la basura.

88
Pan ensangrentado

Era jueves, 25 de junio. Guillermo y Arantxa se las habían ingeniado para tener una semana de vacaciones en común. No siempre lo conseguían, pero esta vez sí. Por aquel entonces, los dos con trabajo, se podían permitir algunas expansiones, aunque modestas. Y como los niños ya estaban algo crecidos (seis años Endika, la niña a punto de cumplir cuatro), los podían llevar de excursión sin los inconvenientes y limitaciones que implican de costumbre los bebés.

Ayer fueron los cuatro a la playa de Biarritz; hoy tocaba comer en casa de la *amona* Miren y mañana, pues ya veremos. Disponían de un coche comprado de segunda mano. Poca cosa, pero suficiente para sus necesidades.

Problema de aquel jueves: que no tenían pan para cenar. Eso se arregla fácilmente. Guillermo, ojalá todas nuestras desgracias fueran como esta, se ofreció a bajar sin pérdida de tiempo a la panadería y comprar media barra grande. Preguntó, jovial, ya con la puerta de casa abierta: quién quería acompañarlo. Por separar a los niños, que no paraban de pelearse, Arantxa le dijo:

—Llévate a Endika, que me está poniendo de los nervios.

Y él (vamos, campeón) se lo llevó.

Un jueves que nunca olvidarán, que les pudo haber costado la vida al padre y al hijo. No habrían sido los primeros ni serían los últimos. De hecho, pasaron agarrados de la mano junto al escúter negro donde estaba escondido el explosivo. Guillermo, que me muera de repente, lo recordaba. Arantxa:

—¿Estás seguro?

No tenía la menor duda, pues lo enfadó ver el ciclomotor aparcado encima de la acera y le hizo un comentario al respecto al niño, algo así como: esto no se hace, esto está mal hecho, o, en fin, una cosa por el estilo.

Algunos metros más allá, a la entrada de la panadería, se encontró con Manolo Zamarreño, que salía con una barra de pan. Pasaban cinco, quizá diez minutos de las once. Y Manolo, mientras intercambiaba unas palabras de circunstancias con Guillermo, le revolvió a Endika el pelo a modo de carantoña.

En la calle, allí junto, lo esperaba su escolta.

¿Escolta? Pues sí. Es que mataron en diciembre a su amigo José Luis en un bar de Irún y él le tomó el relevo como concejal por el Partido Popular en el Ayuntamiento de Rentería. Guillermo, en casa, cuando se enteró:

—Hay que tener bemoles.

—Pues yo, Guille, si fuera de las que van a misa, rezaría por él. Más le vale que el Todopoderoso le proteja. Y si lo quitan de en medio, no se te ocurrirá ocupar su puesto, ¿eh?

—¿Yo? ¿Estás loca? Yo quiero vivir.

Manolo llevaba pocos días en el cargo y, para empezar, le quemaron el coche. Lo insultaban, le hacían carteladas vejatorias usando su fotografía y le pintaron el nombre dentro de una diana. Pero él no se arrugaba. Declaró a la prensa: «Aquí he nacido y aquí me quedo». Y sí, se quedó una semana, otra, no muchas, hasta su hora fatal aquel jueves de junio en que bajó a comprar el pan diario y se paró a hablar unos instantes con Guillermo.

El uno entraba en la panadería, el otro salía. Luego de breve conversación, Manolo echó a andar por la acera adelante con el escolta a su espalda. Guillermo esperó su turno delante del mostrador. De repente se produjo un estruendo descomunal. Endika cayó al suelo. Ruido de cristales rotos. Y Guille se apresuró a levantar al niño. Le dijo, paternal, acelerado, falsamente tranquilo:

—No llores, no te muevas de aquí, enseguida vuelvo.

Y salió.

A la altura del portal número 7 había explotado el escúter. ¿Manolo? No lo veía. Sí al escolta, sentado en el suelo, la espalda recostada contra un coche, la cara ennegrecida. Vehículos dañados. Un momentáneo, espeso, humeante silencio. Y luego ya las primeras voces, unos gritos de mujer, gente (vecinos) que se acercaba a mirar/socorrer.

¿Y Manolo?

Ahí. ¿Dónde? Entre dos coches, tendido sobre su propia sangre, mucha sangre. Negro por la explosión, que al parecer lo había alcanzado de lleno. Casi desnudo, con sólo la ropa interior y los zapatos. En una muñeca se le veía el reloj. Y el pan que acababa de comprar, partido por la mitad.

Con el niño en brazos, no mires, no mires, a Guillermo no le quedó más remedio que pasar cerca del lugar de los destrozos y del muerto y del escolta sentado en el suelo antes que llegara la policía y la calle fuese acordonada.

—¿Has mirado? Dime la verdad.

—No, *aita*.

—¿Me lo juras?

—No he visto nada.

Por el camino se encontró con Arantxa, que venía a toda prisa con ojos alarmados.

—¿Estáis bien? ¿Qué ha ocurrido?

—Manolo.

—¿Eh?

—Manolo.

Abría la boca y sólo le salía eso: Manolo.

—¿Manolo Zamarreño?

Asintió, con el niño aún en brazos. No hicieron falta explicaciones. Arantxa, gesto de estupor, se golpeó la frente con la palma de la mano. Y ya no hablaron más. Apresurados, subieron a su vivienda, donde ella, en su ataque de pánico, había dejado la plancha encendida y a la niña sola. No tardó en ulular, lejos, cada vez más cerca, ya dentro del barrio, la primera sirena.

A todo esto, sonó el teléfono. Angelita. Que qué ha pasado.

Menudo estruendo. Arantxa, los niños delante, le contó sin contar, le dijo sin decir, pero diciéndole que no estaba sola, y su suegra, haciéndose cargo de la situación, le aseguró que había comprendido.

Guillermo instaló su congoja/indignación en la cocina como quien clava un poste en la tierra y de aquí no me mueven, sentado a la mesa con la cabeza entre las manos. El resto de la familia se retiró al cuarto de los niños. Estos siguieron a su madre en intimidado silencio. Es que su padre gemía de manera aparatosa. Arantxa se llevó el transistor. Con la oreja pegada al aparato, conectado a bajo volumen, obtuvo al cabo de un rato confirmación definitiva: atentado con bomba, barrio de Capuchinos, un fallecido.

Le hizo la trenza a Ainhoa. Se la deshizo. Se la volvió a hacer. Aún faltaban dos horas para ir a comer a casa de sus padres, pero necesitaba cualquier ocupación para llenar el tiempo y recobrar la calma y entregarse al alivio, al enorme alivio, uf, de estar con sus hijos, tocarlos, sentirlos, saberlos sanos y salvos.

Endika, quieto a su lado, le agarraba una punta de la falda como cuando se sujeta a la barra del autobús urbano. Se apartó la madre unos cuantos pasos para sacar de un cajón de la cómoda la bolsa con los ganchos del pelo y el niño la siguió en silencio. Y a la vuelta lo mismo, sin soltarse de su falda.

Por la puerta entreabierta llegaban, apenas audibles, a intervalos irregulares, los sollozos declinantes, ya más graves que agudos, de Guillermo. Al principio, Arantxa, protectora de sus hijos, había sentido tentaciones de cerrar la puerta. Cambió enseguida de idea. Que oigan, que se enteren, que sepan en qué clase de país les ha tocado crecer.

En la cocina, Guillermo hablaba ahora, despotricante, de política. Denigraba el nacionalismo, envenenador de conciencias, decía, que lanzaba a tantos jóvenes vascos por la senda del crimen. Y repartía culpas: el *lehendakari* con su lengua de dos puntas, el obispo hipócrita, los *abertzales* pringados hasta las orejas de sangre ajena y todos esos malvados vecinos señaladores que comunican a ETA a qué hora pasa la víctima por estos y los otros lugares. Despechado, remedante:

—Tenéis aquí a un español y os lo podéis cepillar sin problemas cuando vaya a comprar el pan. ¿Que es padre de familia? Pues que se lo hubiera pensado antes de meterse a concejal. ¿Que es buena persona y no ha matado una mosca en su vida? Bueno, pero es de un partido españolista que nos oprime y además aquí hay un conflicto.

Jesús, María y José, este hombre ¿no estará hablando con la ventana abierta? Arantxa decidió asegurarse.

—Te van a oír.

—Que me oigan.

La ventana de la cocina estaba cerrada.

—No vives solo.

—Me ha entrado un odio feroz. Es como si me picaran las ortigas dentro del cuerpo. Arantxa, mi vida, dime algo que acabe con este odio que me está desgarrando. Odiar es lo último que yo quisiera en la vida.

—Desahógate, protesta, pero sin pegar gritos. De la puerta de casa para afuera, chitón. ¿Estamos? No me vayas a organizar un lío. Iremos al funeral, daremos el pésame. No tenemos por qué perder la decencia.

—En el estado en que me encuentro, comprenderás que no puedo ir a casa de tus padres. Ve tú con los niños.

—Desde luego que no vienes. Sólo faltaría que mencionases a mi hermano y te pusieras a discutir con mi madre, con lo fanática que se ha vuelto.

—Su pobre hijo preso, un asesino de marca mayor.

—Bueno, déjalo. Me prometiste que nunca tocaríamos el tema delante de mis padres. Los niños tienen derecho a visitar a sus abuelos.

Cerca de la una y media, Arantxa salió de casa con los niños endomingados, limpios, olorosos. Ainhoa se acercó a darle un beso a su padre. Endika, detrás, con voz modosa:

—¿Estás triste, *aita*?

—Muy triste.

—¿Por lo que le ha pasado a Manolo?

—O sea, que has mirado.

—Pero sólo con un ojo.

Abrazó al niño, abrazó a Arantxa, acompañó a los tres hasta la puerta, los vio bajar el primer tramo de escaleras y, cuando se volvieron a decirle adiós, les tiró un beso con la mano.

89
El aire en el comedor

Si Miren supiera. Si supiera ¿qué? Pues que sus nietos, cuando no los tenía delante, a veces la llamaban la *amona* mala. De nada servían los esfuerzos de Arantxa por hacerles cambiar de opinión. Se daba cuenta: a lo sumo callarán por darme gusto, pero no podré impedir que sientan lo que sienten.

Hasta en la pequeña Ainhoa, a punto de cumplir cuatro años, se percibía hacia la *amona* Miren un asomo de rechazo, que en el caso de Endika tomaba, según las ocasiones, la forma de una abierta hostilidad.

Sucedía lo contrario con Angelita y Rafael. En parte porque convivían más tiempo con los niños, los veían a diario, disponían de mayores posibilidades para ofrecerles distracción y afecto. Pero asimismo porque eran de suyo apacibles, generosos, divertidos, sin la aspereza y severidad que mostraba Miren de costumbre, aunque no lo hiciera de mala fe, nada más que porque ella era así y lo había sido siempre, dura de temperamento, impaciente, también con sus hijos, con su marido, en realidad con todo el mundo.

En cuanto al *aitona* Joxian, pues el hombre, la verdad, pintaba poco. Bueno, no pintaba nada. Por regla general, Ainhoa y Endika lo veían una o dos veces al mes; pero es que, cuando lo veían, él se quedaba en la silla quieto, soso, callado, sin arranque para proponer actividades, y muchas veces era como si no estuviera.

Ya en una ocasión, Endika le había preguntado a su madre por qué habla tan poco el *aitona* Joxian.

—Pues porque no tendrá nada que decir.

—El *aita* dice que porque el *osaba* Joxe Mari está en la cárcel.

—Puede ser.

El jueves del atentado en Rentería, cuando Arantxa llegó con los niños a casa de sus padres, el *aitona* Joxian aún no había vuelto del Pagoeta, razón por la cual Miren estaba de morros.

Abrió la puerta. ¿Alegría? Ninguna. Antes al contrario, aquel entrecejo hosco, aquel brillo enfadado de los ojos.

—Pensaba que era tu padre. Aún no ha vuelto del bar. Me va a oír.

Luego se dirigió a sus nietos con cariño tajante, las zapatillas gastadas, el delantal salpicado de corros de humedad. ¿Y no se le ocurre arreglarse, suavizar el gesto, decirles a los niños algo que los mueva a risa y les dé confianza, tenerles preparado un regalito, una sorpresa?

No se agacha lo suficiente para que la besen sin dificultad. Y a Endika va y le reprocha que haya entrado al piso sin saludar.

—¿Te han comido la lengua o qué?

A la niña le preguntó quién te ha hecho esa trenza tan torcida, y a Arantxa:

—¿No viene tu marido?

—No se sentía bien.

Y ni siquiera pregunta si está enfermo, si se ha dado un golpe, nada. ¿Y eso? Es que no le sale. Si le escarban en las intimidades, se defiende diciendo que toda la vida no ha hecho más que trabajar. Allí estaba la prueba: la mesa puesta, la casa entera saturada de rico olor a comida, el calor del horno. De nuevo se había esforzado. Toda la mañana. Incluso desde la víspera, que es cuando había preparado la bechamel de las croquetas. Seguro que estaba cansada, convencida de que nadie le da las gracias, haga lo que haga.

Y su obsesión por el euskera. Esa actitud reivindicativa, exigente, que la llevaba a poner a prueba a sus nietos cada vez que la visitaban. Les hacía preguntas para inducirlos a hablar el idioma de la patria y ellos lo hablaban con naturalidad y soltura, aunque con las limitaciones propias de su corta edad. Y no era raro que si Guillermo se hallaba presente, los niños se pasaran sin darse cuenta al castellano.

Miren intervenía cortante, rigurosa:

—Aquí hablamos euskera.

Lo cual era una forma de hacerle a Guillermo el vacío. A menudo hablaba con él por mediación de Arantxa.

—Pregúntale a tu marido si quiere más garbanzos.

Y Arantxa, qué remedio, se volvía hacia Guillermo y le traducía la pregunta. Guillermo no perdía el sentido del humor.

—Dile que me ponga dieciocho unidades.

Joxian llegó rascándose el costado, señal de que había bebido. A Miren no le importa si mucho o poco. Le basta que haga una sola vez ese movimiento impensado para ponerse furiosa. Con la hija y los nietos en casa, se contuvo. Así y todo, Arantxa oyó desde el comedor que, mientras él se quitaba los zapatos, ella le regañaba en voz baja. ¿Por llegar tarde? Pero si eran las dos y veinticinco y habían acordado empezar a comer a las dos y media. ¿O será que lo esperaba antes para que echase una mano? ¿Pero cuándo ha echado una mano en casa este hombre?

El aire en el comedor, sobre la mesa sembrada de entremeses, ¡cuánto trabajo!, parecía como si lo hubieran estirado. Había en él una tensión como de materia elástica que en cualquier momento se puede romper. Los niños, que a su manera también debían de notar el inquietante fenómeno, callaban formales, expectantes, resistiendo por orden materna el apetitoso reclamo de las croquetas expuestas en orden perfecto sobre una fuente de loza.

En zapatillas caseras, disimulando a duras penas que acababa de recibir una reprimenda, el *aitona* entró en el comedor. Ya antes, al llegar de la calle, había saludado escueto, besado blando. Y no bien hizo ademán de sentarse en su sitio habitual, de espaldas a la puerta del balcón, Miren le preguntó si se había lavado las manos. Nietos e hija delante, no replicó, sino que fue, corderito, a lavárselas al cuarto de baño por dejar la fiesta en paz.

Sentados los cinco a la mesa, masticaban, bebían. Joxian, agua como los demás, que vino ya has tenido suficiente esta mañana. Y en el aire, entre las cabezas inclinadas sobre los platos, seguía aquella tensión aéreo-humana, perceptible hasta para los niños, que otras veces solían mostrarse vivarachos, ahora extrañamente silenciosos. Hablaban los adultos, para disimular, de trivialidades. Pero el tema del día estaba en el aire y todos lo saben y ninguno lo menciona, ¿para no estropear la reunión familiar? Tampoco se ven con mucha frecuencia. Total, dentro de una hora u hora y media nos habremos ido.

A Joxian se conoce que le ardía por dentro el asunto del que había tenido noticia en el Pagoeta. En un entretanto en que Miren llevó los platos sucios a la cocina y estaba sacando para el postre vajilla limpia del armario, le preguntó a Arantxa, en voz baja, quién era el muerto. Ella respondió con similar bisbiseo:

—Un amigo de Guille.

—No jodas.

—El que le ayudó a encontrar trabajo.

—No me jodas.

Miren, de vuelta en el comedor, cargada de platos:

—¿Qué habláis?

—No, nada.

¿Nada? Aún se tensó más el aire. Un nuevo tirón y se rasga. Pero de pronto hubo natillas, celebradas con alborozo por los niños, y una oportuna intervención de Joxian, que dio una moneda de veinte duros a cada nieto. Paz y postre. Luego casi mete la pata. ¿Cómo así? Pues que agarró sin pensar el mando a distancia. Ya lo había orientado hacia el aparato, ya iba a encender el televisor; por tanto, Rentería, bomba, un muerto en el barrio de Capuchinos. Arantxa logró impedirlo a tiempo mediante un discreto y rápido golpe de pie por debajo de la mesa. Y acaso Miren lo notó. ¿O barruntaba desde hacía rato la secreta comunicación entre el padre y la hija?

De modo que, escamada, en un momento dado, sola y fregante en la cocina, llamó a Endika, seis añitos, con un pretexto cualquiera y entonces el aire reventó. Miren se las arregló para sonsacarle al niño por qué no había venido su *aita* a comer. Y el niño, que no había sido instruido para esquivar la astucia de la *amona*, le contó la verdad. Desde su perspectiva infantil, pero la verdad. Y entre otras cosas dijo que:

—Unos hombres malos han matado a un amigo de mi *aita*.

—¿Y por eso no ha venido a comer?

—Es que ha estado llorando toda la mañana.

—Pues ¿qué clase de hombre es ese que llora tanto?

Lo cual disgustó a Endika, que, de vuelta en el comedor, se lo contó a su madre. Joxian tuvo un reflejo. Trató de retener a su hija agarrándola del brazo, pero a su mano envejecida, artrósica, le faltó la necesaria agilidad. Arantxa se levantó de la mesa con enérgico/airado impulso, enderezó de igual manera hacia la cocina y allí sucedió lo que no se pudo impedir que sucediera.

—Oye, ¿tú qué le has dicho al niño?

—Y vosotros, ¿qué le habéis dicho de unos hombres malos?

Esas caras desencajadas, esas miradas coléricas, esas palabras que salen como disparos de las bocas.

Arantxa, agresiva, desafiante, se arrancó a hablar en castellano.

—No he perdido un hijo y no soy viuda de milagro. Los dos han pasado junto a la bomba medio minuto antes de la explosión.

—Aquí no luchamos contra inocentes.

—Ah, pero ¿tú luchas? ¿Te tengo que dar la enhorabuena por lo de esta mañana?

—El concejal ese, amigo de tu marido, era del PP.

—¿Estás chalada? Por encima de todo era una buena persona y un padre de familia y un hombre con derecho a defender sus ideas.

—Era un opresor. Y te recuerdo que tienes un hermano pudriéndose en una cárcel española por culpa de buenas personas como esa.

—A tu hijo, del que estás tan orgullosa, le probaron delitos de sangre. Por eso está en la cárcel, por terrorista. Te lo repito, por terrorista, no por hablar *euskera* como le contaste una vez a Endika. Mentirosa, más que mentirosa.

—¿Qué tienes tú que decir de mi hijo, de un *gudari* que se ha jugado la vida por Euskal Herria?

—Pues vete a casa de las víctimas de tu hijo y, hala, explícales. A ver si te atreves a mirarles a los ojos.

—Esos son los amigos de tu marido. Que vaya él.

—¿Por qué nunca llamas a Guillermo por su nombre? ¿Te quema la palabra? Para ti supongo que él es un opresor.

—Muy vasco no es.

—Aquí nació, antes que yo.

—Hernández Carrizo y no habla *euskera*. Si eso es ser vasco...

En aquel punto Arantxa dio por zanjada la conversación. Se cruzó con Joxian, que estaba observando la disputa desde el umbral, con las cejas mustias, incapaz de intervenir.

—Quita, *aita*. No sé cómo has podido aguantar con ella tantos años.

—Hija, no te vayas.

Arantxa llamó a los niños, cogió sus zapatos para ponérselos en la escalera o en la calle, me da igual, y sin decir una palabra ni despedirse los llevó/empujó hacia fuera de la vivienda. Miren guardaba un despechado, duro, pétreo silencio en la cocina, y Joxian, tambaleándose de pena, trató de cortarles el paso a su hija y sus nietos.

—No os vayáis, por favor.

Fue en vano. Cinco años estuvo Arantxa sin hablarse con su madre.

90
Susto

Por aquella época no se estilaba el casco. Qué va. A lo mejor algún chorralaire que se las diese de profesional llevaba una chichonera y para de contar. Ellos usaban una gorra, gafas de sol y atuendo de ciclista con la idea de que nadie los pudiera reconocer. Joxe Mari, una tarde, cruzó su pueblo mirando de reojo los costados de las calles. Patxo, de víspera, le había lanzado el desafío.

—¿A que no tienes cojones?

—Pues vaya mérito. Mi pueblo está lleno de gente que anda en bici. Ni dios se para a mirar.

Y así fue. Ningún transeúnte pareció darse cuenta de que aquel fornido ciclista de la gorra y las gafas oscuras era él. Recorrió la calle que bordea la plaza, pasó por delante del Pagoeta, bajó hasta el río. Desde la orilla opuesta, vio a su padre (la boina, la camisa de cuadros, la espalda encorvada, qué viejo está) atareado en la huerta. Patxo le preguntó qué miraba.

—No, nada. Me quería despedir de mi pueblo.

A menos que lloviera, los dos preferían las bicicletas al coche o a los autobuses públicos para sus correrías por la provincia en busca de objetivos, su principal, por no decir su única ocupación de aquellos días. Las bicicletas les permitían ir a un mismo sitio separados, pero sin perderse de vista. Y acordaron una señal para que el que pedaleaba delante le avisara de cualquier peligro al que venía detrás. Distancia: no menos de cincuenta, no más de cien metros. Y jamás, al llegar a una población, entraban al mismo bar. Al final de las excursiones, primero el uno, después el otro, subían las bicicletas al piso en el ascensor. Puestas en vertical, cabían. En el piso se reunían con Txopo, que, como liberado que era, hacía o procuraba hacer vida normal de estudiante.

En los cursillos de armas les habían enseñado a recelar. La luz encendida de un cuarto, a cualquier hora del día, significaba que uno de ellos estaba en el piso y no había problemas. Todas las luces apagadas y una moneda dentro del buzón, depositada por el último en marcharse: piso vacío. Si no estaba la moneda: cuidado, no subáis. Lo mismo si colgaba media toalla por fuera de la ventana o se veía luz en todos los cuartos o el felpudo no estaba en la posición convenida. Patxo olvidó una vez atenerse a las normas. Si no es porque Txopo se interpuso, Joxe Mari le parte la cara.

Se movieron, día laborable, frío, gris, pero sin lluvia ni viento, desde primera hora de la tarde por la zona de Andoáin, Villabona y Asteasu. Más que nada por no permanecer inactivos y porque, después de una semana de invierno desapacible, por fin el tiempo invitaba a dar una vuelta en bicicleta. Otra cosa no podían hacer sino pedalear por aquí y por allá, pues el enlace les había entregado una nota de la dirección con orden de que no actuasen hasta nuevo aviso. De donde dedujeron que el Donosti andaba preparando alguna *ekintza* gorda y ellos no debían interferir, o la organización había llegado a algún tipo de acuerdo por debajo de cuerda con el Gobierno.

Joxe Mari se desanimaba.

—Somos un *talde* de segunda.

Y Patxo trataba de levantarle la moral.

—No te preocupes. En cuanto surja la ocasión, daremos un golpe espectacular y empezarán a respetarnos.

—Eso siempre que el Estado no se baje los pantalones. Porque como se acabe de repente la lucha armada, ya me dirás tú qué hemos aportado nosotros.

—Hombre, no seas tan pesimista. Yo creo que esto aún durará unos años.

En Recalde, a la altura del tanatorio, ya casi al final de la excursión, Joxe Mari se detuvo como otras veces para dar a su compañero unos cuantos minutos de ventaja, y luego reanudó la marcha y, al llegar, ¿qué hostias hace ese ahí?, se extrañó de ver a Patxo fuera del portal. Arriba, las luces apagadas.

Se juntaron en la esquina del edificio.

—No está la moneda.

—Vámonos.

Sin perder tiempo tomaron la dirección del barrio de El Antiguo. No pararon hasta llegar poco después a la plaza de Benta-Berri. Allí, ¿qué hacemos?, decidieron primero calmarse, después trazar un plan. Oscureció por completo. Dieron las nueve de la noche. Cada vez circulaban menos vehículos por la zona. El frío, que mientras pedaleaban no se había notado tanto, ahora se les estaba metiendo en los huesos. Y Joxe Mari, cuyo corpachón empezaba a echar en falta la cena, se zampó la última chocolatina de las que acostumbraba llevar, además de plátanos y manzanas, a las excursiones.

Una cosa tenían clara: de noche, vestidos de ciclistas por la calle, llamarían demasiado la atención.

—Con esta pinta, ¿adónde vamos a ir?

—Y con el frío que casca y la poca ropa que llevamos nos congelaremos como sigamos al aire libre.

—*Cagüendiós.*

—Propongo volver y echar un vistazo. Igual se le ha olvidado a Txopo poner la moneda en el buzón. Ya me pasó a mí una vez.

—Como se haya descuidado, le rompo la crisma.

—Vamos.

Las ventanas del piso continuaban apagadas. En la calle desierta no se percibían movimientos sospechosos, aunque vete tú a saber si hay *txakurras* escondidos en algún coche aparcado o tras las cortinas de alguna vivienda cercana. Dejaron las bicicletas apoyadas contra el poste de una señal de tráfico. Expelían un vaho denso por la boca. Patxo temblaba de frío y no ocultaba su temor a caer enfermo. Joxe Mari trataba de entrar en calor dando saltos y haciendo ejercicios gimnásticos. Gruñía sin cesar. Mucha palabrota y mucho juramento, pero era incapaz de salir de su indecisión.

Patxo, aterido, nariz roja, tuvo una idea.

—Con uno que suba es suficiente. Si nos están esperando, lo cogerán a él y el otro podrá escaparse.

—Tú eres gilipollas. Si te cogen a ti es como si me *cogerían* a mí y al revés. Sólo de la paliza que te van a arrear los picoletos en el cuartelillo cantas el padrenuestro en latín, en ruso y en un montón de idiomas que no conoces.

La helada que estaba cayendo, la indumentaria inapropiada para la hora y el lugar, el hambre/frío/cansancio, todo los empujaba a tomar la decisión que finalmente tomaron. Subieron al piso por separado, uno en el ascensor, otro por la escalera. ¿El felpudo? En su sitio. Buena señal. Pero, cuidado, la puerta no estaba cerrada con llave. Ya qué más da, ya habían introducido la suya en el ojo de la cerradura y que pase lo que tenga que pasar. Patxo, que iba delante, encendió la lámpara del vestíbulo. Silencio. Habían quitado el seguro de sus respectivas Browning, porque ellos sin el hierro no van a ningún lado. Y por dicha razón solían anudarse alrededor de la cintura una riñonera cada vez que salían a dar una vuelta en bicicleta.

Encontraron a Txopo, ¿qué te han hecho?, en el suelo de su cuarto, con una mejilla apoyada sobre un charco de vómito, consciente y acurrucado.

—Si me muevo es peor.

Les costó, suspicaces, ingenuos, unos instantes comprender que el problema de su compañero era de origen natural. Hasta que él no dijo: ¿dónde estabais, cabrones?, no dejaron ellos de apuntar con la pistola a las paredes, al techo, al armario, al mismo Txopo. Que por qué no había encendido la luz. Imbéciles, pues porque no se podía mover. ¿No lo veían o qué? Le había empezado un dolor terrible nada más llegar de la calle. De repente, dentro del ascensor. Con sus últimas fuerzas había logrado entrar en el piso. ¿Dónde le dolía? Aquí. Y aquí era un muslo, pero también el lomo y a continuación un costado del vientre. ¿En qué quedamos? Amenazó con pedir socorro a gritos si no le buscaban ayuda. Trataron de levantarlo. Imposible: aún le dolía más. Y el vómito y el hedor.

—Hay que limpiar eso.

—Límpialo tú.

Joxe Mari le hizo una seña a Patxo para que lo siguiera a la cocina. Dialogaron susurrantes, con la puerta cerrada.

—No podemos dejar que entren los sanitarios en el piso. Demasiado riesgo.

—Pues hay que hacer algo a toda leche porque, si este palma, tendremos un problema aún más grande.

A Joxe Mari, los gemidos de Txopo en el suelo de su cuarto lo sacaban de quicio. Zanjó la conversación, autoritario, jefe, resoluto:

—Cámbiate de ropa o ponte una cazadora por encima, traes el coche y esperas delante del portal.

—¿Estás chalado o qué? En el maletero están las cajas con el armamento.

Esa mirada no admite réplica, esa mirada es llama de soplete. Patxo: que si esto acaba mal no es culpa suya. Se vistió deprisa, refunfuñante. Al salir del piso murmuraba no sé qué acerca de la responsabilidad. Y Joxe Mari se asomó al cuarto de Txopo para decirle: tranqui, no te preocupes, aguanta y esas cosas. Luego se cambió de ropa rápidamente.

Desde la ventana de la cocina vio acercarse por la calle el Seat 127 que les había proporcionado el comando robacoches. El maletero, repleto de cajas. Manda huevos: por un lado te mandan un lote de armas y de material para confeccionar explosivos, por otro te dicen que de momento no actúes. Ellos tenían previsto aprovechar la oscuridad de la noche para meter la carga en bolsas de deporte, subirla al piso con el debido sigilo, examinarla y decidir lo que debían esconder en el zulo y lo que no.

No había tiempo que perder. Joxe Mari tiró a Txopo de los pies para apartarle la cara del charco de vómito. Un asco de la hostia. Mi *ama*, esa sí que vale en estas ocasiones. Con una toalla lo limpió un poco por encima. Salió a la escalera y apretó el botón del ascensor. ¿Los vecinos? En sus casas. Los veían poco. Sonaba por ahí algún televisor. Sin miramientos cargó con su compañero como si fuera un saco. Por la mirilla comprobó que nadie había subido en el ascensor. Entonces salió con Txopo al hombro, bajó hasta el portal y, en cuanto Patxo le indicó por señas que la calle estaba despejada, se apresuró a descargar al dolorido, gimiente compañero en el asiento posterior del coche. Él se sentó delante y dio la orden de arrancar.

—¿Adónde vamos?

—Sigue por ahí. Ya te diré.

Dejaron a Txopo en una postura indefinible, no se sabe bien, ¿sentado?, ¿acurrucado?, en un banco de los jardines de Ondarreta, cerca de la carretera que sube a Igueldo. Patxo temía por su compañero.

—Se va a helar.

Y Joxe Mari callaba, hasta que, cruzando la calle Matía, golpeó su atención una cabina telefónica.

—Para. Me bajo aquí. Tú vete al piso.

Lo primero de todo: entró en un bar, allí junto. Y mientras tomaba un zurito ojeó la guía telefónica. Después, desde la cabina, llamó al hospital de la Cruz Roja, cuya fachada principal podía ver al otro lado de la calle. Sin grandes explicaciones, contó que:

—Oiga, aquí hay un chaval con mucho dolor.

Dijo dónde y, cuando tuvo la seguridad de que había sido entendido, colgó. Apenas un minuto después, una ambulancia pasó cerca de él, se supone que en dirección al lugar indicado.

Transcurrieron dos días, dos largos días sin que recibieran ninguna noticia de Txopo. En esto, sonó el timbre. Se sobresaltaron. ¿Será él? Por el portero automático: que abrieran. Se conoce que la misma noche de su ingreso en el hospital había logrado expulsar con la orina el cálculo renal que lo había estado mortificando. Por si acaso lo mantuvieron veinticuatro horas en observación. Pidió disculpas a los compañeros por el incordio que les había causado y les agradeció la ayuda prestada. Que qué tal si lo celebraban. ¿Cómo? Se ofreció a cocinar para ellos una cena por todo lo alto. Chipirones en su tinta, merluza en salsa, lo que quisieran. Joxe Mari:

—Me recuerdas a mi *amatxo,* que siempre hace pescado para cenar.

Txopo les dijo que él compraría los ingredientes y se encargaría de todo. Ellos sólo debían poner el hambre. Muy bien, chaval. Acto seguido se retiró a su cuarto. En el suelo aún estaban la toalla sucia y el charco ya seco de vómito.

91
La lista

Recibieron una lista de nombres y direcciones por el conducto habitual. Empresarios de la zona, dueños de restaurantes y comercios, en fin, gente con bienes de fortuna que no tenía saldadas sus cuentas con la organización. En total, nueve fulanos. La nota no venía acompañada de instrucciones ni falta que hacía. A Patxo le llamó la atención un nombre.

—Aquí hay uno de tu pueblo.

—Le llamamos el Txato. Tiene una empresa de camiones al lado del río, un poco más arriba de la huerta de mi padre. No sabía yo que es de los que no pagan. ¡Menudo cabrón!

Propuesta de Txopo: ya que el objetivo era conocido y fácilmente localizable, ¿qué tal si empezaban por él? Se trataría de averiguar por dónde se desplaza, a qué horas, si va acompañado y todo eso.

Patxo aprovechó la ocasión para burlarse.

—Igual a Joxe Mari no le gusta la idea. Siendo un vecino de su pueblo, la cosa a lo mejor cambia un poco.

—¿Qué cambia? ¿Tú eres subnormal o qué? A mí qué me importa de dónde es el enemigo. Como si *sería* un familiar. Si hay que zurrarle, se le zurra. Aquí las órdenes no se comentan ni se discuten.

Acordaron que él no participaría en las tareas de vigilancia por no exponer su seguridad ni la del comando. Fue, eso sí, al pueblo con sus compañeros la primera noche, en el Seat 127. Sin apearse, les fue explicando. Esta es la empresa. Él vive aquí, en el primer piso. Ahí, donde pone Arrano Taberna, tenéis que preguntar por Patxi. Y luego se limitó a supervisar las acciones del *talde* desde el piso de San Sebastián. Para que no hubiera dudas:

—Al final, si decidimos golpear, allá estaré.

Con su cautela habitual, Patxi, el nunca protagonista, el jamás detenido, y eso que era el amo del cotarro *abertzale* del lugar, les procuró alojamiento por medio de un tercero. A continuación les hizo saber que se desentendía del asunto y les pidió que no vinieran a la Arrano. Joxe Mari, comprensivo:

—Tiene razón. Allí nos conocemos todos. Dos de fuera llaman mucho la atención. Con uno que se quede, basta.

Patxo se estableció en el pueblo durante una semana. A Txopo le tocaba ir a diario de un piso al otro con información, mensajes, recados, pero siempre pernoctaba en la vivienda de San Sebastián, donde además se encargaba de escribir los informes, cosa que Joxe Mari le agradecía de corazón, ya que a él, las letras, como que no se le daban.

Siete días le bastaron a Patxo para reunir información suficiente. De sobra, decía. Y puso a los compañeros al tanto de sus pesquisas.

—El que me ha prestado la habitación resulta que trabaja en la empresa del objetivo.

—¿Cómo se llama?

—Andoni.

—Le conozco. Es un broncas del sindicato LAB.

—Con su ayuda he podido conocer un montón de detalles de la vida del capitalista, al que no traga.

Joxe Mari, discrepante, puntualizador:

—Pues a mí me parece que la lucha armada no es una cuestión de tragar o no tragar al prójimo. O sea, que no nos dedicamos a dar caña a los que nos caen mal. Porque, si es por eso, yo ahora mismo le tendría que meter cuatro tiros a Andoni. ¿Por qué? Pues porque es una mala bestia. Le viene de familia. Su tío Sotero era de los que en tiempos de Franco colgaba la bandera de España en el balcón y ahora anda en Herri Batasuna. Yo, de estos tipejos, no me fío, qué queréis que os diga. El

Txato, como persona, me cae mejor; pero está claro que tengo que actuar contra él porque la liberación de Euskal Herria así lo exige.

—Vale, no te calientes y deja a Patxo que informe.

—A lo que iba. El empresario cambia a menudo de recorrido, aunque tampoco tiene mucho donde escoger. Usa el coche. Andoni, que me ha contado un montón de cosas de él, me confirmó que no tiene un horario fijo de trabajo. Se nota que es el jefe; empieza y termina cuando le sale de los cojones. Pero, atentos. Lo primero que hace cuando ha salido del portal es ir andando a un garaje que no está en la misma calle de su casa, sino en otra que hace esquina con ella.

—Pues sí que me estás contando algo nuevo. De niño estuve ahí dentro muchas veces.

—En esos cuarenta o cincuenta metros, entre el portal y el garaje, es fácil pillarlo, lo mismo a la ida que a la vuelta. Sobre todo el trecho entre el garaje y la esquina me parece de puta madre para una *ekintza*. La calle es estrecha, bastante oscura, y casi no andan gente ni coches por ahí. Secuestrarlo estaría chupado.

—Sí, pero no tenemos infraestructura. ¿Dónde lo metemos? Y además esto no se puede hacer sin consultar a la dirección. Así que de secuestro, nada. El Txato me reconocería con los ojos cerrados, sólo por la voz. Olvida la idea.

—Yo no he dicho que lo vayamos a secuestrar, sino que sería fácil hacerlo.

—Pues explícate mejor.

—Nunca va a bares. Este detalle ya me lo había adelantado Andoni. Antes sí iba. Ahora no porque la peña *abertzale* del pueblo lo tiene acojonadillo. Es un madrugador del copón. Entre la una y la una y media suele ir a comer a su casa. En el tiempo que yo he estado allí, sólo falló una vez. Dice Andoni que, según qué días, se queda a comer en la oficina. Sale de casa para el trabajo hacia las tres y media, minuto arriba o abajo. El lunes salió a las cuatro menos cuarto. Como siempre, se dirige a pie al garaje y allí coge el coche, un Renault 21 rojo. Hacer una *ekintza* al acabar el día lo veo complicado. Anteayer me dieron las once y el tipo seguía sin aparecer. Me largué.

—¿Escolta?

—Nada. Os digo que este objetivo está a punto de caramelo.

Joxe Mari no lo veía tan claro, sacudía la cabeza, dudaba: deberíamos primero, habría que. Sus compañeros no tenían la menor dificultad en desmontarle cada una de sus objeciones. Que aquello era pan comido: poco esfuerzo logístico, víctima sin escapatoria, pueblo donde hasta las farolas son *abertzales,* fácil retirada del lugar. ¿Qué más quería? Pues ni por esas. Él continuaba erre que erre con sus escrúpulos y sus peros. Ellos: que Patxi llevaba tiempo preparando el terreno con una campaña de pintadas y acoso, y que:

—Ahora mismo no hay dios que mueva un dedo por el empresario.

—Joder, lo que no quiero es que Patxi, Andoni y todos esos se piensen los padrinos de la *ekintza.* No somos sus perros de caza. ¿Quién nos asegura que luego no irán por el pueblo contando esto y lo de más allá, o que no haya un topo entre ellos? Han prestado su colaboración. Bien. Pero después el cuándo, el dónde y el cómo lo decidimos aquí entre nosotros.

—Bueno, si es por eso dejamos que pase un tiempo antes de golpear.

—Es a lo que me refería, a que tal como lo planteáis es todo la hostia de precipitado. Y *contra* menos gente esté en el ajo, mejor.

Así lo hicieron y, en el entretanto, finales de la primavera, todo el verano y parte del otoño, se ocuparon de otros nombres de la lista. Uno de ellos correspondía al dueño de un taller metalúrgico de Lasarte. Como se dieran cuenta de que el objetivo, un hombre gordo de unos sesenta años, aparcaba de costumbre el coche en un descampado próximo al taller, pensaron: ¿por qué no le ponemos una bomba lapa? Más que nada por probar, ya que, fuera del cursillo de armas, no habían preparado ninguna y ya iba siendo hora de estrenarse. Conque, nada, otro día Joxe Mari se acercó al sitio y en un visto y no visto colocó el artefacto en los bajos del coche. De allí se fue con Patxo a pasar la tarde en una sidrería cercana y esperar tranquilamente el estruendo. Se apostaron las consumiciones.

—Si suena el bombazo antes de las ocho, gano yo.

No hubo explosión, no hubo estruendo, ninguno ganó la apuesta. Ya entrada la noche, se marcharon de la sidrería. Qué cosa más rara. A lo mejor el dueño del taller se ha ido a su casa andando, o en bici, o lo han ido a recoger, o yo qué hostias sé. A su llegada al piso preguntaron a Txopo. No tenía ni idea. Conectaron primero el televisor, después la radio, por último el escáner para interceptar las comunicaciones de la policía. Nada. Al día siguiente, esperaron que de un momento a otro se produjese la noticia. Vana espera. Dejaron pasar otras veinticuatro horas antes de acercarse al lugar. Esta vez se desplazaron en las bicicletas. El coche del gordo no estaba en el descampado. ¿Quizá en un costado o detrás del taller? Tampoco. Conclusión: la bomba había fallado.

Joxe Mari, de mal genio, acordándose de unas palabras que solía decir el instructor:

—No es la bomba lo que ha fallado, sino nosotros.

Y revisaron juntos los sucesivos pasos que habían dado en la elaboración del artefacto. En el cursillo de armas les insistían para que hicieran pruebas previas. Las habían hecho. ¿Qué puñetas pudo haber ocurrido?

Patxo:

—¿Sabes lo que pienso? Que el gordo se olió la tostada y llamó a los *txakurras*.

—No lo creo. De haber intervenido los TEDAX, la movida habría llegado a los periódicos. Para mí que el petardo se despegó y anda tirado en alguna cuneta.

Para sacarse la espina, acordaron reventarle al gordo el taller. Ni los cimientos iban a quedar, *mecagüenlá*. Y fueron Joxe Mari y Patxo una mañana a estudiar el terreno y ver dónde convenía depositar la bomba de forma que causase el mayor estropicio posible, y en lugar del taller metalúrgico se encontraron una nave vacía. Ni siquiera quedaba el letrero de la entrada. Se conoce que al dueño le había entrado canguelo y había cerrado el negocio o se lo había llevado a un sitio más seguro. La bomba que ya tenían montada, con seis kilos de amonal y temporizador, la destinaron a otro de la lista, dueño de un bar. Los medios de comunicación resaltaron la magnitud de los destrozos. No hubo que lamentar heridos.

92
El hijo que más quería

Le anunciaron visita de locutorio. Ahí estaban una vez más los ojos de su madre detrás del vidrio. Hay una incertidumbre inicial, un temor expectante en ellos hasta que lo ven llegar a él, grande y en apariencia sano, aunque sin pelo. Entonces se suavizan; se vuelven claros, cariñosos, maternos; parecen conservar un vestigio de juventud en medio de las facciones cada vez más marcadas por los estragos de la vejez.

El *aita* viene poco a la cárcel, una o dos veces al año. Ella lo achaca a las fatigas del largo viaje en autobús y a que tu padre ya no es lo que era, y arremete contra el Estado (Miren nunca dice España) por la política de dispersión. Pero Joxe Mari sabe que su madre prefiere que Joxian no venga. Es que se emociona. Es que cada vez que viene suelta la lágrima: su hijo, tantos años, me voy a morir sin verlo en libertad. Y ella cree que de ese modo le baja la moral a Joxe Mari.

Además, suelen discutir durante el viaje. Por chorradas. Ya antes de emprender la marcha, en casa, le afea el afeitado o le dice que le salen pelos de las orejas, y luego, en el autobús, le advierte, lo reprende, le dirige reproches en presencia de otros familiares de presos. Por esa vía le va royendo el amor propio, y él se pica y se pica más y al final contraataca torpe, cabreado, faltón. A la vuelta lo mismo. Así que es mejor que se quede en casa.

Joxe Mari esperaba el repertorio de costumbre: las quejas por las incomodidades del viaje, la inhumanidad de la dispersión, el calor de Andalucía. ¿Por qué nos tienen que castigar a los familiares de los presos? Y también los habituales chismes del pueblo, las últimas defunciones, los lentos progresos de Arantxa en su rehabilitación.

Sin embargo, hoy ha sido diferente. Lo que pasa es que, cuidadito con lo que decimos, se sienten vigilados. Hablan en euskera, pero seguro que los carceleros graban a escondidas la conversación y tienen quien se la traduzca. Así que no tocan los temas político-delicados o, si no hay más remedio, los tocan en susurros, con rodeos y sobreentendidos y medias palabras. Después de tantos años se han hecho expertos en ese tipo de comunicación. Se entienden, congenian, les basta una mirada recíproca a los ojos para sondarse los pensamientos. Y ella, tan parca toda la vida en la expresión de las emociones, le dijo una vez de manos a boca, con el vidrio por medio, que él era el hijo que más quería.

¿Y cuál ha sido la novedad de hoy? De pronto, a los diez minutos de conversación, Miren se pone a hablar con misterio, bisbisea, dice. ¿Qué? Que hay un problema que no la deja dormir por las noches. Y al verle el gesto de preocupación, Joxe Mari comprendió que se trataba de uno de esos asuntos de los que no conviene hablar abiertamente en el locutorio. ¿El *aita*? ¿Arantxa? Miren niega. ¿La loca? Asiente. ¿Otra vez? Vuelve a asentir mientras acerca la mano al vidrio y le muestra las líneas de letra apretada que lleva escritas en la palma: «Quiere saber si tú fuiste el que disparó a su marido».

—Mándala a la mierda.

—Es muy pegajosa.

—¿Por qué dejas que se te acerque?

—Conmigo no ha hablado. ¡Huy como se atreva! Pero el *aita*, ya sabes. Él sí se deja y ella está al tanto de ver cuándo lo pilla en la huerta. Y luego Arantxa le escribe cosas en el iPad cuando se encuentran. Yo le digo a Celeste: tú, cuando veas a la señora, te vas para otra parte. Pero, chico, nadie me hace caso.

Disimuló metiendo una cuña insustancial en el diálogo. Si le habían dado bien de comer últimamente.

—Le ponen demasiada sal a todo.

Y entretanto Miren mostró a su hijo la palma de la otra mano: «Qué le respondemos».

—Porque, si no, nos va a contagiar su chaladura. Yo ya te digo que no duermo.

—¿No hay en el pueblo un par de chavales que te espanten la moscarda? En mis tiempos esto no pasaba.

—El pueblo ya no es lo que era. Ahora no ves pintadas ni carteles como antes. Está aquello un poco muerto.

—Joder, pero alguien habrá. Habla con quien ya sabes.

—Desde que cerró la taberna casi no lo vemos. Parece que nadie quiere saber nada. Ahora todo es hablar de proceso de paz y de que hay que pedir perdón a las víctimas. Perdón ni leches. ¿O es que nosotros no somos víctimas? Cada vez contamos menos, nos han dejado solos. Y si abres la boca, vienen y te llevan por apología del terrorismo.

Tumbado en la cama, Joxe Mari miraba el trozo de cielo comprendido en el cuadrado de la ventana. Cielo azul de atardecer, atravesado por una estela de humo blanco de avión. Noto que me hundo. Le ardía el estómago. Dicen que echan unos polvos en la comida para amansar a los presos. Y a él, que tenía fama de etarra duro, pues igual le ponían una dosis doble. ¿Será eso o algo peor? Horrible perspectiva: morir aquí de cáncer, sin volver nunca más al pueblo. Lo ha pensado muchas veces. Ha habido casos.

En lugar del cielo azul veía ahora por la ventana las manos de su madre y lo que en ellas había podido leer. A mí que no me vengan con viudas apenadas. Si quieren rebobinar su historia, que vayan a los archivos. Lo hecho, hecho está. ¿Que se acabó la lucha armada? Perfecto. *Gora ETA* por los siglos de los siglos y a mirar para delante.

De pronto, contra su voluntad, empezó a llover con bastante fuerza. ¿Dónde? En el recuerdo. Se estaba hundiendo poco a poco. El duro, el primero en empezar las huelgas de hambre y el último en acabarlas, el que tomaba la palabra en las asambleas para despreciar a los presos que se tragaban el anzuelo de la reinserción.

Pero un hombre puede ser un barco. Un hombre puede ser un barco con el casco de acero. Luego pasan los años y se forman grietas. Por ellas entra el agua de la nostalgia, contaminada de soledad, y el agua de la conciencia de haberse equivocado y la de no poder poner remedio al error, y esa agua que corroe tanto, la del arrepentimiento que se siente y no se dice por miedo, por vergüenza, por no quedar mal con los compañeros. Y así el hombre, ya barco agrietado, se irá a pique en cualquier momento.

La ventana de la celda se cubre de un gris repentino. No paraba de llover desde la tarde anterior. Una ventaja es que el mal tiempo barre a la gente de la calle. A nadie le apetece pararse a hablar, todo el mundo va deprisa a donde tenga que ir. A poca distancia de la bocacalle, estaba la cabina telefónica. De verdad, era como si la hubieran puesto adrede en aquel sitio para facilitarle la *ekintza*. ¿Y eso? Es que, por un lado, allí metido se libraba de mojarse; por otro, la cabina le ofrecía un escondite y al mismo tiempo un puesto de observación inmejorables. ¿Que se acercaba algún lugareño? Entonces él podía fingir que hablaba por teléfono. También ayudaban los cristales un tanto empañados. Y con la capucha puesta, no te digo. Una persona del pueblo habría tenido que introducir la cabeza dentro de la cabina para comprobar que quien estaba allí era él.

Vio aparecer el Renault 21 rojo al comienzo de la calle. El corazón le dio un vuelco. ¿Nervios? Bueno, sí, un poco; pero no como en los primeros tiempos, cuando le temblaban las piernas. A fuerza de atentados había aprendido a guardar la calma. Lo tenía hablado con Patxo, a quien, según decía, le pasaba lo mismo cada vez que se acercaba el instante de actuar.

—Es normal. No somos psicópatas.

Un impulso instintivo lo indujo a palpar el bulto de la Browning en el bolsillo de la sudadera. Por encima de todo, no fallar. Distinguió borrosamente el perfil del Txato dentro del coche. A esas orejas grandes les quedan como mucho tres, cuatro minutos de vida. Detalle tranquilizador: el objetivo iba solo.

Patxo, en todos los días que pasó haciendo averiguaciones en el pueblo, no lo había visto nunca ir o venir acompañado.

Después que el Txato hubiera doblado la esquina, Joxe Mari, la vista parada en el segundero de su reloj, esperó que hubiese transcurrido medio minuto antes de salir de la cabina. Era un suplemento temporal de vida que concedió al Txato para que abriese sin alarmarse ni abrigar recelos la puerta del garaje. Le pareció que la aguja se movía con más lentitud que de costumbre. Vamos, vamos. Llegó a la esquina a tiempo de ver al Txato volver al coche y entrar en el garaje. El plan: a la salida iría a su encuentro y lo ejecutaría. Un tiro se le figuraba poco. Mejor ir a lo seguro por si la víctima lo reconoce y sobrevive. Luego, sin demora, pero tampoco de forma que con una carrera atolondrada atrajese sobre él posibles miradas de vecinos, se dirigiría al lugar donde Patxo lo estaba esperando con el coche.

El Txato tardó en salir a la calle. ¿A qué esperaba? ¿Creyó a lo mejor que de un momento a otro pararía de llover? El que se estaba mojando era Joxe Mari. Se pegó a la pared, en la esquina del edificio, para recibir encima la menor cantidad posible de lluvia. Sabía que el garaje carece de puerta interior, conque tarde o temprano el Txato deberá salir a la calle para encaminarse a su casa. Y salió, sin paraguas. Ahí estaba, llenando sus pulmones con las últimas tomas de oxígeno de su vida, como a diez pasos de distancia. Y tenía, observado de perfil, mientras daba vuelta a la llave, un ligero meneo/temblor de labios como de quien habla solo o canta por lo bajo. Nada más echar a andar, me vio. La Browning empuñada dentro del bolsillo y el Txato, qué hace, qué hostias hace, pasa a este lado de la calle y viene derecho hacia mí. La escena no estaba prevista en el guion.

—Hombre, Joxe Mari. ¿Has vuelto? Me alegro.

Esos ojos, esas orejas enormes, ese gesto amistoso. El amigo de su padre que le compraba helados cuando él era niño. La campana de la iglesia dio la una. Aquel sonido familiar, metálico, perentorio, le sonó igual que la palabra *no*. No lo hagas. No lo mates. Se quedaron mudos el uno delante del otro. Y era evidente que el Txato esperaba una respuesta a sus palabras amables. Soy miembro de ETA y vengo a ejecutarte. Pero no se lo dijo. No le salió decírselo. La campana había repicado desde lo alto un no. Es que era el Txato, joder. Sus ojos, sus orejas, la sonrisa. Y Joxe Mari se dio la vuelta y se marchó, no corriendo, eso no, pero a paso vivo.

Se montó en el coche, cerró la puerta de un golpazo.

—No ha sido posible. Había un vecino en medio. Tira, vamos a comer.

—¿Te ha visto?

—No creo.

—Lo podríamos intentar cuando vaya al trabajo. ¿Cómo lo ves?

—No sé.

—Llevamos muchos días sin dar un golpe.

—Vale, pero entonces tú te metes en la cabina telefónica y yo espero en el coche. Hoy ya me he mojado lo suficiente.

—Por mí...

Le indicaron a Miren que se le estaba acabando el tiempo, señora. Y ella no se dignó mirar al funcionario que le hablaba. Levantándose de la silla, empezó a despedirse de su hijo.

—Bueno, *maitia,* ánimo y ya sabes, ¿eh? Vendré dentro de un mes o igual antes si tu hermana no sufre una recaída.

—No hables con la loca, *ama.* Prométemelo. Ni una palabra. Si quiere informarse, que consulte las actas de la Audiencia Nacional.

—Se ha empeñado en meterse en nuestras vidas. Es muy pegajosa.

—Tú ni caso. Ya se despegará.

93
El país de los callados

Pues resulta que Ramuntxo se enteró de la noticia en su casa, por la radio, y en cambio Gorka, que estaba en la emisora, bien que ocupado en grabar primero una entrevista con un editor, luego otra con un librero de Bilbao, no tenía la menor idea de lo ocurrido.

Media tarde de un día laborable de tantos. Dos compañeros conversaban en el despacho contiguo. Uno de ellos, recién llegado de la calle, dijo entre otras cosas: no para de llover, ha habido un atentado, ¿cuándo llega Ramuntxo? Gorka no concedió la menor importancia a aquellas palabras.

¿Qué más le daba que lloviera si hasta dentro de varias horas no terminaba su jornada de trabajo? En cuanto a lo segundo, estaba tan acostumbrado a que se produjeran acciones violentas de ETA que difícilmente podía sorprenderlo una más. Con los años, había criado una costra de conformidad. ¿Acaso soy el único? No es que los asesinatos de la banda lo dejaran indiferente, sino que estos se habían convertido en una rutina que le embotaba los órganos de la indignación y de la pena. De forma que, a menos que el atentado hubiese causado una elevada cifra de muertos, como aquel del Hipercor de Barcelona, que ese sí que le amargó el día, o que entre los fallecidos hubiera niños, se limitaba a darse por enterado y se guardaba para sí sus opiniones.

Por el contrario, cada vez que llegaba a sus oídos la noticia de la detención de un comando, se le aceleraba el corazón y corría a comprobar si su hermano estaba entre los capturados.

Gorka deseaba vivamente que lo apartasen cuanto antes de la lucha armada. Se lo tenía dicho a Ramuntxo (y a nadie más) en repetidas ocasiones.

—El día que lo cojan me alegraré. Por él, pero también por mi familia. Les ha destrozado la vida a mis padres.

Poco antes de las siete, Ramuntxo llegó a la emisora, las hombreras de la gabardina punteadas de corros húmedos.

—¿Has oído lo del atentado de esta tarde?

—No sé nada.

—Pues han matado a tiros a un empresario de tu pueblo.

—¿Cómo se llama?

—No me he quedado con el nombre; pero, si quieres, enseguida lo averiguamos.

—No, deja, deja.

Que fue lo mismo que si hubiera dicho: ya me enteraré por mi cuenta, cuando no haya nadie a mi lado pendiente de mi reacción. Y aunque, por más que repasaba nombres y caras, no se le ocurría quién podía ser la víctima, presintió que al conocer su identidad se iba a llevar una desagradable, ¿triste?, sorpresa.

Pensó en dueños de fábricas y talleres, en comerciantes, en gente del pueblo que tuviera un negocio. Se acordó de unos cuantos, sin excepción declarados nacionalistas, además de *euskaldunes,* a los que ETA podría quizá meter un poco de presión, como había hecho tantas veces, sobre todo para sacarles pasta pero sin arrebatarles la vida, ya que en ese caso la banda tendría que vérselas con el PNV. Total, que no caía, y como le picase la curiosidad más de la cuenta, en un momento dado, sin despedirse de sus compañeros, bajó al bar de la esquina.

El Txato. Sobre el mostrador estaba la taza con el descafeinado que le acababan de servir. No lo probó. El Txato. Su foto en blanco y negro en la pantalla del televisor. Qué espanto, qué pasada. El Txato. Y de vuelta a la emisora, dentro del ascensor, se le puso en el gaznate una sensación dolorosa de tristeza al recordar que el Txato era el hombre que le había enseñado de niño a montar en bicicleta. Su padre también colaboró, pero el que de verdad le dio los buenos consejos y le explicó la manera adecuada de darles a los pedales sin caerse fue el Txato. Y corría a mi lado en el aparcamiento de su empresa, cogiendo y soltando el sillín de la bicicleta de Xabier, listo en todo momento a sujetarme en cuanto me inclinase en exceso hacia un lado. Le prometió que, si aprendía, le regalaría una bicicleta, y me la regaló, la primera bicicleta de mi vida, y ahora está muerto, lo han asesinado.

Ramuntxo, que lo vio entrar, al punto le leyó en la cara de dónde venía y lo que había averiguado.

—Así pues, lo conocías.

—Se han tenido que equivocar. Habrán ido a por otro y han matado al que no debían.

—Será de los que se niegan a pagar el impuesto revolucionario.

—Él y mi padre eran pareja al mus, amigos de toda la vida, aunque, según me contó mi hermana por teléfono, algo había habido entre ellos últimamente y no se hablaban.

—Igual se ha significado políticamente.

—No lo creo. Era un hombre apolítico y también un hombre bueno, que daba trabajo a otros, muy de estar con la gente del pueblo y, por supuesto, *euskaldun*.

—Pues, bueno o no, algo ha tenido que hacer. ETA no mata sin causa. Ojo, que yo no defiendo la lucha armada. No me vayas a malinterpretar.

—No sé, no sé. Hace mucho que no voy por allí y seguro que no me he enterado de algunas cosas.

—¿Quieres que vayamos este fin de semana y llevamos a Amaia?

—No, mejor no.

Más tarde, se metió Ramuntxo en el estudio a hacer su programa sobre la actualidad musical en Euskal Herria. Gorka aprovechó para llamar a casa desde el teléfono de la emisora. Se puso Joxian.

—La *ama* no está. Ha ido a la plaza, a una concentración para pedir la amnistía.

—¿A las pocas horas de que hayan matado a uno del pueblo?

—Ya le he dicho: a ti te falta un tornillo. Y con lo que está jarreando. Pero le ha entrado la fiebre *abertzale*. No hay quien la pare.

Joxian sonaba apagado, medroso, vacilante, al teléfono. Dijo que no quería salir de casa. ¿Para no escuchar detalles de lo ocurrido? Es que no para de llover. Y el reúma. Y acaso, por fin, sincero:

—Además, no tengo ganas de ver a nadie.

La conversación, deslavazada, entró en un remanso de silencio, roto al cabo de unos instantes por Gorka:

—¿Dónde lo han matado?

No dijo a quién. Ni el padre ni el hijo pronunciaron una sola vez el nombre ni el mote de la víctima.

—Al lado de su casa. Se conoce que lo estaban esperando.

—Parece que ya no andabais juntos.

—¿Cómo lo sabes?

—*Aita*, de vez en cuando hablo con algún amigo del pueblo.

—¿Y con Arantxa?

—Pues también.

Joxian consideraba al fallecido amigo suyo. A pesar de todo. Aquí, en mi corazón. No se hablaban, lo uno por el qué dirán, lo otro por Miren, que no lo tragaba. Que no se le ocurriese juntarse con ese, le decía. ¿No ves que te pueden ver? Sería por lo de Joxe Mari, seguro. La ha trastornado. O también por la muerte del hijo del carnicero. Esa muerte ha traído mucho rencor al pueblo. Aquí nadie cree que se quitó la vida. Y lo que es por Joxian, le daría el pésame a Bittori, porque es de bien nacidos hacerlo después de tantos años de amistad, pero no va a poder ser. Joxian no se sentía con fuerzas de ir a su casa. De ir a escondidas, ¿cómo, si no?, y mirarle a la cara. Aparte de que la pobre mujer estará sufriendo y él reconoce que no sabe manejar estas situaciones. Si no podía él, Gorka, escribirle desde Bilbao una postal de esas con el borde negro.

—Pones Gorka y familia.

—¿Y por qué no lo haces tú? No necesitarías mirarle a la cara. Pones Joxian y familia, y ya está.

—Hijo, ¿qué te cuesta escribir dos letras? Para una vez que te pido un favor.

—Bueno, ya veré.

Entrada la noche, Gorka le hacía masajes a Ramuntxo sobre una camilla plegable que habían comprado al efecto. La cubrían con toallas para no ensuciarla, ya que solían untarse el uno al otro con aceite. Mientras friccionaba la espalda de Ramuntxo, Gorka refería pormenores de la conversación telefónica mantenida con su padre.

—¿Vas a escribir a la viuda?

—Por supuesto que no. Y si no hay más remedio, le diré a mi *aita* que sí lo hice. Total, no lo puede comprobar. ¿Por qué actúo así?

—Por cobardía.

—Exacto. Porque soy tan cobarde como él y como tantos otros que a estas horas, en mi pueblo, estarán diciendo bajito para que no les oigan: esto es una salvajada, un derramamiento inútil de sangre, así no se construye una patria. Pero nadie moverá un dedo. A estas horas ya habrán limpiado la calle con una manguera para que no quede rastro del crimen. Y mañana habrá murmullos en el aire, pero en el fondo todo seguirá igual. La gente acudirá a la siguiente manifestación en favor de ETA, sabiendo que conviene dejarse ver en la manada. Es el tributo que se paga para vivir con tranquilidad en el país de los callados.

—Bueno, bueno, no te hagas mala sangre.

—Tienes razón. ¿Con qué derecho puedo yo reprochar nada a nadie? Soy igual que los demás. ¿Te imaginas que tú y yo condenáramos mañana en la radio el asesinato de hoy? Antes del mediodía ya nos habrían cortado la subvención o nos pondrían de patitas en la calle. Con los libros pasa lo mismo. Como te salgas de la línea te conviertes en un apestado, incluso en un enemigo. El que escribe en castellano aún tiene salidas. Le publican en Madrid y Barcelona, y a lo mejor, con suerte y talento, sale adelante. No así los que escribimos en euskera. Te cierran las puertas, no te invitan a nada, no existes. Yo tengo claro que me pasaré la vida escribiendo para niños, aunque estoy hasta el gorro de brujas, dragones y piratas.

—¿Y qué hay de aquella novela que proyectabas?

—Ahí están las notas. Igual la escribo. En ese caso haré que la mitad de la historia transcurra en el Canadá y la otra mitad en una isla remota.

—No es tu día, muchacho. Mejor termina el masaje y vámonos a la cama.

94
Amaia

A Ramuntxo le correspondía la custodia de Amaia cada dos fines de semana. El hacerse cargo de su hija, a la que adoraba, implicaba para él cuarenta y ocho horas de temor, inseguridad, estrés, decepciones. Su convencimiento: que no valía para padre, que lo hacía todo mal. Y la niña, en fin, tampoco es que pusiese de su parte una miaja de buena voluntad para allanar las dificultades. Gorka no tenía duda: ese bicho sufre algún trastorno de la personalidad. En cuanto la oía llegar se ponía en guardia. A ver qué nos hace/rompe/estropea esta vez.

Tras el divorcio, la madre se había ido a vivir con la niña a Vitoria, lo que obligaba a Ramuntxo en fines de semana alternos a un doble desplazamiento por carretera, el de los viernes por la tarde, cuando iba en coche a buscar a su hija, y el de los domingos también por la tarde, cuando la llevaba de vuelta, casi siempre enfadado consigo mismo. La historia, salvo excepciones, se repetía de forma invariable. A la ida, él viajaba cargado de expectativas que la niña desbarataba después. Ramuntxo extremaba con ella la condescendencia, la mimaba y le cumplía cualquier capricho sin que la pequeña Amaia lo recompensase con un gesto de alegría, no digamos ya de entusiasmo. ¿Cómo puede encerrar una criatura tan tierna tamaña frialdad? La única respuesta que se le ocurría a Ramuntxo es que la madre le hablaba a la niña a todas horas mal de él.

Cuando Gorka la conoció, Amaia tenía ocho años. Ya entonces era un ser inexplicable, de un solo y serio gesto. En cualquier momento te hacía una diablura, te daba una mala contestación con una especie de calma maligna, te hallaba el punto exacto para sacarte de quicio. De pronto hacía o decía algo propio de una niña retrasada; un minuto después daba muestras de una inteligencia superior. El tiempo no mejoró las cosas. A medida que ella crecía se fue haciendo más complicada, más imprevisible y, sobre todo, más difícil de contentar. Una chantajista, en opinión de Gorka.

Ramuntxo:

—Hombre, no me digas eso, que me hundes.

Era preciosa. Una muñequita con sus tirabuzones, los ojos negros-negros, y unos labios largos y finos que ponían en su cara agraciada una nota prematura de mujer. Había días en que hablaba poco. Horas en silencio, absorta, indolente. Otras veces costaba paciencia y esfuerzo hacerla callar. Le hablabas en euskera, te respondía en castellano; seguías la conversación en castellano, se pasaba al euskera. A la hora de comer, nunca se sabía por dónde iba a salir. Un día devoraba con apetito dos platos de espaguetis con salsa de tomate y queso; en la siguiente visita, rechazaba lo que tanto parecía haberle gustado la vez anterior. Y así con todo: con los juegos, con los sitios adonde padre e hija iban a divertirse, con los cuentos que Ramuntxo le contaba por la noche, en la cama, antes de apagar la luz. Hoy sí, mañana no y viceversa. Y en ocasiones, sin motivo alguno aparente, rompía a llorar. A Ramuntxo le entraba entonces pánico. ¿Qué hago, qué hago? También a él se le empañaban los ojos. Y abrumado y triste, le confesaba a Gorka que no sabía manejar a la niña y que, como esto siga así, la voy a perder.

—¿No has probado nunca a sacudirle una bofetada?

—Ni he probado ni probaré. Se lo cuenta a su madre y me quedo sin ver a mi hija por orden judicial.

—Pues quizá, a su manera, Amaia te lo está pidiendo. *Aita*, pégame un tortazo, sácame del laberinto.

—Se nota que no eres padre. Acabas de soltar la mayor parida desde que te conozco.

La llegada de la niña al piso cada dos semanas también tenía consecuencias directas para Gorka. ¿Cuáles? Pues, para empezar, estaba obligado a dormir en su cuarto de trabajo, sobre un delgado colchón desplegable. Mientras la niña estuviera cerca, no había masajes, no había intimidad entre los dos moradores de la vivienda. Ramuntxo no disponía de un segundo que no estuviese dedicado a su hija. Gorka procuraba ausentarse de la vivienda el mayor tiempo posible. A menudo pasaba la jornada entera en la emisora, leyendo libros, escribiendo cuentos y poemas, y despachando tarea de la semana siguiente; o se daba un atracón de películas en distintos cines; o, si el tiempo lo permitía, se iba caminando por el borde de la ría hasta Erandio e incluso más allá, hasta Algorta, y volvía en autobús. Alguna que otra vez aprovechaba para visitar a su hermana en Rentería, a escondidas de sus padres. A su pueblo apenas iba. Sólo cuando no lo podía evitar. En navidades y eso. Para no exponerse al chaparrón de reproches maternos. Para que no lo abordase nadie por la calle.

—*Kaixo, Kartujo.* Cuánto tiempo.

Prefería aguantar las ocurrencias de la niña, aunque sufría por Ramuntxo. Una típica trastada: estaban tan tranquilos en casa, la niña sentada delante del televisor, y de repente, clinc, plas, los sobresaltaba el estrépito de un objeto de cristal o de loza que acababa de romperse. Los dos adultos se acercaban raudos. A sus ojos se ofrecía una estampa en modo alguno inhabitual: Amaia con gesto inexpresivo y el suelo, a su alrededor, sembrado de añicos. Ramuntxo no se atrevía a chillarle por si se lo contaba a su *ama.* Le explicaba, le rogaba, quitaba importancia a lo sucedido, recogía los trozos diseminados o le pedía con disimulo a Gorka que los retirase él, y desviaba la atención de la niña hacia cualquier otro asunto. Lo mismo cuando le destrozó a Gorka su reloj despertador. Ramuntxo se apresuró a comprarle uno nuevo, haciendo como que no había sucedido nada.

A ninguno de los dos le constaba que Amaia arrojase de mala fe los objetos al suelo. Ojo, tampoco que se le cayeran sin querer. Y, desde luego, tratar de encontrarle un indicio de intención en las facciones era empresa vana.

Una vez Gorka la sorprendió arañándose con un tenedor el dorso de la mano hasta que brotaron unas rayas paralelas de sangre. Asimismo le daba por alinear cosas en cualquier sitio: sobre la alfombra, encima de la mesa, dentro de la bañera. Filas de zanahorias sacadas del frigorífico, círculos de cucharillas del café, torres de libros, de discos compactos, de lo que fuera.

Esa niña no era normal, a esa niña le faltaba un tornillo. Lo que pasa es que no se lo podías decir a Ramuntxo porque se caía en un pozo de angustia.

Como cuando Gorka volvió un sábado de su pueblo, al que había ido de víspera. No hubo más remedio. Lo había llamado Arantxa por teléfono a la emisora.

—Supongo que te has enterado.

—Sí. Y te voy a decir una cosa: me alegro.

—Le estarán zurrando de lo lindo.

—Bueno, no, a eso no me refiero.

—Yo también creo que por su bien es mejor que lo retiren de la circulación, pero tienes que visitar a los *aitas*. No podemos dejarlos solos en estas circunstancias. Yo voy a ir a verlos por la tarde, cuando salga del trabajo.

La Guardia Civil había detenido a Joxe Mari. Y con él, a los otros dos miembros del comando Oria. Era el acontecimiento que abría los noticiarios de la jornada. Gorka tenía, para ocasiones excepcionales, material grabado, de forma que obtuvo permiso para ausentarse de la emisora. Con la promesa, eso sí, de que al día siguiente por la tarde no faltaría al trabajo. Y viajó como de costumbre en autobús, acompañó a sus padres, durmió en su vieja cama de la adolescencia y el sábado por la mañana, ¿no te vas a quedar a la manifestación?, no puedo, pero es por tu hermano, volvió a Bilbao. A su llegada encontró a Ramuntxo fuera de sí.

—Amaia.

—¿Qué pasa con ella?

—Que no está, que se ha escapado. He bajado un momento a por el pan y al volver he encontrado la puerta del piso abierta y ella había desaparecido.

Mientras Gorka, consolador, lo abrazaba, Ramuntxo dio rienda suelta a su vena agorera. La niña, en su huida, podía caer en manos de una banda de traficantes. Pintó un panorama truculento de venta de órganos y explotación sexual. Se veía despojado del derecho a estar con su hija o con una condena de muchos años en la cárcel.

—¿Has salido a buscarla?

—He preguntado en tiendas y bares. Nadie la ha visto. ¿Qué hago? ¿Llamo a la *Ertzaintza*? Pero si llamo, la noticia llegará a la prensa, se enterará mi ex, el lío alcanzará unas dimensiones descomunales.

—Sugiero que bajemos a echar un vistazo por los alrededores. Tú por una acera y yo por la otra.

No fueron lejos. Una vecina con la que se toparon al salir del portal les avisó que la niña había sido vista en la azotea. Y, en efecto, allí estaba tan tranquila, sentada dentro de un cuadrado que había hecho en el suelo alineando fotos del álbum de su padre. Ramuntxo, aliviado, la cogió en brazos. Ni media palabra de reconvención. Gorka se ocupó de recoger las fotos. Y Amaia, once años por entonces, de vuelta en el piso dijo con su habitual seriedad que se quería marchar a casa de su madre.

95
Vino de garrafón

JOXE MARI ASKATU. Fue lo primero que golpeó la atención de Gorka nada más bajarse del autobús. Una pancarta de grandes dimensiones extendida entre dos fachadas. Y luego, a cada trecho, carteles con la foto de su hermano y la misma exigencia de liberación. Así se manipula a un hombre y se fabrica un héroe. Si la gente del lugar supiera la repugnancia que me causa todo esto. Caminaba deprisa, impelido por el deseo/esperanza de que nadie lo parara antes de llegar a casa de sus padres.

Lo paró una cuadrilla a la salida de un bar. Aguantó en medio de la acera, estoico, flojo de sonrisa, lento de párpados, cinco o seis abrazos, algunos bastante húmedos de sudor.

—Estamos con vosotros.

—Si necesitáis algo, ya sabéis.

Aparte de dar escuetamente las gracias, no supo qué decir. A lo mejor se creyeron que estaba bajo de ánimo por la detención de Joxe Mari. Lo invitaron a un trago. Hala, venga. Les puso la cara más mustia de su repertorio de gestos postizos, mientras alegaba, no exactamente pesaroso, pero apagado, que acababa de llegar al pueblo y tenía que ver cuanto antes a sus padres. Su bien modulado euskera impresionaba y él lo sabía. Quizá en otras circunstancias lo hubieran arrastrado quieras que no hasta la barra del bar. Esta vez, comprensivos, no insistieron. Y Gorka pudo seguir su camino con la espalda caliente de palmadas.

El portal con su olor y su penumbra de siempre. Y de pronto lo abrazó al pie de los tres peldaños, ¿quién?, una figura negra con mal olor de boca. Don Serapio acababa de salir del domicilio de sus padres.

—¿Vienes a acompañar a tu familia en estos difíciles momentos? Me parece muy bien, hijo. Noto que te has convertido en todo un hombre y además juicioso. A tu *ama* la veo fuerte. Mujer de hierro, ¿eh? Más me preocupa el *aita*.

Después de unos instantes, los ojos de Gorka se acostumbraron a la escasez de luz. Entonces pudo distinguir sin dificultad la mueca meliflua del cura, el brillo acuoso de sus ojos. Le pareció más bajo que en tiempos pasados. ¿Se estará encogiendo?

—El pobre Joxian. Que Dios se apiade de él. Yo no sé cómo va a superar esta situación. Por tu madre he sabido que lleva todo el día en la huerta. Ni siquiera ha venido a comer.

—Pues tendré que ir a buscarlo.

—Vete, hijo, vete. Rezo mucho por vosotros y por Joxe Mari. Rezo a Dios para pedirle que lo traten de manera humana. No te desanimes. Sé fuerte. Tus padres te necesitan. ¿Qué tal por Bilbao?

—Bien.

El cura le dio un golpecito de despedida en el brazo, cerca del hombro, que a Gorka le evocó un gesto de pésame. Y vestido de negro íntegro, pero sin sotana, se ajustó la boina y salió a la calle.

Dentro del piso se oían voces. Voces tranquilas de mujeres. La de su madre, seguro. ¿La otra? Le resultaba conocida. Pegó una oreja a la puerta. La de Arantxa, que había dicho que vendría después del trabajo, no es. ¿La de Juani? Aguzó el oído y sí, allá dentro estaba la carnicera. Miró en la semioscuridad su reloj. Aún no era demasiado tarde. ¿Qué hago? Parado en el descansillo, imaginó su entrada en la casa familiar, el recibimiento de la *ama* echándole en cara que hace mucho que no viene o que llama poco por teléfono, delante de la madre del que se suicidó. ¿O lo mataron? Nunca se sabrá con certeza. Y entre sí se dijo que yo ahí, ahora, no entro ni loco. Sacó la cabeza fuera del portal para cerciorarse de que el cura se había alejado lo suficiente, como así era. Se puso entonces en camino hacia la huerta.

Encontró a su padre en la caseta, descalzo, borracho.

—¿Qué, has venido?

—Ya ves.

Se había construido una mesa precaria colocando una tabla encima de una jaula de conejos y, de la misma manera, con otra jaula, un asiento. Y sobre la que hacía de mesa se veía un vaso y un viejo garrafón de vino cubierto de polvo y telarañas.

—Hasta que no me lo beba todo no vuelvo a casa.

A Joxian no pareció sorprenderlo la llegada de su hijo. Al verlo apagó el transistor. Olía fuerte allí dentro. A humedad, a hierba podrida y a vinazo. Los conejos, quietos. Algunos mostraban en el hocico un movimiento nervioso de mordisqueo. Gruesas venas atravesaban el dorso de las manos de Joxian. Manos hinchadas, callosas, donde ya entonces empezaban a manifestarse algunos síntomas de artrosis.

—¿Se sabe algo de mi hermano?

—Tu hermano es un asesino. Eso es todo lo que se sabe. ¿Te parece poco? Ahora le caerá el castigo que se merece y más que le pondrán porque los cabrones de la Audiencia están deseando hacer un escarmiento con estos borregos de las pistolas. La *ama* tiene razón. He sido un padre blando. Esto, con unas hostias a tiempo, pues igual se habría arreglado. ¿Tú qué crees?

—En este país se arreglan demasiadas cosas a hostias. Así nos va. Entonces, ¿no se sabe nada?

—Hasta que no terminen de molerlo a palos, no nos vamos a enterar.

No era la de Joxian la ebriedad del borrachingas esclavo de su vino diario y pobretón. Desde joven fue un bebedor moderado, aunque asiduo. Puede que de vez en cuando tomara un chiquito de más. Pero a lo de hoy, ¿cómo llamarlo? ¿Un deseo de nublar la realidad, un conato de rebeldía, un castigo que se inflige por no haber sido un padre cabal? Para haber bebido mucho se articulaba bien. Razonaba sin dificultad. No se rascaba el costado. Fijaba la mirada en un punto, la mantenía inmóvil un rato largo y bebía de golpe, sin saborear, a veces meneando la cabeza en señal reprobatoria. Gorka, parado junto a la entrada, lo observó con el pecho encogido de compasión, también con un asomo de asco. Este hombre se bebería hoy un mar de vino. Los pies, violáceos, hinchados, deformes.

—Oye, ¿Tú no andarás en tratos con la banda?

—No, *aita*. Trabajo en la emisora, me pagan, no hago daño a nadie.

—Mucho cuidadito con seguir los pasos de tu hermano, ¿eh? Ya ves adónde llevan. San Dios, la de cárcel que le va a caer. Este tiene bastante sangre. ¿Has oído todo lo que le achacan? Yo no creo que lo vea fuera. Échame veinte, treinta años a los que tengo ahora. Qué va. Yo para entonces estoy bajo tierra.

Y a fin de atajar un sollozo que le subía a la garganta, se metió a toda prisa otro trago de vino. Padre e hijo permanecieron un rato largo en silencio, sin mirarse. De golpe:

—¿Has visto a la *ama*?

—He venido directamente aquí.

—¿Y cómo sabías que estaba yo en la huerta?

—Me lo ha dicho el cura.

—¿El cura? No me lo nombres. Menudo pájaro. Ese es de los peores, te lo digo yo. Les va con cuentos a los jóvenes, les mete ideas y los calienta. Y cuando pasa lo que pasa, se echa para atrás, predica y da de comulgar con carita de santo. Esto no se lo puedes decir a la *ama* porque se pone hecha un toro. Pero ¿tú eres tonta o qué?, le digo. ¿No ves que el cura les deja a los chavales los bajos de la iglesia para que guarden allí sus pancartas y banderas y sus botes de pintura? Que eso no tiene nada que ver, dice. Pues claro que tiene que ver. Joxe Mari, que yo sepa, no nació con una pistola. El cura, los amigos, qué se yo, lo llevaron por el mal camino. Y como tiene poco aquí —se señaló con un dedo el centro de la frente—, picó.

A continuación, invitó a su hijo a beber. Gorka estuvo tentado de aceptar, sólo porque se vaciara antes el garrafón. Pero no vio sobre la improvisada mesa otro vaso que el usado por su padre y declinó el ofrecimiento.

—Hay algo que quiero que sepas, *aita*.

—A mí me han dicho que Joxe Mari estaba en el pueblo cuando mataron al Txato. Eso no me lo quito de la cabeza.

—Es un asunto de mi vida íntima.

—¿Mucha casualidad, no? ¿Qué coño hacía ese tontolaba en el pueblo el día que mataron a mi mejor amigo? Si resulta que fue su comando, no se lo perdono.

—Vivo en Bilbao con un hombre. —Ocupado en encender otro cigarrillo, Joxian no escuchaba—. Vivimos juntos. Se llama Ramón. Bueno, yo lo llamo Ramuntxo.

—Eso sí, la primera vez que lo vea, donde sea, se lo voy a preguntar a la cara. Y no le va a servir de nada mentirme, a mí, a su padre, porque le voy a leer la verdad en los ojos.

Gorka decidió interrumpir su apenas iniciada confesión. ¿Cómo no se había dado cuenta de que aquel no era el momento apropiado ni su padre estaba en las mejores condiciones de prestar atención y entender? El sitio sí era bueno. Había soñado la escena en diferentes ocasiones. Se veía, como ahora, a solas con Joxian en la caseta de la huerta y le contaba el secreto a escondidas de su madre. De su padre podía esperarse un gesto de comprensión. En el peor de los casos, Joxian se resignaría. ¿Condena? Ninguna. Este o bendice o calla. Y seguro que le guardaba el secreto como lo estaba guardando Arantxa, quien de repente, ya de anochecida, se presentó en la huerta.

—En esta pocilga hay un olor que no deja respirar. *Aita*, tienes una cogorza de aúpa. —A su hermano—: Y tú ¿qué haces aquí? La *ama* está que trina pensando que sigues en Bilbao. Me ha mandado a preguntar si tiene que preparar la cena o qué. Ha comprado sardinas para un regimiento.

Gorka ayudó a su padre a levantarse, mientras Arantxa, sin parar de hablar, buscaba sus zapatos entre las jaulas de los conejos.

—¿Seguro que puedes andar?

—Que sí, joder.

—¿Qué me decís del *gudari*?

—Ahora por lo menos sabremos dónde está.

—Es lo mismo que le he dicho a Guille. En cambio, la *ama* está de un revolucionario subido. No me extraña que os escondáis de ella. La Juani le hace coro y no hay quien las aguante. Vaya equipo.

96
Nerea y la soledad

Fue Bittori la que llamó por teléfono al despacho de abogados de San Sebastián. Su hija, si no la podían admitir, para que fuera aprendiendo el oficio. La aceptaron sin contrato, con emolumentos más simbólicos que otra cosa, y todo porque uno de los abogados debía favores al Txato, que en paz descanse, o quizá por pena de lo que a este le había sucedido. Mucha tarea, aburrimiento supremo, jefes secos y arrogantes, escasa recompensa económica. Así describió Nerea ante su madre, al cabo de unos meses, la primera ocupación laboral de su vida. Respuesta materna:

—Mejor que nada. Todos hemos empezado alguna vez desde abajo.

El sueño de Bittori: que así como Xabier había llegado a cirujano de prestigio, su hija llegase a abogada o juez. El mismo sueño, por cierto, que el difunto Txato habría deseado ver cumplido.

Un año y tres meses después de su ingreso en el despacho de abogados, Nerea lo abandonó. Anunció su marcha y entonces sí, entonces le ofrecieron una mejora en las condiciones laborales y un contrato y hacerla fija. Lo siento, amiguitos, *but it's too late*. Les dijo adiós y Bittori se tuvo que despedir para siempre de su sueño.

Nerea había estado estudiando en secreto, durante todo aquel tiempo, ofertas de empleo y encontró, pasado el examen de rigor, un puesto en las oficinas de Hacienda de la calle Oquendo. Más tarde la trasladaron a las del barrio de Errotaburu. No la movían las necesidades económicas. En realidad, su padre, que aunque tenía poco colegio se manejaba con habilidad en las cuestiones burocráticas y administrativas, le había solucionado la vida por el lado material. Xabier, además, le dio consejos de hermano juicioso relativos a la herencia. Nerea ahorró, adquirió acciones, invirtió; en fin, tenía el riñón cubierto. Pero, claro, hay que llenar la vida de argumentos, tener un orden y una dirección, ponerle a cada amanecer un motivo de veras estimulante para saltar de la cama, si no con ilusión, al menos con energía e impedir que de pura inactividad se te anquilosen hasta los pensamientos.

—Ay, hija, qué filósofa te has vuelto.

Eso sí, compró al contado un piso de tres habitaciones en el barrio de Amara. Hizo obras y lo amuebló. Su madre: que para qué gastaba si en su casa cabían las dos perfectamente.

—Qué ocurrencias tienes, *ama*. No pararíamos de discutir.

Yendo y viniendo días, el siglo XX se fue acabando y ella conoció hombres. Más bien ellos la conocieron a ella. O sea, que se acercaban risueñamente seductores, la requebraban con pose de galanes, se hacían los encontradizos. Incluso uno de los abogados del despacho, parece mentira, casado y padre de tres hijos, se le insinuó. Ella, que ya venía captando la jugada desde hacía varios días, se apresuró a cortar el avance lascivo. No formaba parte de sus planes destruir familias.

Trabó amistades femeninas. Ya en el gimnasio, ya en el trabajo. Con nadie de su pueblo. Pues eso faltaba. Y si le preguntaban de dónde eres, se declaraba natural de San Sebastián. Se integró en una cuadrilla de mujeres, de la que formaba parte una viuda de treinta y un años. Hablaban de vez en cuando, durante las cenas de los sábados, en la playa, en las cafeterías, de la pena que causa la muerte de un ser querido y de lo mucho que les cuesta a algunos superar la desgracia. Nerea escuchaba sin intervenir, pues tenía hecho el propósito de no revelar a nadie que era hija de un asesinado.

Esporádicos lances sexuales aparte, intentó alguna que otra vez el amor según ella lo entendía.

—¿Cómo lo entiendes?

Les confesaba a las amigas su aspiración a una convivencia de pareja, por largos años y con hijos, aunque en ningún caso con más de dos. Todo muy tranquilo, limpio y burgués, previa boda a la vieja usanza.

—Y tu padre llevándote del brazo al altar.

—Eso no va a poder ser. Mi padre murió hace dos años y medio de cáncer. Fumaba mucho.

Cumplidos los treinta, Nerea dio por cerrado su cupo de amoríos. ¿Aventuras? No, gracias. Ya había tenido suficientes. Y contaba al círculo de caras sonrientes la historia del guaperas rubio al que siguió como una boba hasta Alemania y el chasco monumental que allí se llevó. Aunque sus amigas conocían la peripecia hasta en sus menores detalles, no se hartaban de escucharla y cada dos por tres Nerea la tenía que contar. ¿El motivo? Pues que era una fuente segura de comentarios divertidos y carcajadas. En cambio, jamás mencionó al transeúnte de Fráncfort atropellado por el tranvía.

Sus tentativas cada vez más espaciadas de lograr el amor duradero, amor de dulce hogar, tresillo, alfombra y pantuflas, conducían en todas las ocasiones a desenlaces adversos. Decepcionada y harta de varones, se decía: muchacha, no vas a prendarte de ninguno nunca más. Pero pasaban las semanas, los meses, y, cuando menos lo esperaba, volvía a experimentar, ¿dónde?, arriba, abajo, entre las piernas, un hormigueo de excitación y de entusiasmo. Era como recaer en una adicción que ya creía superada. Un nombre, un semblante, un nuevo timbre de voz irrumpían en su vida; le arrancaban una sensación pegajosa de soledad que llevaba a todas horas adherida al cuerpo; la colmaban de euforia, de inquietudes agradables, hasta que, transcurrido un tiempo, por una razón o por otra se le deshacía el espejismo y una vez más comprobaba que aquel ser fascinante, en cuya cercanía cada vez se le aceleraba menos el pulso, no era sino una proyección de sus deseos y que en realidad el tipo era de una vulgaridad y un egoísmo insufribles.

La ansiada excepción: Eneko, ocho años mayor que ella. Se

conocían de verse en el bar Tánger, donde Nerea acostumbraba tomar su bíter de mediodía por los tiempos en que estuvo empleada en las oficinas de la calle Oquendo. Los dos coincidían en el bar a menudo, ya que él trabajaba cerca, en una agencia inmobiliaria de la plaza de Guipúzcoa. Miradas, saludos, más miradas y al fin Eneko reunió el valor suficiente para abordarla. Hola, soy fulano, trabajo aquí al lado, ¿te parecería bien que nos conociéramos? Así de simple. Un hombre sencillo, directo, sin pretensiones. De esos, aún no quemados por el ácido matrimonial, que llegan a una cita con una rosa o con un libro de obsequio. ¿Defectos? Ninguno a primera vista que no se pudiera perdonar: poco gusto en el vestir, algo de sobrepeso, afición al fútbol.

Nerea se acostumbró a su compañía, al toque levemente paterno-protector de ese hombre, mayor que Xabier, que le transmitía tranquilidad y, cosa al alcance de pocos, sabía moverla a risa. Eneko, un hombre sofá: blando, mullido, idóneo para el reposo. En días de lluvia, la tapaba con su paraguas mientras él se iba mojando. Este tipo de detalles, para Nerea, tienen un gran valor. Y estaba ella, pasados unos meses, a vueltas con el pensamiento de proponerle algo más que salir juntos porque el hombre le caía francamente bien. Pregunta de sus amigas: si había amor. Por supuesto, pero también amistad, que no es lo mismo. Nerea decía que la amistad es la que sostiene la relación de pareja cuando el amor se destensa y pierde llama.

Los separaba, no obstante, una grieta negra, sin fondo. La grieta se abría entre los dos, los acompañó a todas horas durante los cerca de diez meses que convivieron estrechamente y no la veían, y de hecho Eneko nunca la vio. De modo que, si aún vive, ¿qué habrá sido de él?, quizá siga preguntándose qué pudo fallar. Y era que así como ella callaba lo de su padre, callaba él lo de un hermano que cumplía condena por delitos de terrorismo en la cárcel de Badajoz. El amor, la amistad, la risa, el hombre sofá, la rosa o el libro de obsequio, todo se lo tragó en cuestión de segundos aquella grieta profunda.

Fue así. Atardecía un lunes lluvioso de enero, año 95. Nerea y Eneko acordaron dar su acostumbrada vuelta por la Parte Vieja, picar un par de pinchos, regarlos con vino y al fin retirarse a casa de él, a casa de ella o cada cual a la suya, que mañana, *maitia*, es día laborable. De bar en bar, compartiendo paraguas, enfilaron la calle 31 de Agosto. Y Nerea venía riéndose de ciertas chuscadas que contaba Eneko. A la altura del bar La Cepa se le cortó de golpe la risa. Sabía por las noticias de la radio que cinco o seis horas antes un pistolero de ETA había asesinado allí dentro al teniente de alcalde mientras comía con algunos compañeros de su partido.

—¿No es aquí donde han matado a Gregorio Ordóñez?

—Yo a ese no le lloro ni una lágrima. Por tipos como él está mi hermano en la cárcel.

Pasaron de largo. Y Nerea se apartó un poco del paraguas y ya notaba las gotas de lluvia en un brazo y había empezado a ver la grieta.

—¿Un hermano en la cárcel?

—En Badajoz. ¿No te lo había dicho? Tiene para rato.

—¿Por qué lo han encerrado?

—Pues ¿por qué va a ser? Por luchar por lo que ama.

Llegaron a la altura de la iglesia de Santa María. Eneko reanudó sus bromas, pero de la boca de su novia ya no brotaba la risa. Nerea ni siquiera escuchaba. Y discretamente se soltó del brazo de él con la excusa de buscar algo dentro del bolso. ¿Qué hago? ¿Me echo a correr? Su facciones, pura rigidez, rictus impostado, fingían serenidad. En su interior se había desatado tal marea de nervios que no pudo impedir que se le escapara una cantidad no pequeña de orina. Se le hizo eterno el camino hasta el Bulevar. Él hablaba, jovial, dicharachero; ella callaba. En la parada del autobús se despidió después de dejarse besar en la mejilla con una mezcla de repugnancia y terror. Aunque había asientos libres junto a las ventanillas que daban a la acera donde él esperaba bajo el paraguas el acostumbrado gesto con la mano, Nerea se acomodó en uno de la otra parte. Por el trayecto a Amara se le ocurrió el modo de justificar la ruptura. Lo llamó por teléfono nada más llegar a casa. Que había otro hombre en su vida. Una mentira infalible en estos casos. La dijo y, sin esperar la reacción de él, colgó. Podía haberle dicho la verdad; pero entonces habría tenido que mencionar a su padre. Antes muerta.

A las amigas les contó cuatro vaguedades sobre el fin de la relación. Tampoco es que les interesara demasiado. La cuadrilla se dispersó en los años posteriores, aunque de uvas a peras el grupo, nunca completo, se reunía para cenar en algún restaurante. Ocurrió lo de costumbre: unas encontraron pareja, la viuda volvió a casarse, a otra le salió un puesto de trabajo en Barcelona. Esas cosas. ¿Y Nerea? Pues ahí andaba, pegada a su soledad. Se resarcía emprendiendo viajes a los confines del mundo: a Alaska, a Nueva Zelanda, a Sudáfrica. También llenando su ocio con actividades: se apuntó a una academia de idiomas para mejorar su inglés, acudía con mayor frecuencia al gimnasio, se inscribió en un curso de cocina. A veces, sí, salía con alguna amiga separada o a punto de separarse, que le contaba durante horas sus problemas familiares y de pareja y le pedía consejo, a ella, que no tenía la menor experiencia ni como madre ni como esposa.

Y, nada, sumando lluvias cumplió treinta y seis años. ¡Treinta y seis! Qué rápido pasa esto. Pero no me voy a amargar, ¿eh? Y como eran las fiestas de San Sebastián, asistió con una amiga a la izada de la bandera en la plaza de la Constitución. Bailaron, bebieron y continuaron bebiendo, y en un momento determinado, muy de noche, Nerea se vio dentro de un taxi junto a un hombre que tenía una dentadura perfecta, olía de maravilla, le manoseaba las tetas y más no me preguntes, porque no me acuerdo. Guardo, sí, en la memoria imágenes borrosas. Sé, por el ruido del agua, que él se duchó a las tantas de la madrugada. Luego vino y la desvistió, Nerea tumbada boca abajo en una cama extraña, borracha hasta el desfallecimiento. Dedujo que el hombre la penetró, ya que por la mañana se encontró restos de esperma entre los muslos. Él la estaba esperando en la sala, decorada lujosamente. Era muy guapo, vestía un albornoz azul marino de seda y tenía la mesa dispuesta para el desayuno, con flores, con velas y un montón de cosas ricas de beber y comer. Todo lo que se diga es poco. Fue entonces, en el momento de tomar asiento frente a él, cuando Nerea supo su nombre: Enrique.

—Aunque los amigos me llaman Quique.

97
La procesión de los asesinos

Horas después de haberlo conocido, Bittori, en conversación telefónica con su hija, lo juzgó sin compasión: un creído. El hombre más vanidoso que ha pisado la Tierra. Un desgastador de espejos, un fumigado de perfume, uno que habla escuchándose. Y con manifiesta mordacidad le preguntó a Nerea si este señor, por las noches, se mete en la cama con traje y corbata. Nerea le advirtió que se fuera acostumbrando a él porque había entrado en su vida para quedarse.

—No me dirás que no te parece guapo.

—Demasiado.

—Y elegante.

—Uf, una barbaridad. A ver cómo te las arreglas para que no te lo quiten. Tendrás que vigilarlo las veinticuatro horas del día.

Bittori ignoraba que este asunto ya lo tenían resuelto de antemano Quique y Nerea. El acuerdo le costó a ella noches en claro y lágrimas; pero entretanto, a solas, hizo sus cálculos; sopesó ventajas e inconvenientes y al fin, aconsejada por una amiga, decidió compensar el egoísmo de él con su propio egoísmo. A tomar por. Y se plegó. Desde ese preciso instante notó una especie de ensanchamiento interior de su persona. ¿Qué, cómo? Vamos a decir que me sentí liberada. Otra consecuencia: entre Quique y ella nació una identificación/complicidad que ha servido durante todos estos años para dar una base sólida a la relación, a pesar de las reiteradas y punto menos que periódicas rupturas.

A modo de explicación, Nerea le contó a su amiga un caso:

—Dudo que exista en el mundo una pareja que se haya separado más veces que nosotros. Una vez, en su casa, le dije que rompía con él para siempre, que esta era la definitiva. Pero como llovía, yo había estado horas antes en la peluquería y no tenía paraguas, decidí quedarme y pasamos una de las noches más tiernas y románticas que recuerdo.

En ningún momento, Quique se anduvo con disimulos. Llegó tarde a una cita, con un arañazo reciente en el mentón. Se disculpó, explícito, impertérrito:

—Cielo, perdona el retraso. He estado con una chiquilla y la cosa se ha alargado.

En la cabeza de Nerea se encendió en forma de estallido luminoso una palabra: ruptura. Y después de la explosión pirotécnica se abrió en su oscuridad mental un sauce de chispas y en cada chispa podía leerse: se acabó. Este tío no sólo me la pega, sino que para colmo me restriega su insolencia por la cara. Apenas llevaban unos meses saliendo juntos. Y ahora, esto. Nerea estaba enamorada de la coronilla a los pies y vuelta para arriba, y habría jurado que Quique, cumplido, tierno, qué bueno está el cabrón, la correspondía. En su desconcierto miró en torno como buscando la cámara oculta que confirmara la broma.

—¿Qué pasa?

Parecía sinceramente sorprendido. Nerea, tontita, ¿te lo tiene que explicar o qué? Se lo explicó:

—Cielo, otros son apasionados del tenis o coleccionan sellos y monedas. A mí, qué quieres que te diga, me gusta el sexo. Yo necesito la sensación de poseer cuerpos femeninos. Cientos, miles, los que me pueda trabajar mientras me duren las fuerzas. Esto es un deporte que a mí se me da bastante bien, ¿comprendes? Esto no tiene nada que ver con nuestra relación, que es sencillamente maravillosa. Yo te quiero a morir. Eres mi Nerea, la *only one*. Que no te quepa la menor duda. En cambio, las suministradoras de orgasmos con las que me acuesto sin saber dónde viven ni cómo se llaman, desde el punto de vista de los sentimientos, no significan nada para mí. Repito: na-da. Son un instrumento de placer. Punto. Ya ves que no me ando con secretos. ¿Tú no vas a hacer gimnasia? Pues yo lo mismo, sólo que en vez de subirme a una caminadora, me ejercito con un cuerpo atractivo. Lamentaría de veras que no me aceptaras tal como soy.

—¿Y tú aceptarías que yo hiciera lo mismo con cuerpos masculinos?

—Pero, vamos a ver, ¿cuándo te he dicho yo que no hagas esto o no hagas lo otro?

—Bien, dame tiempo. Me lo tengo que pensar.

Se levantó, estaban en la terraza del Caravanserai, la tarde azul con niños y palomas, y Nerea se fue bordeando la catedral, seria, desconcertada, preguntándose: Dios, pero ¿qué coño hago que no lo mando a la mierda? Ahora bien, si lo mando a la mierda, ¿cómo lo recupero a continuación? Y se imaginaba situaciones a cuál más humillante, más bochornosa, todas opuestas a lo que ella entendía por una relación de pareja, no sé, una relación normal, razonable, de tresillo y pantuflas. El uno para el otro, la fidelidad, esas cosas. Claro que con treinta y seis años tampoco estoy yo como para dejar que se me largue el último tren, y sobre todo si es un tren tan bien hecho como este.

Se reunió de urgencia con una amiga de confianza. Ojeras después de una noche sin dormir. Sobre la mesa, café con leche y cruasanes. Escuchados los pormenores del asunto, la amiga preguntó a Nerea sin mayores preámbulos si quería a Quique.

—Pues me temo que no va a ser que no. De lo contrario, supongo que ya lo habría mandado a freír espárragos. El problema es que yo no quiero compartirlo. Lo quiero entero para mí.

—¿Y tú qué le das a cambio? Tienes treinta y cinco años.

—Treinta y seis.

—Mira, Nerea, guapa, a mí no me parece que estés en la situación difícil que me pintaste anoche por teléfono. Si de verdad le quieres, no te quedan muchas opciones. O la separación inmediata, con la cual lo pierdes todo y vuelves a quedarte sola con tus treinta y siete años.

—Treinta y seis.

—O juegas tus cartas con astucia y toleras su afición al orgasmo. La cosa escuece, ya lo sé; pero lo importante es ganar la partida.

—¿Y si se enamora de otra?

—Me da a mí que el riesgo es mayor con los insatisfechos y reprimidos.

—¿Y si pilla una enfermedad? El sida, por ejemplo, ¿y me contagia?

—Entiendo. Llámale y dile que habéis terminado.

—¿Estás loca?

—Pues entonces tendrás que aceptarlo como es.

—Me va a costar.

—Te costará, pero puedes.

—Es un cerdo.

—Es tu cerdo, Nerea. Trátalo bien.

No quiso encontrarse con él en ninguno de los lugares acostumbrados. ¿Y eso? Pues para no extremar la sumisión. Quique, telefónicamente cariñoso, no hizo preguntas, aceptó. Escondida tras el quiosco del Bulevar, Nerea lo vio llegar puntual y ocupar, hecho un pincel, una mesa en la terraza de la cafetería Barandiarán. Ella, mientras tanto, tomó asiento en un banco público, donde Quique no podía verla, y por espacio de veinte minutos se entretuvo observando el gentío. Que espere. Antes de reunirse con él, se retocó la sombra de ojos con ayuda de un espejo de mano y se puso en las muñecas unas gotas de un perfume obscenamente caro que se acababa de comprar.

Porque a mí, si me lo propongo, este vanidoso no me gana a elegancia ni a buen olor. Caminó con insinuadas maneras de modelo entre la multitud, toc, toc, con sus zapatos de tacón, la melena suelta, sabiéndose mirada por unos y otros, también por Quique, que desde la terraza de la cafetería la veía venir de frente. A mitad del trayecto los labios la desobedecieron. Esa sonrisa, Nerea, no lo niegues, fue una claudicación. ¿Una? Fue *la* claudicación. Y Quique se levantó para recibirla besador, elogiante, y le ofreció la silla a estilo de caballero con buenos modales.

Nerea fue al grano.

—En ningún caso ante mi vista.

No dijo más. Quique hizo un leve gesto aprobatorio, se ocupó de que el camarero los atendiera, sacó de un bolsillo interior de la americana un pequeño estuche de cuero. Se lo tendió a Nerea en silencio. Dentro, una cadena unida a la reproducción de una hoja de ginkgo, todo en oro. Nerea calificó sin aspavientos el obsequio de bonito. Tras lo cual, Quique le acercó la boca y los labios de ella acudieron al encuentro.

Entablaron conversación sobre temas varios. Él tomaba sorbos de su whisky con hielo y de vez en cuando levantaba el vaso para mirar a través del líquido; ella, que tenía clase de inglés dentro de una hora, había pedido una tónica. En esto, vieron salir de la calle Mayor, a escasos metros de donde se encontraban, la procesión habitual de familiares de presos de ETA. Hombres y mujeres avanzaban con paso calmo, repartidos en dos filas paralelas, algunos conversantes entre sí, otros callados. Cada cual sostenía entre las manos un palo largo. Lo coronaba un cartel. El cartel mostraba la foto de un militante de ETA encarcelado y, debajo, su nombre. Los retratados, jóvenes sin excepción, eran hijos, hermanos, cónyuges de los portadores. Y los transeúntes se hacían a un lado para dejarlos pasar.

Yendo por la Parte Vieja, Nerea se había topado con desfiles como aquel en incontables ocasiones, a menudo de golpe, al doblar una esquina. Ni de cerca ni de lejos les prestaba la menor atención. Como si no existieran. Les volvía la espalda y santas pascuas. Distinguió a Miren en la fila más cercana a la terraza de la cafetería, adusta y tiesa con la foto de su hijo. Nerea ya la había visto otras veces.

Quique:

—Ahí va la procesión de los asesinos.

—Habla más bajo. No quiero problemas.

Entonces él adelantó el torso para susurrarle a Nerea al oído que:

—Ahí va la procesión de los asesinos. —Y retrepándose y ya recobrado el tono normal de voz—: ¿Te parece así mejor? Pienso lo mismo si hablo alto o bajo.

Ahora fue Nerea la que adelantó la boca y él quien acercó la suya para completar el beso.

98
Boda de blanco

Fijaron la fecha de la boda. A los pocos días, una mujer abordó a Nerea en una calle de Amara.

—Me voy a suicidar y la culpa es tuya.

Por lo visto, estaba esperándola. No la conocía, no le preguntó el nombre. Intentó esquivarla, pero la otra (unos treinta años, atractiva) le cerró el paso.

—Nunca le harás feliz como le puedo hacer yo.

Nerea empezó a entender. Había desesperación en esa cara que la mira de cerca con ojos desafiantes, fieros, irritados como de haber vertido lágrimas recientemente. La mujer prosiguió, no agresiva, no insultante, pero con un dedo índice de amenaza/advertencia y claros signos de padecer algún trastorno.

—No te hagas ilusiones. A tus años, ¿crees que le vas a dar satisfacción?

Nerea, contente. Nerea, contente. Nerea no se contuvo.

—¿Por qué no te suicidas de una puta vez y así me dejas tranquila?

Se conoce que la mujer no se esperaba semejante reacción. Se quedó alelada, hipnotizada, clavada en el lugar. Y Nerea aprovechó su estupor/desconcierto para dejarla atrás y seguir con pasos resueltos, toc, toc, su camino. No ha vuelto a verla hasta la fecha. ¿Se habrá suicidado como dijo o prometió? ¿Prometió? No seas perversa, muchacha.

Estuvo tentada de revelarle a Quique el incidente, pero para qué. Supuso que la mujer habría sido una de tantas que se le abrió de piernas. Pobrecilla. Quizá una que no se contentaba con representar el papel de SOSA (Suministradora de Orgasmos Sociedad Anónima) y quiso disputarme el trono.

Le pidió consejo a Xabier. O gananciales o separación de bienes. Que qué opinaba. Sin la menor vacilación, su hermano optó por lo segundo. Y añadió que no lo decía por hostilidad hacia Quique.

—Que a fin de cuentas es un hombre de buena posición económica. Pero, por lo que pueda ocurrir en el futuro, convendría que te reservases la última palabra acerca de tu patrimonio.

Y así lo hizo ante notario, y Quique no opuso ninguna objeción. Se casaron, él ateo, ella con dudas religiosas, en el Buen Pastor. Bittori condicionó su presencia en la catedral a que no oficiase el obispo. Dijo que ese señor sólo practica la misericordia con los asesinos, que por favor no lo nombraran estando ella delante porque se le revolvía el estómago y que principalmente por él había perdido la fe. Los padres de Quique, navarros de Tudela, la conservaban. Y más que nada por ellos y, de paso, por darle al acontecimiento un brillo de ceremonia de postín, se casaron por la iglesia, los dos novios vestidos de blanco.

Durante varios meses, las sonrisas de los nuevos cónyuges (con fondo del palacio de Miramar) estuvieron expuestas en el escaparate de una tienda de fotografía, situada en uno de los soportales de la plaza de Guipúzcoa.

El banquete, celebrado en un restaurante de Ulía con vistas al mar, se alargó hasta la caída de la tarde. Bittori, en el momento de despedirse, ¿achispada?, dijo una cosa que intrigó a Nerea.

—Te deseo mucha felicidad, que buena falta te va a hacer.

Nerea se lo contó poco después a Xabier en un aparte.

—Te ruego que no le des importancia. La *ama* tiene la historia que tiene. Y en días especiales como hoy es posible que la acosen los recuerdos.

Esto era un sábado. El lunes los recién casados se trasladaron a Madrid en tren. Anduvieron, visitaron, se amaron en abundancia, ya que a él lo apremiaba la ilusión, ¿la prisa?, de ser padre cuanto antes, que todo era entrar en la habitación del hotel y ponerse a la faena sin tan siquiera apartar la sobrecama. A Nerea, en tales ocasiones, le venía al pensamiento la cara demudada de la mujer que le había dicho en la calle que nunca daría satisfacción a su marido. Complaciente, sumisa, cumplía las instrucciones de Quique: ponte así, date la vuelta, arrímate. Apenas acallados los jadeos coitales, ya estaba él barajando nombres para la criatura, lo que disgustaba a Nerea porque eso trae, según decía, mala suerte.

En Madrid tomaron un avión con rumbo a Praga. Allí tenían previsto pasar el resto de su luna de miel. La idea se le había ocurrido a Nerea. Una amiga le había contado maravillas de la ciudad. Que si esto, que si lo otro; que si el puente de no sé qué y la catedral de no sé cuántos. ¿A Praga? Pues a Praga. Lo que tú digas, cielo. Dueño, a medias con un socio, de una empresa de producción y distribución de licores, Quique consideró que el viaje le brindaría una ocasión estupenda para estudiar sobre el terreno la posibilidad de hacer negocios en la República Checa, país en el que hasta la fecha no tenía clientes. Y con el objeto de probar fortuna introdujo en su equipaje un fajo de prospectos con información en lengua inglesa de sus productos, así como una caja de cartón con una veintena de botellines de distintos licores. Decía que:

—En Alemania y Austria nos compran todos los años un montón de pacharán. No veo por qué a los checos no les va a gustar lo que gusta a sus vecinos.

—¿Y qué vas a hacer con los prospectos? ¿Repartirlos por los supermercados de Praga?

—Tú déjame a mí, que yo, para estos asuntos, tengo buena mano.

En Praga, como en Madrid, callejearon fotografiantes, visitaron interesados, se acoplaron con fines procreativos. Pero hubo una diferencia en forma de episodio inesperado que aún aflora a sus conversaciones cuando recuerdan la luna de miel en Praga. Y fue que, a los dos días de su llegada, convinieron en ir andando al barrio de Malá Strana, y almorzar allí, y ver y fotografiar cualesquiera lugares históricos y detalles curiosos del mobiliario urbano que hallaran por el camino. El tiempo soleado favorecía el plan. También un mapa fácilmente manejable que les habían proporcionado en la recepción del hotel.

Por calles empedradas bajaron al puente de Carlos. Y profiriendo frases admirativas atravesaron el pequeño túnel que separa las dos torres de la entrada. Nerea, gafas de sol, se quiso fotografiar al pie de una de las estatuas. Dejó el bolso al pie del pretil mientras se arreglaba la melena y entonces surgió aquel muchacho de catorce, quince, a lo sumo dieciséis años, que agarró el bolso por las asas y, visto y no visto, echó a correr con él en la mano. Nerea se percató al instante. Gritó en dirección a Quique y a las figuras de piedra y a Europa entera la palabra española *bolso* y le dio tiempo de mencionar pertenencias: el pasaporte, la Visa. Lo cual fue una manera eficaz de espolear a su marido.

Quique salió en persecución del ratero. Y era la primera vez en su vida que Nerea lo veía correr. Y qué rápido corría. Las circunstancias jugaban, además, a su favor. Porque así como el muchacho debía sortear turistas lentos, casi quietos, a la llegada de Quique estos ya se habían apartado. Chocó el ladrón con un señor de rasgos orientales. Ya se veía alcanzado y quién sabe si molido a golpes por aquel extranjero veloz, y no tuvo mejor idea que lanzar el bolso al río con la probable esperanza de crearle un dilema a su perseguidor.

Pero de dilema, nada. Abandonando de inmediato la persecución, Quique corrió hacia el pretil. Nerea, como a treinta metros de distancia, lo vio descalzarse a toda velocidad y meter algo en un zapato. ¿El Patek Philippe? Qué otra cosa, si no. El Moldava, a su paso por Praga, es mucho río. A ver si vamos a tener un disgusto. Y la tentó llamarlo, por Dios, para que no saltara; pero él saltó, los pies por delante, y ella se apresuró a hacerse cargo de los zapatos y el reloj de lujo.

Allá abajo estaba Quique, su camisa blanca de ciento veinte euros en medio de la turbia corriente, mostrándole a Nerea el bolso rescatado, mientras nadaba tranquilo, risueño, varonil, hacia la orilla cercana. Un grupo de orientales aplaudió desde el puente. Y Nerea, con los zapatos de Quique en la mano y el Patek Philippe a buen recaudo, se sentía como una fruta demasiado madura, a punto de reventar de amor. Se reunieron en la orilla. Solidaria con la mojadura, se lanzó a los brazos de Quique. Y numerosas cámaras fotográficas repartidas en torno a ellos grabaron el abrazo. Marido empapado y esposa feliz desanduvieron el camino hacia el hotel. Mientras cruzaban el puente cogidos de la mano, a Nerea le vino al recuerdo la SOSA que semanas atrás la había abordado en la calle.

99
El cuarto miembro

Los largos años de reclusión pesan. Vaya que si pesan. Las disputas con los compañeros cansan, desmoralizan, lo mismo que los roces con los carceleros y las huelgas de hambre. La soledad, que por un lado sirve de escape/refugio, por otro te deja expuesto a tus peores fantasmas, desgasta mogollón. Tumbado en la cama, Joxe Mari se siente inseguro. Igual ha sido un error contestar a la carta de la mujer del Txato. Huy, la *ama* como se entere. No quiero ni pensarlo. Pero eso es justo lo que no para de hacer de un tiempo a esta parte y, desde que escribió a Bittori, aún con mayor intensidad: andar a vueltas con las dudas, vaciar el saco de la memoria ante sus pies; en una palabra, comerse el coco. Aquí, en la cárcel, pensar demasiado debilita. Lo pone a uno delante de la verdad amarga. Ahí tienes tu vida, chaval, tirada como un montón de desechos entre las cuatro paredes de una celda.

Sumido en cavilaciones, vuelve la mirada al suelo y ¿qué ve? ¿Qué va a ver? El suelo de aquí, que enseguida se convierte en el suelo de aquel piso de la avenida Zarauz un sábado de agosto de hace ya tantos años, con la ciudad en fiestas. Tocaba limpieza general. Antes se alternaban los tres en la tarea. El sistema traía líos. ¿Me toca? ¿Te toca? ¿A quién le toca? Siempre así. Al pringado de turno le caía encima todo el trabajo. Y eso que se limitaban a lo esencial, a pasar un poco el trapo por aquí, la aspiradora un poco por allá, para que no les llegara la suciedad al cuello. Fue Joxe Mari el que decretó: tíos, los sábados limpieza en equipo. Y en ello andaban los tres en plan cuartel.

Venga, tú el baño, tú la sala, yo la cocina. Pim pam pum: una hora y listos.

Tenían la radio puesta. Como de costumbre. La radio tienes que tenerla puesta. Por lo que pueda pasar. Se enteran de si ayer hubo una redada, si se ha producido una *ekintza* y dónde, si ha caído un *talde*. Parece que cuanto más secreta debiera ser una información, con mayor rapidez la difunden los medios. Y eso, claro, a los que están en la lucha les puede venir de perlas. ¿Para qué? Pues para tomar precauciones e incluso para darse el piro a tiempo si las cosas vienen mal dadas. Nunca se sabe.

Desde aproximadamente las tres de la tarde sabían que había ocurrido algo gordo en el barrio de Morlans. Un locutor contaba/denunciaba que el referido barrio había sido acordonado. No dejaban pasar a la prensa. ¿Quién? La Guardia Civil. Se habían oído tiros en la distancia, muchos tiros, y alguna explosión. Los detalles eran imprecisos además de escasos, pero suficientes para revelar que los picoletos estaban llevando a cabo una operación de gran envergadura en San Sebastián.

A Joxe Mari el asunto le olió mal desde el principio.

—Txopo, deja lo que estés haciendo y ponte a vigilar la calle.

En torno a las seis de la tarde obtuvieron una primera confirmación. Los *txakurras* se habían cargado al comando Donosti. Se hablaba de tres muertos en una vivienda de Morlans. El locutor contó también que había habido detenciones en otros lugares, pero no dijo en cuáles.

Joxe Mari, a Txopo, que seguía pegado a la ventana:

—¿Qué?

—Nada.

Pero no se fiaba. Cuando menos lo esperas, esos cabrones llegan y derriban la puerta. A Patxo:

—Creo que tú y yo deberíamos irnos y que este se quede.

—¿Qué tenemos que ver nosotros con el Donosti? No los conocemos de nada ni somos su *talde* de apoyo.

—Toda nuestra labor de información a lo mejor les ha servido. Igual compartimos el mismo enlace con la dirección, yo qué sé. Vámonos, aunque sea sólo por una noche. Txopo ya nos dirá mañana si ha habido movimientos raros en la calle.

Hasta entonces habían sido tres, ahora eran cuatro. La sospecha incesante de ser vigilados/perseguidos se instaló con ellos. Un miembro más. Bastante influyente, por cierto. Lo hablaron a oscuras, en una ladera del monte Igueldo donde pasaron la noche metidos en sacos de dormir. Patxo no estaba del todo convencido.

—A ver, ¿cómo te explicas que no hayan venido a por nosotros?

—Porque esperan tirar del hilo y sacar toda la madeja.

—No te estará entrando la paranoia, ¿eh?

—El otro día coincidí con un vecino en el ascensor. Hola, hola. Ya es la segunda vez que veo al tipo en poco tiempo. No sé a ti, pero a mí estas cosas no me parecen casuales. Mira lo de hoy en Morlans. En algún momento los *txakurras* dieron con la pista de alguien. Dijeron: ojo, que si seguimos a este pájaro tarde o temprano encontraremos la bandada. Así funciona esta guerra, Patxo. No le des más vueltas.

—Si *sería* tan fácil ya habrían terminado con ETA.

—A ETA no le gana ni dios. Perdemos militantes, por supuesto. Pero por cada uno que cae, entran dos o tres. Aquí hay pólvora para rato.

Se oyó un estallido a lo lejos.

—¿Qué ha sido eso?

Y a continuación, la noche, hacia la parte de la ciudad, se encendió en cascadas luminosas, en grandes rosetones de chispas multicolores. Eran los fuegos artificiales de la Semana Grande sobre la bahía. Joxe Mari y Patxo se sentaron a mirarlos desde el borde de la arboleda, y olvidados de su conversación reciente, opinaban sobre cada figura pirotécnica.

—Mira, mira.

—Hostia, qué bonito.

Acabado el espectáculo, volvieron a la oscuridad de los árboles y se echaron a dormir dentro de sus sacos, en la noche veraniega del monte.

Había concierto de grillos. Patxo renegaba:

—Toda esa gente allí abajo, me cago en la puta, de fiesta, haciendo cola en las heladerías y nosotros dando el callo por su liberación. A veces me entran ganas de agarrar el subfusil y, pim, pam, darles un pequeño merecido.

—Tú, tranqui, que cuando tengamos la sartén por el mango, entonces bailarán al son de nuestra música.

A las siete de la mañana, acudieron a la cita con Txopo detrás de la Facultad de Derecho.

—¿Y?

—Nada.

Pero Joxe Mari, ojeroso, despeinado, seguía sin fiarse. Le encargó a Txopo que les buscase a él y a Patxo un alojamiento temporal. Entretanto ellos dormirían al sereno dentro de los sacos. Patxo mostró su disconformidad. Entonces Joxe Mari transformó la propuesta en orden y aquí no se habla más. Selló su autoridad con un par de palabrotas. No era fácil llevarle la contraria a Joxe Mari. Tenía los brazos fuertes, musculosos, y estaba asustado.

El lunes, Txopo les comunicó que se podían alojar en el piso de un compañero de estudios y su pareja, pero estos ponían condiciones. ¿Cuáles? Que no bajaran a la calle para que nadie los viera entrar y salir, ya que la vivienda estaba en un inmueble de siete pisos, a la entrada de Añorga, con mucho movimiento de vecinos, y que se marcharan a más tardar el viernes. A Joxe Mari le parecía un plazo razonable. Mostró su habitual preocupación por la cuestión alimentaria. Txopo: que la jamada no era problema, que a los anfitriones les bastaría con comprar dos barras de pan en lugar de una.

—Ah, vale.

De atardecida subieron al autobús de Lasarte. Se bajaron en la parada de Añorga, donde los estaba esperando ella. Los condujo hasta su piso, en un edificio próximo a las vías del tren. Era rechoncha, simpática, habladora, con el típico flequillo de partidaria de la izquierda *abertzale;* él, tiraba a callado y bilioso, y tenía bajo la nariz una cicatriz en curva como de haber sido operado alguna vez de labio leporino. De acuerdo mutuo decidieron ocultarse los nombres verdaderos, lo cual en nuestro caso tenía sentido puesto que no nos conocían, mientras que nosotros podíamos preguntar a Txopo cómo se llamaban ellos o mirar abajo, en el buzón, pero da igual. El caso era echarle un poco de aventura a la rutina.

Mientras cenaban, tuvieron algunas risas al elegir los motes. Cuando no los olvidaban, los confundían, dando lugar a escenas ridículas. Así que, para acabar con el embrollo, a ellos les tocó apodarse Sota y Caballo, y a Joxe Mari y Patxo, Pan y Chocolate. Idea de ella que, por otro lado, fue un simple pasatiempo del primer día y no sirvió para nada, pues en adelante, al dirigirse la palabra, no usaban los apelativos convenidos o simplemente se decían: oye, tú; si no es que a Patxo, cada dos por tres, se le escapaba llamar a Joxe Mari por su nombre y a este a su compañero por el suyo.

Al Caballo se le enfurruñó el gesto desde el principio. Joxe Mari se percató de que a este tipo le pasa algo. Y Patxo, de noche, conversando los dos en susurros de cama a cama, también creía que a este no le gusta que estemos en su casa. Ella, en cambio, parlanchina y buena cocinera, no dejaba de alegrar el ambiente. A ver si va a ser ese el problema.

—¿Celos?

—Seguro.

—Pues yo no veo que haya ningún motivo.

Y Joxe Mari, tumbado en la cama de su celda, la mirada fija en el techo, con lo hundido de moral que está no puede refrenar la sonrisa. No era tonto el Caballo; pero, claro, como durante la temporada de verano curraba de toldero en la playa de Ondarreta, no le quedaba otra que despedirse por la mañana y pasar el día entero fuera de casa. Ya el martes, la Sota, pechos grandes, entró en el baño ligera de ropa, haciendo como que no se había dado cuenta de que Patxo se estaba duchando, y eso que se oía el chisporroteo del agua por todo el piso. Una vez dentro (huy, perdona), Patxo le junó la intención y, ¿qué iba a hacer él?, la invitó a meterse en la cabina. La otra, encantada. Y a oídos de Joxe Mari, que estaba leyendo el periódico en la sala, llegaron los gemidos y jadeos.

Por la noche:

—No me digas que te la has tirado.

—Tú prepárate, que mañana lo más seguro es que te toque a ti.

Pero Joxe Mari, en cuanto la vio venir, adoptó una actitud de rechazo a todo contacto carnal. Es que a mí este tipo de situaciones siempre me ha dado corte. No valgo. Y la estrecha de Josune nunca me enseñó. Además, como le dijo a solas a Patxo, desconfiaba del Caballo. Rabioso de celos, igual era capaz de delatarlos. Este pensamiento inquietaba sobremanera a Joxe Mari, agravado por las constantes insinuaciones lascivas de la gordita. Joder, qué tía más salida. Así que el jueves, sin esperar siquiera al desayuno, dieron las gracias por la hospitalidad y, separados por un margen de media hora, volvieron al piso de la avenida Zarauz. Txopo les aseguró que todos aquellos días había estado vigilando la calle y que en principio no había visto nada sospechoso.

100
La caída

Entraron en una racha de *ekintzas* y si no hicieron más es porque tardaban en entregarles el material. Reclamaron: ¿Qué pasa? Y el enlace, de mal humor, les respondió que no eran los únicos. Les falló un petardo de amonal al paso de un convoy de la Guardia Civil, que mira que si llega a explotar vuelan picoletos hasta los tejados y ellos habrían sumado muchos puntos dentro de la organización.

Le reventaron el comercio de automóviles a uno del que decían que si esto, que si lo otro. ¿Sería verdad? Da lo mismo. Se lo reventaron. Y hasta hubo que evacuar el edificio. Un atraco en la sucursal de un banco les ayudó a mejorar sus finanzas, que ese sí que era un problema. Vivían con menos de lo justo. Y ya tenían planeada hasta el último detalle la ejecución de un policía jubilado cuando supieron que la dirección al completo de ETA había sido capturada en una villa, casa, chalé o lo que fuera de Bidart.

Desconcierto total. Aún más: sensación de orfandad. ¿Qué hacer? Joxe Mari, preocupado, agorero, recordó que a Potros le pillaron el día de su detención una larga lista de militantes. A ver si a estos inútiles los han cogido también con todo el tinglado. Patxo advirtió:

—Yo al monte no vuelvo.

Decidieron esperar acontecimientos y suspender las actividades hasta que no se aclarase la situación. Los tres pasaban el día entero fuera del piso. Por precaución y por la insistencia de Joxe Mari, que veía agentes de paisano incluso en la forma de las nubes. Se agenciaron unas cañas de pescar. Con buen o mal tiempo, iban andando hasta las rocas de Tximistarri salvo Txopo, que era más de cine y bibliotecas que de mirar durante horas si se hundía el corcho. Antes de salir a la calle, colocaban entre la puerta y el marco, a modo de señal, trocitos apenas visibles de hilo y de cinta adhesiva. Y debajo del felpudo, una esquirla fina, curva, de vidrio, resto de una copa de vino que, de ser pisado, se habría roto. A la caída de la tarde, el primero en regresar comprobaba las marcas. Si las encontraba en su sitio, entraba en el piso y encendía la luz convenida.

Meses de incertidumbre. ¿Cuándo coño van a restablecer la dirección? Se habían quedado sin enlace. No les suministraban armas. Txopo tuvo que recurrir a sus padres para que le ayudaran a pagar la cuota de alquiler del piso. Y mientras tanto el Estado celebró tan campante su Exposición Universal de Sevilla y sus Juegos Olímpicos de Barcelona. Joxe Mari, una mañana, dijo que a tomar por culo, me la juego. Conque cogió el Topo en la estación de Amara y se bajó en Hendaya. Después de tres días en Francia, volvió al piso, muerto de hambre, sucio, desmoralizado.

—ETA no volverá a ser lo que era. El palo de marzo fue un golpe demasiado duro.

—¿Quiénes son los nuevos jefes?

—Ahí andan unos cuantos. No se aclaran. No saben ni dónde tienen la mano derecha ni el pie izquierdo.

Así y todo, no vino de vacío. Había acordado un encuentro en un bar del barrio de Gros con un militante que hacía de correo, vamos a ver si lo he entendido, con uno de la nueva dirección o con uno cercano a ella o yo qué hostias sé. Joxe Mari desconfiaba. Mandó a Patxo una hora antes a tomarse un zurito.

—¿Qué?

—Nada.

Entonces fue él y le entregó al tipo una carta escrita a máquina por Txopo en la que los tres solicitaban pasar a Iparralde y estar un tiempo en la reserva. Justificaban: no somos operativos, necesitamos ponernos al día en el tema de la preparación de bombas, estamos muy verdes en estrategia. Tuvieron que esperar varias semanas una respuesta. Solicitud aceptada. Y les concedieron un turno de *mugalaris.* Txopo los siguió unos meses más tarde.

A Patxo le asignaron un puesto de trabajo en una granja avícola, propiedad de un matrimonio francés de convicciones nacionalistas. Con los dueños y sus hijos, y la ayuda de un manual, se aplicó al aprendizaje del euskera. ¿No lo hablaba? Pues no, salvo las veinte palabras que se te pegan quieras que no, y por esa razón sus compañeros solían reconvenirle con severidad. Si no hablas euskera, no eres vasco, le decían, aunque formes parte de ETA. Él alegaba su compromiso por la independencia. Lo mandaban a la mierda.

En cuanto a Joxe Mari, expresó el máximo interés por aumentar sus conocimientos en materia de explosivos. El fallido atentado contra el convoy de la Guardia Civil lo llevaba clavado en la memoria como una espina. ¿Y Txopo? Txopo hizo por fin su cursillo de armas. Cuando al cabo de un tiempo se reincorporaron a la lucha, los tres estaban convencidos de formar un *talde* más competente, más fuerte, más mortífero que antes.

Cinco meses después los detuvieron. Y todavía, al cabo de tantos años, Joxe Mari se pregunta qué falló, quién falló. ¿Estaba la organización agujereada por los topos, como decían? ¿Bajaron la guardia los tres integrantes del *talde?* Yo, no; pero Patxo. No hay otra explicación. Lo que al principio era un simple recelo, pronto se transformó en certeza. Los atraparon apenas unos días antes de que pegaran un golpe espectacular, cuando lo tenían todo listo: la hora, el lugar, el coche-bomba. Y Joxe Mari no abrigaba la menor duda de que había habido un chivatazo. Durante las sesiones del juicio en la Audiencia Nacional, cada vez que coincidía con Patxo en la pecera, no se dignaba dirigirle la palabra. Ni siquiera le concedía el honor de una mirada. Como si no existiera.

Tardó mucho tiempo en cambiar de parecer, aunque hasta la fecha sigue convencido de que los capturaron por culpa de Patxo. Reconozco que no tenía sentido colaborar con la *txakurrada* para luego tragarse un porrón de años en la cárcel, donde todavía sigue. Así que no traicionó, eso no; pero fue imprudente.

Una noche lo notaron melancólico, apagado.

—¿Qué te pasa?

—Mi padre está fatal. No creo que dure mucho.

A Joxe Mari se le encendieron unas luces rojas dentro de la cabeza.

—¿Y cómo te has enterado?

Comprendiendo que se había ido de la lengua, a Patxo no le quedó más remedio que confesar que había visitado en secreto a su familia. ¿Cuándo? En realidad, varias veces. Una falta grave de disciplina. Sus compañeros le pidieron/exigieron detalles. Los dio, a cuál más crudo. Su padre esquelético, pálido, con dolores terribles. Su padre que ya no reconocía a nadie. Su padre que.

—Bueno, ya basta.

No hacía ni un mes que habían cambiado de piso por razones de seguridad. Y ahora, esto. Joxe Mari no pudo conciliar el sueño aquella noche. Se levantó varias veces de la cama. Desde la habitación a oscuras avizoraba la calle desierta, las farolas encendidas, los coches aparcados. Cinco, diez minutos, y volvía a acostarse. Por la mañana habló a solas con Txopo.

—Tengo un mal presentimiento ¿Tú qué piensas?

—A lo mejor no le han visto y te estás preocupando por nada.

—Es seguro que nuestros nombres están en algún papel interceptado por la policía. O puede que un detenido nos haya nombrado mientras lo freían a hostias. Entonces les basta colocar a un *txakurra* de paisano cerca de la casa de nuestros *aitas*. Pillan a uno y ya nos tienen a todos. ¿Nos piramos?

—¿Otra vez? Espera unos días. Hacemos la *ekintza* y después cambiamos de aires.

Se dejó convencer, él que era tan cuidadoso, tan suspicaz. Quizá se notaba cansado. ¿Cansado de qué? De tanto ir y venir, de vigilar, de pasarse la vida en un continuo estado de inquietud y tensión, y de la puta clandestinidad que te va desgastando poco a poco. Se pudo haber defendido porque desde que sonó el petardazo en la puerta del piso hasta que entró el primer *txakurra* pegando gritos en su habitación él tuvo tiempo de empuñar la pistola; pero, qué cojones, aún soy joven y algún día me soltarán. Faltaban cinco minutos para la una y media de la madrugada. En un primer momento sentí alivio. A lo mejor es porque yo era un iluso y no tenía la menor idea de lo que me esperaba.

101
Txoria txori

En cuanto nota, barrunta, huele que se levanta del suelo el polvillo de la pena, se pone a silbar su melodía predilecta. No necesita decidirlo. Le viene sola. Siente profunda gratitud por esa canción. Cosas suyas. A veces, cuando se dirige al comedor, o en el patio, o tras despedirse de su madre en el locutorio, busca su rápido efecto tranquilizador susurrándola, *Hegoak ebaki banizkio,* tan bajito que es casi como si sólo la pensara, siempre imitando la voz de Mikel Laboa. Se lo tiene prometido: el día en que recupere la libertad, nada más llegar al pueblo subirá al monte a cantar *Txoria txori* sin más testigos que la hierba y los árboles.

Cuando lo sacaban del piso, su mirada se topó por casualidad con el CD de Laboa. Hacía mucho tiempo que no lo escuchaba. Allí estaba, encima de la mesa, y allí se quedó. Para Joxe Mari fue la última imagen del mundo suyo de hasta entonces, del que se quedaba atrás para siempre.

El registro había durado varias horas. Los mantuvieron separados, cada uno en una habitación, con las manos esposadas a la espalda. ¿Armas? Pues sí, algunas había. El resto, en el escondite; pero eso los *txakurras* ya lo averiguarán más tarde. Le preguntaban en presencia del secretario del juzgado. Y esto, ¿qué? ¿Y dónde tienes? ¿Y dónde guardas? Los metieron en vehículos distintos. A Joxe Mari lo bajaron el último a la calle.

—Vamos, fuertote.

Ya empezaba a clarear. El frescor azulado de la mañana, los pájaros trinantes, vecinos en las ventanas. Y al entrar en el furgón, lo sacó bruscamente de su somnolencia y de su aturdimiento el bofetón de un guardia civil que se sintió mirado. Que no lo mirase. Y, al lado, otro le dijo con flema burlona:

—La has cagado, *gudari*.

Lo obligaron a viajar con la cabeza entre las piernas, como cuando fue a entrevistarse con Pakito. Y estando así, le vino por primera vez al pensamiento la canción, *Hegoak ebaki banizkio / nirea izango zen*. Circulaban a gran velocidad. Él se sintió por un momento a salvo dentro de la canción. La canción iba a ser su refugio, su madriguera profunda. Yo me escondo ahí y les hago creer que me tienen.

Punto de llegada, el cuartel de Intxaurrondo. Después de tomarle las huellas dactilares y sacarle fotos, lo desnudaron y uno le dijo aquí te vamos a tratar bien, pero te lo tienes que merecer. No hacemos regalos. Le quitaron el pendiente de la oreja. Allí no querían maricones. Y le enfundaron la cabeza en un pasamontañas. Se lo debieron de poner con la abertura de los ojos hacia la parte de la nuca, pues no veía nada. Lo encerraron en un calabozo. Ningún insulto, ningún empujón, ningún golpe. Las horas transcurrían. Oía pasos, voces amortiguadas. De pronto, unos gritos de dolor, de queja, a través de los tabiques. ¿Patxo? Joxe Mari, todavía esposado, trataba de combatir el frío acordándose de la canción.

En algún momento de la mañana se lo llevaron para el interrogatorio. Que fuera sensato, que ya sus compinches habían confesado y a él lo habían puesto a parir. Cobarde, traidor, incapaz, de todo lo habían llamado.

—Vaya amigos, que te echan la culpa de que os hayamos cogido.

Lo estrecharon a preguntas cuyas respuestas los *txakurras* conocían de sobra. Preguntas triviales: cómo se llamaba, cómo se llamaban sus compañeros, cuántos años tenía, dónde estaba el piso del comando. Y las preguntas, preguntas, preguntas, se repetían a tal velocidad que Joxe Mari no las podía terminar de responder. A veces, una voz por delante y una voz por detrás o en el costado le hacían a un tiempo dos preguntas diferentes. Y aunque no veía a nadie, se daba cuenta por las voces diversas, las pisadas y otros ruidos, que estaba rodeado de un grupo numeroso de guardias civiles. De repente le llovieron seis, siete, ocho golpes seguidos en la cabeza. Alguien le vociferaba cerca del oído. Sólo entendía palabras sueltas: paciencia, niegas, cansando, colaborar. Todo gritado. Y amenazas. Y más golpes. E insultos. Se cayó, ¿lo derribaron?, de la silla. Tumbado en el suelo, le arrearon, asesino de mierda, una tanda de patadas por todas partes, sin que él, las manos a la espalda, se pudiera proteger.

Lo volvieron a sentar. Alguien habló en voz baja. ¿Qué dijo? Ni idea. Bisbiseos. Ahora las preguntas eran otras. Y él se dio cuenta de que en el breve rato que tardaba en responder no le pegaban, así que intentaba alargar las respuestas añadiendo detalles, la mayoría superfluos. Y estaba claro que a Txopo y a Patxo les habían exprimido una porrada de información. Por eso las preguntas se referían ahora a minucias de la vida cotidiana de los tres militantes y a aspectos concretos de atentados, de entregas de material, sobre los que sin duda los *txakurras* estaban al corriente.

Querían nombres. Al menor titubeo, le sacudían un mamporro. Y luego estaba ese guardia civil, un poco apartado, que proponía pegarle un tiro en la nuca al cabrón de etarra y tirarlo al mar. A Joxe Mari le ardía la cara bajo el pasamontañas. ¿Y la canción? No le vino, no la recordó, no podía pensar. Después de dos, tres horas de palizas, seguían sin preguntarle por el zulo. Quizá era una trampa del interrogatorio. Decidió declarar su localización. Igual así dejan de pegarme. Dijo: las armas están en tal sitio. ¿Ah, sí? ¿Y por qué no lo había dicho antes? ¿Y cómo sabían ellos que no era mentira? Le quitaron el pasamontañas. Y al tiempo que una mano le arreaba un brutal tirón de pelo para bajarle la cabeza, le prohibieron que mirase a las caras. Le acercaron un mapa de la provincia. Hasta le dieron agua. Tibia, pero agua. Y en el instante de indicar un punto con la yema del dedo, advirtió que el sitio del zulo había sido marcado con una equis. Lo sabían, pues. Ni siquiera lo llevaron allí. Seguro que ya habían hecho el viaje con alguno de sus compañeros o con los dos, y desenterrado los bidones.

Lo empujaron, ya de noche, al interior de un vehículo, con tres *txakurras* que le siguieron haciendo preguntas, más que nada por humillarlo. Que qué pensaba de la bandera española. Si tenía novia y cuántas veces se la había follado. En ese plan. Y salvo unas cuantas bofetadas al principio del viaje, no lo golpearon en todo el trayecto hasta Madrid. Desde la cena de la víspera no había probado bocado. Pero el hambre no era su principal problema. Peor era el sueño. Y tan pronto como se le cerraban los ojos y se le caía la cabeza bajo el peso de la fatiga, los guardias le daban un fuerte tirón de la melena.

—Despierta, *gudari*.

Después se pusieron a hablar entre ellos de sus cosas. Lo dejaron tranquilo, aunque permanecían vigilantes por si se le cerraban los ojos. Se le cerraban. Era imposible que no se le cerrasen. Lo sacudían violentamente, le tiraban del pelo. Al fin le permitieron dormir un rato. De pronto me vino la canción. *Ez zuen aldegingo*. O igual sólo la soñó. Nada, unos segundos, unas palabras sin imágenes. Y eso me hizo mucho bien.

Cuando lo despertaron, aún de noche, el vehículo atravesaba las calles de Madrid a todo trapo. ¿El destino final? La Dirección General de la Guardia Civil, en la calle de Guzmán el Bueno. No sabe lo que le espera. Qué hostias iba a saber, si yo creía que con lo de Intxaurrondo ya me había tragado la dosis de zurra reglamentaria. En el aparcamiento lo obligaron a permanecer un rato largo de pie, con la cara contra la pared. Se conoce que sus compañeros también acababan de llegar y para que no se viesen los unos a los otros. Edificio de ladrillo. Oficinas y despachos. Pero a él lo llevaron a un calabozo subterráneo. Le advierten: que colabore, que no mire a nadie a la cara ni dirija la palabra a otros detenidos en caso de cruzarse con ellos.

Y empieza para Joxe Mari un círculo infernal que va del calabozo a la sala de interrogatorios, de aquí a la revisión del médico forense, de nuevo al calabozo y vuelta a empezar. Cuatro días incomunicado más el del cuartel de Intxaurrondo. Que colabore, que no se resista, que no se pase de listo, que colabore, que colabore, se acabaron las tonterías. Le pusieron un antifaz. Luego un pasamontañas, enseguida otro, tres en total. Suda, tiembla. Estos también querían nombres. Si había estado con fulano, si conocía a mengano. Le atribuyeron atentados. Negó y al punto lo golpearon varias veces en la cabeza con porras o con palos forrados de algo, no sé, de espuma o cinta aislante. Más preguntas, más golpes. Para que no se hiciera ilusiones, las manos a la espalda, lo obligaron a sostener una pistola y un cargador. Que agarrara con fuerza para que quedasen bien grabadas las huellas dactilares. Enhorabuena, etarra. Se acababa de convertir en el asesino de no sé quién.

—A esto nosotros lo llamamos pruebas fehacientes.

Y de pronto, venga, que hiciese diez flexiones. Preguntas sobre su vida privada, sus padres, su cuadrilla, los bares del pueblo, la *ikastola*, gente *abertzale* del lugar. Más flexiones y el ascensor. No entiende. Que ya le van a enseñar. Lo colocaron delante de la pared y allí debía ponerse en cuclillas, levantarse, sentarse de nuevo en cuclillas y así, cubierto de sudor, un rato largo.

Le metieron la cabeza en una bolsa de plástico. La falta de aire lo ponía frenético. Se resistía de pura angustia. Y, robusto como era, se necesitaron varios agentes para reducirlo. Dos, tres, sentados sobre él mientras otro se encargaba de cerrarle la bolsa en torno al cuello. La muerte estaba en esa bolsa. Hay un punto a partir del cual ya caes del otro lado. Entonces no hay oxígeno que te devuelva a la vida y habrían tenido que desprenderse del cuerpo. La boca abierta intentaba a toda costa aspirar una porción, por pequeña que fuera, de aire. Pero todo lo que entra es el plástico. Ellos conocen el punto crítico. Joxe Mari siente que le van a estallar los pulmones. A punto de perder el sentido, le permiten una toma de aire antes de ponerlo de nuevo al borde de la asfixia. Así en ocho, nueve ocasiones. Y al final, sí, perdió el sentido.

Le contó al médico forense que lo habían torturado. Y el médico le replicó aburridamente que él sólo podía consignar lesiones en el parte, de ninguna manera apreciaciones subjetivas o juicios de valor. ¿Algún hueso fracturado? ¿Alguna hemorragia? ¿Nada? En todo caso, que hablase con el juez, aunque no te va a servir de mucho. Joxe Mari, la cara hinchada, pero sin heridas visibles, no insistió. Y en adelante se limitó a aprovechar la visita a la enfermería para enterarse del día y la hora, y beber agua.

La segunda, ¿o fue la tercera noche?, lo sometieron a descargas eléctricas. Desnudo, con el pasamontañas, tirado en el suelo áspero, le aplicaban los electrodos en las piernas, en los testículos, detrás de las orejas. Se contrae, bota, grita. A veces su cuerpo experimenta una violenta sacudida cuando ellos hacen chisporrotear los electrodos a corta distancia para asustarlo. Y más preguntas y más golpes, palazos en la frente y en la espalda y en los hombros. Quieren saber cuándo ingresó en ETA, quién lo fichó, cómo eran los entrenamientos, quién instruye, quién manda. Y golpes y electrodos. Lo llevaron al forense, el cuerpo punteado de corros rojizos, pequeñas quemaduras y alguna que otra herida sangrante. El médico se las cubrió con una pomada. Le dijo que eran las seis de la tarde.

Un día después cambió el programa. Lo sacaron del calabozo subterráneo. Y uno de los que lo acompañó a la oficina le advirtió por el camino:

—Mucho cuidado con declarar distinto de lo que nos has dicho porque te bajamos otra vez y no sales vivo.

Arriba, suavidad, educación y la presencia de un abogado de oficio. Las preguntas no diferían de las que le habían dirigido en los interrogatorios del sótano, pero formuladas sin gritos tenían un aire como de conversación. Se plegó a las instrucciones. Le daba igual con tal de evitar la salvajada de los interrogatorios. Y firmó desdeñándose de mirar el impreso.

Ya no hubo maltratos. Por la mañana lo hicieron lavarse. Mientras se vestía, un *txakurra* le habló de buenas. Si pensaba que a su edad merecía la pena haberse metido en ETA para pasarse un montón de años en la cárcel, tirar la juventud a la basura y hacer que tus padres sufran, en lugar de disfrutar de la vida, fundar una familia y eso. Le ofreció un cigarrillo.

—No fumo.

Por la mañana, lo condujeron al despacho del juez de la Audiencia Nacional. Joxe Mari llevaba una bola de odio dentro del pecho. Una bola dura, caliente. Yo eso nunca lo había sentido, tampoco durante las *ekintzas*. Rechazó el abogado de oficio que le asignaron. Exigió uno de su onda ideológica, uno experto en defender a presos de ETA. Tras larga discusión llamaron a una abogada, empezó el interrogatorio. En cuanto oyó la primera pregunta, Joxe Mari dijo que lo habían sometido a torturas. El juez puso los ojos en blanco.

—Ya empezamos.

Le sugirió, displicente, mientras ojeaba papeles, que presentara la denuncia correspondiente en el juzgado. Añadió que aquel no era el momento ni el lugar. Y Joxe Mari se supo impotente y la bola de odio no paraba de agrandársele dentro del cuerpo, y en el fondo todo le daba igual. Negó las acusaciones y, para acabar de una vez con aquel circo, dijo que se prestaba a declarar y respondió seco, escueto, con su marcado acento vasco.

Tras la declaración lo bajaron a los calabozos. Allí lo dejaron solo largo rato esperando al furgón que debía conducirlo a la cárcel. Olía a humedad, a aire viejo. Y en la pared, sorpresa, había frases escritas en euskera, y el anagrama de ETA, y un contorno de Euskal Herria alrededor del lema: *Gora Euskadi askatuta*. Qué pena no tener un bolígrafo a mano. Le entró una especie de euforia, quizá por no sentirse solo, aunque estaba solo, yo ya me entiendo. Y empezó a cantar, primero en susurros, luego con voz normal: *Hegoak ebaki banizkio...*

102
La primera carta

«Querido Joxe Mari.» ¿Querido? Qué horror. Tachó la palabra nada más verla escrita. Frente a Bittori, en la pared, colgaba la foto del Txato. Tú tranquilo, que sólo estoy probando. El folio había quedado profanado por aquella fórmula insincera de saludo. Bittori cogió otro del fajo que reposaba a un costado de la mesa. Escribía con el cuerpo inclinado hacia delante en una postura forzada. Sólo así se le hacía tolerable el dolor de vientre, que no le daba tregua desde última hora de la tarde. *Ikatza* dormía con sueño ligero a poca distancia, encima de uno de los cojines del sofá. De vez en cuando abría los ojos. De vez en cuando se lamía una pata. Y pasaba más de media hora de la medianoche.

«Hola, Joxe Mari.» Una cursilada. «*Kaixo,* Joxe Mari.» Torció el gesto. Aquello era fingir una confianza que no tenían. Al final se limitó a escribir el nombre del destinatario, seguido de dos puntos. La tentó, ¿por puntillo?, presentarse como la Loca, que es como me conoce su familia. Lo sabía por Arantxa, con la que a menudo se cruzaba por la calle, siempre en compañía de esa cuidadora con cara de india de los Andes que la saca a pasear. «Mis padres te llaman la Loca, pero no hagas caso.» A Bittori le pareció que revelando aquella confidencia podía malquistar a los hermanos. No la reveló. A cambio escribió: soy Bittori, te acordarás, no es mi intención causarte molestias, créeme que estoy libre de odio, etcétera. Releyó el primer párrafo con disgusto, pero qué quieres. Tú sigue y, si eso, ya corregirás.

En una hoja aparte había anotado los asuntos de los que quería tratar en la carta. No muchos. Tampoco era su propósito extenderse demasiado. ¿Para qué tanto esfuerzo si luego no me responde? Y, sin embargo, esos pocos asuntos la habían tenido tensa y cavilosa, insegura y desvelada, durante varios días. Fue al grano. Que no la movía el rencor. ¿El motivo de la carta? Saber con el mayor detalle posible cómo murió su marido. Sobre todo, quién disparó. Más: que estaba dispuesta a perdonar, pero con una condición. ¿Cuál? Que él le pidiera perdón. Añadió que no se trataba de una exigencia, sino de un ruego. Aquello ¿no era rebajarse demasiado? Le daba igual. Escribió que por causa de su enfermedad iba a vivir poco. Al punto borró la frase. Justo en ese momento le vino otra ráfaga de dolor. *Ikatza* debió de notarlo, pues se despertó alarmada.

«He llegado a una edad en que no creo que me quede mucho de vida.» Releyó. Sí, esas palabras sonaban más discretas. La verdad le parecía demasiado fuerte. Si se la declaro pensará que miento. Peor aún: que intento darle pena. La verdad sólo la conocía ella. Ni siquiera sus hijos, aunque juzgaba improbable que a Xabier no lo picara la sospecha. Si no, ¿por qué insiste en que ella visite al oncólogo? Echarle la culpa a la edad resultaba menos tremebundo. Seguro que al leer el pasaje, él pensaría en su madre, tan metida en años como Bittori. Eso lo ablandará. Y, por supuesto, le estaría muy agradecida en el caso de que, antes que la bajaran a la tumba, él le contase en qué circunstancias había muerto el Txato. Necesitaba saber, eso es todo.

Y llegó al delicado punto de declararle que para qué vamos a engañarnos, el Txato, el día en que lo mataron/matasteis, cuando llegó a casa a la hora de la comida le contó que había visto a Joxe Mari y que se había parado un momento a hablar con él. Y que aunque ella no había asistido al juicio en la Audiencia Nacional, porque ni siquiera le avisaron, se enteró por la sentencia de que a Joxe Mari le habían demostrado que estuvo implicado en el asesinato. Borró. En la muerte de su marido. «Te pido de corazón que me cuentes tu versión de los hechos.» Si no le daba por escribir, ella estaba dispuesta a viajar a la cárcel a entrevistarse con él y así no quedan papeles escritos si ese es el problema. Su único deseo, repitió, era conocer la verdad antes de morirse y perdonar. Borró. Y que le pidiese perdón y perdonar al instante y tener esa paz y luego ya morirme.

Don, don, las dos en el reloj de pared. Bittori releía el escrito salpicado de tachaduras. Lo pasaré a limpio por la mañana. En esto, le vino una primera náusea. Huy, madre. Enseguida otra. Con la tercera derramó una bocanada de vómito sobre la mesa, no lo pudo evitar, y por supuesto sobre la carta y en parte también sobre los folios. Al apartarse de la mesa se cayó o se dejó caer, no sabe bien. Se acuerda, eso sí, de que el pinchazo dentro del vientre fue tan intenso que la obligó a adoptar una postura fetal sobre la alfombra. No por eso estaba dispuesta a creer en Dios como hacen otras personas cuando llegan ante la gran negrura. ¿A qué viene esto? Si me muero, me muero. Hizo un esfuerzo por arrastrarse hasta el teléfono, ahí cerca, tres metros, encima de la cómoda, y sin embargo tan lejos. ¿Lejos? Inalcanzable. De esta no salgo. Yo aquí, ay, me quedo. Mis hijos. Antes de perder el sentido, lo último que vio fue a *Ikatza*, que se había acercado a restregarse contra su cara. La gata le rozó la frente con su pelaje negro y con su cola suave. *Ikatza* silenciosa, *Ikatza* negra, *Ikatza* bonita. A ver si vas a ser tú lo último que yo vea en la vida.

Se despertó como a las diez, la sala rebosante de luz matinal. ¿Dolor? Ni rastro. Misterios del cuerpo. Hizo limpieza despacio, dosificando el esfuerzo. No vaya a ser que. Y abrió puertas y ventanas para ventilar la casa. Llamó por teléfono a Xabier, y madre e hijo hablaron durante cinco minutos de bagatelas. Llamó a continuación a Nerea, y madre e hija hablaron durante media hora de bagatelas. A mediodía no probó bocado. No se atrevía. Picoteó la punta de una acelga, un cachito de patata cocida, restos de la víspera, más que nada porque le disgusta tirar la comida, pero fue inútil. ¿Y eso? Es que le daba miedo enviar alimentos sólidos a sus entrañas doloridas. Y al final, para despistar al hambre, se preparó un tazón de manzanilla.

¿Viajar al pueblo antes de las cinco? Tenía poco sentido. Joxian es de los que echan la siesta, así que por regla general llega a la huerta a eso de la media tarde. La primera vez Bittori esperó su llegada escondida entre los árboles, al otro lado del río. Luego se dio cuenta de que también podía observarlo desde el puente, aunque sólo por un hueco entre los avellanos. Quedarse en el puente, cerca de la parada del autobús, le ahorraba un buen trecho de camino. Ella lo único que pretendía era verlo llegar. Es que, para darle esquinazo, Joxian se encerraba en la caseta; pero a mí este hombre no me engaña y tampoco estoy dispuesta a llamarlo a gritos, pues eso faltaba.

Por un momento pensó en la posibilidad de que Joxian le rechazase la carta. ¿Se atreverá? Es bastante cobardica. Ya lo era de joven. Sacó el sobre del bolso. Que lo pusiera ahí. ¿Dónde? Encima de una jaula de conejos. Como si le produjera asco tocarlo.

—Yo le doy la carta a Miren de tu parte, ¿eh? Y luego allá cuidados. Ella es la que viaja.

—¿Tú no visitas a tu hijo?

—¿Yo? Poco.

Las primeras veces que fue a verlo a la huerta, Joxian se mostró arisco, con una brusquedad que Bittori dudaba si atribuir a la timidez o al enfado. Porque este hombre lo que se dice rencoroso no es. Este no vale para odiar. ¿Qué va a valer? Y a fuerza de hablarle de buenas, aunque el pobre se sentía tan incómodo, le había ido limando la aspereza.

Joxian, colorado de facciones (¿el vino?), señaló la carta con un golpe de barbilla:

—A mí esto me trae líos.

—Hombre, yo le daría la carta a tu mujer, pero algo me dice que ella no va a querer mirarme a la cara, aunque yo no sé qué le he hecho.

—No es seguro que se la lleve al hijo.

—¿Por qué? La he escrito con buena intención.

—Joder, pero es que mueves cosas que no hay que mover.

¿Le dio la carta a Miren? ¿Cómo comprobarlo si él estuvo dos días seguidos sin aparecer por la huerta, al menos a las horas de costumbre? Igual porque llovía y no necesita regar. Pero, y los conejos, ¿qué? Tendrá que alimentarlos, digo yo. Bittori dedujo que Joxian, para esquivarla, bajaba a la huerta a última hora de la tarde o ya de noche, o bien por la mañana temprano.

El tercer día, Bittori anduvo por el pueblo con menguadas esperanzas de encontrar a Joxian. Tras varias vueltas por aquí y por allá, entró a tomar un descafeinado de máquina en el Pagoeta. Para entonces su presencia casi diaria en las calles del pueblo había dejado de llamar la atención. En el bar, ningún parroquiano le dirigió la palabra; pero tampoco la miraron mal. Pagó y, al salir, unos que entraban la saludaron con una leve sacudida de cabeza.

Decidió, no llovía, atravesar la plaza en dirección a su casa y dar después un pequeño rodeo a fin de pasar cerca de la de Joxian. A los pocos pasos distinguió la silla de ruedas y a la mujer menuda de rasgos indios sentada al lado, en el pretil. Enderezó por la sombra de los tilos hacia ellas sin vacilar. Y a Arantxa, como siempre que la veía, se le alegró el semblante. Con un gesto brusco de la mano sana reclamó el iPad. La cuidadora se lo alcanzó. Bittori se agachó para besar a Arantxa y esta le correspondió con su alborozo mudo, violento, de otras veces. Y, como poseída por la prisa, se puso a apretar nerviosamente las letras con un dedo. Estaba claro que deseaba comunicarle algo con urgencia. Bittori leyó: «Mi madre rompió tu carta».

—¿La rompió?

Arantxa asiente. Vuelve a escribir: «No le des más cartas. No las va a llevar. Es mala».

—Mujer, no hables así de tu madre.

El dedo fino, pálido, se afana entre las filas de letras. La cuidadora guarda silencio, los ojos fijos en la pantalla. Bittori lee: «Si quieres escribir al terrorista de mi familia hay una solución».

—¿Qué solución?

Pues que le escriba a la cárcel. ¿A la cárcel? Arantxa responde que sí con dos rotundos cabeceos. Intenta articular palabras. Emite unos sonidos agudos, incomprensibles. A veces es capaz de fonar un poco; pero hoy, ¿qué pasa?, por mucho que se esfuerza no lo logra, se angustia, se bloquea. Entonces escribe: «Está en Puerto de Santa María I, módulo 3. Pones su nombre y le llega seguro».

—¿Y tú crees que leerá la carta?

Arantxa hace un ademán con la mano, como expresando duda. La otra mano, espástica, la mantiene apretada contra el vientre.

103
La segunda carta

Y ya sin el menor asomo de alegría en la cara ni de ningún otro sentimiento reconocible, los rasgos helados, la vio alejarse hacia el fondo de la plaza. Es una buena mujer. Había unas cuantas palomas picoteando por el suelo, entreveradas de gorriones saltarines, y en la calle lateral, ante las casas, estaba el butanero sucio, fornido, echándose la centésima bombona de la jornada al hombro.

Celeste esperó a que Bittori se hubiera perdido de vista para decir que:

—Miren se enojará si averigua que nos detuvimos a conversar con esta señora.

A Arantxa el cuello no le daba para volver del todo la cabeza. Así que no pudo enfrentar la mirada de su cuidadora, de pie tras la silla de ruedas. Y escribió con dedo enérgico/furioso en el teclado del iPad: «¿Se lo vas a contar tú?».

—Claro que no, Arantxa. ¿Por quién me tomas? Pero mira a nuestro alrededor todas las personas que tal vez nos estén observando.

No había querido incurrir en la falsedad de preguntarle a Bittori por el contenido de la carta. Para qué si ya lo conocía. ¿Leyó el escrito? Pues claro. Y lo conservaba con manchas aceitosas dentro de un cajón.

Tres noches antes se disponían a cenar y yo creo que toda la provincia de Guipúzcoa olía al pescado y al ajo frito de mi madre. Las dos mujeres en la cocina. Arantxa en la silla de ruedas, junto a la mesa. La ventana abierta. Por ella salían a la calle olores y vapores. Y, de pronto, el familiar ruido de la llave en la cerradura. Joxian entró rascándose el costado, la boina un poco caída hacia el cogote. Traía en una bolsa de plástico una lechuga, vainas y otras verduras que cultiva en la huerta, y lo puso todo ahí, al lado de la urna de la Virgen que va de casa en casa y ese día les tocaba a ellos custodiarla. Ya con la mano libre, porque con la otra no paraba de rascarse como quien toca el arpa en sus costillas, sacó del bolsillo interior de la zamarra el sobre blanco.

—Me lo ha dado esa para que se lo lleves a Joxe Mari.

Miren, apretante de labios, airada de ojos, buscó confirmación:

—¿Quién te lo ha dado?

—¿Quién va a ser? La Loca.

—¿Tú has hablado con ella?

—¿Qué voy a hacer si se mete en la huerta? ¿Pegarle con un palo?

—Trae.

Miren agarró la carta de un manotazo. La rasgó: ris. Juntó, gesto altivo, manos rápidas, las dos mitades. Volvió a rasgar: ras. Y tiró los cachos al cubo de la basura, que guardaba en un hueco con puerta debajo del fregadero.

—Hala, a cenar.

¿Discutieron? No. Lo único: que se estuviera unos días sin bajar a la huerta. Y los conejos, ¿qué? Si los tenía que dejar morir de hambre.

—Pues vas temprano a darles de comer.

—Esa igual salta el muro y me mete más cartas por las rendijas de la puerta.

—Aquí no las traigas. Mejor las quemas.

Al día siguiente se levantó casi tan pronto como en los tiempos de la fundición, para ir a ocuparse cuanto antes de sus animales. Entonces sorprendió a Arantxa en la cocina y qué haces aquí. Como si no lo viera. Parada en la silla de ruedas delante del fregadero, Arantxa había colocado en su regazo el cubo de la basura. Pidió con un dedo sobre los labios silencio a su padre. Esto era por los días en que, apoyándose en un bastón, en los bordes de los muebles, en lo que fuera, voluntad de hierro, era capaz de levantarse sola y dar cortos, vacilantes, temblorosos pasos a pesar del pie equino, y ya se había desplomado en un par de ocasiones sin graves consecuencias. Por fin, con los dedos pringados de la mano sana, extrajo del cubo maloliente el último trozo de la carta.

Joxian, en susurros:

—Como se entere la *ama,* menuda bronca.

Arantxa: encogimiento de hombros, sacudida displicente de cabeza, como diciendo a mí qué, yo no le tengo miedo. Limpió un poco por encima la troceada carta en el delantal de su madre, colgado detrás de la puerta. Se desplazaba torpemente en la silla de ruedas. Su padre trató de ayudarla. Ella, hosca, rechazante, le dio a entender que no hacía falta. Pero a él, como de costumbre, lo venció la compasión. ¿Cómo iba a mover su hija la silla con una sola mano? Pues como lo había hecho un rato antes en la dirección contraria.

—Anda, anda.

Y procurando no hacer ruido para que Miren, todavía acostada, no los sintiese, la llevó sin pérdida de tiempo a su habitación.

A solas, en el costado de la cama donde no hay barrotes, alisadas lo mejor que pudo las sábanas revueltas, recompuso la carta. «Joxe Mari: Soy Bittori. Te extrañará que.» De forma que a media mañana, cuando se encontró con ella, Arantxa estaba al tanto del contenido de la carta. Dudó si devolver los papeles a la basura o guardárselos, pero guardárselos para qué. Bueno, ya lo vería. Y de momento los escondió en un cajón de la cómoda.

A la una, Celeste la trajo de vuelta a casa. Comieron el padre, la madre y la hija, los ojos puestos en el televisor, *La ruleta de la fortuna,* menos Joxian, ensimismado, soñoliento, a quien no interesa el programa. Y además lo sacan de quicio los cánticos del público juvenil.

—¿No se puede poner más bajo?

Tras la comida, mientras hacía tiempo en espera de la ambulancia que la lleva por la tardes a la fisio, Arantxa escribió en el iPad a su hermano. Le contó, le explicó, le anunció que Bittori la del Txato le escribiría a la cárcel «y me gustaría que le contestases, te lo pide tu hermana que no te olvida, la ama no tiene por qué enterarse». En ese tono cordial/tajante, severo/afectuoso. Terminó: «Es una buena mujer. *Muxu bat*». Ya es mala suerte que una mujer zurda tenga inútil la mano izquierda. Se afanó, no aceptante de limitaciones, con más rabia que destreza, por copiar el texto en una hoja, aun previendo que el intento fracasaría. ¿Fracasó? Completamente.

Hasta el sábado, era jueves, no tenía previsto ver a sus hijos. ¿Qué hacer? ¿Quién le transcribe la carta y la pone sin demora en un buzón? Asunto delicado: quienquiera que lo haga la leerá. Descartó a su padre. ¿Celeste? Hasta mañana no la veo. Además no me fío. No es que le fuera a ir con el cuento a Miren, eso no. Pero seguro que en su casa les cuenta a los suyos detalles de su experiencia de cada día con la discapacitada (o paralítica, no sé qué palabra usará esa gente) y quién me dice que luego ellos no van por ahí hablando.

Una hora de fisioterapia. Saludó al llegar, de modo que los presentes la entendieron:

—Hola.

Y en consecuencia, rodeada de batas blancas, recibió elogios y parabienes. Hay que levantarle el ánimo al paciente. Es norma de la casa, si bien a Arantxa le disgusta sobremanera que le hablen y la traten como a los niños y los ancianos. No soy subnormal.

Plan de rehabilitación: ejercicios orientados a reducir la hipertonía en la mano y el brazo izquierdos. Después trabajarán con las extremidades inferiores. La fisioterapeuta le preguntó si le había vuelto el hormigueo. Negó. Buena señal. Los progresos son lentos, lentos, pero son progresos. Y al final de la hora tratarán de ponerla de pie y que se sostenga y camine unos metros, claro está que con apoyo.

Había demasiado ajetreo en la sala, un ir y venir constante

de fisioterapeutas, pacientes y acompañantes. Y voces. Arantxa no tenía el iPad a mano. Conque no hubo posibilidad de pedir a nadie el favor; pero más tarde sí, cuando se quedó a solas con la logopeda y se lo pudo explicar. Esta:

—¿Es muy larga la carta?

Qué va. Catorce líneas. Lo mejor era que se la mandase desde allí mismo por correo electrónico y ella, por la noche, en cuanto llegase a su casa, la escribiría en una hoja de papel y la echaría a un buzón que hay cerca de su calle. Se lo prometió. ¿Cumplió? Arantxa tuvo la duda; pero, pasado un mes, recibió una postal dentro de un sobre, ¿para que no la leyera su madre?, escrita por Joxe Mari. Contenía bromas y afecto, así como una postdata que decía: «Me escribió». No aclaraba quién ni hacía falta. «Y le he contestado.»

104
La tercera carta y la cuarta

Le llegó, qué sorpresa, una carta de su hermana. Abierta, por supuesto. Joxe Mari está en seguimiento especial. Le limitan las salidas al patio, cada dos semanas aproximadamente lo cambian de celda, le revisan el correo, se lo fotocopian, archivan las copias.

La primera vez que su hermana le escribe en más de quince años. No cuenta las postales navideñas con mensaje formulario de final invariable: «y un próspero» (¿le toma el pelo?) «año nuevo te desea esta familia que no te olvida».

En una ocasión, al principio, ella añadió unas líneas de ánimo en una carta de sus padres y para de contar. Arantxa, la española de la familia, pero él la quiere igual. Por mí como si se envuelve en la bandera del Estado. A ningún pariente se lo consentiría, tampoco a su hermano pequeño. A ese al que menos. Pero con Arantxa es distinto. Arantxa es mi hermana, joder. Se casó con aquel gilipollas que la ha dejado. Ahí tiene su castigo por española.

A Joxe Mari le vino de pronto al recuerdo, su madre diciéndole seria-seria, en una de esas llamadas telefónicas a las que él tiene derecho, que a su hermana le había ocurrido un accidente muy malo en Mallorca. ¿Qué hacía mi hermana en Mallorca? De vacaciones con Ainhoa. Y luego es que Miren no tiene la menor delicadeza.

—He hablado con un médico de allí. Por lo que he entendido, se va a quedar tonta para siempre.

No era su letra. Claro, alguien habrá escrito de su parte porque ella no puede. Y le anunciaba una carta que seguramente le llegaría dentro de poco. ¿De quién? Pues de Bittori, la del Txato. Lo que faltaba. Y que por favor no hablara del asunto con la *ama*. A Joxe Mari se le disipó la alegría del principio. ¿Conque era eso? Sabía por su madre, ella se lo dijo hace poco en el locutorio, que esa mujer está para que la ingresen en el manicomio de Mondragón y que:

—Le ha dado por acosarnos. Al *aita* no le deja en paz. Desde que se acabó la lucha armada, los enemigos de Euskal Herria se han vuelto valientes. Se creerán que son los únicos que han sufrido. Está claro que buscan venganza. Nos quieren machacar y que nos rebajemos a pedirles perdón. ¿Yo pedir perdón? Antes me tiro al río.

Dos días más tarde le entregaron la carta anunciada por su hermana. ¿Su primer impulso? Romperla allí mismo, delante del funcionario. Ahora es cuando entendió por qué Arantxa, sin duda dándose prisa, le había escrito. Para sujetarlo. Para frenarle el instinto. Si no, la carta de la Loca habría ido directamente a la taza del retrete. Pero en cuanto se hubo quedado solo, la leyó.

Esto es una trampa para bajarme la moral. Como si por estar en una cárcel española de exterminio no *tendría* yo el ánimo por los suelos. El tono humilde, el temor a molestar, la ridícula petición. Pero ¿qué hostias se ha creído la vieja? ¿Que le voy a pasar datos de una *ekintza*? ¿Para que se entere el personal de la prisión? ¿Para que ella se los enseñe a un periodista megafacha?

Ris ras, rompió la hoja. «Es una buena mujer». Y un huevo. Pero de nada le sirvió deshacerse a toda prisa de los trozos de papel, puesto que ahora conocía el contenido de la carta. «Soy Bittori. Te acordarás...» Al cabo de una semana, le seguían apareciendo en el pensamiento los renglones trazados con esmero. Hasta les puso voz. La voz de la mujer del Txato tal como él la recordaba. La escuchaba a todas horas. En el comedor, en el patio, por las noches en la cama mientras esperaba que lo venciera el sueño. Una obsesión. Un fantasma que lo perseguía. A menudo soñaba con los viejos tiempos. Pues ahora más. Y se veía como entonces, ante la entrada del Pagoeta, chupando un polo de naranja o de limón que les había comprado el Txato a sus hijos y a él y a sus hermanos, todos niños, la calle llena de sol y de gente vestida de domingo. Y las campanas de la iglesia. Y el olor que salía del bar, a gambas a la plancha, a humo de puros y cigarrillos.

Dejó pasar un tiempo, pero al fin se hartó de tantos polos imaginarios y de oler a gambas allá en el fondo incontrolable de su mente. Y se dijo: contéstale cualquier bobada para sacártela de encima. Que entienda que no vas a entrar en su juego. Y eso hizo. Le escribió en un periquete, hostil, militante, rechazador. Nada, cuatro líneas. Que no se arrepentía; que aspiraba a una Euskal Herria independiente, socialista y *euskaldun;* que seguía siendo de ETA y que era la última vez que le contestaba a una carta. Escribió a continuación una postal a su hermana y entregó los dos sobres para que controlaran su correo antes de darle curso, o se lo pasaran por el culo, o se lo comieran con tomate.

Él seguía resistiendo. Otros presos de la organización, cada vez más, se bajaban del carro y eso duele. El mismo Pakito, manda narices. El que le había proporcionado su primera pistola, el que le dijo: tú mata todo lo que puedas. Pakito, que cuando los demás presos hacíamos la enésima huelga de hambre, comía a escondidas en su celda. Y Potros y Arróspide y Josu de Mondragón e Idoia López. ¿Los expulsaban, no los expulsaban? Qué más da que te echen de un barco varado en tierra. Y también a Joxe Mari le habían preguntado hacía cosa de un año, y no era la primera vez, si firmaba la carta aquella donde los cuarenta y cinco abajo firmantes rechazamos la violencia y pedimos perdón a las víctimas. Como niños arrepentidos de haber cometido una travesura. Arrepentidos ¿a estas alturas y, sobre todo, para qué? ¿Arrepentidos de verdad? Esos lo que quieren es volver a casa. Traidores. Blandos. Egoístas. Haberse sacrificado para esto. Para nada. Para absolutamente nada. Ya lo venía pensando desde hace un tiempo. En realidad, desde hace años y cada vez que ve a su madre envejecida, desmejorada, en el locutorio o cuando supo lo de su hermana, o cuando piensa en sus sobrinos y se da cuenta de que no los conoce y no puede jugar con ellos, o cuando se entera de que su *aita* se ha convertido en un guiñapo podrido de tristeza. ¿Por su culpa? Pues a lo mejor. Y el Estado está más fuerte que nunca. El enemigo envalentonado nos pide cuentas. La organización abandona la lucha y a los presos nos deja tirados como a trapos inútiles. Le dio en un repente de rabia/desesperación, de asco/congoja, un puñetazo a la pared, tan fuerte que se despellejó los nudillos, y estuvo llorando un rato largo en la soledad de la celda, primero en silencio, con las manos apoyadas en la pared, como si lo estuvieran cacheando; después, sin cambiar de postura, cuando volvió a acordarse de los polos de naranja y de limón de su infancia, con sollozos que seguramente se oían desde fuera, pero le daba igual. Le daba todo igual.

A la mañana siguiente, se sentó a escribir en una hoja cuadriculada de cuaderno.

> Bittori:
>
> Olvida la carta del otro día. La escribí cabreado. Me pasa a veces. Ahora estoy tranquilo. Voy a ser breve. Yo no fui el que disparó a tu marido. Da igual quién lo hizo pues tu marido era objetivo de ETA. No se puede echar el tiempo atrás. Me gustaría que no hubiera ocurrido. Pedir perdón es difícil. No estoy maduro para dar un paso así. La verdad es que yo no entré en ETA para ser malo. He defendido unas ideas. Mi problema es que he amado demasiado a mi pueblo. ¿Me voy a arrepentir de eso? Es todo lo que tengo que decir. Te pido que no me escribas más. Te pido también que no te acerques a mi familia. Te deseo lo mejor.

Se despidió, escueto: *agur*. Y ahora, ¿qué? No le apetecía que ningún funcionario leyera la carta. No porque contuviera información comprometedora ni relevante, que no la contenía. Era otra cosa. Era una carta demasiado íntima. Aquí, aunque no doy muchos detalles, como que me desnudo.

Ya había oído hablar de los servicios del Pecas, preso común, segundo grado, drogadicto, la nariz aplastada. Uno al que cuando habla con su marcado acento andaluz le ves la lengua porque abajo y arriba le faltan dientes. Hacía favores a cambio de una propina. Joxe Mari se acercó a él en el patio.

—Pecas, ¿cuándo sales de paseo?

—El sábado.

—¿Quieres ganarte cinco euros?

—Depende. ¿Qué hay que hacer?

—Echar una carta a un buzón.

—Eso cuesta diez.

—Vale.

105
Reconciliación

Total, que Miren y Arantxa estuvieron cinco años sin dirigirse la palabra. No se llamaban por teléfono, no se mandaban postales de Navidad, no se felicitaban con ocasión de los respectivos cumpleaños. Nada. Y en todo ese tiempo, Miren no vio a sus nietos ni fue invitada a la primera comunión de ninguno de ellos. ¿Invitada? Ni siquiera recibió por correo los típicos recordatorios. Tampoco vio en todos aquellos años a su yerno, aunque esto le importaba poco puesto que no sentía por él ningún aprecio.

Cabezonas la madre y la hija como postes, decía Joxian. ¿Como postes? Era su manera de expresarse. Y él sí, él cogía de vez en cuando el autobús de San Sebastián y allí el de Rentería, visitaba a Arantxa y a Guillermo, les llevaba verdura y fruta de la huerta, y hasta puede que un conejo (al principio vivo, después desollado y listo para la cazuela, pues a los niños, después de jugar con el animal, los horrorizaba tener que matarlo), pasaba la tarde con sus nietos, les compraba chucherías, les daba la paga al despedirse. En fin, que con la mejor de las voluntades, aunque era soso, callado, sin chispa, ejercía de abuelo.

Para dejar la fiesta en paz, visitaba a su hija a escondidas de Miren. Que bajaba a la huerta y no volvería hasta la cena. A la tercera o cuarta vez, Miren lo libró de la niñería de mentir.

—¿Te crees que no sé adónde vas?

¿Cómo lo descubrió? Ni idea. En adelante, Joxian ya no se anduvo con embustes. Si iba a la huerta, decía con claridad que iba a la huerta. Y si iba a ver a los de Rentería, entonces sólo decía que se iba.

De vuelta en casa, Miren se limitaba a preguntarle:

—¿Qué?

—Están bien.

Y eso era todo, a menos que Joxian, con las cejas melancólicas, prolongara el breve diálogo y preguntase si ella no pensaba ir un día a ver a sus nietos.

—¿Yo? Ya saben dónde vivo.

Lo que Joxian no le contaba a Miren era que Arantxa y Guillermo se llevaban a matar. A veces, a su llegada, parado en el descansillo, ante la puerta de la vivienda, los oía pegarse gritos. Y los niños allí, presenciando las continuas peleas de sus padres. Joxian entraba en el piso con su mazo de puerros o su bolsa de manzanas; encontraba a la hija llorosa, a los nietos asustados y a Guillermo, con cara de loco, que sin decirle buenas tardes se marchaba a la calle dando un portazo.

Arantxa, en voz baja, le contaba a su padre que:

—Aguanto por los niños.

Iba para largo tiempo que le negaba el cuerpo a Guillermo. Vamos, ni rozarla al pasar le permitía. Y como el piso no daba para más, después de la noche en que ella decidió que no volvería a tener relaciones sexuales con su marido, aún siguieron los dos compartiendo cama, pero poco, diez o doce días espalda con espalda, hasta que Arantxa se compró un colchón delgado, desplegable en tres partes, y desde entonces, extendido en el suelo, dormía en el cuarto de la niña.

El último coito, se acuerda, qué cosa más repulsiva. Como dos insectos. Ni una palabra amable ni un puto beso al terminar. Habían tenido una discusión durante la cena sobre cualquier asunto, porque ya no discutían por esto o por aquello, sino por todo y por nada, especialmente por nada. Y a él, en la cama, le vinieron las ganas. Y hala, ponte. Acabó enseguida. Ella se dijo: es la última vez. Yo no soy propiedad de este tío. Y odiaba su olor, que antes tanto le gustaba, y le resultaban insoportables su timbre nasal de voz, su parla explicativa, sus maneras de sabelotodo.

Guillermo, arrogante, ofensivo:

—Pues me voy de putas.

—Ah, o sea que yo he sido hasta ahora tu puta y, además, gratis.

Arantxa tenía un deseo cada día más fuerte que no podía cumplir. ¿Por qué? Pues porque no ganaba lo suficiente en la zapatería. De su madre, ¿qué ayuda iba a esperar si ni siquiera se hablaban? De su padre, sí: lechugas, avellanas y, de vez en cuando, unas torpes palabras de consuelo. De sus suegros, que eran buena gente, lo mismo: favores y cordialidad que ella agradecía, que le hacían la vida más llevadera, pero no le procuraban el ansiado alivio económico.

Se sabía atrapada. No es que Guillermo ganase mucho más; pero, claro, juntando los dos sueldos la familia se podía sustentar sin apuros. De camino al trabajo y también a la vuelta, y en casa, y en realidad en todas partes, a todas horas, hacía cálculos, siempre con el pensamiento puesto en separarse del marido. La hipoteca, la comida, la ropa, el colegio. Gastos a los que se añadían otros; a los que, gran tentación, en caso de largarse con los niños, no podría hacer frente con su sueldo modesto de dependienta. Luego se olvidaba de las cuentas. Se decía: me voy, ya encontraré algo, reharé mi vida. Y entonces entraba Endika en la cocina con una petición y poco después llegaba Ainhoa con una necesidad, y Arantxa volvía a comprender que estaba atrapada en el fondo de un pozo del que jamás podría salir con la sola ayuda de sus limitadas fuerzas.

Lo que menos le importaba es que Guillermo (había dejado de llamarlo Guille, no se lo merece) saliera con otras mujeres. Algunas noches él no venía a casa. Arantxa no le pedía cuentas. ¿Celos? Al contrario, estaba deseando que se liase con una, pidiera el divorcio y desapareciera de su vida.

Se fue a Jaca un fin de semana con la querida. Arantxa se enteró por Endika.

—El *aita* se ha ido a Jaca con una chica.

—¿Y tú cómo lo sabes?

—Porque le he preguntado si me lleva y me ha dicho que no puede porque se va con una chica.

—Será que se ha echado novia.

—Pues claro.

Por lo menos no escatimaba dinero para mantener a la familia. En casa él no movía un dedo. Ni para limpiar ni para cocinar. Nunca lo hizo. Su madre, sí. Angelita, cada vez menos ágil con su reúma y su desgaste de cadera, venía con frecuencia a la casa, planchaba, limpiaba cristales, les preparaba la comida a los niños. Y también se podía contar con Rafael para que llevara a los nietos a este o el otro sitio y los fuera después a recoger. Así que por ese lado Arantxa no tenía queja. Su problema principal era la dependencia económica. De haber obtenido mayores ingresos, yo ya me habría divorciado. Pero el piso, pero los niños. Sujeciones, cadenas, incertidumbre. ¿Miedo? Pues es posible. Y a solas se consolaba ideando planes para cuando sus hijos hubieran alcanzado la edad adulta y vivieran independientes.

Un viernes de mayo, Guillermo y Arantxa se enzarzaron en una de las disputas más agrias que ella recuerda. Una disputa que no pasó a mayores porque en un arranque de rabia/pánico Arantxa cogió su bolso y, sin quitarse las zapatillas, salió precipitadamente de su casa. Fue el día en que ETA asesinó con una bomba colocada en los bajos de un coche a dos policías nacionales en Sangüesa.

Pocos días antes se habían cumplido cinco años del atentado que segó la vida de Manolo Zamarreño. Guillermo seguía afectado. De hecho, ya no volvió a comprar nunca más en la panadería del barrio. Una noche bajó a la calle con un bote de pintura para borrar una pintada, ETA HERRIA ZUREKIN, que había aparecido por la tarde junto al portal. Y Arantxa trató de disuadirlo, mira que te vas a meter en un lío, pero él bajó, por mis huevos, y a la mañana siguiente había un manchón blanco así de grande en la pared.

Y digo yo que sería por la pena y la añoranza dolorosa y el rencor que le ardían a Guillermo por dentro que perdió los papeles. Porque los perdió y cómo. Por primera vez después de largo tiempo, marido y mujer convinieron en hacer algo todos juntos fuera de casa. Y en compañía de sus hijos asistieron a una misa con idea de homenajear al amigo asesinado. Días después, zas, bomba y dos hombres que pierden la vida de parecida manera y a parecida hora que Manolo. ¿Quiénes eran las víctimas? Pues dos policías llegados a Sangüesa con su oficina móvil para expedir carnés de identidad. Y Guillermo se hizo mala sangre. Eso tuvo que ser. Otra explicación, a Arantxa, no se le ocurre. No se habían visto los dos en todo el día. Ella llegó del trabajo al atardecer. Con la primera desavenencia por una nimiedad cualquiera, Guillermo estalló. Qué ojos, qué acritud, qué gritos. Dos hombres con hijos, decía. Dos pobres hombres asesinados por llevar uniforme.

—Asesinados por tipos como tu hermano.

¿Mi hermano? Nunca hablaban de él. ¿Por qué lo menciona si sabe que puede herirme? Y va y añade que ojalá se pudra en la cárcel. ¿Quién? ¿Joxe Mari? Arantxa le pidió/exigió que no se metiera con su hermano. Él creyó que ella lo defendía, que defendía a ese asesino de mierda. Endika, allí presente, haciendo los deberes del colegio, y Ainhoa en su cuarto, oyéndolo seguramente todo. Oyendo a su padre dar una voces descomunales, monologar áspero, despotricar faltón y maldecir la hora en que había consentido en ponerles nombres vascos a sus hijos. Y ¿para qué? Para contentar a la abuela *abertzale* con la que ahora ni siquiera se hablaban.

—Mis hijos son españoles y yo soy español.

—Te van a oír.

—Que me oigan. ¿Es que no se puede ser español en España?

Arantxa se arrancó el delantal. Lo tiró al suelo. Se le escapó una expresión fea. Lo reconoce. Se sentía ofendida. ¿En su vasquidad? Pues no, porque a mí la vasquidad, la españolidad y la madre que los parió a todos me trae sin cuidado. Pero no quiso tolerar que él insultara a su hermano. Así que le dijo lo que le dijo y él, que era un pelma y un sabihondo y un miserable, pero no un violento, al menos hasta ese día, levantó la mano. ¿Para pegarle? Para qué, si no. Entonces fue cuando ella, a la vista del monstruo que acababa de asomarse a las repudiadas facciones, reculó asustada. Miró alrededor. Si ve un cuchillo, un cucharón, unas tijeras, algo con que defenderse, seguro que lo coge. Lo que cogió fue su bolso colgado de una percha del vestíbulo y se fue a la calle con un redoble de palpitaciones dentro el pecho. Ni las zapatillas se quitó. Y el bolso, bueno, el bolso se lo llevó porque tuvo el reflejo de recordar que dentro estaba el monedero. En el momento de cerrar la puerta, oyó a su espalda que Guillermo la llamaba nacionalista. Cosa que, puesta en boca de él, era una injuria.

¿Su primer pensamiento? Pasar la noche en casa de sus suegros. Vivían cerca, los tenía a mano; pero por el camino la asediaron las dudas. Es que, horror, se veía dando explicaciones, exponiendo a la consideración de sus suegros la verdad de su turbulento matrimonio. Y, ojito, porque tampoco podía descartarse que ellos tomasen partido por el hijo (hijo único, rey de la casa) o le pidieran a ella, sobre todo Angelita, sumisión de esposa, sumisión de madre y sumisión de nuera. Conque contó el dinero a la luz de un escaparate y sí, tenía de sobra para el autobús.

Una hora después, Miren le abrió la puerta. No pareció sorprendida, como si hubiera estado esperando aquel momento. Bajó la mirada hacia las zapatillas. No hizo ningún comentario. Y allí mismo, después de cinco años, se besaron la madre y la hija ni frías ni cordiales.

—¿Vas a cenar?

—¿Qué hay?

—Pisto y bacalao.

—Bueno, si me admites a la mesa...

—Chica, qué bobadas dices. ¿Cómo no te voy a admitir?

Cenaron los tres en la cocina. Ni Arantxa puso a sus padres al corriente de la riña que había tenido con Guillermo ni estos le preguntaron por la razón de su visita inesperada. Clavaban en silencio los respectivos tenedores en las rodajas de tomate con ajo picado y aceite, colocadas en una fuente. Joxian sonreía cabizbajo.

Miren:

—¿Se puede saber de qué te ríes?

Arantxa se adelantó a la posible respuesta de su padre.

—Déjale. Por lo menos hay uno en la familia que se ríe.

106
Síndrome de cautiverio

Y eso que, como tiempo después se supo, ella no se enteró de que un cura le había dado la extremaunción en el hospital. Su mayor temor, que la declarasen muerta. Que entrara en la habitación un médico inexperto (o experto, pero poco amigo de la gente vasca), una enfermera demasiado joven, acaso descontenta con su sueldo, lo que la induciría a trabajar con desgana, y, al verla quieta, cualquiera de ellos dijese sin mayores comprobaciones: esta mujer ya no vive, que la lleven al depósito, un nuevo paciente necesita su cama.

Arantxa, estatua acostada, sólo podía pestañear. No era capaz de ningún otro movimiento. Por eso, no bien entraba alguna persona en la habitación, pestañeaba sin descanso. Que se den cuenta de que no he muerto. Veía, escuchaba, pensaba, pero no podía moverse ni hablar. Y entendía, angustiada, todo lo que se decía a su lado. Salían de ella tubos, sondas; la rodeaban cables, aparatos, y vivía, si es que a esto se le puede llamar vida, con ayuda de un respirador.

Aprisionada en un cuerpo inerte. Una mente cautiva en una armadura de carne. En eso se había transformado. Y se acordaba con pena de sus hijos y pensaba en su trabajo, en qué le diría a la dueña, fíjate qué bobada, cuando volviese, si es que volvía. Qué mala suerte. A mis cuarenta y cuatro años. Tuvo un pensamiento que luego le ha venido muchas veces: quizá habría sido preferible morir. Al menos los difuntos no dan, no damos, trabajo.

En su campo visual apareció de pronto la cara de su madre.

—*Kaixo, maitia*. Como el doctor dice que entiendes, yo por si acaso te aviso. Guillermo ha venido a llevarse a Ainhoa. Llegó ayer a Palma. Ahora se hace el simpático, pero a mí no me engaña. Hablamos un rato y te aviso. Viene a despedirse. Entiéndeme. A despedirse para siempre porque, claro, en tu estado no le interesas. Como ya no le puedes planchar las camisas... En fin, prefiero callarme. *Maitia,* cierra los ojos dos veces para que yo sepa que me has entendido.

Media hora más tarde, Guillermo entró en la habitación.

—¿Me oyes?

Y Arantxa no se pudo defender de su beso en la frente. Ni siquiera le vio la cara entonces a Guillermo. ¿Qué gestos hará? Fuera del alcance de sus ojos, él no necesitaba fingir muecas de pena. Si no es por la voz, ella no habría sabido quién le hablaba. ¿Por qué susurra? ¿Se pensará que está en un tanatorio y hay que guardar el debido respeto a los muertos?

—Lo que es por Ainhoa no te preocupes, ¿eh? Yo me encargo de ella. Siento de veras lo que te ha pasado. Tu madre me ha dicho que entiendes todo lo que te dicen.

Guillermo adelantó la cara de modo que ella por fin la pudo ver. ¿Un experimento? La fue retirando poco a poco y, sí, Arantxa pudo seguirla un poquito, no mucho, con los ojos. No bien se hubo percatado de que la estaba poniendo a prueba, cerró los párpados. Como si durmiera. Guillermo no adivinó que ella le estaba suplicando desde el fondo de su silencio que no hablara más, que se fuera a cuidar de sus hijos y la dejase en paz. Pero vamos a ver: ¿es que no se daba cuenta de que su presencia en aquella habitación hacía dolorosamente ostensible para Arantxa la tragedia de su invalidez? Qué pelma era ese hombre. Y no se puede expresar con palabras la ojeriza que Arantxa le tenía.

—No quiero irme sin darte las gracias.

Lo que faltaba.

—Por muchas cosas que tú sabes. Por los años que hemos pasado juntos. Por los hijos que me diste.

¿Que te di? Huy, qué escenita. ¿Habrá bebido?

—Y los buenos momentos. Me declaro responsable de los malos. En serio. Me echo la culpa y te pido sinceramente perdón.

A Arantxa le parecía que Guillermo estaba recitando de memoria aquellas palabras o que las leía de un papel, de una chuleta de colegial. Incapaz de volver la cabeza, no lo podía comprobar. Y él, a lo suyo:

—Supongo que tu madre te habrá contado que he venido a despedirme. Es verdad. Igual que se lo dije ayer a ella, te lo digo a ti ahora. Creo que mereces saberlo sin intermediarios. Estás en tu derecho. Mi decisión no tiene nada que ver con lo que te ha pasado. Recuerda que esto ya lo hablamos hace un tiempo.

Un fallo de la naturaleza. Porque lo mismo que tenemos párpados para dejar de ver cuando nos da la gana, podríamos disponer de unas compuertas en el canal del oído. Las cerramos y ya no tendríamos que oír lo que no queremos.

—Es lo mejor para todos, también para nuestros hijos. A Endika le falta un año para ser adulto. A Ainhoa un poco más. Pronto seguirán su propio camino en la vida y no nos necesitarán o por lo menos no tanto como cuando eran pequeños. ¿Qué sentido tiene que tú y yo nos hagamos viejos juntos si no íbamos a parar de reñir y amargarnos los años que nos queden? Voy a irme a vivir con quien ya sabes. Francamente, creo que he cumplido con mis funciones de padre. Seguiré cumpliéndolas, pierde cuidado. Quiero a mis hijos con toda mi alma. Pero tengo derecho a un poco de felicidad.

¿No callará? Arantxa continuaba con los ojos cerrados. Lo único que le interesaba: que Guillermo no dejase a sus hijos en la estacada. Lo demás le traía sin cuidado. Pero sus hijos. Ay, sus hijos. ¿Y si la otra no los trata bien?

—Por supuesto que recibirás la parte que te corresponde de nuestros bienes. La mitad del piso y eso. No tengo ningún deseo de que te vaya peor de como ya te va. Y si se da el caso de que en un momento determinado necesitas mi ayuda, cuenta con ella. Me da mucha pena lo que te ha ocurrido.

De repente, otra voz. ¿Dónde? Ahí cerca. Una voz áspera, fuerte, enfadada. ¿Alguna enfermera? No, su madre. ¿Qué dice?

Que no necesitamos tu compasión. O sea, que ha estado espiando. Le echó en cara a Guillermo que llevara ropa negra.

—¿Te has vestido de luto antes de tiempo o qué?

Arantxa no podía ver a ninguno de los dos. Guillermo, callado, ¿sigue ahí?, no se defendía. Y su madre que no paraba de reprocharle esto y lo otro, el atuendo, la tardanza de su llegada a Mallorca y que la hubiera dejado a ella con todo el bulto. Pero, *¡ama!* Y Miren se metió en terrenos delicados: el dinero, el cariño, lo mal marido que había sido. Mira que podían haber salido al pasillo a discutir, pero no. Las enfermeras, ¿por qué permiten este escándalo? O a la calle. Pero quizá Miren trataba de dar una lección a su hija. Así es como se trata a los egoístas y sinvergüenzas.

Y a todo esto, Guillermo se conoce que no pudo aguantar más y replicó. Parece que estaba saliendo de la habitación pues su voz llegaba ahora de un poco más lejos. Habló sereno, educado, profesoral. Y concluyó diciendo que su separación definitiva de Arantxa:

—No tiene nada que ver con lo que ha ocurrido. Estaba todo hablado entre los dos. Nuestros hijos lo saben y lo aceptan. Así que nada de darme el piro ni de endilgarte a ti el bulto. A ver si respetas un poco. Si no a mí, por lo menos a tu hija, a quien yo nunca llamaría bulto. Tú, sí. Toma, por los gastos que mi hija te haya podido ocasionar.

Y se marchó. Miren se quedó refunfuñando. Introdujo una mano con dos billetes de cincuenta euros en el campo visual de su hija. Los agitó en el aire.

—Me ha tirado este dinero. Es un maleducado.

Ese hombre no era un roñica. Como marido, un desastre; pero como padre, Arantxa no tenía queja. Y estaba segura de que pasase lo que pasase él nunca abandonaría a sus hijos. Además, qué coño, ¿por qué habría de cargar con un bulto? Sí, con un bulto. Yo me habría portado igual en el caso de que el ictus le hubiera golpeado a él.

Lo que de veras dolía a Arantxa, manda narices, es que, después de todo y del poco afecto que sentía por él, se hubiera marchado de la UCI sin darle un beso, el último, y todo por la inoportuna intervención de su madre.

Su madre. Ahí seguía, renegando. Y Arantxa, con los ojos cerrados, pensaba en lo útil que resultaría poder cerrar los oídos cuando a una le diese la gana.

107
Encuentros en la plaza

En el lado opuesto al frontón, en uno de los ángulos de la plaza, justo encima de los servicios públicos, se abre un pequeño espacio bordeado por un pretil. Desde hacía un tiempo, Arantxa esperaba allí todas las mañanas a Bittori o al revés, porque a veces era esta la que llegaba primero y esperaba sentada en el banco. Conque nada de encuentro casual. ¿Se citaban? No, pero sí. Es que tampoco les hacía falta citarse.

La gente del pueblo conocía de sobra estos encuentros matinales de Bittori y Arantxa. Se murmuraba que como la paralítica no puede resistirse ni echar a correr, la otra se aprovecha.

—Pero ¿se sabe qué le dice?

—Bah, qué importa. Si la pobre Arantxa no se entera...

Al principio los encuentros duraban poco. ¿Qué significa poco? Pues unos minutos: beso de saludo, breve conversación con ayuda del iPad, beso de despedida. En los bares, a la puerta de las tiendas, en el ambulatorio o en la parada del autobús se comentaba que ya es raro, ya, que si Arantxa no quiere ver a esa señora se deje llevar todos los días al mismo sitio.

—¿O es que le obliga la india?

—No creo.

Los encuentros duraban cada vez más. Y había gestos risueños y buena avenencia entre las dos mujeres, con el silencioso complemento de Celeste de pie detrás de la silla de ruedas. Eso se notaba hasta desde lejos. A Joxian le venían con cuentos y Miren llenaba a su marido los oídos de quejas y protestas, pero a él le daba igual. ¿Cómo que igual? Contestaba con cara de pocos amigos que:

—Para una alegría que tiene la hija, ¿se la vamos a quitar? Joder, que se vean y hablen. ¿Qué daño hacen?

Miren se recomía de rabia.

—Tú eres tonto.

Y, hala, con la ventana abierta para que la *oiría* el mundo entero, se decía traicionada/dejada por todos. A veces le daba un pronto de furia, se arrancaba de un tirón el delantal y se marchaba, portazo mediante, con pasos enérgicos a la carnicería, a desahogarse con Juani, que hoy le aconseja una cosa y mañana la contraria, siempre con las cejas tristes por su hijo que se quitó la vida o se la quitaron y por su marido, que murió de un cáncer casi tan grande como su pena. Para que luego digan que los otros ponen las víctimas y ellos no.

En un punto coincidían las dos amigas:

—Sin ETA es como ir desnudas por la calle. Nadie nos defiende.

Los intentos de Miren por impedir que su hija se viese con la Loca fracasaron. Si chillaba, mal. Si amenazaba, también mal. Si se mostraba agraviada, dolida, pesarosa, lo mismo. Dijera lo que dijera, irritaba a su hija. Arantxa replicaba con duras palabras en la pantalla de su iPad, se atiesaba, se negaba a comer volcadora de plato, escupiente de comida.

—Dios, qué genio tienes y el trabajo que das.

Severa, intimidante, Miren trató de influir en Celeste, que algo cómplice debía de ser, porque sin su ayuda mi hija cómo concho va a ir sola a donde esa. En la cocina, con Arantxa en la silla de ruedas a punto de salir de paseo, le dijo a ver, que viniera aquí, que tenían que hablar. Y la educada/sumisa cuidadora, la mosquita muerta, la dulce andina que era la eficiencia en persona y se expresaba mejor que un arzobispo a pesar de su poca escuela, se medio rebeló.

—Señora Miren, si no le agradan mis servicios tendrá que prescindir de mí. Siento amor por Arantxa y creo que me debo al bienestar de ella. Me rompe el alma que Arantxa se enoje y sienta tristeza.

Miren, hosca y jefa, la despidió. Que ya encontraría otra criada. ¿Dijo criada? Lo dijo, humillando a la que tanto hacía por su hija. Celeste, en apariencia al menos, no se inmutó. Gesto digno, frente serena, inclinó el cuerpo menudo para dar el beso de adiós a Arantxa. Arantxa retiró bruscamente la cara, no mucho, lo que le permitía el cuello. Y alargando el brazo bueno, arrojó al suelo todo lo que en esos momentos estaba encima de la mesa: el frutero, el salero, una huevera, la revista *Pronto*. Y más no porque no había. Rodaron peras, plátanos, uvas, manzanas; se rompieron chasqueantes cuatro o cinco huevos, y quedaron otros con la cáscara agrietada; se derramó, en fin, la sal violenta entre trozos de cristal y la portada con foto de torero y famosa recién casados. Arantxa abría la boca torcida de labios y no fonaba. Sacudía la cabeza, congestionándose. Aunque no tenía voz, era lo mismo que si gritase. Aquel silencio suyo sonaba taladrante de oídos. Y a pesar de su limitada gesticulación, era imposible ignorar su angustiosa angustia, el paralizado enfado de su mueca.

Miren resopló potente. Y fue como si con aquella bocanada de aire le hubiese salido toda la ira que colmaba sus pulmones. Aún dirigió una mirada atónita hacia el techo como para postergar un segundo la claudicación. Después, a Celeste, con impostada brusquedad:

—Oye, chica, perdona lo que te he dicho. Me vais a marear entre todos.

Y Celeste, readmitida, se agachó para reunir la fruta dispersa y limpiar el suelo de huevos reventados; pero Miren la detuvo diciéndole:

—Hala, hala, tú mejor saca a esta, que del resto ya me encargo yo.

¿La sacó? Sin perder un segundo. ¿La llevó a la plaza? Por el camino más corto salvo al final. ¿Y eso? Es que, como no hay rampa, tienen que dar un rodeo para subir por la cuesta que está pegada a las casas. Una vez arriba, es fácil empujar la silla por el asfalto.

Bittori las estaba esperando en el lugar de costumbre. Al verlas agitó en el aire, saludadora, ¿una hoja, un trozo? de papel. De lejos parecía un pañuelo, pero no. Y por la cara que ponía, se notaba que era cosa de alegrarse. Llegaron a ella. Arantxa ofreció la mejilla y Bittori se la besó elogiadora de su buen aspecto y su buen color esta mañana, al tiempo que le pasaba la mano, toda cariño, por el pelo corto.

—Ya pensaba que no vendríais.

—Nos hemos entretenido en casa por un imprevisto.

Arantxa, enfurruñado el entrecejo, escribió en el iPad: «Dile la verdad». Celeste desistió entonces de su educada discreción:

—Miren me riñó y me despidió, pero después me devolvió el empleo. Qué mal me sentí. No le gusta que Arantxa y usted se vean.

Arantxa asentía cabeceante a cada una de las palabras de su cuidadora, como diciendo: exacto, así es como ha sucedido. Y el papel de Bittori, desplegado, era una hoja cuadriculada de cuaderno que contenía la segunda carta de Joxe Mari. Esta no era como la primera, hosca, de militante peleón, rencoroso y malo y cabezota y.

Arantxa alargó la mano, la única alargable que tenía, con evidente impaciencia y deseo de leer la carta de su hermano. Y leyó y meneaba la cabeza. ¿Con disgusto? Más bien con afable reprobación, con fraternal discrepancia, como para significar que ese tonto va por buen camino, pero aún le falta mucho trecho. Le devolvió la hoja a Bittori. Escribió con dedo tranquilo en el iPad: «Está acojonado, pero no te preocupes. Yo le haré pedirte perdón».

—Me dice que no le escriba más. ¿Tú qué harías?

Y Arantxa, risueña, contestó: «El pez ha picado en el anzuelo. Sólo hay que sacarlo del agua».

Bittori como que no andaba fuerte en la comprensión de metáforas, de modo que precisó una aclaración. «Que le escribas. Yo también le voy a escribir.» Y acto seguido, que la llevara en la silla de ruedas alrededor de la iglesia. A Celeste: «Tú espera aquí». Bittori, asombrada y puede que hasta miedosa. No se le escapaba el significado de aquel paseo. Una provocación. Más: un desafío. Cuando se entere su madre, que se enterará, porque en este pueblo todo se sabe, ¡la que va a armar!

Empujó la silla bajo el techo de ramas que forman los tilos de la plaza, y fue hacia el frontón, años antes pintarrajeado de lemas a favor de ETA y símbolos de la izquierda *abertzale*, verde impoluto desde que no se perpetran atentados y el Ayuntamiento mandó pintar las paredes, porque hay que pasar página y mirar al futuro y que no haya vencedores ni vencidos. Rodearon despacio la iglesia, muy despacio, no tanto para exhibirse delante de la gente, poca, pues aún era temprano, sino sobre todo porque a Bittori le estaba volviendo el dolor. Lo fue aguantando a duras penas, cada vez más intenso, y ya casi no lo podía resistir cuando entregó a Arantxa en su silla a Celeste.

Se despidió de ellas, las perdió de vista, se fue bajando las escaleras agarrada al pasamano y no anduvo más de treinta o cuarenta metros. Tuvo que sentarse en el suelo, luego tumbarse sobre los polvorientos baldosines, y mientras la atendían, ¿quiénes?, pues unos que pasaban por allí, oyó/reconoció la voz airada de Miren a pocos pasos.

—Deja a mi hija en paz.

No lo repitió. No añadió nada más. Y Bittori, minutos después, cuando se hubo recuperado, no estaba segura de si aquellas palabras las había oído realmente o se las había imaginado.

108
Parte médico

Nerea llamó por teléfono a su hermano para comunicarle que su nombre estaba en el periódico.

—¿En qué periódico?

—En *Egin.* Te mencionan como médico que atendió al etarra ingresado el otro día. Dicen que, según declaraciones tuyas, ha tenido que haber torturas.

—Pues yo no he concedido una entrevista a nadie y menos a ese panfleto.

¿Declaraciones mías? ¿Ha tenido que haber? No lograba pensar claro. Eran las nueve de la mañana. Se había acostado tarde. ¿A qué hora? Pues ya no se acordaba. Entre las tres y las cuatro de la madrugada. Y porque se le acabó el coñac, que, si no, habría seguido delante del ordenador hasta el amanecer. Sequedad en la boca y un amago de cefalalgia. ¿Sueño? Le vendrá por la tarde en el hospital.

Salió en busca del periódico. Aún no había desayunado. En realidad, la llamada de Nerea lo había sacado de la cama. Acostumbraba comprar la prensa en una librería-papelería próxima a su domicilio. No todos los días, pero a menudo. *El Diario Vasco,* a veces *El País.* Y cuando ocurre algo gordo, los dos.

Conoce al librero desde hace varios años. Y ahora le daba corte pedirle el *Egin.* Era precisamente el librero, socialista de toda la vida, el que solía tildar al periódico *abertzale* de panfleto. Y Xabier adoptó la palabra.

A escasos metros de la librería, se detuvo. Yo ahí no entro. Y como hacía una mañana cálida, de viento sur y cielo resplandeciente, se llegó paseando hasta un quiosco de la Avenida. Leída la noticia, tiró el periódico a una papelera y se metió en una cafetería cercana a desayunar.

Mentira que él hubiera hecho declaración alguna.

El terrorista, veintitrés años, había ingresado en el hospital por su propio pie el lunes anterior, escoltado por un grupo de guardias civiles. Se quejaba de fuertes dolores en el costado. Caminaba encogido, hacía muecas de sufrimiento, le costaba aspirar. Un capitán indicó por señas a Xabier su intención de hablarle a solas.

—Mire, doctor, usted no haga caso de lo que diga este sujeto. Es un asesino. Ha opuesto resistencia a la autoridad y no ha habido más remedio que reducirlo por la fuerza. Con estos tíos no caben miramientos. Ya sabe lo peligrosos que son.

Alegó que el terrorista iba armado en el momento de su detención y que esta gente tiene instrucciones de la banda para decir que han sido torturados. ¿Y Xabier? Callaba. Si supiera este uniformado de quién soy hijo. Le sostuvo la mirada hasta que terminó de decir todo aquello que estaba diciendo. Entonces, ¿con aplomo?, más bien con flema, se dio la vuelta y entró en la sala donde lo estaba esperando el paciente.

—Doctor, me han torturado. Me duele mucho aquí. Creo que tengo algo roto.

Si supiera este chaval lo que otros de su calaña le hicieron a mi padre. Fue una ráfaga mental. Porque, claro, no soy de hielo. Y Nerea, al otro lado de la línea telefónica, dijo que lo comprendía, que ella no sabe lo que habría hecho en su lugar, quizá lo mismo.

Un paciente. Eso es lo que Xabier veía en aquel chaval. Un cuerpo necesitado de asistencia médica. Lo que hayan hecho esta cara, este pecho, estas extremidades, no es cosa mía. De momento. Cuando haya despachado la tarea, o dentro de unas horas, o mañana, seguro que sí me interesa. Más: me quitará el sueño.

La puerta abierta, se oían voces y pisadas de los guardias civiles. Preguntó al que estaba más cercano si se podía cerrar la puerta. Desde el pasillo le respondieron que no. No con malos modales, eso no. Se conoce que la bata blanca les infundía respeto.

—Por prudencia, compréndalo.

En cuanto vio al paciente desnudo de cintura para arriba, a Xabier se le borró cualquier atisbo de pensamiento personal. Dos enfermeras ayudaron al magullado a desvestirse. Solo no podía. Le dejaron nada más el calzoncillo. Al etarra, al terrorista, al seguramente asesino. Lo piensa ahora. En aquellos momentos, se lo dijo a Nerea por teléfono, no pensaba en nada que no fuera hacer bien su trabajo.

—Joder, hermanito, qué entereza tienes.

—No creas. Me limito a cumplir con mi obligación. Para eso me pagan.

El hematoma en el ojo le había anunciado a Xabier el tipo de lesiones que iba a encontrar. Comprobó, después que le hubieran quitado la ropa al paciente, finalmente también el calzoncillo, las numerosas contusiones repartidas por todo su cuerpo. Y en el costado izquierdo se alargaba un enorme enfisema desde la parte superior de la paletilla hasta la cadera, lo que a simple vista hacía suponer que hubiera una grave lesión interna. ¿Su origen? No era asunto suyo averiguarlo, aunque hay que ser ciego para no adivinar las causas de esas erosiones y abrasiones en rodillas y tobillos. Xabier dictaminó que el paciente fuera ingresado sin pérdida de tiempo en la unidad de Cuidados Médicos Intensivos. El capitán:

—¿Está usted seguro?

¿Qué esperaba? ¿Que le pusiéramos unas tiritas y se lo devolviéramos?

—Presenta enfisema subcutáneo. Probablemente tiene fractura de costillas con perforación pulmonar. Habrá que hacer las pruebas pertinentes, pero ya le adelanto que el estado del paciente reviste gravedad.

—Como bien sabe usted, el paciente es un terrorista y está detenido. Se le impondrá una férrea vigilancia. Esto afectará igualmente a quienes entren en la habitación donde lo vayan a alojar.

Y a mí ¿qué? Pero, claro, no le replicó. Si es que le daba igual. Mostrando las palmas de sus manos como para probar su inocencia:

—Yo me limito a cumplir con mi obligación.

—Y nosotros con la nuestra, no te jode.

Aquella manera desafiante, chulesca, cuartelera de hablar, con acompañamiento de mirada penetrante, amilanó a Xabier. Ya no quiso más conversación. Ya pensaba en tomarse un antidepresivo en cuanto se quedara solo. Tuvo el reflejo de consultar la hora en su reloj. Fue como levantar un muro imaginario entre él y el guardia civil. Y de pronto se acordó de su madre. ¿La razón? Es que si no fuera por ella, yo estaría ejerciendo ahora la medicina a muchos kilómetros de distancia, quizá en otro continente, por aquellas tierras remotas adonde se marchó Aránzazu. Pero yo no puedo dejar sola a la *ama*.

Tenía constancia de que estaba en marcha una investigación ordenada por el Juzgado de Guardia de San Sebastián a la vista del informe médico forense. Reunidos los datos de la exploración general del paciente, Xabier redactó el suyo: policontusiones, fractura del noveno arco costal izquierdo, contusión pulmonar, hemoneumotórax izquierdo, hematoma periocular izquierdo con hemorragia, enfisema subcutáneo desde la región cervical hasta la pelvis; hematomas, erosiones y abrasiones en ambas piernas. Lo expuso todo en frases breves, frías. Especificó que el paciente había sido trasladado al hospital por agentes de la Guardia Civil con objeto de proceder a una valoración de lesiones tras su detención. Y que este declara como origen causante de sus heridas golpes de puño y patadas en la cabeza, el tórax, el abdomen y las extremidades inferiores. Terminada la redacción, sin releer (contra su costumbre) el texto, consignó la fecha y firmó.

Tres días después, el paciente pasó a planta. A Xabier le mandaron aviso de que un señor deseaba hablar con él. No quiso recibirlo en su despacho. Allí es más difícil deshacerse de los pelmas. Tiene, además, la foto de su padre encima de la mesa y no le agrada que la vean los extraños. Puede que flote en el aire olor a coñac. Así que salió al pasillo.

Era un hombre metido en los treinta, de cara congestionada, grueso, corpulento y yo apostaría que diabético. El hermano del etarra, que venía a dar las gracias. Xabier: que no había de qué. Y como al capitán de la Guardia Civil, también le dijo a este que se había limitado a cumplir con su obligación.

Enseguida se vio que el fortachón no se había presentado en el hospital con el solo fin de expresar gratitud. Buscaba que el médico le confirmase que su hermano había sido sometido a torturas.

—¿Usted qué opina?

Y Xabier no hizo sino repetir en un tono levemente coloquial el contenido del parte médico, que fue lo que al día siguiente apareció en *Egin* como declaración suya al periódico.

Nerea, por teléfono:

—Le tenías que haber dicho que ETA mató a nuestro padre. A ver qué cara ponía.

—Estaba cansado. No se me ocurrió.

—Vete tú a saber si era de verdad hermano del etarra.

—Tuve esa sospecha desde el principio. A la *ama* no le decimos nada, ¿eh?

—Ni pensarlo. ¿Estás loco?

109
Si a la brasa le da el viento

Lo hablaron en cierta ocasión, sentados a la mesa, cuando el Txato llevaba unos cuantos años bajo tierra. ¿Acudir nosotros a encuentros de víctimas del terrorismo? Jamás. Estaban los dos hermanos y la madre de acuerdo en este punto.

Bittori:

—Yo mi pena no la pongo en un escaparate. Vosotros haced lo que queráis.

Fue a Nerea a quien se le ocurrió la imagen de la brasa que llevamos dentro.

—Y cada cual ha de ver la manera de que se le vaya enfriando poco a poco.

La *ama* agregó que si a la brasa le da el viento, se avivará la llama. De hecho, los tres, sin confesárselo entre sí, se resentían de su quemadura interior siempre que se producía un atentado. No era este un asunto habitual de sus conversaciones. Dejaban pasar los crímenes de ETA sin comentarlos, como si se hubieran comprometido en un acuerdo tácito de guardar silencio. Mencionaban, sí, a menudo al Txato, pero rara vez en su condición de asesinado. Preferían hablar, bromistas, sonrientes, de su tozudez, de sus orejas de soplillo, del buen corazón que tenía. Y Bittori pedía de vez en cuando a sus hijos que no lo olvidasen. Ninguno de los tres abrigaba la intención de vivir el resto de su vida siendo principalmente víctima, nada más que víctima. Por la mañana, víctima; por la tarde, víctima; por la noche, víctima.

Xabier:

—Aunque no podéis negar que somos víctimas.

Bittori introdujo el cucharón en la cazuela.

—Sí, pero empecemos a comer porque se va a enfriar la sopa.

Y se sucedieron los años, las lluvias, las bombas y los tiros. Llegó un nuevo siglo y, tiempo después, la mañana de noviembre en que Xabier supo, leyendo el periódico, que se iban a celebrar en San Sebastián unas Jornadas sobre Víctimas del Terrorismo y Violencia Terrorista, organizadas por el Colectivo de Víctimas del Terrorismo en el País Vasco. Y él no iba a ir porque nunca va a ese tipo de actos, temeroso/convencido de salir desanimado de ellos y vagar una temporada a oscuras en sus laberintos mentales.

A todo esto, encontró en la lista de los participantes previstos para ese día el nombre del juez que dictó sentencia en el caso de su padre, y se lo estuvo pensando, y le entró curiosidad, y se le ocurrió que podría asistir a la ponencia como espectador inadvertido. Total, no me conoce nadie, han pasado muchos años y puedo ocupar un asiento lejos de la mesa de oradores.

Una hora antes del comienzo del acto, Xabier continuaba vacilante: temor, dudas y un atisbo de ansiedad que trató de combatir con una pastilla. Salió de su casa sin saber a ciencia cierta qué rumbo seguiría. El cielo ya negro, las calles atestadas de vehículos, echó a andar sin otro objeto que delegar en sus pies la elección del camino. Camino que, tras no corto rodeo, concluyó ante la entrada principal del hotel María Cristina, en uno de cuyos salones de la planta baja el juez, un escritor y otros intervinientes tomarían por turno, en cuestión de minutos, la palabra. Los pies decidieron por mí y Xabier, corazón palpitante, se tomó un coñac doble y enseguida otro en el bar Tánger, allí cerca. ¿Y eso? Pues para aplacar los nervios. Para reunir valor. ¿Me reconocerá alguien? Para hacer tiempo y entrar en el salón del hotel cuando el acto hubiera comenzado y los asistentes tuvieran la atención fija en el estrado.

Se sentó cerca de una de las puertas, en la penúltima fila, entre extraños. Por delante, hileras de espaldas y cogotes, y bastantes sillas desocupadas. ¿Cuarenta, cincuenta personas? No más. Ante la pared del fondo, la mesa con oradores y micrófonos. Allí no estaba el juez. Alguien terminó de hablar, cedió la palabra al escritor, sonaron aplausos tibios, protocolarios. El escritor tomó la palabra, saludante, agradecedor de la invitación. Y dijo que:

—Hay libros que van creciendo dentro de uno a lo largo de los años en espera de la ocasión oportuna de ser escritos. El mío, del que he venido a hablarles hoy a ustedes, es uno de ellos. La idea inicial...

Con el debido disimulo, Xabier se esforzaba desde la parte posterior del salón por identificar a alguno de los asistentes. Observados por detrás, no resultaba sencillo. Aparte de que él no conocía personalmente a ninguna víctima de ETA ni a sus familiares. Conocía, sí, a algunas, a las que conoce todo el mundo de haberlas visto en la televisión o por las fotos de los periódicos.

—Y este proyecto de componer, por medio de la ficción literaria, un testimonio de las atrocidades cometidas por la banda terrorista surge en mi caso de una doble motivación. Por un lado, la empatía que les profeso a las víctimas del terrorismo. Por otro, el rechazo sin paliativos que me suscitan la violencia y cualesquiera agresiones dirigidas contra el Estado de Derecho.

El escritor se pregunta a continuación por qué no ingresó de joven en ETA. Por todo el salón se extiende un silencio estupefacto de respiraciones contenidas.

—A fin de cuentas yo también fui un adolescente vasco y estuve expuesto como tantos otros chavales de mi época a la propaganda favorecedora del terrorismo y a la doctrina en que este se fundamenta. Pues bien, he pensado muchas veces al respecto y creo haber encontrado la respuesta.

Allá delante, en la primera fila, reservada a los invitados, estaba el juez esperando su turno de intervención. El juez es famoso. Tiene una testa monda, bruñida, que lo hace fácilmente reconocible. Además, por aquellas fechas salía mucho en los medios de comunicación con motivo de no me acuerdo qué pleito. Que Xabier supiera, el juez ya no estaba adscrito por entonces a la Audiencia Nacional.

—Escribí, pues, en contra del sufrimiento inferido por unos hombres a otros, procurando mostrar en qué consiste dicho sufrimiento y, por descontado, quién lo genera y qué consecuencias físicas y psíquicas acarrea a las víctimas supervivientes.

Y como en la tercera o cuarta fila, en un momento en que la persona observada ladeó un poco la cabeza, Xabier pudo distinguir un perfil conocido.

—Asimismo escribí en contra del crimen perpetrado con excusa política, en nombre de una patria donde un puñado de gente armada, con el vergonzoso apoyo de un sector de la sociedad, decide quién pertenece a dicha patria y quién debe abandonarla o desaparecer. Escribí sin odio contra el lenguaje del odio y contra la desmemoria y el olvido tramado por quienes tratan de inventarse una historia al servicio de su proyecto y sus convicciones totalitarias.

No estaba seguro. Una mujer con boina beis de lana, sentada justo detrás, impedía a Xabier ver con claridad a esa otra, sí, hombre, que es tan conocida, la hermana de Gregorio Ordóñez. ¿Cómo se llama? María Ordóñez, Ester Ordóñez, Maite Ordóñez. No daba con el nombre verdadero. De repente: Consuelo Ordóñez. Joder, ya me ha costado.

—Pero también escribí, desde el estímulo por ofrecer algo positivo a mis semejantes, a favor de la literatura y el arte, por tanto a favor de lo bueno y noble que alberga el ser humano. Y a favor de la dignidad de las víctimas de ETA en su individual humanidad, no como meros números de una estadística donde se pierden el nombre de cada una de ellas, sus rostros concretos y sus señas intransferibles de identidad.

Que es exactamente lo que mi madre no desea: que su sufrimiento y el de sus hijos le sirva de material a un escritor para que componga su libro o al director de cine para que ruede su película, y los aplaudan después, y ganen premios, mientras nosotros seguimos con nuestra tragedia a cuestas.

—Procuré evitar los dos peligros que considero más graves en este tipo de literatura: los tonos patéticos, sentimentales, por un lado; por otro, la tentación de detener el relato para tomar de forma explícita postura política. Para eso están, a mi juicio, las entrevistas, los artículos de periódico y los foros como este.

En la segunda fila, cerca del borde, pelo rojizo, Xabier reconoció a Cristina Cuesta, como él hija de padre asesinado. Era ella, no había duda. Y a su izquierda, Caty Romero, la viuda de un sargento de la Policía Municipal de San Sebastián, uno que por lo visto, no sé dónde lo he leído, se dedicaba a limpiar la policía de agentes colaboradores y soplones de ETA y, claro, al final los terroristas se lo cepillaron de dos tiros.

—Quise responder a preguntas concretas. ¿Cómo se vive íntimamente la desgracia de haber perdido a un padre, a un esposo, a un hermano en un atentado? ¿Cómo afrontan la vida, tras un crimen de ETA, la viuda, el huérfano, el mutilado?

El escritor hablaba con calma. Xabier le atribuye buenas intenciones, pero no cree que nada vaya a cambiar sustancialmente porque alguien escriba libros. Le parecía que, hasta la fecha, a las víctimas del terrorismo se les ha prestado poca atención por parte de los escritores vascos. Interesan más los victimarios, sus problemas de conciencia, su trastienda sentimental y todo eso. Además, el terrorismo de ETA no sirve para atacar a la derecha. Para eso es mucho mejor la guerra civil.

—... procurando trazar un panorama representativo de una sociedad sometida al terror. Quizá exagero, pero tengo el firme convencimiento de que también está en marcha la derrota literaria de ETA.

A este punto, la mujer sentada justo detrás de Consuelo Ordóñez, la de la boina beis, volvió levemente la cara hacia un costado, apenas una fracción de segundo, pero suficiente para que a Xabier le diese un vuelco el corazón al reconocer aquellos rasgos para él tan familiares. ¿Qué hace aquí mi hermana, la que una vez dijo que ni cobrando asistiría a una reunión de víctimas del terrorismo? Pues lo mismo que él. Se percató de lo absurdo de la pregunta, a la que no concedió ni medio instante de reflexión, urgido por otros pensamientos más acuciantes. ¿Qué pensamientos? Pues, por ejemplo, hallar el modo de que Nerea no lo viese. Calculó los pasos, no más de tres, que lo separaban de la puerta. No lo dudó. Aprovechando que los aplausos al escritor apagarían el ruido de sus movimientos, se levantó de la silla, salió al corredor y se arrancó a caminar a paso vivo, casi corriendo, hacia la salida.

110
Conversación al atardecer

Hacía tiempo que no se veían. ¿Cuánto tiempo? Qué importa. Dos, tres semanas. Y mientras tanto se habían producido novedades relativas a Bittori. Ninguna buena; una, sobre todo, altamente preocupante. Xabier y Nerea convinieron en que el teléfono no era el mejor medio para mantener una conversación dilatada sobre aquellos asuntos graves que afectaban a su madre. ¿Qué hacemos? ¿No crees que? Acordaron reunirse sin pérdida de tiempo en un punto céntrico de la ciudad. Tarde fría, pero de sol. Nerea propuso recorrer el Paseo Nuevo y conversar en la cercanía del ancho mar azul. Libre de obligaciones, Xabier no tuvo inconveniente en aceptar la idea de su hermana.

Por el camino, gente, niños, una fila de vendedores de objetos de artesanía. Y casi no se podía pasar a causa de la muchedumbre. Más allá, funcionarios del Ayuntamiento, provistos de un equipo de hidropresión, limpiaban de pintadas favorables a ETA una pared lateral del edificio Pescadería de La Brecha. Y para evitar las salpicaduras, los dos hermanos se arrimaron cuanto pudieron a la fachada opuesta.

—Algún día no muy lejano pocos recordarán lo que pasó.

—No te hagas mala sangre, hermano. Es ley de vida. Al final, siempre gana el olvido.

—Pero nosotros no tenemos por qué ser sus cómplices.

—No lo somos. Nuestra memoria no se borra con agua a presión. Y ya verás como nos echan en cara a las víctimas que nos negamos a mirar hacia el futuro. Dirán que buscamos venganza. Algunos ya han empezado a decirlo.

—Molestamos.

—No te puedes figurar cuánto.

A la altura del museo de San Telmo entraron en materia. Xabier le pidió a Nerea que le contase lo de la gata. Que qué había pasado. Que qué historia era esa.

—*Ikatza* está muerta y la *ama* no lo sabe. Algo me dice que es mejor que no se entere.

—¿Y tú cómo lo has averiguado?

—Ayer fui a su casa. Quique me llevó en su coche hasta la calle San Bartolomé. Como es un cagaprisas y no paraba de protestar, que si tenía una cita importante con un cliente, que si por mi culpa iba a llegar tarde, le dije: para aquí, ya subo la cuesta andando. No tenía yo muy buenas vibraciones, ¿sabes? Llamo a la *ama* y no coge. La vuelvo a llamar y tampoco. Y así dos días. Conque me pareció lo mejor ir a echar un vistazo.

—Se pasa el día en el pueblo.

—A veces sube al cementerio. Esa fijación suya con la tumba del *aita* no la ha perdido. Pero me extrañó que, a la hora en que cena normalmente, tampoco me cogiera el teléfono.

Nerea llevaba subido un trecho de la cuesta de Aldapeta. Vio en el asfalto una masa de carne rojiza y pelo negro. Pasaban coches por encima. Pasó el autobús urbano. Y ella se detuvo un instante en la acera, lo justo para reconocer el collar. Visitó a su madre y, transcurrida una hora, cuando estaba a punto de despedirse, le preguntó como quien no quiere la cosa por la gata.

—¿Dónde está, que no la veo?

—Esa hace su vida. En cualquier momento aparecerá en el balcón con un pájaro entre los dientes.

Tapándose la boca y la nariz con la mano, Nerea despegó del asfalto al animal muerto. Cuando no venían coches, empujaba los cachos de carne y pelo hasta la cuneta del otro lado de la carretera, donde no hay acera, en la confianza de que su madre no pudiera verlos. Se sirvió para la desagradable operación del tallo de un arbusto. Por último, enganchándolo con la punta de dicho tallo, tiró el collar pringoso al otro lado de una tapia.

Ponía gesto de repugnancia cuando se lo contaba a su hermano.

—Hiciste bien en ocultárselo a la *ama*.

—Me daban arcadas mientras bajaba a San Bartolomé. Así que me metí en el primer bar a tomarme una copa. Eso que yo no soy de beber a deshora, pero necesitaba quitarme cuanto antes de la lengua la sensación de asco.

Caminaban uno al lado del otro, respirantes de la brisa marina; una línea larga, neblinosa, de costa servida a su contemplación; y abajo del paseo, la incesante sucesión de olas que se rompen con espuma en los bloques de la escollera. Nerea, a su hermano: que le contase con más detalle lo que le había adelantado por teléfono.

—¿Tú te acuerdas de Ramón Lasa?

—¿El conductor de ambulancia? Pues claro.

—Hace una semana vino a verme a mi despacho porque le habían contado, porque le habían dicho. ¿Qué? Pues que nuestra santa madre había sido vista empujando la silla de ruedas de Arantxa por la plaza del pueblo. Se entiende que con Arantxa sentada en la silla. Imagínate la escena: las dos solas paseando a la luz del día por donde es imposible que no las vieran. ¿Con qué fin? ¿Y quién tuvo la ocurrencia? ¿Y cómo es que no había otra persona con ellas, la cuidadora que a diario se ocupa de Arantxa? Te puedes imaginar las habladurías que el asunto ha desatado entre los vecinos.

—Un poco raro sí que es todo esto. Hace tantos años que no nos hablamos con su familia. A Arantxa no la he vuelto a ver desde mis tiempos de estudiante. Sin embargo, la sigo considerando mi amiga. De todos ellos fue la única que se mostró humana con nosotros. ¿No le has preguntado nada a la *ama*?

—Presumo que la *ama* es víctima de algún trastorno. No he querido empeorar las cosas. Pero ya te digo que a Ramón se le podía leer el asombro en la cara.

—¿Qué pensarán los *aitas* de Arantxa?

—Joxian supongo que sigue siendo un bendito y traga lo que le echen. Pero ¿ella?

—A Miren este asunto le habrá sentado como una patada.

—También he sabido por Ramón que después del paseo con Arantxa, la *ama* sufrió un desvanecimiento en la calle y la tuvieron que ayudar. Fue entonces, como te he contado por teléfono, cuando decidí intervenir.

El sol, de retirada, trazaba sobre la superficie marina una franja de nerviosos espejeos. ¿Barcos? Ninguno. Una lancha de vuelta, próxima a la entrada de la bahía, y para de contar. Xabier y Nerea se acodaron en la barandilla. Él se cubría la incipiente calvicie con una gorra escocesa; ella, que hasta hace unos años usaba boinas de lana, llevaba los cabellos al descubierto. A la espalda de ambos se aburría, herrumbrosa, esperando la próxima tempestad, la escultura de Oteiza. A pocos pasos de los dos hermanos, un pescador de caña miraba con fijeza el vaivén de un corcho blanco en las aguas ondulantes.

—La hice acompañarme en el coche. ¿Adónde vamos? Ya lo vas a ver. Varias veces le he concertado una cita con Arruabarrena. Promete ir, pero nunca va y deja pasar el tiempo y yo ya me olía, por los análisis de sangre, que algo no andaba bien en el cuerpo de nuestra madre. Arruabarrena la examinó. Le ha hecho toda clase de pruebas. Anteayer me llamó por teléfono. Que fuera a verlo sin falta. Nada más ver su cara, comprendí que me iba a comunicar pésimas noticias.

—¿Se confirma el cáncer?

—De cérvix uterino. Muy avanzado. De habérselo detectado antes se podría haber actuado con ciertas garantías de curación, pero ella lo descuidó, yo no estuve atento y ahora tiene otros órganos afectados, entre ellos el hígado. En fin, te ahorro los pormenores clínicos. No son agradables, te lo aseguro.

—¿Cuánto le queda?

—Tirando por lo largo, Arruabarrena le da de dos a tres meses, pero lo mismo podría morir esta noche. Con extirpación y un tratamiento invasivo podría alargársele quizá la vida hasta finales de año. No merece la pena.

—¿Está informada?

—Arruabarrena aún no ha hablado con ella. Me preguntó

si considero preferible que sea yo, que al fin y al cabo soy hijo de la paciente, además de médico, el encargado de transmitirle a la *ama* el diagnóstico. Creo que tiene razón. Pienso que me cabe una responsabilidad grande por no haber percibido el problema cuando aún estábamos a tiempo de afrontarlo.

—No es momento de reproches. Me da que la *ama* sabe de su enfermedad más de lo que da a entender.

—En el coche protestaba diciendo que no necesitaba ir al médico, que toda la vida ha tenido malas reglas y dolores en el bajo vientre.

Los dos hermanos habían reanudado su camino. Bajaron las escaleras del Acuario, llegaron al puerto. Punteaban la ciudad las primeras luces eléctricas.

—En todo caso, acordé con Arruabarrena un tratamiento paliativo. Se hará todo lo posible para que la *ama* no sufra.

Nerea posó una mano sobre el hombro de Xabier. Anduvieron así un rato, sin hablar, sin mirarse, hasta que Nerea tomó de nuevo la palabra. Que qué pensaba hacer cuando la *ama* no esté.

—Tú ya sabes que vivo en esta ciudad por ella. Es una promesa que le hice al *aita* el día de su entierro. Entre mí le dije: no te preocupes, te la cuidaré, sola no se va a quedar. Y ya ves que al final no he estado a la altura de las circunstancias. Mi plan es cumplirles tan pronto como sea posible su viejo deseo de compartir tumba en el cementerio del pueblo y después marcharme. ¿Adónde? No tengo ni idea. Lejos, eso seguro. Donde pueda ser útil a gente necesitada. ¿Y tú?

—Yo, aquí.

Evitaron, por concurridas, las calles de la Parte Vieja. Su conversación prosiguió junto a la barra de una cafetería del Bulevar. De anochecida se despidieron, serios, tranquilos, con roce fraternal de mejillas. Él se fue para aquí, ella se fue para allá. A esa hora el cielo había oscurecido por completo, y al tolerable frío de la tarde empezaba a reemplazarlo el más severo de la noche. A Xabier, yendo por la calle Elcano abstraído en cavilaciones, le acarició el olfato un cálido olor de castañas asadas. En la esquina con la plaza de Guipúzcoa estaba la caseta del castañero. Una docena, 2,5 euros. Al tiempo que pagaba, campanearon las ocho de la tarde en el carillón de la Diputación. Y Xabier, el grato calor del cucurucho de papel en las palmas de la manos, tomó asiento en un banco de la plaza, bajo la luna que se veía a través de las ramas sin hojas de un árbol. Peló con facilidad la primera castaña. Muy buena. En su punto, ni dura ni quemada. Y el calor placentero que se extendió por dentro de su boca adensaba el vaho de su respiración. La segunda castaña, también muy buena. Demasiado buena. Se puso de pie. Volcó el cucurucho casi lleno en una papelera, de modo que las castañas fueran cayendo una a una sobre los desperdicios acumulados allí dentro. Después echó a andar en dirección a la Avenida, confundido entre la gente.

111
Una noche en Calamocha

Por regla general, Miren iba a visitar a Joxe Mari en el autobús de las Gestoras Pro Amnistía. Joxian la acompañaba de cuando en cuando. Eso al principio. Luego, conforme transcurrieron los años, de forma cada vez más esporádica.

Un sábado de invierno, de esto ya hace tanto, les ocurrió un percance a pocos kilómetros de Calamocha. Después de aquello, a Joxian se le quitaron las ganas de viajar. No fue esa la única razón. La otra, la principal, era Miren. Es una mandona, discutían, no le puedes tocar el hijo. Joxe Mari es como si *sería* su pierna a la altura de la ingle. No se la toques porque enseguida salta, qué mujer.

El día de lo de Calamocha se habían desplazado por la mañana a un vis a vis familiar en la cárcel de Picassent, pero no en autobús, sino en el coche de Alfonso y Catalina, que tenían por entonces a su hijo en el mismo centro penitenciario.

No se puede decir que ambos matrimonios estuvieran unidos por una estrecha amistad. Miren los criticaba a escondidas, principalmente por no hablar euskera. A Joxian le da igual cómo hablen. Así y todo, tampoco les tenía simpatía. ¿Por qué? Se encogía de hombros: ni idea.

Pero, en fin, Alfonso y Catalina eran vecinos del pueblo, aunque venidos en los años sesenta de por ahí abajo. Para Miren no tenían de vascos ni el aire que respiran. A la mujer, sobre todo, se le notaba por el acento de dónde era. Les había salido un hijo militante de ETA que por aquella época compartía cárcel con Joxe Mari y al parecer los dos chavales se llevaban bien.

Don Serapio abordó a Miren un día en la calle. Ese metete. El cura estaba conversando con Catalina en los soportales del Ayuntamiento. El cura se para a hablar con todo el mundo. Gobierna almas y cuerpos. O lo intenta. Porque luego vas a misa y, salvo en fechas señaladas, hay cuatro gatos. Vio a Miren, que se había parado a comprarle queso a una casera, y la llamó: *kaixo,* Miren, y ella no pudo hacerse la sorda porque estaba a ocho pasos, renunció a la compra del queso y se acercó. Pues resulta que Catalina, allí presente, y su marido pensaban ir a un vis a vis con su hijo el mismo día que ella y Joxian, cosa que el cura no ignoraba.

Joxian, a mediodía:

—Eso pasa por irte de la lengua.

—Es mi confesor.

—Pues vete a confesarte a otro pueblo.

Total, que en presencia de don Serapio, Miren y Catalina acordaron, qué remedio, viajar los cuatro juntos a Picassent en el coche de Alfonso. Bueno, pues faltó poco para que el cura tuviera que oficiarles una misa de funeral a todos ellos.

El accidente sucedió durante el viaje de regreso. Días más tarde salió una nota en *Egin,* después que Alfonso hubiera hablado por teléfono desde Teruel con un periodista. A la ida, Joxian se había sentado en el asiento delantero, junto a Alfonso, que conducía y es un pelma. Igual por eso le cae gordo. Es un sabihondo. No calla. De fútbol, de motores, de cocina, de setas: entiende de todo. Y en un momento dado del viaje puso una casete de zarzuela. Miren, en voz baja, cuando se separaron de ellos dentro de la cárcel:

—Lo llevan en la sangre. Sólo les ha faltado gritar viva España.

A la vuelta, cuando se disponía a montarse en el coche, Joxian se encontró con que Catalina se había sentado delante. No le quedó otro remedio que tomar asiento detrás, al lado de Miren, quien apenas iniciado el viaje le arreó un pellizco en el muslo para que no contara un asunto relativo a Joxe Mari que ya había empezado a revelar.

Dos días después, en casa:

—Agradece a san Ignacio que la Catalina te quitó el asiento.

—Se conoce que mi ángel de la guarda es más listo que el suyo.

Alfonso, las manos en el volante, se apoderó de la conversación. Alababa a su hijo, que hace mucha gimnasia en la cárcel y ha empezado a estudiar inglés. La pena es que le tienen que hablar por este lado porque por el otro no oye casi nada. Y acelera, adelanta a un camión y explica:

—Es por las palizas que recibió cuando lo detuvieron.

Miren metía baza de rato en rato.

—¿No habéis denunciado?

—Para el caso que te hacen... Nuestros hijos están en las garras del Estado.

—Pues a mi Joxe Mari también le pegaron. En grupo. De uno en uno, con lo grande que es, no se atreven.

Joxian, ensimismado, triste como siempre que se despide de Joxe Mari (bueno, hijo, a seguir bien), contemplaba, desentendido de la conversación, el paisaje. Desentendido hasta cierto punto. Ya llevaban un rato largo de camino y ahora fue él quien le tuvo que arrear con disimulo un manotazo a Miren para que se contuviera. Atravesaban a la caída de la tarde la provincia de Teruel. Campos solitarios, con corros de nieve; una hilera de montes a lo lejos, a punto de borrarse en la oscuridad, y fuera del coche un frío atroz. De pronto, Catalina se fue ingenuamente de la lengua. Quizá creyó que había confianza donde no la hay. O simplemente no sabía hasta qué extremos le puede subir a Miren la fiebre patriótico-política.

A los presos de ETA de la cárcel de Picassent les habían pasado consigna de hacer huelga de hambre. Llega el abogado y dice: huelga. Y Joxe Mari, que en esto como en tantas otras cuestiones, era por demás estricto, vigilaba a los compañeros. Un duro. De lo cual Miren se mostraba orgullosa, diciendo luego en el pueblo que Joxe Mari es de hierro, no hay quien lo doble.

A todo esto, Catalina contó que les habían permitido meter en la sala del vis a vis una bolsa de madalenas hechas por ella en casa, pues según cómo les caigas a los funcionarios, lo mismo te dejan pasar comida como que no, y que ya una vez no les permitieron, pero esta vez sí.

—Se las ha comido todas delante *nuestro*.

Miren saltó:

—Pues claro que te han dejado pasar comida. Saben que hacen huelga y para que la rompan y no estén unidos.

—Ay, mujer, nadie se entera.

—Pues yo ya me he enterado. La huelga, o todos o ninguno.

Y no añadió nada más por el manotazo que le arreó Joxian a escondidas. Se hizo entonces un silencio incómodo dentro del coche, aprovechado por Alfonso para poner una casete de zarzuela, no la de la mañana, pero por ahí, por ahí, y todavía quedaban por delante muchos kilómetros de música española.

El aceite de ricino
ya no es malo de tomar.

¿Pues cómo?

Se administra en pildoritas
y el efecto es siempre igual.

De pronto ocurrió. ¿Cómo? Miren no se acuerda. Joxian, metido en penas y pensamientos, iba echando una cabezada con los brazos cruzados. Apenas se enteró. Lo despertó un juramento de Alfonso, seguido de un chillido de Catalina. ¿Qué pasa? El coche estaba hundido de morro dentro de una zanja, en el costado de la carretera. Miren fue la primera en salir. La puerta del lado de Joxian no se abría. Los dos de delante, callados. Y los cantantes de zarzuela, también.

Miren agarra a Joxian desde fuera.

—Venga, sal.

Y lo sacó tirándolo del brazo y en cuestión de segundos sintieron la mordedura del frío. Joxian preguntó a Miren si se había hecho daño.

—No. Hay que sacar a estos.

Solos en pleno campo. Un yermo de anochecida. Y el cielo limpio de nubes, punteado con las primeras estrellas, presagiaba la helada inminente. Se apresuraron a ayudar a Alfonso. No hubo problema. Ni siquiera había puerta. Conque Joxian lo arrancó del asiento agarrándolo por las axilas. No se le veía la cara, toda cubierta de sangre. Trató de acostarlo en la tierra pedregosa, pero no hizo falta. Las heridas no eran graves. O eso es lo que él decía. Un corte en la frente y otro en el cuero cabelludo que le enrojecía el pelo cano. Nada más. Y le entró pavor por su mujer, allí dentro quieta, callada, con la cabeza caída sobre un hombro. Al otro lado del coche, Miren trataba en vano de abrir la puerta.

—*Venir* aquí. A ver si vosotros podéis.

Y Joxian, operador de horno en una fundición, manos callosas, brazos fornidos, fue corriendo y tiraba, *mecagüendiós,* de la manija, un pie apoyado en un saliente de la abollada carrocería, los dientes apretados, hasta que abrió/arrancó la puta puerta y ahí estaba Catalina sin sangre ni nada, qué bien olía esa mujer, pero diciendo en susurros agónico-quejumbrosos:

—Mis piernas, mis piernas.

Entretanto, Miren, en medio de la carretera, paró a una furgoneta blanca que venía por el carril de la dirección contraria. El conductor se ofreció a llevar a la mujer herida a Teruel y ayudó a acostarla con cuidado en un hueco de la carga, con el sitio justo para ella y para Alfonso, que se había arrollado el jersey en torno a la cabeza a modo de turbante para contener la hemorragia. La furgoneta se perdió rápidamente en la casi completa oscuridad. Miren y Joxian sacaron sus pertenencias del maletero del coche, y también las de Alfonso y Catalina por si vienen ladrones.

—¿Has visto las piernas de Catalina?

—Las dos rotas. No hace falta ser médico para darse cuenta.

—Ya puede rezar para que se las arreglen como Dios manda.

El inhóspito paraje se quedó en silencio. Ellos se apresuraron a ponerse más ropa. Menudo frío y ahora qué hacemos.

No tenían ni idea de dónde estaban. Entre Teruel y Zaragoza, eso seguro. No se veían casas ni luces ni señales indicadoras. Tampoco un refugio en medio de aquel desierto, no sé, una cabaña de pastores, una arboleda donde protegerse de la intemperie.

Miren:

—Seguro que no te has hecho daño. Dime la verdad.

—Que no, joder.

—Estás pringado de sangre.

—Será la de Alfonso.

—Ponte algo en el cuello, que te vas a enfriar. Estas cosas pasan por la dispersión.

—No empecemos. Habría que dar parte a la Guardia Civil.

—Antes muerta que hablar con los torturadores de Joxe Mari.

—Entonces, ¿qué hacemos?

—Piensa.

Miren creía recordar que hacía un rato habían pasado cerca de un pueblo, pero no estaba segura. Y Joxian ni sabía ni recordaba ya que había venido traspuesto. Lo mejor sería parar un coche. Vieron venir de ahí a poco uno con las luces encendidas. No le hicieron señas. Confiaban en que el conductor se percatase de su situación al ver el coche destrozado. No paró.

—¿Cómo quieres que paren si no mueves los brazos?

—Pues si eres tan lista, ¿por qué no los mueves tú?

—Oye, no vamos a discutir ahora, ¿eh?

El siguiente, al cabo de varios minutos, paró. Que si estaban heridos. Negaron, temblorosos de frío. El conductor dijo que iba a Calamocha, ahí cerca, su pueblo, y que si querían los podía llevar. Los llevó. Se presentó como Pascual. Cincuenta y tantos años, una barriga así de grande, bastante charlatán: antes de la tercera curva ya les había revelado su arritmia cardíaca y su diabetes.

—¿Esto todavía es la provincia de Teruel?

—Sí, señora.

—Pues a casa hoy no llegamos.

—Difícil. El último autobús para Zaragoza ya ha pasado.

Miren contó detalles de adónde iban y con quiénes viajaban y lo que les había ocurrido.

—¿Han estado ustedes de vacaciones?

—Pues sí, en Benidorm.

El hombre le había visto a Joxian las manchas de sangre. Imposible no verlas. Y volvió a preguntar si no está usted herido. Joxian le explicó que la sangre no era suya. El tal Pascual, marcado acento aragonés, a la vista de las primeras casas de Calamocha, propuso:

—¿Por qué no vienen ustedes a mi casa? Tengo a los hijos en Zaragoza, al mayor trabajando en un banco y a dos estudiando en la universidad, y a la chica en París, casada con un músico francés que es un tipo excelente. Educado, tranquilo. Eso sí, no habla ni jota de español, pero nos entendemos bien. Pues verán, en mi casa les aseguro que hay sitio para un ejército. Podrían descansar, usted lavarse la sangre y mañana tranquilamente los llevo yo por la mañana a la estación de tren de Zaragoza, adonde de todos modos tengo que ir. Soy viudo y ya les digo que vivo en una casa grande y vacía.

Les preparó una cena suculenta, les ofreció una habitación con vigas de madera en el techo y una cama de sábanas frías y pesadas, y a primera hora de la mañana, después del desayuno, solícito y jovial los llevó en coche a Zaragoza. Miren y Joxian le quisieron pagar. Que no y que no. Insistían torpes, tímidos. Pascual les replicó, agarrándose la barriga con las dos manos, que la famosa tozudez de los aragoneses no es nada en comparación con la suya. Por el camino elogió a los vascos. Gente noble y trabajadora. Lo malo son los atentados de la ETA. Se despidieron delante de la estación del Portillo. Era domingo y soplaba un cierzo que te morías. Al día siguiente, por la tarde, Miren fue a la oficina de correos de San Sebastián. A la del pueblo, ni loca. ¿Qué interesa a nadie que ella ande en tratos con un señor de la provincia de Teruel? En la caja, un kilo de alubias de Tolosa, un frasco de gildas envuelto en plástico acolchado, un queso de Idiazábal envasado al vacío y más no porque no cabía.

Joxian se burlaba.
—Le ganas a tozuda al aragonés de Calamocha.
—Tozuda no, agradecida.
—A ver si te vas a españolizar.
—Vete a freír churros, soso, más que soso.

112
Con el nieto

Qué mal panorama, Joxian. ¿Malo? Malísimo. Un hijo en la cárcel al que quizá no vea nunca libre porque seguro que me muero antes; otro, en Bilbao, que no los llama por teléfono, ni les escribe, ni viene a verlos, sospecha Miren que porque se avergüenza de su familia; y la hija, que no se habla con su madre desde hace más de un año y se lleva a matar con el marido. Joxian daba vueltas al manubrio de sus tribulaciones en el autobús de Rentería y qué mala suerte tenemos. ¿No podríamos ser un poco más normales? Y de pronto, por la mirada de otros pasajeros, se dio cuenta de que debía de ir hablando en voz alta consigo mismo. Se me va la olla como a los viejos. Lo que soy. Viajaba sentado en un asiento reservado a mayores y embarazadas.

Se apeó en la parada de costumbre. Eran los tiempos en que visitaba a sus nietos a escondidas de Miren. Al salir de casa, decía que iba a la huerta. Y, en efecto, iba; juntaba algo de verdura o fruta, y a veces añadía un conejo que mataba y desollaba allí mismo, ya que no lo podía hacer delante de los niños, y luego cogía el autobús en la parada del polígono industrial.

A punto de pulsar el timbre, en la bolsa de plástico tres o cuatro puerros, una escarola y un puñado de avellanas, le entraron ganas de volverse por donde había venido. Gritos de Guillermo, gritos de Arantxa, lloros de la pequeña Ainhoa: una casa de locos. Llamó. Con el din don del timbre se callaron de golpe los de dentro menos la niña, que seguía desgañitándose. Aún transcurrieron diez o doce segundos antes que se abriera la puerta. Vaharada de olor penetrante: a comida, a cuerpos, a cerrado. Guillermo, seco, raudo, saludó y se fue a la calle.

Qué mal panorama. Desorden por todas partes y suciedad. La mirada enfurecida/llorosa de Arantxa, rodeada de un cerco de ojeras, causó a Joxian un hondo desánimo. Ainhoa, cinco años, para de lanzar gemidos al ver al *aitona* y corre a mirar los posibles regalos ocultos dentro de la bolsa. Espoleado por la misma curiosidad, Endika, siete años, también se acerca deprisa, empuja a su hermana, que se defiende con otro empujón, y al final los dos niños expresan un común desengaño al ver las piezas de verdura y las avellanas. Arantxa:

—¿Queréis bajar con el *aitona* a la calle?

Los dos a un tiempo:

—No.

—¿Por qué no? Siempre os compra chucherías.

El niño refuerza la negativa con un meneo de cabeza.

—Jo, *ama*, es que me aburro.

A Joxian no se le ocurre qué decir. No sabe ilusionarlos, no les promete nada. Parece cansado, apático, y al final termina desviando la mirada hacia Arantxa para preguntarle sin rastro de vigor en la voz cómo le va.

—Pues ya ves. Fatal, con un montón de trabajo, la casa, los niños y un marido que me trata peor que a un trapo. No tengo tiempo ni para ser infeliz.

—¿Te acuerdas de Catalina?

—¿Qué Catalina?

—La de Alfonso.

—¿La que se quedó coja de aquel accidente que tuvo con vosotros? Ya he leído la esquela en el periódico.

—Llevaba mucho tiempo pachucha. Mañana es el funeral.

—¿Qué fue de su hijo?

—Ahí sigue. En Badajoz, me parece. Ese tenía mucha sangre.

—¿Más que mi hermano?

—Mucha más.

Endika interrumpe la conversación.

—*Ama,* tengo hambre.

—Cógete un yogur de la nevera.

—No hay.

Arantxa cameló al niño con aspavientos maternales para que fuera con el *aitona* a merendar por ahí. A su padre: que hiciera el favor de llevárselo. ¿Y Ainhoa? Se negó en redondo a acompañarlos, insensible al dulzor de las palabras: bollo, pastel, crema. Le caía, ofendido, el labio inferior. Y no dijo por qué no quería ir y no fue.

—Pues nada, *aita,* vete con el niño.

—¿Quieres que te traiga algo, *maitia?*

Y la niña respondió que no con dos sacudidas despechadas de su infantil cabeza.

Abuelo y nieto salieron de la vivienda. En el portal, Endika no se dejó agarrar de la mano. Se consideraba ya muy grande para que lo llevasen de ese modo por la calle. Entraron en la panadería del barrio, donde el niño pidió dos *donuts,* cubierto de azúcar uno, de chocolate el otro. Y mientras Joxian contaba las monedas, hambriento, glotón, el niño les pegó los primeros bocados. De vuelta en la calle, ya se los había comido.

Se detuvo y dijo con labios achocolatados:

—Aquí fue la bomba. Yo estaba con el *aita* en la panadería.

—¿Qué bomba?

—La que rompió los cristales de mi cuarto. Se murió un señor que era amigo de mi *aita* y se llamaba Manolo. Estaba ahí tirado, *aitona,* donde ese coche negro. Yo lo vi.

—Pues, ¿para qué miraste?

—No miré.

—Entonces, ¿cómo pudiste ver?

—Bueno, miré un poco con este ojo.

—¿Quieres que vayamos a los columpios?

—Bueno.

No era la primera vez que el niño sacaba la bomba a colación. El estruendo descomunal no se le borraba del recuerdo. También es verdad que va creciendo, se interesa por los asuntos de los mayores, hace preguntas.

En el parque infantil, abuelo y nieto tomaron asiento en un

banco. Vocerío de niños. Aquí y allá, madres y padres con carritos de bebés. De buenas a primeras, Endika:

—El *aita* dice que la bomba la pusieron unos hombres malos.

—Eso parece. ¿Quieres que vayamos a beber algo?

—Cuando la Guardia Civil los coja, los meterá en la cárcel como al *osaba* Joxe Mari.

—¿Eso también te lo ha dicho tu *aita*?

—No, eso me lo ha dicho la abuela Angelita.

Joxian estaba tentado de darle la razón al niño. Para que no fuera luego contando que. Para acabar cuanto antes. Y porque cada mención a su hijo era como si le asestasen un palazo.

—¿Me enseñas la foto del *osaba*?

Hacía largo tiempo que no se lo pedía.

—¿Para qué quieres verla?

—Joé, *aitona,* enséñamela.

Joxian buscó la desvaída, arrugada foto en la cartera. Se veía a Joxe Mari a la edad de dieciocho años, sonriente, melenudo, con barba. Faltó poco para que llegara a jugador profesional de balonmano.

—Lleva un pendiente.

—¿Tú también te pondrás uno cuando seas mayor?

—No, porque te clavan una aguja en la oreja que hace un montón de daño. ¿Es verdad que el *osaba* Joxe Mari está en la cárcel por ser supermalo?

—¿Lo dice tu abuela Angelita?

—No, eso lo dice mi *aita.*

—Bueno, supongo que algo habrá hecho. No creo que esté en la cárcel por llevar un pendiente.

De ahí a poco, Joxian volvió con el niño a casa. Dio una moneda de cien pesetas a cada nieto; a su hija, un billete de cinco mil para ayudar un poco al presupuesto familiar, según dijo, y se marchó. En el autobús de regreso a San Sebastián le pasó exactamente lo mismo que en el de ida. ¿Qué? Pues que de repente se percató de que la gente tenía los ojos puestos en él. Debía de ir hablando a solas en voz alta.

113
Final en cuesta

Se dijo: como llueva, no voy. Eran las nueve de la mañana. Miró por la ventana. Llovía, fue. Me pongo por encima el anorak, el pantalón impermeable, y santas pascuas. Miren, cuando él se disponía a salir:

—¿A quién se le ocurre andar en bicicleta con este tiempo? ¿Qué crees, que tienes veinte años?

Y Arantxa, en la silla de ruedas, mostró a su padre el pulgar hacia arriba, no estaba claro si de cachondeo o en señal aprobatoria.

—Hasta tu hija se ríe de ti.

Si dudaba no era por su salud ni por sus fuerzas. Vamos a ver, ¿cuántas veces había hecho él las etapas del club cicloturista en días de lluvia? Llueva, haga sol o sople el viento, ahora sólo se apunta a las cortas, a las de cincuenta o sesenta kilómetros como mucho. Ya se sabe, la edad, los achaques, las cuestas que, con el paso del tiempo, le resultan a uno más empinadas. Hace cosa de tres años pedaleó un domingo con sus compañeros hasta Ondárroa. Una paliza. A la vuelta se le llenó el pecho de palpitaciones. Cuidado, Joxian, mucho cuidado. Tuvo que hacer varios descansos. Llegó tarde a comer. Bronca.

Las dudas le venían por la bicicleta. Es que se moja, se pone perdida de barro, se puede estropear y no es (cuadro de carbono, cambio mecánico Campagnolo) una bicicleta cualquiera. Le costó un pastón, la mejoró poco a poco sustituyendo algunas piezas por otras mejores y más caras. Así que, antes de ponerse a pedalear, entró en el Pagoeta a tomar un cortado para entonarse y ver si escampaba, aún no del todo decidido a echarse a la carretera.

Y va y para de llover. Y no sólo eso, sino que se abren claros en el cielo y, antes de llegar a San Sebastián, a la altura de Martutene, salió el sol. Joxian iba vestido con el atuendo del club: maillot verde y blanco y calzón negro, además de casco y guantes de su particular elección. No sé yo si en un sitio tan serio... Más que nada para que Miren no empezara a sospechar y le viniese con preguntas y monsergas.

Subió sin dificultad, aunque despacio, la cuesta del barrio de Eguía. Y en el último repecho vio críos bulliciosos a la derecha, repartidos en grupos de juego sobre un patio de colegio; y a la izquierda, una tienda de flores, que fue cuando se le ocurrió comprar un ramo sencillo, barato, porque a mí no me gustan las exageraciones. Nada más apearse, qué faena, se dio cuenta de que se había dejado el candado en casa.

Colocó la bicicleta de modo que pudiera observarla desde el interior de la floristería. Dijo, con un ojo aquí y el otro allá, lo que deseaba y para qué. Y en total no permaneció ni dos minutos dentro de la tienda. Le fue mostrado un primer ramo, pequeño, con distintas flores. No quiso que le mostraran más. Ese estaba bien. Pagó y salió, y estuvo cosa de veinte minutos esperando ante la entrada del cementerio, con el casco puesto pues no quería soltar el ramo ni la bicicleta.

A un costado de la verja, en la pared, junto a la placa negra con el horario de visitas, se podía ver una más pequeña que prohibía la entrada a perros y ciclistas. La madre que me. ¿Y ahora qué hago? A todo esto, un autobús urbano hizo alto en la parada, ahí abajo. Bittori, abrigo negro, se bajó. Y, a la vista de la placa, le dijo a Joxian que no se preocupase, que:

—Lo que está prohibido es andar en bici entre las tumbas, pero no llevarla agarrada.

—¿Estás segura?

—Vamos, Joxian, que no se diga.

Entraron en el cementerio, vacío en aquella hora matinal de día laborable, con la excepción allá arriba, ¿de quién?, de dos empleados de la limpieza precedidos por un vehículo ruidoso. ¿Y luego va a importar una bicicleta, que no hace ruido ni echa humo?

Conforme avanzaban por la suave pendiente, entre tumbas y árboles (pinos, cipreses), pudieron ver a otros visitantes solitarios, diseminados en la gris espesura de mármoles y cemento. Joxian y su bicicleta ocupaban la mitad del ancho del camino. Bittori hacía de guía uno o dos pasos por delante. Pero a veces volvía la cara y él la veía sonreír. ¿Por qué sonríe esta mujer en un sitio tan poco apropiado para la alegría? Está chalada, a mí que no me digan.

—No sabía yo si vendrías o no vendrías.

—Pues ya ves.

—Eres un hombre de palabra.

—Mi hija y tú me habéis liado. Yo he cumplido mi promesa. A ver si cumples tú la tuya de no irle a Miren con el cuento.

—Por ese lado puedes estar tranquilo. No le falta razón a Arantxa cuando dice que tienes buen corazón. No hay más que ver el ramo de flores. Al Txato le va a encantar.

Joxian se esforzaba por defenderse detrás de un escudo de cordialidad áspera, pero las ocurrencias y chifladuras de ella lo desarmaban.

—Bueno, bueno.

—Y le entrará envidia cuando te vea vestido con la ropa del club.

—Deja eso.

—No, es que he pensado que lo hacías como homenaje.

Llegaron. A lo lejos, por la parte del mar, se apretaba un manchón de nubes amenazantes de lluvia; pero sobre Polloe seguía luciendo el sol. En el asfalto del camino se agrandaban los corros secos. Joxian miraba grave, ¿cohibido?, la lápida con su cruz sencilla y los cuatro nombres alineados de arriba abajo. No sabía quiénes eran los difuntos, aunque por las fechas de los fallecimientos (había una de 1963) y la coincidencia en el segundo apellido, salvo en un caso, dedujo que se trataba de parentela antigua. En la parte inferior figuraba el nombre de su amigo. El mote, no.

—Aquí lo tienes. Lleva muchos años esperando el traslado al cementerio del pueblo. No lo hemos hecho todavía para evitar que le pase lo que a Gregorio Ordóñez, que está enterrado más abajo. Si quieres, luego te lo enseño. Hubo un tiempo en que le hacían pintadas ofensivas en la tumba. Igual lo has leído en los periódicos. Los *abertzales* no dais tregua ni a los muertos.

Joxian, gacha la cabeza, guarda silencio. ¿Medita, reza? Clavó de pronto la mirada en el nombre de su amigo, en la fecha de su muerte. Su muerte en la esquina. La esquina entre la casa y el garaje donde guardaba el coche y la bicicleta. Y tras la fecha, la edad del Txato la tarde lluviosa de los disparos.

Bittori no paraba de hablar:

—Ya te dije ayer que tu hijo me ha escrito cartas. Fíjate, me dio una gran alegría cuando me contó que él no había sido el que disparó.

Joxian no abre la boca. Emanaba de ese hombre un silencio apocado, pensativo; un silencio de fuera hacia dentro, de entonces ahora, en contraste con la insistencia locuaz de ella, que daba al traste con toda la intimidad del lugar y del momento.

—¿No vas a decirle a él lo que me dijiste a mí en la huerta? Pensaba que has venido a eso.

Ahora, por fin, hace un movimiento. ¿Cuál? Vuelve la cara hacia Bittori. El entrecejo preocupado; las cejas caídas, melancólicas, bobaliconas; los vidriados ojos donde se adensa una especie de súplica desvaída: un déjame en paz, un por qué no respetas.

—¿Me dejas solo, por favor? Un minuto.

La vio alejarse despacio por donde habían subido los dos un rato antes. Hasta que no estuvo seguro de que Bittori se hallaba a una distancia desde la cual le fuera imposible estudiar sus gestos, oír sus susurros, no volvió la mirada hacia la tumba.

Ella se detuvo como a unos treinta pasos, entre dos grandes panteones. Quieta en el camino, la mano en visera para proteger sus ojos de los rayos del sol, observaba a Joxian parado ante la tumba de su marido, la extraña y un tanto cómica figura que componía el pobre hombre en la hilera de losas y lápidas y cruces con su colorido indumento de ciclista y con su bicicleta, a la que trata con idéntico mimo a como trataba el Txato a la suya.

Y lo vio depositar el ramo de flores encima de la losa. ¿De dónde lo habría sacado? ¿Lo habrá traído desde el pueblo? No creo que se haya arriesgado a que se entere su mujer. Joxian, con el casco en las manos, se santiguó. Y si algo dijo, ella no lo pudo oír; pero ya el simple hecho de que hubiera venido al cementerio como había prometido de víspera en la caseta de la huerta le procuró a Bittori una profunda satisfacción.

De buenas a primeras, Joxian echó a andar hacia ella empujando la bicicleta con las dos manos. Había terminado, qué pronto, la visita a quien fue su amigo, su mejor amigo. Joxian llegó a la altura de Bittori. Sin detenerse, con voz precipitada, con impostada naturalidad:

—Bueno, me voy.

—Me ha hecho mucho bien que vinieras.

Joxian no respondió. ¿A qué tan repentina prisa? ¿A qué este modo brusco de marcharse? Bittori obtuvo pronto la respuesta. Cuatro pasos logró dar Joxian antes que se le escapara el primer sollozo. Aceleró el paso. Iba hacia la salida con su bicicleta, la cara gacha y un aparatoso temblor de hombros.

114
Cristal por medio

Poco antes que a Joxe Mari, por un incidente grave que tuvo con un funcionario de prisiones, lo trasladasen de la cárcel de Picassent a la de Albolote, recibió, ¡por fin!, la visita de su hermano.

Solía quejarse a su madre. Que qué es de Gorka, que por qué no viene un día, que me gustaría tanto verle. Y Miren le contestaba que tampoco iba a verles a ellos, con lo cerca que nos tiene, y que ni Joxian ni ella saben qué le pasa a ese muchacho, que parece como que se esconde de nosotros.

Miren intentó convencerlo una de las raras veces que hablaban por teléfono. ¿Cómo lo hizo? Pues a su manera, riñendo y con granizada de reproches, y, claro, fue peor. Transcurrieron meses antes de volver a saber de él.

Arantxa intercedió durante una de aquellas visitas secretas de Gorka a su piso de Rentería. Ella sí se había encontrado en una ocasión con Joxe Mari. Más no porque Guillermo, directamente, se lo prohibió, como había prohibido con anterioridad que Arantxa llevara a sus hijos a conocer al tío terrorista, pues eso faltaba.

La petición de Arantxa, razonablemente fraternal, limpia de acritud, moderada en la súplica, no convenció a Gorka.

—Ya veré.

Pero cuando dice ya veré, en realidad es que no. Sin embargo, las palabras de su hermana lo dejaron dudoso. Más: habitado de un incómodo susurro interior. ¿Remordimiento? Pues a lo mejor. El caso es que por librarse de la molestia le explicó el caso a Ramuntxo, y tú qué harías y este decidió por él. O sea, que acordara con su hermano un encuentro de locutorio sin pérdida de tiempo. Gorka así lo hizo, si bien con pocas ganas, y al mes siguiente fueron en coche los tres a Picassent: Ramuntxo al volante, a su lado Amaia, confitada con la promesa paterna de ir de compras a Valencia, y detrás Gorka, solo, apagado, arrepentido desde el primer kilómetro de haberse embarcado en aquel viaje.

—¿Cómo describirías la relación entre tu hermano y tú?

—Yo diría que inexistente.

—¿Le tienes miedo?

—¿Intentas entrevistarme?

—Me intereso por ti. ¿Le tienes miedo, sí o no?

—Antes sí. Ahora no sé. Hace mucho que no lo veo.

—¿No te gusta que hablemos de estas cosas?

—Me producen dolor y tú lo sabes. Así que no entiendo por qué me quieres amargar el día.

—Perdona. Fin de la entrevista. Estimados radioyentes, unos minutos de publicidad y enseguida volvemos con otros temas.

Gorka se despidió de Ramuntxo y Amaia en el aparcamiento de la cárcel. Alto, desgarbado, sin alegría, entró en el edificio. Ni que fuera una res a las puertas del matadero. Tras pasar el control reglamentario, le asignaron un locutorio. Estrecho habitáculo, silla incómoda de plástico duro, calor sofocante, bastante mugre, sobre todo en el cristal, y a izquierda y derecha toda aquella gente hablando a voz en cuello, la boca cerca del micrófono, que a saber la de bacterias que habrá aquí dentro.

Vio a su hermano antes que su hermano a él. Le llamó la atención su pérdida de masa muscular y sobre todo de pelo. No pudo menos de fijar la mirada en sus manos, las del jugador de balonmano, poderoso, fornido, que tanto admiró/temió de niño, más tarde convertidas en instrumento para quitar la vida a seres humanos, ¿a cuántos?, él sabrá, y por un momento sintió un leve escalofrío y una punzante, triste alegría de no ser él ni estar en su lugar.

Algo debió de entrever Joxe Mari en su cara que, antes de tomar asiento, le desbarató la sonrisa que traía. Se miraron serios, escrutadores, unos segundos, separados por el cristal. Y fue Joxe Mari el primero en hablar.

—Ya ves, no puedo darte un abrazo.

—No te preocupes.

—Me moría de ganas de verte, hermano.

—Pues aquí me tienes.

—Te noto frío. ¿No te alegras de verme?

—Pues claro que me alegro, aunque habría preferido verte en otro sitio.

—No te jode, a mí también.

El no te jode se lo podía haber ahorrado. Estaba dirigido al Gorka antiguo, al delgado, retraído adolescente que fue. Palabras de arriba abajo, sonidos de bravucón. A Gorka no le gustaron y se retrepó, alejándose sin disimulo del micrófono, que fue como indicarle a su hermano: no vayas por ahí, no soy tu subalterno en el comando. Y no había parte ni rasgo en Joxe Mari que no le produjese una íntima y viva repulsión. Aparte de que olía fuerte en aquel sitio. ¿No ventilarán? ¿Lástima? Ninguna. Sus ojos, acaso lo que menos ha cambiado en todos estos años, eran los ojos que habían mirado a sus víctimas antes de ejecutarlas. Y la frente despejada era la frente de un asesino, sobre las cejas de un asesino, la nariz de un asesino, la boca (dientes en mal estado) de un asesino. Lo pienso, pero no conviene decírselo ni me atrevo.

Intercambiaron pormenores acerca de sus respectivas vidas privadas. Todo un poco resumido y superficial. Dos extraños fingiendo una confianza/familiaridad que ya perdieron. En vano era tratar de conversar como cuando compartían dormitorio en casa de sus padres. Gorka se protegía formulando preguntas para no tener que hablar de lo suyo. Se le iban a hacer eternos los cuarenta minutos en aquella ratonera.

No hay duda de que Joxe Mari también empezaba a sentirse a disgusto. ¿Y eso? Es que no le llegaba solidaridad/afecto, empatía/comprensión, del otro lado del cristal. Y mucho menos sonrisas. ¿Qué hostias pasa? Trataba de leer en el fondo de los ojos de su hermano y al parecer le desagradaba lo que veía en ellos. No era amigo de sentimentalismos. Endureció de pronto la expresión.

—En el fondo condenas mi militancia, ¿verdad? Y la desprecias.

Gorka no se lo esperaba. Se puso en guardia.

—¿Por qué dices esto?

—Se nota que los *aitas* te han achuchado para que vengas a verme. A mí no me engañas.

—He venido por mi propia decisión.

—No me interpretes mal. Yo no te retengo, menos aún si planeas empeorar mi situación. ¿O te crees que no me doy cuenta?

—No he hecho un viaje tan largo para empeorar nada. Tampoco para representar el papel de hermano pequeño. Y por supuesto que no apruebo lo que te ha traído a este lugar. No lo he aprobado nunca.

—¿Eres de los que creen que merezco estar aquí?

—Eso pregúntaselo a tus víctimas.

—Me han arreado muchas hostias desde que me detuvieron. Ninguna me ha dolido tanto como esto que dices. Mi propio hermano, manda narices.

—Precisamente porque soy tu hermano te digo lo que pienso. ¿Prefieres que te mienta, que te felicite por el dolor que has causado vete tú a saber a cuántas familias? ¿Y para qué?

—Para salvar a mi pueblo.

—¿Derramando la sangre de otros? Qué bonito.

—De gente opresora que nos machaca a diario y no nos deja ser libres.

—¿Lo mismo vale para los niños que habéis matado?

—Si no fuera por este cristal, te lo explicaría de forma que lo ibas a entender.

—¿Me amenazas?

—Pues a lo mejor.

—Si te apetece, me puedes pegar un tiro. Por menos os

cargáis a otros en nombre de un pueblo al que nunca habéis consultado.

—Bien, dejémoslo. Ya veo que no nos vamos a entender.

—Tú has empezado.

—Unos hemos oído la llamada de la patria. Otros se dedican a llevar una vida cómoda y a pasarlo de puta madre. Supongo que siempre ha sido así. Unos se sacrifican, otros se aprovechan.

—¿Quién hace vida cómoda?

—Yo desde luego que no.

—Hago programas de radio en euskera, escribo libros en euskera, ayudo a nuestra cultura. Es mi manera de aportar algo a nuestro pueblo, pero algo constructivo, sin dejar a mi paso un montón de huérfanos y viudas.

—Tienes labia. Se nota que eres locutor. Y te va bien, ¿no?

—No me quejo.

—Me han contado que vives con un hombre. Justo tú que condenas lo que yo he hecho. Siempre fuiste un poco raro, chaval, pero no me imaginaba que hasta estos extremos.

Gorka, mudo, petrificado de facciones, la cara ardiente de ira repentina. Y su hermano, con gesto retador:

—La *ama* cree que te avergüenzas de nosotros. Yo sí que me avergüenzo de tener un hermano maricón al que le importa tres cojones arrastrar nuestro apellido por el suelo. Por eso no vas nunca al pueblo, ¿verdad?

—¿Quién te ha dicho que vivo con un hombre?

—¿Qué más da? ¿Te crees que por estar en una cárcel española de exterminio no me llega información?

—Vivo con la persona que me ama y a la que amo. Imagino que para ti hablo en chino. ¿Qué va a entender de amor un pistolero?

Esto último lo dijo Gorka levantándose brusco, empujante airado de la silla. Acercó la boca por última vez al micrófono, pero mejor se tragó las palabras agresivas que le habían subido a la garganta. Se dio la vuelta, y cuando se disponía a salir de aquel caliente y sucio y fétido locutorio de mierda, oyó a su espalda las palabras de Joxe Mari rogándole con novedosa, en él nunca conocida humildad, que volviera, que no te vayas ahora, que tenemos que dialo...

La puerta, al cerrarse, cortó la última frase.

Por el camino de vuelta a Bilbao, largo viaje, atardecer rojo y amarillo de verano, Amaia dormida en su asiento, Ramuntxo le preguntó qué tal había ido el encuentro y si pensaba volver otro día.

—Ya veré.

Fue todo lo que dijo. Después se durmió o hizo como que dormía.

115
Sesión de masaje

Ramuntxo accedió a tumbarse en la camilla como le insistía Gorka; pero eso no iba a cambiar nada porque con masaje o sin masaje tenía claro que se iba a suicidar. ¿Cuál era el problema? Pues que su ex, esa mala pécora, esa víbora cuya principal obsesión en la vida es inyectar su mortífero veneno, se la había jugado bien jugada.

Iba para cuatro semanas que Ramuntxo había viajado a Vitoria en busca de Amaia. Dieciséis años tenía por entonces la criatura. Gorka: edad inadecuada para pasar el fin de semana en compañía de un padre, por mucho que este le compre regalos y le consienta todos los caprichos. La niña (es un decir, con esos pechos y esa lengua procaz) había engordado. Aún más que la obesidad la afeaba, ya es mala suerte, el acné. Se le había agriado el carácter. Practicaba una variante bastante agresiva de la infelicidad.

Gorka procuraba mantenerse al margen; pero en ocasiones podía más en él la pena que le inspiraba Ramuntxo e intervenía.

—¿No te das cuenta de que te tiraniza?

—Claro que me doy cuenta. ¿Y qué quieres que haga?

Cada dos fines de semana Ramuntxo traía a su hija a Bilbao en el coche y la devolvía el domingo por la tarde. Tocó a la hora de costumbre el timbre del portero automático. Nadie abrió. Hizo tiempo en un bar cercano. Volvió. Más timbrazos. Desde la calle no se veía luz en las ventanas de la vivienda. Tampoco encontró el coche de la víbora/mala pécora por los alrededores.

Aprovechó que un vecino salía del portal para entrar él y subir hasta el piso de su ex. El felpudo, qué cosa más rara, no estaba. Ramuntxo pulsó el timbre, aporreó la puerta. Pom pom, nada. No era la primera vez que ocurría algo semejante. Nervios, juramentos, insultos contra la hembra malvada que lleva años saboteando la relación padre-hija.

Al final, qué remedio, Ramuntxo se volvió solo a Bilbao, cabreado, despotricante, triste. ¿Y qué coño hacía él ahora con las entradas que había comprado para el cine? Seguro que, como otras veces, madre e hija habían salido de excursión de fin de semana (les encanta Madrid) y no se habían acordado de comunicárselo a Ramuntxo. O sí, pero no se lo quisieron comunicar con la idea de que sufriera.

Para Gorka, un alivio. Fin de semana en paz. Es que la muchacha causaba continuos quebraderos de cabeza. Siempre que puede, Gorka la evita, ya sea pasando más tiempo en la emisora, dando largos paseos o reuniéndose con este o yendo a almorzar con el otro. El caso es pasar en casa el menor tiempo posible.

Antes aprovechaba asimismo los días de Ramuntxo con su hija para visitar a Arantxa y ejercer de tío durante unas cuantas horas. Alguna vez llegó a quedarse a dormir, tumbado de mala manera en el sofá de la sala; pero eso también se acabó. Hace ya la tira de tiempo que no ve a sus sobrinos a pesar de que su hermana le pidió perdón por haberse ido de la lengua. Ella fue, como él sospechó desde el principio, quién si no, la que le contó a Joxe Mari que él vivía en Bilbao con un hombre. ¡Valiente manera de guardar un secreto! Gorka se sintió traicionado por el único miembro de su familia en el que él confiaba, al que de verdad quería. No recriminó a su hermana por la indiscreción. Se despidió de ella con su habitual parquedad de gestos y palabras, pero desde entonces no ha vuelto a Rentería ni llama por teléfono.

Ramuntxo opinaba que:

—Tu problema es que no sabes perdonar.

—Más problema es para mí que no se me respete.

Transcurridos unos cuantos días sin noticias de su hija, Ramuntxo, malos augurios, decidió viajar entre semana a Vitoria.

—¿Me acompañas?

—Tengo que grabar una entrevista.

—Por favor.

Fueron una tarde los dos. Y se repitió la historia del timbre, de las ventanas sin luz y el coche de la víbora/mala pécora que no se veía en ninguna calle de los alrededores. Su nombre seguía en el rótulo del buzón. Dentro no se apretaban cartas ni prospectos publicitarios como suele ocurrir cuando el inquilino lleva un tiempo ausente. ¿Y si se ha puesto de acuerdo con alguna persona para que le vacíe el buzón con regularidad? Inquietud, suspicacia, temores que llevaban a hipótesis cada vez más peregrinas. Gorka sugirió que subieran al piso de la ex y preguntasen al vecino de la vivienda de enfrente.

—Vinieron los de la mudanza y estuvieron bajando de todo. Muebles, la nevera, colchones.

—¿Cuándo?

—Pues hará un par de semanas.

—¿Y desde entonces usted no ha visto a mi hija ni a su madre?

—Piense que es agosto. Estarán de vacaciones como la mayor parte del vecindario.

¿Quién se lleva los muebles al monte, la nevera o los colchones a la playa? Última esperanza: buscar confirmación llamando por teléfono al colegio. Esperanza vana, puesto que por aquellas fechas los profesores estarían tumbados a la bartola en algún lugar de interés turístico. Por el trayecto de vuelta a Bilbao, Ramuntxo mencionó la posibilidad de presentar una denuncia. Gorka lo disuadió. Que esperase un poco, que a esas dos lo más seguro es que se les hubiera ocurrido de repente largarse de veraneo aprovechando la oferta de alguna agencia de viajes. En todo caso, aquello olía a decisión espontánea.

—¿Y por qué no me han avisado?

—Porque habrán pensado que te ibas a oponer. Di la verdad, ¿te ibas a oponer?

—En los días en que me toca estar con Amaia, sí.

—¿Lo ves?

—¿Qué me dices de los muebles?

—Para eso no tengo explicación, pero seguro que la hay. Igual se han mudado de piso dentro de Vitoria. No me negarás que la ciudad tiene barrios mejores que ese en el que ellas han vivido hasta ahora.

En septiembre llegó la carta. Fue Gorka quien a última hora de la mañana sacó la correspondencia del buzón. En cuanto vio el sello de los Estados Unidos, concibió una fatídica sospecha. En el anverso del sobre figuraba el nombre de la remitente, Amaia, y nada más. Ni el apellido ni una dirección postal. Y como aquellos eran días difíciles de trabajo y en casa flotaba a todas horas un silencio atribulado, Gorka optó por ocultarle la carta a Ramuntxo. Y aun estuvo tentado de destruirla por ahorrarle el previsible disgusto que se iba a llevar. La retuvo una semana. Finalmente se la entregó haciendo como que acababa de encontrarla en el buzón.

Ramuntxo, tras la lectura, se fue corriendo al baño a vomitar y a proferir una especie de voces lastimeras que eran como alaridos de angustia con hipos intercalados. La hoja rugosa había quedado tirada en la alfombra. Gorka leyó:

> Aita:
>
> A la *ama* le ha salido un trabajo en los Estados Unidos y ahora vamos a vivir aquí para siempre. *Porfa,* no nos busques. Si gano dinero ya iré yo a verte cuando sea mayor.
>
> *Ondo pasa,*
>
> Amaia

La muchacha creaba problemas hasta de lejos. Y qué falta de afecto de la que un día dijo, yo lo oí:

—*Aita,* déjame en paz, eres un pobre hombre.

Pero esto, claro, no se lo puedes recordar a Ramuntxo porque se muere de dolor. Gorka le propuso que ordenara sus pensamientos bajo la ducha. Luego él le haría unos masajes de su gusto, ya sabes, con final feliz, aunque el hombre, el pobre hombre, mostraba en aquellos instantes disposición a cualquier cosa menos al placer. Gorka insistió hasta que el otro se dio a partido, diciendo que le daba igual porque de todos modos pensaba quitarse la vida.

—Hoy mismo. No sé cómo. Ya se me ocurrirá la manera. Pero no te preocupes, que me suicidaré lejos de casa para que no te venga a molestar la policía.

Monologaba, trágico, en la ducha. Gorka releyó entretanto la carta. Subía frío de esa hoja de papel. Y que no hubiera faltas de ortografía lo escamó. Con lo ceporrilla que era Amaia en el colegio, aprobadora por los pelos, repetidora del último curso. ¿Intervención de la madre? Olió, ¿para qué?, el sobre y después la carta.

Ramuntxo salió a medio secar del cuarto de baño. Su evidente pena y su desnudez un poco torcida, además de pilosa y pálida, le daban un aspecto de niño viejo, desvalido. Y se tumbó boca abajo en la camilla e intentó reanudar el llanto, pero se conoce que ya se le habían vaciado los lagrimales. Así que empezó de nuevo con la historia de que se iba a suicidar hoy mismo lejos de casa. Mientras tanto, Gorka le daba friegas en el cuello, los hombros, la espalda, con manos afables, aceitadas.

—No sirve de nada que presente una denuncia. Estoy seguro de que el Código Penal no tipifica este caso como sustracción de menores. Su madre puede alegar que reside en otro país por razones laborales y que nunca me ha impedido ver a mi hija. Todo lo que tengo que hacer es coger un avión cada quince días.

—Que yo sepa, no está claro dónde viven.

—No le des más vueltas. Esa zorra inmunda se ha largado con Amaia lo más lejos que ha podido. ¿No ves que le escocía que me llevara bien con ella?

—Y si la carta fuera un engaño, ¿qué?

—Joder, Gorka, no me vengas ahora con fantasías de escritor. Esto no es una novela. Esto es la pura realidad.

Gorka le pidió que se diera la vuelta. Le masajeó el pecho,

el vientre; se detuvo en el pene hasta provocar la erección; siguió por los muslos; le dijo que:

—En una novela yo haría que la divorciada fingiera haber emigrado a los Estados Unidos con su hija. Una amiga o una compañera de trabajo que tiene previsto viajar allí se prestaría a enviar desde una oficina de correos de Chicago o de San Francisco la carta escrita previamente. La madre y la hija se irían a vivir a Madrid, por ejemplo, ya que a Amaia y a tu ex les gusta tanto la capital del Estado. Y para el padre ya se me ocurriría un final oportuno después de haber soportado su particular suplicio mental con tratamiento psiquiátrico y lo que se tercie. Pero no el suicidio. Eso sería demasiado simple. Quizá el protagonista podría viajar a América y allí, mientras busca a su hija, conoce a una mujer, Samantha, una rubia seductora con un pasado turbio de prostitución y drogas.

—¿A qué esperas para ponerte a escribir?

—Ya veré. Ahora estoy aquí ocupado.

Y continuó con los masajes y con las palabras de afecto y consuelo, que prolongó más allá de la rápida, escasa, eyaculación de Ramuntxo.

116
Salón árabe

Lo celebraron, íntimos, enamorados, en el restaurante del Gran Hotel Domine, los dos solos frente a frente, en una mesa pegada al ventanal que daba a las curvas gris-destellantes del Guggenheim. Era julio, la temperatura agradable y el cielo azul: un día perfecto. Ramuntxo estaba visiblemente eufórico/achispado.

¿Qué celebraban? Pues la aprobación de víspera, en el Congreso de los Diputados, de la ley que hace posible el matrimonio entre personas del mismo sexo, obra del PSOE, partido que a Ramuntxo le producía una antigua e insuperable aversión, si bien en adelante se lo va a pensar y hasta puede que en las próximas elecciones, sin que sirva de precedente y no más que por mostrar gratitud, le dé su voto.

Gorka, en cambio, se abstiene por sistema de participar en cualquier tipo de comicios. Ni agradece, ni apoya, ni castiga. Todo lo que despida olor a partidos y política le inspira ¿rechazo? Más bien indiferencia. Serio, levantó su copa y completó el brindis iniciado por Ramuntxo, que llevaba una mañana de lo más parlanchina. Dijo este último con vino alegre que:

—Algún día te pediré matrimonio.

—Has bebido, se nota.

—Hablo en serio, *bihotza*. Ahora es pronto. Primero hay que ver cómo se desarrolla este asunto de la nueva ley.

—Parece que aún conservas un gramo de cordura. No lo desperdicies.

—Hombre, conviene ser prudentes. Esta sociedad, que hasta hace poco rezaba el rosario todas las tardes, ¿tú crees que está preparada para un cambio de tanta envergadura? Ahora bien, «muchacho que surgiste al caer de la luz por tu Conquero», te miro, te miro más, no paro de mirarte y ¿sabes lo que pienso?

—Venga, poeta, suéltalo.

—Pues juraría que no descartas completamente la idea del matrimonio.

—El matrimonio te lo tendrás que merecer, guapo.

—Y tú también, ¿qué te has creído?

El alcalde Azkuna los casó cinco años y medio después en el Salón Árabe del Ayuntamiento. Ofició detrás de un espléndido ramo de rosas blancas, visibles en su semblante los primeros estragos de la fatal enfermedad. Pronunció un discurso a ratos emocionante, a ratos divertido, salpicado de citas literarias y de anécdotas amenas, algunas relativas a su vieja amistad con Ramuntxo, al que llamó en todo momento Ramón. No faltaron las risas ni al final los ojos húmedos entre los invitados. Los novios se encorbataron para la ocasión, ambos con traje gris claro. Como dijo alguien: en plan mellizos. Y el beso resultó una sosada por culpa de Gorka, agarrotado por la timidez. De tal manera que Azkuna pidió desde su estrado, con elocuencia campechana, un segundo beso, pero ahora uno de verdad. La concurrencia secundó la reclamación del alcalde coreando alborozada y entonces los recién casados, fundidos en un abrazo, se plegaron a la voz popular (una veintena de amigos y compañeros de trabajo) juntando las bocas con pasión tan desatada que provocó una salva de aplausos y silbidos entre los circunstantes.

Felicitaciones, abrazos, palabras de aliento y el típico amigo bromista que les deseó mucha descendencia. Que se casaron con amor, más que por amor, lo vio cualquiera. Pero si alguno de los testigos piensa que asistió aquella tarde, en el Salón Árabe, a una ocurrencia extravagante, fruto de una decisión espontánea; a la escenificación de un juego; en fin, a un capricho, se equivoca. Ramuntxo y Gorka se casaron, como tantas otras parejas, por razones prácticas. También, puede que sobre todo, por los miedos del primero, a quien un año antes le había sido extirpado un riñón.

Al poco de cumplir los cuarenta le detectaron el tumor. Y de momento todo va bien. Se ha librado de la hemodiálisis, pero no se fía. Y los médicos, tampoco. ¿Metástasis? Hasta la fecha no le han encontrado ninguna. A solas los dos en la habitación de la clínica, decidieron dar forma legal a la relación. Y Gorka, que se resistía, porque, total, para qué, admitió los argumentos de su compañero: la herencia; los bienes, empezando por el piso, que vamos a compartir en propiedad tan pronto como me den el alta médica, si me la dan, y por ejemplo la pensión, que pensase en la pensión que recibirás cuando yo no esté. De nuevo en casa, Ramuntxo se apresuró a hacer testamento en favor de Gorka. Y le arrancó la promesa de que atendería a las necesidades económicas de Amaia en el caso de que.

Hacía más de diez años que Ramuntxo no tenía noticias de su hija. Llegaban las fechas señaladas, la de su cumpleaños, la de Navidad.

—¿Se acordará de mí?

Nada, ni una carta, ni una postal. Y Ramuntxo sufría. A menudo, solo o con la ayuda de Gorka, se afanaba por encontrar algún rastro de Amaia en los buscadores de Internet. Extendía las pesquisas a las redes sociales. Y, por si acaso, incluía en las averiguaciones a la madre. En algún registro, en alguna lista de socios o participantes, al pie de una foto, no sé, en algún sitio debería figurar el nombre de la una o de la otra. ¿O habrían cambiado de identidad?

Él no dejaba pasar el cumpleaños de Amaia ni el día de Reyes sin comprarle a la muchacha, a estas alturas ya una mujer, el correspondiente regalo. Amontonaba los paquetes con sus lazos de colores y sus tarjetas de felicitación en el interior del armario ropero, y cada vez ocupaban más espacio y, cuando Gorka le preguntaba por qué haces eso, por qué te atormentas, él respondía que:

—El corazón me dice que volverá. Y yo quiero que sepa que no he dejado de pensar en ella ni un segundo de mi vida. Prométeme que, si me muero, le darás tú los regalos.

Para Gorka, los planes de matrimonio chocaban con un obstáculo insalvable: sus padres. No porque ellos pudieran desaprobar su decisión, cosa sobre la cual albergaba pocas dudas, sino por la vergüenza que iban a pasar (o que él se imaginaba que iban a pasar) no bien la noticia de su boda hubiese empezado a correr por el pueblo.

Conversaba con su madre por teléfono de uvas a peras. Con mayor frecuencia por los meses que siguieron al ictus de su hermana. Hablaban de temas fijos: de Arantxa, el tiempo, la comida, los chismes del vecindario. Apenas nada de Joxe Mari y nunca de la vida íntima de Gorka, que a lo sumo contaba trivialidades relativas a su oficio de locutor. Joxian, alérgico al teléfono, rara vez se ponía al aparato. Se limitaba a encargar a Miren que diese a Gorka saludos de su parte y le preguntara cuándo pensaba visitarlos.

El temor a disgustar a sus padres y a que estos le montasen una escena desagradable disuadía a Gorka de consentir en el matrimonio. Que, por otro lado, qué quieres que te diga, tampoco Ramuntxo me lo exigía. Era una posibilidad romántica, bonita, pero en modo alguno urgente. Luego Ramuntxo cayó enfermo. Como que estuvo al borde de la muerte, según después les contaron. Entonces la situación cambió. Y aceptando su cobardía, que nunca ha negado, Gorka pretendió contraer matrimonio a escondidas de su familia. Ramuntxo se opuso.

—Ni hablar. Si no quieres, no los invites. Tampoco vendrá mi madre, que anda mal de la cabeza y no se reconoce en el espejo. Pero por lo menos a tus *aitas* tienes que darles la noticia.

—Sabes que no me atrevo.

—Escúchame. No se te ocurra construir tu vida sobre la mentira y el silencio. Es lo peor, te lo aseguro.

—En todo caso, les mandaré aviso por escrito, ¿eh? Por teléfono, como que me iban a temblar las piernas.

Y les escribió una nota que, a pesar de su brevedad, lo tuvo atareado una tarde entera. Ramuntxo la leyó a la hora de cenar y le dio el visto bueno después de sugerir unos pequeños retoques. Faltando una semana para la boda, por fin Gorka tuvo el valor de enviarla por correo. No recibió respuesta. Así que dio por hecho que sus padres lo habrían repudiado y estarían encogidos de espanto o de vergüenza, sin atreverse a poner un pie en la calle.

Recién casados, Gorka y Ramuntxo descendieron felices, sonrientes, cogidos de la mano, las escalinatas del Ayuntamiento. Allí los esperaba la consabida lluvia de arroz. Y desde algún que otro coche, al pasar, les tocaban bocinas festivas. Los invitados gritaron: que se besen, que se besen, armando un jolgorio que atraía las miradas de los transeúntes. Hubo de nuevo abrazos y parabienes. A Gorka se le quedaron prendidos numerosos granos de arroz en el pelo. Se lo advirtieron y el procuró sacudírselos con la mano. De pronto, al dirigir la vista por azar hacia la ría, los vio. ¿A quiénes? ¿A quién iba a ser? A su familia, en la acera de enfrente; los tres apartados y como temerosos de inmiscuirse, su madre al cargo de la silla de ruedas, su padre con boina y el jersey sobre los hombros.

Ramuntxo notó la extraña reacción, el brusco cambio de mueca, indicio de que algo preocupante le sucedía a su marido.

—¿Qué tienes?

—Están aquí.

Y fueron a su encuentro. Ramuntxo, jovial; Gorka, atolondrado, serio, cohibido.

—¿Habéis venido?

Miren, voz cantante, con ese meneo enérgico suyo de cabeza:

—¿Cómo no vamos a venir a la boda de nuestro hijo? ¿Es este mi yerno?

Hecha una señora, estirado el cuello, ofreció una mejilla. Y le faltó tiempo para tirarle a Ramuntxo una pregunta en euskera, con intención sin duda comprobatoria, que la conozco. Ramuntxo contestó de modo que hizo reír a todos, menos a Gorka, claro, que mantenía su cara de funeral. ¿Y eso? Es que no podía menos de compadecerse de su padre, desangelado de sonrisa, lacrimoso de mirada, allí parado junto a la barandilla sin saber qué hacer, qué decir, como si lo hubieran trasladado de golpe a otro planeta.

Miren intervino rápida, amonestadora.

—Oye, Joxian, no vas a llorar, ¿verdad?

Y Arantxa, en su silla, era un surtidor insonoro de alegría. Agitaba en el aire la mano sana, gritaba en silencio, se reía a carcajadas con los ojos. Ramuntxo se agachó a estamparle un beso de derramada cordialidad en la frente. Después abrazó, abarcador, palmeándole las paletillas, a Joxian, que le llegaba con la frente apenas unos milímetros por encima del nudo de la corbata. Y el elegante yerno tuvo por último la afortunada, la delicada, la astuta ocurrencia de afirmar que se alegraba de tener una suegra tan guapa. Miren, inflada de satisfacción:

—He venido a Bilbao a presumir de hijo. Hasta me he comprado zapatos.

Y todos a una dirigieron la mirada a sus pies.

Llegaron taxis. Miren, nada más apearse, agarró a Gorka del brazo y así cogida a él entró en el restaurante. O sea, que ¿la familia asistió al banquete? Qué pregunta. Por supuesto.

Los recién casados tomaron asiento uno al lado del otro. A la derecha de Ramuntxo había una silla vacía, la de su hija. Lo explicó a los invitados durante las breves palabras de salutación que pronunció. Y a la izquierda de Gorka se sentó Miren, quien en un momento dado le deslizó a su hijo, por debajo de la mesa, un sobre con mil euros, nuestro regalo de boda. Menos de esa cantidad, dijo, le parecía poco. Y le susurró al oído:

—Joxe Mari me ha pedido que te dé la enhorabuena.

117
El hijo invisible

Quique, de tiros largos. Traje, corbata y el complemento rompedor, disonante, de las zapatillas deportivas de marca porque le sale de los. Y a Nerea el borde inferior de la falda le quedaba como a diez centímetros por encima de las rodillas. Labios rosados, sombra de ojos, medias de malla y zapatos de tacón. Si miran, que miren. Desde que se conocieron a finales del siglo pasado han compartido de buena gana esos momentos de moverse/exhibirse libres, provocadores, adinerados. Formaban focos yuxtapuestos de perfume en expansión.

Les tocó, hola, somos tal y cual, una mesa entre dos de los maderos que sostienen las vigas. Buen sitio, lejos de la puerta de la cocina y de la entrada del restaurante. ¿Qué día era? Sábado, nueve y media de la noche. Quique se había enterado por la tarde de que una inversión suya hecha el año anterior en un negocio de conservas con presuntos pimientos de Lodosa (¿presuntos?, es que los traen a bajo precio del Perú), se había saldado con pérdidas cuantiosas. Se lo contaba a Nerea parapetado tras una sonrisa cínica, de ortodoncia impecable. Y el asador restaurante Portuetxe estaba lleno.

Quique, con la carta en las manos, explicador, narrativo:

—Esto, en mi infancia, era un caserío. Los chavales veníamos a pescar con palos de avellano y aparejos normales y corrientes. De cebo, miga de pan. Pero no pescábamos aquí porque a esta altura el río bajaba blanco, pero blanco-blanco, te lo juro, por culpa de la central lechera, sino más arriba de la chatarrería de los Cilveti. Había hasta truchas.

Nerea sugirió los entrantes y Quique, que no escuchaba, asintió sin atender a lo que se le proponía. Cuando vio la fuente de endibias con salmón y *txangurro* encima de la mesa, preguntó sorprendido si:

—¿Tú has pedido esta porquería?

Y Nerea respondió que sí, cariño, y entonces él dijo que se conformaba con el revuelto de hongos. La botella de vino tinto, 45 euros, la mandó retirar. Olió meneando la copa, cató cerrado de párpados y sentenció desdeñoso, negativo. Le trajeron otra. Reiteró el huele y el pruebe, y finalmente aceptó el producto a cambio de endosarle, con una pedantería deliberada y grandilocuente, una lección de enología a la camarera. Chocaron Nerea y él las copas. Ella:

—Te leo los pensamientos. El primer vino estaba bien.

—Por supuesto. Incluso mejor que este. Pero conviene adoptar ante la servidumbre una distancia de superioridad jerárquica. Ahora los de la cocina estarán acojonados. Se esforzarán a tope. Normal. Les va la vida en ello. Y de todo lo que pidamos nos traerán lo mejor.

—O escupirán en el plato. Como haya algo de espumilla en la salsa, no pruebo.

—¿A qué saben las endivias?

—A endivias. ¿Y los hongos?

—A hongos.

A punto de cumplir doce años de matrimonio, con incontables rupturas seguidas de apasionadas reconciliaciones, aún vivían en pisos separados. Tu espacio, el mío. Tu suciedad aquí, la mía allí. Y hablaban, masticantes, untadores de pan en la salsa, al respecto, Quique con una especie de arrebato jubiloso por una comprobación que había hecho de repente. ¿Cuál? Había caído en la cuenta de que durante los primeros seis años de matrimonio, él no había dejado de pedirle a ella que se viniera a vivir con él (un techo, una cama; sí, pero un solo cuarto de baño), mientras que desde entonces hasta ahora, otros seis años, mes arriba o abajo, ha sido ella la suplicante y él el que se niega.

—Tú sabes por qué me negaba. En cambio, yo no sé por qué te niegas tú.

—Me gustaba tu secreto. Claro está que lo desconocía por tratarse de un secreto. Me excita la idea de que me escondes algo importante de tu vida privada y luego llego yo, te lo quito y lo destruyo. Es como robarte la braga después de violarte. Y, ojo, que si lo miras con atención soy yo el que sale perdiendo. Me llevo el desengaño del niño que ha destrozado su juguete favorito. Por eso no quiero que vivamos juntos. Me daría mucha pena llegar a conocerte tanto que no hubiera entre tú y yo un margen, aunque sea pequeño, para la sorpresa.

El secreto lo deshizo una indiscreción de Bittori. Y al percatarse de que había metido la pata, tiró de impostada candidez:

—Ah, pero ¿no lo sabías?

Un mal trago para Nerea, sentada junto a Quique en el sofá, con cara de mentirosa pillada e *Ikatza* en el regazo. En la versión que le había contado a Quique en anteriores ocasiones se afirmaba que su padre había muerto de cáncer de pulmón. Y añadía calculados adornos narrativos para afianzar la verosimilitud del embuste.

Descubierta la verdad, Nerea como que ya no le veía sentido a la separación de domicilios. En el suyo, *my palace,* que decía, custodiaba un museo de la memoria dedicado al *aita* y lo último que quería en casa eran testigos, preguntas, opiniones, manos que tocan, agarran, manchan. Una exposición de reliquias paternas en parte a la vista, en parte (la mayor parte) disimulada detrás de puertas, dentro de carpetas, cajones y armarios: fotos, recortes de prensa («ETA asesina a un empresario en», «ETA reivindica, todos los partidos menos Herri Batasuna condenan»), prendas de vestir del difunto, objetos que le pertenecieron. ¿Como cuáles? La vela en forma de cacto que yo le regalé de niña, una pluma estilográfica, trofeos de cicloturista y de jugador de mus, la camisa con dos agujeros de bala, adminículos de oficina, algunos pares de zapatos, también el par que llevaba la tarde del atentado. En fin, esas cosas de alto valor sentimental para Nerea que había recibido, unas de su madre, otras de Xabier. Y la pistola.

Fue a su hermano a quien se le ocurrió llevar la camisa a la tintorería. Lo que es por Nerea, ella la habría conservado con los corros de sangre. Y después que Quique supiera de qué modo había muerto su suegro, al que nunca conoció, pues la verdad es que Nerea ya no sintió necesidad de ocultarle por más tiempo las reliquias, sólo que ahora resulta que él no quería a su lado aquellos trastos de víctima del terrorismo. Como mucho, las fotos. Lo demás le parecía macabro. Nerea no estaba dispuesta a desprenderse de nada. Pues eso faltaba. Así que cada cual siguió viviendo en su piso y se encontraban con frecuencia, casi a diario, no siempre, según.

Quique había colocado como de costumbre el móvil sobre la mesa, al costado del plato, y cada dos por tres lo miraba. Es sábado, pero los negocios no descansan. Y mientras atacaba el rape a la parrilla con almejas (Nerea, bacalao Portuetxe), los trinos del WhatsApp le anunciaron la llegada de un mensaje. Nada, una chorrada de Elizalde, un vídeo corto, para reír, de un futbolista calvo al que continuamente le da el balón en la cara. Fueron socios, son amigos, se escriben de broma. Nerea mantuvo su propia teoría.

—Ese te anda tentando para saber si estás libre y largarse contigo esta noche de merodeo.

—Si no hubieras tenido tu disputa con Marisa, ahora podríamos estar aquí los cuatro cenando juntos y partiéndonos de risa.

—Todavía me pregunto por qué no le saqué los ojos.

Se llevaban bien. ¿Amigas? No exageremos. La relación alcanzaba para conversaciones agradables, ir las dos juntas de cuando en cuando a El Corte Inglés de Bilbao e incluso intercambiar alguna que otra confidencia de alcoba, pero sin entrar en grandes intimidades. No por nada, sino que tenían caracteres dispares, gustos dispares e intereses dispares. Y entonces, en la cafetería de El Corte Inglés de Bilbao, Marisa, que según Nerea tenía sus puntas de envidiosa, va y le dice sin que venga poco ni mucho a cuento que:

—No es por meterme donde no me llaman, pero yo en tu lugar vigilaría un poco a tu marido. Hay que ver cómo le tiran las faldas.

Volvieron por separado a San Sebastián, Nerea en el autobús de línea, la otra en su coche. Y hasta hoy.

—Intentó romper nuestro matrimonio y eso no se lo consiento.

—¿Qué tal está el bacalao?

—Bien, pero con vino tinto no me va.

—Pues vamos a pedir uno blanco.

—¿Elizalde no le pone los cuernos a esa imbécil?

—A todas horas.

—Es la típica tonta que va de lista.

La camarera trajo la botella de vino blanco. Que si deseaban catar. Quique le pidió/ordenó que dejara la botella encima de la mesa. Si el vino estaba malo, ya la llamarían.

—Aquella cadena de oro con la hoja de ginkgo que te regalé, ¿ya no te la pones?

—La tiré al Támesis el día en que perdí los nervios. Pero no te preocupes porque me sé de memoria dónde cayó y en cualquier momento la podría recuperar.

—Te regalaré otra. No quiero que te enfríes.

Se enfadó mucho, berreante en su soledad habitacional, matutina, más consigo misma que con él. Es que, para empezar, no aguanta que Quique haga, cuando va por la calle, como que coge de la mano al hijo que no tienen. En Londres repitió el gesto. No una, varias veces. En la última, que desencadenó su enfado, Nerea lo vio desde la ventana del hotel. Quique se dirigía a su reunión, trajeado, elegante, y en el momento de cruzar la calle, cogió la manita de su niño invisible. ¿Supondría que ella lo estaba observando desde una ventana del quinto piso? Ya me parezco a mi madre, que se asoma a mirar cuando nos vamos. Y esta comprobación la terminó de enfurecer.

Nerea prescindió del postre. Él, no: flan, café solo y una copa de pacharán, que pidió después de averiguar que tenían la marca que él vende.

Durante varios años, Nerea estuvo convencida de que Quique era estéril. Y el caso es que él, desanimado, compartía la suposición. Ella lo persuadió a que se hiciera analizar el semen. ¿Para qué? No sé, a veces hay pocos espermatozoides o estos no mueven la colita y entonces ya no sirven. Los resultados del laboratorio demostraron que el semen de Quique es de buena calidad. Luego la infertilidad, en todo caso, la afecta a ella, que se defiende:

—O es que tú no apuntas bien.

Y Nerea dejó de buscar hombres, sementales de aspecto físico similar al de Quique. Porque, claro, si te sale un hijo rubio o negro, ¿cómo explicas? Le pensaba endosar un huevo de cuco a su marido, pero no lo consiguió. Y eso que dispuso de inseminadores a porrillo.

De un tiempo a esta parte, a él le ha dado por llevar de la mano a su hijo que no tiene, que nunca tendrá, al menos conmigo. Sabe que el juego morboso, ¿una manera de echar en cara?, me pone de los nervios. Quique sufría y ella sufría y se enfadaba porque él sufría.

—La cuenta, por favor.

Nerea fue más rápida en el momento de tenderle a la camarera la tarjeta de crédito. Dio de propina lo mismo que costaba la botella de vino que Quique había rechazado. Fuera del restaurante, antes de entrar en el coche, se amartelaron, besucones, manoseándose en la semioscuridad, bajo el cielo estrellado.

—Hostia, pero si no llevas braga.

—Para que no me la robes.

—Me encanta el olor de tu entrepierna. Te follaría aquí mismo.

—No es buen sitio. Aquí el río baja blanco.

—Eso era antes.

—Preferiría que fuéramos más arriba de la chatarrería esa que has dicho.

Y, en lugar de volver a la ciudad, tomaron la carretera de Igara, hacia parajes montuosos, hacia crecientes, arboladas tinieblas.

118
Visita no anunciada

Nerea sabía por su hermano que Bittori y Arantxa se veían casi todas las mañanas en la plaza del pueblo. También fue Xabier quien la puso al corriente de los días en que su vieja amiga acudía a las sesiones de fisioterapia en el hospital y a qué hora. La información entrañaba la velada sugerencia de que la visitase. Y Nerea, en un impulso espontáneo, decidió visitarla. Pero, ojo, que unas veces la acompaña una mujer bajita, del Ecuador, y otras su madre.

—¿Me va a morder o qué?

—Yo te aviso por si no quieres cruzarte con ella.

¿Cuánto hace que no se veían? Uf, desde los tiempos en que Nerea estudiaba Derecho en San Sebastián. Deja que piense. Más, bastante más de veinte años, antes de haberse ido ella a estudiar a Zaragoza. Por entonces Arantxa ya estaba casada, seguía trabajando de dependienta en la tienda de zapatos y vivía en Rentería con su marido. La perdió de vista, transcurrió una década, transcurrieron dos y ya había empezado la tercera. Mucho después del último encuentro, ¿cuándo?, ni idea, Arantxa sufrió el ictus. De esto también se había enterado Nerea por Xabier.

—La verdad es que impresiona verla en su estado actual.

—Deja de protegerme, hermanito. ¿Se puede hablar con ella?

—Lo entiende todo. Para comunicarse usa un iPad. Le preguntas y ella te responde por escrito. Sé que recibe la asistencia de una logopeda, pero ignoro si ahora mismo es capaz de articular palabras de forma comprensible.

Nerea subió un miércoles por la tarde al hospital. Siguiendo las instrucciones de Xabier, se presentó a la persona que debía servirle de guía. Encontró a Arantxa sentada en su silla de ruedas, sola en el pasillo, haciendo tiempo a la espera de que viniera a buscarla la fisioterapeuta.

Por poco me caigo de pena. El pelo corto, con bastantes canas; una mano cerrada, inútil, el cuello torpe y los rasgos faciales leve pero visiblemente deformados. A Nerea le costó unos instantes reconocer en aquella mujer desmejorada a su amiga de la adolescencia. Y lo primero que pensó fue: hostia, qué palos da la vida. Y lo segundo: espero que no se enfade por no haberle anunciado mi llegada.

—Arantxa, maja, mira quién ha venido a verte.

Medio segundo de asombro/duda al volver la cabeza. Y después, de golpe, su cara entera se transformó en una mueca violenta de alegría. Tras recibir un beso ritual, alargó la mano derecha para tocar, para coger, qué angustia, para llevar a cabo una tentativa de abrazo con la amiga que ya retiraba el cuerpo. Y Arantxa trataba de fonar y no lo conseguía, y era tal el empeño que ponía en expresarse que por un momento pareció que se ahogaba.

—Os dejo solas, que seguro que tenéis mucho que contaros.

Con nudillos afectuosos, ¿compasivos?, Nerea le acarició a su amiga la mejilla. Y esta le dirigió una mirada de resignación, como diciendo: ya ves, esto es lo que hay. O algo por el estilo.

Nerea optó por explayarse locuaz, explicativa, para bajar la temperatura dramática del encuentro. Que sabía por su hermano, que se había enterado, que le habían dicho. Y concluyó, sincera:

—Qué putada, ¿eh?

Arantxa, que para entonces ya había sacado el iPad del hueco entre su cintura y el costado de la silla de ruedas, confirmó, mustia de ojos, cabeceante. Con el aparato en su regazo, escribió:

«Me alegra mucho verte».

—Lo mismo digo. ¿Qué tal?

«Mal.»

—Qué pregunta más tonta. Perdona.

Y viendo que Arantxa se reía, Nerea la imitó, aunque floja de labios.

«Me he divorciado.»

Aquel dedo índice, pálido, delgado, saltaba con agilidad entre las letras. Terminadas las frases, Nerea miraba la pantalla y leía.

«Mi ex me dejó. No me importa.»

Le preguntó si tiene hijos. Sabía cuántos. Se lo había dicho Xabier, pero es que a Nerea le costaba adaptarse a aquella forma de conversación hablado-escrita, y en espera de ir ganando naturalidad, formulaba preguntas protocolarias, bobas.

Arantxa, coincidencia con el gesto de la victoria, mostró dos dedos.

«Lo que más quiero en la vida. Viven con él, pero los veo mucho. A lo mejor vienen luego y te los presento.»

A continuación, letra a letra, pero rápida, especificó edades, escribió los nombres, calificó a sus hijos de listos, guapos, cariñosos.

«Han salido a mí.»

—Estás orgullosa de ellos, ¿verdad?

Asintió sacudiendo rotunda, contenta, la cabeza. Y le preguntó por su vida. Nerea resumió: casada, sin hijos, trabajo en Hacienda. Y, al inclinarse para mirar de nuevo la pantalla, no pudo evitar un pinchazo de emoción cuando leyó que su amiga la veía muy guapa.

—No creas. También a mí se me están acumulando los años.

«Vivo con los *aitas.* A tu madre la veo mucho.»

—Sí, ya me ha contado.

«Siento lo de su enfermedad.»

Ah, o sea que está informada.

—Xabier y yo procuramos acompañarla el mayor tiempo posible. Xabier más. Ya sabes que ha sido toda la vida un enmadrado.

«La gran pena de Bittori es morirse sin que mi hermano os haya pedido perdón.»

—Pues sí, le falta ese consuelo.

«Ando metiendo presión a Joxe Mari. No paro.»

—¿Le escribes?

Asintió juntando y separando las yemas de los dedos varias veces para significar que le mandaba muchas cartas o mensajes o lo que fuera.

«Mi hermano tiene miedo.»

—¿Miedo?

«A que Bittori vaya a la prensa con un escrito suyo donde ponga perdón. Es por si se enteran los compañeros.»

Por el fondo del pasillo aparecieron una sonrisa de dientes blancos, una bata no menos blanca e impoluta, una cara joven: la fisioterapeuta, que hablaba con simpatía dicharachera.

—¿Qué, guapetona, tienes visita?

Arantxa se apresuró a escribirle alguna frase en la pantalla del iPad. La fisioterapeuta se mostró inmediatamente de acuerdo. A continuación le indicó a Nerea que esperase allí sin moverse, que ya la iban a llamar. Nerea esperó sola en el pasillo. ¿Qué se traerán estas entre manos? A juzgar por las caras, sin duda algo divertido. Al rato la llamaron. Entró en la sala de rehabilitación. Le habían preparado una sorpresa: Arantxa de pie, a cada lado una fisioterapeuta. E insegura, tensa, consiguió dar un paso sin ayuda, sin sujeción, un paso corto, tambaleante, huy Dios, que se cae, dos, cuatro en total. Y por detrás le acercaron la silla de ruedas para que se sentase. Elogios, aplausos de todos los presentes. Nerea también aplaudió. Y faltó poco para que se le saltaran las lágrimas.

Se despidió de Arantxa minutos después, no sin antes prometerle que volvería en alguna otra ocasión. Nerea recorrió el pasillo metida en pensamientos, más bien en preocupaciones. Su madre, claro. Y a punto de alcanzar las escaleras, me alegro de haber venido, una voz la saludó de cerca con un hola seco, cortante, al que ella correspondió sin tomarse el tiempo de comprobar quién la había saludado. Volvió la cabeza. Vio la espalda de Miren, que se alejaba hacia el pasillo. ¿Es Miren? Claro que era ella, acompañada de un chaval que le sacaba dos palmos de altura y una chica muy mona, de pelo largo recogido en coleta. Por la edad, porque acompañaban a Miren y porque estaba más claro que el agua, adivinó que eran los hijos de Arantxa.

119
Paciencia

Por la noche, Nerea llamó a su hermano. Se lo tenía prometido. Le contó, sin perderse en demasiados detalles, cómo había transcurrido su visita por la tarde a Arantxa. No olvidó referirle que Miren la había saludado.

—No puede ser. ¿Estás segura?

—A mi lado no había nadie, así que el saludo ha tenido que ser para mí. Un hola rápido. No me ha dado tiempo ni de verle la cara.

Y por último abordó el asunto que más la preocupaba.

—Arantxa está al tanto de la enfermedad de la *ama.*

—Pues no me imagino de qué clase de información dispone. Yo, a la *ama,* todavía no le he revelado el diagnóstico.

—La *ama* no es tonta. Sabe que nadie va al oncólogo a curarse una faringitis. Seguro que intuye lo que tiene, aunque no le pueda poner nombre.

—Te agradecería que la visitaras y fueras preparando el terreno. Yo, de momento, estoy un poco bajo de ánimo.

—Tranquilo. Mañana mismo iré.

—Hazme un favor. Aunque te lleve la contraria, no discutas con ella.

Le compró un ramo de flores. Mala idea, como luego comprobó. Se le ocurrió de pronto, por el camino a casa de su madre, al pasar por delante de una floristería, y pensó: le voy a regalar unas flores en señal de buena voluntad. Bittori, nada más verlas:

—Oye, que todavía no me he muerto.

Paciencia. Antes de entrar, parada en el descansillo, Nerea preguntó por el felpudo de Londres.

—Ya me has preguntado por él otras veces. Te puedes figurar que no me gustaba.

—Nunca me lo has dicho.

—Hija, hay cosas que no hace falta que se digan.

Paciencia, paciencia. Se acordaba del ruego de su hermano: que por favor no discutiera con ella.

—¿Y tu marido? ¿Os habéis vuelto a separar?

—Por ahí anda.

—Ese siempre anda por ahí.

—Tiene mucho trabajo, *ama*. No seas malpensada.

Bittori colocó el ramo de flores en un jarrón con agua. Dijo que olían bien y el sábado, si no te importa, se las llevaré al Txato. Nerea, en tono suave de queja, consideró que hacía frío en la sala. Lo dijo mirando la puerta del balcón, abierta de par en par.

—Es por si la gata vuelve. Empiezo a temer que le haya ocurrido una desgracia.

—Ayer visité a Arantxa en el hospital.

—Me lo ha contado esta mañana.

—Ah, bueno. En realidad he venido a contártelo, pero si lo sabes todo...

—Sé su parte. La tuya, no.

Paciencia. Sentadas, ella aquí, su madre al otro lado de la mesa baja, en medio el jarrón con flores y las dos tazas de café soluble, descafeinado, Nerea explicó con qué propósito había subido al hospital y cómo se fraguó su encuentro con Arantxa. Y Bittori la interrumpía cada dos por tres.

—Sí, ya lo sé.

Lo cual ponía a Nerea cada vez más nerviosa, pero paciencia. Respira hondo, muchacha. Calma y paciencia. Le contó otra cosa. Y Bittori:

—Sí, ya lo sé. Y ahora me vas a contar que Arantxa anduvo seis pasos sin ayuda de nadie.

—Cuatro.

—Pues a mí me ha dicho seis.

—Al irme vi a su madre. ¿También te lo ha contado Arantxa?

—No, eso no.

Por la puerta del balcón entraba el frescor del anochecer con una nota cada vez más perceptible de humedad marina. ¿Luz? Poca. Para Bittori, suficiente. A Nerea la incomodaba la sensación como de interior de una cueva dentro de casa. Si lo llego a saber me traigo una linterna. Y en la pared, el reloj de péndulo campaneó, perezoso, rutinario, las ocho de la tarde. El ambiente era extraño, de una pesadez triste y mal iluminada. Envolvía los adornos, las paredes, los muebles, un olor característico que, sin llegar a repulsivo, resultaba todo lo contrario de acogedor. Y era el mismo olor que emana de las ropas y el cuerpo de mi madre cuando la abrazo.

—¿Te paraste a hablar con ella?

—Qué va. Para cuando me di cuenta de quién me saludaba, ya había pasado de largo con sus nietos.

—Ah, ¿iba con sus nietos? ¿Cómo son?

—El chaval, alto; la chica, con buen tipo. Pero sólo los vi por detrás. Por cierto, Arantxa me contó algunas cosas de las que a mí no me has hablado.

—¿Qué cosas?

—Sentía, según dijo, pena por tu enfermedad. Me sorprendió que estuviera mejor informada que yo sobre esta cuestión.

—A lo mejor sí estás informada. Porque, que yo sepa, de vez en cuando hablas con tu hermano. Lo que Xabier no sabe es que llamé el otro día a Arruabarrena. El médico me dijo que estaba todo hablado con Xabier, que es quien me tiene que dar las explicaciones de lo que haya que explicar. Bueno, eso fue el viernes de la semana pasada y aquí sigo esperando. En este tiempo tu hermano me ha llamado por teléfono todos los días. ¿Tú crees que me ha dicho algo sobre los resultados de las pruebas médicas? Ni una palabra. Y ahora vienes tú con un ramo de flores. ¡Menudo equipo formáis!

—Las flores son un detalle de afecto. Nada más.

—Si no nos comunicamos dentro de la familia, es normal que unos no sepan lo que les pasa a los otros.

—Pues ahora tienes una oportunidad para comunicarte conmigo. Y te agradecería que encendieras la lámpara. Estás ahí cerca y casi no distingo tu cara.

—Es que si la enciendo, entran mosquitos.

Paciencia. Nerea, socarrona, preguntó a su madre si por casualidad recordaba dónde había colocado su taza de café. Y fingió buscarla tentando la superficie de la mesa. Concho, pues que encendiera la lámpara, pero que antes cerrase la puerta del balcón. Nerea, encantada. Sin pérdida de tiempo hizo lo uno, hizo lo otro. Volvió a sentarse y Bittori, seria, con entereza, dijo que:

—Hasta aquí he vivido y quizá un poco más. Sé lo que tengo dentro del cuerpo. No voy a someterme a quimioterapia ni a ninguno de esos suplicios. Quiero reunirme con mi marido, que ya va siendo hora, y nadie me lo va a prohibir. ¿Vivir un año más? ¿Dos? ¿Para qué? A mí me mataron hace mucho tiempo. Desde entonces no he sido más que un fantasma. Como mucho, media persona. Y eso porque algo le tiene que quedar a una donde sentir el daño que le han hecho y porque, además, con dos hijos, una aguanta de pie como sea. —Nerea hizo un amago de réplica. Bittori la atajó—. Estoy hablando yo. No tenéis que preocuparos por la herencia. Está todo arreglado. No hace falta que os peléis. Vais al cincuenta por ciento. Y ahora escucha bien lo que voy a decir. Te lo digo a ti porque con tu hermano no se puede hablar de estos asuntos. Enseguida se viene abajo.

Nerea miraba la cara serena, llena de decisión, de lucidez, de su madre. Y era como si la mirase por primera vez en su vida. Otras veces fijaba la vista en las flores. Y, en efecto, le parecían ahora un ornamento mortuorio.

—Esta es mi voluntad. Me sepultáis con el *aita* en Polloe, mi caja encima de la suya. Hay espacio en el panteón para un difunto más. Me dejas por favor puesto el anillo de casada, lo mismo que a él lo enterramos con el suyo. Y ocúpate de ponerme los zapatos blancos del día de mi boda. Los tienes a la vista en el ropero de mi cuarto. Esta tarea no se la puedo encargar a tu hermano. Ni la entiende ni es capaz de llevarla a cabo.

Pero tú eres mujer, no hace falta explicarte ciertas cosas. Poned por favor dos esquelas en *El Diario Vasco,* una en castellano y otra en euskera. Que aparezca en las dos el mote del *aita.* No me hagáis ningún funeral. Y ahora lo más importante, aunque en realidad todo es importante. Si veis que dentro de un año o dos o los que sean, la situación política se calma, que de verdad se ha acabado el terrorismo, nos lleváis a los dos al cementerio del pueblo. Eso es todo lo que te pido.

—¿Has hablado con Xabier de esto o al menos de una parte?

—Qué coño voy a hablar si lleva un montón de días sin venir a verme. Y de estos temas yo no quiero hablar por teléfono.

—Ya puestas a ser sinceras, me he enterado de que estás empeñada en que el hijo de la Miren te pida perdón y Arantxa te está echando un capote. ¿Es verdad?

—¿Por qué crees que sigo con vida? Necesito ese perdón. Lo quiero y lo exijo, y hasta que no lo consiga no me pienso morir.

—Tienes un orgullo que te lo pisas.

—No es orgullo. En cuanto coloquéis la losa y me quede con el Txato, le diré: el idiota se ha disculpado, ahora ya podemos descansar en paz.

120
La chica de Ondárroa

No lo doblaron las condiciones carcelarias. Y fíjate que han sido duras. En unos centros penitenciarios más que en otros. Ya veremos qué le depara el futuro. Esto cada vez se le hace más cuesta arriba. Los años, claro está, no pasan en balde; pero él no cree que haya sido el tiempo el que lo partió como a un palo seco, aunque también, no lo vamos a negar. Fue principalmente otra cosa. ¿Qué? Joxe Mari atribuye el inicio de su hundimiento moral a la chica de Ondárroa. Está convencido. A partir de aquella historia que empezó siendo tan bonita le entró la carcoma de la tristeza, me cago en diez, que no te enteras y te va royendo y te va royendo, y a lo último te deja el mueble lleno de agujeros.

Ha visto llorar a su padre detrás del cristal del locutorio. Le daba pena el viejo; pero era una pena, ¿cómo te diría yo?, de la ropa para allá, o sea, que al final de la visita se la llevaba el viejo pegada a la espalda. Él no tenía sitio entonces para penas. Por encima de todo, Euskal Herria. La causa por la que se había sacrificado, su razón de ser, su todo. Y al ver marcharse a su padre, experimentaba, ¿qué?, joder, pues decepción. Esa es la palabra. La decepción de tener un padre blando, de haber sido engendrado por un hombre débil.

—*Ama,* es mejor que no venga.

—No te preocupes, que a este la próxima vez lo dejo en casa.

A solas, Joxe Mari buscaba en sí mismo signos de debilidad como quien se examina el cuerpo a la caza de yo qué sé, de pulgas o piojos. Buscaba esos posibles signos con el deseo feroz de exterminarlos, no vaya a ser que me contagien alguna gaita psicológica. Y si en el patio, en la sala del televisor o en cualquier otra parte veía a un compañero decaído, con los ojos húmedos, le echaba la bronca, le exigía disciplina, seguimos siendo militantes, *cagüendiós*. ¿Ser débil, parecer débil? Antes se habría dejado cortar un brazo.

Tampoco lo doblaron las huelgas de hambre. Y mira que son jodidas. Ahora, si hay que hacerlas, se hacen. Ya sea para exigir la excarcelación de algún preso de la organización aquejado de una enfermedad grave, para protestar por la política penitenciaria, porque ETA, a través del frente de cárceles, ha dado la orden o por lo que sea. Y vigilaba que ningún compañero se acercase más de lo debido al economato. O que mandase a alguno de los *arruntak* a comprarle chocolatinas, bolsas de patatas fritas y esas cosas. Su huelga más larga fue de cuarenta y un días, en Albolote. Bebí toneladas de agua. Y perdió diecinueve kilos, que lo vio su madre en una visita de locutorio y se quedó espantada.

—Oye, ¿tú no tendrás cáncer?

Le respondió que estaba como Dios. Mentira. Le daban mareos a todas horas, no tenía fuerza para nada. Tampoco le dijo que desde hacía varios días echaba orina roja. Se lo pensaba contar al médico, pero lo fue dejando por no enfrentarse a un diagnóstico chungo. Luego hubo asamblea, votaron todos a favor de parar la huelga y *al de* pocos días me salía la *pixa* normal. Joxe Mari achaca a las huelgas de hambre su habitual estreñimiento y una almorrana que todavía le hace pasar muy malas temporadas.

Los largos meses sometido al régimen de aislamiento tampoco lo doblaron. Veinte horas diarias metido en la celda. En verano, un calor que te cagas. Los funcionarios dando órdenes a grito limpio. Las visitas, reducidas a ocho, diez minutos. Y la cabronada de los registros nocturnos cada dos horas o cuando les da la gana. Entre medias le arreaban desde fuera golpes en la chapa de la puerta para que no *dormiría*. De pronto, entraban.

Gritos, desnúdate, haz flexiones. En ese plan. Más los insultos de rigor. Pero ni aun así consiguieron doblarme el espinazo.

Cuando lo de Miguel Ángel Blanco, tres funcionarios le sacudieron una tanda de puñetazos. Bueno, un funcionario. Los otros dos se encargaron de sujetarlo. La noticia del secuestro había llegado a la cárcel tres días antes. Nada más conocerse el ultimátum de ETA, Joxe Mari le dijo en voz baja a un compañero que:

—A ese chaval se lo van a cepillar.

A última hora de la tarde del 12 de julio se supo que le habían pegado dos tiros en la cabeza. Había sido ingresado en un centro sanitario de San Sebastián. Se debatía entre la vida y la muerte. A primera hora de la mañana, los noticiarios confirmaron su fallecimiento. En caso de atentados mortales se percibía una tensión en el aire de la cárcel. Y había malas miradas. Uno de los funcionarios:

—¿Qué, estaréis contentos?

Joxe Mari no recuerda que sonriese. Igual sí, pero no por los motivos que el funcionario suponía. Entrada la noche, simularon un registro de la celda y fueron a por él. Hostia va, hostia viene.

—Esto por las risitas de antes, etarra de mierda. Si quieres más, ya sabes.

Años atrás, en Picassent, se vio envuelto en una pelea con dos presos comunes. Fue durante la cena. ¿La razón? Una menudencia. En realidad, basta que a un par de tíos no les guste tu cara. Y aunque los tumbó, plis plas, sin dificultad, no pudo evitar que uno de ellos lo pillase desprevenido y le abriera una brecha en la cabeza con una silla. Sangre a manta y ocho puntos de sutura. Llega el director y hala, a aislamiento. Un incidente de tantos. Los hay peores, a veces con muertos. Pasó el tiempo, Joxe Mari cambió de cárcel, empezó a quedarse calvo y un día, al mirarse en el espejo, comprobó que el pelo ya no le alcanzaba para tapar la cicatriz.

En fin, tantas cosas que pasan. De muchas de ellas nadie, fuera de la cárcel, se entera. Uno prefiere, además, no revelárselas a la familia para no preocuparla. Pero es igual: Joxe Mari se mantenía firme, piedra dura, mástil erguido en la tormenta, porque, aparte de su fortaleza física, no le faltaban recursos que lo ayudaran a resistir las adversidades, los momentos bajos y todo lo que se le viniera encima. ¿Qué recursos? Antes de nada, el grupo. El grupo es fundamental, la unión de los compañeros. Se lo decía a su madre:

—Ellos son mi familia aquí.

Se añadía la lealtad ideológica. Lo que no acostumbraba hacer cuando estaba libre, lo hacía ahora. ¿Qué? Interesarse por la política. Antes, todo ese palabreo y esas pijadas teóricas le parecían desvíos en el camino hacia el objetivo. La lucha armada era el atajo. Ahora leía con detenimiento artículos, folletos y cualquier panfleto o comunicado procedente de la organización. No se conformaba con alimentar la conciencia de que seguía implicado en la lucha, sino que se dedicaba a reunir argumentos que justificasen dicha lucha y mostraran a las claras que era justa y necesaria. Ah, y apoyada por la mayoría del pueblo vasco. De esta convicción sacaba fuerza de ánimo. Y en cuanto surgía una oportunidad (por ejemplo, en las reuniones semanales en las que los presos de ETA determinaban las pautas de comportamiento dentro de la cárcel, de acuerdo con las consignas que recibían de fuera), se ponía a monologar/discutir acalorado, fanático, cagüendiosero.

Especialmente lo confortaban los ratos en que hablaba en euskera con algún compañero o en grupo. A veces entonaban canciones de la tierra, *Izarren hautsa,* algo de Lete, de Laboa, de Benito Lertxundi, sin alzar demasiado la voz para no provocar, o contaban chistes. En tales ocasiones, Joxe Mari se sentía transportado lejos de allí, a un lugar sin vigilantes, ni muros, ni barrotes, contando los mismos chistes, cantando a voz en cuello las mismas canciones y bebiendo sidra, calimocho o cerveza en compañía de sus amigos de los viejos tiempos. Cerrados los párpados, era capaz de sentir el olor de su pueblo y el de los puerros que traía su padre de la huerta y otro, que para él era el colmo de la fragancia, el de la hierba recién segada. Ya en Albolote, y después, con mayor intensidad, en el módulo 3 de Puerto I, le dio por escribir poemas. Le proporcionaban una grata sensación de intimidad. No se atrevía a enseñarlos a nadie porque sabía que no valían gran cosa y por pudor. Al escribirlos se acordaba de Gorka, de su afición a la soledad y los libros. ¿Qué estaría haciendo su hermano en aquellos momentos?

Así y todo, el antídoto más efectivo que tenía Joxe Mari contra el veneno de la nostalgia, los remordimientos y la sensación de derrota era el odio. En la cárcel le había nacido una rabia profunda y lenta. Como no la podía desfogar, la mantenía a fuego constante dentro del pecho. Ni siquiera por los días en que empuñó las armas llegó a experimentar nada que se le pudiese comparar. Entonces tenía otras motivaciones. No sé, la conciencia del deber. ¿Que hay que ejecutar a un tipo? Pues se le pegan dos tiros, sea quien sea. Esto de ahora era odio puro y duro, consecuencia de los golpes recibidos, del sentimiento de humillación, de la certeza de que lo que le estaban haciendo a él se lo hacían a su pueblo. El odio le servía a Joxe Mari de refresco en los bochornos estivales, de calefacción en las noches de invierno. Lo insensibilizaba contra cualquier indicio de sentimentalismo. De haber podido matar con la mirada, no se lo habría pensado: habría causado una sucesión de matanzas en cada uno de los centros penitenciarios donde estuvo recluido.

Pero en esto apareció Aintzane, la chica de Ondárroa, dos años menor que Joxe Mari. Sus padres regentaban un restaurante en el que ella también trabajaba. Antes de conocerla, Joxe Mari había recibido cartas de otras chicas vascas. La cosa es que en los bares de la onda *abertzale*, las *herriko tabernas* y en otros sitios se exhibían de costumbre carteles con fotos de militantes de ETA encarcelados. Y junto a las fotos solían figurar el nombre del preso y el del centro penitenciario donde lo tenían encerrado. Joxe Mari y sus compañeros recibían con cierta frecuencia cartas de chicas para las cuales ellos eran auténticos héroes. Cartas rebosantes de admiración y simpatía, de deseos de transmitir ánimo y ayudar a los *gudaris* presos a sentirse menos solos. Cartas que con el tiempo bien podían tomar un rumbo de expectativas amorosas.

Joxe Mari y Aintzane estuvieron comunicándose por carta un año largo antes de su primer encuentro. Al principio se escribían en euskera. Adoptaron el castellano al comprobar que de este modo se aceleraba el control de la correspondencia y a Joxe Mari le entregaban las cartas con mayor rapidez. Un día ella lo visitó en el locutorio de Puerto I. Era, no gorda, más bien grande y fornida, guapa, de risa fácil, simpatía natural y muy echada *palante*. Fue idea suya concertar un vis a vis íntimo no bien Joxe Mari, sobreponiéndose a su atolondrada y corpulenta timidez, le hubo confesado en el locutorio que él en realidad no, que hasta la fecha nunca, aunque había tenido una novia en su pueblo, pero era una estrecha.

—No se dejaba besar en la calle.

Y por un instante la sala de locutorios se llenó con la risotada estruendosa de Aintzane.

Joxe Mari se dejó guiar. Recibió ternura, caricias, palabras amorosas susurradas al oído, y disfrutó. Ese fue el problema. Por la noche, incapaz de conciliar el sueño, comprendió de sopetón, y fue como si le cayera encima el techo de la celda, que se le estaba escapando lo mejor de la vida. No es que no lo hubiera pensado antes. Es que ahora tuvo por vez primera la sensación física de que había tirado por la borda su juventud.

Días más tarde, durante un partido de fútbol televisado entre la Real y el Athletic, se fijó, no en el balón, no en los lances del juego, sino en la gente que abarrotaba las gradas del estadio de Anoeta, vascos como él con ikurriñas, con pancartas, algunas con la petición de que se acercara a los presos a cárceles de Euskal Herria, y los veía saltar y cantar y festejar. Y vio asimismo unas imágenes del telediario que acompañaban a la noticia de las altas temperaturas en el norte de la península, y salía la playa de La Concha llena de gente en bañador, vascos relajados, vascos quizá felices, que paseaban por la orilla, nadaban y se soleaban, parejas de enamorados tendidos en toallas, chavales en piragua, niños que cavaban en la arena con una pala de plástico. Y de buenas a primeras se le puso un sabor amargo en la boca, y aun más allá de la boca, en el centro mismo de sus convicciones y pensamientos.

Aún tuvieron Aintzane y él otro encuentro íntimo con su ráfaga de placer un tanto precipitado. El sitio, la verdad, con aquella cama en la que vete tú a saber cuántas parejas se habían acostado, tampoco invitaba a las expansiones románticas. De nuevo Joxe Mari, a solas, notó que algo en su interior pugnaba por tumbarlo, que el mástil empezaba a doblarse y toda la nave a irse a pique. Tiempo después, Aintzane dejó de escribirle. Bueno, supongo que encontró a otro. Son cosas que pasan. Lo único es que en la cárcel duelen más.

121
Conversaciones de locutorio

Al principio, muy al principio, Miren iba a ver a Joxe Mari dos y hasta tres veces por mes. Salía de casa resolutiva, heroica, luchadora. Y a la vista del edificio de la cárcel, le entraba un coraje de cejas hoscas, de dientes apretados. Protestaba por la falta de higiene en los locutorios; ponía en duda que hubieran pasado los cuarenta minutos de la visita; se encaraba, tuteadora, con los funcionarios de turno, recriminándoles la dispersión de los «presos vascos» como si fuera cosa de la que pudiera echárseles la culpa por vestir uniforme. Que por qué obligaban a los familiares a hacer un viaje tan largo. Que qué más da que a su hijo lo tengan en esta cárcel o en una cerca de casa si, total, está encerrado entre paredes que son iguales en todas partes. Señora, si desea formular una reclamación, diríjase a. Chocaban lenguajes, acentos, voluntades, y un día, en Picassent, después de un viaje dificultoso con pinchazo de rueda y casi nos matamos, le vedaron el acceso a la sala de locutorios. Así, sin más. O eso es lo que ella dijo después a todo el mundo en el pueblo. En adelante, se calmó. ¿Se calmó? Ni por asomo. Lo que hacía era desahogarse en el autobús, tanto a la ida como a la vuelta. Con el tiempo, se volvió ahorrativa de enfados. Con el tiempo, aprendió a tragar indignación, a resignarse.

Ya antes que hubiera transcurrido el primer año de reclusión de Joxe Mari, Miren tomó la costumbre de verlo una vez al mes. Y a ese ritmo ha seguido hasta hoy, con escasas salvedades, como cuando Arantxa sufrió el ictus. Miren estuvo tres meses seguidos atendiendo a su hija y en ese lapso no pudo visitar a

Joxe Mari. ¿Y Joxian? La acompaña, como mucho, dos veces al año. Al principio más, pero discutían.

Joxe Mari y Miren dialogaban siempre en euskera, enigmáticos según en qué temas, con abundancia de sobreentendidos, por si graban.

—Nos ha dejado Josetxo. El lunes, funeral. Ya sabes, por lo que pasó. Ha sido un cáncer rápido.

—¿Y la carnicería?

—Ahí anda Juani, qué remedio. Va un gentío a comprar. Ayudamos lo que se puede.

A Joxe Mari no le pasaban inadvertidos los esfuerzos de su madre por levantarle el ánimo. Y su orgullo cuando, al darle noticias del pueblo, mencionaba los nombres de las personas que habían preguntado por él y le mandaban saludos.

Una vez que lo visitó por fiestas le contó que:

—El de la taberna me pidió una foto tuya. Ahora ya sé para qué. Estáis en la fachada del Ayuntamiento, tú y los demás. Así de grandes. Y debajo, los nombres. En medio, una pancarta en favor de la amnistía. Todas las mañanas voy y te saludo. Al salir de misa, lo primero que veo, allí, grande, tu cara. Me paran unos, me paran otros. Que te dé un abrazo. Y que si necesitas algo, no dudes. Las caseras no me quieren cobrar. Que sí, que por favor, les digo. Al final, de tanto insistir, me cobran porque ven que no me gusta abusar. Pero si les pido dos kilos de patatas, pues a lo mejor me dan cuatro por el mismo dinero. Y alguna me mete una lechuga en la bolsa aunque el *aita* trae a casa las suyas de la huerta. La pescadera, lo mismo. Me regaló el otro día un besugo. Oye, chica, no seas así, le digo. Ni caso. Hubo concentración delante del Ayuntamiento. Todos los chavales cantándoos. Se me puso la carne de gallina. Y las charangas también se paran debajo de casa a dedicarnos cada una una pieza. Yo le pido a san Ignacio que te proteja. Le rezo mucho. Cuídamelo, le digo. Termina la misa y me quedo un rato sola en la iglesia hablando con él. Hace poco se me acercó don Serapio. Dice que también reza por ti y me dio la bendición en nombre tuyo.

—Me escribió el que sabes. Está la izquierda *abertzale* en el Ayuntamiento a ver si nos ponen una calle a Jokin y a mí.

—Ah, pues no sabía.

—Sería la de Dios, pero lo veo crudo. Dicen que es apología.

—Bah, qué coño saben esos.

Años y arrugas. Años y canas y pérdida de pelo. Miren, un día:

—Oye, ¿tú comes bien?

—Como lo que dan.

—Pues esta vez te veo un poco flaco. Lo del Patxo aquel que estaba contigo, ¿sabes?

—Lo último que oí es que estaba en Cáceres II.

—Un traidor.

—¿Pues?

—Ha firmado una carta con otros.

—Ah, eso. ¿Y él también está?

—Se bajan los pantalones. Para que les den la reinserción. Juani me preguntó el otro día si tú también. ¿Estás loca? ¿Mi Joxe Mari? Le puse una cara que no creo que me vuelva a preguntar.

Otro día llegó Miren, lo vio enfadado. Que qué le pasaba.

—Arantxa me ha contado por teléfono lo de Gorka.

—Si no sabemos nada de él. ¿No ves que hablamos poco?

—Es maricón.

—¿De dónde sacas tú eso?

Le contó. Gorka vivía con un tío en el peor de los pecados.

—Por primera vez en mi vida me alegro de estar en la cárcel. Si estoy fuera, no sé qué hago.

—Pues cuando se entere el *aita*, menudo disgusto. Chico, todo nos sale torcido. Qué mala suerte.

—Y la gente del pueblo, ¿qué dirá? Hostia bendita, antes que oírles prefiero estar aquí.

Joxe Mari despotricaba, los puños dispuestos, las palabras mordidas, contra su hermano que:

—Desde pequeño ha sido rarito de cojones. Ahora nos convierte a ti en la madre del maricón, a mí en el hermano del maricón, y tira nuestros apellidos por los suelos. Todavía estoy esperando que se digne visitarme de una puta vez.

Enfermedades pasajeras, algún problema familiar, alguna causa imprevista, impidieron a Miren visitar a su hijo en la cárcel. Pocas veces. En tales casos, ¿qué hacía? Pues recuperaba otro día el truncado viaje e iba dos fines de semana de un mismo mes a la cárcel. Aunque *sería* arrastrándose iba ella a ver a su hijo. Y si me lo llevan a Canarias, como funcionarios bordes amenazaron en más de una ocasión a Joxe Mari, cojo y aprendo a nadar, pues buena soy yo.

La nunca triste, la siempre fuerte y combativa, una vez, una sola vez en tantos años, perdió en el locutorio la férrea contención. A sus ojos asomaron lágrimas, se le quebró la voz. Y Joxe Mari, al verla, sintió una especie de terror/conmoción y no supo qué decir y jamás olvidará aquella visita que terminó de tumbar en él lo que había empezado a inclinarse años antes, cuando la chica aquella de Ondárroa le enseñó el amor físico.

Fue con ocasión del ictus de Arantxa. Miren, seria, dura, le había dado dolorosas noticias telefónicas a Joxe Mari, y estuvo tres meses sin venir a verme, aunque lo llamaba de vez en cuando y le ingresaba regularmente dinero para sus gastos de economato.

—De momento ahí está, en una clínica de Cataluña. La gente del pueblo se ha volcado. Todo lo que te diga es poco. En la Arrano y en todos los bares y en las tiendas han puesto una hucha para ella. Por ese lado no hay que preocuparse.

—Los médicos, ¿qué dicen?

—Nos intentan dar esperanzas; pero yo leo en sus ojos la verdad. Morir no creen que se va a morir, pero esa ni va a hablar ni andar ni nada. Con decirte que come por una sonda que le entra aquí, en la tripa.

A este punto fue cuando un golpe de llanto la dejó sin voz. Se tapaba la cara con las manos. Y al otro lado del locutorio, Joxe Mari apoyó las suyas en el cristal sin saber qué decir como no fuera *ama, ama,* tan corpulento él, tan desbordado por la situación y a la vez tan niño desvalido dentro de su fornida complexión, aunque ya no era ni de lejos el que fue. Pasados unos minutos, Miren recobró la calma, sacó a colación otros temas, se mantuvo serena hasta el momento de la despedida.

Transcurrieron los años, se sucedieron las visitas. Miren:

—Le di tu felicitación. Estaba muy contento. Y muy elegante. De gris, con corbata. A ver si la próxima vez te traigo fotos. Le esperamos fuera del Ayuntamiento. Salieron *al de* un rato él y su marido. Ramuntxo se llama. Yo ya me he acostumbrado a llamarle su marido. Oye, es la mar de majo. Tiene una hija. Es una historia muy triste. Ya te contaré otro día. En las escaleras, un montón de amigos les esperaba y venga a tirarles arroz. Nos vieron al otro lado de la calle y vinieron enseguida, que yo no estaba segura de cómo iba a reaccionar Gorka al vernos. Invitarnos no nos invitó. Pero, qué coño, allá fuimos. El *aita* dándome la lata desde que salimos del pueblo. Se creía que iba a reñirle a Gorka. Yo: anda, calla, calla. Nos llevó a Bilbao en su furgoneta el marido de Celeste. El pobre se quedó esperándonos en la calle hasta las doce de la noche. Si no es por él no conseguimos poner a Arantxa en el asiento. Porque hay que ver lo torpe que se ha vuelto el *aita*. Y ya te digo, muy bien. La cena, porque nos quedamos a cenar, pues eso faltaba, de primera categoría y yo al lado de Gorka con mis zapatos nuevos y bien, muy bien. Chico, qué quieres que te diga. ¿Que nos ha salido como nos ha salido? Juani dice que hay cosas peores. Este asunto lo tengo muy hablado yo con san Ignacio y él me da la razón.

—¿Tú crees que mi hermano es feliz?

—Yo diría que sí.

—Pues ya está. No le demos más vueltas.

122
Tu cárcel, mi cárcel

Solo en su celda, Joxe Mari, 43 años, diecisiete de ellos en prisión, abandonó ETA. Un día de tantos, antes de acostarse, lanzó una mirada a una foto que le había mandado su hermana y dijo para su coleto: hasta aquí. Así de simple. Nadie se enteró porque a nadie comunicó su decisión. Ni a sus compañeros ni a su familia. A nadie. Y eso, medio año antes del anuncio, por parte de la organización, del cese definitivo de la actividad armada.

Se salió de ETA, durmió bien. Ya venía tocado en sus convicciones de un tiempo a aquella parte. Todo influye: la soledad carcelaria; las dudas, que son como los mosquitos de verano que no paran de rondarte; ciertos atentados que, por mucho que aprietes, no caben en el hueco cada vez más estrecho de las justificaciones habituales; los compañeros a los que tuvo por desertores en un primer momento, y ahora comprende y, en secreto, admira.

Se acabó. En adelante, sin mí. Y ni siquiera se le movieron las cejas meses más tarde, cuando vio en el televisor a aquellos tres encapuchados proclamar que ETA había decidido poner fin a la lucha armada. No es que le diera igual. Es que lo consideró un asunto que no le incumbía.

Un compañero al parecer confuso, desconcertado, le preguntó qué opinaba.

—No opino nada. ¿Por qué tengo que opinar?

—Joder, tío, cómo has cambiado.

En otros tiempos habría buscado el debate, soltado la parrafada. Ahora hablaba lo justo; algunos días, ni siquiera eso. Se había vuelto solitario, caviloso. Parecía tranquilo, pero la suya era la tranquilidad del árbol caído. Su soledad deliberada, la de un hombre cada día más cansado. Y tanto como cansado, escamado. Sus cavilaciones, las de una conciencia en la que poco a poco habían dejado de resonar consignas, argumentos, toda esa chatarrería verbal/sentimental con la que durante largos años él había oscurecido su verdad íntima. ¿Y cuál era esa verdad? Cuál va a ser. Pues que había hecho daño y había matado. ¿Para qué? Y la respuesta le llenaba de amargura: para nada. Después de tanta sangre, ni socialismo, ni independencia, ni pollas en vinagre. Abrigaba la firme convicción de haber sido víctima de una estafa.

Supongo que la *ama*, tan devota de Ignacio de Loyola, sabrá que también el santo fue en su juventud un hombre de armas. ¿Mató? Joxe Mari anduvo buscando el dato en una enciclopedia que había en la biblioteca de la cárcel. No lo encontró, pero lo daba por seguro. Mató y es santo. Mató y estará en el cielo.

El cambio, en su caso, no lo determinaron heridas de guerra ni la lectura de unos libros piadosos. Piensa que hubo causas múltiples. Y causas de causas que llevaron a nuevas causas y a la situación actual, la de un hombre sin más paisaje que las cuatro paredes de su celda, abrumado bajo el peso de lo que hizo en nombre de unos principios que otros idearon y él, obediente, ingenuo, asumió.

Año tras año se agarraba a esperanzas (las próximas elecciones, el pacto de Lizarra, la negociación con el Gobierno del Estado, la internacionalización del conflicto) que a la postre nunca se cumplían. Nunca. Aquí lo único que se cumple es que termina un año y empieza otro. Y de pronto le llegó aquella fotografía, la primera que vio de su hermana en silla de ruedas: el hachazo decisivo que derribó el árbol. O el mástil de la nave, qué más da.

Arantxa se la había mandado por correo ordinario. En la carta adjunta, escrita como de costumbre con la letra de la cuidadora ecuatoriana, Joxe Mari leyó: «Le pido a la *ama* que te lleve una foto mía. No hay manera. Dice que espere, que últimamente te nota bajo de ánimo. Pero yo es que quiero que me veas como soy ahora. ¿A qué viene esto de tener que esconderse? Si vamos a eso, también te he visto yo en una foto sin pelo y con bastante papo, que te pareces cada vez más al *aita*, con la cara de bobos que tenéis los hombres de nuestra familia».

Su pobre hermana. No dejó de quererla ni cuando se casó con aquel españolazo de Rentería que terminó dejándola en la estacada. Y le dio un escalofrío de estupor nada más sacar la foto del sobre. Hostia, hostia, hostia. Ahora se daba cuenta: no había sido capaz de ponerle imagen a lo que ya sabía. Su hermana. La dolorosa, contundente realidad de su discapacidad y la silla de ruedas.

En el momento de hacer la fotografía, Arantxa había mirado directamente a la cámara. Ahora miraba a Joxe Mari desde el cuadrado de papel. Achinados por la sonrisa, sus ojos parecían más pequeños que como él los recordaba. La boca, ¿no la tiene un poco torcida? Y esa forma de sonreír, exagerada, a mí que no me digan, es la típica de quien no está en condiciones de gobernar los músculos de la cara. Se le notaban los años, en las arrugas y en el pelo con muchas canas. Se lo han cortado, qué pena. El pelo corto la afeaba. En el regazo, el iPad. Una mano inútil, cerrada, con una pulsera como de juguete. Y uno de los pies envueltos en una especie de calcetín ortopédico o tobillera, no se distinguía bien.

En la misma carta, Arantxa le escribía: «Tú tienes tu cárcel, yo tengo la mía. La mía es mi cuerpo. Me ha caído cadena perpetua. Tú saldrás un día de tu cárcel. No sabemos cuándo, pero saldrás. Yo no saldré nunca de la mía. Hay otra diferencia entre tú y yo. Tú estás allí por lo que hiciste. En cambio, ¿qué he hecho yo para merecer mi condena?». Esta última frase, en realidad el pasaje entero, le pegó fuerte a Joxe Mari. Ese día se abstuvo de salir al patio. Evitó conversaciones. Apenas probó la comida. No visitó la biblioteca, su refugio favorito de los últimos tiempos. Poco antes de acostarse, volvió a mirar la foto y decidió abandonar ETA sin decírselo a nadie, ni a los compañeros ni a la organización.

Tampoco a su madre.

Quien, por cierto, en la siguiente visita de locutorio, como ya sabía que Arantxa le había mandado una foto, le mostró otras. Arantxa en la plaza del pueblo, Arantxa con Celeste, con el *aita* a la entrada de la huerta, con Gorka y su marido el día de la boda, en la cocina de casa, de pie mientras daba unos pasitos temblorosos en el curso de una sesión de fisioterapia. Fotos que Joxe Mari comentó interesado y sereno, incluso bromista; que no le causaron la fuerte impresión de aquella primera.

Su hermana siguió escribiéndole. Lo hacía de manera irregular. Lo mismo le mandaba dos cartas en una semana que se pasaba un mes sin escribirle. Acabó el año. Entrado enero, Arantxa le envió otra fotografía. En el reverso podía leerse: «Aquí estoy con mi mejor amiga». Tras la silla de ruedas, se veía a Bittori, no tan alegre como Arantxa, pero así y todo risueña. A Joxe Mari le costó reconocer a la mujer del Txato en aquella señora delgada, de aspecto visiblemente desmejorado. Qué mayor está. Ha envejecido peor que la *ama*. Al respecto había una explicación en la carta adjunta: «Está muy enferma». Dos líneas más abajo: «A mí me lo cuenta todo. Nos vemos casi a diario. Somos muy amigas. Sabe que no le queda mucho. Se niega a recibir tratamiento. ¿Para qué si ha perdido toda ilusión? Me dice que aguanta viva a duras penas porque espera un gesto humano de tu parte. No desea otra cosa. Tu torpe y desastrosa hermana te lo pide. No me decepciones. Dicho de otro modo: pídele perdón. ¿Qué te cuesta? Me dolería que no lo hicieras».

Las mujeres, cómo saben enredarnos. Tumbado en la cama, la mente en blanco, Joxe Mari miraba el cuadrado de cielo azul de la ventana. Permaneció largo rato inmóvil, en actitud apática, las manos juntas bajo el cogote. Por fin le vinieron pensamientos. Más bien imágenes. El tiempo, de pronto, retrocedía a gran velocidad. El tiempo consistía en una película que mostraba su vida de atrás hacia delante. Pronto salió de la cárcel y entró en otra y luego en otra, fue maltratado, después detenido, volvió a la lucha armada, a la tarde lluviosa en que el Txato lo miró a los ojos, al *pub* donde disparó por vez primera a un hombre, a Francia, al pueblo, y al llegar a los diecinueve años, las veloces imágenes mentales se detuvieron de golpe. Imaginó entonces un destino diferente que culminaba con el cumplimiento del gran sueño de su vida, fichar por el equipo de balonmano del FC Barcelona.

Constató: pedir perdón exige más valentía que disparar un arma, que accionar una bomba. Eso lo hace cualquiera. Basta con ser joven, crédulo y tener la sangre caliente. Y no es sólo que se necesiten un par de huevos para reparar sinceramente, aunque no sea más que de palabra, las atrocidades cometidas. Lo que paraba a Joxe Mari era otra cosa. ¿Cuál? Yo qué sé. Vamos, cagueta, confiésatelo. Joder, pues que la vieja enseñe la carta a un periodista, se monte el típico circo del terrorista arrepentido, en el pueblo empiecen a hablar mal de él y le quiten su foto de la Arrano Taberna. A la *ama* le daba un patatús.

123
Círculo cerrado

Tarde de nubes. Bittori se asomó al balcón para cerciorarse del tiempo que se avecinaba procedente del mar. Cerrazón de un extremo al otro del horizonte. Llovía con fuerza y tú no subes sola a Polloe, deja que te lleve yo en mi coche. Por la mañana, a ratos, había lucido el sol. Bittori conversó con Arantxa como de costumbre en el rincón de la plaza. Poco antes del mediodía, se montó en el autobús y, sin tiempo de llegar a su casa, el cielo empezó a descargar agua que no veas. Desde entonces no había parado de llover.

Xabier, al teléfono:

—¿Cómo se te ocurre ir al cementerio con lo que está jarreando?

—Tengo cosas muy importantes que contarle al Txato.

—*Ama,* por favor, deja esos juegos.

Pasó, hombros mojados de la gabardina, a recogerla a las cuatro. Bittori ya estaba preparada. Cogió el paraguas y metió la carta en el bolso. En los ojos de esta mujer se enciende a cada poco un destello de felicidad. Y si no de felicidad, de alegría. Xabier conoce la razón. Es que ayer, a última hora, se reunieron los tres. Nerea preguntó alarmada a qué venía tanta urgencia. Y la madre les contó, les enseñó y leyó la carta con mal disimulada euforia, mientras a los hijos se les iba enturbiando la cara de pesadumbre.

—¿Esto es lo que tanto deseabas?

—Exactamente esto, hija.

—Pues ya lo tienes. Enhorabuena.

Ahora toca informarle al Txato. En el descansillo, Xabier se percató de que su madre se marchaba a la calle en zapatillas de casa.

—Menos mal que te has fijado.

De vez en cuando, por el trayecto, Xabier apartaba un instante la mirada del tráfico y volvía la cabeza hacia Bittori. Admirable de verdad, con lo enferma que está. Y los limpiaparabrisas, ris ras, cumplían su función sin descanso.

Bittori:

—Veo esta lluvia y no te puedes imaginar lo que pienso.

—Que llovía igual el día en que asesinaron al *aita*.

—¿Cómo lo has adivinado?

—Ha llovido muchas veces desde entonces con la misma intensidad.

Dejó a su madre lo más cerca posible de la entrada del cementerio. Tarde de diluvio. Y Bittori se apeó lenta, patosa, quién sabe si impedida por un dolor ventral inconfesado. Si no quería que la acompañase. No. Si debía esperarla allí. Bueno, como gustase, pero que menos de media hora no iba a tardar. Y entre las palabras del hijo y las palabras de la madre sonaba un rumor de gotas innumerables que se rompían con susurrada violencia contra el suelo y con una nota de vivaz chisporroteo en el paraguas de Bittori. Menos mal que no soplaba el viento. PRONTO SE DIRÁ DE VOSOTROS, LO QUE SUELE AHORA DECIRSE DE NOSOTROS: ¡¡MURIERON!! Macabro y trivial. Y cómo se resiste la gente a devolverle al planeta los átomos prestados. De hecho, lo raro y excepcional es estar vivo. Xabier esperó a que su madre, de negro ritual, hubiese entrado en el cementerio, para buscar aparcamiento por los alrededores.

Bittori llevaba en el bolso el cuadrado de plástico y el pañuelo de cuello, pero para qué. ¿Cómo voy a sentarme en la losa encharcada?

—Txato, Txatito, ¿no oyes? Llueve como la tarde en que te mataron. Hoy te traigo novedades.

Y le contó, de pie ante la tumba, a cubierto del paraguas, que sin Arantxa, sin su mediación generosa, no habría conseguido cerrar el círculo. Ella ablandó al terrorista, lo convenció de dar el paso que había dado. ¿Y eso? Pues porque lo quiere. Es su hermano, ya lo entiendo. No justifica sus acciones. Al revés, se las juzga severa, sin miramientos. Pero es su hermano. Está tratando por todos los medios de liberarlo de sí mismo, de arrancarlo de su pasado atroz. Y cuando supo de los remordimientos del preso en su lejana cárcel, me escribió en el iPad: «Algo está cambiando en él. Piensa mucho. Buena señal».

Pero estaba asustado.

—¿A que no imaginas lo que se le ocurrió?

Mandarle un objeto simbólico en vez de una petición explícita de perdón. Debe de sentirse muy solo ese muchacho; bueno, ya todo un hombre que antes no pensaba nada y ahora, por lo visto, piensa demasiado. Arantxa anticipó a su hermano que a Bittori no le iba a gustar la idea.

—Y claro que no me gustó. Eso fue hace dos semanas. Y perdona que no haya podido venir a verte. Pero es que entre que se juntaban las novedades y que he pasado unos días con dolores, no he encontrado modo de subir al cementerio.

Joxe Mari pretendía, qué ocurrencia, enviarle una cosa. ¿Cuál? Ni idea. Una que cupiese en un sobre. Una foto, un dibujo. Y él le mandaba la cosa por correo a Bittori y eso significa que le pedía perdón.

—Le dije a Arantxa que conmigo no contase, que yo no estoy para pasatiempos. Y ella me escribió en el iPad que en mi lugar tampoco aceptaría. La cuestión es que el muy cuco tiene miedo de que, si me manda una carta de perdón, yo vaya corriendo a enseñarla a la prensa. Fíjate qué ocurrencias. Se le habrá aflojado más de un tornillo después de tantos años en la cárcel. A mí ni se me había pasado por la cabeza hablar con los periodistas. Es lo último que me apetece, aparecer en los periódicos, que vengan a mi casa a hacerme fotos y preguntas.

Así que respondió que no. Arantxa, poco después: que si podía darle a Joxe Mari garantías de máxima discreción. Se las dio, ofendida de que alguien pusiera en duda su honradez. Y ayer por la mañana le llegó la carta.

—¿Te la leo?

Leyó (casi se la sabía de memoria):

Kaixo, Bittori.

De acuerdo con el consejo de mi hermana, te escribo. Yo soy de pocas palabras, así que voy al grano. Os pido perdón a ti y a tus hijos. Lo siento mucho. Si *podría* dar marcha atrás al tiempo, lo haría. No puedo. Lo siento. Ojalá me perdones. Ya estoy cumpliendo mi castigo.

Te deseo lo mejor,

Joxe Mari

La lluvia caía sobre las tumbas y el camino asfaltado y los árboles oscuros que flanquean el camino. Piedras fúnebres, mojadas, y un fresco olor a silencio. Flotaban sobre la ciudad y más allá, sobre los montes y sobre el mar lejano, las nubes densas. Y no se veía una silueta humana en todo el cementerio.

—Bien, ¿no? Yo tenía mucha necesidad de estas palabras. Cosas mías, Txato. Pronto me reuniré contigo. Ahora sé que voy a venir en paz. Mientras tanto, caliéntame la tumba como me calentabas en otros tiempos la cama. Te dejo, que me está esperando Xabier. Los hijos ya saben que, en cuanto se pueda, nos tienen que llevar al pueblo. Así que, por ese lado, puedes estar tranquilo. Esperemos que no llueva como hoy el día de mi entierro. Pobres asistentes. Se van a calar. Y las flores, lo mismo.

Xabier se apeó del coche para indicarle a su madre, agitando la mano, dónde estaba, como a treinta metros calle abajo. Seguía lloviendo. Que si quería ir a algún sitio. No, a casa.

—Saludos del *aita.*

—Te lo pasas bien hablando sola, ¿verdad?

—Me da consuelo. Y, total, no hay a mi lado gente que me escuche. Ahora, si por casualidad piensas que estoy chalada, puede que te equivoques.

—Yo no he dicho eso.

—Antes que se me olvide, el Txato pregunta cuándo te vas a casar. Dice que ya va siendo hora.

Se hizo el silencio dentro del coche. Parados ante un semáforo en rojo, la calle gris-neblinosa, Xabier se volvió a mirar a su madre.

—Pues sí, definitivamente creo que estás chalada.

El semáforo se puso verde y a Bittori le entró la risa.

124
Mojadura

Tarde de nubes. En casa de Miren, escenas cotidianas tras la comida. Ella, estropajo y espuma, había terminado de lavar los cacharros en el fregadero; colgó el delantal en el clavo, detrás de la puerta, y se asomó a la ventana de la cocina para comprobar si había parado de llover. Llovía con fuerza y, en el comedor, le dijo a su hija que esta tarde no vas a poder salir.

—Lo mejor sería llamar por teléfono a Celeste para que no venga en vano.

Joxian, soñoliento, mudo, se quedó en la cocina secando la vajilla con un trapo. Y Arantxa, desentendiéndose de las palabras de su madre, pulsaba letras en la pantalla del iPad.

—¿Qué escribes ahí?

Le enseñó lo escrito: «Hay algo que debes saber, aunque va a dolerte». Miren, recelosa:

—Si tiene que ver con esa, no me cuentes nada. Concho, ya sólo falta que un día la traigas aquí.

El dedo airado escribía ahora más deprisa. «En esta casa eres la única que no lo sabe.»

—Saber ¿qué? ¿De qué me estás hablando? ¿Quieres dejarte de tanto teatro?

«Joxe Mari le ha pedido perdón.»

—Oye, Joxian, ¿tú sabías esto?

Desde la cocina:

—¿El qué?

—No te hagas el tonto. Lo de Joxe Mari.

—Pues claro. Me lo ha contado Arantxa antes de comer.

—¿Y por qué coño no me has dicho nada?

—Qué más da. ¿No te lo está diciendo ahora?

Miren, Miren, esto sí que no te lo esperabas. Hablaba, ¿maldecía?, entre dientes. No podía ser, no se lo creía. Estos bobos han entendido algo mal.

—Estuve con él hace diez días. No me contó nada.

Campanearon, tristonas, grises, las tres de la tarde en la torre de la iglesia. Tip tip tip, punteaba el dedo nervioso de Arantxa en el iPad apoyado en su regazo. «No se atreve a decírtelo. Te tiene miedo.»

Cansada de estirar el cuello y en previsión de nuevas revelaciones, Miren acercó una silla a la silla de ruedas. Sentada, seria: que le contase todo. No había acritud en sus palabras, tampoco enfado. Eso sí, le tensaba la expresión una mueca ofendida. Se sucedían las frases en la pantalla, para Miren cada una más hiriente que la anterior.

«Le pide perdón en una carta.

»Bittori me la ha leído esta mañana.»

—Y si se la ha escrito ella misma, ¿qué? Todo el mundo sabe que está loca.

«Conozco la letra de Joxe Mari.

»Mi hermano no es el único de esta familia que le ha pedido perdón.»

—¿Quién más?

«Pregunta en la cocina.»

—Oye, Joxian, ven aquí ahora mismo. A ver si me aclaras lo que habéis estado haciendo a mis espaldas.

Joxian vino al comedor secándose las manos en el jersey. Sin alterarse, se sinceró rotundo, claro y escueto, y se fue a la siesta. Miren, a su hija:

—¿Algo más?

«Eso es todo.»

Más tarde, el uno en la cama, la otra impedida de hablar, atenta a las noticias de la televisión, Miren no tuvo que darles explicaciones. Ni adónde vas ni adiós ni nada. Por no entrar en el dormitorio donde vete tú a saber si Joxian se despierta, se marchó a la calle con lo puesto. Al salir, la puerta de casa emitió un clac cauteloso, dolorido; ni rastro del típico portazo colérico.

¿Adónde va? Llovía a cántaros. Como la tarde en que mataron a ese. Que si lo mataron, por algo sería. Y que yo sepa, mi hijo no fue. Así que a ver por qué va a tener que pedir perdón. Cruzada la calle, chascó la lengua en señal de disgusto. Debería haber traído un paraguas, pero ya no vuelvo. Se sentía traicionada, víctima de una intriga familiar y, por supuesto, convencida de que la lluvia estaba cayendo sólo sobre ella.

La carnicería, cerrada. Normal: aún no eran las cuatro. Vio luz en el interior y entró, no era la primera vez, por el portal. Esta me comprenderá. Quién, si no. La penumbra silenciosa olía a sebo, carne, embutido. Y a los vecinos más les valdrá estar acostumbrados. Llamó al timbre, que sonó chillón, cacofónico. Lo más seguro: se abrirá la puerta y aparecerá Juani con los oídos dispuestos a recibir el chorro verbal de su amiga, que necesita desahogarse a toda costa.

Pues no. En lugar de eso, la puerta cerrada.

—¿Quién es?

—Soy yo.

—¿Quién?

—Yo. Miren.

Que esperase un momento. Qué raro. Si estás ahí, ¿a qué esperas para abrir? En cuanto le vio el pelo suelto, Miren adivinó: no está sola. Se quedó poco rato. Lo saludó a él, que a pesar de sus años sigue teniendo buena presencia. ¿Así que estos andan juntos? Y para disimular compró unas lonchas de eso y cien gramos de lo otro.

—Perdona que venga a estas horas, pero es que estoy un poco liada. Mañana te pago.

—No te preocupes, mujer.

Y volvió a la calle y volvió a la tarde desapacible y a los charcos. Antes de entrar en la iglesia, arrojó la bolsa de plástico con los fiambres en una papelera. Calada de arriba abajo, tomó asiento en su banco de costumbre. Ardían velas votivas al pie del altar. Cuántas no habrá encendido ella en el curso de su vida para pedirle favores a Dios, pensando en el bien de casa, buscando protección divina para sus hijos.

La iglesia estaba vacía y Miren, mojada. Como aparezca el cura, me voy. Es que no tenía ganas de hablar con nadie. Sólo con la estatua del santo de Loyola, allá arriba sobre la ménsula. Bien, Ignacio, bien. Buena me la has hecho. Al final, yo voy a ser la mala.

Le dirigió amargos reproches. ¿En voz alta, susurrados? No, como siempre, mentales. Puso en duda la aptitud del santo para ser nuestro gran patrón. Vas por mal camino. A ver, ¿por qué tenemos que pedir perdón? Y los crímenes de los GAL, ¿qué? ¿Alguien ha pedido perdón por eso, y por las torturas en los cuartelillos y comisarías, y por la dispersión, y por todo lo que han oprimido al pueblo vasco? Y si lo que hemos hecho era tan malo, ¿por qué no lo paraste a tiempo? Nos dejas hacer y luego resulta que el sacrificio era para nada, que miles de vascos que amamos lo nuestro nos hemos estado equivocando como idiotas. Venga, Ignacio, que no se diga. Ponme a mi hija de pie, saca a mi hijo de la cárcel o no vuelvo a dirigirte la palabra nunca más. Concho, ¿no ves que también sufro?

Se levantó. En el lugar del banco donde había permanecido sentada durante diez, quince minutos, se dibujaba un corro de humedad. Hacía frío en la iglesia. Y a Miren le vino de pronto un brusco temblor. Huy, Dios, a ver si me voy a poner enferma. Salió a la calle y llovía. Cielo negruzco, luz escasa y calles desiertas. Miren usaba los árboles como paraguas, pero de poco le servía. Por casualidad fijó la mirada en la papelera. Allí seguía la bolsa de plástico con los fiambres. La sacó y la llevó a su casa, porque tampoco andamos como para ir tirando la comida.

125
Mañana de domingo

Ya son muchas, demasiadas semanas sin verla. Bittori tomó de víspera una decisión. Si al despertarse por la mañana encontraba intactas las dos escudillas que había dejado a última hora de la tarde en el balcón, con agua la una, con comida de gatos la otra, entonces daría a *Ikatza* por desaparecida para siempre. ¿La consecuencia? Pues que, sintiéndolo en el alma, tiraría al contenedor de basura no sólo las escudillas, sino también el rascador vertical, la bandeja de piedras sanitarias, el cepillo y, en fin, todos los utensilios del animal. Se levantó bastante temprano para lo que acostumbra. Lo primero que hizo fue salir al balcón. En paños menores, contempló el cielo despejado, una amplia franja de mar, la isla de Santa Clara, el monte Urgull, sabiéndose privilegiada de vivir allí, con vistas de palco a la bahía, aunque hay una casa delante que le tapa la playa. Luego miró al rincón y comprobó que las escudillas estaban como las había dejado la tarde anterior.

Poco antes de las siete de la mañana, Miren sintió a Joxian meter la bicicleta en la cocina. Domingo. Qué puñetera manía de pasarle el trapo y engrasarla dentro de casa. Un día, él le preguntó, ¿de broma?, si tenía celos de su bicicleta. Pues puede ser, porque, la verdad, este hombre ¿cuándo la había acariciado por última vez? ¡Jesús, ni cuando le hizo los hijos! Se reserva el cariño para la bici, el porrón del bar y la huerta. Miren no quiso levantarse de la cama por no coincidir con él en la cocina. No le apetecía entablar conversación. Había dormido fatal. ¿Y eso? Por la música y los petardos y los juerguistas que habían estado toda la santa noche armando bulla en la calle. Antes le gustaban las fiestas del pueblo. Ahora cada vez menos. Blam. Oyó el ruido de la puerta de casa. Joxian se acababa de marchar. ¿Adónde dijo que iba? Ni idea. Miren esperó cinco minutos acurrucada bajo las sábanas, no vaya a ser que Joxian se haya olvidado de algo y vuelva. Después, sin prisa, se levantó.

Bittori encontró un resto de café del día anterior en el fondo de la cafetera. Se dijo que, con un poco de leche y un chorro de agua del grifo, le alcanzaba para una taza. Café recalentado y unas migas de pan seco, eso fue lo que desayunó. Tras arreglar la habitación y asearse, se ocupó de los trastos de *Ikatza,* que fue metiendo en bolsas de plástico. Todo no lo pudo bajar de una vez. Primero tiró unas cosas en el contenedor, luego otras. Y aún volvió a subir a casa para coger el bolso y la fiambrera. En esta última puso una ración de carne cocida con patatas, pimientos y salsa de tomate, pues había hecho propósito de comer a mediodía en su casa del pueblo. Yendo por la calle se sintió un tanto rara. Sin dolores, pero con cansancio y un amago constante de vahído, de forma que antes de llegar a la parada del autobús se detuvo en varias ocasiones para tomar aire y reponer fuerzas.

Celeste entró en la vivienda a eso de las nueve. Tiene llave. Así no hace falta que toque el timbre. Con los años se ha hecho como de la familia. Llega, saluda, esparce alegría y al punto se entrega a sus ocupaciones de cuidadora. La primera del día, duchar a Arantxa. Desde que esta es capaz de mantenerse de pie, bien que agarrándose con la mano sana al asidero de la pared, la tarea resulta más fácil. Miren y Celeste extreman la cautela. Una sujeta a Arantxa, otra la enjabona y enjuaga. Tienen práctica. La cosa no dura más de cinco minutos. Y luego la secan entre las dos. Mientras secaban el cuerpo pálido, metido en carnes, ocurrió que Arantxa dijo de improviso: *ama.* Miren se apresuró a apagar el secador. Le había parecido oír. Pero, claro, no podía estar segura a causa del ruido del aparato. Arantxa repitió la palabra. Era y no era su voz de los viejos tiempos. En todo caso, una voz. Una voz comprensible. Celeste alabó con aspavientos joviales. Miren recordó que también de bebé *ama* fue la primera palabra que Arantxa pronunció; desde luego, antes que *aita*.

Eran las diez y pico cuando Bittori se apeó del autobús. Música, ¿dónde?, por ahí cerca. Y guirnaldas de papel se alargaban entre fachada y fachada. Normal, ¿no?, que la gente se dedique a vivir. Se encaminó lo primero de todo hacia su casa. Más que nada por desembarazarse de la fiambrera. Se topó con la charanga en la esquina, sus componentes arracimados en el lugar donde un día lejano su marido recibió cuatro disparos. Chunda, chunda. Camisas verdes, pantalones blancos. Y el del bombo, con la cara congestionada de felicidad etílica, parecía empeñado en aniquilar a golpe de estruendo las notas de sus camaradas. Así hasta que acabó la pieza. A Bittori no le quedó más remedio que bajar a la calzada para pasar adelante. Del grupo parlanchín se levantó entonces una voz alegre: ¡aúpa, Bittori! Ella correspondió sin detenerse. Volvió la mirada un instante, pero no pudo saber quién la había saludado.

Miren les metió prisa. Esperaba la llamada dominical de Joxe Mari. Le gusta estar sola cuando habla con su hijo. A Celeste, que por favor sacara ya a su hija. Mañana azul, fiesta en las calles. Hala, hala, a disfrutar. Por fin sonó el teléfono. Cinco minutos: es todo el tiempo que conceden al recluso. Ay, si ella pudiera telefonear, pero no están permitidas las llamadas desde el exterior. No le ocultó a Joxe Mari su alborozo: Arantxa ha dicho *ama,* se le ha entendido de maravilla, igual aprende a hablar. Y se emocionaba y Joxe Mari, al otro lado de la línea telefónica, a su manera seria, también. ¿Novedades? Ninguna. Bueno, una. Después de hablar con el médico, estaba decidido a operarse la almorrana. No aguantaba más. Y ahora que habían empezado los calores aquí abajo, sufría lo indecible. Miren mencionó las fiestas del pueblo, pero no quiso abundar en detalles para que luego él no se atormente con pensamientos melancólicos. En lugar de eso, repitió que Arantxa había dicho, después de ducharse, *ama*. Y se agotaron los cinco minutos.

En su casa del pueblo, Bittori no disponía de horno microondas. Volcó el contenido de la fiambrera en un perol más viejo que la nana, pero útil, oye, y se dijo: me voy a la calle y, a la vuelta, me caliento la comida. Decidió asimismo comprarse media barra en la panadería.

Entretanto, Miren, pensando en ahorrar tiempo, repartió el picadillo frito por el fondo de la bandeja, vertió la bechamel, puso encima, bien troceada, la coliflor cocida. Y cuando vuelva de misa, echo el queso rallado y enciendo el horno. En cuanto al ciclista, como venga tarde, come frío.

Fiesta, domingo, buen tiempo: la plaza estaba de bote en bote. Niños que iban y venían, grupos de conversación y, en el borde, las terrazas de los bares abarrotadas. Los tilos frondosos derramaban sobre el asfalto su sombra agradable. Y Bittori encontró a Arantxa y a su fiel cuidadora en el rincón de siempre. Se agachó a besar a su amiga. Cerca, en la torre de la iglesia, la campana llamaba a misa de doce. Celeste se apresuró a contarle a Bittori que Arantxa había pronunciado una palabra por la mañana. Se volvieron las dos mujeres hacia la aludida con manifiesto deseo de inducirla a repetir la proeza. Arantxa, no sin esfuerzo, las complació. Bittori, conmovida, le agarró una mano. Le dijo que lo iba a conseguir, que se lo deseaba de todo corazón y que no dejase de luchar. Arantxa, con su sonrisa de costado, sacudió varias veces la cabeza en señal afirmativa.

Hacía cosa de dos meses que Miren no asistía a misa sentada en su sitio habitual. Enfadada con el santo de Loyola, se pasó al lado derecho de la iglesia, pero hoy ha vuelto a tomar asiento cerca de la estatua. Don Serapio peroraba tedioso, solemne, repetitivo, con voz de anciano. Todas las misas son iguales, a mí que no me digan. Por las filas de bancos se repartían pocos fieles. ¿Juventud? Allá delante, dos chicas y para de contar. Miren, en pensamiento, agradeció severa, punto menos que en son de advertencia. Es un buen comienzo, Ignacio; pero, como tú comprenderás, decir una palabra y hablar, lo que se dice hablar, son dos cosas distintas, ¿eh? Esperamos algo más. Y al otro, por favor, arréglale lo de la almorrana. Es todo lo que te pido, porque de la cárcel ya veo que no me lo quieres sacar. El fin de la misa interrumpió la plática mental.

Bittori se despidió de Arantxa y de Celeste en el rincón de la plaza. Miren salió de la iglesia. La una determinó llegarse sin pérdida de tiempo a la panadería porque van a cerrar, si no es que han cerrado ya; la otra, reunirse con su hija, acaso tomar un aperitivo con ella y Celeste, e ir después a casa a ocuparse de la comida. Las dos mujeres se divisaron como a unos cincuenta metros de distancia. A Bittori le daba en aquel momento el sol en la cara; se puso una mano a modo de visera y, mierda, se habrá dado cuenta de que la he visto; pues yo no me aparto. Miren se acercaba caminando con pasos dominicales, despreocupados, a la sombra de los tilos y esa me está mirando, pero va lista si cree que voy a apartarme. Avanzaban en línea recta la una hacia la otra. Y la numerosa gente que estaba en la plaza se percató. Los niños, no. Los niños siguieron correteando y dando voces. Entre los adultos se formó un rápido ovillo de bisbiseos. Mira, mira. Tan amigas que fueron.

El encuentro se produjo a la altura del quiosco de música. Fue un abrazo breve. Las dos se miraron un instante a los ojos antes de separarse. ¿Se dijeron algo? Nada. No se dijeron nada.

Glosario

[El presente glosario reúne vocablos y modismos procedentes del euskera usados en la novela. Tan sólo pretende servir de ayuda a los lectores poco o nada familiarizados con la lengua vasca.]

abertzale: patriota, partidario de una patria vasca independiente.
agur: adiós.
aita: (pronunciación aguda: *aitá)* padre.
aitona: abuelo.
alde hemendik: largo, fuera de aquí.
ama: (pronunciación aguda: *amá)* madre.
amatxo: forma hipocorística de *ama.*
amnistia osoa: amnistía general.
amona: abuela.
arruntak: nombre que los presos de ETA suelen asignar a los presos comunes.
askatu: liberar. Aquí, con sentido imperativo: liberad, dejad libre.
aurresku: danza vasca que se ejecuta en honor de alguien.
barkatu: (infinitivo) perdonar (e imperativo) perdona, perdone.
bat: uno.
batzoki: sede política y social del Partido Nacionalista Vasco.
belarri: oreja.
beltza: negro. Apelativo que se aplica a los agentes antidisturbios de la *Ertzaintza* por el color de su indumentaria.
bertsolari: improvisador popular de versos en lengua vasca.
bi: dos.
bietan jarrai: seguir en las dos (vías). Una, la fuerza militar, simboliza-

da por el hacha; otra, la inteligencia o astucia política, simbolizada por la serpiente.

bihotza: (aquí como apelativo de afecto) corazón.

cipayo: sobrenombre despectivo aplicado a los agentes de la *Ertzaintza.*

dispersiorik ez: no a la dispersión (de reclusos de ETA).

egun on: buenos días.

ekintza: acción, atentado.

ene!: (interjección) ¡vaya!, ¡caramba!

entzun: (verbo usado aquí en forma imperativa) oye, escucha.

erribera: ribera.

ertzaina: agente de la *Ertzaintza.*

Ertzaintza: policía autonómica del País Vasco.

ETA herria zurekin: ETA, el pueblo (está) contigo.

euskaldun: persona que sabe euskera.

Eusko gudariak (soldados vascos), título de una canción popular adoptada como himno por la izquierda *abertzale.*

faxista: fascista.

gora ETA: viva ETA.

gora Euskadi askatuta: viva Euskadi libre.

gudari: combatiente, soldado, específicamente por la causa vasca.

herriak ez du barkatuko: el pueblo no perdonará.

herriko taberna: sede social de la izquierda *abertzale;* significado literal: la taberna del pueblo.

hiru: tres.

ikastola: escuela.

Ikatza: carbón.

ikurriña: bandera. Por antonomasia, la bandera vasca.

Iparralde: zona norte. Se ha ido generalizando en euskera para referirse al País Vasco francés.

izarren hautsa: el polvo de las estrellas. Canción con letra de Xabier Lete y música de Mikel Laboa.

jarraitxu: miembro de la organización juvenil socialista e independentista Jarrai.

kaixo: hola.

kanpora: fuera, largo.

kontuz: cuidado, atención.

lorea: la flor.
maitia: (pronunciación con hiato: *maitía)* cariño, amor mío.
mendiko ahotsa: la voz de la montaña.
mugalari: persona, conocedora del terreno, que ayuda a pasar a pie la frontera entre Francia y España.
muxu: beso.
neska: chica, muchacha.
ondo pasa: que lo pases bien, que te vaya bien.
ongi etorri: literalmente, bienvenido. Aquí, sustantivado (un *ongi etorri),* se usa en el sentido de homenaje de bienvenida.
osaba: tío.
piraten itsasontzi urdina: el barco azul de los piratas.
pixa: pis, orina.
poliki: poco a poco.
polita: guapa, bonita.
presoak kalera, amnistia osoa: presos a la calle, amnistía general.
talde: comando.
Topo: nombre popular del tren de vía estrecha que une San Sebastián con Hendaya.
txakurra: perro. Sobrenombre despectivo aplicado a los agentes de la policía.
txakurrada: perro, en sentido colectivo. Sobrenombre aplicado al conjunto de la policía.
txalaparta: instrumento tradicional de percusión formado por tablones que se golpean rítmicamente con barras de madera.
txapeo: situación del preso que se niega a salir al patio de la cárcel y permanece la jornada entera sin abandonar la celda.
txoko: rincón.
txoria txori: traducción aproximada, «el pájaro es pájaro». Célebre canción de Mikel Laboa incluida en su disco *Bat - hiru* (1974), con letra de Joxean Artze.

TXORIA TXORI	EL PÁJARO
Hegoak ebaki banizkio	Si le hubiera cortado las alas
nirea izango zen,	habría sido mío,

ez zuen aldegingo.	no habría escapado.
Hegoak ebaki banizkio	Si le hubiera cortado las alas
nirea izango zen,	habría sido mío,
ez zuen aldegingo.	no habría escapado.
Bainan, honela	Pero así,
ez zen gehiago txoria izango.	habría dejado de ser pájaro.
Bainan, honela	Pero así,
ez zen gehiago txoria izango.	habría dejado de ser pájaro.
Eta nik...	Y yo...
txoria nuen maite.	yo amaba al pájaro.
Eta nik...	Y yo...
txoria nuen maite.	yo amaba al pájaro.

zure borroka gure eredu: tu lucha, nuestro modelo.
Zutabe: nombre del boletín interno de ETA.

MAXI
TUSQUETS
EDITORES